스쿠터를
타면
바람이
분다

스쿠터를 타면 바람이 분다

ⓒ석우주 2015

초판1쇄 인쇄   2015년 6월 1일
초판1쇄 발행   2015년 6월 4일

지은이   석우주

펴낸이   박대일
편집   이문영 · 임유리 · 박현주
교정   김필균
마케팅   송재진
표지디자인   박현주

펴낸곳   파란미디어
출판등록   2004년 9월 14일 제313-2004-00214호

주소   121-897 서울시 마포구 성지1길 32-36(합정동)
전화   02.3141.5589(영업부) 070.4616.2012(편집부)
팩스   02.3141.5590
전자우편   paranbook@gmail.com
카페   http://cafe.naver.com/paranmedia
트위터   @paranmedia

ISBN   978-89-6371-189-8(03810)

스쿠터를
타면
바람이
분다

석우주 장편소설

파란

차례

프롤로그

    스쿠터를 타면 바람이 분다. 바람은 나의 뺨을 부드럽게 토닥인다. 헬멧의 실드를 올리고 마주 오는 바람을 고스란히 맞으면 알게된다, 바람은 언제나 달리는 사람의 편이라는 것을. 바람은 말한다. 시야 안으로 홱홱 달려드는 현실이 어느새 등 뒤로 사라지는 것을 똑바로 보라고, 너의 슬픔과 분노도 그처럼 사라질 거라고. 나는 투명한 실드 너머의 현실을 영화를 보듯 관람하며 스쿠터의 액셀을 끝까지 감았다. 그래, 즐겁고 행복하기만 하다면 사는 게 얼마나 심심하고 지루할까? 그러니 나는 살아남아서 이 세상의 모든 웃음과 눈물을 모조리 맛볼 것이다. 점점 빨라지는 스쿠터 뒤로 내 웃음소리보다 눈물방울이 먼저 흩어져 사라지는 것을 똑바로 볼 것이다.

1. 봄, 파우더 핑크

봄비가 내리고 있었다. 가늘고 약한 빗줄기는 단단한 흙 위에 떨어지며 스며들지 못하고 튀어 올랐다. 빗방울은 그가 신은 짙은 갈색의 구두 위에도 떨어졌다가 매끄러운 가죽을 따라 미끄럼을 탔다. 흙 위에도 구두코 위에도 부딪치지 않고 꽃잎과 나뭇잎에 내려앉은 빗방울들은 스피커에서 흘러나오는 왈츠 선율에 맞추어 춤을 추었다. 산책로에 무리 지어 핀 키 작은 꽃들 사이로 숲의 요정이라도 있어 구경을 나왔다면 투명한 빗방울에 제 얼굴을 비춰보며 함께 춤추었을 것이다.

공원이 완공된 것을 축하하러 모인 시민들 중에선 우산을 접었다가 다시 펴는 성마른 사람들도 있었다. 느리게 떨어지지만 멈추지 않는 봄비다. 그는 우산을 들어 멀리 창백했던 하늘 한 자락이 점점 밝고 선명해지는 것을 보았다. 새파란 스커트

자락 같은 작은 하늘은 속치마처럼 흰 구름을 피워 올렸다.

"날이 곧 갤 것 같아 다행이네요."

그가 쓰고 있는 우산 안으로 익숙한 향기가 먼저 들어왔다. 육촌 동생의 아내 친구이거나 후배 중 하나겠지. 아니면 큰어머니의 친구 딸이라는 여자이거나. 그래서 그는 돌아보지 않았다.

향수에도 핸드백처럼 유행이란 게 있을까? 이 집안과 얽힌 여자들은 어째서 비슷한 향수를 쓰고 있을까? 그는 조금 전 똑같은 명품 가방을 들고 서 있던 그녀들을 보고 적잖게 당황했던 기억이 떠올랐다. 여자들은 오히려 안심하는 듯이 보였지만.

"목마르지 않으세요? 비를 보니까 끝나고 한잔하고 싶은데요."

그의 반응이 없자 여자는 좀 더 적극적으로 나왔다.

"지금 가져다 드리지요."

내빈에게 최소한의 예의는 차리기 위해 그는 여자의 얼굴을 흘깃 내려다보았다. 뺨에 패는 조그만 볼우물이 어색하긴 했지만 완벽한 화장에 세련된 차림의 여자였다. 한 발 떨어진 뒤에는 그녀를 지원하러 온 건지 아니면 다른 후보들인지, 젊은 여자 두 명이 이쪽을 지켜본다. 여자가 원한 한잔은 공원 기증식이 끝난 후의 사적인 만남을 뜻할 테지만 그럴 생각이 없는 그는 야외 카페의 테라스로 걸어가 음료를 받고 있는 사람들의 줄 뒤에 섰다.

"아주버님, 제 친구들 좀 챙겨 주세요."

육촌 동생인 우성의 아내가 그를 따라와 속삭였다. 제수의 시선이 닿은 곳을 보자 미소를 지우고 새침해진 표정의 아까 그 여자가 여전히 우아한 자세를 유지하며 행사의 팸플릿을 읽는 척하고 있다. 다른 여자 두 명이 그녀에게 다가가 뭐라고 속삭였다. 그래, 저 여자들한테 잘못은 없지.

"이러는 의도가 싫습니다. 여긴 공적인 자리입니다."

잘못이 있다면 시어머니인 오촌 숙모와 함께 그를 어떻게든 적당한 여자와 맺어 주려는 제수에게 있을 것이다.

"만나서 얘기해 보면 괜찮은 친구들이에요. 성품도 집안도 나무랄 데가 없구요."

그렇겠지. 유유상종이라고 했으니까. 비꼬는 것이 아니라 제수의 친구들이라면 명문가에서 나고 자란 완벽한 신붓감들일 것이다.

"알겠습니다."

시장과 구청장의 인사말에 이어 공원을 기증한 오촌 당숙을 대신해 우성도 인사를 마쳤기 때문에 사람들은 팸플릿을 손에 들고 자유롭게 산책을 하고 있었다. 이 공원의 기증과 무슨 관계가 있어 여기에 왔는지는 모르겠으나 저 여자 역시 귀한 손님이 아닌가. 그는 제 차례에서 받은 차가운 아메리카노 한 잔을 들고 여자에게 다가갔다.

"드십시오."

"신묵 씨 건요?"

통성명을 하며 서로 명함은 주고받았지만 거기까지였는데, 태신묵 씨도 팀장님도 아닌 벌써 신묵 씨란다. 남들 보기엔 밉지 않은 눈웃음을 치는 얼굴이 그에겐 썩 예쁘지 않았다.

"저는 벌써 마셨습니다. 그런데 조경이나 토목 쪽으로 관심이 있으신가요?"

여자가 내민 명함에 뭐라고 쓰여 있었는지는 기억에 없지만 연관이 있는 직종이었다면 잊어버릴 리가 없다. 여자는 꽃을 좋아한다고 말하는 것 같았다. 음료를 받고 있는 줄 속에서 얼핏 낯익은 얼굴을 본 것 같아 제대로 듣지 못했을 뿐이다.

마지막으로 봤을 때부터 1년이 지났으니 젊은 여자라면 헤어스타일에 변화를 줄 만도 한데 그녀는 여전히 귀와 목덜미가 다 드러나는 소년처럼 짧은, 새까만 곱슬머리였다. 깜짝 놀랄 만큼 달라진 건 우중충한 겨울 점퍼나 흰 셔츠에 청바지로만 기억하던 옷차림이었다. 딱 떨어지는 투피스 정장 차림이니 헬멧이나 스쿠터 같은 것은 당연히 옆에 없다. 그는 제 눈을 믿을 수 없어 하며 그녀의 새하얀 리본 블라우스와 몸에 꼭 맞는 짧고 검은 재킷, 그리고 굴곡진 엉덩이와 날씬한 허벅지를 감싸는 타이트한 스커트를 바라보았다.

"좋아하세요?"

옆에 서 있던 여자가 그의 팔꿈치에 손을 살짝 얹으며 물었기 때문에 고개를 돌려야 했다.

"네?"

공연히 가슴이 뛰는 것은 진한 커피를 두 잔이나 마셨기 때문일 것이다.

"그림 전시회 좋아하시냐구요."

"안 좋아합니다."

그는 여자를 외면하고 짧은 머리를 다시 찾으며 대답했다. 나는 스쿠터 타는 여자를 좋아하지 않는다.

"아, 정말……. 전 다정이한테 가 볼게요."

그의 말투가 어땠는지 여자가 목소리를 조금 높였고, 제수를 찾아 금세 멀어졌다.

짧고 새까만 곱슬머리를 놓칠 만큼 공원에 사람들이 붐비지는 않았는데 잠깐 고개를 돌렸던 순간 그녀는 사라지고 없었다. 음료를 받던 줄이 짧기는 했으나 우산과 종이컵을 들고 멀리 가지는 못했을 것이다. 그래, 우산! 신묵은 그녀가 내빈과 관련 업체 측에만 나눠 줬던 한정된 수량의 기념 우산을 쓰고 있었던 것을 기억해냈다. 검은 우산에 검은 투피스 정장을 입은 소년처럼 짧은 머리라……. 그의 시야가 어둠 속에서 열을 감지하는 특수 안경을 쓴 것처럼 좁아졌다.

"연강희 씨! 여기예요!"

그녀의 이름도 아닌데 고개가 돌아갔던 건 순전히 드문 그 성씨 때문이었다. 그는 그 이름을 소리 높여 부른 젊은 남자를 보았고 남자의 눈길이 닿은 제 왼쪽으로 고개를 돌렸다. 자신의 이름이 아닌데도 그녀는 정말로 거기에 웃으며 서 있었다.

기억에도 남아 있는 반달눈. 웃으면 짙은 속눈썹만큼이나 새까맣게 접히는 반달눈으로 여자는 방금 제 이름도 아닌 이름을 부른 남자에게 다가갔다. 양손에는 그의 회사에서 만든 종이컵 두 개에 찰랑이는 음료를 조심스럽게 받아 들고. 그러면 우산은 어떻게 받치고 있는 걸까? 문득 이런 생각이 떠오른 찰나, 신묵은 그녀의 팔뚝에 우산이 지팡이처럼 걸려 있는 것을 보았다. 그리고 공원에 있는 사람들 모두가 우산을 접고 있음을, 여전히 검은 우산을 받쳐 들고 있는 사람은 저 하나뿐임을 알았다.

그래서였을 것이다. 맞은편의 남자에게 웃으며 다가가던 그녀가 그에게 흘깃 시선을 주었다가 눈이 딱 마주쳤고, 긴 속눈썹 아래의 눈동자가 분명히 흔들렸음에도 불구하고 시선을 곧장 피한 것은. 그녀는 신묵이 아직 쓰고 있는 우산이 저를 가려 주기라도 바라듯 조그맣고 새하얀 얼굴을 푹 숙이며 그의 앞을 지나갔다. 제 이름과 똑같은 색깔의 입술을 지그시 깨물고 있는 것도 다 들켜 버렸다.

내가 왜 이 우산으로 너의 시야를 가려 주겠니? 괘씸해서가 절반, 궁금해서가 절반이었던 마음이 어느새 경계를 모르고 흐릿하게 뒤섞여 생각할수록 어이가 없었다. 너 따위 잊어버리려 했지만 길에서 스쿠터 탄 여자를 볼 때마다 한 번 더 쳐다봤었는데…….

"연강희? 그전의 이름은 역시 영업용 가명이었나 보군. 그렇지?"

그녀를 막아서긴 했지만 제 목소리에 아무런 감정도 실려 있지 않은 것이 그는 뿌듯하기까지 했다.

"안녕하세요?"

어이가 없기는 1년 전이나 지금이나 마찬가지였다. 순간적

으로 그를 피하기는 했지만 어쩔 수 없다는 듯 그 여자는 생글
생글 미소까지 지어 보였다. 방금 본 굳은 표정이 착각이었나
싶도록 스스럼없는 인사여서 그가 오히려 어리둥절해질 지경
이었다.

"어, 강희 씨 아는 분입니까?"

어느새 그녀 옆으로 다가온 젊은 남자가 여자에게 물었다.
그녀는 대답하는 대신 신묵을 본다.

"민준이 잘 있죠? 지금도 그 동네 사세요?"

이웃 사람을 길 가다 만난 것처럼 그녀는 자연스러웠다. 조
금 전 눈이 마주쳤을 때 슬쩍 시선을 외면하며 몸을 돌리던 것
은 그가 잘못 본 것일지도 모른다는 생각마저 들었다.

"넌 여기 어쩐 일이야?"

그래, 생각해 보니 평범하고 흔한 재회이기도 하다. 그는 혼
란스러워하는 제가 외려 이상한 것이며 그녀의 태도가 더 당연
한 듯 여겨져 똑같이 굴기로 했다. 후들거리는 마음을 다잡고
감정을 정리하는 것은 조금 뒤로 미뤄도 되는 모양이다. 적어
도 그녀의 표정과 말투가 그렇게 말하고 있었다.

"제가 일하는 회사가 이 공원의 조경 관리를 맡았어요. 민준
이 외삼촌님은요?"

내 이름을 기억이나 할까? 신묵은 그녀를 다그쳐 시원한 답
을 받아야겠다는 마음은 잠시 접어 두고 그것이 먼저 궁금했다.

"이 공원, 우리 회사가 기증했어."

"정말요? 와아, 저도 취직하고 민준이 외삼촌분도 취직하셨

네요. 우리 둘 다 백수였잖아요. 백수 일 한다고 하셨는데……."

믿을 수 없는 건 자신의 마음이었다. 아무것도 아닌, 그가 했던 말 한마디를 기억하고 있었다는 사실이 신묵의 마음을 푸슬푸슬 풀어지게 했다.

"그래. 취직 축하해. 언제부터 다니고 있는 거지?"

"이제 한 달밖에 안 됐어요."

그런데 대답하는 목소리가 힘을 잃어 갔다. 그의 감정이 차분히 가라앉는 것과 반대로 그녀의 목소리는 떨리고 있었다. 이제야 제가 지은 잘못이 기억나는 건가? 그는 그것이 우스웠다. 조금 전처럼 뻔뻔하게 나오지 못하고 왜 새삼 눈도 못 마주치는 건데?

"형!"

뒤에서 날아온 가벼운 손이 그의 등을 쳤다. 육촌 동생이자 이 시민 공원을 기증한 한국 펄프 앤드 페이퍼 사의 이사 태우성이었다. 우성은 그가 아직도 펼치고 있던 우산을 빼앗아 접었다.

"시장님은 먼저 가셨고 구청장님도 가신다는데 형도 인사해야지."

"알았어."

그는 육촌 동생을 내버려 두고 연강희라고 불린 여자를 돌아보았다. 한 시간 전 마이크를 잡고 인사말을 했던 우성을 알아본 듯 의아한 표정으로 서 있는 그녀에게 손을 내밀었다.

"명함 있으면 한 장 줘, 연강희 씨."

"아, 네."

그에게는 어색하기만 한 이름인데 그녀의 연기력이랄까 뻔뻔스러움은 칭찬이라도 해 주고 싶을 정도였다. 이름만큼이나 예쁜 색깔의 입술은 꼭 다물고 있었지만.

"정말 연강희 맞네, 연분홍이 아니라."

받아 든 명함을 보자마자 힘이 실리는 그의 목소리에 아까부터 같이 서 있던 남자가 다시 입을 열었다.

"연분홍? 강희 씨 이름 또 있었어요?"

"개명했어요."

참 이상한 여자다. 그를 만날 때마다 늘 수수께끼 같은 말 하나씩을 던져 주곤 했었는데 오늘도 예외가 아니다.

"연락할게."

대꾸도 없이 고개만 까닥 숙이며 그녀는 두 육촌 형제가, 아니 그가 등을 돌려 걸어가는 것을 지켜보았다. 돌아보지 않아도 자신의 날카로운 육감이 틀리지 않다는 것에 신묵은 125cc 이탈리아산 클래식 스쿠터 한 대를 걸 수도 있었다.

멀쩡한 이름을 왜 바꿨을까? 그는 서재의 컴퓨터 앞에 앉아 그녀가 스쿠터 동호회에 올린 글을 모아 놓았던 파일을 열었다. 활동이 없어 카페의 회원 정리 때 탈퇴 처리가 된 '파우더 핑크'는 이후 다른 사이트 어디에도 흔적을 남기지 않았다. 블로그나 개인 홈페이지를 운영하지도 않았으니 그가 검색할 수 있는 정보는 메일 주소 외에는 아무것도 없는 셈이었다. 그녀는 마치 증발한 사람 같았다. SNS에 가입은 되어 있었지만 프로필 사진이나 메시지 한 줄 올리지 않은 상태였다.

알 수 없는 건 자신 역시 마찬가지. 그녀의 남은 흔적들을 외우다시피 읽으면서도 신묵은 메일 한 번을 보내지 않았다. 핸드폰에 아직 남아 있는 전화번호 역시 바뀌었는지 그대로인지 걸어 본 적도 없었다. 찾아내려면 못 찾아낼 것도 없었지만 그는 무시하는 쪽을 택했다. 아니다. 사실은 기다렸었다. 한 번은 그녀가 먼저 전화해 주지 않을까, 잘 지내느냐고 혹은 미안하다고 말해 주지 않을까 하는 오기와 자존심으로 버텼을 뿐이다.

그는 모니터 화면에 뜬 핑크색 스쿠터의 사진과 그 밑에 남은 '파우더 핑크'의 글을 마우스로 긁어 내렸다. 잃어버렸던 장난감을 아주 우연히 발견한 것처럼 즐거웠다. 시간이 흐르면서 낡고 먼지가 쌓여 다시 갖고 논다 해도 재미있을 것 같지는 않지만 가끔 꺼내 본다면 심심하지는 않겠지. 마치 당연히 그럴 권리라도 가진 것처럼 구는 자신이 우습고 이기적이라는 건 알지만 장난감을 갖고 싶은 이유에 타당한 논리 따위를 붙이는 아이는 없다. 그는 그러고 싶었다. 다시 생각해 보니 무척 재미있을 것 같았다.

— 같이 아침 먹을래?

강희는 핸드폰 너머로 들려오는 목소리가 여전히 부드럽고 그윽하다는 것이 싫었다. 하긴 1년이 지났을 뿐이니 그동안 사람의 목소리에 큰 변화가 있을 수는 없다. 그리 길지도 않은 시간이다.

"아침이요?"

점심도 저녁도 아니고 아침이라니……. 망설이는 것이 금세 읽혔겠지.

— 여자들 좋아하는 브런치라고 생각해.

"왜요?"

옆자리의 선배가 화장을 고치며 통화 내용을 듣고 있는 것이 신경 쓰였다.

— 왜요라니?

전화기 너머의 목소리에 얼핏 비웃음이 스쳐 갔다고 들은 건 내 착각이겠지. 그녀는 떨리는 숨소리가 건너가지 않도록 조심하며 말했다.

"근데, 지금 업무 중이어서 길게 말씀 못 드려요."

— 바쁜가 보구나.

"네. 그리고 안 돼요. 별로 그러고 싶지 않아요."

— 알았어.

목소리만으로는 화가 났는지 대수롭지 않게 생각하는지 알 수가 없었다. 그리고 전화는 끊어졌다. 그녀는 참았던 한숨을 훅 내쉬었다.

"근무 중에 사적인 전화 오래하고 그러면 안 된다."

신 대리가 파운데이션 케이스를 소리 나게 닫았다.

"조심하겠습니다."

그녀는 눈을 다시 모니터에 두며 회사 사이트의 고객 게시판을 찬찬히 살펴보았다. 조경을 맡겼던 고객이 남긴 후기도 있지만 가격을 문의하거나 무료 견적을 받아 보고 싶다는 글도 있다. 게시물이 그다지 많은 편은 아니어서 그녀가 할 수 있는 한 최대한 상세한 정보를 담아 정성껏 답변을 남겼다. 그래도 금방 끝나 버리는 일이었다.

"저, 선배님. 고객 게시판 정리는 다 했는데요."

"그럼 공부해."

신 대리는 카랑카랑한 목소리로 대답하며 회의에 올릴 자료 파일을 챙겼다. 자료 준비를 다 끝내고 회의에 들어가기 직전 에는 화장부터 고치는 것이 직장 선배의 습관이라는 것을 지난 몇 주 동안 봐 와서 그녀도 알고 있었다.

"시키실 일 없으세요?"

"없어."

신 대리는 의자에서 일어나 또각거리는 하이힐 소리를 내며 사무실을 나갔다.

강희는 잠깐 그녀의 뒷모습을 물끄러미 바라보았다. 사수가 신입의 기를 잡으려고 일부러 벅찬 일을 마구 떠맡기며 혼낸다 는 것은 들어 봤어도 제 경우처럼 아무 일도 주지 않는 경우는 들어 본 적이 없었다. 그녀로서는 업무에 대한 책임이 없는 만 큼 권한도 능력도 없는 것 같아 가시방석에 앉은 듯했다.

"아르바이트생이나 손님이 된 기분이에요."

같은 시기에 입사한 홍진우를 구내식당에서 만난 그녀는 집 에서 가져온 도시락을 꺼내 펼쳤다.

"홍진우 씨는 일 많죠? 회사 업무 이젠 모르는 게 없겠네요? 부러워요."

"강희 씨나 나나 이제 한 달 꽉 채웠는데 알아 봐야 내가 얼마나 알겠어요? 그래도 맡겨 주는 일이 많으니까 기분은 좋네요."

솔직하게 말하는 그에게 그녀는 아직 사수의 신뢰도 얻지 못한 제 처지를 털어놓으며 회사 안의 인간관계와 업무 처리에 대한 조언을 구했다.

"저도 일 잘하고 싶은데……."

"기회가 오면 놓치지 않게 늘 준비하고 있어요. 나도 아직 정신이 없지만 그게 답인 것 같아요."

식사를 계속하느라 잠깐 말이 끊어진 사이 홍진우가 화제를 돌렸다.

"근데 어제 공원 기증식 할 때 그 남자분은 누굽니까? 잘 아는 사이 같던데……."

"아, 저랑 얘기하던 분이요? 1년 전에 옆 동네 살았어요. 아는 애 외삼촌이에요."

그것뿐인가? 그녀는 제 마음속에서 조그만 돌멩이 하나가 달그락거리는 소리를 들었다. 간질거리기도 하고 아프기도 했다. 궁금하기는 했지만 보고 싶지는 않은 사람이었다.

"기증한 회사 쪽 사람 같던데요?"

"그건 저도 어제 알았어요. 일 관계로 알게 된 사람은 아니에요."

말해 놓고 보니 일 관계로 알게 된 사람이긴 했다. 시작과

끝은 달라도 고객과 배달원으로 만난 관계였으니.

　그녀는 태신묵과의 인연이 가느다란 거미줄 같다는 생각이 문득 들었다. 기분 좋게 숲을 산책하다가 만난 거미줄은 처음엔 너무 가늘어서 눈에 잘 보이지 않았다. 잠깐 붙었다가 떨어진 줄로 알았는데 끈적하게 남아 있었다. 그 남자를 생각하면 나뭇가지에 쳐 있던 거미줄이 머리카락에 옮겨 붙은 기분이었다. 혹시 거미까지 따라왔나 싶어 팔짝팔짝 뛰며 머리를 털었다. 그녀는 거미줄이 싫었다.

　그의 잘못이 아니라는 것을 안다. 그가 의도한 것은 아무것도 없었다. 그래서 그녀는 스쿠터에 그를 태우고 달렸을 때나 초등학교 운동장에서 마지막 인사를 했을 때도 그에게 말하지 않았던 것이다. 혹시라도 어이없는 책임감을 느낄까 봐 제 미움 한 조각 비쳐 보이지도 않았다. 스쿠터를 사 준 것만 봐도 그가 얼마나 선하고 좋은 사람인지 알 수 있지 않은가.

　그녀의 원래 이름처럼 연한 핑크색의 125cc 이탈리아산 클래식 스쿠터는 그의 지나친 책임감을 증명하는 동시에 자신에겐 슬픔의 기억으로 남아 있다. 그래서 그녀는 이제 연분홍이라는 이름도 쓰지 않고 스쿠터도 타지 않는다. 스쿠터를 사 준 남자도 다시 보고 싶지 않다.

　'같이 아침 먹을래?'

　오늘 들었던 그 말은 1년 전 초등학교 운동장에서 그가 했던 말이다. 그를 다시 볼 때면 마음이 아프고 복잡해지지 않기를 바라며 그녀는 '다음에요.'라고 대답했던 것 같다. 그 남자를 전혀 보고 싶지 않다고 생각했는데 왜 그런 대답이 튀어나왔을까?

그가 스쿠터 뒤에서 얇은 셔츠에 감싸인 제 허리를 안았을 때는 뿌리치지도 못하면서 심장이 펄떡 뛰었었다. 봄날 아침의 바람이 열대의 오후처럼 갑자기 뜨거워져서였다. 목덜미에 와 닿는 그의 숨결에 민트향이 섞여 있어서였다. 핑계를 대는 마음만큼이나 새빨개진 얼굴을 들키기 싫어 그녀는 얼른 수도꼭지를 틀어 찬물에 얼굴을 담갔다.

빈 식판을 들고 퇴식구로 가는 홍진우의 뒤를 따라 그녀도 도시락 가방을 챙겨 음료수가 준비된 곳으로 갔다.

"매일 도시락 싸 와요?"

"네, 제가 보기보다 식성이 좀 까다롭거든요."

통통 튀듯 대꾸하며 웃었지만 반찬이 신 김치 볶은 것과 달걀프라이뿐인 걸 다 보여 줬으니 민망하긴 했다.

"그래도 커피는 마실 거죠?"

그녀는 고맙다고 말하며 홍진우가 건네주는 종이컵을 받아 들었다. 창가에 서니 무슨 우연인지 대학 병원의 이름을 단 버스 한 대가 도로를 천천히 지나가는 것이 내려다보였다.

그날 스쿠터 동호회의 남자에게서 현금을 받아 들고 강희는 아니, 연분홍은 저 대학 병원으로 뛰어갔었다. 그 뒤의 일은 종이컵 속에 눈물방울이 떨어질까 봐 떠올리고 싶지 않다.

"우리가 마시는 이 컵도 어제 그 회사에서 만든 거예요. 공원 기증이라니 사회 환원 사업으로는 딱 어울리는 일이었네요."

홍진우의 말에 그녀는 새삼스럽게 종이컵을 들어 '좋은 하루'라고 인쇄된 단순한 문구를 들여다보았다.

"덕분에 회사에 일감도 들어오고 좋죠, 뭐."

그러자 연분홍이라는 이름이 영업용 가명이었냐고 묻던 태신묵의 얼굴이 떠올랐다. 민준이 외삼촌님, 당신을 탓하는 건 아니에요. 그럴 이유도 없잖아요. 그냥, 당신을 보면 내가 안 될 것 같아요.

그런데 알 수 없는 건 그녀의 마음이었다. 오래된 다짐을 저버리고 그의 목소리가 귓가에서 떠나지 않았다. 마치 지금 바로 옆에서 속삭이는 것 같은 목소리. 같이 아침 먹을래?

사무실로 돌아오니 마 부장이 부른다. 오랜만에 자신에게도 일 같은 일이 돌아오나 싶어 생긋 웃으며 달려가니 사무실 안에 다 들리게 하는 말은 뜻밖의 질문이었다.

"연강희 씨, 혹시 어제 공원에서 한국 피앤피 쪽에 실수한 거 있나?"

사무실 안 직원들이 모두 이쪽을 흘끔거렸다.

"네? 제가요?"

생각하고 말 것도 없다. 어제 공원 기증식에서 그녀와 홍진우가 한 일이라고는 조경을 맡은 업체의 신입 사원으로 입구에 멀뚱히 서 있다가 행사 사진을 몇 장 찍고 마지막까지 남아 뒷정리를 거든 것밖에는 없었다. 대부분의 일은 공원을 기증한 회사이자 그녀가 속한 조경 회사에 공사를 맡긴 한국 피앤피

쪽에서 진행했기 때문이다.

"어제 검은 스커트 정장에 헤어스타일이 남자처럼 짧은 새까만 곱슬머리 여자가 우리 회사에 연강희 씨 말고 또 있었나?"

"무슨 일이신데요, 부장님?"

웬일로 신 대리가 뒤에서 나섰다. 그래도 부장이 붙여 준 직속 사수니까 나서 준다 싶어 그녀는 슬쩍 호소하듯 돌아보았다.

"그쪽 팀장 한 사람이 우리 직원한테 물건을 하나 맡겼는데 돌려받고 싶다고 했다는군."

그녀는 무슨 일인지 어리둥절하여 아무 대답도 못 하고 있었다.

"뭔지는 모르겠지만 돌려주면 되죠. 강희 씨, 어떻게 된 거야?"

"전 모르는 일이에요. 물건이 뭐든 제가 거기서 그런 걸 맡을 일도 없었구요."

마 부장까지 세 사람이 모두 어안이 벙벙한 채로 서 있는데 처음 전화 연락을 받았다는 서무과 여직원이 다시 들어와 부장에게 쪽지 하나를 건넸다.

"강희 씨가 직접 연락해 봐야겠는데? 중요한 물건인가 봐."

"전화해서 제가 무슨 일인지 알아볼게요. 그쪽에서 분명히 착각했어요."

하청 받은 회사의 일개 신입 사원이 공사를 맡긴 큰 기업체의 팀장에게 직접 전화를 걸어 해명하기에는 긴장되고 떨리는 일이었지만 그녀는 잘못도 없이 오해를 받고 있을 수는 없어

빨리 이 일을 수습하고 싶었다.

"어제 너무 정신이 없어서 그랬을 수도 있어. 강희 씨는 아니라고 생각할 수 있지만 사람이 워낙 많았으니까 건성으로 네, 하고 대답했을 수도 있지. 잘 생각해 봐."

자리로 돌아오자 신 대리가 차분하게 말했다.

서무가 건네주고 간 쪽지에는 한국 피앤피의 직통 전화번호가 적혀 있었다. 바로 전화를 거니 상냥한 목소리의 여직원이 받아 태신묵 팀장님의 자리라고 말한다. 강희는 오전에 그의 전화를 받았을 때는 듣지도 못했던 일을 새삼 회사를 통해 알려 오는 이유가 궁금하고 의아했다. 설마 그의 제안을 거절한 것 때문이리라고는 생각할 수도 없었다.

이쪽 회사의 이름을 대고 어제 공원 기증식에서 맡기셨다는 물건 때문에 전화를 했다고 하자 전화기 건너편의 여직원이 정중하게 대답했다.

— 팀장님 지금 잠깐 나가셨습니다. 하실 말씀 있으시면 제가 전달해 드릴까요?

그녀는 그가 이렇게까지 에둘러 자신을 만나려 하는 까닭을 알 수 없었다. 분명히 사적인 일일 텐데 회사 업무에 지장을 주는 쪽으로, 정확히는 신입 사원인 그녀의 이미지가 깎이는 거짓말까지 하며 불러낼 일이 뭐가 있을까?

"다시 전화 드리겠습니다."

수화기를 내려놓은 뒤 그녀는 핸드폰을 들고 사무실을 슬쩍 나왔다. 비상구 문을 열어 계단의 위아래에 사람이 없는 것을 확인한 다음 그의 이름이 민준이 외삼촌으로 입력되어 있는 번호로 전화를 걸었다.

— 1년도 더 지났는데 아직 내 번호 갖고 있었어? 기분 괜찮은데?

전화를 받자마자 그는 상대방을 확인도 하지 않고 조금은 능청스러운 웃음소리까지 흘렸다.

"민준이 외삼촌님, 뭐예요? 아깐 뭐 맡기셨다는 말 없으셨잖아요?"

— 넌 그 발음 어렵지도 않니?

왠지 이 말 역시 예전에 한 번은 들었던 듯했다.

"팀장님이라고 부를게요. 공적인 일이니까요. 제 이름 왜 바로 대지 않으셨어요? 옷차림하고 헤어스타일로 물어보셨다면서요?"

— 네 이름이 연분홍인지 연강희인지 다시 확인해 봐야겠다 싶어서.

그녀는 긴 말을 하기 싫어 입을 다물었다.

— 가져간 물건이나 도로 내놔.

"그런 거 없잖아요? 저를 회사에서 이상한 여자 만드셨어요. 왜 거짓말하셨어요? 어제 정말 뭐 맡기셨어요? 그렇다면 저 아니에요."

— 어제라고는 말 안 했어. 너희 회사에서 그렇게 생각한 거겠지.

설마…….

— 스쿠터 타고 나와. 돌려줘. 나한테 다시 팔아.

그녀는 순간 눈을 질끈 감으며 한숨이 터지려는 제 입을 손으로 막았다. 이 남자, 혹시 알고 있을까? 그래서 회사에까지 전화를 걸어 나를 곤란하게 만들었을까?

"돌려달라는 게 그거면 안 돼요. 제 물건이에요. 그렇다고 하셨잖아요. 팀장님한테 팔지도 않을 거구요."

듣는 사람도 없는데 목소리가 저절로 낮아졌다.

— 보고 싶어.

말문이 딱 막혀 버렸다. 이 남자가 보고 싶다는 것이 단지 스쿠터라는 걸, 제가 아니라는 걸 알면서도 그녀는 좋아하는 남자에게 고백이라도 받은 것처럼 가슴이 떨렸다. 착각하지 마, 연강희.

— 잘 있니?

"……그럼요."

스쿠터는 잘 있을 것이다. 할리 데이비슨 883을 타는 남자가 신혼의 아내에게 생일 선물로 사 준 것이니 관리도 잘하고 잘 타고 있을 것이다. 그 남자의 아내는 새것이나 다름없는 핑크 베스파를 타고 초등학교 운동장을 한 바퀴 돌고는 정말 어린애처럼 좋아했었다. 보고 있는 그녀가 다 흐뭇했을 정도였다.

— 어쨌든 토요일 아침에 한번 태워 줘. 타 보고 나서 얼마에 살지 말해 줄게. 지금이라도 원래 샀던 가격 그대로 다 줄 수 있어. 브런치는 네가 사고. 됐지?

이 남자가 이렇게 말이 많고 유들유들한 사람이었던가? 그녀는 태신묵이 어떤 사람이었는지, 그에 대해 아는 것도 별로 없다는 생각이 들었다. 제대로 된 대화를 나눴던 때는 두어 번뿐이었고 좋은 분위기도 아니었다.

"저, 드릴 말씀이 있어요."

— 토요일 11시까지 우리 회사 근처에 있는 공원으로 나와.

그가 공원의 이름과 위치를 말해 주었다. 그녀도 아는 공원이었다.

"스쿠터 타는 짧은 머리 여자라, 눈에 잘 뜨일 테니까 내가 금방 찾을게. 타고 있어."

그녀는 대답도 하지 못했다.

— 그런데 연분홍, 개명은 왜 했니?

"그것도 그때 말씀드릴게요."

전화를 끊은 후에도 그녀는 계단참에 그대로 서 있었다. 지난 1년 동안 잊으려 했던 그와의 불길한 인연을 하필이면 당사자에게 직접 털어놓아야 할지도 모른다는 사실이 난감하기만 했다.

2. 1년 전, 핑크 베스파

"11월에는 공휴일이 없습니다. 31일을 꽉 채우지 않고 그나마 하루를 덜 일하게 해 주는 것이 나름의 아량이라면 아량인 냉정하고 사무적인 달이 11월입니다."

첫 문장을 소리 내어 읽은 분홍은 그런가? 하고 잠깐 생각하다가 금방 입을 열었다.

"아니야, 오빠. 7월도 노는 날이 없는데?"

"뭐? 7월 17일 제헌절⋯⋯."

오빠의 입이 금세 다물어진다. 표정은 꽤나 낭패스러운 듯하다.

"이러니까 오빠가 나이 많은 걸 알겠어. 제헌절이 빨간 날이 아니게 된 게 몇 년 전인데 그걸 헷갈려? 여름휴가 생각하고 헷갈린 거 아냐?"

분홍은 큭큭, 소리 내어 웃었다. 엉덩이를 들고 테이블 건너편으로 집게손가락을 뻗어 오빠의 찌푸려진 미간을 살살 펴 주었다. 이럴 때의 오빠는 뮤지컬 배우 출신답게 감정도 표정 변화도 숨기지 못한다는 생각이 든다.

아니, 정말 그럴까? 오빠와 같은 극단에 있었던 다정 언니는 지난주 영화관에서 딴 남자와 팔짱을 끼고 있으면서도 얼굴색 하나 안 바뀌었는데……. 그때 분홍은 오빠에게 목격담을 전하려다가 말았다. 그만큼 다정 언니의 표정은 전혀 흔들림이 없었기 때문이다. 자신과 눈이 마주친 것이 맞나 싶었을 정도로, 나중엔 혹시 다른 여자를 잘못 본 게 아닌가 했을 정도로. 분홍은 그래서 그녀를 불러 세우지도 못했다.

"다시 써야 하는 거니?"

엄마는 분주히 치킨을 튀기면서도 다 듣고 계셨나 보다. 기름이 빠지는 사이 치킨을 담을 골판지 상자에 알루미늄 포일을 깔면서 남매가 앉은 테이블을 돌아보셨다.

"우리 핑크한테 미리 보이길 잘했네. 다시 써야지, 뭐."

엄마가 무심한 듯 던지는 말에 오빠는 고개를 푹 숙이고 한 손으로 머리를 감쌌다. 그래도 곧장 들어 올린 핏기 없는 얼굴에 해맑은 웃음이 스치긴 했다.

"나중에라도 알아냈을 거예요."

"칫, 그 문장으로 시작해서 한참 쓴 뒤에? 오빠, 마감이 내일이라면서? 그리고 뮤지컬 대본 써야 하는 건 또 어떡할 거야? 진짜 발등에 불 떨어졌네, 우리 오빠."

11월의 시인으로 선정된 주홍 오빠는 신문사에 넘겨야 할 글보다 극단에서 의뢰 받은 창작 뮤지컬의 대본 때문에 머리를 싸매고 있었다. 어제까지도 스토리가 풀리지 않는다고 투덜대 놓고는 지금은 또 괜찮아, 괜찮아 중얼거리는 소리에 분홍은 입술을 샐쭉거렸다. 그때 카운터에 놓인 전화가 울렸다.

"맛과 정성을 다하는 꼬꼬꼬 치킨입니다."

아직 익숙하지는 않지만 주문을 하는 전화기 건너편의 손님 은 눈치 채지 못할 만큼 매끄러운 목소리가 분홍의 입술에서 흘러나왔다. 오빠와 엄마가 마주 보며 싱긋 웃었다.

"나모 테크요?"

잘못 걸려 온 전화이긴 했지만.

"전에도 나모 테크 찾는 전화 몇 번 받았는데요, 저희 이 번호 얼마 전에 개업하면서 새로 받은 번호거든요. ……네, 번호 는 맞아요. 다시 확인하고 걸어 보세요. ……네에."

분홍은 전화기를 내려놓으면서도 친절한 영업용 미소를 그대로 입가에 달고 있었다.

"나한테 고맙대."

"우리 핑크는 참 착하고 싹싹하기도 하지."

엉덩이라도 토닥일 것처럼 엄마가 흐뭇하게 쳐다보셨다. 그럴 때의 미소는 오빠와 똑같다. 여리고 맑은 심성도 시와 노래 를 좋아하는 취미도 닮은 두 사람이었다.

"어려울 것도 없잖아. 거래처인 모양인데 이래야 저쪽에서 도 덜 번거로울 테고."

"연분홍! 너 혹시 아침에 눈뜨자마자 오늘은 또 무슨 착한 일을 할까, 그런 거 생각하니?"

어깃장을 놓는 것 같으면서도 오빠의 서글서글한 눈은 여전히 웃고 있었다.

"엄마, 애 초등학교 1학년 때 장래 희망 쓰는 난에 '우산 장수'라고 쓴 거 기억나세요?"

"왜 잊어버리겠어? 수업 참관 때 담임 선생님이 일으켜 세워서 칭찬도 해 주셨는데."

분홍의 입에서는 '히히' 하고 웃는 소리가 말풍선처럼 튀어나왔다.

"내가 그랬었지. 비 오는 날 우산 씌워 주는 친구도 없는 애들한테 빌려주고 싶어서."

"너 그러다가 주문 전화 다 놓친다."

오빠의 핀잔에 분홍이 흥, 하고 대구하자 맞장구라도 치듯 다시 울린 전화는 이번엔 제대로 된 주문 전화였다. 분홍은 영업용 단말기에 메뉴를 입력하며 큰 소리로 외쳤다.

"오리지널 하나요! 웨지감자에 콜라 1.5리터 추가!"

20분 만에 분홍의 스쿠터에는 치킨을 담은 상자가 다시 종이 백에 넣어져 대롱대롱 매달렸다. 시동을 켜는 열쇠의 고리에도 조그만 곰 인형이 매달렸다. 상체를 앞으로 내밀며 스쿠터의 스탠드를 젖히고 출발하자 뒤에서 엄마가 소리치셨다.

"아르바이트생 금방 온댔어! 그것만 배달하고 집에 올라가!"

토요일 오후 4시, 50cc 중고 스쿠터는 10월 말의 서늘한 바람을 가르고 샛노란 은행나무가 줄지어 늘어선 신도시 아파트 단지의 도로를 경쾌하게 내달렸다. 단단히 영근 작은 살구 같기도 한 은행 알들이 스쿠터의 바퀴에 깔려 툭툭 터지며 고약한 냄새를 피워 올렸지만 공원의 단풍나무와 팽나무의 붉고 노란 잎들처럼 그런 냄새 또한 늦가을의 풍경에 제법 어울렸다.

검은 헬멧을 쓰고 두툼한 배달용 점퍼에 파묻힌 날씬한 몸이 스쿠터와 하나가 되어 달리다가 멈춘 것은 횡단보도 앞에서 붉은 신호를 받고 나서였다. 분홍은 스쿠터가 차량 통행을 방해하지 않도록 그리고 자동차들 사이에서 스스로의 안전을 지킬 수 있도록 천천히 앞으로 나갔다.

분홍을 그 후로도 오랫동안 후회하게 만들 빈 라면 박스는 횡단보도 위에 보란 듯이 떨어져 있었다. 라면 박스 위에는 박스를 접은 노인이 신었을 운동화 자국이 선명했지만 어찌된 일인지 제대로 접히지 않고 펼쳐져서 더러운 유기견처럼 찬바람에 떨며 서 있었다. 애써 주운 라면 박스가 폐지를 잔뜩 실은 리어카에서 흘러내린 줄도 모르고 작은 몸집의 할머니 한 분이 거북이처럼 움직이고 있는 모습이 시야로 들어왔다.

분홍은 폐지를 모아 파는 할머니의 사정도 생각했지만 라면 박스가 직진 신호를 기다리는 차량들의 통행에 분명히 방해가 될 것이 신경 쓰였다. 재빨리 스쿠터를 몰고 나가 주워 올린 다음, 횡단보도의 녹색 신호등이 꺼지기 전에 도로를 가로질러 리어카를 쫓아갔다.

"할머니, 라면 박스 떨어졌어요!"

다행히 할머니는 뒤를 돌아보셨고 분홍이 스쿠터에 탄 채 건네주는 빈 박스를 이번엔 제대로 꾹꾹 밟아 접었다. 그리고 폐타이어를 잘라 만든 검고 긴 고무 바 밑으로 단단히 끼워 넣었다.

"고마워, 학생."

"조심히 가세요."

조심하라는 말은 곧 자신에게 더 필요한 말이 될 줄도 모르고 분홍은 스쿠터를 돌려 다음 신호를 기다렸다. 횡단보도에 다시 파란불이 들어와 사람들이 건널 때 좌회전 차선으로 가서려는 생각이었다.

"학생, 길 좀 물을게."

바로 옆에서, 아니 75도쯤 위쪽에서 들리는 목소리는 헬멧을 사이에 두고도 선명하고 또렷했다. 그런 울림이 크고 그윽한 목소리가 옆에서 들린다면 누구라도 한 번쯤 돌아보고 싶었을 것이다. 분홍은 헬멧의 투명 실드를 올리고 목소리의 주인인 젊은 남자의 얼굴을 맨 눈으로 쳐다보았다.

늦가을의 낙엽 쌓인 거리에서 진한 커피 한 잔을 권하며 속삭여 줄 것 같은 부드러운 목소리와 달리 그 남자에게서는 햇볕에 그을린 듯한 가무잡잡한 피부가 제일 먼저 눈에 띄었다. 그들이 서 있는 10월 오후의 도시 풍경과는 어울리지 않는 이질적이고 강렬한 햇빛의 냄새가 남자에게서는 났다. 그런 피부색으로는 한여름의 작열하는 태양 아래 얼음 속에서 꺼낸 차가운 맥주병을 들고 있어야 어울릴 것 같았다. 자신을 내려다보고 있는 눈동자에 늦가을 오후의 햇빛이 반사되어서였을까? 분홍은 굵고 짙은 눈썹 아래 낙엽처럼 갈색이 섞인 그의 눈동자를 홀린 듯 바라보았다.

오빠의 말로는 '찰나刹那'는 가느다란 실 한 가닥이 끊어지는 순간을 64등분 한 시간이고 수학적으로는 75분의 1초라고 했다. 그런데 남자의 얼굴을 돌아보는 짧은 순간 그 말이 생각난 것도 신기하지만, 찰나의 시간에도 얼마나 많은 감탄을 할 수 있나 새삼 놀라울 정도로 그 남자의 눈빛 하나만은 목소리와 잘 어울렸다.

"네? 다시 말씀해 주실래요?"

여자들이 불친절해지기 어려운 인상에 다시 듣고 싶은 목소리까지 겸비하긴 했지만 남자는 그다지 선선한 사람은 아닌 모양이었다. 그의 얼굴을 쳐다보느라 두 귀까지 덩달아 한 박자 놓쳤을 때, 남자는 모르는 길이 아쉬운 사람답지 않게 멀뚱멀뚱 그녀를 내려다보다가 느리게 입을 열었다.

"구청 가려면 어디서 타야 하느냐고."

분홍의 머릿속에서 가게 벽면에 붙어 있는 신도시 전도全圖와 배달 가능 구역의 상세한 지도가 쫙 펼쳐졌다. 이곳 사거리에서 거기까지 차 타고 가려면…….

"저기 버스 정류장에서 마을버스 타세요. 배차 간격은 좀 길지만 10분만 타면 도착해요."

분홍은 손가락을 뻗어 20미터 전방을 가리켰다. 한 번밖에 안 가 봤지만 맞을 거야, 아마.

"그래?"

고맙다는 말도 못 하는지 남자는 뚜벅뚜벅 분홍이 가리킨 쪽으로 걸어갔다. 질 좋은 소재의 회색 양복에 깨끗하고 잘 닦인 구두를 신은 건장한 뒷모습이 낙엽이 깔린 보도블록 위에서 금세 멀어졌다.

우리 오빠도 저렇게 입고 나가면 멋지겠다. 분홍은 오빠의 수술이 끝나면 백화점의 크리스마스 세일 때 양복을 새로 사 줘야겠다던 엄마의 말을 떠올렸다. 나도 그 틈에 코트 한 벌 얻어 입으면 좋겠는데……. 헬멧의 실드를 내려 늦가을 찬바람을 막으면서 분홍의 입가에는 슬며시 웃음이 피어올랐다.

횡단보도에 다시 파란불이 들어오고 좌회전 신호를 기다리며 서 있는 차량들의 맨 앞으로 스쿠터를 몰고 가 섰을 때 분홍은 문득 깨달았다. 마을버스 한 대가 멀리 대각선 방향에서 보였기 때문이다. 아차! 저 버스는 순환하는데, 건너서 타야 하는데…….

남자를 돌아보니 그는 다행히 버스 정류장에 서 있었다. 횡단보도의 파란 신호등은 아직 두 칸이나 남아 있다. 분홍은 이번엔 라면 박스를 줍기 위해서가 아니라 남자에게 길을 제대로 가르쳐 주기 위해 스쿠터를 틀었다.

50cc 중고 스쿠터는 가속이 재빨리 붙지 않는다는 것을 먼저 생각했더라면, 신호등의 파란불이 몇 칸 남았다고 너무 믿을 것이 아니라 차들이 서 있는 오른쪽을 돌아봤더라면, 그리고 손님을 태우려는 택시는 보행자들이 횡단보도를 다 건너면

가끔 그렇게 미리 출발한다는 것을 잊지 않았더라면 분홍은 자신의 스쿠터가 왼쪽으로 미끄러지는 것을 느낄 일이 없었을 것이다. 시동 키에 달려 있던 새끼손가락만 한 곰 인형이 아스팔트 위에서 찌그러지는 것을 볼 일도 없었을 것이다. 급정거하는 택시의 앞 범퍼가 닿은 곳은 제 종아리와 무릎이었는데 정작 비명은 보도 위의 낯선 여자들에게서 터져 나오는 것도 들을 일이 없었을 것이다.

스쿠터가 택시와 부딪히기 몇 초 전, 차도로 한 발 내려서서 제 쪽으로 다가오는 택시를 보고 있던 신묵은 스쿠터가 먼저 택시에 돌진한 것인지 택시가 스쿠터를 밀어 버린 것인지 알기가 어려웠다. 택시의 브레이크가 파열되는 것 같은 소리와 스쿠터가 둔탁하게 넘어지는 소리까지 귀에 들어왔지만 마침 유턴을 해 제 앞에 와 선 낯익은 자동차가 조수석의 차창을 내리며 시선을 돌리게 했기 때문이다.

"형, 타! 늦어서 미안!"

"그냥 택시 타고 가려고 했다."

신묵은 조수석의 안전벨트를 매느라 뒤쪽 횡단보도의 상황을 정확히는 알 수 없었지만 옆으로 누운 스쿠터의 바퀴가 헛돌다가 멈추는 것은 사이드미러로 보았다.

"사고 난 거지?"

육촌 동생인 우성이 중얼거리며 곧바로 출발시키는 차 안에서 그가 할 수 있는 건 아무것도 없었다. 조금 전 길을 가르쳐 준 스쿠터의 여학생이라는 것도 알았지만 그 학생이 왜 택시와 부딪혔는지 그로서는 관심을 둘 것도 상관할 것도 없는 일이었다.

택시에서 내린 기사는 붉으락푸르락 단풍보다 더 낯빛을 붉히며 쓰러진 스쿠터로 다가갔다.

"야! 조심해서 보고 건너야지! 오토바이가 왜 차도로 안 다니고 횡단보도를 건너?"

신호를 제대로 지키지 않은 잘못은 잊어버렸는지 택시 기사의 목소리가 점점 높아졌다. 그러다가 바닥에 쓰러진 채 오른손으로 왼쪽 팔꿈치를 움켜쥐고 있는 그녀에게 다가와 허리를 굽히며 귀를 기울였다.

"뭐? 뭐라고?"

"뭐라고 하는 거예요?"

중년의 아주머니 한 사람이 핸드폰을 꺼내 119를 일단 눌러 놓고 택시 기사에게 되물었다. 늙은 기사의 표정은 곧 어리둥절해졌다.

"건너가서 타야 한다는데요?"

정작 그 말을 전해 들었어야 할 남자는 벌써 사라진 뒤였지만.

라면 박스가 도로 한가운데 떨어져 있더라도 상관하지 말고 제 갈 길을 갈 것. 라면 박스를 주워 폐지 줍는 할머니의 리어카에 실어 주더라도 횡단보도의 신호를 기다리지 말고 차도로 들어가 제 갈 길을 갈 것. 신호를 기다리는 틈에 가을을 닮은 목소리와 눈동자의 남자가 길을 묻더라도 모른다고 대답하고 제 갈 길을 갈 것. 잘못 가르쳐 주었다는 걸 뒤늦게 깨닫더라도 굳이 바로잡아 주러 되돌아가지 말고 역시 제 갈 길이나 잘 갈 것.

"너나 잘하세요."

분홍은 가게 벽에 붙은 거울 속의 명랑한 얼굴을 향해 일부러 눈썹을 일그러뜨리며 외쳤다. 그래도 크리스마스트리처럼 반짝반짝 웃는 얼굴로 금세 돌아오긴 했다.

"무서워하지 마, 연분홍!"

깁스를 푼 자리에 아직 흉터가 그대로 남아 있는 왼팔을 오른손으로 토닥였다.

"누나, 정말 배달 갈 거예요? 사장님한테 나 혼나는데……."

주방에서 나온 아르바이트생 호영이가 분홍이 헬멧을 푹 눌러쓰는 모습을 불안해하며 바라봤지만 주문 받은 치킨이 든 종이 백들을 양손에 들고 배달할 주소를 한 번 더 확인하는 것까지는 말리지 못했다.

"내가 알아서 할게. 크리스마스이브에 배달할 사람이 어떻게 한 명밖에 없니? 이러다 새로 생긴 집에 단골 다 뺏긴다. 안 그래도 자고 일어나면 생기는 게 치킨 가겐데."

"사장님 오시면 뭐라고 해요? 누나 찾으실 텐데."

"엄만 오빠 저녁 식사 나오는 거 보고 오실 거야. 병원에서 여기까지 한 시간은 더 걸리니까 그 전엔 괜찮아. 그럼, 너 믿고 간다! 주문 전화 친절하게 잘 받아!"

사고가 난 이후로 처음 타는 스쿠터였다. 택시와 부딪혔던 50cc 중고 스쿠터는 불행히도 그 순간 운명을 다했다. 보험도

들 수 없는 작은 배기량에 인수할 때부터 주행 거리가 꽤 되긴 했지만 기름 값도 얼마 들지 않았던 기특한 녀석이었는데……. 게다가 원동기 면허를 따고 돈을 모아 처음으로 장만한 통학용 스쿠터였으니 사람으로 치면 제 임무도 아닌 시간 외 근무를 하다가 산업 재해에도 해당하지 못하는 억울한 죽음을 당한 셈이었다.

"오늘 하루 잘 부탁해!"

분홍은 배달용 스쿠터의 몸체를 툭툭 두드렸다. 그리고 뺨을 후려치듯 매서워진 바람을 헬멧으로 막으며 첫눈이 녹지 않은 신도시의 도로를 달렸다. 통학용 애마였던 50cc 택트보다 훨씬 좋은 125cc 가게 스쿠터지만 마찬가지로 중고다. 이전 주인이 관리를 잘했다고 하더니 성능은 나무랄 데가 없었다.

"어, 바로 이 길이었네!"

마침 횡단보도를 저 앞에 놓고 두 달 전 그날처럼 빨간 신호등이 켜졌다. 50cc 중고 택트를 애도하며 잠시 묵념.

가까운 곳부터 배달을 돌고 나니 마지막 남은 곳은 신도시에서도 대형 평수의 주상 복합 건물이었다. 지저분하게 쌓여 있는 눈을 경비 아저씨가 단단한 삽으로 깨부순 뒤 한곳에 모으고 있었다. 분홍은 건물 바로 앞에 스쿠터를 세우고 로비를 지나 공동 현관 앞에서 2301호를 눌렀다. 인터폰의 목소리에게 치킨 배달을 왔다고 대답하자 유리문이 바로 열렸다. 엘리베이터 안의 안내 문구는 보안을 위해 외부인은 헬멧을 벗어 달라고 말했지만 춥고 귀찮기도 해서 눈을 가린 실드만 올렸다. 23층에서 내렸을 때는 복도의 창밖으로 신도시의 초저녁 불빛이 가게 안의 크리스마스트리처럼 따스하게 반짝이는 것이 보였다.

"야, 이민준!"

문을 열어 준 남학생을 보자 분홍은 단번에 웃음이 터졌다.

"선생님이세요?"

쑥스럽기도 하고 반갑기도 한 얼굴로 그녀를 맞은 남자애는 바로 한 달 전까지, 그러니까 택시와 사고가 난 후에도 일주일에 두 번씩 만나 과외 공부를 가르쳤던 학생이었다. 기초 수준의 영어와 수학을 배우던 중학교 야구부 녀석은 현관문을 열고 서 있는 지금도 프로 구단의 로고가 선명한 반팔 티셔츠를 입고 있었다. 등에는 좋아하는 투수의 백넘버와 이름이 쓰여 있을 것이다.

분홍은 머리에 쓰고 있던 검은 헬멧을 벗으며 다시 민준이를 쳐다보았다. 이럴 때 영화 속의 여배우들은 한결같이 머리를 천천히 흔들며 폭포수처럼 쏟아지는 길고 매끄러운 모발과 약간은 섹시한 자태를 자랑하듯 보여 주던데, 사춘기의 제자 앞에서 그럴 수 없기도 하겠지만 어쨌든 그녀는 목덜미와 귀가 다 드러나는 짧고 새까만 곱슬머리를 깁스를 푼 왼손으로 쓱쓱 빗어 내렸다. 그 모습은 조카의 뒤에서 지갑을 갖고 다가가던 신묵의 홍채 안으로 순식간에 빨려 들어갔다.

"네가 주문했니? 여기 너희 집 아니잖아."

신묵은 치킨을 들고 온 어린 여자, 자세히 보니 예쁜 남자처럼도 생긴 여자가 조카를 어떻게 아는지 궁금했지만 일단은 한 발 떨어진 뒤에서 말없이 지켜보았다.

"선생님네 가게 같다고 생각은 했지만 직접 오실 줄은 몰랐어요."

재미있다는 듯 여자는 소리 내어 웃으며 종이 백을 눈높이로 들어 올렸다.

"네, 맛과 정성을 다하는 *꼬꼬꼬* 치킨입니다."

그러고는 민준이의 뒤에 서 있는 그가 돈을 지불할 사람이라는 걸 알아챈 듯 팔을 쭉 뻗어 내밀었다. 따끈한 온기와 군침 도는 냄새가 풍기는 치킨은 얼떨결에 신묵의 품에 안겼다.

"이민준, 너 이사 왔어?"

그를 제대로 쳐다보지도 않고 눈길이 조카에게 고정되어 있는 것이 얼핏 건방진 인상을 주었다.

"아뇨, 여긴 외삼촌 집이에요. 전 놀러 왔구요."

그제야 어린 여자의 시선이 정확히 그에게로 다시 향했다. 순전히 영업용 미소를 지으려 했을 표정이 일그러지며 미간이 찌푸려지는 데는 2, 3초도 걸리지 않았다. 자신이 왜 이렇게 화살을 쏘는 것 같은 눈빛을 받아야 하는지 영문도 모르는 채 서서 그는 혹시 이 여자와 조금이라도 일면식이 있는지 제 머릿속을 스캔해 보았지만 알 수 없었다. 종이 백을 내려놓고 재빨리 지갑을 열어 신용카드를 꺼낸 것은 그래서였다.

"카드로 결제할게요."

외모로 봐서는 반말을 해도 전혀 어색할 것 같지 않지만 조카가 선생이라고 불렀으니 그는 일단 높임말을 썼다.

"목소리 들으니까 분명하네요."

엉뚱한 대꾸를 하며 여자는 그가 내민 카드를 멀뚱히 내려다보기만 하고 받지 않았다. 무슨 뜻이냐고 묻기도 전에 여자가 말을 이었다.

"카드 안 돼요. 단말기 안 가져왔어요. 카드 쓸 거면 주문할 때 미리 말해야 하는 거 모르세요? 현금 없어요? 만 8천 원밖에 안 되는데."

그는 뿌루퉁한 목소리로 쏘아 대는 여자를 어이없어 하며 내려다보았다. 치킨 배달원이 고객에게 하는 말치고는 꽤나 불친절한 데다가 뭘 가르쳐서 선생이라는 소리를 듣는지 모르겠지만 민준이가 듣고 있지 않은가. 게다가 서로 초면인 사이에…….

그는 두 장밖에 남지 않은 만 원 지폐를 지갑에서 꺼내 내밀었다. 여자는 그것마저 거친 손길로 홱 낚아챘다.

"현금 있었네요. 현금 있으면 현금 쓰세요. 카드 수수료 떼어 가면 우리도 남는 거 없다구요."

그러고는 그가 화를 내기 전에 아니, 화를 내야 하나 말아야 하나 생각하기도 전에 천 원짜리 두 장을 건네고는 민준이에게 손을 흔들었다.

"안녕!"

맛있게 먹으라든가 또 주문해 달라는 말도 없이 그뿐이었다. 복도 끝에 보이는 엘리베이터가 여전히 23층에 멈춰 서 있어서 여자가 그대로 올라타지 못했더라면 꽤나 스타일을 구겼겠다 싶도록 재빠른 퇴장이었다.

"안녕히 가세요, 선생님!"

엘리베이터의 문이 닫히는 틈새로 민준이의 목소리가 겨우 흘러 들어갔다.

"누구야?"

거실 테이블에 치킨 포장이 펼쳐지고서야 그는 조카에게 제대로 물을 수 있었다. 중학교 야구팀의 투수 유망주인 조카는 텔레비전의 메이저 리그 재방송에 눈을 둔 채 가슴살부터 먼저 골라 먹기 시작한다.

"과외 선생님이에요."

"그러면서 치킨 배달도 해?"

"선생님 댁에서 하는 가게가 이 근처라고 했었어요."

그는 종이 백에 들어 있는 광고 전단을 새삼스러운 눈으로 읽어 보았다. 그리고 날개로 보이는 작은 조각을 들어 한 입을 뜯었다. 자카르타 시내의 쇼핑몰에서 한국의 간장 치킨을 모방했다는 가게를 보긴 했지만 원조 브랜드의 치킨을 먹어 보긴 처음이었다. 단맛이 강한 인도네시아 음식과는 확실히 달랐다.

"근데 성격이 원래 저러니?"

"왜요?"

민준이의 목소리는 지루한 경기 내용만큼이나 무덤덤하게 들렸다.

"너무 불친절하잖아."

"안 그래요."

텔레비전 화면에 집중하느라 자세히 얘기하고 싶지도 않아

보이는 조카에게 자신은 또 뭘 자꾸 묻고 싶은 건가 해서 그도 질문을 그만두려 했다. 마침 4회 말이 끝나고 광고가 시작된 것이 민준이의 입을 다시 열게 했다.

"재미있게 잘 가르쳤어요."

"지금은 안 와?"

운동만큼 공부도 잘했으면 좋겠다고 걱정하던 누나의 말이 떠오르자 무슨 과목을 배웠느냐고 물어봐야 하는 거 아닌가 싶었지만 나중의 일이었다.

"안 와요."

왜라고 말하려던 그는 입을 다물었다. 어딘가 낯설지 않은 눈동자와 목소리였다는 이유만으로 자꾸 묻기에는 제 호기심이 지나친 것 같았다.

"엄마가 잘랐어요. 택시랑 사고 나서 수업 빼먹은 데다 스쿠터 타고 다니는 거 위험해 보인대요. 깁스 풀고 목발까지 하고 와서 보충해 줬지만요. 뒤에 남자 태우고 다니는 것도 엄마가 한 번 봤대요."

누나도 참, 별걸 다 맘에 안 들어 한다 싶다가도 그는 택시와 스쿠터라는 단어가 제 귓가에서 벌처럼 붕붕대며 떠나지 않는 것을 느꼈다. 목소리 들으니까 분명하다고, 수수께끼 같은 말을 중얼거렸던 여자의 음성도 되살아났다.

"어차피 졸업하기 몇 달 전에 그만둘 거라고 했었어요. 취직 준비 한다고."

"그 선생, 대학생이야?"

고개를 끄덕인 민준이는 다시 시작된 경기에 집중하며 이번엔 정말로 입을 닫아 버렸다. 거실 테이블에 놓인 제 핸드폰이 울릴 때는 발신인의 이름이 뜨는 것을 보고 외삼촌을 한 번 쳐다보기만 할 정도였다. 그가 조카의 핸드폰을 받았다.

"응, 누나."

— 어, 신묵이니? 민준이는 뭐하고 네가 받아?

"누나 아들 지금 야구 경기 보고 있어."

— 그래? 우리 아들 잘 있지? 조금 있으면 저녁 시간일 텐데 밥 좀 잘 챙겨 줘.

"여기 걱정은 말고 매형이랑 재밌게 지내다 와요. 시차 적응은 이제 했는지 모르겠네."

나이 차이가 많진 않지만 어려서부터 떨어져 살았던 누나에게 그는 가끔 존댓말을 섞어 썼다.

— 안 그래도 네 매형 제대로 관광도 못 하고 여전히 컨디션이 별로야. 비행기 탈 때마다 왜 저러는지 모르겠다. 나 혼자 나가서 잘생긴 서양 남자들 확 꼬실까 봐.

"능력 되면 해 보든지요."

크리스마스에 결혼을 한 누나 부부는 올해는 결혼 기념 여행을 간다며 회사의 휴가를 모아 유럽으로 떠났다.

— 신묵아, 크리스마슨데 안 나가? 데이트 없니?

누나의 말투는 조카의 직구 같다.

"그런 거 생각하는 사람이 남동생한테 아들 맡기고 열흘씩이나 해외로 나가요?"

그 뒤의 대화는 미안해하는 척하는 누나와 화난 척하는 남동생의 역할 연기로 이어지며 끝났다. 이슬람교도가 대부분인 인도네시아에도 종교의 자유는 있어 크리스마스트리를 볼 수 있었지만 어렸을 때도 한 번 챙기지 않았던 날에 이제 와 특별히 기분을 낼 생각은 없었다. 종교가 없는 사람과는 믿고 거래할 수 없다고 여기는 인도네시아인들의 관념 때문에 그는 유교를 믿는다는 대답을 하곤 했었다. 누나야 매형을 만난 뒤엔 달라진 모양이지만 크리스마스라고 해도 그에게는 여느 날이나 마찬가지였다.

그는 누나만이라도 행복한 결혼을 하고 좋은 아내와 엄마로 살고 있는 것이 다행이라고 늘 생각했다. 조카인 민준이가 따뜻하고 자상한 아버지 밑에서 태어나 자라는 것을 보면 매형에게 고맙고 감사한 마음까지 들었다.

민준이에게 핸드폰을 넘긴 그는 엄마의 질문에 성의 없는 대답을 하고 끊는 조카의 어깨를 툭 쳤다.

"냉장고에 반찬 놔두고 이런 거 시켜 준 거, 엄마가 알면 잔소리하겠다."

그는 여자가 남기고 간 광고 전단지를 종이 백과 함께 옆으로 치우며 그녀에게 향하려던 호기심 역시 접어놓았다.

크리스마스에 만날 남자 친구가 없다는 것에 분홍은 한 번도 속상해하거나 외롭다는 생각을 해 본 적이 없었다. 오히려 연애를 안 하는 것이 이상하다는 듯 굴며 혼자 있는 걸 못 견려 하는 여자애들이 한심하게 생각되었다. 넌 왜 남자 안 사귀어? 가끔 그렇게 묻는 친구도 있었다. 있으면 있는 거고 없으면 없는 거지, 크리스마스에 데이트가 없다고 해서 어딘가 모자란 여자처럼 취급하는 건 또 뭐람! 그래서 분홍은 지금 핸드폰 너머로 들려오는 진선의 수다도 반쯤은 듣는 둥 마는 둥 하고 있었다.

— 근데, 넌 왜 집에 있어? 누구 안 만나?

"배달 나가야지. 가게 바빠."

— 어휴, 너만 효녀 해라. 알았어. 밸런타인데이 전에는 이 언니가 남자 하나 붙여 줄게.

진선이 다시 들뜬 목소리로 돌아가 '오빠'가 준비했다는 데이트 코스와 자신이 기대하는 선물을 종알대며 얘기했다.

"현중 선배가 그렇게 자상한 사람이었나?"

분홍은 살짝 뿌루퉁해질 뻔했다. 현중 선배에게 특별한 감정을 가진 적은 없다. 진선이 주홍 오빠를 좋아하는 걸 다 아는데 그 마음을 접고 다른 남자에게로 돌아선 친구가 은근히 얄미웠기 때문이다. 그리고 진선이 그렇게 된 이유에는 영문도 모르고 있을 다정 언니가 있었다.

진선은 약속 장소에 다 왔다며 전화를 툭 끊었다. 분홍은 거실에 앉아 텔레비전을 보고 있는 제 오빠를 돌아보았다.

"오빠, 얘는 글쎄 택시 안에서 별 수다를 다 떤다? 기사 아저씨가 듣고 있는데 상관없나 봐."

다정 언니에게는 우리 주홍 오빠가 이 시간 함께 있어야 할

'오빠'일 텐데 왜 아직 외출 준비도 안 하고 있을까? 분홍은 어쩐지 묻기가 망설여졌다. 오빠는 소파에 비스듬히 기댄 채로 희미하게 웃을 뿐이었다. 핏기 없는 입술의 선이 올라가려다 만다.

"오빠, 안 나가?"

그 말 속에 숨은 뜻을 읽었겠지.

"너나 나가서 친구 만나. 가게 내려가지 말고."

진선이도 반했던 섬세하고 수려한 얼굴이 여동생을 보며 부드럽게 웃었다.

"난 설거지해 놓고 내려갈 거야. 계집애 수다 들어 주느라 아까운 시간만 흘렀네."

"정말 가게 갈 거야? 어제도 엄마 몰래 배달 갔다가 혼났다며?"

"배달이든 뭐든 바쁜 시간인 거 뻔히 아는데 할 수 없잖아."

대답을 하며 분홍은 오빠가 뭘 그렇게 오래 보고 있나, 텔레비전으로 눈이 갔다. 크리스마스 특집이라고 가톨릭 수도자들의 생활을 밀착 취재한 다큐멘터리를 내보내고 있었다. 오빠가 갑자기 엉뚱한 말을 던졌다.

"나도 저렇게 신부神父나 될걸 그랬다."

"신부는 결혼 못 하잖아. 다정 언니는 어쩌고?"

분홍은 자신도 모르게 조마조마해졌다.

"신부나 수녀는 무슨 병이 들어도 가톨릭 교단에서 다 치료해 준대."

"오빠, 찌질해."

여동생이 흥을 보는데도 돌아오는 것은 여전히 맑고 여린 미소였다. 분홍은 더 묻지도 못하고 부엌으로 들어가 설거지를 마저 했다. 남들이 말하는 으리으리한 집안의 막내딸인 다정 언니와 오빠가 오래가지 못할 수도 있다는 생각을 그녀도 전혀 안 해 본 것이 아니었다. 그래도 하필이면 오빠의 수술 날짜가 얼마 안 남은 때에……. 분홍은 두 달 전 영화관에서 목격한 다정 언니와 낯선 남자를 다시 떠올렸다.

"가게 스쿠터 조심해서 몰아! 신호 잘 보고."

오빠에게 약 봉투와 물을 미리 가져다주고 제 방으로 들어가는데 말리지도 못하는 잔소리가 뒤에서 들렸다. 분홍은 점퍼를 단단히 여며 입고 장갑과 헬멧을 챙겼다.

살림집인 2층의 계단을 내려가 가게 문 앞에 서서 보니 크리스마스 오후의 분위기가 절정에 오른 듯 상가 앞 도로에 사람들이 북적대고 있었다. 캐럴도 크게 들렸으면 좋겠는데 음반 저작권법이 강화되면서 가게에서 노래를 내보내는 것도 돈이 드는 일이라 음악은 없었다. 대신 앳되어 보이는 아마추어 밴드 한 팀이 공터에 검은 스피커 두 대를 설치하고 분홍이 듣기에도 그다지 뛰어나달 수 없는 연주를 이제 막 맞춰 보고 있었다. 밴드의 리더인지 해골 문양이 선명한 검은 두건을 쓴 남자애가 똑바로 하라며 욕을 내뱉었다.

"엄마!"

가게 문을 밀며 들어가자마자 분홍이 소리친 이유는 뜨거운 기름에 손을 덴 듯 엄마가 오른 손목을 왼손으로 꼭 쥐고 어쩔 줄 몰라 하고 계셨기 때문이다. 혹시 제가 불쑥 들어서는 바람에 엄마가 놀라서 손을 데었나 싶게 동시에 일어난 일이었다.

"어, 핑크야. 엄마 괜찮아."

분홍이 냉동실의 얼음을 재빨리 바가지에 쏟아 엄마에게 가져갔고, 그사이 차가운 수돗물을 틀어 빨간 손을 식히고 있던 엄마는 얼음이 가득 찬 바가지에 오른손을 푹 파묻으셨다.

"나가서 연고 사올게. 아니, 병원부터 가 봐야 하지 않아?"

경황없이 말을 쏟아 내는데 엄마는 오히려 분홍을 다독이셨다.

"카운터 밑에 서랍 열어 보면 화상 연고 있어. 그거나 갖다 줘. 이런 일이 한두 번이었어야지. 아휴, 조심한다고 했는데 우리 핑크 너무 놀라게 했네."

"엄만 집게 안 쓰고 손으로 닭을 튀겨? 조심 좀 해."

걱정이 섞인 핀잔을 쏟아 놓으며 분홍은 얼른 연고를 찾아냈다. 엄마의 손을 얼음에 한참을 더 식힌 후 물기를 닦고 연고를 조심스레 펴 발랐다. 열기가 빠져서인지 연고를 바르고 나서 보자 동전만 한 크기로 기름이 튄 자국이 몇 군데 남았다.

"그래도 이만하기가 다행이다. 주문이 밀리니까 내가 좀 정신이 없었어."

"호영이는? 배달 갔어?"

분홍은 희고 고운 엄마의 손에 갈색 얼룩이 자꾸 생기는 것이 속상해서 자리를 비운 아르바이트생부터 탓했다. 설마, 지난번에 목격한 것처럼 어디 골목에서 인형 뽑기나 하느라 시간을 허비하고 있는 건 아니겠지?

"너 안 나와도 됐어. 호영이 금방 올 거야."

"아니야. 내려와 보길 잘했네. 이건 내가 마저 할게. 순살 양념이네?"

차례대로 놓인 주문 표를 쭉 훑어보고 분홍은 나머지를 튀겨 양념에 버무린 뒤 익숙한 손길로 포장까지 했다.

"기름도 갈아야겠는데……."

"엄마, 그건 내일 문 열 때 하면 되잖아. 내가 내려올게."

프랜차이즈 본사에서 내려준 매뉴얼보다 엄마는 더 빠른 주기로 기름을 갈았다.

"됐으니까 핑크 넌 제발 집에 올라가. 너까지 안 나서도 돼."

택시와 사고가 난 후로 엄마는 분홍이 가게에 내려오는 것조차 말렸다.

"주문 들어온 거 빨리 해야 하잖아. 안 그러면 딴 가게에 손님 다 뺏겨. 우리도 아르바이트생 하나 더 쓰든지 하자. 그래야 나도 이런 날 놀러 다니지."

가게가 자리를 잡긴 했지만 그럴 형편까지는 안 된다는 걸 알면서도 분홍은 밉지 않은 투정을 툴툴 늘어놓았다. 두 손은 어느새 다른 주문 표대로 부분 육을 튀기고 생맥주를 플라스틱 용기에 담았다. 소스와 무를 척척 담아 포장까지 끝냈다. 엄마는 밀려드는 주문 전화를 계속 받고 계셨다.

"엄마, 나 일당 줘야 해."

뭐라고 말리시는 것쯤이야 귓등으로 흘려버리고 분홍은 가게 문을 밀고 나갔다.

신묵이 문을 열었을 때 들어선 사람은 육촌 동생 혼자가 아니었다. 우성의 뒤에는 얌전히 웃고 있는 젊은 여자가 서 있었다. 여자는 크림색 원피스 위에 한눈에도 고급스러워 보이는 짧은 모피 코트를 입고 있었다. 헤어스타일과 화장 역시 무척이나 공을 들인 듯 보였다.

"신정 연휴에 형 혼자 있을 것 같아서 위로 방문차 들렀지."

너스레를 떨며 우성이 뒤로 손을 뻗어 여자를 잡아당겼다. 넘어질 듯 쭈뼛거리며 현관으로 들어선 여자는 신묵을 향해 고개를 까닥 숙였다.

"나, 얘랑 결혼할 거 같아. 크리스마스에 상견례 했어."

제대로 된 인사도 나누기 전에 우성이 말했지만 성큼성큼 앞장서며 거실로 향하는 그 역시 놀랍지 않다는 반응을 내보였다. 유럽에 주방 기기를 수출하던 회사의 막내딸이 이 여자구나.

"큰어머니께 들었어. 근데 만난 지 얼마 안 됐다면서?"

초면인 당사자를 앞에 두고 예의 없는 소리인 줄은 알지만 그는 생각나는 대로 말했다.

"사귄 지 얼마 안 됐을 뿐이지."

우성은 여자의 손을 잡아끌며 말을 이었다.

"인사해. 우리 육촌 형 태신묵. 그러니까 아버지끼리 사촌인 거지. 내가 형 얘기 한 번 했었지?"

무슨 얘기를 했는지는 궁금하지도 않았다.

"안녕하세요? 독고다정이에요. 육촌이면 굉장히 먼 사이인 줄 알았어요."

길게 웨이브 진 갈색 머리를 가슴께에서 매만지며 여자가 또박또박 말했다.

"예쁘지, 형? 뮤지컬 무대에 잠깐 섰었어."

"잠깐은 아니지. 3년이나 했었는데."

우성의 말을 고쳐 주는 여자는 그에게도 생긋 웃어 보였다. 육촌 동생의 말 그대로 겉으로 보이는 인상은 남자들이 첫눈에 반하고도 남을 만했다. 거기에 화려하지만 결코 튀지 않는 명품 브랜드의 시계와 목걸이를 하고 있는 모습이 여자를 세련되게 치장해 주고 있었다. 우성의 어머니이자 그에겐 오촌 숙모가 되는 큰어머니와도 비슷한 분위기를 풍겼다.

"우리 여기서 간단히 한잔하고 가도 되지? 형 저녁 먹었어?"

"술이 없어."

가라는 뜻은 아니었지만 차갑게 들렸을 수도 있다.

"배달시키지, 뭐. 추운데 나가지 말자."

"술도 배달이 돼?"

"형이 아직 한국에 적응이 안 돼서 그렇지, 배달 안 되는 거 없어."

인도네시아에서도 도수 낮은 술을 팔긴 했지만 썩 즐기진 않았다. 우성은 독고다정이라는 동명이인은 없을 것 같은 이름의 여자를 돌아보며 물었다.

"안주는? 치킨 먹을래?"

"응."

"그래, 넌 어렸을 때도 치킨 집 아들한테 시집간다고 했었지?"

사귄 건 얼마 안 됐어도 만난 지는 오래되었다는 듯 말하더니 정말인가 보았다. 의아한 건 여자의 반응이었지만.

"그 얘긴 그만하랬잖아."

작은 목소리였지만 정색을 하며 화낼 듯한 표정을 짓는 것이 무슨 스토리가 있나 보다 싶었다. 그는 주방으로 가서 광고 전단지들을 뒤적이다가 한 장을 손에 들었다.

맛과 정성을 다하는 꼬꼬꼬 치킨입니다. 목소리 들으니 확실하네요. 현금이 있으면 현금을 주셔야죠. 제게 무슨 감정이 실린 듯한 말투의 여자가 떠올랐다. 헬멧을 벗고 예쁘장한 사내아이 같은 얼굴로 쏘아붙이던.

"메뉴는 알아서 해?"

"응, 애 웨지감자 좋아해. 그것도 시켜 줘."

우성의 손이 옆에 앉은 여자의 긴 머리를 등 뒤에서 만지작거리고 있었다. 금세 밉지 않은 웃음소리를 흘리는 여자는 우성과 그런대로 다정해 보였다. 그러고 보니 저 여자, 이름만으로도 남자애들한테 짓궂은 놀림깨나 받았겠군.

그는 핸드폰을 찾아 번호를 눌렀다. 경쾌한 음악 뒤에 흘러나오는 자동 안내 음성을 듣는 짧은 순간, 신묵은 스쿠터의 그여자에게도 이름이 있을 것을 생각했다. 누나가 유럽에서 돌아오기 전까지 민준이를 내내 데리고 있었지만 그 여자를 다시 이야깃거리로 삼을 일은 당연히 없었다.

— 언제나 맛과 정성을 다하는 꼬꼬꼬 치킨입니다.

전화 목소리는 상냥했지만 중년의 여자였다. 그는 얽힌 실이 힘없이 풀려 버리는 것 같은 묘한 기분을 느끼며 주소와 메뉴를 말했다.

"현금으로 결제하겠습니다."

— 네? 아, 네. 고맙습니다.

전화를 끊자 우성이 장난스럽게 웃으며 말한다.

"카드로 결제한다고 말하려던 거 아니었어?"

"응? 아냐."

스쿠터의 여자가 카드 수수료 떼면 남는 것도 없다고 뾰족하게 내던지던 말이 떠올랐을 뿐이다. 우성의 옆에 앉아 있던 여자가 소리를 낼 듯 말 듯 하며 웃었다.

치킨은 배달이 좀 늦다 싶을 때 도착했다. 헬멧을 벗은 짧고 새까만 곱슬머리가 인터폰의 화면에 뜬 것을 보고 현관으로 나갈 때 그는 저도 모르게 거울로 눈이 한 번 갔다.

"안녕하세요, 민준이 외삼촌님!"

저렇게 갸름하고 하얀 얼굴에 긴 속눈썹으로 사람 홀릴 듯이 웃을 거면 담요를 두른 것 같은 그 우중충한 점퍼나 좀 바꿔 입든지……. 그가 치킨과 감자, 생맥주가 든 종이 백을 건네받고 만 원짜리 석 장을 당당하게 건네자 여자는 천 원짜리 석 장을 거슬러 준다.

"감사합니다. 맛있게 드세요."

그것뿐인가? 번개처럼 제 머릿속에 떠오른 물음이 스스로도 낯설었다. 아니면 뭐가 더 있겠어?

"참, 더 있는데……."

"뭐?"

깜짝 놀라 내뱉자 여자는 생글생글 눈웃음을 지으며 허리에 찬 작은 가방에서 명함 두 장 크기의 종이를 꺼내 두 손으로 쓱 내밀었다. 종이 백을 내려놓고 그 또한 얼떨결에 두 손으로 받고 보니 가게 이름 아래 동그라미 열 개가 두 줄로 늘어서 있는데 벌써 빨간 스티커 아홉 개가 붙어 있었다.

"민준이 왔던 날 제가 좀 불친절하게 굴어서 죄송했어요. 삼촌분을 탓할 게 아니라 순전히 제 잘못이었는데……. 스티커 한 장만 더 붙이시면 프라이드 한 마리 공짜니까 꼭 다시 주문해 주세요. 꼭이요."

수수께끼를 남겨 놓고 여자는 곧장 뒤돌아 나갔고 현관문이 자동으로 잠겼다. 확인하고 싶은 게 있었지만 그는 선뜻 다시 문을 열지 못했다. 그럴 일인가 싶기도 했다.

"갔어요?"

등 뒤에서 그를 부른 건 우성이 데려온 여자였다. 새침하던 얼굴에 잠깐 그늘이 스쳐 간 것을 그는 놓치지 않았다.

"뭘 그렇게 얘기했어?"

우성도 현관으로 나와 바닥에 놓인 치킨 세트를 들고 들어갔다.

"별일 아냐."

별일은 아니었지만 그는 비로소 알았다. 방금 왔다 간 저 여자가 두 달 전 횡단보도 앞에서 내게 길을 가르쳐 준 스쿠터의 여자가 맞구나. 그 직후에 택시와 부딪히는 사고가 났었구나. 긴가민가하면서도 설마 했던 무심함은 흐릿한 필름이 인화되듯 선명해졌다.

신묵은 그날 리어카에서 떨어진 빈 박스를 주워 올리는 스쿠터 라이더를 보았었다. 그 선한 행동 때문에 자신도 길을 물었다. 헬멧의 실드를 올릴 때까지는 당연히 남자애라고 생각했다. 타고 있던 스쿠터의 색상과 입고 있던 점퍼 때문이었다. 게다가 인도네시아에서야 차량보다 오토바이가 훨씬 많긴 하지만 한국에서도 스쿠터 타는 여자가 흔하리라곤 생각하지 못했으니까. 그는 실드 안의 예쁜 두 눈과 상냥하고 맑은 목소리에 잠깐 놀랐지만 헬멧 쓴 여자의 첫인상까지 굳이 기억하고 있을 정도의 관심은 없었다. 나중에 민준이의 설명을 들으면서도 이 세상에 스쿠터 탄 여자가 하나만은 아니니까 택시와 사고가 나도 다른 여자일 수도 있겠다, 하고 흘려버렸다. 공연히 여자라는 존재에 관심 갖지 말기, 상관하지 않기. 그는 무의식에 스민 습관대로 그녀의 존재를 무시했을 뿐이었다. 그를 낳고 기른 사람들이 남겨 놓은 유산이었다.

그런데 왜 나한테 화가 났을까? 뭐가 내 탓이 아니라 자기 잘못이었다는 걸까? 설마 사고가? 어째서?

거실 테이블 위엔 그가 보기에도 먹음직한 치킨과 감자튀김이 펼쳐졌고 우성이 긴 유리컵 세 개를 가져와 생맥주를 채웠다. 노란 액체를 타고 올라온 흰 거품이 넘칠 듯했다.

"뭐 하시는 분인지 여쭤 봐도 돼요?"

겨우 생맥주뿐인데도 분위기가 조금 풀어졌다 싶은지 우성과 다정이라는 여자의 수다를 말없이 듣고만 있던 그에게 질문이 돌아왔다. 아깐 우성이 그에 대해 한 번 얘기한 적이 있다더니 회사 일 말고 무슨 얘기를 한 걸까?

"백수 일 합니다."

간결하고 빠른 대답에 여자는 정말이냐는 듯 우성을 쳐다보았다. 우성이 큭, 소리 내어 웃었다.

"맞아. 이 형, 놀고먹는 백수야."

여자는 조금 민망해하는 표정을 지었다가 입을 열었다.

"아버님 회사에도 자리 있지 않아? 오빠가 좀 말씀드려."

우성은 웃음만 자꾸 흘릴 뿐 대꾸가 없었다.

"지나치다 싶습니다. 아직 제수씨가 될지 안 될지 결혼식장 들어가 봐야 아는데."

목소리는 느리고 조용했지만 그의 눈빛은 매서웠다. 여자는 대번에 얼굴이 새빨개졌지만 옆에 앉은 우성이 히죽거리기만 할 뿐 편들어 줄 기미를 보이지 않자 화가 난 표정을 숨기지 못했다. 우성은 그제야 여자의 어깨를 안았다.

"형, 나는 애 이런 점이 좋더라. 주책없이 착하고 나서기 좋아하는 거."

"그래, 잘 어울리네."

웃는 듯 마는 듯 주고받는 두 남자의 대화에 여자가 조그맣게 너무해, 하고 중얼거렸다.

그와 우성이 원목 수입 업무에 대한 이야기를 30분 넘게 계속하자 여자는 지루해졌는지 이번엔 몰래 하품을 하다가 들켰다. 신묵은 테이블 위를 정리했다.

"그만 들어가. 제수씨 피곤하시겠다."

아무것도 아닌 립 서비스에 여자의 입술이 웃음을 머금는 모양은 귀엽다고도 할 수 있었다. 그래, 우성이처럼 머리가 복잡한 녀석한테는 저렇게 단순한 여자가 어울릴지도 모르지. 그러자 '그러면 너는?' 하는 무거운 목소리가 머릿속에 울렸다.

— 어땠어?

한 시간 후, 집에 들어가는 길이라는 우성은 그에게 전화를 걸어 왔다.

"그 아가씬 잘 바래다줬니?"

— 응. 다정이가 형 좀 무섭고 못됐다고 하더라. 혹시 여자를 싫어하는 거 아니냐고.

우성은 제가 해 놓은 말에 그보다 더 큰 소리로 웃었다.

"잘 봤네."

— 어땠냐니까?

"내 의견이 뭐가 궁금해서 새해 연휴에 나한테까지 데려와 선을 보였냐?"

— 뺏을 만한 가치가 있었나 살짝 불안해서.

우성의 목소리는 진지해졌다.

"뺏길 만했으니까 너한테 왔겠지. 어쨌든 그 아가씨도 스스로 선택한 거 아냐? 설마 벌써부터 책임을 서로 떠넘기려는 건 아니지?"

놀라거나 자세히 캐묻지도 않고 담담하게 대답하는 그도 참 냉정하긴 했다.

— 맞아. 형이 그렇게 말해 주니까 안심이 된다.

그쯤에서 통화가 끝날 줄 알았는데 우성이 덧붙였다.

— 형도 여자 하나 만나. 최소한 심심하진 않아.

"헛소리 말고 들어가라."

그는 인생이 심심할까 봐 결혼한다고 전에도 말했던 우성에게 길게 면박을 줄 생각은 없었다. 그저 다정이라는 이름의 여자도 그것을 알고 있는지 궁금했다. 결혼에 대해 큰 기대나 환상 같은 것만 품고 있지 않다면 좋은 환경에서 부족함 없이 자란 사람들이니 육촌 동생도 그 여자도 그럭저럭 행복하게 살 거라는 게 그의 생각이었다. 단지 자신에게는 두 사람 같은 용기가 없다는 것이 씁쓸했다.

떫은 감을 씹은 것 같은 표정. 녀석은 낯익은 생김새였다. 찌그러지고 납작한 코와 새까맣고 흰자위가 보이지 않는 커다란 눈, 이마와 미간에 잔뜩 자리 잡은 디귿 자 모양의 굵은 주름들. 코와 입 주변은 숯처럼 검은 이등변 삼각형 모양이며 팔랑거리는 넓적한 귀 역시 검은 잿빛이었다. 결정적으로 녀석의 턱과 볼에 난 수염 몇 가닥 그리고 목줄에 매달린 작은 메달까지, 분명히 민준이가 키우던 퍼그였다.

"너 왜 나한테 왔니? 치킨 냄새 때문에?"

헬멧의 실드가 코까지 내려가 있어서 분홍은 제 옷의 냄새를 맡을 수 없었다. 대신 녀석이 스쿠터를 지탱하고 서 있는 그녀의 다리에 코를 대고 킁킁거렸다. 청바지를 입고 있긴 했지만 종아리가 간지러웠다.

"네가 아직 곱게만 자라서 세상 무서운 줄을 모르는구나. 몇번 봤다고 해서 아무한테나 친한 척하고 그러면 안 돼."

함께 횡단보도 앞에 서 있던 여자애들이 킥킥 웃는 소리가 들렸다. 분홍은 신호가 아직 붉은 것을 확인하고 스쿠터에서 허리를 굽혀 퍼그를 쓰다듬어 주었다. 뒷목을 긁어 주니 동그란 눈동자가 자신을 올려다보긴 했지만 퍼그 특유의 우울한 표정은 변하지 않는다.

"일하는 중인가?"

어째서 개에겐 알은척을 하면서 누가 개를 데리고 나왔는지는 쳐다보지 않았을까? 대학교 후배 녀석이 민준이를 자신이 가르치고 있다고, 어제 야구팀이 합숙 훈련에 들어가서 시간이 빈다며 놀러 오겠다고 말한 것이 떠올랐기 때문일 것이다. 민준이가 아니라면 평일 이 시각 개를 데리고 나올 남자는 딱 한사람뿐이다. 불친절하면 안 되지만 그다지 말을 섞고 싶지는 않은 남자. 분홍은 할 수 없이 헬멧의 실드를 올리고 남자를 보았다. 두 눈만 생글거리는 영업용 미소를 지으며.

"네. 안녕하세요? 민준이 잘 있죠?"

마침 신호가 바뀌어 건너갈 수 있어서 다행이었다. 분홍은 핸들의 액셀을 당기며 스쿠터를 움직였다.

"잠깐 기다려!"

못 들은 척할 수도 있었지만 앞에 가던 여자애들까지 돌아보았을 만큼 목소리가 컸다.

"다음 신호에 건너."

누구 맘대로? 화요일 오후 3시, 겨울방학이 끝나지 않은 데다가 아침을 늦게 먹은 아이들이 한창 배가 고파질 때이기도 했다. 가게가 슬슬 바빠진다. 평범한 남자라면 직장에 있거나 개인 사업을 하더라도 일이 한창일 시간일 텐데 검은 터틀넥 스웨터에 두꺼워 보이는 잿빛 후드 점퍼를 입고 면바지에 운동화까지 신은 모습은 수채화 속의 풍경처럼 한가해 보였다. 거기에 개와 산책을 나서시는 길이라……

"왜 그러세요? 저 바빠요."

분홍은 초록색 칸의 수가 점점 줄어들고 있는 신호등을 한번 쳐다보았다.

"추워 보이는데 뜨거운 커피 한잔 마시고 가. 금방이면 돼."

"왜요?"

남자가 대답도 않고 성큼성큼 걸음을 옮겨 가는 쪽에는 버스 정류장이 있었고 그 앞에는 '커피 정류장'이라는 이름의 가게가 보였다.

"궁금한 게 있어."

스쿠터를 가게 통 유리창 앞에 세운 뒤 분홍은 남자를 마주

하고 창가의 자리에 앉았다. 애완견은 출입 금지라고 해서 퍼 그 녀석도 처량한 얼굴로 스쿠터 옆에 묶여 있다. 헬멧을 벗어 옆에 놓고 '오늘의 커피'가 든 머그를 두 손으로 감싸 쥔 다음에 야 분홍은 뒤늦게 후회하고 있었다. 데면데면하게 굴 때는 언 제고 이름도 모르는 남자를 덥석 따라와 앉아 있다니…….

남자가 뭘 궁금해하는지는 분홍도 알 것 같았다.

"택시에 부딪힌 거, 혹시 나 때문에 난 사고였니?"

"민준이가 말해서 아신 거죠? 아니에요."

분홍은 미간을 살짝 찌푸리는 남자를 향해 이번엔 영업용이 아닌 진심으로 미소를 지어 보였다. 웃으면 눈이 가늘어져서 보여 주기 싫은 게 콤플렉스였는데 앞에 앉은 이 남자는 얼굴 을 찡그려도 여전히 잘생겼으니 세상 참 불공평하다.

동시에, 자신은 한 번 본 남자의 얼굴과 목소리를 기억하고 민준이의 뒤에 서 있던 이 남자를 단박에 알아봤지만 이 남자는 자신이 누구인지 몰랐던 것이 당연하다는 생각이 들었다. 길에 서 한두 마디 주고받은 헬멧 쓴 얼굴을 어떻게 기억하겠는가.

"나 때문에 사고 난 거 아냐?"

"네. 그럴 일이 없었잖아요. 그냥 제가 부주의했던 거예요. 신경 쓰이셨던 거면 괜찮아요."

"얼마나 크게 다쳤는데? 민준이도 자세히는 말 안 했어. 목 발에 깁스까지는 알아."

"목발에 깁스도 잠깐이었어요. 보세요. 지금은 이렇게 멀쩡 하잖아요."

팔꿈치에 꿰맨 자국, 무릎에 아직 남은 흉터 그리고 사망 통고를 받은 50cc 낡은 스쿠터에 대한 책임을 이 남자에게 물어야 할까? 그래서는 당연히 안 될 일이었다. 택시의 앞 범퍼에 스크래치 난 것을 오빠의 원고료까지 보태 갈아 줘야 했던 것이 억울하고 미안할 뿐이지. 그날 분홍은 응급실에 누워 오빠의 말처럼 오지랖 넓은 우산 장수가 되어 일일일선一日一善의 의무를 혼자 다 짊어진 듯 까불었던 자신을 탓했었다.

"보험은 들었었니? 과실에 대한 책임은 몇 대 몇으로 나왔는데? 어떻게 처리했어?"

남자의 얼굴은 분홍이 웃음을 팡 터뜨릴 정도로 심각해 보였다.

"다 잘 처리됐어요. 민준이 외삼촌께서 신경 쓰실 일도 아니구요."

"그날, 우리 집에 처음 배달 왔던 날 말이야. 그땐 왜 나한테 화가 났었지? 내 잘못이 아니라면서."

이 남자는 참 집요하기도 하구나. 분홍은 조금 머쓱해졌다.

"구청 간다고 하셨잖아요. 길 건너서 타셔야 하는데 제가 잘못 가르쳐 드렸거든요. 그래서 다시 알려 드리려고 건너가다가 택시에 부딪힌 거예요. 공연히 화를 내긴 했지만 따져 보면 처음부터 제 잘못이었잖아요. 괜찮아요. 민준이 외삼촌님이 잘못하신 거 아니에요. 그날 구청은 잘 찾아가셨어요? 그 버스 한참 돌아서 갔죠?"

그녀를 바라보는 남자의 표정이 미묘하게 조금씩 바뀌었다.

제대로 읽을 수가 없긴 했지만 생각이 복잡해진 얼굴이라는 표현이 그런대로 비슷하겠지. 냉정해 보이는 인상이라도 조금은 신경 쓰게 된 건지 모르겠다. 아니면 자신의 잘못도 아닌 일 때문에 불편한 진실을 알게 되어 귀찮고 언짢아진 건가?

분홍은 사실대로 말했던 의도를 남자가 오해하지 않기를 바랐다. 당신 잘못이 아니라고 했잖아요. 혹시라도 무슨 책임을 떠넘기고 싶어서 하는 소리로 넘겨짚진 말아요.

커피는 남아 있었지만 분홍은 그만 일어서야 할 때라는 걸 알았다. 가게에 가면 또 엄마의 걱정 가득한 잔소리가 기다리겠지만 오늘은 안 그래도 입사 면접을 준비하기 위해 스쿠터만 갖다 놓고 그만 집으로 올라가야 한다. 그런데 남자는 아직 할 말이 남아 있는 모양이었다. 자신을 향한 눈동자가 설명할 수 없는 미묘한 빛으로 반짝이는 것을 잘못 본 것이 아니라면 남자는 그 눈빛으로 무슨 말을 하려는 걸까? 가야 한다고 생각하면서도 자신은 왜 남은 커피가 따뜻하다는 핑계를 대며 그대로 앉아 있을까? 점점 따끈해지는 건 제 뺨인 것 같은데.

엄마에게서 전화가 온 건 무슨 말이든 해야 할 것 같았던 분홍이 남자와 동시에 입을 벙긋했을 때였다. 남자는 입술을 꾹 다물고 갈색이 옅어진 눈동자를 움직이지도 않았다.

— 핑크야, 지금 어디야?

"왜, 엄마?"

분홍은 이마를 숙이고 머그를 손끝으로 만졌다. 핸드폰 너머로 가게의 소음이 시끄러운 것이 손님이 많은 듯했다.

— 호영이는 연락이 안 돼. 너라도 빨리 좀 와. 엄마…….

그 순간 통 유리창 밖에서 오토바이 두 대가 머플러 소리를 펑펑 터뜨리며 지나갔다. 헬멧도 제대로 쓰지 않은 남자애들 몇이 기세 좋게 소리를 지르고 속력을 올리고 있었다. 동시에 엄마의 목소리가 가늘게 떨리며 '무서워.'라고 말한 것 같았지만 설마.

"무슨 일인데? 금방 갈 거야."

핸드폰을 끊자마자 남자가 기다렸다는 듯이 물었다.

"지금은 아픈 데 없어? 물리치료도 한동안 받아야 했겠네."

"일주일이요. 아픈 건 사라졌어요."

그 순간 남자가 조그맣게 한숨을 흘렸던가?

"커피 다 마시고 일어나."

그 말을 듣지 말았어야 했는데, 헬멧에 눌린 머리가 우스꽝스럽게 보이지 않을까 신경 쓰지도 말고 남자의 이름이 뭘까 궁금해하지도 말고 얼른 일어났어야 했는데……. 분홍은 눈이 마주치자 최면에라도 걸린 듯했다. 머그를 들어 올리는 남자의 느린 속도에 맞추어 그가 말이 없는 만큼이나 자신도 조용히 남은 커피를 다 마셨다.

"리필 해 드릴까요?"

다른 손님의 주문을 받고 카운터로 가던 주인아저씨가 분홍과 남자를 번갈아 보며 물었다. 분홍은 정신이 번쩍 돌아오며 부끄러워졌다.

"아뇨. 전 됐어요."

마주한 남자의 시선에 뺨이 더 달아오를까 봐 앉아 있지도 못하겠다.

"잘 마셨습니다. 그럼 저 먼저 가 볼게요."

계산하는 그를 두고 밖으로 나와 헬멧을 얼른 눌러썼다. 스쿠터에 올라타는데 남자의 손이 핸들을 붙잡았다.

"잠깐만."

"저 빨리 가 봐야 해요."

"가게 전화 말고 네 이름하고 핸드폰 번호 불러 봐."

"왜요?"

설마 병원비라도 뒤늦게 보태 줄 참인가? 분홍은 이 남자와 실랑이를 벌이고 싶지 않았다. 이름이나 연락처 정도야 민준이한테 물어보면 금방 알아낼 텐데, 싶기도 했다. 헬멧의 턱 끈을 꼭 죄며 외면하자 남자도 그제야 손을 놓았지만 이번엔 퍼그 녀석이 말썽이었다. 녀석은 우울하기 그지없는 소리로 끙끙대며 앞바퀴를 가로막았다. 스쿠터의 방향을 돌리려고 했지만 쌓여서 얼어 있는 눈덩이가 앞바퀴에 걸리적거렸다. 게다가 퍼그 녀석이 땅을 지탱하고 서 있는 그녀의 다리를 한 바퀴 도는 바람에 목줄이 종아리에 감기고 있었다.

"애 좀 치워 주세요."

남자가 목줄을 잡아당겼지만 퍼그는 뒷걸음질도 칠 줄 몰랐다. 한쪽 무릎을 굽히고 앉은 그가 다리에 감긴 줄을 풀어 주는 동안 헬멧 안의 뺨이 점점 뜨거워졌다.

"됐어."

인사도 잊은 채 분홍은 차들의 흐름이 끊기는 것도 기다리지 못하고 아슬아슬하게 차도로 쑥 들어갔다. 스쿠터를 가게에 갖다 놓고 집으로 올라가서 내일 면접에 입을 옷을 고른 다음 목욕탕에도 다녀오려면 정말로 서둘러야 했다. 저녁 먹고 나서는 예상 질문에 대한 답도 다시 연습하고 셀프 동영상으로 표정과 자세 교정도 해야지. 좋은 꿈을 꾸고 푹 자려면 일찍 잠자리에 들어야겠다.

그렇게 설렘과 희망만 눈앞에 보였던 그때, 예전에 아르바이트했던 남자애의 외삼촌에게 붙잡혀 커피나 마시고 있지 말아야 했다는 걸 분홍이 무슨 수로 알 수 있었을까? 소방차와 앰뷸런스의 경적 소리가 자신을 호위하듯 멀리서부터 뒤따르기 시작한 것을 어떻게 알 수 있었을까? 뭐하다 이제 왔어! 아이고, 빨리 와서 엄마 좀 말리지! 이웃한 족발 가게 아주머니가 그녀의 등을 철썩 때리며 안타깝게 소리칠 줄 누군들 알 수 있었을까?

기적이 일어나, 횡단보도 앞에 서 있었던 그날 오후로 시간이 거꾸로 흐른다면 분홍은 어디쯤에서 멈추게 했을까? 크리스마스에도 보았던 아마추어 밴드의 멤버들이 가게로 들어와 생맥주를 주문했다가 주민등록증을 보자는 엄마의 말에 시비를 걸기 전의 시간으로? 마침 가게로 돌아온 아르바이트생 호영이와의 싸움을 엄마가 말리는 사이 튀김기에서 과열된 기름이 발화되어 불꽃이 환기통을 타고 번지기 직전의 시간으로?

고작 그런 작은 실수로 큰불이 날 수도 있다는 것을 분홍은 나중에도 이해하지 못했다. 가게를 인수할 때부터 같은 자리에 놓여 있던 녹슨 소화기를 교체했더라면, 성질을 못 이긴 밴드의 리더가 주머니칼로 가스 호스를 건드리고 간 것을 알았더라면, 포기하고 밖으로 뛰쳐나갔다가 엄마 혼자 뭐라도 건지려 다시 들어가지 않았더라면, 만약 그랬다면 어떻게 되었을까? 그리고 분홍이 이름도 모르는 남자와 마주 앉아 커피나 마시는 대신 가게로 재빨리 달려가 싸움을 말리거나 과열된 튀김기의 전원을 끄거나 가스가 새고 있다는 것을 알아채거나 엄마가 불속으로 다시 뛰어드는 것을 막았더라면…….

만약이라는 가정은 유턴도 모르고 앞만 보고 달리는 시간의 힘 앞에서 헛되고 무력하기 짝이 없다. 칼날이 달린 부메랑처럼 되돌아와서 그 말을 내뱉은 사람에게 상처를 입힌다. 분홍은 만약이라는 단어를 천 번쯤 반복한 후에야 그 사실을 넘칠 만큼 배웠다.

자정이 가까웠지만 아침에 일찍 일어나야 할 일도 없었다. 신묵은 몇 년 만에 갖는 긴 휴가를 눈을 감고 쉬는 것으로 흘려보내기는 아까웠다. 텔레비전을 켜 채널을 이리저리 바꿔 봤지만 한국의 드라마나 쇼 프로그램은 여전히 낯설었다. 내일이 설 연휴의 첫날이라고 가족들이 함께 볼 영화를 늦게까지 방영하고 있었지만 그의 관심 밖이었다.

시원한 것을 마시려 냉장고를 열다가 그는 치킨 가게의 홍보용 자석이 바닥으로 떨어지는 것을 보았다. "스티커 한 장만 더 붙이시면 되니까 꼭이요."라고 했던 목소리가 귓가에 생생했다. 우성의 말처럼 인생이 심심하면 안 되니까 그리고 오늘 밤은 유난히 더 심심한 것 같으니까 그래, 이 시간에 시원한 생맥주가 배달되는 곳은 치킨 가게밖에 없는 것도 같으니까 전화해 보자.

그는 우선 내일 먹어도 눅눅하지 않을 메뉴를 신중하게 골랐고 생맥주는 제일 작은 용량만 시키기로 했다. 스쿠터의 여자가 온다면 스티커 한 장을 마저 받아 붙이고 현금 대신 이번엔 그것을 내밀 생각이었다. 안 되는 건가? 오늘까진 제대로 계산을 하고 스티커 열 장은 다음부터 쓸 수 있을까? 그것도 물어봐야지.

별것도 아닌 일로 싱거운 고민을 하는 이유는 긴 휴가가 처음으로 살짝 지겨워졌기 때문이라고 다시 핑계를 댔다. 그는 핸드폰을 들어 '최근 연락'으로 남아 있는 번호의 녹색 아이콘을 꾹 눌렀다.

경쾌한 로고송 뒤에 "언제나 맛과 정성을 다하는 꼬꼬꼬 치킨입니다." 하는 인사가 스쿠터의 여자든 누구의 목소리로든 이어질 줄 알았는데 신호는 한참을 가다가 끊어졌다. 아무리 바쁘더라도 벌써 자정인데 이렇게 일손이 달리는 건가? 그는 번호를 한 번 더 눌렀다. 다시 긴 신호음이 반복되고 그는 오늘 영업은 끝났다는 결론을 내리며 핸드폰을 내려놓았다.

식구들끼리 설을 지내러 지방으로 내려간 건지도 모르겠다. 신호음이 들릴 때 이상하게 심장이 빠르게 뛰는 것이, 문 닫았을 줄 알았지. 안 좋은 예감은 항상 들어맞았으니까. 그는 주방 서랍을 열어 다른 치킨 가게의 전단지를 뒤적이다가 닫아 버렸다.

다음 날 그는 차례 상에 올릴 음식을 사러 신도시에서 제일 큰 마트를 찾아갔다. 누나가 알려 준 대로 포장만 벗기면 바로 올릴 수 있는 각종 전과 나물 무침과 구운 조기를 사고 탕국까지 물을 부어 끓이기만 하면 되는 것을 골라 카트에 담았다. 과일도 구색을 맞추어 사고 제사 주까지 고르고 나니 쇼핑은 생각보다 일찍 끝났다.

짐이 많아 택시를 타고 오피스텔 앞에 내리니 마침 누나의 전화가 왔다. 전화기 뒤로 어른 아이 할 것 없이 왁자하게 떠들고 웃는 소리가 들렸다.

— 신묵아, 누난 시댁이야. 너 혼자 할 수 있겠어? 순서는 인터넷 보면 나오니까 대충 해.

전화기 뒤로 대충 하면 어떡해, 라는 매형의 잔소리가 들렸다.

"누나, 다음부턴 우리 하지 말자. 어차피 명절엔 누나도 시댁 가야 하잖아."

— 그런 말이 어디 있어? 너도 이제 왔는데. 기일은 내가 챙겨도 명절엔 네가 해야지.

관습이며 전통이란 게 무서운 것인지 누나는 돌아가신 분들이나마 의무는 다해야 한다고 전에도 말했었다. 어쩌면 남편이나 하나뿐인 아들 민준이의 눈을 의식해서인지도 모른다. 하지만 그의 입장에서는 살아서도 사랑할 수 없었던 두 사람을 죽은 후에 새삼 기리고 추억하기가 끔찍했다. 이런 것 따위 다 가식이야. 신묵은 인도네시아 지사에 근무했을 때는 부모의 제사를 누나 내외에게 맡기고 잊어버렸던 것이 벌써 그리웠다.

냉장고에 음식들을 집어넣는데 이번엔 우성의 어머니이자 그에겐 오촌 숙모인 큰어머님이 전화를 걸어 왔다.

"네. 신묵입니다, 큰어머니."

— 잘 지냈니? 점심은 먹었어?

귀국한 다음 날로 인사를 드리러 갔을 때도 오촌 당숙 큰아버지 내외는 오랜만에 돌아온 조카가 기내에서 식사는 제대로 했는지를 먼저 물었다. 한식 반찬이 그득한 식탁에 앉히고 조카의 입에 밥이 들어가는 것을 논에 물 들어가는 것을 보는 농부의 눈빛으로 따뜻이 쳐다보았다.

"저는 이제 먹으려구요. 큰어머닌 드셨어요?"

— 식사가 늦었구나. 그러면 얼른 할 말만 하고 끊을게.

그는 누나와 똑같은 말씀을 하시리라는 것을 짐작했고 예상은 틀리지 않았다. 제사를 지내고 곧장 본가로 오라는 말씀도 하셨다. 차례야 함께하지 못하겠지만 점심은 와서 다른 친척들과 다 같이 먹자는 말씀도 빠뜨리지 않으셨다.

— 우성이가 결혼할 아가씨 데려오겠다고 했는데 전에도 봤으니 다른 날에 보자고 했다. 너랑 같이 설 지내는 건 몇 년 만이잖니?

"네. 일찍 갈게요."

— 신묵아.

숙모가 조카를 불러 놓고 잠깐 머뭇거렸다.

— 우성이도 이런저런 여자 많이 만나 봤지만 어렸을 때부터 잘 알고 집안도 비슷한 아가씨랑 결혼하게 됐어. 너도 결혼해야지. 내가 알아볼게.

"그러지 마십시오, 큰어머니. 잘 아시잖아요."

— 네 큰아버지도 신묵인 어째 사귀는 여자가 없느냐고 하시더라.

"숙부님이요?"

— 그래, 큰아버지도 이제 많이 늙으셨어. 네 얘기 자주 하신다.

멀다면 먼 오촌 당숙과 조카 사이다. 그러나 대를 이어 아들에게만 가업을 물려주던 집안에 태어난 큰아버지와 그의 아버지는 사촌지간이면서도 결혼 전까진 친형제처럼 지냈던 모양이었다. 당숙은 사촌 동생 내외가 차례로 세상을 뜨자 그 혈육인 신묵과 누나 신혜가 살던 외가에도 한 번 찾아오셨다. 당숙모 역시 자주 볼 일은 없었어도 누나가 결혼 준비를 할 때 꽤 신경을 써 주셨다고 들었다.

그런데 자신의 아버지는 어쩌면 그렇게 큰아버지와는 전혀 다른 눈으로 여자를 또 배우자를 선택했을까? 그는 아버지가 사랑한 여자를 그리고 자신을 낳고 기른 어머니를 차례로 떠올렸다. 두 여자 모두 그에게 아프고 비참한 기억만 남긴 사람들이었다.

전화를 끊고 나니 그는 새삼 시장기가 돌았다.

PC방의 카운터 뒤에 앉아 있는 일은 치킨 가게의 카운터를 지키고 있는 것보다 몇 배는 더 힘들었다. 지금도 이쪽의 눈치를 슬금슬금 보며 돈 안 내고 튈 준비를 하는 젊은 남자 한 명이 분홍의 레이더망에 들어왔다. 5분만 나갔다 금방 돌아올 거라는 소리 하기만 해 봐라. 사장이 없는 데다가 여자 아르바이트생이라고 만만히 보나 본데…….

분홍은 그 남자 주위에 어질러진 컵라면 용기와 아이스크림 껍데기를 치우며 매서운 눈길만은 딱 고정시켜 놓았다.

"아가씨, 피곤하지? 나 담배 좀 사 갖고 올게."

언제 봤다고 친한 척에 반말이실까? 1층에 담배 사러 내려가면서 모자에 가방은 왜 다 챙기는데?

"손님, 잠깐만요."

분홍은 방글방글 웃는 얼굴로 대답해 놓고 얼른 카운터로 가 남자가 내야 할 금액을 확인했다.

"6천 원 나왔네요. 저희 PC방은 외출 안 되거든요. 죄송하지만 돈 주고 나갔다 오시든지 핸드폰 맡기고 가실래요? 마침 편의점에 사장님 내려가 계시는데 대신 사 오시라고 전할까요?"

똥 마려운 강아지처럼 쩔쩔 매는 표정으로 남자는 자리에 도로 앉더니 지갑을 뒤적여 지폐 몇 장과 동전을 모조리 꺼내 세어 본다. 젊은 아저씨, 거기 5천 원짜리도 있네요. 그래요, 요금은 내고 나가셔야죠.

남자가 괘씸하다는 듯 돈을 뿌리고 나갈 때 유리문 뒤에 서 있다가 바로 들어오는 낯익은 얼굴들이 있었다. 진선이 그리고 그녀와 같이 몰려다니는 여자애들 셋이었다.

"계집애, 너 진짜 독하다!"

분홍은 묵묵히 그 애들을 쳐다보며 입을 열었다.

"왔어?"

방금 영업용 미소를 띠고 있던 얼굴과는 완전히 딴판인 표정이다.

"너도 참, 엄마가 중환자실에 누워 계시는데 지금 이런 데서 일하고 있니?"

진선이 PC방을 한 번 휘둘러보았다.

"무슨 뜻이야? 뭐가 어때서?"

엄마를 병원에 모셔 놓았다고 판판이 놀면 그동안은 돈이 하늘에서 떨어져 주나? 분홍은 대꾸하기도 귀찮았다.

"병원엔 네가 있어야 하는 거 아냐? 어떻게 아픈 사람한테 간병을 시켜? 내가 너희 오빠한테 전화해서 네가 여기 있는 거 알고 기절하는 줄 알았다. 어쨌든 얼굴 보니까 밥은 먹고 다니는 거 같네."

분홍은 자신이 화상 병동의 복도에서 기절했을 때 옆에서 울며 뺨을 두드리고 팔다리를 주물러 깨운 사람이 진선이라는 것을 알고 있었다. 진선은 감정 표현이 지나치게 솔직하고 잔소리가 많았으며 분홍에게 가끔은 돈독이 올랐느냐는 핀잔을 주면서 제가 노는 자리에 그녀를 꼭 끌고 나가려 했다. 분홍이 가끔 스쿠터 동호회나 학교 사람들과 어울리는 자리에도 넉살 좋게 잘 끼어들었다. 그렇게 맘에 안 드는 구석이 있는데도 중학교 때부터 연락을 끊지 않고 지내는 자신은 또 뭘까? 좋아하는 것은 다르지만 싫어하는 것이 같은 게 많아서 그럴지도 모르겠다는 생각이 든 것은 지금도 진선이 동정이나 연민을 보이는 대신 씩씩하게 웃는 얼굴을 하고 있어서일 것이다.

"근데 웬일로 왔어?"

"웬일이긴 바보야! 졸업식에 못 온 건 그렇다 치고 본 지도 오래되어서 왔지. 이 사진 너 한 장 가져."

가방에서 나온 건 학사모를 쓴 진선 자신의 사진이었다.

"이 늦은 시간에 웬일이냐고. 현중 선배 안 만나?"

"잠깐 떨어져 있기로 했어."

"왜?"

분홍은 잠시라도 걱정을 잊고 또래처럼 말하고 행동할 수 있다는 것이 반가웠다. 요즘 들어 대화다운 대화를 나누는 사람이라고는 집에 돌아가면 보는 오빠밖에 없었기 때문이다.

"4월이 되도록 둘 다 취업도 못 했는데 붙어 다니면 우습잖아."

"언제는 뭐 안 그랬었니?"

"그래도 내가 졸업하기 전엔 대학생이랑 취업 준비생 커플이었지만 지금은 둘 다 취업 준비생이잖아. 까놓고 말하면 백수 신세고."

"벌써 백수 소리 하기엔 너무 이르지 않아? 희망을 가져."

이번엔 진선이 분홍을 보며 어이없다는 표정을 지었다. 말하고 있는 자신도 우습기는 했다. 엄마가 그렇게 사고를 당했으니 다음 날 입사 면접은 당연히 가지 못했고 그것을 시작으로 분홍과 오빠 남매에게는 많은 일들이 일어났다. 분홍은 눈물이 차오르는 것을 들키기 전에 시선을 돌렸다. 마침 벽시계의 바늘이 10시를 넘긴 것이 눈에 들어왔다. 아까 봐 둔 좌석으로 다가가 최대한 상냥하게 그렇지만 힘이 실린 목소리로 말을 걸었다.

"손님, 너무 동안이시라 그러는데 주민등록증 좀 보여 주실래요?"

"어, 누나. 저 미성년자 아니에요. 대학교 1학년이에요. 마침 신분증 집에 놓고 왔어요."

파마에 염색까지 했지만 남자애는 아직 어린 티가 폴폴 났다.

"어머, 그러세요? 죄송하지만 학생증이나 도서 대출증이라도 좀 보여 주실래요? 한 번만 확인하면 다음부터는 번거롭게 안 보여 주셔도 돼요. 제가 기억력 무지 좋거든요. 바로 지난주에 요 앞 정보 고등학교 교복 입고 다른 학교 여고생이랑 같이 온 것도 기억나네요."

그러자 주섬주섬 가방을 챙겨 일어나는 녀석이 마지막 오기로 분홍을 한 번 째려보다가 만다. 그녀의 눈빛 역시 만만치 않았기 때문이다.

"누나, 그땐 고등학교 동창 모임이라 일부러 교복 입고 온 거였어요. 저 정말 미성년자 아니에요."

나가면서도 입을 얌전히 닫지 못한다.

"네, 다음번엔 꼭 주민등록증 갖고 오세요."

문 앞까지 녀석을 배웅하고 카운터로 돌아오자 사방에서 존경과 두려움의 눈빛이 쏟아졌다.

"너 진짜 대단하다, 얘."

"이까짓 일로? 괜히 엄마들이 신고하면 사장님은 물론 나까지 벌금 물어야 해."

"언제 끝나? 맛있는 거 사 줄게."

"야간 타임이라 못 나가. 끝나면 병원 가야 해."

"야간 타임이면 새벽까지 한다는 거야? 집에 안 들르고 바로 병원 갈 거야?"

진선은 PC방에 들어설 때부터 한 손에 들고 있던 커다란 쇼핑백을 분홍의 발 앞에 슬쩍 내려놓았다.

"이게 뭐야?"

"살림집까지 불이 번졌다며? 속옷 몇 벌 샀어. 티셔츠하고 청바지는 내가 안 입는 거 가져왔고."

혹시라도 기분 나빠할까 봐 어울리지 않게 자신의 표정을 살피는 모습은 분홍도 처음이었다.

"야, 고마워. 잘 입을게. 있으면 진작 좀 갖다 주지."

그제야 진선의 얼굴이 펴지는 것을 보니 지금 입은 점퍼도 여기 손님이 예전에 놔두고 간 거라는 말은 안 하길 잘했다는 생각이 들었다. 분홍은 저렇게 자신의 눈치를 살피는 시선을 앞으로 얼마나 더 많은 사람들로부터 받아야 할지를 생각하자 속으로만 한숨이 나왔다.

"주흥 오빠는 수술 받았어? 전화해서 그것까지 물어보기는 좀 그렇더라."

진선이 목소리를 낮추며 물었다. 제일 친한 친구가 내 앞에서 저렇게 조심스러워 하는 건 보기 싫은데…….

"이제 수술 받아야지."

예정대로라면 설 연휴가 끝나고 바로 받았어야 했다. 생각지도 못했던 동네로 이사를 하느라 오빠의 심장 수술은 연기되었다. 게다가 가게에서 의무적으로 들었던 화재 보험과 친인척들의 권유로 들었던 각종 보험도 지급이 늦어지고 있었다. 이유는 어이없게도 엄마의 자필 서명이 빠져 있거나 서명을 대신한 음성 녹취가 완벽하지 않다는 것이었다. 연기되지 않거나 늦지 않은 것은 가게를 열면서 빌린 은행 대출금의 상환일과 엄마의 병원비 그리고 가스 폭발이 일어났을 때 가게 앞을 지나던 행인들과 아르바이트생 호영이의 치료비 독촉뿐이었다. 거기에 어제는 건물의 주인까지 전화를 걸어 와 화재가 번진 2층 살림집의 수리라도 먼저 시작할 수 있게 비용을 보내 달라고 했다. 보험금만 나오면 다 해결될 일이어서 분홍도 오빠도 걱정은 했지만 크게 불안해하지는 않았다.

그래도 가까이에는 각박하지 않은 친척들이 있었고 병문안을 와 주는 엄마의 친구분들도 있었다. 이제는 오빠와 분홍만 알고 있지만 오빠의 심장 수술이 미뤄진 것이 제일 큰 고민이었다.

분홍은 진선이와 친구들이 가고 난 뒤 현재 남은 은행 잔고를 알아보았다. 은행 대출금의 이자를 갚는 중에도 엄마가 저축하셨던 돈과 아버지가 돌아가시기 전에 남긴 약간의 예금은 오빠의 수술비와 엄마의 병원비로 묶어 놓았다. 오빠의 말처럼 당분간 어려움은 없을 것이다. 분홍이 먼저 할 일은 오빠를 재촉해 수술 날짜를 다시 잡는 것이었다. 이번 달 월세는 중국집과 족발 가게에 스쿠터 두 대를 판 돈으로 낼 수 있겠지.

스쿠터를 생각하자 자연히 민준이의 외삼촌이 머릿속에 떠올랐다. 이름도 모르는 그 남자, 만나면 안 좋은 일만 생기는 징크스.

분홍은 지난 두 달여 동안 내내 까무러칠 듯 울면서 보냈던 시간을 되돌아보았다. 오빠와 함께 은행과 법무사와 보험 회사를 돌며 정신이 나가다시피 했던 어느 날 분홍은 좁은 월세 방에 오빠와 마주 앉아 민준이의 외삼촌에 대해 원망을 쏟아 놓았었다.

만약이라는 단어를 그날 밤처럼 많이 말한 것도 처음이었다. 만약 그 남자가 횡단보도를 건너려는 자신을 붙잡고 택시와 부딪힌 사고에 대해 공연히 묻지 않았더라면, 그랬더라면 가게에 빨리 도착했을 것이고 시비가 붙어 싸움이 나는 것도 튀김기가 과열되어 불이 나는 것도 불이 난 가게 안으로 엄마가 도로 들어가는 것도 다 막을 수 있지 않았을까?

오빠, 엄마가 전화해서 그랬어, 무섭다고. 그게 마지막 목소리였어. 그때 바로 가게에 달려갔어야 했는데 다 그 남자 때문이야. 분홍이 엉엉 울며 소리치자 오빠의 대답은 의외였다. 그 남자가 널 안 붙잡고 있었으면 너까지 가스 폭발로 온몸에 화상을 입었을 수도 있어. 엄마처럼 물 한 모금 못 넘기고 의식이 없는 채로 누워 있을 수도 있어. 핑크야, 오빠도 마찬가지야. 그날 병원에서 돌아오는 길에 극단에 들러 시답잖은 소리나 주고받느라고 집에 빨리 못 온 거, 오빠도 얼마나 후회하고 자책했는지 아니? 우리, 돌이킬 수 없는 일로 기운 뺏기지 말자. 지금은 엄마 빨리 깨어나시기만 기다리자.

그러나 슬픔이 몸속을 가득 채우고 터져 나갈 곳을 찾지 못할 때마다 분홍은 그 남자를 원망하고 미워하는 것으로 눈물을 잠시 그치고 숨 쉴 구멍을 찾을 수 있었다. 이성적이지도 못하고 사리에 맞지 않는다는 것도 알지만 아는 것보다는 느끼는 것의 힘이 훨씬 더 컸다.

PC방 일을 마치고 아침마다 엄마가 있는 병원으로 갈 때마다 분홍의 머릿속은 혼란스러웠다. 출근하는 사람들로 꽉 찬 버스 차창 밖으로 가족의 모든 것을 걸었던 가게가 멀리 보였기 때문이다. 셔터를 내릴 수도 없게 입구까지 모두 무너져 내리고 가게 위 살림집도 화재가 번져 검게 그을린 자국이 여전히 남아 있었다. 엄마는 도대체 가게에서 뭘 꺼내려 했던 걸까? 통장이나 결혼 예물이나 가족 앨범 같은 건 다 2층 살림집에 있었는데. 오빠가 먹던 심장약도 가게에는 두지 않았었는데.

정해진 순서처럼 또다시 남자의 얼굴이 따라왔다. 그의 잘못이 아니라는 것을 안다. 하지만 우연히 마주치기라도 한다면

분홍은 가게의 흉한 몰골과도 같은 표정으로 남자를 쳐다볼 수밖에 없을 거라고 생각했다.

그런데 참 기묘하고도 믿을 수 없는 일이 일어났다. 멍해져 있을 때면 어느새 그 남자를 생각하게 되어서인지 분홍이 복잡하고 어지러운 마음으로 용서했다가 미워했다가를 반복하고 있을 때 핸드폰의 화면에 모르는 번호가 떴고, 살면서 쓸 수 있는 모든 예지력이 순식간에 동원되어 전화번호의 주인이 그 남자라는 것을 느낄 수 있었다. 그녀는 면회 시간도 끝난 화상 병동의 복도 의자에 등을 기대고 앉아 있다가 통화 버튼을 눌렀다.

"여보세요?"

— 연분홍 씨 핸드폰입니까?

그렇게 울림이 크고 그윽하다고 느꼈었는데, 그 목소리 때문에라도 말하는 사람을 돌아보고 싶겠다고 생각했었는데 막상 자신의 이름이 불리자 팔뚝에 소름이 쫙 돋는 것 같았다.

— 연분홍?

"네, 맞아요."

그 남자의 입에서 나오는 제 이름이 낯설게 들렸다. 이름으로 주목 받는 게 싫어 어렸을 때는 다른 친구들처럼 평범한 이름으로 개명해 달라고 조르기도 했었는데…….

— 나는 민준이 외삼촌이야. 민준이한테 듣고서도 진짜 이런 이름이라고는 금방 믿지 않았는데 영업용 가명은 아니겠지?

남자의 목소리에는 서글서글한 웃음이 묻어 있었다. 내 이름, 유치하다고는 생각해요. 그러면 연주홍인 우리 오빠는 집에서 글만 쓰는데, 태어나자마자 부모님이 필명부터 지어 주신 건가요?

"본명인데요."

분홍의 목소리에서 무엇을 눈치 챘는지 남자의 목소리도 진중해졌다.

— 가게로 전화하려다가 민준이한테 물어보고 전화하는 거야. 혹시 나 좀 잠깐 볼 수 있어?

"왜 그러시는데요?"

그러고 보니 반말을 듣고 있는 것도 이제 와서 기분 나빴다.

— 택시에 부딪힌 거 말이야. 깁스에 목발까지 했었잖아. 다시 생각해 봐도 내가 알게 된 이상 조금은 배상을 해야 할 것 같더군.

이제 와서 뒤늦게? 게다가 배상이라니. 저희 손해 배상 보험은 여러분의 가정과 사업장을 안전하게 지켜 드립니다. 지난 두 달여 동안 분홍과 오빠가 보험 회사를 들락거리고 전화 통화를 하며 지겹도록 보고 들은 문구였다.

"어떻게 배상을 하고 싶으신데요?"

말투가 건방지다고 해도 할 수 없었다.

— 치료비며 입원비, 조금은 돌려주고 싶어.

"조금으로는 안 되겠는데요?"

— 뭐?

"사실은 제 스쿠터가 완전히 망가져서 폐차까지 했거든요."

스쿠터뿐인가? 분홍은 제 입에서 마구 튀어나가려는 소리를 막고 싶었지만 동시에 묘한 쾌감을 느꼈다. 그가 상처 받고 마음 아파하는 것을 조금씩 미루면서 천천히 보고 싶었다.

— 안됐군.

"네, 참 안된 일이었어요."

몇 초 동안 전화기 너머로는 침묵만 느껴졌다. 분홍은 손바닥에 땀이 솟는 것을 느끼며 두 발을 의자 위에 올려 동그랗게 몸을 말았다.

"여보세요? 민준이 외삼촌님."

— 내 이름은 태신묵이야.

남자의 목소리에는 또박또박 힘이 들어가 있었다.

"네, 태신묵 씨. 어떻게 해 주고 싶으신데요?"

— 내일 정오에 나올 수 있어? 점심 먹으면서 얘기해.

"어디로요?"

— 아는 데 있으면 말해 봐.

분홍은 신도시 내에서 제일 비싸고 고급스럽다고 들은 식당을 떠올렸다. 이름을 말하자 민준이의 외삼촌 아니, 태신묵이 되물었다.

— 거긴 뷔페식당 아닌가?

"맞아요."

— 알았어. 그러면 내일 12시에 입구에서 기다릴게.

그제야 가느다란 양심 한 가닥이 고개를 내밀 건 뭐람.

"저기요……."

자신도 모르게 목소리에 힘이 빠졌다.

— 왜?

"거기 미리 예약해야 할지도 몰라요. 평일이라 괜찮겠지만."

— 내가 할게.

"좀 많이 비쌀 거예요."

— 좀이면 좀이고 많이면 많이지, 좀 많이는 또 뭐니? 알았어.

전화는 바로 끊어졌다.

분홍은 제 머리를 마구 헝클어뜨리고 소리를 지르고 싶었다. 뭐라고 말했는지 하나도 기억나지 않았다. 건방지고 못되고 막돼먹게 들렸겠지. 그것 하나만은 분명했다. 그녀는 눈을 질끈 감았다.

그때 이젠 제 이름만큼 익숙해진 호칭이 엄마의 이름 뒤에 따라 불렸다.

"네, 제가 보호잔데요."

벌떡 일어서며 보니 엄마의 담당 의사가 흰 가운 주머니에 손을 넣고 서 있었다. 머리숱이 거의 없는 중년의 의사는 나이보다 앳된 분홍의 얼굴을 몇 초간 보더니 입을 열었다.

"이런 말 조심스럽지만 마음의 준비를 해야 할 것 같군요."

누가? 무슨 준비? 분홍은 멍해진 얼굴로 그를 쳐다보았다.

"당장은 위험한 고비를 넘기셨지만 앞으로가 문제입니다. 일단은 병원을 옮기는 게 좋을 거예요."

"왜요? 어디로 옮기라는 말씀이세요?"

병원을 매일 들락거리니 제 입에서도 이젠 소독약 냄새가 나는 것 같다.

"앞으로는 길게 봐야 합니다. 100분의 1이라도 의식이 깨어날 수 있다는 희망을 가진다면요."

두 시간 후 옥탑 방으로 돌아왔을 때 문 여는 소리가 컸는지 방 안에서 약하고 힘없는 목소리가 흘러나왔다.

"핑크 왔니?"

"응, 오빠. 엄마는 여전하셔. 점심 차리고 부를 테니까 조금만 더 자."

중고 가전 매장에서 산 냉장고의 문을 여니 이모가 채워 주고 간 밑반찬과 국이 거의 떨어져 가는 것이 보였다. 있는 식재료로 할 줄 아는 음식은 그동안 다 해 봤다는 생각이 들었다. 다양하지도 않은 메뉴에 저 자신도 질려 버렸으니까. 혹시 내일 뷔페에서 오빠 줄 음식 좀 몰래 싸 올 수 있을까? 분홍은 두 달여 전만 해도 생각도 할 수 없었던 욕심을 내는 자신을 보며 푸푸푸 웃어 버렸다. 그래, 이렇게도 웃음이 나오고 살아갈 수 있으니 다행이다. 그녀는 과장되게 어깨를 한 번 으쓱하고는 남은 반찬들을 꺼냈다.

스쿠터의 여자가 말한 식당은 신선한 해물 요리가 유명한 모양이었다. 엘리베이터를 내리자마자 전면에 보이는 흘림체의 상호에 붉은 바닷가재의 모형이 붙어 있었다. 신묵은 봄 정장 슈트를 처음으로 꺼내 입은 제 모습이 검은 대리석 벽에 비치는 것을 물끄러미 보다가 손목시계로 시선을 내렸다.

12시 10분. 시간관념이 없는 여자는 딱 질색인데. 게다가 예약한 시간으로부터 20분이 지나면 자동으로 취소된다고 전화로 예약을 받던 여직원이 설명했었다.

작년 가을에 일어난 사고를 몇 달이 훨씬 지나 배상한다고 해서 무슨 의미가 있을까? 그는 민준이에게 전화를 걸어 그녀의 이름과 전화번호를 물어보면서 제 목소리가 부자연스럽게 들릴까 봐 신경이 쓰였었다. 무슨 일이냐는 중학생 조카의 의뭉스럽기까지 한 질문에 서른이 훨씬 넘은 그는 사뭇 긴장한 채 헛기침을 한 번 하고서야 대답할 수 있었다.

다친 것도 그렇지만 스쿠터, 나 때문에 망가진 거나 다름없어. 더구나 가게에서 배달 일 하는 스쿠턴데. 조카에게 간단히 설명한 대로 오늘 그 여자를 만나는 이유도 복잡할 것이 없었다. 그 여자의 목소리가 자꾸 듣고 싶어져서가 아니었다. 책임질 일은 아니었지만 몇 달이 지나도 마음이 불편하다면 작은 배상을 하는 것이 옳다고 생각되었다. 그게 다였다.

그 여자 연분홍이 숨을 헐떡이며 도착한 것은 12시 20분, 엘리베이터가 아니라 비상구의 문을 요란하게 철컹 열어젖히면서였다. 나오지 않는 거라고 생각한 그가 핸드폰을 막 꺼내던 참이었다.

"많이 기다리셨죠!"

그를 보자마자 재빠른 걸음으로 카운터까지 달려가다시피 하고는 직원에게 말했다.

"12시로 예약했을 거예요, 태신묵 씨 이름으로. 아직 자리 있죠?"

"네, 손님. 이쪽으로 오십시오."

연분홍은 그를 한 번 돌아보더니 오세요, 하고는 종업원을 따라갔다.

그는 미간이 저절로 찌푸려졌다. 연분홍의 뒤를 따르며 보니 청바지도 나름대로 다르겠지만 집에서 막 입거나 배달을 하며 험하게 입고 다니는 옷 같았고 상의 역시 격식까지는 바라지 않았지만 외출복다운 차림과는 거리가 먼 우중충한 색깔의 남자 점퍼 같은 것을 입고 있었다. 꼭 남의 옷을 빌려 입은 것처럼 맞지도 않았을뿐더러 한쪽 어깨에 멘 자주색 배낭만 아니라면 뒷모습으로는 영락없이 짜장면 배달원이 빈 그릇이라도 찾으러 온 차림새였다. 하기야 데이트를 하는 것도 아니고 밥 한 번 먹는 자리일 뿐인데 뭘 입고 나오든 상관할 것 없지.

전망 좋은 창가 자리로 안내되어 앉자 연분홍이 점퍼를 벗어 옆 의자에 걸쳤다. 목이 길고 가늘어서 몸도 깡마른 줄로만 알았는데 흰 티셔츠 아래로 팽팽하고 둥그스름한 가슴이 속옷에 감싸인 채 희미하게 드러났다. 여자가 맞기는 한 모양이군.

"늦지 않아 다행이에요."

"많이 늦었어."

"아…….."

조그맣게 벌어진 입술에서는 분명히 사과의 말이 나올 것 같았는데 연분홍은 조개처럼 갑자기 입을 다물어 버렸다. 마치 그에게는 절대로 미안하다는 말 따위는 안 하겠다고 다짐한 얼굴로 보였다. 나도 참, 별 이상한 생각을 다…….

그는 서빙하는 직원이 채워 주고 간 차가운 물을 한 모금 마시고 연분홍을 제대로 관찰했다. 장난꾸러기 소년처럼 짧았던 머리칼은 귀와 목덜미를 덮어 좀 지저분하게 보였다. 옷 입은 거며 화장기 하나 없는 까칠한 얼굴이며 저 헤어스타일까지, 그는 연분홍이 자신과의 만남에 단 1%의 긴장감도 없이 나왔다는 것을 느끼고 묘하게 기분이 가라앉으며 실망스러워졌다.

"대학생이라고 들었었는데 그러면 이제 졸업한 건가?"

"네."

"평일 이 시간에 나올 수 있는 거 보니 취직은 아직인가 보군."

"준비하고 있어요. 최종 면접까지도 갔었구요. 그리고 민준이 외삼촌께서도 이 시간에 여기 있는 거 보면 저랑 비슷한 처지 아니에요?"

노려보는 듯한 시선은 그의 착각이 아닐 것이다.

"넌 원래 말투가 그러니?"

똑같이 쏘는 목소리로 나가자 연분홍의 시선이 갑자기 창밖으로 향했다. 고개를 돌려 제 얼굴을 보여 주지 않기로 작정한 것처럼 입술을 꼭 깨문다.

"저, 잠깐만 화장실 좀……."

유리컵의 물이 흔들릴 정도로 벌떡 일어나더니 재빠른 걸음으로 실내를 가로지른다. 북적이는 정도는 아니지만 빈자리가 빠르게 채워지고 있는 식당 안에서 그녀의 뒷모습은 금세 사람들 사이로 섞여 들었다.

어떤 여자일까? 그는 맞은편에 덩그러니 놓인 연분홍의 학생용 배낭을 바라보았다. 무거워 보이지는 않았는데 뭐가 들어 있는지 꽤 불룩했다.

처음 만났던 날, 이 도시의 새로 지은 주상 복합 건물로 이사 오고 며칠 되지 않아 그는 몇 년 만에 맞아 보는 차가운 바람을 상쾌하게 느끼며 버스 정류장을 찾고 있었다. 횡단보도 한가운데 떨어진 빈 라면 박스를 스쿠터를 탄 배달원이 주워 들고 할머니의 리어카를 따라갈 때는 헬멧 속의 얼굴이 복숭아를 깨끗이 씻어 놓은 듯한 인상의 여자일 줄은 몰랐다. 그날 자신에게 구청의 위치를 가르쳐 줄 때만 해도 썩 친절하고 상냥하다는 느낌을 받았는데…….

"음식 가지러 가세요."

돌아온 연분홍은 자리에 앉지 않고 테이블 옆에 선 채 말했다. 고개를 돌려 아직도 뾰로통한 얼굴인가 보는데 그녀는 신묵을 어리둥절하게 만들 정도로 조금 전과는 완전히 달라진 표정을 하고 서 있었다.

연분홍은 윗니를 살짝 드러내며 입술 끝을 올리고 환하게 미소 짓고 있었다. 그렇게 웃으면 길고 짙은 속눈썹 아래에 그늘이 진 두 눈이 검은 동공으로 꽉 찬 반달 모양이 된다는 것을 그는 확실히 알았다. 민준이의 퍼그를 데리고 서 있다가 횡단보도 앞에서 우연히 만났던 날도 이 여잔 봄바람에 나붓거리는 하얗고 작은 들꽃처럼 웃었더랬다. 그리고 마주 앉아 커피를 마시며 퍽 따뜻하고 부드러운 목소리로 말했었지. 제 잘못이잖아요. 괜찮아요. 민준이 외삼촌님이 잘못하신 거 아니에요.

"너 혹시 조울증 있니?"

당연히 기분 나쁠 말이었는데 바보스럽게까지 보이는 연분홍의 미소는 여전했다.

"기분이 솟구쳤다가 바닥으로 떨어졌다가 하는 거요? 없어요. 제 가방에 귀중품 든 것도 아니니까 지키고 있을 것도 없고, 어서 같이 가세요."

이번에도 그녀가 앞장을 섰다. 뷔페식당에 언제 가 봤는지 기억도 나지 않는 그는 연분홍의 뒤만 따르며 음식을 구경하다가 가벼운 샌드위치 종류와 샐러드를 접시에 담았다.

연분홍은 그렇지 않았다. 작정한 사람처럼 그다지 크지도 않은 접시 위에 고기와 해산물을 요령 있게 차곡차곡 쌓으며 알뜰하게도 꼭꼭 눌러 담았다. 다른 한 손에도 접시를 들고 마찬가지로 음식을 그득히 담고 있었다. 한 손을 쓸 수 없으니 음식이 세팅된 긴 테이블 위에 아슬아슬하게 접시를 내려놓고 천천히 탑을 쌓는 모양은 뒤에 줄 선 사람들을 전혀 의식하지 않는 것 같았다. 신묵은 그 모습을 어처구니없어 하며 쳐다보다가 먼저 자리로 돌아갔다.

"아침 안 먹고 나왔어?"

주위의 시선이 쏠리는 것에도 부끄럽지 않은지 자리에 앉은 연분홍은 큰 소리로 말했다.

"잘 먹겠습니다!"

"남기지나 마."

그는 속도를 맞추려고 샐러드 채소의 한 잎 한 잎을 천천히 씹었다. 그러나 30분이 지난 뒤에도 연분홍의 접시는 바닥을 보이지 않았다. 간간이 질문을 하며 그녀가 경영학과를 졸업했다는 것도 알았고 그동안 취득한 몇 가지 자격증과 대학 생활에 대해서도 들었지만 그러는 동안에도 연분홍은 기세 좋게 쌓아 올린 음식이 아까울 정도로 깨작거리기만 했다. 그에 대해서는 궁금한 것도 없는지 묻지도 않았다.

남자 앞이라고 새삼 긴장되어 못 먹는 건 절대 아니겠고 대답이 점점 짧아지며 혼자 무슨 생각에 잠긴 것도 같아 그는 쉽게 말을 걸지 못했다. 얘가 은근히 신경 쓰이게 하네. 그는 연분홍의 표정이 조금씩 침울해지는 것도 눈치 챘다.

"천천히 다 먹어. 음식 남기면 벌 받는다고 했어."

"알아요. 다 먹을 거예요."

서빙 하는 직원이 유리컵에 물을 세 번이나 채워 주고 그도 다른 음식을 한 번 더 가져온 다음에야 연분홍의 접시는 그럭저럭 바닥이 보였다. 깨작거리던 포크질이 어느 순간부터 갑자기 빨라졌기 때문이다. 다 먹지 못할 거라고 생각했던 그의 눈이 휘둥그레질 정도였다.

"그래, 잘 먹네. 아깐 왜 그랬어?"

반찬 투정을 하는 아이를 나무라듯 그가 말했다.

"그러게요. 왜 그랬을까요? 이렇게 맛있는데."

귀여운 반달눈을 다시 보여 주며 환하게 웃는 그녀는 좀 쑥스러워 하는 것도 같았다.

"커피 마실래? 배불러서 일어나지도 못할 거 같은데 갖다 줘?"

그는 뒤늦게 부끄러운 표정을 짓고 있는 연분홍이 이상해 보였다.

"전 커피 안 마셔요."

표정과는 달리 목소리만은 왠지 단호하게 들렸지만.

"그러면 허브티 줄까? 과일이나 케이크 먹을 거면 가져오고."

"네, 그것도요. 아니, 같이 가요."

"아까부터 변덕도 참……."

그가 투덜거리는 소리를 분명히 들었을 텐데 그녀에게서는 아무 반응이 없었다. 참 재미없는 대화 상대라는 생각을 하는 순간, 그는 오늘 이곳에서 연분홍을 만난 목적을 잊고 있었다는 걸 깨달았고 스스로에게 어이가 없어졌다.

디저트를 각자 들고 자리로 돌아온 뒤 그가 말했다.

"다친 곳, 팔하고 다리 말이야."

그는 양복 재킷의 안주머니로 손을 넣어 준비한 봉투를 꺼냈다.

"이게 뭐예요?"

"너무 늦었다는 거 알아. 어제 아침에도 말했지만 선의로 한 행동에 엉뚱한 사고를 당했으니 나도 책임이 없다고 할 순 없지."

"봉투 넣으세요."

"뭐?"

"그땐 제가 괜한 소리를 했어요. 죄송해요. 책임감 같은 거 느끼실 이유 전혀 없어요. 제발요."

94

그는 봉투에 눈을 둔 채 제발이라고까지 말하는 연분홍의 조그만 얼굴을 뚫어지게 바라보았다. 그의 시선을 받으며 생긋 미소 짓는 얼굴은 애원하는 말투와는 어울리지 않아 당황스러웠다.

"그냥, 이렇게 맛있는 밥 한 끼 사 주시는 걸로 대신 받았다고 생각할게요. 정말이에요."

봉투를 내민 손이 머쓱하도록 연분홍은 고개를 푹 숙이고 초콜릿 케이크 한 조각을 묵묵히 입으로 가져간다. 이름만큼이나 핑크빛이 도는 깨끗한 입술이 오물거리는 것을 보자 그는 입가에 묻은 가루를 털어 주고 싶은 충동을 느꼈다.

"스쿠터도 폐차했다면서?"

그는 익숙지 않은 감정에 언짢아져서 목소리가 퉁명스럽게 나갔다.

"저한테 왔을 때부터 이미 오래된 중고였어요."

"가게, 부모님이 하시는 거라면서 혼나지 않았어?"

연분홍은 냅킨을 뽑아 입가를 눌렀다.

"배달용이 아니라 처음부터 제 통학용 스쿠터였어요. 혼나기보다는 걱정만 들었죠."

그녀가 아직 테이블 위에 놓여 있는 흰 봉투를 잡더니 두 손으로 그에게 내밀었다.

"이 돈, 저 필요 없어요. 감사하지만 넣으세요."

그는 간절하기까지 한 그녀의 눈빛 때문에 봉투를 받아 안 주머니에 넣었다.

"지금은 뭘로 배달하는데?"

"이제 안 해요."

차가운 물이 남은 유리잔을 들어 연분홍은 왜 그러는지 고개를 숙이고 눈두덩을 누르고 있었다.

"하긴, 졸업도 했으니 가게 일 돕는 것보다는 취직 준비가 더 급하겠지."

"네."

연분홍이 벌떡 일어나더니 옆에 놓인 불룩한 가방을 가볍게도 들었다. 의자에 걸쳐 놓았던 점퍼도 팔에 건다. 아직 허브티가 담긴 잔을 손에 들고 있었던 그는 어리둥절한 얼굴로 그녀를 올려다보았다.

"저, 가 봐야 해요."

"어, 그래."

과일과 차는 고스란히 남겨 놓고 갑자기 가 봐야 한다니 다른 약속이라도 있는 걸까? 그는 아직 맑은 황갈색 액체가 찰랑거리는 잔을 내려놓았다.

"디저트 천천히 드시고 나오세요. 같이 안 나가셔도 되잖아요."

"됐어."

그는 연분홍을 따라갔다. 카운터 앞에 서자 고개를 꾸벅 숙이며 다시 한 번 잘 먹었다고 인사를 하고는 계산하는 그를 기다리지도 않고 성큼성큼 걸어 엘리베이터 앞으로 간다. 그는 은근히 불쾌해지기 시작했다. 엘리베이터의 버튼은 이미 눌러져 있었다.

"스쿠터가 없으니 외출할 땐 버스나 지하철을 타야겠군. 불편하지만 안전하니까 부모님은 걱정 안 하시겠어. 그렇지?"

"걱정은 안 하셔도 불편해요, 제가."

책을 읽듯 높낮이가 없는 데다가 퍽 퉁명스럽게 내던지는 말투였다. 그는 더 참기가 힘들었다.

"넌 성격이 원래 이렇게 제멋대로니?"

그러자 연분홍이 고개를 돌리며 그를 똑바로 쳐다보는데 그 눈빛이 참, 차라리 화를 내는 게 낫겠다 싶도록 담벼락 위에 웅크리고 있던 늙은 고양이가 지나가는 사람을 쳐다보는 시선 딱 그 이상도 이하도 아니었다. 아무런 관심도 흥미도 호기심도 없는 얼굴. 그는 어째서 넌 나에 대해 아무것도 알고 싶어 하지 않느냐고 불쑥 물을 뻔했다.

"내 말 들었어?"

"제가 뭘요?"

목소리는 심드렁했다. 대꾸를 하기도 전에 엘리베이터의 문이 열렸다.

"너 조울증 있는 거 맞아. 치킨 가게 본사에 가서 친절 교육이라도 다시 받든지 해."

이렇게나 뼈 있는 말을 했으면 뭐라고 쏘아붙이거나 변명을 해야 할 텐데 연분홍은 입에 지퍼라도 채운 듯 말이 없었다.

그런데 두 사람만 탄 엘리베이터 안에서 그는 희미한 담배 냄새가 나는 것을 느꼈다. 그 자신이 담배를 아예 피우지 않기 때문에 냄새에 민감한 편이었다. 그러니 엘리베이터 안에 처음부터 배어 있던 냄새라면 타자마자 알아차렸을 것이다. 그는 뒤에 한 걸음 떨어져 서 있는 연분홍을 돌아보았다. 식사를 할 때는 벗어 놓았던 점퍼에 팔을 꿰고 있었다.

"혹시 너 담배 피우니?"

"냄새 나요?"

왜요, 라든지 아뇨, 라고 대답할 줄 알았는데 옷소매에 코를 킁킁대며 냄새를 맡아 보는 것이 꽤 자연스럽게 보였다. 약속 시간 안 지키는 여자도 질색이지만 담배 피우는 여자도 질색이야. 그는 얼굴을 대놓고 찌푸리며 앞으로 고개를 돌렸다.

엘리베이터 문이 1층에서 열리자마자 먼저 내린 그는 연분홍을 돌아보며 말했다.

"난 여기서 택시 타고 갈 거야. 너도 약속 있는 거 같은데 가라."

"저어……."

"뭐?"

그의 태도가 불퉁거려서인지 연분홍의 목소리가 조금 수그러들었다.

"담배 냄새는 PC방에서 밴 냄새예요. 야간 시간 손님들이 안 된다고 해도 막무가내로 피워서요. 약속 시간에 늦은 것도 죄송해요. 집에 가서 잠깐 눈만 붙였는데 늦게 일어났어요."

굳이 그걸 설명하는 이유는 뭘까? 신묵은 연분홍을 마주 보았다. 그에게 나쁜 인상은 주기 싫어한다는 것을 알았으니 기뻐

해야 할지, 그와의 약속을 앞두고 긴장감도 없이 잠을 자고 늦게 일어나기까지 했다는 걸 기분 나빠 해야 할지 알 수 없었다.

"치킨 배달하는 것보다 밤에 PC방 아르바이트하는 게 돈이 더 되니?"

그늘이 질 만큼 긴 속눈썹을 내리깔고 대답이 없어도 알 수 있다. 부모님이 주는 용돈보다야 당연히 더 많겠지.

"어쨌든 알았다. 피곤할 텐데 가라."

"네, 안녕히 가세요."

그녀는 정말로 몸을 돌려 걸어갔다. 정말로? 아니면 뭐가 더 있겠는가? 내가 왜 저 애가 다음에 또 뵐게요라든지, 치킨 자주 주문해 주세요 같은 말을 할 거라고 기대했을까? 그는 우중충한 점퍼에 덜렁거리는 가방을 한쪽 어깨에 메고 빠르게 걸어가는 뒷모습을 뭔가 꽉 막힌 것 같은 답답한 기분으로 바라보았다.

"오빠, 내가 오늘 얼마나 바보 같은 짓을 할 뻔했는지 알아?"

요 위에 누운 오빠는 되묻지 않고 기운 없이 웃기만 했다. 수술 대신 약으로 버티고 있으니 대부분의 시간은 저혈압과 무기력한 상태에 빠져 누워 있었다. 맥이 천천히 뛰는 것과 더불어 심장 약의 부작용이었지만 병원에서는 환자를 위해 나쁘지 않다고 했다. 심장의 부담을 덜어 주기 때문이라는 것이다.

그래도 오늘처럼 억지로 눈물을 참아야 했던 날은 오빠와 같이 수다를 떨며 그 남자의 흉을 보고 싶었는데 솔직히 따져 보면 그에게는 아무런 잘못도 나쁜 의도도 없었으니 그 남자로

서는 억울할 일이었다.

"나 혼자 맛있는 거 많이 먹고 와서 미안하네."

"뭘 그렇게 많이 먹었는데?"

오빠는 분홍에게 고개를 돌렸다. 양반 다리를 하고 좁은 방
바닥에 앉아 분홍은 쑥스럽고 부끄러워하며 웃었다.

"가 본 건 처음이었어. 우리도 왜, 엄마 생일에 한 번 가 보
려다가 빈자리가 없어서 예약도 못 했었잖아. 이름도 모르는
맛있는 요리 진짜 많더라. 오빠가 좋아하는 초콜릿 케이크도
종류대로 다 있었는데…….."

"실컷 먹었어?"

"응, 뱃살이 땅에 처질 것처럼. 오빠. 사실은 나, 가방 안에
빈 통도 몇 개 넣어 갔었다. 몰래 싸 올 수 있으면 정말 그래 보
려고."

흐흐 하며 낮게 깔리는 웃음소리를 듣자 분홍도 저 자신이
어이없어 킥킥 웃어 버렸다.

"근데 너무 궁상맞잖아. 우리가 뭐 그런 데쯤 못 가는 사람
들도 아니고. 나중엔 내가 너무 창피하고 부끄러웠어."

"잘했어. 그 남자가 뭐래? 미안하대?"

"돈 봉투를 갖고 나왔더라. 잘하면 스쿠터도 한 대 사 줄 것
처럼 그랬는데 내가 됐다 그랬어."

"그 남자도 좋은 사람이네."

오빠가 또 웃었다. 앞으로도 오래오래 마주 보고 싶은 환하
고 멋진 미소였다.

"오빠. 그 사람은, 엄마 사고 난 거 몰라. 우리 집에 불난 것도."

"말할 거 없잖아? 다시 볼 사람도 아닌데."

"그렇지? 그 사람 얼굴을 보자마자 눈물이 나려고 해서 얼른 화장실부터 갔었어. 근데 그걸 모르고 있는 게 또 막 화가 나더라. 그 사람 탓이 아니라는 걸 잘 아는데, 알면서도 탓을 막 하고 싶더라."

"그러지 마. 누구 탓을 하고 싶으면 맨 처음에 리어카에서 흘러내린 라면 박스를 탓해야지."

분홍은 왈칵 울음이 터질 뻔했다. 입 밖으로 내진 않았지만, 남자에게 길을 잘못 가르쳐 주고 그걸 다시 바로잡아 주려 해서 그 남자와 쓸데없는 인연을 만든 자신을 제일 많이 원망하고 있었기 때문이다. 이불 속에서 그녀는 밤마다 제 가슴을 주먹으로 때리며 울었다. 엄마, 미안해. 내가 빨리 가게로 돌아가 그 자리에 있었더라면, 남자한테 정신 팔려 커피나 마시고 있지 않더라면……. 그랬으면 가게에 불이 나도 끌 수 있었을 텐데, 엄마가 다시 불 속으로 뛰어드는 걸 막을 수 있었을 텐데.

하지만 분홍은 스쿠터를 타고 달릴 땐 백미러보다 전방을 더 주시해야 하는 것처럼 만약이라는 말을 되풀이하며 돌이킬 수 없는 후회를 하는 짓은 그만두기로 오빠와 약속했었다.

"오빠 진짜 바보야. 이렇게 착하기만 하니 다정 언니한테 차였지."

의지할 엄마가 중환자실에 누워 계시니 이제 남매 사이에 비밀이나 못 할 말 같은 건 없었다. 잘 웃고 잘 토라지고 감정을 속일 줄도 몰랐던 다정 언니가 오빠를 그렇게 살그머니 떠나 버린 줄은 몰랐다. 적어도 몇 년 동안 함께 얼굴을 보아 온 자신에게는 직접 말해 줄 줄 알았다. 작년 여름 유럽 출장을 간다면서 분홍에게 무슨 선물을 사다 줄까 물었을 때가 다정 언니와의 마지막 통화였다. 극단을 그만두고 아버지가 대표로 계신다는 회사에 막 입사한 직후였다.

"차인 거 아니야."

오빠가 희미하게 소리까지 내며 웃었다.

"나는 다정이 안 미워해. 너도 엉뚱한 남자 탓하지 마."

"알아. 알지만 미워서 나도 막 이랬다저랬다 했어. 안 그러면 밥 먹다가 울어 버릴 것 같아서. 비싼 밥인데 울다가 체하면 안 되잖아."

"그래, 울지 마. 내 동생 참 잘 참았어. 우리 핑크, 종교가 뭐더라?"

"뭐야, 그게?"

"뭘 믿고 이렇게 예쁜가 해서."

"칫, 재미없어."

"그래도 감동 받았지?"

"진짜 싱거워. 오빠 정말 글 쓰는 사람 맞아? 독자들이 알면 실망하겠다."

오빠가 갑자기 대답이 없었다.

"오빠, 잠 와?"

"졸려."

"응, 자. 저녁 차려 놓고 갈게. 깨면 먹어."

분홍은 오빠가 덮은 이불을 어깨와 발끝에서 꼭꼭 눌러 주었다. 탄내는 좀 배였지만 2층의 살림집까지 번진 불에서 소방 호스의 물에도 젖지 않고 남은 이불이다.

"핑크야."

방을 나오려는데 오빠가 눈을 감은 채 불렀다.

"예쁜 얼굴 구기지 마. 그 남자나 다정이, 우리랑 상관없는 사람들이고 다 지나간 일이잖아. 하늘을 나는 새는 바다에서 헤엄치는 물고기 때문에 속상해하고 그러지 않는대."

분홍은 조용히 문을 닫고 나왔다. 오빠에겐 부끄럽지만 아직은 그럴 자신이 없었다.

그런데 다정 언니보다 더 피하고 싶고 마주하면 저절로 얼굴이 구겨질 수밖에 없는 사람이 분홍을 불러냈다. 그 남자는 이번엔 아예 작정한 듯 지금 어디 있느냐고 대뜸 물었다.

"왜 그러시는데요? 저 못 나가요."

분홍은 카운터에서 PC방 관리 프로그램으로 각 좌석에 뜬 화면을 감시하고 있는 중이었다. 처음 온 아저씨 한 분이 주식 시세를 보면서도 야한 동영상에 계속 접속을 시도했다. 아저씨, 우리 수호천사 깔았어요. 차단된다는 거 아시면서 왜 그러세요? 분홍은 연민의 눈으로 아저씨의 넓은 등짝을 보다가 핸드폰 너머의 남자에게 되물었다.

"네? 뭐라고 하셨어요?"

— PC방 위치만 말해 봐. 전화 바꿔 줄게.

그는 대답도 듣지 않고 다른 사람을 바꾸었다. 중년 남자의 빠른 목소리가 곧 건너왔다.

— 여보세요? 주소나 상호만 불러 주세요. 제가 내비게이션 찍고 찾아가겠습니다.

"무슨 일이신데요?"

— 스쿠터 갖다 드리려고요.

놀라 되묻기도 전에 단골인 학교 여자 후배가 카운터 안으로 얼굴을 들이밀었다. 왜, 하고 입모양으로만 묻자 울상이 되어 말했다.

"언니, 화장실 변기 또 막혀 있어요."

아, 어떡해……. 그 바람에 분홍은 의자에서 벌떡 일어나 PC방이 있는 동네와 상호를 말하고 전화를 끊었다.

베스파. 오드리 헵번이 그레고리 펙의 뒤에 올라타 로마의 거리를 달리던 스쿠터. 섹시한 주드 로가 줄무늬 양복을 입고 활짝 웃으며 타던 스쿠터. 지금 분홍의 눈앞엔 50cc 중고 택트에겐 미안하도록 입이 딱 벌어지고 눈을 휘둥그레 뜰 수밖에 없는 125cc 이탈리아산 클래식 스쿠터가 서 있다. 그것도 파우더 핑크색의 베스파.

패션 잡지에서 유명 인사의 애장품으로 소개된 화보로만 보며 감탄을 연발하던 실물을 조금 전까지 막힌 변기를 뚫고 있던 제 손이 만지고 있다는 것도 분홍은 믿을 수가 없었다.

"와아, 진짜 예쁘다."

저절로 감탄사가 흘러나왔다. 그런데 이게 왜……

무슨 바이크 대리점이라고 말하며 지금 바로 PC방 건물 밖으로 나와 달라고 전화를 건 50대의 남자는 분홍을 어떻게 알아보았는지 이름을 확인하자마자 열쇠와 가게의 명함을 건넸다. 분홍이 던지는 물음에 대답하지도 않고 간단히 스쿠터의 장점에 대해 빠르게 설명하고는 인수증을 꺼내어 맨 밑에 서명해 달라고 한다.

"그럼, 안전하게 타세요."

빈 트럭이 제 눈앞에서 점점 멀어지는 것을 보며 분홍은 어안이 벙벙해진 채 서 있었다. 어둑어둑한 저녁 시간이어서 가로등과 주위 가게들의 조명으로만 보이긴 했지만 솜사탕보다 더 사랑스러운 색깔의 핑크 베스파는 물건을 넣을 수 있는 탑박스까지 뒤에 달려 있었으며 길 가는 사람들이 멈춰 서서 구경하게 할 정도로 몸체가 예쁘고 반짝거렸다. 그리고 너무 비싸 보였다.

분홍은 스쿠터를 엘리베이터에 실어 PC방 안에까지 끌고 들어온 다음 민준이의 외삼촌에게 전화를 걸었다.

"저, 연분홍인데요."

알아, 하는 목소리는 진중했지만 분홍에게선 그다지 공손한 말이 나가지 못했다.

"왜 사 주시는지는 알겠는데 너무 비싸요. 못 받아요."

― 그냥 받아.

"받을 이유가 없어요. 그때도 말씀드렸잖아요. 게다가 이건 정말 너무 비싸요."

― 내 맘 편하자고 하는 거야. 고맙습니다, 하고 안전하게나 타.

"그래도……."

목소리에 점점 힘이 빠진 건 순전히 핑크 베스파라는 이유 하나 때문이었다. 다른 브랜드라면 그의 집 앞으로 타고 가서라도 되돌려 주었을 텐데 스쿠터 라이더에게 특히 여자 라이더들에겐 꿈의 베스파였다. 그리고 또 하나, 분홍은 점점 핏기를 잃어가는 파리한 오빠의 얼굴을 떠올렸다.

― 바빠서 끊는다. 할 말 더 없어?

"이거 진짜 저 주시는 거 맞지요?"

핸드폰 너머에서 분명히 웃는 소리가 들렸다. 귀를 막고 싶을 정도로 부드럽고 마음 약해지게 하는 웃음소리였다.

― 그래.

"진짜죠? 나중에 딴말 안 하실 거죠?"

― 안 해. 너는 더 할 말 없니?

"돌려 달라거나 그러기 없기예요."

한 박자 늦게 고맙다는 말을 덧붙이기도 전에 전화는 끊어졌다. 바쁘다더니 정말로 바쁜가 보네. 핑크 베스파를 쳐다보며 분홍은 가슴에 커다란 바위가 굴러떨어져 짓누르는 것 같은 답답함을 느꼈다. 선물한 사람에게는 미안하지만 자신이 탈 수 없는 이유가 떠올랐고 그럼에도 불구하고 되돌려 줄 수 없는 이유도 떠올랐다.

"아⋯⋯."

분홍은 감탄사와 같은 한숨을 길게 내쉬며 안타까운 손길로 스쿠터의 가죽 시트를 쓰다듬었다. 이탈리아 국기가 그려진 가죽 시트 위에서 가느다란 손끝이 매끄럽게 미끄러졌다.

할 말이 없느냐고 두 번이나 물었는데 진짜 주는 거냐고 확인하는 말밖에는 없다. 제 이름과 똑같은 색깔의 스쿠터를 타고 있는 모습을 직접 찾아와 보여 주겠다고 해야 하는 거 아닌가? 신묵은 은근히 서운해지는 마음을 무시하려고 서둘러 전화를 끊어 버리고 컴퓨터 모니터로 눈을 돌렸다.

천연 펄프의 국제 시세는 미미하나마 오르고 있는데 일본으로의 수출 감소로 자카르타 증시의 회사 주가는 조금씩 떨어지고 있었다.

그는 우성이 군산항의 일을 잘 처리하고 있을지 궁금했다. 목재 조합이 원목을 하역하는 회사에 수억 원에 달하는 하역료를 제때 지급하지 못하는 바람에 마흔 개가 넘는 공장이 가입한 목재 조합은 하역은 물론 항구에 접안도 못 하고 있었다. 5월에 있을 우성의 결혼식은 본가의 숙모께서 잘 준비하고 계실 테지만 우성은 이러다 신혼여행도 군산으로 가야 할지 모르겠다고 농담을 했었다.

결혼이라는 게 참 쉽구나. 비아냥이 아니라 그는 육촌 동생을 보면 진심으로 그런 생각이 들었다. 서로에게 믿음을 주고 사랑으로 아이를 낳고 좋은 부모가 되어 따뜻한 가정을 이루는 것. 거기에 필요한 어마어마하게 무거운 책임감을 기꺼이 지겠다고 나설 수 있는 건 신랑과 신부도 그런 가정에서 보고 들으며 자라 겁이 없기 때문이라고 그는 생각했다. 반면교사反面教師가 된 자신의 부모를 떠올려 보면 그는 감히 내지 못할 용기를 가진 두 사람이었다.

화요일 아침은 공기가 유난히 맑고 포근했다. 침대에서 눈을 떴을 때부터 기분 좋은 예감이 드는 묘한 아침이었다. 신묵은 블라인드를 걷어 창밖을 보지 않아도 하늘이 높고 새파랗게 빛나고 있을 것을 알았다. 어쩌면 나중에 일어난 일로 그날의 시작을 기억이 스스로 조작해서인지도 모르겠지만 그는 거실 창 너머로 맑은 물에 헹궈 낸 듯 깨끗한 하늘을 올려다보며 가슴이 심하게 두근대는 것을 느꼈다. 심장 박동에 장단이라도 맞추듯 핸드폰의 벨이 울렸을 때 그는 연분홍의 전화를 처음 받았던 날도 이렇게 심장이 뛰었던 것을 기억했다. 그는 화면에 뜬 발신인의 이름을 확인했다.

"음."

태신묵입니다, 라든가 여보세요, 라고 말할걸 그랬나?

— 안녕하세요? 저 연분홍이에요.

"그래."

— 너무 이른 시간에 전화했죠? 통화 괜찮으세요?

그녀의 목소리는 오전 7시를 막 넘긴 때답지 않게 높고 명랑했다. 야간 아르바이트를 한다고 했으니 연분홍에겐 이른 시간이 아니겠지만. 그렇게 생각하자 피곤에 지친 가라앉은 목소리가 아니어서 다행이다 싶었다.

"웬일이야?"

그는 냉장고를 열어 차가운 생수 한 병을 꺼냈다. 물이라도 한 모금 마시지 않으면 심장이 이렇게 빨리 뛰는 것이 이 여자 때문이라고 계속 착각할 것이 싫었다.

— 혹시 조금 있다가 잠깐 나오실 수 있어요? 출근하실지도 모르겠네요?

"나갈 수 있어."

— 아, 다행이다.

보지 않아도 핸드폰 너머의 얼굴이 환한 미소를 짓고 두 눈은 까맣게 반달 모양으로 접히는 것을 그는 느꼈다.

— 그러면 20분 뒤에 제가 오피스텔 건물 밖에 있을게요. 천천히 나오세요.

"알았어."

그는 전화를 끊은 뒤에야 이유도 묻지 않았다는 것을 깨달았다.

15분 뒤 주상 복합 오피스텔을 내려갔을 때 회전문 밖 광장에서 핑크색 스쿠터가 천천히 돌고 있는 것이 그의 눈에 들어왔다. 청명한 4월의 아침 햇살을 받으며 스쿠터는 동심원을 그리고 있었다.

매끄럽게 반짝이는 몸체와 햇빛을 반사하는 백미러 그리고 돌려 쓴 감색 야구 모자 밑으로 삐죽 나온 짧은 머리카락과 하얗고 도톰한 귓불. 오늘은 예뻐 보이기로 작정이라도 한 건지 아니면 단지 봄이라서 그런 건지 연분홍은 눈처럼 흰 긴 소매 셔츠에 물이 잘 빠진 깨끗한 청바지를 입고 있었다. 출근하는 사람들의 시선을 받으며 스쿠터를 타고 광장을 도는 연분홍의 모습은 영화 필름처럼 풀리며 그의 눈꺼풀 뒤에 저장되었다. 핑크색 스쿠터를 탄 연분홍이라니, 입가가 어쩔 수 없이 올라가며 웃음이 나왔다.

"일찍 나오셨네요."

연분홍이 스쿠터를 세우고 쑥스러운 듯 고개를 까닥 숙였다. 그는 미소를 얼른 지우고 보란 듯이 눈살을 찌푸렸다.

"헬멧 없어?"

기억을 더듬어 보니 이제껏 본 헬멧은 다 시커먼 색이었던 것 같다. 스쿠터 색깔에 맞춰 헬멧도 하나 사 줄걸 그랬나? 연분홍은 야구 모자를 공연히 고쳐 쓰고 있었다.

"헬멧 쓰고 타야지."

"네……."

무슨 대답이 그런지 배시시 웃기만 한다.

"저 타는 거 보실래요?"

"봤잖아."

조금은 웃어 주며 아침은 먹었냐고 물어볼 수도 있겠지만 이상하게 이 여자 앞에선 웃어 보이고 싶지 않았다.

"한번 태워 드릴까요?"

"뭐?"

"타세요. 좀 불편하시겠지만 태워 드리고 싶어요. 헬멧은 둘 다 없지만 동네 한 바퀴 돌고 나서 요 앞 초등학교까지 경찰한테 안 들키고 금방 돌아올 수 있어요."

좀 불편한 정도가 아니었다. 연분홍도 모르고 던진 말이었을 것이다. 그 말을 던지고 1분도 안 됐지만 이 여자는 틀림없이 후회하고 있을 것이다. 그의 두 손에 꽉 잡힌 허리가 바짝 긴장하고 있었다. 마주 오는 봄바람을 그의 몫까지 혼자 맞고 있었지만 솜털이 보송보송한 귓불과 목덜미가 천도복숭아 색깔로 물든 것을 따스하기만 한 바람 탓으로 돌릴 수는 없다. 그는 제 팔에 안긴 여자의 등이 어쩔 수 없이 앞으로 굽어지며 조그만 엉덩이가 자신의 하체에 닿는 것을 느꼈다.

그 역시 뒤로 좀 물러앉고 싶었지만 허리 뒤에는 등받이처럼 받쳐 주는 박스가 있다. 바이크 사의 강 사장이라는 사람이 추천해서 단 옵션으로 신묵 나름으로는 가게 일을 도울 때 유용하리라고 생각해서 주문한 것이었다. 하긴 지금 그것이나마 있으니 그가 뒤로 떨어지지 않고 탈 수 있는 것일 테다.

스쿠터의 엔진 음이 커지면 떨리는 숨소리를 감출 수 있을까 봐 여자는 액셀을 바짝 당기고 있었다. 그는 그 순진한 경계가 우습기도 하고 놀려 주고 싶기도 해서 허리를 감은 팔에 힘을 주다가 이러다 애가 기절해 버릴지도 모르겠다 싶어 가슴을 떼고 등을 꼿꼿이 폈다. 흐르는 공기를 타고 후각 세포에 남은 그녀의 달콤한 향기만 기억하기로 했다.

그러는 동안에도 주위의 풍경은 딱 감상하기 좋을 속도로 흘러가고 있었다. 자동차 안에 갇혀 있을 때와는 세상이 전혀 다르게 움직였다. 귓가에 속삭이는 바람은 달리는 사람의 편이었고 양옆을 스치는 모든 것이 여유롭고 다정해 보였다. 차를 두고도 바이크를 산다면 이런 이유겠다는 생각이 들었다.

스쿠터가 크게 한 번 좌회전을 했다. 제 몸이 연분홍과 함께 기울어질 때 신묵은 그 일체감에 가벼운 현기증을 느꼈다. 가죽 시트를 타고 엉덩이에 와 닿는 규칙적인 진동을 그녀도 똑같이 느끼고 있을 거라는 생각이 들자 허리를 안은 팔에 찌르르 전기가 올랐다.

"솔직히 말하면 코너링 할 때 가속은 좀 떨어져요."

그가 계속 말이 없자 연분홍이 큰 소리로 말했다.

"속도가 붙으면 휘청대기도 해서 초보가 타기는 쉽지 않을 거예요. 멈추는 것도 그렇구요."

애는 쓰지만 휙휙 불어오는 봄바람의 파동보다 더 떨리는 목소리였다.

"남자 뒤에 태워 본 적 없니?"

누나가 과외 선생을 자른 이유를 말해 주던 민준이의 말이 문득 떠올라서였다.

"네?"

그는 되묻지 않았지만 연분홍도 말이 없었다. 스쿠터는 오피스텔 바로 뒤로 돌아와 초등학교 정문을 통과했다.

"운동장 한 바퀴만 돌게요. 등교 시간은 멀었지만 육상부 애들이 나올 거예요."

이 학교까지 온 게 무슨 이유가 있는지 연분홍은 운동장을 천천히 돌았다. 그 순간에만은 자신의 허리를 잡고 깨끗한 목덜미에 숨이 닿지 않게 하려 고개를 돌리고 있는 그를 의식하지도 않는 것 같았다.

"여기까지예요. 내리세요."

"뭐? 집까지 도로 안 태워다 줄 거야?"

아쉬움을 감추려고 그가 짐짓 화를 내며 말했지만 시동을 끄자 내릴 수밖에 없었다. 스쿠터를 운동장의 기다란 급수대 앞에 세우는 연분홍의 뒷모습으로는 어떤 표정인지도 알 수 없다.

"바쁘지도 않으시면서 걸어가세요. 저도 어차피 다른 방향으로 가요."

야구 모자를 벗어 급수대 한쪽에 내려놓고 두 손에 수돗물을 받아 가만히 얼굴을 담그는 움직임이 배달할 때 하고 다닌 옷차림이나 머리 모양과는 어울리지 않게 얌전하고 수줍어 보였다.

"내가 바쁜지 안 바쁜지 어떻게 알아?"

그도 공연히 한 칸 건넌 수도꼭지를 틀어 손을 씻었다.

"화요일이잖아요."

사내아이처럼 면 셔츠의 소매로 물기를 대충 닦은 얼굴이 그를 보며 부드럽게 웃었다. 운동장을 비추는 햇빛을 저 혼자

다 빨아들인 듯 촉촉하고도 말갛게 반짝이는 얼굴을 보자 그의 심장이 스쿠터의 엔진처럼 부르르 떨렸다.

"화요일이 왜?"

"뷔페 사 주시던 날도 화요일이었고 처음 횡단보도에서 길 물으실 때도 화요일이었어요."

"그랬었나?"

그는 느릿느릿 스탠드의 맨 아래 계단으로 가 앉았다. 연분홍이 따라와 옆에 앉는 것이 좋았다. 운동장엔 코치로 보이는 남자가 혼자 나와 스트레칭을 하고 있었다.

"퍼그 데리고 횡단보도 앞에서 만났던 날도 화요일이었니?"

그날은 누나의 부탁으로 민준이의 개를 동물병원에 데려갔다가 오던 길이었다.

"네, 맞아요. 1월 셋째 주 화요일이었어요. 17일이요."

"너도 참 별걸 다 기억하는구나."

그는 슬쩍 옆을 돌아보다가 연분홍의 눈가에 아직 닦지 못한 물기가 반짝이는 것을 보았다.

"혹시 미용실 하세요?"

"뭐?"

뜬금없는 질문에 어안이 벙벙해지는데 연분홍이 좀 과장되다 싶게 활짝 웃어 보였다.

"우리 동네 미용실은 화요일마다 쉬거든요. 백수는 아니신 것 같은데 화요일마다 자꾸 보게 되니까 혹시나 해서요. 손에 작은 상처도 좀 있으시고."

적어도 한 번은 나에 대해 궁금해하고 관찰도 했다는 소리네. 그는 푸시시 웃음이 나왔다. 연분홍의 짧은 머리칼을 마구 흩어 놓고 싶은 충동이 불쑥 일었다.

"왜, 파마 싸게 해 줄까? 좀 다듬고 염색해도 예쁠 것 같은데."

"정말이세요?"

두 눈이 동그래지는 것이 놀란 고양이 같았다.

"아니야, 나 백수야. 백수 일 해."

"백수면 백수지, 백수 일 하는 건 또 뭐예요?"

"그러게."

펄프 공장에서 나오는 폐수는 미세한 셀룰로오스와 백토 때문에 흰색을 띤다. 인도네시아의 공장에서 신묵은 매일 백수白水를 처리하는 과정을 감독했었다.

"돈 잘 버는 미용실 원장님이어도 받기 부담스러운데 백수라면서 이렇게 비싼 수입 스쿠터를 막 사 주고 그래요? 잘 모르는 여자한테?"

"사 줄 이유가 있었으니까 사 주는 거지. 말했잖아? 늦었지만 내 맘 편하자고 그런다고."

그리고 너를 잘 모르는 거야 어쩌면 앞으로 알아 갈 수도 있겠지. 그는 한참 어린 여자 앞에서 눈을 마주칠 수가 없었다.

"이젠 돌려 달라고 하셔도 못 줘요. 제 스쿠터니까 정말 제 맘대로 할 거예요."

으름장을 놓듯 말하는 목소리가 고집스럽게 들렸다.

"누가 뭐랬니?"

"민준이 외삼촌님."

"넌 그 발음 어렵지 않니? 외삼촌님."

"나이도 저보다 훨씬 많으신 것 같은데 그럼 신묵 씨라고 해요?"

그는 입꼬리가 위로 올라가는 것을 보여 주지 않으려고 고개를 반대쪽으로 돌렸다. 그 바람에 햇볕에 오래 그을려서 나이가 좀 들어 보이지 실제로는 연분홍의 생각보다 훨씬 젊을 거라는 걸 말할 타이밍도 놓치고 말았다. 고개를 돌려 시선이 간 곳에 할리 데이비슨 한 대를 앞뒤로 탄 남녀 한 쌍이 서 있었기 때문이기도 했다. 검은 라이더 재킷을 입은 그들은 헬멧을 벗은 채 이쪽을 주시하고 있었다. 아마 보기 드문 클래식 스쿠터를 구경하는 모양이라고 그는 생각했다.

"여자들은 자기보다 몇 살 많은 남자를 오빠라고 부르지 않나?"

"저는 안 그래요. 집에 있는 친오빠랑 헷갈리거든요."

"오빠 있니? 오빠 이름이 뭔데? 설마 초록이나 파랑?"

"풋, 비슷하지만 아니에요."

개구쟁이 같은 목소리 뒤에 이어지는 말은 당돌했다.

"어쨌든, 저랑 악수 한번 하실래요?"

"뭐?"

"악수 한번 하자구요."

그녀는 스탠드의 계단에서 팔짝 몸을 일으켰다. 눈빛은 꾸밈없이 순수했다. 아니면 달리 무슨 뜻이 있을 수 있겠나 싶게 깨끗하고 고운 웃음으로 그를 마주 보며 오른손을 쑥 내밀었다. 새빨간 사과의 속살처럼 상큼한 미소를 홀린 듯이 바라보다가 얼떨결에 그도 일어나 손을 잡았다. 부드럽고 촉촉한 피부가 서늘했다.

"손이 왜 이렇게 차니?"

"잘 모르겠어요. 아저씨를 보면 어떤 표정을 지어야 할지."

동문서답 같은 대꾸가 어리둥절했다. 더구나 아저씨라니……. 미소는 잠시뿐 연분홍의 얼굴에는 짧은 시간에 복잡미묘한 감정이 떠올랐다. 찡그리는 것 같았다가 화난 것 같았다가 수줍고 부끄러워하는 표정으로 금세 바뀌었다. 그러다가 쓸쓸하고 우울한 것 같기도 한 얼굴로 그를 빤히 쳐다보았다. 그는 그녀의 맑은 눈동자에 제 그림자가 비치는 것을 멍하게 내려다보았다. 그의 마음을 꿰뚫을 듯 가만히 응시하는 시선에 깜짝 놀라 뿌리치듯 손을 놓았다. 꽤나 무안했을 텐데도 연분홍은 아무렇지도 않게 버릇처럼 모자를 고쳐 썼다.

"학교 본관 뒤로 가시면 오피스텔 방향으로 올라가는 쪽문이 열려 있을 거예요. 등교 시간이거든요. 먼저 가세요."

목소리는 상냥했다.

"같이 아침 먹을래?"

그로서는 커다란 용기가 필요한 말이 갑자기 튀어나와 자신을 놀라게 했다.

"다음에요."

생각해 보지도 않고 바로 튀어나오는 대답은 거절을 에둘러 말하는 건가?

"그래, 다음에."

그도 거듭 청하고 싶은 마음은 없었다.

"안녕히 가세요, 아저씨."

"너도, 연분홍."

발이 땅에 끌리듯 무거웠지만 아저씨라는 호칭이 그가 다시 뒤돌아볼 생각을 못 하도록 등을 떠밀었다. 그는 곧장 스탠드를 올라가 학교 건물로 빠르게 향했다. 모퉁이를 돌다가 운동복을 입은 아이들이 오른쪽 현관에서 갑자기 쏟아져 나오는 바람에 멈칫하며 고개가 돌아갔다. 검은 바이크의 남녀가 연분홍에게 다가가고 있었지만 그는 걸음을 멈추지 않았다.

"오빠, 자?"

"아니. 잘 갔다 왔어?"

"응, 제대로 받았어."

"미안하다, 내 동생."

"대신 다음에 꼭 사 줘. 중고라도 괜찮아."

"그래, 핑크색으로 꼭 사 줄게."

"하얀 헬멧도."

"그것뿐이야?"

"음, 바람막이 스크린도 있고 등받이 캐리어도 있던데……."

"그래, 그것도. 약속."

"오빠 한 번 태워줄걸."

"전에 타 봤잖아."

"그건 배달용 큰 거였지. 다 낡은 중고였고. 이건 완전히 달랐어. 엔진 소리부터 듣기 좋아. 좀 무거워서 그렇지, 얼마나 예뻤다고."

"……."

"오빠, 자?"

"응, 자."

"칫, 내일 수술 잘 받아. 이모부가 그러시는데 보험금 곧 나올 거래. 엄마가 서명 안 했어도 이모가 첫 달 보험금까지 대신 내줬으니까 다 괜찮대. 걱정하지 말래. 그러니까 오빠도 수술 잘 받아."

"……."

"오빠, 자?"

"……."

"진짜 자는구나?"

"……."

"오빠, 있잖아. 그 남자가 내 허리를 잡았어. 기분이 이상했어. 가게 스쿠터에 오빠 태우고 달리던 때랑은 다르더라. 숨결이 한 번 뺨에 닿았어. 좋은 향이 나더라. 얼굴이 새빨개진 걸 세수하면서 겨우 감췄어. 스쿠터 고맙다고 얼굴 보고 말하고 싶었는데 괜히 전화했나 봐. 나중엔 엄마 생각이 나서 힘들었어. 마주 보고 싶지가 않더라. 오빠, 그러니까 오늘 일은 그 남자한테 미안해하지 않을래. 오빠, 자? 그래, 나도 철없는 소리 그만할 테니까 오빠도 자. 잘 자고 내일 수술 꼭 잘 받아."

스티커 열 장 중 순전히 모자란 한 장을 더 받으려고 신묵은 전화를 걸었다. 전화를 건 김에 연분홍이 다음에요, 라고 말했던 아침은 언제 같이 먹을 건지도 물어보고 싶었다.

— 네, 감사합니다. 꼬꼬꼬 치킨입니다.

그녀의 목소리는 아니었지만 전화를 받은 중년 여자는 여전히 상냥하고 친절했다. 어머니일까? 그는 원하는 메뉴와 주소를 정중하게 말했다.

그리고 치킨 세트는 예상했던 것보다 훨씬 늦게 도착했다. 인터폰 화면에 가무잡잡한 얼굴의 젊은 남자가 비치자 그는 둥실 떠오르려던 풍선이 제자리에 멈춘 것을 느꼈지만 연분홍의 오빠일지도 모른다고 생각했다. 천 원짜리까지 딱 맞춰 준비한 지폐를 내밀자 맛있게 드시라는 인사와 함께 남자는 등을 돌렸다.

"잠깐만요."

현관문 손잡이를 잡은 채 남자가 멀뚱히 쳐다보았다.

"뭐요?"

말투와 표정과 생김새가 연분홍의 오빠는 절대 아니라는 확신이 들었다.

"박스에 붙은 전단지가 내가 전화한 지점 게 아닌데요?"

"지점은 달라도 같은 브랜드 치킨이라 맛은 다 똑같습니다."

배달원은 귀찮다는 듯이 내뱉었다.

"어쨌든 내가 전화한 가게가 아니잖아요."

그는 이미 외우고 있던 전화번호를 말했다. 한 손에 보물찾기 놀이에서 찾아낸 쪽지처럼 소중히 들고 있던 스티커 종이도 내보였다. 배달원은 그것을 찬찬히 보더니 말했다.

"여긴 없어졌어요. 문 닫았어요."

"무슨 소립니까?"

그는 배달원이 착각하고 있다고 생각했다.

"몰라요. 어쨌든 그래서 여기 전화번호를 우리 사장님이 인수했대요."

할 말을 다 했다는 듯 배달원은 엘리베이터로 향했다. 그는 배달원을 따라 나갔다.

"정말입니까? 언제요?"

"벌써 몇 달 됐어요."

배달원은 엘리베이터가 도착하자 곧장 아래로 내려갔다. 그는 멍하니 서 있다가 집으로 들어가 연분홍에게 바로 전화를 걸었다. 처음에는 통화 중이었다가 다시 걸었을 때는 녹음하라는 안내 음성이 나올 때까지 받지 않았다. 대신 핸드폰을 내려놓자마자 그에게 전화를 걸어 온 사람은 일주일 전 스쿠터를 구입했던 대리점의 강 사장이었다.

"여보세요?"

자신도 모르게 목소리에 힘이 빠졌다.

— 안녕하세요, 태신묵 고객님. 스쿠터 판매했던 바이크 사

입니다. 혹시 말입니다.

사장의 목소리는 무척 조심스러웠다.

― 일전에 구입하신 핑크색 베스파 말입니다. 도난당하셨나요?

엉뚱하기 짝이 없는 물음에 그는 어안이 벙벙해졌다.

"그게 무슨 말입니까?"

― 아, 아닌가 보군요. 인터넷 스쿠터 동호회에 판매를 원한다고 올려져 있는 걸 우리 직원이 봤다고 해서요.

"무슨 소리인지 모르겠네요. 잘못 아셨겠죠."

그의 머릿속이 순식간에 복잡해졌다.

― 우리 직원 말로는 지난주에 고객님께 판매한 물건과 옵션까지 똑같다고 하더라구요. 사이트 들어가 보려다가 혹시나하고 전화 드렸습니다.

신묵은 직원이 잘못 안 게 분명하다고 생각하면서도 강 사장의 말을 직접 확인하기 위해 스쿠터 동호회의 이름을 물었다.

― 벌써 판매 완료되어서 가격은 지워졌지만 기록은 그대로남아 있으니 한번 보십시오. 도난당한 게 아니시라니 다행이지만 저희 직원 말로는 탑 박스까지 똑같이 얹은 핑크 베스파는처음 본답니다.

"착각일 겁니다. 어쨌든 알겠습니다."

전화를 끊자마자 인터넷을 검색하여 들어간 스쿠터 동호회에는 중고 물품 거래 게시판이 있었다. 게시판 목록에서 핑크색 베스파를 판매한다는 글을 찾기란 어렵지 않았다. 조회 수부터 압도적으로 많았다.

"설마……."

그의 눈으로 보기에도 게시물 속의 실물 사진은 연분홍의 허리를 잡고 동네와 학교 운동장을 돌았던 그 스쿠터가 분명했다. 제 손으로 고른 탑 박스까지 뒤에 실려 있었고 강 사장이 튜닝한 가죽 시트의 이탈리아 국기 무늬도 그대로였다. 사진 속의 핑크색 스쿠터 뒤로 그의 눈에도 익은 신도시의 건물들이 보였다.

구입 직후 내놓는 새 물건. 개인적인 사정이 있어 급하게 팝니다.

게시물을 올린 사람은 대화명이 '파우더 핑크'였다.

"젠장……."

핸드폰을 들어 연분홍의 단축 번호를 다시 눌렀다. 받지 않는 신호음만 길게 울렸고 그는 앞으로도 그녀가 자신의 전화를 받지 않을 것임을 예감했다.

3. 다시 돌아온 봄

"스쿠터는 없어요. 죄송해요."

만난 곳은 공원이었지만 지금 두 사람이 앉아 있는 장소는 바로 옆 전망 좋은 레스토랑 안이다. 역시 민준이 외삼촌 아니 태신묵 팀장은 강희가 스쿠터를 타고 나올 수 없다는 것을 알고 있었던 것이다. 공원 입구에 미리 와 서 있던 그녀를 그는 차에서 내려 보지도 않고 바로 조수석에 타게 했다. 스쿠터를 태워 달라느니 하는 소리는 아예 꺼내지도 않았다.

"그때 바이크 가게 사장한테서 들었어. 내가 사 준 지 일주일도 안 돼 팔아 버렸다는 걸 네 입으로 듣기 전엔 믿을 수 없었어. 그러면 혹시 날 태워 줬을 때가 그날이었던 거야?"

그녀는 대답 대신 제 앞에 놓인 물을 한 모금 마셨다.

"그렇게까지 돈이 필요한 이유가 뭐였지? 일주일 내내 전화도 계속 안 받고."

"말하기 무서워서 그랬어요."

어느 것부터 설명해야 할까? 이젠 숨길 것도 비밀을 만들 이유도 없는 그녀는 뉴스를 전달하듯 있는 그대로를 솔직하게 말하기로 했다.

"오빠가 심장 수술을 받아야 했어요."

다른 사람 앞에서 얼굴에 슬픔을 드러낼 필요는 없다. 맞은편에 앉은 그도 겉으로는 놀라지 않은 척해주는 것이 그녀는 고마웠다.

"가게가 문 닫았다는 건 알아. 그것도 오빠 수술비 때문이었겠구나."

치킨 광고 전단지에 가게의 위치 같은 건 없었으니 가스 폭발 사고가 난 것까지는 이 남자도 모를 거라는 생각이 들었다. 그녀는 그것마저도 다행이라는 생각이 들었다. 이 남자의 눈빛이 지금보다 더한 동정과 연민으로 바뀌는 것은 보고 싶지 않았다.

"그래서, 수술은 잘됐어?"

"아뇨."

담담하게 알려 주는 것도 1년이 지나니 그다지 어렵지 않다. 이번에야말로 놀란 표정을 숨기지 못하는 그에게 그녀는 감정을 싣지 않고 말했다.

"수술 중에 잠자듯이 떠났어요."

졸업한 뒤 한참 만에 만난 친구들이 뮤지컬 배우이자 시인이었던 오빠의 안부를 물으면 어떤 표현을 써야 할지 몰라 매번 대답이 늦었는데 이제는 쉬워졌다.

"안됐구나. 가족들 상심이 컸겠다."

잠깐의 침묵 뒤에 그의 목소리가 느리고 무거워졌다.

"네."

달리 할 말은 없었다. 주문한 음식이 빨리 좀 나와 이 불편함을 깰 수 있었으면 좋겠다고 생각할 때 파스타와 샐러드가 나왔다.

"말씀하신 대로 오늘은 제가 살게요."

"됐어."

그녀는 먼저 포크를 들어 샐러드부터 입으로 가져갔다. 차려입고 나온 회색 원피스와 재킷에 소스가 튀지 않도록 조심하면서.

"그러면, 부모님은 지금 무슨 일을 하시지? 가게도 처분하셨다니 말이야."

"아무 일도 안 하세요."

"그렇구나. 네가 힘들겠구나."

"안 그래요."

그녀는 그가 제발 더 묻지 않기를 바랐다. 스쿠터를 팔아 버린 사정도 알게 되었고 서너 번쯤 걸려 온 전화를 받지 않았던 것도 미안해서 그랬다고 했으니 이해해 줄 것이다.

"예쁜 이름은 왜 바꿨니? 애도 아니고 다 큰 어른이."

"너무 가볍고 약해 보이기만 해서요."

"새삼스럽게?"

가족들만 불러 주던 이름인 핑크는 이젠 소리 내어 불러 줄 사람이 없다. 그녀는 세상이 연분홍 핑크빛이 아니라는 것도 알고 살아남기 위해서는 강해져야 한다는 것도 안다.

"스쿠터 팔아 버린 만큼 앞으로 밥 사라."

"네?"

생각에 잠겨 있던 그녀에게 그의 말은 뜬금없이 들렸다.

"못 들었어? 네 사정은 네 사정이고 내가 선물한 스쿠터를 냉큼 팔아 버렸으니 앞으로 그 돈 만큼 밥 사라고."

그는 스파게티를 포크에 빙글빙글 감으며 고개를 숙이고 있었지만 입꼬리가 슬쩍 올라가려다 마는 것이 다 보였다.

"싫어요."

"뭐?"

그녀는 무덤덤한 목소리만큼이나 표정 없는 얼굴로 그를 응시했다.

"현금으로 돌려 드릴게요. 당장은 좀 힘들고 최대한 빨리 드릴게요. 계좌번호 가르쳐 주세요."

그녀는 자신을 빤히 쳐다보는 그의 시선을 피하지 않았다.

"왜요?"

"왜요, 라고? 너 지난번에 내가 전화해서 같이 아침 먹자는 말에도 그렇게 되물었지? 그리고 1년 전에 스쿠터 태워 주던 날에도 같이 아침 먹자고 하는 내 말에 다음에요, 라고 했었잖아."

그는 피식 웃기만 하더니 그래서 어떻다는 말도 잇지 않고 식사를 계속했다. 화도 안 난 기색이었다. 오히려 대놓고 거절한 그녀 자신이 바늘방석으로 옮겨 앉은 것 같았다.

남은 음식을 어떻게 다 먹었는지, 시간을 어떻게 흘려보냈는지 그녀는 레스토랑의 계산대 앞에 서고서야 정신이 번쩍 났다. 그가 지갑을 꺼내는 것을 보고 재빨리 앞장서긴 했지만 음식 값이 그녀의 일주일치 식비보다 훨씬 더 많이 나왔기 때문이다. 뭐가 이렇게 비싸? 스테이크를 썬 것도 아닌데. 아, 어떡하지? 그녀는 현금을 건넨 뒤 영수증을 받아들고 휘청거리는 걸음을 추스르며 밖으로 나왔다.

5월의 첫 번째 토요일, 햇빛에 반짝거리며 바람에 흔들리는 나뭇잎들은 그녀의 기분은 알 바 아니라는 듯 박수를 치고 있었다. 잎이 무성한 가로수 아래를 걸어 주차장으로 향하며 그녀는 문득 태신묵이 제 걸음에 맞추어 나란히 걷고 있다는 것을 알았다. 그의 구두코에 잠깐 눈이 간 사이, 뒤에서 다가오는 자전거가 있다는 것은 몰랐는데 그가 그녀의 어깨를 불쑥 안아 옆으로 비켜서게 해 주었다. 얇은 재킷 아래로 단단하고 힘 있는 손이 느껴졌다. 조금만 더 이렇게 걸었으면 좋겠다. 그의 손이 떨어지자마자 든 생각에 그녀는 깜짝 놀랐다.

"이번 달까진 줄 거야?"

"네?"

그를 마주 보면 제 얼굴이 토마토처럼 붉어질까 봐 시선도 마주치지 못하는데 그는 무엇을 확인하고 싶은지 사무적이기만 한 말투다.

"내 돈 말이야. 주긴 줄 거냐고."

회사에 전화해 맡겨 놓은 걸 찾는다고 했을 때도 틀림없이 저런 목소리였을 것이다.

"주말이라 현금 갖고 있는 게 없어요. 최대한 빨리 드릴게요. 한꺼번엔 못 드리고 좀 나눠서 돌려 드리겠습니다."

그녀는 거래처의 상사에게 업무 보고를 하는 기분으로 대답했다. 하긴 그게 이 남자와의 정확한 관계였다. 그러다가 고개를 돌리며 몰래 한숨을 쉬었다. 하필이면 바로 눈앞에 은행의 현금 자동 입출금기가 있는 부스가 보였기 때문이다. 하지만 그 안에 제 이름으로 된 돈이 있을 리 없다. 누구의 탓으로 돌리든 이 남자에겐 자꾸 의도하지 않은 거짓말을 하게 된다.

"그렇게까지 풀 죽을 건 없어."

어떻게 풀이 죽지 않을 수 있겠는가. 첫 월급조차 제 몫이 아닌데. 그러다 그녀는 자신이 이렇게 휘둘릴 이유가 없다는 생각이 뒤늦게 들었다. 맞아, 좀 미안하기는 하지만 내가 받은 선물을 내 마음대로 처분한 건데 왜 죄 지은 기분을 느껴야 하지? 그녀는 갑자기 눈앞이 환해지며 머릿속도 맑아졌다. 바보……

"그 돈 꼭 필요하세요?"

"왜? 다시 생각하니 아까워?"

"아깝기도 하지만 돌려 드릴 이유가 없잖아요. 1년 전에 제가 분명히 여쭤 봤어요. 스쿠터 진짜 저한테 주는 거냐고, 내 마음대로 해도 되냐고. 그때 뭐라고 하셨어요? 나중에 딴말 안 한다고 하셨거든요."

그녀는 조그맣게 덧붙였다.

"가만히 보니까 진짜 억울하네."

"말하려면 들리게나 하든지 아니면 속으로만 생각해. 뭐야?"

그녀는 제 감정에 파묻혀 있느라고 그의 목소리에 슬쩍 웃음기가 번지고 있는 것도 눈치 채지 못했다.

"급하게 돈이 필요한 것도 아니시면서 순전히 제가 스쿠터 팔아 버렸다고 화가 나서 이러시는 거잖아요? 돈 대신 밥으로 갚으라고 놀리기나 하고……."

"너 지금 순전히 돈 주기 싫어서 이러는 거지? 그래. 입사한 지 한 달밖에 안 됐다니 모은 돈이 없긴 하겠다."

계속 그렇게 알아 줬으면 참 좋겠네요. 그녀는 목소리를 좀 더 높였다.

"맞아요. 팀장님도 지금 줬다가 뺏는 거잖아요."

"그 호칭, 다른 건 안 되니?"

걸음을 멈추고 자신을 내려다보는 시선에 그녀는 입술이 딱 붙어 버렸다. 인정하고 싶지 않은 막연한 예감이 진짜가 되는 것이 싫어 그를 쳐다보기가 두려웠다.

"아깐 네가 대답도 아예 못 하게 막아 버렸지만, 나 너 놀리는 거 아니야. 돈이 필요해서도 아니고 화가 나서도 아니야. 지난 1년 동안 화는 많이 났었지. 난 돈 좋아하는 여자, 제일 싫어하거든. 그래도 오늘 이유를 알았으니 화낼 일도 이제 없어. 그러니까 앞으로는 나를 그냥 신묵 씨라고 불러. 내가 너희 회사 팀장은 아니잖아. 발음하기도 어려운 민준이 외삼촌님이나 아저씨보다는 그게 낫겠다."

그녀가 자신을 마주 볼 수 있게 태신묵이 일부러 앞에 와 서는데 어떻게 시선을 외면할 수 있을까? 그녀는 고개를 들어 바로 가까이에 있는 그의 얼굴을, 미소를 머금은 입술과는 달리 깊고 진지해진 눈동자를 처음으로 찬찬히 들여다보았다. 이 남자를 처음 만났던 그날, 낙엽이 쌓이고 단풍나무와 샛노란 은행잎이 아름다웠던 거리에서 그의 짙은 갈색 눈동자에 매혹되었던 자신이, 아무것도 후회할 일도 슬퍼할 일도 없었던 연분홍이 떠올랐다. 지금 이렇게 얼굴이 따끈해지는 것이 두 뺨은 분명 빨개졌을 테지만 그의 미소를, 눈동자를 다시 한 번 눈에 담아 두고 싶었다. 이상한 인연의 이 남자를, 심장 소리가 들릴까 봐 겁이 날 정도로 가슴이 뛰고 설레면서도 달아나고 싶어지는 저 얼굴을 그저 기억 속에 담아 두는 것쯤이야 괜찮겠지.

"생각 다 했어?"

"어떻게 이름을 불러요? 너무 친한 느낌인 데다가 저보다 나이가 한참 많으시잖아요."

"나랑 친해지기 싫구나. 내 나이가 얼마나 많을 것 같은데?"

"글쎄요?"

"결혼했다고는 생각하지 않았잖아."

그러고 보니 묻지도 않고 말해 준 적도 없는데 왜 그런지 그가 당연히 싱글일 거라는 생각을 하고 있었다. 결혼한 남자들에게서 풍기는 여유나 느슨함 같은 게 없어서였을까?

"혹시 결혼하셨어요?"

"미쳤니, 내가? 유부남이 어린 여자한테 밥 사 달라는 소리나 하게? 나 그렇게까지 뻔뻔스럽진 않아. 너한테 연애하자고 수작 거는 것도 아니고."

"어, 그게⋯⋯."

혼자 앞서갔던 착각이 순식간에 부끄러워졌다.

"그래서 신묵 씨라고 부르겠다는 거야, 아니야?"

"안 되겠어요. 뭐든 앞으로 부를 일도 안 생길 거구요."

그의 입꼬리가 슬며시 올라갔다. 이 사람은 내게 뭘 기대하고 있을까? 공원 기증식에서 주최 측인 한국 펄프 앤드 페이퍼사를 대표해 나온 사람이 팀장인 그에게 형이라고 부르는 것도 들었다. 행사가 끝난 뒤 남은 팸플릿의 이름을 다시 읽어 보고는 친척 관계일지도 모른다는 생각도 했다. 치킨을 배달하러 갔던 그의 오피스텔은 신도시 내에서 꽤 큰 평수였고 제게 사 준 스쿠터는 말할 것도 없고 오늘 태우러 나온 차도 비싸고 고급스러운 것이었다. 그런 것들에 할부금이나 대출이 잔뜩 깔려 있을 수도 있겠지만 겉치장에 허세나 부리는 사람 같지는 않아 보였다. 설마 서른은 넘었을 것 같은 남자가 우연한 만남이 자꾸 겹치는 여자에게 잠깐의 즐거움을 바라는 걸까? 혹시 그가 사 준 비싼 스쿠터가 미끼나 떡밥쯤 되었던 걸까? 아니라면, 백수 시절의 기억을 공유한 치킨 배달원과 고객으로 밥 한 끼 같이 먹는 사이 정도는 될 수 있다고 생각하는 걸까? 그녀는 입을 꾹 다물고 걷다가 어느새 그의 검은 자동차 앞까지 온 것을 알았다.

"집까지 태워다 줄게. 타."

그가 조수석의 문을 열었다.

"집에 가는 거 아니에요."

"어디든 가는 데까지 태워 줄게. 타."

그녀는 머뭇거리다가 안으로 들어갔다. 조수석에 앉고 보니 공원 입구에서 탈 때는 느낄 여유도 없었지만 정말로 안으로 들어간다는 표현이 딱 맞을 만큼 실내가 넓은 차였다.

"차가 좋네요. 돈 많이 모으셨나 봐요."

운전석에 앉아 시동을 걸고 안전벨트를 매던 그는 대번에 웃음을 터뜨렸다.

"참 빨리도 말한다."

"아깐 정신이 없었어요. 스쿠터 팔아 버린 걸 어떻게 말하나 싶어서요."

"어디로 가면 되니?"

그녀가 구시가지의 중심에 있는 예식장을 말하자 그가 새삼 돌아본다.

"결혼식 보러 가는 거야?"

"네. 아는 언니가 결혼해요."

"좋다 말았네."

도시의 풍경이 점점 빠르게 옆으로 밀려났다.

"난 또 나한테 잘 보이려고 그렇게 차려입고 나온 줄 알았거든. 예뻐. 근데 김샜다."

그녀는 또 뺨에 열기가 확 올랐다. 달아오른 얼굴은 어쩔 수 없지만 쿵쿵 뛰는 심장 소리는 들리지 않을 테니 다행이었다. 그래서 더 화가 났다. 어린 여자한테 밥이나 얻어먹을 거면 이렇게 헷갈리게 하는 말은 하지 말아야 하는 거 아닌가?

"너도 천천히 결혼 생각해 보겠구나. 대학도 졸업했고 좋은 직장도 잡았고 주위에 결혼하는 사람들도 생겼으니까."

"팀장님은요? 나이 여쭤 봐도 돼요?"

"이제야 겨우 나한테 궁금한 게 생겼니?"

마침 차가 신호를 받고 사거리에 멈춰 섰을 때 그는 한 손을 들어 그녀의 짧은 머리를 재빨리 쓰다듬었다. 정수리에 왔다가 금방 떠난 게 그의 손이 맞나 싶게 순식간에 일어난 일이었다.

"뭐하는 거예요!"

오빠가 살아 있었을 때도 머리를 만지는 것만은 신경이 거슬리고 싫어 질색을 했던 그녀다.

"착하고 대견해서. 나에 대해 궁금해하는 게."

"기막혀!"

"버릇없네, 아홉 살이나 많은 어른한테. 난 서른넷이야."

"보기보다 젊으시네요. 처음에 봤을 땐 더 많을 줄 알았어요."

"인도네시아에서 근무할 때 햇볕에 타서 그래."

"공원 기증식 때 뵀을 때도 피부가 하얘졌다는 생각을 먼저 했어요."

"그랬어?"

"네."

그녀는 인도네시아에서는 무슨 일을 했느냐고 물어야 할 것 같았지만 모른 체했다. 그런 호기심 어린 질문을 다른 여자들에게서도 무수히 받았을 거라는 생각이 들자 왠지 기분이 나빠졌다.

"어쨌든 서른넷이면 많긴 해요."

"그래. 너무 많아서 아무 여자한테나 집적댈 생각 없어. 잘못하면 코 꿰어서 결혼하자는 소리나 들을까 봐."

차가 다시 출발하는 바람에 그녀는 무슨 뜻이냐고 바로 묻지도 못했다.

"난 여자하고 결혼할 생각 없어. 아, 물론 남자하고도."

웃을 일은 아닌 것 같은데, 그의 부모님이 알면 아마 놀라고 기막혀 할지도 모르는데 그는 농담을 하는 것처럼 싱글거리고 있었다.

"좋은 남편도 좋은 아버지도 될 생각 없고."

그러면 영원히 플레이보이로 살겠다는 건가?

"외롭잖아요? 젊어서는 몰라도 나중에 늙어서……."

"안 외로운 사람도 있어? 그리고 넌 자식이 노후 대책이니?"

"칫, 저도 아주 가끔 외롭기는 해요. 그러니까 더 가족이 있으면 좋잖아요."

그녀에게는 외롭거나 외롭지 않거나, 노후 대책이거나 아니거나 가족은 절대적인 존재였다. 함께한 시간이 다른 가족들보다 짧아서 그렇지 가족은 언제나 제 편이었다. 우리 핑크라고 소리 내어 불러 주지는 못해도 공기처럼 늘 자신의 곁에서 영원히 지켜 주고 있는 존재였다.

"부모님이 아주 좋으신 분들인가 보구나."

그녀는 대답 대신 제 손가락만 꼭 쥐었다가 풀었다.

"팀장님은 아니에요?"

"다른 부모를 안 가져 봐서 모르겠다, 그건. 오래전에 돌아가시기도 했고."

두 사람 다 그쯤에서 입을 다물어 버려 차 안에는 잠깐 정적만 흘렀다. 외부의 소리가 지나치게 잘 차단되어 까닥하면 마른침 넘기는 소리마저 들릴 것 같았다. 그녀는 라디오라도 좀 켜면 안 되겠냐고 물어보려다가 갑자기 차가워진 것 같은 그의 옆모습에 입을 다물었다.

"그렇게 겁먹지 마. 난 너하고 연애할 생각 없어. 심심할 때 같이 밥 먹을 친구가 필요하면 나한테 전화해. 나도 아주 가끔은 심심하니까."

그의 목소리는 날씨에 대해 얘기하는 것처럼 아무런 감정이 없었다.

"저는요, 팀장님."

그녀는 웃음소리가 흘러나올 듯 명랑한 목소리로 말하고 싶었다.

"심심할 틈이 없어요."

듣는 사람이 언짢을지도 모르겠지만 상관없다. 그저 오빠와 엄마의 얼굴이 떠올랐을 뿐이다.

"얼마나 재미있게 지내기에?"

"돈 모으고 있거든요. 주말에도 아르바이트 하느라 바빠요."

취직은 했지만 이 남자는 가게도 오빠의 수술비 때문에 처분했다고 믿고 있으니 알아들을 것이다.

"그리고 전 심심하다고 남자 만나지는 않아요. 나이 많은 남자하고는 친구도 안 하구요. 연애는 하겠지만 그러면 결혼해야 하고 결혼하면 애를 최소한 셋은 주렁주렁 낳을 생각이거든요. 그래서 팀장님이랑은 밥 같이 안 먹을 거예요."

"내가 좋은 남편도 좋은 아버지도 될 생각이 없다고 해서?"

"네. 그러니까 저 미안해하지 않아도 되죠?"

"같은 여자한테 시작도 해 보기 전에 두 번이나 차였네."

이번엔 웃음기가 묻어 있는 목소리였다.

"그건 좀 죄송해요, 본의 아니게."

"죄송할 건 또 뭐 있어?"

예식장 건물이 앞에 보이기 시작했다.

"저기 버스 정류장 지나서 세워 주세요."

그녀는 안전벨트를 풀었다.

"저희 회사에는 딴 말씀 안 하실 거죠? 믿고 갈게요."

조수석에서 내려 문을 닫을 때까지 그는 별다른 대꾸가 없었다. 눈앞에서 우회전 한 뒤 시야에서 바로 사라져 버리는 차를 보자 그녀의 마음 한쪽이 덜렁 허전해졌다. 같이 시소를 타던 친구가 제멋대로 내려 버리고 엄마가 부르는 집으로 쪼르르 달려가 버린 것 같았다. 친구는 뒤돌아보며 내일 다시 만나자는 말도 하지 않는다. 그녀는 차가 사라진 쪽으로 고개를 돌린 채 멍하니 서 있었다.

"연주홍 님!"

인터넷 카페의 대화명을 부르는 소리가 가까이에서 들렸다. 예식장 입구에서 좀 떨어진 곳에 매니저 '오드리햇반' 언니가 보였다. 그 옆에 '시립교향악당' 오빠와 '바람과 함께 살이 찌다'도 벙글벙글 웃으며 서 있었다. 그녀는 가볍게 손을 흔들며 매니저 언니에게 다가갔다.

"예쁘게 잘 입고 왔네."

"네, 오늘은 제가 신부 절친이잖아요."

진짜 하객들이 듣지 못하도록 목소리를 낮춰 말하면서 그녀는 카페에서 나온 다른 사람들을 눈으로 찾아보았다.

그렇게 성숙하고 여성스러움이 물씬 풍기는 옷차림으로 나왔으면서, 공들인 화장과 매니큐어에 가벼운 향수까지 뿌리고 나왔으면서 돈 대신 밥 사 달라는 뜻도 모르는 척하고 신묵 씨라고 부르기도 싫다고 하면 넌 도대체 무슨 생각을 하고 있는 거니?

회사에서 서류를 넘기면서도 눈은 자꾸 손목시계로 가고, 예정에도 없던 회의를 소집해 놓으신 큰아버지의 얼굴을 보며 저절로 한숨이 나오고, 지하 주차장에서 차를 갖고 나오면서 느리게 올라가는 차단기에 앞 범퍼를 들이박을 뻔했던 나는 그러면 뭐가 되는 거니?

공원 입구에 얌전히 두 손을 모으고 서 있던 너를 보자마자 선물 받은 스쿠터를 팔아먹은 죄를 추궁하려던 마음은 흐물흐물 녹아 버리고 기증한 공원의 조경 관리를 네가 다니는 회사가 맡게 된 기막힌 우연에 자꾸 웃음이 나왔던 나는…….

신묵의 생각은 거기에서 멈추었다. 연강희를 아니 연분홍을 제 앞에 데려다 놓은 우연에 신기해하기 전에 지난 1년 동안 회사에 취직한 것 말고 그녀에게 일어났던 일들을 조금 더 자세히 물어보지 못한 저 자신의 무심함이 그제야 마음에 걸렸기 때문이다. 더구나 수술 중 세상을 떠난 그녀의 오빠에 대해 놀란 나머지 제대로 된 위로의 말도 전하지 못했다.

마음에 걸리는 것은 그것뿐만이 아니었다. 그녀의 이름. 다른 여자가 예쁘기만 한 이름을 새삼스럽게 바꾸었던 이유를 예사로 지나쳐 버린 건 아닌가 하는 의구심이 들었다. 같은 회사의 동료조차 그녀의 이름을 연강희로 알고 있었으니 법원의 허가를 받아 공적인 문서에까지 새 이름이 올라 있다는 건데 정말 그 이유가 그녀의 말대로 이름이 너무 가볍고 약해 보이기 때문이었을까? 왜 새삼 그런 생각을 하게 되었을까?

그는 제 머릿속이 마구 흔들어 놓은 미지근한 캔 콜라 같다고 느꼈다. 그녀에 대한 일방적인 감정이 튀어 나갈 곳을 찾지 못하다가 폭발해 버릴까 봐 더럭 불안해졌다.

돌아가신 아버지도 그랬었다. 보상 없는 사랑을 하면서도 포기하지 못하고 집착하다가 사랑하는 여자와 자기 자신을 모두 망쳐 버렸다. 상처를 입은 것은 집안 어른들이 시키는 대로 순순히 따랐던 죄 없는 여자와 그 여자의 몸에서 태어난 자신과 누나였다.

그래서 신묵은 예식장으로 돌리려던 핸들을 꽉 움켜잡고 회사로 다시 들어올 수 있었다. 적어도 회사의 서류에서 그를 기다리고 있는 일들은 사람과 관계를 맺는 일처럼 그를 공허하게 하거나 피곤하게 만들지 않았다.

토요일 오전 회의도 마무리되고 점심시간도 지났으니 회사의 긴 복도 위를 걷는 사람은 그뿐이었다. 벽에는 인도네시아 현지의 벌목 공장과 자카르타 지사의 건물 사진들 그리고 벌목한 자리에 새로 나무를 심고 있는 직원들을 찍은 대형 사진들이 걸려 있다. 회사의 로고가 찍힌 노란 조끼를 입고 묘목을 심는 사람들 속엔 어린 그와 돌아가신 아버지도 있다. 누나는 그때 어머니와 함께 서울에 남아 모친의 히스테리와 두 번의 자살 시도를 혼자 막아 내며 견디고 있었다.

그는 늘 지나쳐 가던 그 사진 앞에서 처음으로 발을 멈추었다. 관계는 독毒이다. 안전하지 않다. 삽을 들고 옆모습만 보이고 있는 아버지는 아들에게 그 믿음을 유산으로 남겼다.

그는 연분홍에게 흔들리는 제 마음을 인정했다. 심심할 때 같이 밥이나 먹자고 가볍게 던졌던 제 말이 솔직하지 못하다는 것도 알고 있었다. 스쿠터 때문에 화만 난 것이 아니라 그녀가 보고 싶었다. 잘 있는지 궁금했다. 맡긴 물건을 되돌려 달라는 그에게 그녀가 의아해하며 전화를 걸어왔을 때도 그가 제일 먼저 묻고 싶었던 건 스쿠터의 행방이 아니라 그녀의 안부였다. 보고 싶어. 잘 있니? 그녀는 스쿠터가 잘 있다고 대답했다.

공원 기증식에서 봄비 속에 반짝이던 그녀의 짧고 새까만 머리를 보았을 때부터 그는 연분홍과 어떤 식으로든 새로운 관계가 시작되리라는 예감이 들었다. 1년도 훨씬 더 전 크리스마스이브에 치킨 배달을 온 그녀가 민준이의 앞에서 헬멧을 벗었을 때처럼 다시 가슴을 두드리는 기척을 느꼈다. 누구십니까? 이번엔 직접 대답을 듣고 싶었다. 택시와 부딪혀 스쿠터를 폐차까지 시켰다면서 그의 잘못이 아니라고 말해 주었던 그 미소가 또다시 그의 심장을 움켜쥐었다가 놓았다. 그래도 두 번이나 차게 된 건 미안해했으면 좋겠어. 그는 죄송할 거 없다고 했던 제 말을 되돌리고 싶었다.

"친구나 하자고? 싱거운 놈."

사무실의 의자에 털썩 앉으며 한 시간 전 그녀에게 자신 있게 던졌던 말을 비웃었다. 관계가 독이라는 것도 알고 어떤 여자와도 미래 따위는 만들고 싶지 않아 차 안에서는 그렇게 오만한 말을 던져 놓았었다. 그는 불안했다. 연분홍에게만은 자신이 먼저 그 이상을 원하게 될지도 모른다는 불길한 예감이 스멀스멀 피어올랐다. 자신이 쌓아 올린 튼튼한 벽 안으로 그녀가 자꾸 연기처럼 스며드는 것이 두려웠다.

그러다가 컴퓨터 모니터의 시커먼 화면에 스치는 서른네 살 아버지의 젊은 얼굴을 신묵은 보았다. 거울을 볼 때마다 닮은 이목구비가 싫어 시선을 돌리게 하는 얼굴이다. 넌 네 아빠 판박이야. 나한테도 그럴래? 이게 다 너 때문이야. 너만 안 태어났어도……. 약에 절고 술에 취한 어머니의 얼굴이 그 뒤에 보였다. 아니에요, 엄마. 울지 마세요. 제가 잘못했어요. 어린 그는 영문도 모른 채 어머니의 눈물을 닦아 주며 울먹였었다. 슬퍼서가 아니라 무서웠었다. 이제는 그 젖은 얼굴조차도 끔찍해서 지우고 싶지만.

"태신묵, 너 진짜 심심했구나. 그깟 여자애가 뭐라고……."

그의 자존심은 제 감정에 대한 두려움과 불안함까지 인정하도록 놔두지 않았다. 컴퓨터의 전원을 켜며 연분홍에 대한 감정이 모두 리셋되어 그녀를 알기 전으로 돌아가기를 기다렸다. 1년 만에 발견한 장난감은 생각보다는 훨씬 더 그의 흥미를 끌었다. 재미있게 갖고 놀 수도 있었을 것이다. 그러나 신묵은 다시 제자리에 돌려놓아야 할 일이 귀찮고 성가실 것 같아 장난감이 든 상자의 뚜껑을 닫아 버렸다.

오빠가 등단했던 문학 계간지는 여름 호에 고故 연주홍 시인의 시를 몇 편 실어 주기로 했다.

"지난주가 오빠 1주기였어요. 좋은 소식 주셔서 정말 감사드려요."

이모네와 고모도 사는 게 바빠 혼자 제사를 지내며 서운하고 섭섭했던 마음이 어제 출판사의 전화를 받고 풀어졌다.

"아, 벌써 그렇게 됐군요."

출판사의 편집장과 사장이 강희의 맞은편에 앉아 있다. 2층 건물의 열린 창밖으로 오래된 플라타너스 나무의 커다란 이파리들이 보였다. 오빠의 시에는 플라타너스 가로수를 노래한 것도 있었다.

"시집 출간을 준비한다고 들었는데 정말입니까?"

아마 오빠의 친구인 조선일 시인이 전했을 것이다. 시 동인지에 실었던 시를 좀 모아 달라고 부탁했었으니까.

"아직 원고만 정리하는 중이에요. 컴퓨터 안에 남은 글이랑 노트에 직접 쓴 글을 모으고 있어요. 오빠 손으로 쓰는 걸 더 좋아했거든요."

"정리가 되면 우리한테도 가져와 보세요."

출판계의 어려운 사정을 그녀도 전혀 모르지 않는데 말이라도 고마웠다. 만약 안 된다면 제 돈을 들여서라도 출간할 생각이었다. 연주홍 시인의 첫 시집이자 유작이다.

그녀는 편집장이 부탁했던 오빠의 미발표 원고를 건네고 자리에서 일어났다. 시인의 약력 소개를 위해 오빠의 병명을 다시 얘기해야 했을 때는 눈 밑이 뜨거워지려는 것을 겨우 참았다. 그렇게 수술 도중에 떠나 버릴 줄 알았으면 심장이 더 약해지기 전에 멋진 이탈리아산 클래식 스쿠터도 한 번 태워 줄걸, 되팔기 전에 흠 묻으면 안 된다고 모셔 놓고는 공연히 이것저것 사 달라고만 투정을 부렸다.

지하철과 버스를 갈아타며 옥탑 방으로 돌아오니 주인집 아주머니가 올라왔다. 1년이 다 되었으니 월세 계약을 갱신하겠느냐고 물어온다.

"우리야 살던 사람 그대로 있으면 좋지. 아가씨가 워낙 깨끗하고 조용하게 살기도 했고 딱한 사정 모르는 것도 아니니까."

그러면서도 월세를 5만 원 더 올려 달라는 건 뭐지? 그녀가 제대로 된 직장에 취직하기를 기다리기라도 한 것 같다.

"저도 생각 좀 해 보고 말씀드릴게요."

그녀는 하늘이 무너진다는 말이 단순한 비유가 아니라 정말일 수도 있다는 것을 이 집에 와서 알았다. 이모 집에서 같이지내자는 말도 사양하고 적막한 이 옥탑 방으로 혼자 돌아왔을때는 제게 남은 숙제가 있는 듯해서였다. 강하게 잘 살아내는것. 그녀는 어리고 연약해 보이기만 한 데다가 핑크라고 불러줄 사람도 없는 이름을 그래서 바꾸었다. 연분홍이라는 유약한이름으로는 혼자서 꿋꿋이 살아갈 수 없을 것 같았다. 대신, 외유내강外柔內剛의 강희로 불릴 때마다 마법의 주문을 들은 듯 힘을 내고 싶었다.

그런데 지난주에 그녀는 연분홍이었던 때를 기억나게 하는남자를 만났다. 그의 얼굴을 보고 있으면 망가진 스쿠터와 팔에 남은 흉터, 불이 난 가게와 살림집 그리고 오빠의 늦은 수술과 그 뒤를 이은 슬픔도 연달아 떠올랐다.

멈춰. 그녀는 지우개를 문지르듯 고개를 가로저었다. 다이어리를 꺼내 돌아오는 주말의 결혼식을 체크하고 장례식장 식당의 스케줄을 확인했다.

그 남자는 결혼할 생각도 아이를 낳을 생각도 없다고 분명히 말했다. 살다 보면 모르는 일인데 그렇게까지 말할 이유가뭘까? 장례식장에서 배우자도 자식도 없는 죽음을 보면 모르는나조차도 안쓰럽던데……. 그래도 사는 동안에 심심하기는 한모양이지? 그녀는 펜 끝을 일정표 위에서 톡톡 두들기다가 공연히 기분이 나빠졌다. 주말에도 일하느라 바쁜 나는 당신처럼 심심할 시간이 없으니 친구도 필요 없어.

그러다가 그 남자의 피식 웃는 얼굴과 부드러운 목소리와 자전거를 피해 한쪽 어깨를 안아 주던 단단하고 힘 있는 손을 떠올리고는 깜짝 놀라 다이어리를 덮어 버렸다. 죄 없는 다이어리엔 그 바람에 볼펜 자국이 길게 나고 말았다. 가슴이 여전히 두근거리는 것이 오빠와 엄마에게 미안했다.

강희가 다니는 회사는 공원이나 아파트의 조경을 설계, 시공하고 추후 관리까지 맡아 하는 회사다. 놀이터와 정자, 산책로를 설치하는 업무까지 하다 보니 조경과 토목 관련 학과를 나온 사람들이 주축이 되어 일했다. 경영학과를 나온 그녀는 영업과 홍보를 담당하는 부서 소속인 데다가 실제로 공원이 어떤 공사 과정을 거쳐 만들어지는지는 신입인 탓에 아직 자세히 알지 못했다.

"강희 씨, 설문지 한번 만들어 봐."

오늘도 회사 홈페이지의 고객 게시판에 일일이 친절한 답을 달고 최근에 공사를 마친 아파트의 사진을 올리고 있는데 신 대리가 일거리를 하나 던져 주었다.

"어떤 설문이요?"

그녀는 새로운 업무에 대한 반가움을 얼굴 가득 담고 사수를 돌아보았다.

"한국 피앤피에서 기증한 공원 말이야. 완공하고 개방한 지한 달이 다 되어 가니까 시민들 대상으로 설문조사를 해서 개선점을 찾아보라는 지시야."

"한 달밖에 안 됐는데 벌써 개선할 점이 있겠어요?"

말해 놓고 보니 자신이 생각하기에도 어리석은 질문인 것 같아 그녀는 입을 꼬옥 다물며 사수의 눈치를 보았다.

"강희 씨는 전자 제품 설치하고 나서 고객 만족도를 묻는 전화 한 번도 안 받아 봤어?"

솔직히 금방 대답이 나오지 않았다. 혼수 가전을 산 것도 아니고 그럴 만큼 대단한 물건을 사 본 적이 없으니.

"강희 씨가 공원에 매일 산책 나오는 시민이 되었다고 생각하고 설문 백 개만 만들어 봐."

'백 개씩이나요?' 하고 묻고 싶은 마음을 꿀꺽 삼키고 그녀는 대답했다.

"네, 열심히 해 보겠습니다."

"그렇게 군기 든 것처럼 할 건 없고."

신 대리가 처음으로 슬며시 웃는 얼굴을 보여 주었다.

"입사한 지 두 달이 다 되어 가니 그동안 공부한 거 보여줘 봐."

이어지는 말은 다시 냉랭했지만.

어쨌든 신이 나서 열심히 설문을 작성하는데 그녀는 연애편지를 쓰는 것처럼 설레고 즐거웠다.

상상을 해 보자. 음악을 들으며 산책하는 학생, 양팔을 휘두르며 파워 워킹을 하는 아주머니들, 개를 데리고 걷는 아저씨,

유모차에 아기를 태우고 나온 젊은 부부, 불편한 몸을 움직여 운동하러 나온 노인, 농구공이나 배드민턴 채, 자전거를 갖고 나온 아이들……. 실마리를 찾아내자 질문들이 마구 쏟아지며 모니터 화면으로 설문지 몇 페이지가 금세 넘어갔다.

다음 날, 신 대리가 회의에서 좋은 소식을 가지고 왔다. 강희가 작성한 설문을 바탕으로 시민들에게 만족도 조사를 해서 추후 관리에 적극 반영하기로 했다는 것이다.

"수고했어."

신 대리는 여전히 새침한 표정이었지만 그녀의 어깨를 툭 두드려 주고 지나갔다.

설문지가 인쇄되어 나오고 현장에서 시민들을 직접 만나는 것은 그녀와 입사 동기 홍진우 그리고 아르바이트 여대생 한 명이 같이 하기로 했다. 소풍을 가듯 조금 들뜬 기분으로 아침에 회사를 나섰던 세 사람은 곧 일이 쉽지 않다는 것을 알았다. 다양한 사람들에게서 최대한 많은 답변을 얻으려 하다 보니 시간이 꽤 많이 걸렸고 결국 한밤중에 데이트 나온 연인들에게까지 접근해서야 설문지를 다 채울 수 있었다. 회사에 그것들을 갖다 놓고 옥탑 방으로 돌아왔을 때는 강희도 기운이 쭉 빠져 버렸다. 아르바이트도 많이 해 봤으면서 사람을 하나하나 상대하는 게 그렇게 어려운 일이라는 걸 새삼 다시 느꼈다.

"강희 씨, 한국 피앤피 같이 들어가자."

며칠 후 이번엔 신 대리가 지시한 영업 기획안을 끙끙대며 짜고 있는데 마 부장이 직접 자리에까지 다가와 그녀를 불렀다.

"제가요?"

"왜 그렇게 놀라? 가서 우리가 조성한 공원 사진 나온 사보社報
도 받아오고 설문 결과가 긍정적이었다는 것도 설명하고 다른
계획이 있는지도 좀 알아오자고. 지난번에 그쪽에서 강희 씨
오해한 일도 있는데 혹시 알아? 새로운 공사라도 따올지."

고작 그런 사소한 일로? 그녀는 홍진우가 대신 가면 안 되겠
느냐는 말이 입안에서 맴돌았지만 마음 한 귀퉁이엔 태신묵에
대한 궁금함이 없지 않았다. 심심하면 연락하라고 해 놓고 그
는 전혀 심심할 일이 없었는지 한 달 동안 문자 메시지 한 줄이
없었다. 그럴 일이 없을 거라고 쐐기를 박듯 대답했던 건 자신
이면서도 은근히 기다리고 있었던 건가? 그녀는 간사한 제 마
음이 어이없었고 그에게 들킬까 봐 부끄러웠다.

한 시간 후, 자료를 챙겨 마 부장과 함께 한국 피앤피의 소
회의실로 올라가는 엘리베이터를 탔을 때는 하필이면 지난번
에 태신묵을 만났을 때의 그 옷차림이라는 사실이 뒤늦게 의식
되었다. 날이 더워지기 전에 한 번만 더 입고 세탁을 맡길 생각
이었던 회색 원피스와 얇은 감청색 재킷은 거울에 비친 모습으
로도 답답해 보였다.

설마 직접 나오지는 않겠지 싶었던 마음이 허망해지도록 소
회의실에는 그가 이미 다른 남자 직원 두 사람과 함께 앉아 있
었다. 그는 마 부장과 먼저 의례적인 악수를 하고 그녀를 쳐다
보았다.

"안녕하세요?"

"또 보네."

정중하기 이를 데 없이 고개를 숙이며 인사하던 그녀는 눈을 반짝 치켜 올렸다. 웃는 건 아니지만 마 부장이나 다른 직원들의 시선을 의식하지도 않는 담담한 표정으로 태신묵이 다시 말했다.

"또 본다고, 연강희."

"아, 네."

그는 장난처럼 친구하자는 말을 했을 때와는 다른 진중한 얼굴을 하고 있었다.

"마 부장님, 여기 사보부터 보십시오."

곧장 화제를 돌리는 목소리는 차갑게까지 들렸다.

그녀는 마 부장과 함께 앞에 놓인 녹차를 마시며 회의용 테이블 위에 미리 비치된 사보를 넘겨 사진을 보았다. 이어서 부장이 공원에 대한 시민들의 호의적인 반응을 힘주어 설명하는 것을 경청하기만 했다. 태신묵이 마주 앉아 있었지만 그를 쳐다보지도, 시선을 돌리지도 못하고 예의 바른 말단 사원으로 얌전히 시선을 내리고 있었다.

"연강희 씨는 어떻게 생각합니까?"

조금 전과는 달리 존댓말이었다. 그나마 마 부장의 설명을 놓치지 않고 있어서 제대로 된 의견을 낼 수 있는 것이 다행스러웠다.

"아, 그건……."

시선이 부딪혔다고 바보같이 더듬거리지만 않았으면 좋았

을 텐데.

"시민들이 아직은 이 공원을 한국 피앤피에서 조성했다는 걸 잘 모르고 있었습니다. 회사 이미지 관리나 홍보 차원에서는 공원 기증에 든 비용만큼 효과는 나타나지 않은 것 같아요."

이런, 제가 속한 회사가 한 일을 깎아내린 셈인가? 그녀는 슬쩍 마 부장의 눈치를 보았다.

"이미지나 홍보를 생각했다면 텔레비전에 광고 몇 편 내보내는 게 더 효과적이고 비용도 절감되었을 겁니다."

태신묵의 목소리는 높지 않았지만 단호했다.

"인도네시아 지사에 있었을 때 벌목하는 곳마다 나무를 새로 심긴 했지만 그곳 환경 단체의 저항을 받았던 것도 사실입니다. 아직은 미미한 단계지만 친환경 재생 용품 생산에도 점점 비중을 높여 가고 있는 우리 회사로는 장기적인 안목으로 공원 기증을 계속해 나갈 겁니다."

질책하는 소리는 아니었지만 그녀는 얼굴이 뜨거워졌다. 그의 시선이 그녀에게만 꽂혀 있어서 마치 공원을 조성하고 관리하는 일이 전적으로 강희의 책임 아래에 있다는 듯이 들렸기 때문이다.

마 부장이 그 틈을 놓치지 않고 한국 피앤피에서 또 다른 공원을 조성할 계획이 있는지 성급하게 물어보며 회사를 홍보하는 동안 그녀는 그의 시선이 아직도 제게 붙박여 있다고 느낀 것이 착각이기를 바랐다.

남은 시간은 공원을 관리하고 유지하는 것에 대한 구체적인 안건이었기 때문에 조경이나 토목에 대해 전문적인 지식이 부족한 그녀로서는 이야기의 흐름을 따라가는 것만도 쉽지 않았다.

"여기, 주제가 있는 공원이 되었으면 좋겠다는 시민 의견이 있네요."

설문지 내용을 간추린 보고서를 눈으로 죽 훑어 내리던 그가 고개를 들었지만 여전히 그녀에게 시선이 와 닿았다. 그 내용만큼은 그녀도 인상 깊게 본 것이라 대답할 수 있었다.

"네, 식물원처럼 자세한 설명과 해설이 있는 공원을 바란다는 의견도 있었고 꽃과 나무에 관련된 노랫말이나 시를 같이 감상할 수 있으면 좋겠다는 의견도 있었습니다."

"꽃과 나무에 관련된 노랫말이나 시라……. 그런 게 뭐가 있습니까?"

나머지 세 남자의 시선이 동시에 그녀에게 날아왔다. 강희는 머뭇거리면서도 떠오르는 대로 말했다.

"노래도 많지만 우리나라 사람이라면 누구나 아는 김소월 시인의 〈진달래꽃〉이나 〈산유화〉도 있고 김춘수의 〈꽃〉이나 나태주의 〈풀꽃〉 같은 시도 있습니다."

연주홍 시인의 첫 시집 제목이 될 〈꽃의 이름〉이라는 시도 있지만 그것까지는 아는 사람이 없을 것이다.

"연강희 씨가 한번 낭송해 보세요."

그의 말투는 '거기 펜 좀 주세요.'라고 하듯 아무렇지도 않게 들려서 그녀는 순간적으로 제 귀를 의심했다.

"네? 지금 말인가요?"

"아니면 나중에 따로 만나서 들려줄 겁니까?"

마 부장과 다른 직원 두 사람의 표정은 이제 재미있는 구경
거리를 만난 듯 느긋하기까지 했다. 그녀와 태신묵을 번갈아
흘깃거리는 눈빛엔 호기심이 가득했다. 그는 기다리겠다는 듯
엷게 웃었다.

"지금 생각나는 건 김억 시인의 시밖에 없는데요."

놀라운 건 그가 보인 반응이었다.

"봄바람 하늘하늘 넘노는 길에 연분홍 살구꽃이 눈을 틉니
다."

그녀의 눈이 단박에 휘둥그레졌다. 중학교 국어 교과서에도
실렸던 김억의 〈연분홍〉이라는 시였기 때문이다. 태신묵이 그
녀를 재촉하듯 천천히 눈을 감았다 떴다. 떨리긴 했지만 그녀
는 막힘없이 다음 연을 읊었다.

"연분홍 송이송이 못내 반가와 나비는 너훌너훌 춤을 춥니
다."

그가 곧장 가로챘다.

"봄바람 하늘하늘 넘노는 길에 연분홍 살구꽃이 나부낍니다."

마지막 연은 제 차례라고 생각하며 입을 뗐는데 그가 연이
어 다음 연을 읊었다. 마지막 연은 그래서 두 사람이 함께 낭송
하게 되었다.

"연분홍 송이송이 바람에 지니 나비는 울며울며 돌아섭니다."

회의실의 테이블 앞에 마주 앉은 그녀와 태신묵을 두고 나

머지 세 남자 사이에는 몇 초 간 침묵이 흘렀다. 두 사람 사이에 흐르는 미묘한 기운을 나서서 깨뜨릴 만큼 눈치 없지는 않아서였을 것이다.

"좋군요. 자, 가까운 식당을 예약해 뒀습니다. 점심 드시고 가십시오."

그가 자리에서 벌떡 일어나며 말했다. 그녀는 얼떨떨한 표정으로 마 부장을 따라 일어섰다. 동석했던 직원 한 사람이 걸어서 갈 수 있는 위치의 식당을 말하며 날씨로 화제를 바꾼 것이 고맙기까지 했다.

방금 저 남자와 내가 시 한 편을 번갈아 읊긴 한 거였지? 그녀는 태신묵의 뒷모습에서 눈을 떼지 못하며 발걸음을 옮겼다. 그가 어째서 제 이름과 같은 제목의 시를 외우고 있었는지는 우연으로 돌리고 싶었다. 그러지 않으면 희미한 설렘과 기쁨보다 몇 배는 더 무거운 두려움이 자신을 짓누를 것이다.

예약한 식당은 복도를 사이에 두고 양쪽으로 독립된 방이 일렬로 나 있는 구조의 한정식 집이었다. 코스 요리가 나오는 동안 그녀는 폭이 좁은 스커트 때문에 온돌방에 앉아 있는 다리가 좀 불편해졌다. 상 밑에서 다른 사람들이 눈치 채지 못하도록 다리를 조금 뻗어 종아리를 주무르며 조심스럽게 음식을 먹었다. 마 부장이 옆에 앉고 맞은편에 태신묵 그리고 다른 남자 직원 한 사람만 따라와 앉아 있어서 그나마 공간에 여유가 있었다.

태신묵의 대화나 태도는 지극히 담백하고 정중했다. 그가

갑자기 상 밑으로 팔을 쑥 넣어 그녀의 발목을 잡아당기기 전
까지는.

"다리 펴."

기절할 것처럼 놀란 건 쥐가 날 듯 뻣뻣하던 제 다리가 그의
손에 잡혀 일자로 펴졌기 때문이기도 했지만 그가 들으란 듯이
큰 소리로 말했기 때문이었다. 젓가락을 떨어뜨리지 않은 것이
다행이다 싶도록 놀라 쳐다보는데 그가 다시 말했다.

"다리 쥐나겠다. 편하게 앉아."

"어, 팀장님이 연강희 씨를 개인적으로 아신다고 하더니 정
말입니까?"

마 부장이 물었다. 벌써 홍진우가 말했구나. 그녀는 낭패스
러웠다.

"네, 연강희 씨와는 전부터 잘 알던 사이입니다."

라디오에서 시간을 알리듯 무덤덤한 목소리였지만 마 부장
은 드러내 놓고 웃으며 그녀를 돌아보았다.

"역시 그랬군요. 그러면 앞으로 팀장님께 부탁드릴 일이 있
을 땐 연강희 씨를 보내야겠습니다. 하하."

"네, 그래 주십시오."

공과 사는 구분한다고 대답할 줄 알았는데 그는 그녀에게
눈길을 주며 선선하게 말했다. 농담이 아니라는 듯 진지하기까
지 한 그 표정에 당황한 것은 오히려 부장과 그녀 쪽이었다.

그렇다고 별다른 대화가 그 뒤에 이어진 건 아니다. 그가 화
제를 다시 일 쪽으로 돌려 전문적인 용어를 모르는 그녀는 말할

기회가 없었다. 식사가 끝나고 밖으로 나온 뒤에도 그는 의례적인 인사말 뒤에 몸을 돌려 함께 온 직원과 앞장 서 가 버렸다.

"참 서늘한 사람이네."

"네?"

마 부장이 그의 뒷모습을 보고 있어서 그녀도 어쩔 수 없이 같이 서 있는데 부장이 뒤이어 말하는 뜻은 이해가 되지 않았다.

"저 팀장 말이야. 나쁜 사람은 아니지만 늘 한 발짝 떨어져서 지켜보고 있는 사람 같아. 강희 씨가 좀 힘들겠다."

"제가 왜요?"

"저 사람, 싱글 아냐?"

"그게 저랑 무슨 상관이에요?"

상사에게 하는 말로는 좀 예의 없다고 할 수 있겠지만 그녀는 저도 모르게 민감하게 반응했다.

"아니면 말고."

얼굴이 달아오르며 왠지 화가 나는 것은 들키지 않게 조심할 수밖에.

옥외 주차장에 세워 둔 마 부장의 차까지 걸어가는 동안에도 그녀는 표정을 들키지 않으려 반대편으로 고개를 돌리고 있었다. 오랜만에 보는 반가워할 수 없는 여자의 얼굴이 거기 있어서 그럴 여유도 없어진 게 문제라면 문제였다.

"강희 씨, 왜?"

그녀가 시선을 돌린 곳에는 대형 외제 승용차가 있었고 젊은 남자가 뒷자리의 열린 문을 잡고 있는 동안 그 옆에 서 있는 여자는 분명히 다정 언니였다.

"분홍아……."

이제는 쓰지 않는 이름을 들으니 강희의 표정은 낯선 사람을 보듯 어색해졌다.

"강희 씨 보는 것 같은데 아는 사람이야?"

"네, 부장님. 저 잠깐만요."

그녀가 먼저 다정에게로 걸어갔다. 오빠의 옛 애인을 만나 뭘 어쩌자는 생각은 없었는데 젊은 남자가 차문을 닫아 주고 그녀의 배가 꽤 불룩한 것을 본 순간 강희는 무슨 나쁜 짓을 저지르려다 들킨 듯이 멈칫할 수밖에 없었다.

"오랜만이다, 정말."

다정의 말투는 고요했다. 영화관에서 다른 남자의 팔짱을 끼고 있었던 표정과 똑같았다. 그 모습을 목격했을 땐 오빠와는 벌써 끝난 사이라는 걸 모르고 화가 났었는데 오빠도 없는 지금 다정의 모습은 여전히 그녀를 화나고 슬프게 했다.

"언니 결혼했구나."

이제는 따지고 말고 할 권리도 없지만 섭섭한 마음은 또 무엇인지…….

"잘 있었어?"

그녀는 대답하지 않았다. 나는 잘 지내고 있었을까?

"최 기사님, 잠깐만 기다려 주세요."

다정이 옆에 서 있는 남자에게 말하자 그가 고개를 살짝 숙였다.

"사실은 한 달 전에 공원에서 널 봤었어."

뜻밖의 말을 하는 다정의 표정은 미안해하는 듯도 하다.

"공원? 혹시 공원 기증식 말하는 거야?"

"응. 남편 회사가 여기야."

아내가 남편 회사의 공식 행사에까지 나온다는 건 어떤 위치에 있다는 뜻일까? 그런데 왜 보고도 알은척하지 않았을까? 그녀는 서운함을 느끼다가 곧 자신이 어리석다고 생각했다. 옛 남자 친구의 여동생을 남편이 있는 자리에서 어떻게 불러 말을 나누겠는가?

"몇 개월이야?"

그래서 이번엔 아무런 감정 없이 다정의 배를 보았다.

"표가 꽤 나지? 7월에 나올 거야."

축하한다는 말도 못 하고 서 있는데 다정이 먼저 말을 돌렸다.

"소식 듣고 나도 많이 울었어."

다정의 목소리가 가라앉으며 눈빛은 곧 어두워졌다. 잘못도 없는데 저렇게 침울한 표정을 짓는 건 언제나 명랑하고 밝았던 모습과는 어울리지 않는다.

"장례식에도 가 보질 못해서 너한테 정말 미안했어. 들었을 땐 한참 지나고 나서였어."

오빠의 선후배나 친구들도 선뜻 연락을 하지 않았을 것이다. 다정은 극단에 있는 동안에도 어딘가 다른 세상의 사람인 듯, 뮤지컬 무대를 구경만 하다 떠날 사람인 듯 보였다고 했으니까. 그리고 그들의 눈은 정확했다.

"언니, 누구 장례식 말이야?"

그런데 강희도 참 냉정하고 못됐긴 했다. 그걸 굳이 확인하고 싶어 하다니.

"뭐?"

이 언니, 정말 모르고 있었구나.

"오빠, 엄마. 누구 장례식에 못 와 본 걸 미안해하느냐고. 오빠 1주기는 얼마 전에 지났어. 근데 잇달아 치러진 장례식이라 언니가 말하는 게 무슨 뜻인지 나도 좀 헷갈리네."

그녀는 임산부에게 모진 말을 하고 있는 자신이 무섭게 느껴졌다.

"어머님이 도, 돌아가셨니?"

적당히 철없고 귀엽게 굴던 다정을 딸과는 다른 이유로 예뻐하셨던 엄마의 호칭이 이 순간 무척이나 귀에 설게 들렸다.

"나, 난, 가게에 불이 나서 어머님이 입원하셨다는 것까지만 들었어. 주홍 오빠 수술이 잘못되었다는 소식 이후론 연락하는 사람이 없어서……. 정말이야? 분홍이 너……."

"언니, 오빠 수술 결과 들었으면서 나한테 전화 한 통 안 했어? 너무해. 언니, 나는……."

그녀의 목소리가 저도 모르게 높아졌다.

"분홍아."

다정의 안색이 눈에 띄게 창백했다. 한 발 떨어져 있던 운전기사까지 눈치 채고 다가왔다. 그제야 그녀도 제정신이 번쩍 돌아왔다. 다정의 잘못도 아닌 일을 1년이 지난 지금 돌아봐서 좋을 게 뭐 있다고……. 만약이라든가 누구 탓을 한다든가 그런 유치한 생각은 벌써 깔끔하게 정리하고 괜찮아졌다고 생각했었는데.

"사모님, 괜찮으세요? 차에 다시 타시겠습니까?"

젊은 운전기사는 함부로 부축하지도 못하고 쩔쩔맸다.

"놀라게 해서 미안해. 언니한테 내가 괜한 말을 했어."

"강희 씨, 무슨 일이야?"

어느새 마 부장까지 다가와 물었다. 그녀는 회사로 금방 뒤따라 들어가겠다고 양해를 구한 뒤 다정을 부축했다. 마 부장이 돌아가는 것을 보고 그녀는 다정을 차에 앉히려 했다.

"아니야, 괜찮아. 그냥 회사 로비까지만 좀 같이 가 줘."

그런 부탁쯤이야 운전기사에게 맡기고 가 버릴걸, 로비까지 함께 가더라도 소파에 앉혀 놓고 돌아서 버릴걸. 그녀는 1년 전과 다름없는 제 오지랖을 바로 탓했다. 경비원과 젊은 여직원이 서 있는 로비의 안내 데스크 쪽에서 이제는 쓰지 않는 제 이름을 부르는 사람이 또 나타났기 때문이다.

"연분홍."

식당에서 나와 돌아서는 뒷모습을 본 지가 언젠데 왜 아직도 거기에 서 있는지 태신묵이 성큼성큼 이쪽으로 다가오며 큰 소리로 그녀를 불렀다. 그녀와 다정을 보는 눈은 당연히 의아해하고 있었지만 그는 다정에게 먼저 다가갔다.

"제수씨, 무슨 일입니까? 괜찮아요?"

제수씨라, 그에게 친 동기간이라고는 민준이의 엄마인 누나

밖에 없다는 걸 알고 있으니 아마 친척이나 가까운 지인의 아내가 되겠지. 그녀는 태신묵을 멀리해야 할 또 다른 이유를 발견한 것에 허탈하고 쓸쓸해졌다.

시를 외우고 있을 줄은 몰랐는데. 더구나 그렇게 갑자기 부탁도 아닌 요구를 했을 때에야 당황해 할 만도 한데 연분홍은 늘 시를 읽고 다니는 사람처럼 자연스럽게 그의 뒤를 이어 행을 읊었다. 하긴 스쿠터 동호회의 가입 소개란에 제 이름을 딴 김억 시인의 시가 있다고 적어 놓았으니 외우진 않더라도 당연히 알고 있으리라 생각했다. 정작 그 시를 찾아 저절로 외우게 된 이는 자신이었지만 연분홍도 꽤 놀랐을 것이다. 신묵은 눈동자가 쏟아질 것처럼 자신을 마주 보던 그녀의 표정이 떠오르자 슬그머니 웃음이 나왔다.

그래, 시가 있는 공원도 괜찮겠지. 과장 선에서 처리하는 것이 당연한 일에 자신이 나간 의도야 불순하든 말든 결과는 나쁘지 않을 것이다. 기대는 했지만 정말로 그녀가 올 줄은 몰랐는데 그 작은 우연에 아무런 의미가 없다고 생각하기는 싫었다.

그녀에 대한 생각은 장난감 상자의 뚜껑을 닫고 침대 밑에 깊숙이 밀어 넣듯 했는데 신묵은 가끔 그녀가 어떻게 지내고 있는지 알고 싶었다. 보고 싶은 마음에 굳이 까닭을 찾으려는 마음은 한 번 봤으니 그것으로 됐다고 거짓말을 하는 마음만큼이나 구차하고 비겁했다. 보고 싶으면 보면 되는 건데도 그는 그것이 어려웠다.

그리고 오늘 그는 연분홍이 시를 읊는 목소리를 들으면서 그녀에게 이어진 거미줄같이 가늘지만 질기고 끈끈한 감정을 걷어 내고 싶지 않아졌다. 일부러 걷어 내려 할수록 손가락에 자꾸 엉기는 것이 사실은 반가웠다.

지난번에 스쿠터를 돌려 달라며 만났을 때와 똑같은 옷을 입고 나온 연분홍은 그래도 여전히 신선하고 예뻤다. 스쿠터를 타고 치킨을 배달하던 우중충한 검은 점퍼의 여자가 맞나 싶은 생각이 또 들었다. 그녀의 발목을 잡아당겨 편하게 앉을 수 있게 한 건 누나인 신혜에게도 해 보지 않은 짓이었다. 연분홍 앞에서는 자꾸 다른 사람이 되는 것 같았다. 가족이나 회사 사람들이 알고 있는 태신묵이 아닌 엉뚱한 모습이 튀어나왔다.

사무실로 올라가지 않고 안내 데스크에서 공연히 미적거리며 핸드폰을 만지작거렸던 것도 마찬가지였다. 지금 전화하면 마 부장이 옆에 있어 대답하기가 불편하겠지? 그는 시계를 보며 갑자기 조바심이 났다. 시를 읊던 떨리지만 부드러운 목소리를 다시 한 번 듣고 싶었다.

그래도 육촌 제수가 되는 우성의 아내를 연분홍이 부축하여 로비 한쪽의 소파에 앉히고 있는 모습은 충동적이었던 제 행동보다 더 예상치 못한 것이었다.

"연분홍."

그는 제수보다 그녀의 이름을 먼저 부르며 다가갔다. 그리고 안색이 나쁜 제수를 쳐다보았다.

"제수씨, 무슨 일입니까? 괜찮아요?"

연분홍도 그를 보고 놀랐겠지만 급한 건 제수 쪽이어서 그는 우선 핸드폰으로 우성의 번호를 찾았다.

"아주버님, 그이한테 전화하지 마세요."

제수의 손이 그의 옷소매를 잡았다.

"저 이제 괜찮아요."

깊은 숨을 한번 들이쉰 제수는 오히려 옆에 선 연분홍만 쳐다보았다. 드러나게 당황해하며 흔들리는 눈동자를 보니 그가 연분홍과는 어떻게 아는 사이인지 궁금해할 경황은 없는 모양이었다.

"분홍아, 그러면 너 지금은……."

"언니, 팀장님도 오셨으니 난 그만 갈게."

연분홍이 말을 끊으며 돌아섰다. 시선이 그에게도 왔다 가는 것을 보니 두 여자 사이에 뭔가가 있는 듯했다. 어떻게 아는 사이일까? 그녀는 두 사람에게 이렇다 할 인사도 없이 그대로 걸어가 회전문 밖으로 나가 버렸다.

"무슨 일입니까?"

뒤에 물러나 있던 운전기사에게 물으니 썩 시원치도 않은 대답이 돌아온다.

"사모님이 말씀을 나누시다가 갑자기 비틀거리셨습니다."

"제수씨."

그의 시선을 받자 우성의 아내는 입가를 어색하게 끌어올리며 미소를 지어 보였다.

"아는 동생인데 인사를 나누다가 머리가 어지러워졌어요.

162

제가 좀 피곤했나 봐요. 그것뿐이에요."

그는 두 사람 사이의 미묘한 긴장과 제수의 얼굴에 순간적으로 떠올랐던 충격을 분명히 느꼈지만 당장은 캐물을 분위기가 아니라는 것도 알았다.

"최 기사님, 따뜻한 물 좀 갖다 드리십시오."

기사가 안내 데스크로 가는 것을 보고 그는 다시 물었다.

"정말 우성이한테 전화 안 해도 되겠어요?"

"네, 바쁜 사람인데 신경 쓰게 하고 싶지 않아요. 죄송하지만 이거 좀 그이한테 갖다 주세요. 얼굴 보려고 했는데 저는 집에 가서 쉬어야겠어요."

제수는 옆에 놓인 남자 가방을 그에게 밀었다. 출장용 옷가방인 듯했다.

그는 만날 때마다 의문 한 가지씩을 남겼던 연분홍을 다시 생각했다. 이번엔 또 무엇을 자신에게 털어놓지 않았는지 궁금했다.

— 저, 다정 언니는 괜찮은가요?

먼저 전화를 걸어올 줄은 몰랐는데 목소리는 퍽 걱정스럽게 들렸다. 그는 긴 회의 끝에 주차장으로 내려와 막 운전석에 앉던 참이었다.

"괜찮아. 잠깐 쉬었다가 집으로 돌아갔어."

— 다정 언니 전화번호를 몰라서 팀장님께 전화했어요.

"전화번호는 왜 모르는데?"

— 지웠거든요. 자세히는 묻지 마세요.

"설마 이름 바꿀 때 인간관계도 정리해 버린 거야?"

대답은 없었다. 그 틈에도 신묵은 자신의 이름과 전화번호는 그대로 남아 있었다는 사실에 가슴 한쪽이 뜨거워졌다.

"직접 물어보지 그러니? 번호 가르쳐 줄까?"

— 아니에요. 괜찮다니까 됐어요.

"전화했더라고 전해 줄게."

— 네, 그럼 끊을게요.

"잠깐만!"

그는 조심스럽게 말을 이었다.

"아까 너한테 전화하려다가 회의 시간이 닥치는 바람에 못했어."

— 무슨 일이신데요?

"네가 말하는 그 다정 언니, 내 육촌 동생의 와이프야."

— 육촌이면 가까운 건가요?

"할아버지끼리 형제라는 거지. 아버지끼린 사촌이고."

— 그렇군요. 제수씨라고 부르는 거 보고 짐작은 했어요.

"두 사람, 전에 알던 사이라던데 제수씨가 왜 그렇게 놀란 건지 말해 줄 수 있니?"

예상했던 대로 답이 금방 돌아오지는 않았다.

— 다정 언니가 말 안 해요?

"아는 동생인데 얘기하다가 잠깐 어지러워졌다고만 했어."

— 맞아요. 학교 다닐 때부터 좀 아는 언니였어요.

"내가 궁금한 건 왜 너랑 얘기하다가 놀랐느냐는 거야."

— 그게 중요한가요?

"말하기 싫구나."

대꾸가 없는 건 그렇다는 뜻이겠지.

— 그럼…….

"연분홍!"

불러 놓기는 했지만 무슨 말을 꺼내야 하지? 그는 화제를 돌리기로 했다.

"낮에 얘기한, 공원에 노랫말이나 시를 적어 놓는 거 말이야."

전화로는 일상적인 얘기로 돌아가는 게 나중을 위해서 나을 것이다.

"그거, 네가 추진해 봐."

— 내일 저희 회사 부장님께 말씀드릴게요.

왠지 풍선에서 바람이 빠지는 것처럼 실망스러운 대답이었지만 그쪽 회사의 절차가 있을 테니 달리 어쩔 도리도 없었다.

— 근데, 만약에 하게 되면요…….

그녀의 목소리에 반짝 생기가 돈 건 반가웠다.

— 제가 시를 골라도 돼요?

"낮에도 소질 있던데 그러든지."

그녀의 이름과 같은 제목의 시를 한 행씩 주고받았던 일이 떠오르자 그는 다시 가슴에 따뜻한 물결이 일었다.

— 고맙습니다. 그리고 소질이야 팀장님도 있었잖아요.

금세 풀어진 목소리가 듣기 좋아 그는 짐짓 장난을 걸었다.

"아니다. 그런 건 저작권 문제도 있지 않나? 시민들이 이용하는 공원인데 너 한 사람 취향에만 맞출 일도 아니고."

— 그런 거 다 신경 써서 선정할게요. 제가 시 고르게 해 주세요, 제발요.

제발이라고 할 것까지야. 그는 그녀의 간절함을 보는 듯해서 미소가 지어졌다. 제발 이 봉투 도로 넣으세요, 라고 하던 1년 전 그날이 떠올랐다. 이런 사소한 부탁으로 자신이 그녀를 쥐락펴락할 수 있다는 것에 짓궂게도 묘한 즐거움을 느꼈다.

"시가 그렇게 중요해? 알았어. 네가 하고 싶은 대로 해."

— 정말이죠? 감사합니다.

말끝이 올라가는 것이 꽤나 신이 난 모양이었다.

"끊는다."

그는 종료 버튼을 누르고 곧장 차를 몰았다. 30분 뒤 오피스텔에 들어가자마자 핸드폰을 소파 위로 던져 버렸다. 그렇게 연분홍에 대한 마음도 내던져 버리면 좋겠지만 그는 그녀가 부른 듯 소파로 이끌려가서 털썩 주저앉았다. 그녀의 이름을 화면에 띄워 온기가 남은 글자 위를 손가락으로 가만히 쓰다듬었다.

그래서 며칠 후 오촌 숙모가 전화를 걸어 난데없는 질문을 던져 왔을 때 그는 놀라기보다 오히려 잘되었다는 생각이 들었다.

— 정말이니? 너 요즘 만나는 아가씨 있다던데?

그는 어이가 없어 쓴웃음을 짓다가 재빨리 머리를 굴렸다.

"어디서 들으신 거예요?"

일단은 헛짚어도 한참 잘못 짚은 출처를 알고 싶었다.

"아니라고는 하지 않는 걸 보니 영 틀린 말은 아닌 모양이구나."

숙모의 상상이 지나치다 싶으면서도 얼른 부인하지 않았던 건 그의 머릿속에 충동적으로 다른 생각이 끼어들었기 때문이다.

— 어느 집안 아가씨니? 뭐 하는 아가씨야? 나이는?

"그냥 평범한 집에서 자란 회사원이고 저보다 좀 어려요. 만난 지도 꽤 됐구요. 그러니까 이제 선보라는 말은 그만하세요. 저한테 말도 없이 여자 데리고 나오지도 마시구요. 제수씨한테도 전해 주세요."

말해 놓고 보니 그럴듯하기도 했다. 당분간은 결혼 문제로 귀찮게 안 하시겠지.

— 근데 너 정말이야? 내가 직접 봐야 믿겠다.

"뭐하시게요? 다음에 천천히 보여 드릴게요."

그때까지만 해도 그는 다음이라는 시간이 곧 코앞에 닥칠 줄 전혀 예상하지 못했다. 숙모에게 집요한 면이 있어서 회사까지 찾아와 그의 주변을 캐고 당신의 정보통인 친정 쪽 조카뻘이 되는 직원을 불러 그가 만나는 여자가 누구인지를 물어보실 줄도 몰랐다. 그 직원이 바로 연강희라는 이름을 대리라고는 더더욱 상상조차 하지 않았다.

"형, 정말이야? 어머니 말로는 공원 조경을 했던 회사의 신입 사원이라고 하던데?"

태우성 이사까지 방으로 찾아왔을 때는 그도 놀라고 말았다.

"네가 그걸 어떻게 알았어?"

"정말이구나. 형이 그 여자를 쳐다보는 눈빛이며 말투가 그랬대."

"누가 그런 엉터리 같은 소리를 해?"

"변 과장이지 누구야? 같이 식사도 했다며? 변 과장 말로는 그 여직원이 형이랑 전부터 잘 아는 사이인 데다가 식사 자리에서도 보통 관계로는 보이지 않았다는데? 둘이 대화하는 모습에 뭔가 있는 것 같다고 어머니한테 말씀드렸대."

사무실에서나 한정식 집에서나 과묵하기만 했던 변 과장이 그렇게 시시콜콜히 고해바칠 줄은 그도 몰랐다. 그는 어처구니가 없었다.

"변 과장이 원래 그렇게 입이 가벼운 사람이었니?"

"어머니가 살살 구슬렸겠지. 우리 모친 겉모습만 우아하지 그런 거 잘하시잖아."

숙모는 추진력도 대단했다. 누구라는 것을 알게 되자 그에게는 알리지도 않고 그 여자를 만나려 한다는 소식이 바로 다음 날 귀에 들어왔다. 변 과장을 불러 어떻게 된 일이냐고 물어보는 중에 알게 된 사실이었다.

"죄송합니다, 팀장님. 사모님께서 요즘 팀장님이 만나는 여자분이 누구냐고 물어보시기에 제가 짐작 가는 대로 말씀드린다는 것이 그만······."

그는 회사 업무도 아닌 개인적인 일 더구나 여자 문제로 이런 대화를 나눈다는 것이 언짢고 불쾌하기 그지없었다.

"유도 질문에 넘어가셨네요. 혹시 이름도 알려 드렸습니까?"

"네. 사모님이 자꾸 물으셔서요."

첩첩산중이라더니……. 회사와 이름을 알았다면 그녀의 배경에 대해 조사하실 수도 있을 것이다. 아들인 태우성 이사가 여자를 사귈 때마다 그래 오셨다는 분이다. 제수의 경우엔 탐탁지 않은 뮤지컬 배우의 경력을 덮고도 남을 재력과 배경 그리고 어릴 때부터 집안끼리 잘 알아 온 친분 덕분에 허락하셨다지만.

변 과장을 내보내고 그는 잠깐 생각에 잠겼다. 그리고 그녀에게 전화를 걸었다.

— 네, 연강힙니다.

발신인의 이름이 뜨는 것을 봤다면 긴장할 수도 있었을 텐데 목소리는 담담하기만 했다.

"태신묵이야."

— 말씀하세요.

사무실인지, 다른 사람이 그를 알아챌 수 없도록 호칭도 붙이지 않는다.

"주말에 밥 한번 사 줄게, 아주 비싼 레스토랑에서."

— 왜요? 무슨 일이신데요?

그는 가슴이 답답해졌다. 그래도 조금은 반가워해 주면 안 되겠니?

"두 시간 정도면 돼. 아르바이트야, 시간당 페이도 꽤 센."

그녀는 몇 초쯤 말이 없었다. 사무실 안에서 이렇다 저렇다 길게 말할 수도 없을 것이다.

— 알았어요.

그는 만날 장소와 시간을 최대한 그녀에게 편하도록 잡으며 제 목소리가 공연히 들떠 있다는 것을 깨달았다.

너, 돈 좋아하잖아. 내가 사 준 스쿠터도 팔아 버렸을 만큼.

그러니까 오늘의 아르바이트는 순전히 태신묵이 그날 내뱉은 말 때문에 하게 된 것이다. 내용은 모르지만 두 시간만 가만히 앉아 있으면 된다고 했다. 금액도 결혼식 하객 대행이나 장례식장 식당의 서빙보다 훨씬 높았다.

"마침 시간도 비어서 나온 거예요. 그리고 오늘 한 번만이에요."

누구와 약속이 되어 있다는 곳으로 가는 차 안에서 그녀는 다시 확인했다.

"밥이나 먹으면 되니까 긴장하지 마. 말했잖아. 예쁘게 웃으면서 그냥 앉아 있으면 된다고."

그는 흰 와이셔츠에 넥타이를 맨 차림으로 운전대를 잡고 있었다. 양복 상의는 구겨지는 것이 싫다며 뒷자리에 눕혀 놓았다.

"제 가방도 여기 좀 놔둘게요."

그녀는 장례식장에서 갈아입을 옷이 든 종이 가방을 뒷자리의 바닥으로 옮겼다. 모르는 사람과 같이하는 식사라니, 어쩌면 결혼식 하객 대행 아르바이트보다 몸가짐이나 말투 외에 감정적인 기술이 더 필요한 일일지도 모르겠다는 생각이 들었다.

"근데 정말 말 안 해 줄 거예요? 이상한 일 시킬 거 아니죠? 나 뭐 하면 돼요?"

"아무 말 안 해도 돼. 내가 대답할 거니까. 넌 정말 얌전하게 앉아서 밥만 먹어."

"시간당 페이 센 이유가 질문은 일절 안 받는다, 아무것도 알려고 하지 마라, 뭐 이런 거예요?"

그는 대답 없이 피식 웃기만 했다. 어쩌다가 일이 이 지경으로 흘러왔는지 모르겠다. 그녀는 인터넷 쇼핑몰에서 구입한 저렴한 가격의 레몬 색 원피스를 손으로 쓸어내렸다. 가방이나 구두 역시 비싼 것은 아니지만 베이직한 디자인이라 눈에 띌 것도 거슬릴 것도 없다.

"헤어스타일은 늘 그렇게 짧게 하니?"

"너무 평범하게 생겨서 이렇게라도 해 보는 거예요. 짧은 머리가 좋기도 하구요."

"너 평범하게 안 생겼어."

칭찬인지 흉인지도 모르면서 그녀는 가슴이 뛰었다.

"예쁜 남자 고등학생처럼 생겼어."

"피이, 칭찬으로 받을게요. 보이 그룹의 누구 닮았다는 소린 들어 봤어요. 예쁘기는 우리 오빠가 더 예쁘다는 소릴 어렸을 때부터 들어서 그래요."

그녀는 오빠라는 단어가 이 남자 앞에선 말하면 안 되는 금기어 같은 기분이 들어서 곧 입을 다물었다.

"그래도 머리 한번 길러 봐. 너도 여잔데 긴 머리가 더 잘 어울릴 거야."

그 말도 못 들은 척 시선을 밖으로 돌렸다. 마침 차창 밖으로 구청에서 가꾼 공원이 보였다.

"저긴 예전에 고물상들이 몰려 있었던 곳이래요."

"그래?"

"잔디밭이 넓긴 하지만 아이들이 공을 차며 뛰어놀게는 못해서 또 불만이라나 봐요. 아예 나무를 군데군데 심어 버렸거든요. 잔디 파인다구요."

"공원에 대해 많이 아니? 경영학과 나왔다면서."

"아는 게 없어서 열심히 공부 중이에요. 원예나 조경 책도 보고 토목이나 건축 관련 잡지도 보구요."

"시도 그렇게 외운 거야?"

"요즘 누가 시를 외우나요?"

"그러면 저번엔 어떻게……."

"그건 팀장님한테 묻고 싶은데요? 어떻게 〈연분홍〉이라는 시를 외우고 있었어요?"

그러자 그의 귓불이 빨개지는 건 왜일까?

"저기야."

그가 시선을 돌린 곳 멀리 검은 대리석의 우아한 건물이 보였다. 옆면에 읽기도 힘든 흘림체의 프랑스어가 간판으로 붙어 있었다. 차를 주차한 뒤 입구에 서서 그는 그녀를 똑바로 쳐다보았다. 어쩐지 조금 미안해하는 것도 같은 긴장된 표정이었다.

"묻는 말에만 대답해. 곤란한 건 내가 말할게."

"누굴 만나는데 그래요?"

뭔가 잘못되고 있는 건 아닌지 어리둥절해하고 있을 때 그의 손가락이 갑자기 얽혀 들었다. 그녀의 손가락과 깍지를 꽉 끼며 그의 손바닥에서는 어느새 촉촉한 땀까지 배어 나왔다.

레스토랑의 입구에 들어설 때만 해도 긴장 되는 이유가 누군지도 모르는 사람 앞에서 뭘 해야 하는지 모른다는 것에 있었는데 이렇게 태신묵의 손가락에 옴짝달싹도 못 하고 붙잡혀 있으니 그것 또한 그녀를 점점 굳어 버리게 했다. 심장에서 펌프질하는 피가 가슴을 홧홧하게 데우는 게 이 수상한 아르바이트 때문인지 손깍지를 끼고 바짝 붙어 서 있는 이 남자 때문인지 자신도 알 수 없었다. 테이블로 안내되어 가며 그가 다른 손을 들어 그녀의 이마에서 머리카락을 슬쩍 매만졌을 때는 상체를 흠칫 뒤로 빼려다가 멈추었다. 제 눈에도 이쪽을 주시하고 있는 날카로운 시선이 느껴졌기 때문이다.

"먼저 와 계셨네요."

안쪽의 자리에 앉아 있던 우아한 차림새의 노부인은 한눈에도 귀티가 흐르며 당당했지만 오만해 보이지는 않았다.

"내가 좀 여유 있게 나섰다."

미소를 띠고 있지만 빈틈이 없어 보이는 눈으로 부인은 그녀를 살펴보았다.

"인사드려. 오촌 숙모님이셔."

그러면, 이분이 다정 언니의 시어머니시구나. 깜짝 놀란 마음은 결혼식 하객 대행을 하던 연기력으로 태연히 감출 수 있었다. 태신묵이 손깍지를 풀어 줘서 그녀는 두 손을 모으고 가볍게 허리를 숙였다.

"처음 뵙겠습니다. 연강희라고 합니다."

눈을 들어 부인을 바라보며 그녀는 그 자리에 돌아가신 엄마를 앉혀 보았다. 곱고 단아했지만 소심하고 여리기만 했던 엄마와는 많이 달랐다.

"반가워요. 어서 앉아요."

속을 읽는 듯한 시선은 그대로였지만 부인의 목소리는 흐르는 물처럼 맑고 자연스러웠다.

그런데 바로 이어진 태신묵의 말에 그녀는 고개를 홱 돌렸다.

"집에서 부르는 이름은 분홍이에요. 그래서 우리 둘만 있을 땐 핑크라고 불러요."

표정이 꼼짝없이 얼어붙고 말았다. 핑크라니, 오빠와 부모님만 불러 주던 이름이었는데 어떻게 당신이 함부로……. 게다가 우리 둘만이라고?

"예쁜 이름이구나. 그런데 아가씨, 괜찮아요?"

감정이 그렇게까지 드러났을까? 그녀는 겨우 입가를 끌어올렸다. 마침 종업원이 메뉴판을 들고 왔다.

"핑크가 어른 앞이라고 긴장을 많이 했나 봐요."

그가 추천하는 대로 주문을 하고 나서도 표정이 풀어지지 않는데 그의 손이 다시 그녀의 손가락을 얽어매고 꽉 붙잡았다. 어차피 테이블 아래에 놓여 있어 보이지도 않는데 태신묵 씨, 그만 놓으시죠. 무언의 눈빛을 전하며 그녀가 그를 쳐다보았지만 못 알아들은 모양이었다. 그녀가 제 쪽으로 당기며 풀려는 손을 숙모에게 보이고 싶다는 듯 다시 강하게 끌어 깍지를 낀다. 그것을 눈치 챈 부인은 실랑이를 벌이는 두 사람을 호기심과 즐거움이 가득한 눈으로 보았다.

"얘기 많이 들었어요. 우리 신묵이와는 어떻게 알게 됐어요?"

무슨 얘기를 들었다는 걸까? 그녀는 최대한 간단히 말하기로 했다.

"제가 과외 가르쳤던 학생이 팀장님 조카였어요."

그가 얼른 이어 말했다.

"그거 알기 전에 횡단보도 앞에서 제가 길을 물어봤어요. 길을 가르쳐 주긴 했는데 그 바람에 얘가 택시에 치었어요."

"뭐?"

"그것도 저는 한 달 뒤에나 알아서 사과하려고 또 만났구요."

"재미있는 인연이구나. 근데 아가씨, 많이 안 다쳤어요?"

팔꿈치와 무릎에 남은 흉터도 모르는 남자가 대답을 가로챘다.

"근데 제가 사 준 선물을 얘가 팔아 버렸어요. 화가 나서 또 만났지요. 굉장히 비싼 거였는데."

"그건 아가씨가 너무했네."

부인의 표정이 나무라기보다는 재미있어 하는 것 같았지만 그녀는 무척 당황스러웠다. 지금 이 분위기는 마치 사귀는 여자를 집안 어른께 인사드리는 것 같았기 때문이다. 게다가 뭐

하러 저런 사소한 것까지 일러바치나 싶었지만 종업원이 수프와 샐러드를 차례로 서빙하여 이야기가 끊겼다.

다행히 부인은 조카가 데리고 나온 여자가 어떤 집안에서 자랐는지, 그녀가 어느 학교를 나와 회사에서 무슨 일을 하고 있는지는 묻지 않았다. 조카가 만나는 여자를 소개 받는 자리라면 그런 것부터 먼저 알고 싶어 하는 게 당연하지 않을까? 그런데 부인이 간간이 던지는 말로는 궁금하지 않다거나 상관없다고 생각하는 게 아닌, 미리 알고 나온 듯한 느낌이 들어서 그녀는 오히려 불안해졌다. 어쩌면 그런 기본적인 신상명세쯤, 알고 봤더니 한 집안에 들일 여자로는 가당치도 않아 신경 쓸 거리도 아니었을까?

그녀는 제 짐작이 지나치다고 생각했다. 하긴, 이 남자와 사귀는 것도 아닌데 그것까지 내가 신경 쓸 일은 없지. 그녀는 사실대로 솔직히 말해 주지 않은 태신묵에게 화가 나면서도 자신이 긴장하고 있는 것이 우습고 어리석게 느껴졌다. 시간당 페이가 꽤 센 이유도 이제야 눈치 챘지만 오늘 한 번뿐이라고 미리 못을 박았으니 잘 보이고 말고 할 것도 없는 일이었다. 강희는 마음을 푹 놓고 이 고급스럽고 비싼 식사를 그냥 즐기기로 했다. 조카가 데려온 여자가 어른 앞에서 너무 조심성이 없어서 싫더라고 흉을 보신대도 상관없는 일이다.

"고기가 아주 연하고 맛있는데요?"

"많이 먹어요."

부인의 미소와 손동작은 아주 우아했다.

"팀장님도 남기지 말고 싹싹 다 먹어요. 가끔 나보다도 덜 먹더라."

테이블 아래에서 그를 발로 차 주고 싶은 것을 꾹 참고, 그녀는 웃음까지 흘리며 스테이크 조각을 입으로 쏙 집어넣었다.

"아유, 참 복스럽게도 먹네요. 우리 며느리도 임신 전에는 그랬지만 요즘 아가씨들 몸매 관리 한다고 딱 새 모이만큼만 먹는 거 나는 아주 보기 싫던데."

"저는 이 세상에 맛있는 음식이 다 못 먹을 만큼 너무 많다고 생각하는데요? 그거 다 먹어 보는 게 꿈이에요."

"핑크 넌 별게 다 꿈이다. 그래서 뷔페 좋아했지?"

그녀는 또다시 불린 아픈 이름에 숨을 멈추었지만 거기까지였다.

"아저씨가 다 사 주겠다고, 뭐든 실컷 먹으라고 했잖아요?"

복수하듯 부른 아저씨라는 호칭이 싫기는 한지 그의 눈꼬리가 올라갔다. 그러면서도 스테이크를 먹기 좋게 썰어 그녀의 접시 위로 옮겨 주는 것이 무척 자연스러운 연기다. 부인은 그 모습도 낯설다는 듯 눈을 홉뜨고 바라보았다.

"저는 두 가지만 빼고 다 잘 먹어요."

"두 가지? 그게 뭐지요?"

"없어서 못 먹는 거랑 안 줘서 못 먹는 거요."

자신이 너무 주책을 부렸나 싶으면서도 그녀는 소녀처럼 까르르 웃는 부인을 보고 덩달아 즐거워졌다.

"우리 신묵이, 아가씨가 밝고 꾸밈없어서 좋아하나 봐요."

부인의 말은 이 자리의 목적을 확실히 알게 했다. 그런데 밥 먹는 모습만 보고도 그런 생각을 하시나? 나중에 왜 헤어졌느냐고 물으시면 식탐을 부리듯 욕심 부리는 게 보기 싫어서라고 그가 대답하면 되겠다.

"감사합니다. 근데 말씀 낮추세요, 큰어머님."

이왕 이렇게 된 거 어쨌든 수고비만큼의 몫은 해야겠다 싶어 예의 바르게 대꾸하자 이번엔 그가 새삼스럽게 그녀를 돌아보았다.

남은 시간 동안 이야기의 주제는 주로 태신묵에 대한 것이었다. 그녀는 그가 인도네시아에서 꽤 오래 살았었다는 것을 알았으며 자신을 처음 만났을 때는 완전히 귀국한 직후였다는 것도 알았다. 그의 누나는 어머니와 함께 서울에 살았었다고 하고 아버지에 대해서는 아무 얘기가 없어서 궁금하기도 했다. 조카와 만난다면서 여태 그런 것도 모르고 있었느냐고 하실까 봐 그녀는 궁금한 것을 묻지는 못하고 얌전히 듣고만 있었다.

그는 간간이 말을 하긴 했지만 집안 얘기에는 대체로 입을 다물었다. 부인이 주로 대화를 이끄느라 접시에 음식이 남아 있는 것을 본 그녀는 그의 팔을 한 번 툭 쳤다.

"신묵 씨도 말 좀 해요. 큰어머님 식사도 못 하셨잖아요."

그녀는 아예 호칭부터 바꾸었다. 제게로 꽂히는 눈빛을 무시하고 화제를 돌렸다.

"큰어머님, 혹시 시 좋아하세요?"

그런 질문을 받을 일이 살면서 몇 번이나 있을까 싶은 이 시대에 부인 역시 되묻는 듯한 눈을 하고 그녀를 보았다.

"김억 시인의 〈연분홍〉이라는 시가 있거든요."

"시는 모르지만 김억이라면 김소월 시인의 스승 아닌가?"

그녀는 솔직히 깜짝 놀랐다.

"네, 맞아요. 신묵 씨가 얼마 전에 그 시를 저한테 읊어 줬어요."

"그래?"

스테이크를 입으로 가져가며 부인의 눈이 굉장히 신기한 물건을 발견한 것처럼 조카를 보았다.

"저 때문에 일부러 외우고 있었나 봐요. 목소리가 얼마나 부드럽고 다정했다구요. 정말 멋졌어요."

그가 슬쩍 고개를 숙이며 남은 소스를 공연히 포크로 긁는 모습이 재미있었다. 사춘기 소년 같아. 그녀는 스르르 웃음이 지어졌다.

"여기서도 들려줘요, 신묵 씨. 다시 듣고 싶어요. 네?"

"됐어."

서른네 살 태신묵의 뺨이 금세 붉어지는 것이 무뚝뚝한 표정과는 어울리지 않았다. 부인이 어머, 하며 손으로 입을 가렸다. 그녀는 좀 더 놀려 줄까 하다가 부인이 가고 난 뒤를 생각해 그만두기로 했다.

"강희 씨는 시 좋아해?"

"네, 오빠가 시인이었어요."

고개를 이쪽으로 돌리는 태신묵 역시 그 사실은 몰랐을 것이다. 그녀는 자신에 대한 정보를 필요 이상으로 부인에게 알리고 있다고 경고하는 마음속의 목소리를 무시해 버렸다.

"혹시 나도 아는 시인인가?"

부인의 목소리가 조심스러운 건 오빠에 대해 과거형으로 말한 것을 눈치 챘기 때문일 것이다.

"모르실 거예요. 첫 시집이 여름에 나올 예정이거든요."

오빠가 등단했던 문학 계간지에서는 결국 유고 시집을 내는 일은 어렵겠다는 소식만 전해 왔다. 계간지라는 게 무슨 뜻인지도 모르는 젊은 독자들의 외면으로 폐간이 안 되는 것만 해도 다행인데 출판계의 불황 속에서 신인의 시집을 낸다는 것은 모험과도 같은 일일 것이다. 그녀는 대신 자비 출판을 택했다. 오빠 친구인 조선일 시인을 통해 소개 받은 작은 출판사와 출판 비용을 자신이 대부분 부담하기로 계약을 한 것이 바로 그저께였다. 마침 시를 얘기하는 자리에서 누구에게라도 그 사실을 말할 수 있는 것이 그녀는 기쁘고 자랑스러웠다.

"오빠는 이름이 어떻게 되시지?"

"연주홍이에요. 시집 제목은 《꽃의 이름》이구요."

"꽃 이름으로 제목을 지을 거라고?"

강희는 소리 내어 웃었다.

"아뇨. 《꽃의 이름》, 그게 시집의 제목이에요."

"연주홍 시인의 《꽃의 이름》이라……. 움베르토 에코의 《장미의 이름》이 연상되네."

"《장미의 이름》을 아세요?"

그녀가 놀라자 부인의 눈빛이 즐거워졌다.

"그럼, 소설도 읽고 영화도 봤어."

"저도 둘 다 봤지만 소설은 엄청 난해하던데요?"

"맞아. 어렵지. 그래도 난 중세 유럽이나 수도원을 배경으로 한 소설은 다 재미있더라. 특히 추리물."

"그러면《다빈치 코드》도 재미있게 읽으셨겠네요?"

이어지는 대화에서 태신묵의 존재는 잠시 잊었다. 소설에서 다시 시로 되돌아온 대화가 디저트를 먹으며 마무리되고 부인은 아쉬운 기색을 감추지 못하며 자리에서 일어났다.

"아유, 오랜만에 나랑 비슷한 사람 만나서 얘기하니까 진짜 행복하다. 오후에 있을 자선 행사만 아니면 더 얘기하는 건데 서운하네."

그녀는 부인을 보며 자신 역시 무척이나 즐거웠다는 것을 깨달았다. 오빠와 늘 나누던 대화를 어려운 자리에서 처음 보는 노부인과 나누게 될 줄은 생각도 하지 못했었다.

"오빠 시집이 출간되면 내 돈으로 꼭 사 볼게. 연주홍 시인의《꽃의 이름》이라고 했지?"

책이 인쇄소에서 나오면 직접 전해 드리겠다고 말하려던 그녀는 감사합니다, 라고만 대답했다. 시집이 나오는 여름이면 이 우아하고 유쾌한 부인을 다시 만날 일은 없을 테니.

그녀는 주차장으로 내려와 부인과 인사를 나누고 기사가 운전하는 차가 떠나는 것을 그와 나란히 서서 지켜보았다.

"지금 나한테 엄청 미안해해야 하는 거 알아요?"

한 발 떨어져 서며 팔짱을 끼고 그를 올려다보았다.

"미안해. 그리고 이해해줘서 고마워."

"칫, 스테이크가 맛있어서 참은 거예요."

그는 입꼬리가 한쪽만 올라가며 보일 듯 말 듯 웃었다.

"이럴 땐 좀 시원하게 입 벌리고 하하 웃어 주면 안 돼요?"

그러자 오히려 입을 딱 닫아 버리는 건 얄미웠다. 잠깐 사귀는 척을 했다고 내가 너무 허물없이 군 걸까? 그녀도 덩달아 어색해지려다가 심심하니까 친구나 하자고 그가 두 번이나 제안했던 것이 떠올랐다. 그렇게 뻔뻔하고 넉살 좋은 사람치고는 아까 두 뺨이 붉어지던 거며 사춘기 소년처럼 쑥스러워 하던 모습이 어울리지 않는다는 생각이 들었다.

"저 좀 데려다 주세요, 팀장님. 가면서 도대체 어떻게 된 건지 실토도 하시구요."

다시 원래대로 돌아가 거래처의 팀장으로 얼굴을 보는 게 더 안전하겠다 싶어서 그녀는 일부러 퉁명스럽게 말했다.

"어디 가게?"

돌아오는 대답 역시 이렇게 무덤덤하니 당신과 나는 딱 이만큼의 거리가 어울리는 걸까?

"나중에 아르바이트 있어요."

"내가 수고비 주기로 했잖아."

"그건 당연한 거고 선약이 있어요. 여기서 안 머니까 좀 태워다 주세요. 제 옷가방도 차 안에 있잖아요."

그녀는 재촉하며 예식장의 이름을 말했다.

"결혼식이 많네. 혹시 식당에서 일해? 축가나 연주는 아닐 테고."

"기분 나빠요. 저, 중, 고등학교 때 교내 합창부도 했었고 피아노 학원도 다녔었다구요. 우리 오빠도 시인 겸 뮤지컬 배우였구요."

그가 슬쩍 웃는 얼굴로 문을 열어 주는 차에 탄 뒤 그녀는 제가 결혼식에서 하고 있는 아르바이트를 말해 줄까 말까 망설였다. 비밀 보장, 입단속. 역시 함부로 발설해서는 안 되는 아르바이트다.

"언제 마치니?"

"결혼식 다음엔 바로 장례식장 가야 해요."

"왜? 누가 돌아가셨어? 그래서 옷을 따로 가져온 거야?"

조심스러운 목소리를 들으니 우습기도 하고 미안해져서 사실대로 말했다.

"장례식장 식당에서 일해요. 음식 나르거든요."

"진짜 돈 좋아하나 보네."

"그러니까 제가 말했잖아요. 심심할 틈이 없다고."

"그래서 친구 만날 시간도 없고?"

그녀는 입을 꼭 다물었다. 시간이야 만들면 나겠지만 태신묵이 그 상대가 될 수는 없었다. 그를 볼 때마다 오빠와 엄마가 떠올랐다. 그를 탓하고 원망해야 슬픔이 덜어져서가 아니었다. 잘못도 없는 사람을 미워하려는 마음은 1년이 지난 지금 희미해졌다. 길에서 예쁜 스쿠터를 보면 돌아보게 되는 것처럼 태신묵을 보면 웃고 있다가도 나중엔 그냥 습관처럼 마음이 아리고 쓸쓸해졌다. 그를 원망하지는 않지만 가까이 하면 오빠나 엄마에게 미안해지는 느낌. 그녀는 그 느낌에 어떤 이름을 붙여야 할지 몰랐다.

"돈이 왜 그렇게까지 필요해?"

그녀는 대놓고 어이없어 하며 웃었다. 허어, 하고 아이를 타이르기 전처럼 말했다.

"돈이 안 필요한 사람도 있어요? 무인도에서 혼자 살아요?"

"너 다니는 직장도 괜찮은 곳이잖아. 주말에까지 힘든 일을 해야 하는 이유가 궁금해. 이런 말 하긴 그렇지만 갚아야 할 돈이라도 있는 거야?"

상처에 앉은 딱지가 저절로 떨어지기도 전에 그가 손으로 잡아 뜯는 것 같았다.

"별로요."

운전대를 잡은 채 돌아보는 그와 시선을 맞추고 싶지 않았다.

"오늘 이 자리 정말 어떻게 된 거예요? 왜 큰어머님께 거짓말까지 해야 해요? 이유는 모르겠지만 여자 친구 꼭 보여 드려야 하는 거 같던데, 사귀는 여자분 없어요?"

"귀국한 뒤로 몇 명 만났었지. 조금만 가까워지면 자기 부모 만나자고 해서 싫어. 무심히 나갔다가 부모까지 달고 나와 결혼 날짜 잡자고 해서 질겁하기도 했었고."

"팀장님 은근히 나쁜 남자네요."

"내가? 나를 월급 통장이나 신용 카드나 결혼하고 직장 그만

두면서 받는 퇴직 연금쯤으로 보는 여자들이 더 나쁜 거 아냐?"

그는 비죽이 쓴웃음을 입에 달고 있었다.

"세상에, 도대체 어떤 여자들만 만나고 다닌 거예요?"

"네가 알고 있는지는 모르겠지만 우리 집안은 대대로 합판 제지 사업을 크게 키워 온 집안이야. 내가 만난 여자들도 모두 그럴듯한 집안에서 자라 나름의 커리어를 갖고 있었고. 난 물려받은 재산만 조금 남아 있지 경영에는 권리도 관심도 없어. 그래도 여자들 정확히는 그 부모들, 자기 사업에 유리한 줄을 하나쯤 마련해 놓는다는 생각으로 나한테 접근해 와."

"그러면 안 돼요? 나쁜 짓만 안 하면 되잖아요? 부모가 그렇 더라도 괜찮은 여자들 있을 거잖아요. 돈은 많을수록 좋은 거 아니에요?"

"연분홍 너 이제 보니 상당히 속물이구나. 그러면 더 솔직히 말해 볼까? 지금 우리가 만난 오촌 당숙모님, 나한테 계속 여 자를 소개해 주셨어. 그렇지만 당신의 아들인 태우성 이사에게 조금이라도 위협이 될 만한 배경을 가진 여자는 없었어. 너무 좋은 집안의 딸은 일부러 배제하셨다는 말이야."

"설마요?"

"보통 사람들과는 규모만 다를 뿐 우아한 가면 뒤에서 계산 기 두드리는 속셈은 돈 많은 사람들이 더한 거야."

"남자 돈이나 배경 안 보는 자존심 세고 자립심 있는 여자도 많아요. 그리고 처음엔 팀장님 배경 보고 만났더라도 나중에 정말로 서로 좋아할 수도 있는 거 아니에요? 돈 바라는 게 나쁜 건가요? 성격 좋은 게 장점인 것처럼 돈 많은 것도 장점이잖아요. 팀장님, 진짜 이상한 여자들만 만났나 봐요."

"그러는 너는? 숙모 앞에서 네가 나랑 사귀는 사이 아니라고, 아르바이트 하러 나온 거라고 말 안 한 이유가 돈 때문이야, 나 때문이야?"

그녀는 뜨거워진 뺨을 들킬까 봐 창밖으로 고개를 돌렸다.

"팀장님 보기엔 뭔 거 같아요?"

"뻔하지. 너는 돈 좋아하잖아. 나랑 연애나 결혼을 하려 들지도 않을 거고."

그녀는 태신묵과 이런 대화를 나누고 있다는 것이 서글프고 우울했다.

"어쨌든 네 덕분에 당분간은 나도 모르는 선 자리에 끌려 다니지 않게 됐어."

"무슨 말이에요?"

"큰어머님이 회사에서 무슨 얘기를 들으셨는지 너를 두고 오해를 좀 하셨어. 아니라고 하면 또 귀찮은 일만 생길 거 같아서 보여 드린 거야."

그녀는 잠깐 생각에 잠겼다.

"혹시 마 부장님이랑 팀장님 회사 직원 분이랑 같이 있던 자리에서 팀장님이 저랑 잘 아는 사이라고 말했던 것 때문이에요?"

다리를 잡아당겨 편히 앉게 해 준 일이나 시 한 편을 번갈아 읊었던 일은 부끄러워 꺼내기 싫었다. 그도 그때를 생각하는지 대답이 없었다. 차 안의 침묵이 어색해질쯤 예식장 건물이 보이기 시작했다.

"저기 횡단보도 앞에 세워 주세요."

"예식장은 건너편이잖아. 바로 앞에 세워 줄게."

"그럴 거 없어요. 공연히 번거롭기만 하잖아요."

그녀의 말은 무시하고 그는 좌회전 신호에서 곧장 예식장 앞으로 핸들을 틀었다.

"장례식장은 어디야? 언제 끝나니?"

"왜요?"

"말 좀 곱게 해라. 수고비는 그때 줄게. 지금 현금 없어."

"계좌번호 문자로 보낼 테니까 입금해 주세요."

"귀찮아. 만나서 줄게."

그녀는 눈이 세모꼴이 되려다가 예식장의 직원인 듯 유니폼을 입고 형광봉을 든 사람이 이쪽으로 다가오는 것을 보았다. 옷가방을 챙겨 차에서 내리며 말했다.

"K 대학 병원 장례식장에서 11시에 끝나요."

"데리러 갈게."

차 문을 닫자 그는 곧바로 자리를 떠났다.

4. 부케와 흰 국화

신묵은 회색 건물의 1층 유리문 밖에 서 있었다. 5월의 늦은 밤이니 공기는 맑고 시원했다. 지금 서 있는 자리가 대학 병원의 본관에서 떨어진 장례식장이라는 것만 빼면 조경이 잘된 정원과 뒤쪽의 야트막한 산을 배경으로 꽤 아늑하고 호젓한 장소이기도 했다.

밤바람을 타고 엷은 아까시 꽃의 향기가 공기 중에 섞여 흘러왔다. 눈에 보이지는 않지만 산의 어딘가에 아까시나무들이 자라고 있는 모양이다. 포도송이처럼 늘어진 하얀 꽃무더기 안에는 벌들이 놓친 꿀도 남아 있을 것이다.

코끝을 간질이는 달콤함. 말하자면 그랬다. 장례식장에서 음식을 나르는 연분홍이 어서 나오기를 기다리며 그는 사랑하는 여자를 기다리는 남자의 기분이 아마 이렇지 않을까 하고 상상했다. 연분홍과 자신이 그런 사이는 절대로 아니지만 아주, 아주 조금은 짐작할 수 있겠다는…….

숙모가 보고 있다는 핑계로 손깍지를 꽉 꼈을 때 그는 잡은 손을 놓기 싫다는 생각이 갑자기 들어 깜짝 놀랐다. 어린 시절부터 가슴속에 늘 주인처럼 들어앉아 있었던 공허함이 그녀의 손을 잡고 있던 그 짧은 시간에는 따스하고 말랑말랑하며 부드러운 무엇으로 채워지는 느낌이 들었다. 그래서 불쑥 그녀를 연강희도 연분홍도 아닌 핑크라고 불렀는데 돌아오는 눈빛은 잠깐이었지만 매섭고 날카로웠다. 제 손안에서 꼼지락거리던 차가운 손과 쏘아보던 눈빛을 떠올리자 그녀의 마음과는 상관없이 다시 맥박이 펄떡 뛰며 가슴에 파도가 일었다.

가끔은 너를 만나 아무것도 아닌 시시한 이야기에 함께 웃고 싶다. 내 잘못이 아니라고 말해 주었던 따뜻한 목소리를 다시 듣고 싶다. 이런 달콤한 봄밤을 손깍지를 끼고 같이 걷고 싶다. 그러자 그의 바람에 답이라도 하듯 장례식장의 출입문 밖으로 불쑥 연분홍의 모습이 나타났다. 숙모를 만났을 때와 같은 옷차림이었지만 공들인 화장은 지워지고 꽤 피곤해 보였다. 핸드백 반대편에 그녀가 들고 있는 종이 가방 밖으로 화려한 장미 꽃다발이 튀어나와 있는 것은 장례식장 앞에 서 있는 다른 사람들의 눈길도 끌었다.

"웬 꽃다발이야, 흰 국화도 아니고?"

그는 반가워하는 표정을 들키지 않으려고 애썼다. 그녀는 아랑곳하지 않고 활짝 웃어 보인다.

"결혼식 가서 받았어요."

"부케?"

"네. 예쁘죠?"

종이 가방에서 빨간 꽃다발을 조심스럽게 꺼내 고개를 숙이고 향기를 맡는 모습에 그의 심장이 꽉 조여들었다. 자신은 어떤 여자에게도 줄 수 없는 것을 이 여자는 참 쉽게도 받았다는 생각이 들면서 퉁명스러운 목소리가 불쑥 튀어나갔다.

"그런 건 결혼할 남자가 있을 때나 받는 거 아냐?"

재미있다는 듯 웃어 보이는 두 눈에 불쑥 불안해졌다. 누구를 만날 시간도 없다는 애가 설마…….

"꼭 그렇지도 않아요. 신부가 던지면 누구라도 확 낚아채는 거죠."

"그래서 확 낚아챈 거야, 네가?"

"네, 저 엄청 재빠르거든요."

그럴 만큼 빨리 결혼하고 싶다는 건가?

"장례식장에선 안 어울려."

"알아요. 그래도 둘 데가 없었어요."

그녀가 한 번 더 꽃향기를 맡으며 눈까지 지그시 감고 아아, 하고 낮게 감탄했다. 그는 갑자기 아찔해지며 배꼽 부근이 뜨거워졌다. 은근한 유혹이 담긴 것 같은 목소리, 뜨겁게 녹아내리는 아까시 꿀 같은 감탄사를 연분홍이 의도하고 있다고는 생각되지 않았다.

"지하철역까지만 좀 태워 주세요."

"집이 어디야? 데려다 줄게."

치킨 가게가 있던 자리와 가까운 곳이라면 그의 오피스텔에서도 멀지는 않을 것이다.

"고맙지만 저 이제 그 동네 안 살아요. 이사했어요."

통통 튀듯 말하면서도 동네 이름은 가르쳐 주지 않고 입을 다문다.

몇 분 후 그가 모는 차가 지하철 환승역의 공용 주차장 안으로 들어가자 그녀는 당장 의아한 눈으로 쳐다보았다. 그는 시동을 끄고 안전벨트를 풀었다.

"한밤중에 여자 혼자 보내는 거 불안해. 내 차는 안 타겠다니 지하철이라도 같이 타지, 뭐."

어이없어 하며 웃음을 꼭 참는 그녀의 입술이 눈에 들어왔다.

"벌써 다 들켰어요."

술래가 담벼락 뒤에 숨은 친구의 옷자락을 발견한 것처럼 의기양양한 목소리다.

"뭐가?"

후드득 떨리는 가슴을 진정시키며 묻는데 이번엔 그녀의 눈웃음이 묘했다.

"음, 팀장님 친구 없는 거요."

말문이 딱 막혀 그녀를 멍하니 쳐다보았다.

"심심할 때 같이 밥이나 먹자고 그러셨죠? 다음에 한 번 사주세요."

"또 다음이니? 이번에도 1년 뒤에?"

"아뇨, 이번엔 정말이에요."

"왜 갑자기 마음이 바뀌었지?"

목소리가 떨리는 것을 감추려니 말이 빨라졌다.

"저도 한 번씩 심심할 때 있거든요."

그 말투는 '아주 가끔 외롭기는 해요.'라고 말하던 때와 똑같았다.

"걱정 마세요. 밥 한 번 먹은 거 갖고 연애한다고 착각 안 할 거예요. 결혼하자고 조르거나 우리 부모님한테 인사 가자고도 안 할 거구요. 팀장님이 질색하는, 배경이나 돈 바라는 집안 아니에요. 그러니까 안심하고 가끔 밥이나 같이 먹어요. 팀장님이나 저나 친구 없기는 마찬가지거든요."

그녀가 자신을 쳐다보지도 않고 공용 주차장으로 드나드는 자동차들 쪽으로 얼굴을 돌리고 있어서 담담한 목소리만큼이나 표정도 그러한지는 알 수 없었다. 단지 제 심장이 후들거리는 만큼 손끝도 떨릴까 봐 핸들을 잡은 손에 힘을 꽉 주었다.

"집까지 데려다 줄게."

기껏 할 줄 아는 대답이 이것뿐이라니 한심하다, 태신묵.

"아니에요. 오늘은 그냥 혼자 갈게요. 내일부터······."

그제야 그녀도 그의 얼굴을 똑바로 쳐다보며 웃는데 어딘지 쓸쓸해 보이는 건 오늘 하루가 너무 바빴고 시간도 늦어서였을 것이다.

"내일부터?"

"네."

조수석의 문이 열리고 그녀가 차에서 내려섰다.

"저, 낮에 아르바이트한 거 지금 주실 수 있어요?"

그녀도 좀 멋쩍긴 한지 조수석 차문을 잡고 서서 시선을 떨군다.

"어, 그래."

자신도 잊고 있었던 재킷 안쪽의 돈 봉투를 꺼내 팔을 뻗으니 두 손으로 공손히 받으며 고개를 꾸벅 숙이는 모양이 지나치다 싶었다.

"감사합니다."

그가 뭐라고 하기도 전에 그녀는 문을 닫고 돌아섰다. 뒷모습은 곧 지하철역으로 통하는 계단 아래로 빠르게 사라졌다.

강희도 사람이 그리웠다. 장례식장에서 음식을 나르며 돌아가신 분이 누구인지 남은 유족들이 누구인지는 알 필요가 없다. 상조 업체에서 나온 반장 아줌마를 따라 들어가면 된다. 그래도 빈소 입구에 붙은 유족들의 이름에 눈이 가는 건 그녀의 습관이었다. 오빠가 떠나고 엄마를 차례로 보냈을 때 그녀는 유족의 이름으로 한 줄만 덜렁 남은 제 이름 석 자를 보았었다. 그때 홍수처럼 닥쳐왔던 혼자라는 깨달음의 충격을 자신도 모르게 다른 사람의 슬픔으로 위로 받고 싶었나 보다.

저처럼 한 줄만 남은 유족의 이름은 여태 본 적이 없었는데 오늘이 처음이었다. 그녀가 일하러 간 빈소는 아니었지만 문상객들 앞으로 음식을 나르며 흘깃 내다본 통로 건너편에는 하얀 상복을 입은 앳된 얼굴의 여자만 오도카니 앉아 있었다. 버릇처럼 고개를 돌려 빈소 입구에 붙은 팻말을 보니 유족의 이름은 한 줄뿐이었다.

저렇게 함께 울어 줄 사람이 없을까? 쓸쓸한 빈소를 바라보며 그녀는 결혼식장의 하객 대행 아르바이트처럼 장례식장에도 가짜 문상객이나마 함께 슬퍼해 줄 사람이 필요하겠다는 생각이 들기까지 했다. 그래, 《올리버 트위스트》의 가엾은 올리버가 그런 일을 했었지. 그녀는 처음으로 1년 전의 자신을 소설 속 인물처럼 한 발 떨어진 눈으로 보았다.

그래도 난 그때 이모네 식구들도 있었고 고모도 있었는데. 오빠 친구들도 많이 와 주었고 엄마 계모임 아주머니들과 동네 가게 사장님들도 와 주셨는데……. 그녀는 스스로를 위로하다가 금세 고개를 저었다.

엄마의 서명이 빠져 있다는 이유로 손해 보험금은 지급이 한참이나 늦춰졌으며 생명 보험금은 본인의 사망을 전제로 한 계약인 데다가 엄마의 서명 역시 없고 보험 모집인이 대납해 주었다는 이유로 결국 받을 수가 없었다. 보험이 무효가 되자 그동안 납입한 보험금은 환급이 되었지만 고작 서너 달치였다. 보험을 권유했던 이모도 어쩔 수 없는 일이었다. 이모부가 소개했던 변호사는 보험 회사를 이기지 못했지만 그렇다고 소송 비용을 안 받겠다고 하지는 않았다. 오빠의 수술이 실패했어도 수술비는 청구되었던 것과 마찬가지 상황이었다. 은행에서 받은 가게 대출금과 친척들이 빌려준 병원비 그리고 무너진 가게

와 불이 번진 2층 살림집의 수리비를 지급 한도가 낮았던 화재 보험금과 문상객들의 부조로 메울 수는 더더욱 없었다. 안타까운 건 마음뿐이었고 다들 형편이 넉넉하지 못했다. 저렇게 혼자여도 빚이 잔뜩 남은 나보다는 낫겠다. 어느새 그녀의 모진 마음이 빈소를 혼자 지키고 있는 젊은 여자에 대한 연민조차 지워 버렸다.

그래도 그녀는 자꾸 혼자 남은 그 여자에게로 눈길이 갔다. 두 무릎을 껴안은 채 턱을 얹고 앉아 하얀 상복의 여자는 무엇을 생각하는지 눈만 깜박거리며 앞을 쳐다보고 있었다.

아휴, 스물다섯도 안 됐겠다. 젊은 여자애가 너무 불쌍하네. 함께 일을 나온 아주머니가 그쪽을 보고 중얼거렸다. 내 모습도 저랬을까? 그녀는 두 번이나 혼자 빈소에 앉아 있었던 자신도 저렇게 청승맞은 모습으로 사람들의 시선을 끌었을 것이 끔찍하게 생각되었다.

다른 사람의 눈에 자신이 어떻게 비쳤을지 생각할 겨를도 없었던 그때를 돌아보자 커다란 충격이 파도처럼 덮쳤다. 불과 몇 시간 전 결혼식장에서 신부의 친구로 환하게 웃으며 함께 사진을 찍고 있었을 때는 하지 못했던 생각이었다.

태신묵이 내려다 준 결혼식장 옆의 작은 커피숍에서는 하객 대행 아르바이트를 하는 사람들이 집합했었다. 신랑에 비해 가족도 친인척의 수도 많이 기운다는 말대로 신부 친구를 대신해 그 자리를 채워 준 강희와 하객 대행 멤버들이 아니었으면 굉장히 민망한 결혼식이 되었을 것이다.

간단한 대사 한마디씩을 맡으며 그녀를 비롯한 아르바이트생들은 매니저인 오드리 언니의 설명을 주목했다. 잘 들어. 신부가 무남독녀에 부모님도 다 돌아가시고 몸이 아파 학교며 직장도 제대로 다니질 못해서 친구가 거의 없대. 어렵게 허락 받은 결혼인데 신랑이 친척들 앞에서 신부 기죽이기 싫다고 신청했어.

그런데 부케를 받을 만한 친구까지 없을 줄은 정말 몰랐다. 신부의 나이가 좀 많아서 그렇겠다고 생각할 때 연주홍이라는 이름이 대뜸 불렸다. 그녀는 제 카페 대화명을 부른 오드리 언니를 쳐다보았다.

연주홍 님이 오늘 제일 예쁘게 하고 나왔잖아. 그 순간 얼굴이 새빨개진 건 단순히 칭찬을 받았기 때문이었을까? 아니면 태신묵이라는, 웃을 때도 환하게 웃지 못하는 얼굴의 남자를 의식했던 마음을 들켜서였을까?

붉은 장미꽃만 모아 만든 부케에서는 달콤하고도 산뜻한 향기가 뿜어져 나왔다. 그녀는 얼떨결에 받은 비싼 부케를 신부의 진짜 친구에게라도 돌려주어야 하지 않나 속삭였다가 오드리 언니의 핀잔만 들었다. 아기 업고 온 거 안 보여?

혼자라는 건 참 쓸쓸한 거구나. 당연한 것인데도 처음 깨달은 듯, 그녀는 신부의 옆에 서서 카메라를 바라보며 활짝 웃지 못했었다.

오빠와 엄마의 죽음 이후 친구들을 피하며 살았던 자신이 어리석게 느껴졌다. 가끔 연락을 해 오는 진선이에게 바쁘다고 늘 핑계를 댔던 것도 구차하게 생각되었다. 왜 씩씩하지 못했을까? 동정이든 연민이든 입에 좀 오르내리는 게 어때서?

주말에도 아르바이트 하느라 바빠서 누구든 만날 시간이 없다는 건 거짓말, 너도 많이 외롭잖아. 그런 깨달음이 문득 든 건 장례식장 밖에 태신묵이 서 있는 걸 출입구 안쪽에서 봤을 때였다. 유리문 너머의 그는 아직 그녀를 보지 못하고 몸을 반쯤 돌려 어두운 산 위를 쳐다보고 있었다. 어쩌면 아까시 꽃향기가 어디에서 흘러오나 생각하고 있었을지도 모르겠다.

그는 낮에 한 아르바이트비는 줄 생각도 않고 집까지 바래다주겠다고 했다. 사는 동네도 보여 주기 싫어 지하철역까지만 태워 달라고 하자 공용 주차장에 차를 두고 함께 가려고도 했다. 결혼을 재촉하는 오촌 숙모에게 시달리기 싫어 자신을 사귀는 여자인 척 보여 드린다는 그의 말에 그녀는 의심이 갔다. 좋은 남편도 좋은 아버지도 될 생각이 없다고 전에도 말했으니 그 말은 핑계가 아니라 사실일 것이다. 그래도 그녀에게는 절대로 웃는 표정을 보여 주지 않겠다고 결심이나 한 듯 고개를 돌리는 그를 볼 때면 입가에 미소가 떠오르다가도 차가운 겨울비를 맞은 듯 춥고 쓸쓸해졌다.

그래, 태신묵 당신도 가끔은 혼자인 게 심심하다 못해 외로울 때가 있겠지. 쉽게 웃는 표정을 보여 주긴 싫지만 누구라도 따뜻한 체온이 생각날 때가 있겠지. 나만큼이나 구차한 변명을 대긴 했지만 이유가 뭐든 당신과 나, 친구가 되어 보는 것도 나쁘진 않겠지. 그녀는 자신이 다가오는 것을 긴장한 채 쳐다보고 있는 그에게 쓸쓸하게 웃어 줄 수밖에 없었다. 그리고 인정했다. 그녀 역시 잠깐의 온기는 필요하다는 것을.

그러고 보니 우리 두 사람, 공통점이 있었네. 마주 보며 환하게 웃지 못하는 버릇. 나야 당신을 볼 때마다 사랑했던 사람들의 얼굴이 떠올라서이지만 나를 좋아하는 것조차 들키지 않으려고 애쓰는 당신은 이유가 뭘까? 어쨌든 그거 하나면 꽤 안전하고 상처 주지 않는 관계를 시작해도 되겠네. 그녀는 내일부터, 라고 말해 놓고 조수석에서 내리며 생각했다.

그래도 아르바이트한 돈을 달라고 말하는 건 용기가 꽤 필요했다. 돈 좋아하는 여자를 제일 싫어한다고 했는데……. 그가 자신을 어떤 표정으로 보고 있을지 쳐다보기도 창피해서 봉투를 받자마자 재빨리 몸을 돌려 지하철역 입구로 내려갔다.

"사장님, 저 왔어요."

PC방의 문을 열고 들어가니 벌써 손님들이 빈자리 없이 들어차 있었다. 일요일 자정을 넘겨 월요일 새벽으로 향하는 이 시간, 여기 앉아 있는 사람들은 가족이 기다리는 집도 출근해야 할 직장도 없는 사람들일까? 지금의 회사에 입사하고도 그만두지 않고 주말에만 일하고 있는 PC방이지만 강희는 늘 그것이 궁금했다. 겉으로 보기에는 길에서 마주치는 평범한 모습들이었기 때문이다.

"이번 달도 수고했어. 여기 명세서도."

다시 돌아온 한 달이다. 그녀는 사장인 재훈이 건네는 수당명세서와 아르바이트비가 든 봉투를 아까 지하철역의 주차장에서 태신묵이 건네는 봉투를 받았을 때처럼 두 손을 모아 받았다.

"고맙습니다."

싱긋 웃는 재훈의 얼굴을 보며 그녀도 빙그레 웃어 주었다. 태신묵을 볼 때와는 다르게 쓸쓸하지 않은 순수한 웃음이다. 오늘은 갑자기 부자가 된 것 같다. 그래 봐야 은행이 곧바로 가져가겠지만.

"들어가세요, 이제."

그녀는 장례식장에서 갈아입었던 것만 빼면 하루 종일 입고 있었던 레몬 색 원피스가 뒤늦게 부담스러워졌다. 젊은 남자인 재훈이 보는 눈도 그런 것 같다. 그의 눈이 떨어지지 않더니 말하지 않고는 못 참겠다는 듯 시선을 슬쩍 돌리며 중얼거린다.

"어디 좋은 데 갔다 왔나 봐. 옷이 예쁘네."

"결혼식장에요."

"이렇게 늦게?"

"아직 집에 못 들어가서요."

옷이 날개라고 여자가 예뻐 보이는 것쯤이야 한순간일 뿐이라고 재훈이 생각해 줬으면 좋겠다. 그녀는 가끔 서른도 안 된 젊은 사장의 시선이 저를 따라왔다가 고개를 들어 마주 볼라치면 외면해 버리는 것을 알고 있었다. 부담스러울 정도는 아니었지만 어쩌다 대화가 끊길 때면 어색해지는 순간이 있었다.

"무슨 일 있으면 바로 전화해. 금방 올게."

집으로 가기 전에 늘 하는 말이다.

"네, 조심해서 가세요."

재훈이 나가는 것을 보고 나서 그녀는 진한 커피 한 잔을 뽑아 카운터 뒤의 안락의자에 앉았다. 이 PC방에서 일하며 제일 좋은 점을 들라면 바로 이 안락의자다. 손님들이 앉는 것과 똑같은 의자를 카운터에도 가져다 놓았기 때문에 팔걸이와 머리받침이 있고 등과 방석 부분도 입체로 되어 있어 온몸을 감싸주듯 무척이나 편안했다. 넉넉한 크기가 양반다리를 하고 앉아도 될 만큼이어서 그녀는 가끔 머리를 기대고 깜박 졸기도 했다.

그의 전화가 걸려 왔을 때는 마지막 남은 커피 한 모금을 마시고 있었다.

— 잘 들어갔니? 아직 안 잘 거 같아서 전화했어.

"네, 팀장님은요?"

— 나도 집에 들어왔어. 이제 자야지.

"네, 안녕히 주무세요."

그러자 핸드폰 건너에서 하하, 웃음이 터졌다. 처음 듣는 커다란 웃음소리였다.

— 말 잘 듣는 아이 같다. 너무 예의 바르게 그러지 마.

"그러면 뭐라고 해요, 팀장님한테?"

— ⋯⋯ 아침에 데리러 갈게. 회사까지 태워다 줄게.

"왜요?"

— 앞으로 너 그런 말투로 왜요, 하고 묻지 마. 은근히 기분 나빠.

그녀는 또 왜요, 라고 물을 뻔했다.

"아침부터요?"

— 그래. 네가 아까 그랬잖아. 내일부터라고. 자정이 지났으니까 지금은 내일이야.

그녀는 꿀 먹은 벙어리처럼 입이 딱 붙어 버렸다가 소리 없는 웃음이 새어 나왔다.

— 왜 대답이 없어?

"벌써 심심하신가 봐요."

그때 카운터의 컴퓨터 화면에 컵라면 주문이 들어왔다. 처음 오는 손님인가? 그녀는 직접 끓여 갖다 주는 건 법으로 금지되었고 뜨거운 물은 온수기에 있다는 메시지를 보냈다. 그 바람에 태신묵이 잠깐 사이를 두었다가 집이 어디냐고 묻는 말에 금방 대답할 수가 없었다.

— 듣고 있니? 7시에 나올 수 있어?

"그렇게 일찍이요? 좀 늦을지도 몰라요."

— 어디로 가면 되는지나 빨리 말해.

PC방 일이 6시에 끝나니 집으로 곧장 뛰어갔다가 나오면 맞출 수 있다. 그녀는 가까운 지하철역의 이름을 댔다.

— 그래, 천천히 나와.

"네."

— 잘 자라.

"팀장님도요."

그녀는 핸드폰을 내려놓은 손으로 팔딱거리는 왼쪽 가슴을 꾹 눌렀다. 다른 사람도 아니고 이 남자 때문에 심장이 두근거리는 것이 싫었다.

긴장감 제로. 그는 언젠가 이와 똑같은 실망감을 느꼈던 때를 기억한다. 말끔한 새 양복에 신중하게 고른 넥타이까지 매고 뷔페식당으로 나갔던 자신과 달리 1년 전 그날 연분홍은 우중충한 점퍼를 입고 헐레벌떡 뛰어와 자다가 늦게 일어난 것을 고백했었지.

그때는 PC방에서 야간 아르바이트를 하고 왔다고 했었는데 지금 조수석에서 이마가 무릎에 닿을 듯 고꾸라져 잠이 든 건 또 무슨 이유에서일까?

그는 차들이 잠깐 멈춰 선 사이 연분홍의 어깨를 조심스럽게 젖혀 조금이라도 몸을 편안히 기댈 수 있게 하려 했다. 그녀가 눈을 반짝 뜨는 바람에 손을 떼긴 했지만.

"어, 어디예요?"

"아직 멀었어."

"지각하면 안 되는데……."

"시간은 넉넉해."

지하철역의 약속한 출구 앞에서 먼저 기다리고 있다가 조수석에 올라탄 그녀는 젖은 머리에 하얀 블라우스와 연한 보라색 스커트 차림이었다. 이슬을 맞은 나팔꽃처럼 함초롬하고 신선했던 그녀는 샴푸인지 화장품인지 모를 희미한 향기를 풍기던 모습과는 달리 몇 마디 말을 주고받은 뒤부터는 시든 화초처럼 눈꺼풀이 무거워 보였다. 졸지 않으려고 헛기침을 하며 몇 번이나 자세를 고쳐 앉는 것도 눈치 챘지만 신묵은 그녀의 머리가 점점 아래로 떨어지는 것을 나중엔 그냥 내버려 두었다.

그녀가 내려 달라고 했던 장소는 회사에서 조금 떨어진 곳이었다. 출근 차량이 뒤로 한참 밀리다가 불만이 섞인 경적을 울리며 계속 비켜 갔지만 그는 무시해 버렸다.

"다 왔어, 핑크야."

깨우려는 노력도 그리 적극적으로 하지 않고 중얼거린 다음 그녀를 바라보았다. 짧고 숱이 많은 머리칼 밖으로 솜털이 햇빛에 반짝이는 동그란 귓불과 하얗고 깨끗한 목덜미가 시야에 들어왔다. 연보라색 스커트 밖으로 꼭 맞대고 있는 마른 무릎과 매끈한 종아리도.

그는 오른손을 뻗었다. 아직 젖어 있는 그녀의 머릿결을 조심스럽게 건드렸다. 풀잎이 바스락거리는 소리에 놀란 사슴처럼 그녀는 고개를 들어 눈을 동그랗게 뜨고 그가 아닌 차창 밖을 내다보았다.

"다 왔네요?"

"응, 10분 정도는 시간 되니?"

그녀는 대시보드의 디지털시계를 보더니 그제야 활짝 웃는 얼굴을 보여 주며 대답한다.

"정말 빨리 왔네요. 버스 타면 아직 20분 뒤에나 도착인데. 그땐 저절로 눈이 딱 뜨이거든요."

사슴처럼 새까만 반달눈과 벌어진 입술 사이로 살짝 보이는 윗니가 그의 눈동자에 박혔다.

"저기 커피 파는 데 있어. 기다려."

"커피 마시게요?"

말투가 어쩐지 놀란 것처럼 들렸다.

"왜? 싫어하니?"

한 박자 늦은 대답이 머뭇거리며 돌아왔다.

"아뇨. 마실게요."

테이크아웃을 전문으로 하는 샌드위치 가게가 눈앞에 있었다. 그는 차를 통행에 방해가 되지 않게 다시 주차하고 내려 샌드위치 하나와 커피 두 잔을 주문했다. 계산을 하고 몸을 돌려 차를 보니 차창을 내리고 어색한 미소를 지은 채 얌전히 앉은 그녀가 눈을 마주 친다. 종이봉투와 커피 두 잔을 두 손에 가득 들고 돌아갈 때까지 시선을 피하지 않고 웃어 주는 모습이 사랑스러웠다.

"뜨거워. 천천히 마셔. 샌드위치도 먹고."

"아침 안 드셨어요?"

"난 먹고 나왔어."

인도네시아 지사에 있을 땐 해가 뜨는 시간이 업무를 시작하는 시간이었다. 일 말고는 아무것도 할 게 없었으니까. 그래서 아침이 늘 여유 있었다.

"저 아침 안 먹은 거 어떻게 알았어요?"

"나 만나는 첫날부터 조는 걸 보면 어젯밤에 늦게 잤겠다, 그래도 머리는 감고 나온 걸 보니 아침은 못 먹고 헐레벌떡 나왔겠다 싶었어."

"짧은 시간에 참 많이도 생각하셨네요."

"지금 나 눈치 빠르다고 칭찬하는 거 맞지?"

"네, 칭찬해 드릴게요."

갑자기 뻗어온 손이 그의 어깨를 툭툭 두드렸다.

"참 똑똑해요, 태신묵 씨."

"어른한테 자꾸 까분다, 너."

"저도 어른인데요?"

네가 뭘 봐서, 라고 대꾸하려던 그는 조금 전 솜털이 반짝이던 복숭앗빛 귓불과 하얗고 깨끗한 목덜미에서 눈을 떼기 힘들었을 때처럼 목 안쪽이 뜨거워졌다.

"그래도 점심 도시락 싸올 시간은 있었어요."

"왜? 구내식당 밥이 맛이 없니?"

"비싸기만 하거든요."

"진짜 부자 될 건가 보네."

그녀가 빙긋이 웃으며 포테이토 샌드위치를 한 입 베어 물었지만 그의 눈을 의식해서인지 반원으로 남은 자국은 조그맣기만 했다. 그녀는 분주해지기 시작한 도로의 풍경으로 시선을 돌렸다.

"좋은데요?"

"그래?"

샌드위치가 좋다는 건지 그와 함께하는 이 아침이 좋다는 건지 말하는 사람도 듣는 사람도 굳이 확인하지 않는 대화가 이어졌다.

"커피도 맛있어요, 생각보다."

"생각보다?"

"네. 팀장님과 이렇게 커피를 마실 날이 다시 올 줄은 몰랐거든요."

조용히 미소 짓는 얼굴에 그는 흐뭇해지기부터 했다. 버스 정류장 앞의 작은 가게에서 창밖에 스쿠터와 퍼그 녀석을 묶어놓고 처음으로 그녀와 마주 앉아 커피를 마셨던 날이 떠올랐다.

"가끔 여기서 마실까?"

"음, 그럴까요?"

그는 웃음이 절로 나왔지만 고개를 돌려 제 표정을 숨기려 하는 짓은 하지 않았다.

"저기요……."

"이름 놔두고 그건 또 뭐야?"

"잘생겼어요."

"뭐?"

"여자분들 만날 때 그렇게 웃는 모습 자주 좀 보여 주세요, 고개 돌리지 말고."

너도 알고 있었구나, 너를 보면 자꾸 입매가 올라가는 것을 억지로 참고 있었다는 걸.

"우리 약속해요. 웃고 싶으면 활짝 웃기로. 팀장님하고는 앞으로 웃는 일만 있었으면 좋겠어요."

그는 연분홍을 가만히 보았다. 새끼손가락을 걸자면 대뜸 내

밀고 싶어질 만큼 거부할 수 없는 순수한 미소의 얼굴이었다.

"오늘 저녁에 만날 수 있어요?"

"밤에는 돈 벌러 안 가?"

그녀는 뭐가 우스운지 손등으로 입을 가리며 소리 내어 웃는다.

"낮에 벌잖아요. 그 정도로 돈 밝히는 여자 아니에요, 저."

그렇게 시작된 긴 하루를 신묵은 저녁까지 어떻게 견뎠는지, 그녀가 나팔꽃처럼 활짝 웃어 보이던 표정 말고는 시간이 너무 더디 가는 것만이 기억에 남는 날이었다. 그저 아무것도 아닐 여자 또는 사람. 그로서는 새로 시작된 이 관계가 겁이 나면서도 놓치기 싫었다. 그는 물의 깊이를 알 수 없어 앞발로 늪의 수면을 슬쩍 스치기만 해 보는 호랑이처럼 조심스러웠다.

뚜껑을 닫아 버린 장난감 상자 안에서 오르골 소리가 그치지도 않고 점점 크게 들렸다.

"형, 환경부에서 우리 회사 공익사업에 관심을 보이는데?"

점심시간에 구내식당에서 만난 우성이 다른 직원들 없이 따로 앉기를 청하더니 그럴 만한 일도 아닌 이야기를 꺼냈다.

"그래?"

"공원을 기증하는 일로 환경의 날에 장관상 하나 준대. 6월 5일이야."

"잘됐네."

우성이 바쁘게 수저를 놀리는 모양을 앞에서 보며 그는 늦었지만 제수에 대해 물어봐야 하는 건 아닌가 잠깐 생각했다. 건강에 무슨 일이 있었으면 내 귀에도 들렸겠지.

"그 얘기 하려고 부른 거야?"

"펄프 공장 일도 아닌데 형이 공원에 관심을 두기에 알려 주는 거야."

자신이 예민한 탓인지 우성의 말에 가시가 있는 것 같았지만 설마.

"공장 일, 소홀히 하고 있다고는 생각 안 해. 공원도 어차피 내 책임 밑에 있는 일이고."

"알아. 그래도 다정이 말로는 형이 꽤 신경 쓰고 있다고 해서 하는 말이야. 밑에 있는 직원들 선에서 할 수도 있었잖아."

무슨 뜻일까? 연분홍이 회사 로비에서 제수와 함께 있던 장면이 머릿속에 퍼뜩 떠올랐다. 그가 모르는 무엇인가가 두 사람 사이에 있는 것 같았지만 곧 연분홍의 입으로 듣게 될 테니 급하지는 않다고 생각했는데…….

"제수씨가 뭐라고 했는데 네가 이러는지 모르겠다."

"내 노파심이지, 뭐. 회사에서 보는 눈도 있는데 하청 업체 여사원하고 소문이 나는 건 안 좋겠다 싶어서."

회사에서 보는 눈이라…….. 그날 연분홍과의 대화를 들었을 법한 사람은 제수의 옆을 지키다가 물 한 잔을 가져다 준 우성의 운전기사밖에는 없었다. 그녀의 존재를 숙모에게 알린 변 과장처럼 그도 집안의 친인척 중 한 사람이었던가? 로비에는 직원들 몇이 더 있었지만 그녀와 특별히 친밀하달 수 있는 대

화를 주고받은 기억은 없다. 그는 수저를 내려놓았다. 식판에
부딪치는 소리가 제 귀에도 신경질적으로 들렸다.

"그러면 안 돼?"

"뭐?"

"하청 업체 여사원하고 소문이 나면 안 되느냐고. 그건 그냥
내 사생활이야."

우성은 놀란 눈으로 그를 보았다.

"형, 어머니한테 듣긴 했지만 설마 그 여사원하고 결혼이라
도 할 건 아니잖아?"

"뭐야?"

물론이다. 연분홍이 아니라 누구와도 결혼 따위를 하고 싶
은 생각은 눈곱만큼도 없다. 그런데 왜 큰 소리가 불쑥 튀어 나
갔을까?

"알았어, 미안. 근데 저녁에 시간 돼? 인도네시아 지사 일로
의논할 것도 있고 오랜만에 한잔하자."

우성은 뭔가 더 할 말이 있다는 눈치였다.

"선약 있어. 회사 일은 사무실에서 얘기해."

그는 누구와의 약속이냐는 물음이 날아오기 전에 식판을 들
고 자리에서 일어났다.

일곱 시간 후, 신묵은 제 손바닥 위에 놓인 키홀더를 물끄러
미 내려다보았다. 커피숍의 맞은편 자리에 앉은 연분홍은 살짝
들뜬 표정으로 눈을 반짝이고 있었다.

"이게 뭐라고?"

"예쁘죠?"

동그란 고리에 달린 것은 새끼손가락 길이의 앙증맞은 분홍색 스쿠터 모형이다.

"사용하진 않았어요. 아까워서 사무실 책상 안에 갖고만 있었어요."

그녀는 쑥스러운 웃음을 머금고 앞에 놓인 아이스커피를 들어 한 모금 마셨다.

"그러니까 이게 내가 사 줬던 스쿠터의 열쇠고리란 말이지?"

"네. 그날 학교 운동장에서 스쿠터를 팔면서 이것만큼은 제가 갖겠다고 했어요. 열쇠고리 하나쯤은 기념으로 간직하고 싶어서요. 이제 팀장님 드릴게요."

이걸 주고 싶어서 저녁에 보자고 했던 거구나. 그런데 왜 집이 아니라 사무실 책상 안에 보관하고 있었을까? 그는 손바닥 위의 키홀더를 꼭 움켜쥐었다. 그가 모르는 그녀의 1년이 제 손안에 다 들어온 듯했다.

"고마워. 안 잃어버릴게."

그는 그 자리에서 자동차 리모컨을 꺼내 스쿠터 키홀더를 끼웠다.

"예쁘다."

검고 작은 리모컨에 분홍색 스쿠터 모형이 어울릴 리 없지만 그는 이 여자에게서 받은 거라면 뭐든 예쁠 거라는 생각이 들었다.

"뭐가요? 제가요?"

고개를 쑥 들이밀며 묻는 얼굴이야 말해서 뭐할까.

"넌 가끔 좀 뻔뻔스러운 거 같더라."

"알아요. 좀이 아니라 저 많이 뻔뻔스러워요. 그래도 이거라도 드리니 맘이 편해요."

"고작 이런 걸로?"

"네. 갑자기 스쿠터 갖고 나오라고 하셨을 땐 얼마나 놀랐었는데요. 스쿠터 대신 돈으로 달라고 하셨을 때도요."

"그런 말 들어서 싸지 뭘 그래?"

눈꼬리가 처지며 수줍게 웃는 얼굴을 보니 그는 스쿠터까지 팔아야 했던 오빠의 수술에 대해 자세히 물어봐도 될까 망설여졌다. 심장 수술이라면 보통 큰 수술이 아니었을 것이고 가게까지 처분했다면 연분홍의 가정 형편이야 뻔했다. 부모님이 지금은 아무 일도 안 하신다고 했으니 어쩌면 아들을 잃은 충격 때문일 수도 있겠다는 생각이 들었다.

가족 중 한 사람을 갑자기 떠나보낸 슬픔은 어떤 것일까? 위로는 해 줄 수 있겠지만 그 슬픔에 완전히 공감하기는 힘들었다. 자신의 부모는 각각 다른 방식으로 세상을 떠났지만 두 사람의 사망 소식을 들었을 때 그는 말할 수 없는 충격과 슬픔 뒤로 일말의 안도감을 느꼈었다. 입 밖으로 꺼내진 않았지만 누나 신혜 역시 그럴지도 모른다고 그는 생각했다. 그래서 그는 연애든 결혼이든 할 생각이 없었으며 이 세상에 아버지와 자신을 닮은 아이가 태어나는 것은 더더욱 원치 않았다.

다른 남자들은 가족을 잃은 여자를 어떤 식으로 위로해 줄까? 1년이나 지난 일이라고는 하지만 그는 그녀에게 지금이라도 힘을 주고 싶었다.

"맛있는 거 사 줄게. 나가자."

제대로 된 말이라곤 생각해 내지 못하는 자신이 이렇게 미울 줄이야.

오전에 전화로 예약한 한정식 집은 회사의 임원들과 함께 큰아버지를 모시고 가 본 적이 있는 곳이다. 회사의 이름을 팔지 않았더라면 평일 저녁 시간이라도 자리가 없을 수 있었던 식당이다. 주차장을 지나 건물의 입구까지 봄에 어울리는 화초들이 빽빽하게 심어져 있는 작은 정원은 환하게 불을 밝힌 조명 아래에서 아늑하게 보였다.

"여기, 전에 마 부장님이랑 다 같이 갔던 데보다 훨씬 더 비싸 보이는데요?"

나란히 걷던 연분홍의 눈이 대번에 휘둥그레지며 그를 올려다본다.

"초밥이나 회 좋아해? 다음에는 일식집 데려가 줄게."

"그러지 마세요."

"왜?"

"친구끼리 공평하지가 않잖아요. 다음엔 제가 사 드리고 싶은데 저 돈 없어요."

"그럼 라면 사."

"라면은 몸에 안 좋아요. 김밥 사 드릴게요."

"눈물 나게 고맙네. 어쨌든 내일 저녁은 김밥이군."

종업원의 안내를 받아 건물 안으로 들어가며 말하는데 그녀가 문득 발을 멈추었다.

"내일이요?"

"안 돼?"

대나무가 심어진 실내 정원을 지나자 한식 창호지 문 앞에서 종업원이 문을 열고 기다렸다. 좌식 테이블에 마주 앉아 물수건으로 손을 닦자마자 음식이 나오기 시작했다.

"오늘은 나 혼자 미리 주문해 놨어. 다음번엔 물어보고 할게."

"어쨌든 돈 많은 남자랑 친구하는 건 좋은 거네요?"

"대놓고 그런 말 하는 여잔 너뿐일 거다, 정말."

"팀장님 진짜 이상한 여자들만 만난 거 맞나 봐요."

두 사람은 차례대로 나오는 음식을 천천히 맛보았다. 그는 작년 이맘때 뷔페에서 음식을 산더미처럼 접시에 쌓아 놓고도 깨작거리기만 했던 그녀를 떠올렸다. 그에 대해 궁금한 것이 없는지 아무것도 묻지 않았었지.

"나한테 궁금한 거 있으면 지금 물어봐."

"글쎄요?"

"무슨 대답이 그래? 너무 생각 없이 말하는 것 같잖아."

"음, 그럼 질문 있어요."

그는 그녀의 맑은 눈이 자신을 빤히 쳐다보자 가슴속에 향긋한 바람이 살랑 부는 것을 느꼈다.

"어떻게 하면 돈 많이 벌 수 있어요?"

"알고 싶은 게 겨우 그거야?"

"지금 당장 생각나는 건 그래요. 백순 줄 알았는데 외제 스쿠터도 사 주시고 차도 좋은 거 타고 이런 데도 막 오고."

막 온다는 말에 그는 웃음이 터졌다. 아침에 이곳을 예약할 때 그는 겨우 한정식 집에나 데려간다는 생각에 아쉬웠기 때문이다. 약속 시간에 맞추느라 업무를 몰아치지 않았더라면 그녀 나이 또래의 여자들이 좋아할 만한 곳을 충분히 알아볼 수도 있었다.

"돈 많이 벌려면 두 가지 방법밖에 없어."

눈이 동그래지며 젓가락질을 멈추는 그녀를 향해 그는 몸을 앞으로 기울이며 은밀하게 속삭였다.

"돈 많은 부모 밑에서 태어나든지, 스스로 열심히 벌든지."

"치이……. 그래서 팀장님은 어떻게 열심히 벌었는데요?"

"난 그냥 돈 많은 부모님이 일찍 돌아가 주셔서 유산으로 받았지."

그녀가 등을 꼿꼿이 펴며 그를 나무라듯 노려보았다.

"말 참 못되게 하네요."

"사실인걸, 뭐."

그 두 사람이 남긴 유산이라도 아니었으면 어린 누나와 자신은 더 비참했으리라.

"돈 없어도 부모님이 옆에 계시는 게 좋은 거예요."

"노인네 같은 말을 하네. 진짜 좋은 부모님하고 사나 보다."

대답 대신 색색으로 부쳐 낸 전만 연신 입으로 가져가는 것을 보니 다행히 입맛에 잘 맞는 모양이었다.

"참, 김밥은 다음에 사 드릴게요. 내일은 안 돼요."

"일이 바쁘니? 아니면 다른 약속?"

"네."

그녀는 모호한 대답만 던져 놓았다.

"아침에 회사 데려다 줄까?"

"팀장님은 아침에도 굉장히 심심하신가 봐요. 그렇죠?"

머쓱해지긴 했지만 그도 할 말은 있었다.

"나도 바빠. 아침은 오늘하고 내일뿐이야. 그다음엔 네가 저녁에 김밥 사 준다니까 보는 거고."

얼굴이 좀 뜨거워진다 싶은데 맞은편의 그녀는 그의 얼굴을 대놓고 들여다보았다.

"더워요?"

"덥네."

그는 진즉에 벗어 놓은 양복 재킷을 공연히 만지작거리다가 차갑지도 않은 물을 들어 마셨다.

아홉 살이나 어린 여자다. 진지해지고 싶은 것도 아니다. 심심할 때 밥이나 먹자고 먼저 말했던 건 자신이다. 그런데도 신묵은 이 여자 연분홍 앞에서 사춘기 소년이 된 것 같은 기분을 느꼈다. 눈을 마주치고 있으면 목이 바짝 마르고 가슴 한쪽이 지그시 아파왔다. 그는 그 느낌이 두려우면서도 좋았다.

"팀장님."

"왜, 핑크야."

저렇게 얼굴이 순식간에 굳어지는 건 맘에 들지 않지만.

"또 그 이름으로 부를 거예요?"

"하려던 말이나 해."

"유치해요. 애 같아요. 강희라고 부르세요."

"싫어, 내 맘이야."

이번엔 어이가 없다는 듯 입술이 벌어진다. 그때 살짝 보이는 꽃봉오리 같은 혀가 그의 시선을 빨아들였다는 걸 이 여자는 알까? 그는 물을 한 모금 더 마셨다.

"여기서 일 얘기 꺼내서 좀 그렇지만요……."

"그럼 하지 마."

그는 단칼에 그녀의 말을 잘랐다.

"회사 일은 내일 사무실 전화로 해."

기분이 상한 것 같지는 않지만 하려던 말이 꽤 중요한 것이었나 보다. 그래도 그는 이 여자와 있는 시간에 회사 일이 끼어들기를 원치 않았다. 입술만 달싹거리며 말도 잇지 못하는 그녀를 보자 신묵은 웃음이 나오며 조금 너그러워졌다.

"이번 한 번만이야. 말해 봐."

"지난번에 팀장님 회사에서 기증한 공원이요, 거기에 우리 오빠 시를 적은 팻말 세워도 돼요?"

그는 김이 빠진 듯 웃었다.

"대리석으로 시비詩碑를 세우는 것도 아니고 유명한 시인들 시를 나무판자에 적어 여기저기 세우는 걸 텐데 뭘 내 허락까지 구하니? 너 하고 싶은 대로 하라고 했잖아."

"아직까진 유명한 시인이 아니니까 그렇지요."

"앞으로는 유명해지는 거 확실하고?"

"네, 확실해요."

"이거 청탁이니? 그러면 오늘 저녁은 네가 사야 하는 거 아냐? 이 정도로는 안 되는데?"

그러자 약간 겁먹은 것 같기도 한 걱정스러운 표정을 짓는데 그 얼굴이 우스워진 그는 자꾸 짓궂게 굴고 싶어졌다.

"회사 일로 밥 먹는 거니 법인카드로 계산할게. 영수증 너희 회사 서무과로 보낼 테니까 거기서 처리해."

"서무과요?"

그녀는 젓가락을 아예 놓는다. 그는 그녀의 얼굴을 놀리듯 바라보았다.

스물다섯 살의 다른 여자애들은 어떤지 모르겠지만 연분홍에겐 가끔 세상을 다 산 듯한 노인네 같은 태도가 엿보였다. 말이나 행동에서 그 나이답지 않게 인생의 희로애락을 다 맛본 듯한 초연함이 묻어날 때가 있었다. 그런데 지금처럼 그의 말 한마디를 심각하게 받아들이고 정색을 할 때면 반대로 어린 여자답게 순진한 얼굴이 드러났다. 선물로 준 스쿠터를 돌려받아야겠다고 했을 때나 돈으로 달라고 했을 때도 그랬다. 그는 연분홍의 진짜 얼굴을 발견하고 슬며시 즐거움을 느꼈다.

"왜 그렇게 웃어요?"

"내가 뭘?"

입을 꼭 다물고 눈치를 보는 모습이 어린애처럼 귀여웠다.

"이번엔 봐주지만 앞으로 내 앞에서 너희 회사 일 꺼내지
마. 미리 말하지만 개인적인 일로 로비도 하지 말고. 네 부탁은
못 들은 걸로 하고 밥도 오늘은 내가 살게."

어떻게 나오나 보고 싶어서 꽤 무거운 목소리로 말했다.

"네, 조심하겠습니다."

그녀는 두 손을 테이블 끝에서 꼼지락거리며 젓가락의 키를
맞추었다. 신묵은 제가 너무했나 싶어졌다. 그는 한쪽만 올라
간 입술 사이로 웃음이 자꾸 새어 나왔다.

"또 그러네요?"

"뭐가?"

그녀의 눈초리가 살짝 매서워진다.

"그렇게 웃음 참는 거요. 웃고 싶으면 그냥 활짝 웃으라고
했잖아요."

그는 올해 들어 처음으로 크게 웃음소리를 터뜨렸다. 어쩌
면 몇 년 만에 처음이었는지도 모르겠다.

"집이 저기야?"

"네, 골목길 조금만 올라가면 돼요."

그녀는 태신묵을 버스 종점에서 보내지 않은 것이 벌써부터
후회되었다.

"동네가 너무 어둡구나."

버스 종점을 지나 언덕 쪽으로 올라간 산 2번지가 그녀가 새
로 이사한 곳이었다. 정확히는 산 2번지의 쪽방촌 30여 세대가

같은 주소를 쓰고 있었으며 그녀가 세든 쪽방은 그나마 골목 입구에 있었다. 재개발 지역으로 지정이 되고 집주인들과 일부 세입자들은 보상금을 받아 산을 내려갔지만 철거가 자꾸 미뤄짐에 따라 자신처럼 싼 월세로 들어와 사는 사람들도 있었다. 오빠와 함께 살았던 옥탑 방의 월세 인상 요구는 역시 들어주기가 버거웠다.

"헤드라이트만 좀 비춰주세요. 어차피 바로 눈앞이잖아요."

그가 시동을 끄려고 하는 것을 그녀는 손까지 잡으며 말렸다. 눈앞이라도 언덕을 다 올라 깨진 가로등 밑에서 오른쪽 길로 더 꺾어 들어가야 한다.

"같이 가."

고집이 센 남자다.

그녀는 운전석에서 벌써 내려 버린 그를 따라 차 밖으로 나왔다. 낡은 담벼락과 판잣집의 낮은 지붕에까지 붉은 스프레이로 휘갈겨진 선정적인 욕설과 난잡한 그림들을 어두운 골목에서는 자세히 볼 수 없다는 것이 그나마 다행이었다. 어제는 없었는데 누군가 이사를 가며 버리고 간 장롱과 화장대 같은 것들이 부서지고 깨진 채 통행을 가로막고 있었다.

'재해 영향 평가 E등급'이라고 써진 샛노란 경고문은 계단의 한쪽 벽에 붙어 있었다. 가파른 언덕 한쪽에 축대를 따라 콘크리트로 조성한 계단은 비스킷처럼 부서져 있어서 두 사람이 어깨를 붙이고 걸어야 할 만큼 좁다. 그래서 그가 몇 걸음을 걷다가 어깨를 끌어당겼을 때도 안 그래도 된다고 할 수가 없었다.

스쿠터를 돌려 달라고 해서 만났던 그날, 힘 있는 그의 손이 뒤에서 다가온 자전거를 피해 안아 주었던 때가 떠올랐다.

"별로 늦지도 않았는데 이 동네는 사람도 참 없다. 불 꺼진 집이 많네."

그의 중얼거리는 소리가 천둥소리처럼 고막을 파고들었다.

"10시가 넘었어요."

그러면 늦은 시간일까, 아닐까? 그녀는 제 심장 소리가 그에게 들릴까 봐 무슨 대꾸라도 해야 할 것 같았다.

"다 왔어요."

그녀는 노란 천에 시뻘건 손 글씨로 '생존권 쟁취! 세입자 이주 결사 반대!' 등의 글귀가 휘갈겨진 현수막을 그가 그냥 지나치기를 바랐지만 불가능한 일이었을 것이다. 판자촌의 공터에는 비슷한 현수막들이 먼지를 뒤집어쓴 채 떨어져 있었고 머리에 붉은 띠를 동여매고 시커먼 천을 저승사자처럼 두른 허수아비도 쓰러져 있었다.

"너무 늦게 들어가면 부모님이 걱정하시겠다."

그가 시선을 옮겨 가로등이 깨진 지 오래인 골목 입구를 보는 것도 맘에 걸렸다.

"어느 집이지?"

"요 앞이에요."

그녀는 제 어깨 위에 얹힌 손이 떨어지도록 마주 서서 한 발짝 물러났다.

"가세요."

그녀는 골목 입구의 궁색한 쪽문 앞에서 열쇠로 문을 열고 불이 켜진 실내로 재빨리 들어갔다. 비닐을 덧댄 문틈으로 그가 여전히 서 있는 것이 보였다.

"다녀왔습니다."

작은 백열등을 켜 놓은 부엌으로 들어서며 언제나처럼 밝고 명랑한 목소리로 오빠와 부모님께 인사를 했다. 응답이 없는 인사라도 공허하지 않다.

그녀는 이곳에 이사 오자마자 아빠가 돌아가시기 전이고 엄마와 오빠도 훨씬 젊고 건강했을 때 찍은 가족사진을 문에서 바로 보이는 벽에 걸었다. 가게에서 번져 온 불에 타고 소방 호스의 물에 젖은 살림살이들 중에서 그나마 멀쩡하게 남아 있던 것이다. 출퇴근을 할 때마다 그녀는 집에 남은 가족들에게 밝고 힘찬 목소리로 인사를 한다.

외출할 때 부엌이자 방 입구의 노란 백열등을 켜 놓고 나가는 것도 이곳에서 생긴 습관이다. 옆방 할머니의 말로는 신도시가 조성될 때 밀려난 사람들이 이주하여 만들어진 동네라고 했는데 그 사람들도 이제는 뿔뿔이 흩어졌다. 철거가 언제 갑자기 재개될지 알 수 없지만 옷가지 외에 중요한 물건은 이모네 집과 회사에 옮겨 놓았다. 퇴근을 했다가 폐허처럼 무너진 동네를 목격한다 해도 아쉬울 것이 없었다.

그녀는 옷을 갈아입고 부엌 한쪽의 수돗가에 쪼그려 앉았다. 아침에 미리 받아 놓아 갈색 녹이 가라앉은 물로 세수를 하고 쇳내가 가시지 않은 물로 이를 닦았다. 바닥이 울퉁불퉁한 방으로 들어가 검은 곰팡이와 쥐의 오줌 자국에서 조금이라도 떨어진 자리에 요와 이불을 폈다. 쓰러져 기절한 듯 잠이 들기까지 몇 초 걸리지도 않았다.

다음 날 아침은 그의 차를 타고 가면서 졸지 않을 수 있다는 것이 다행스러웠다. 어제 아침의 일을 생각하면 부끄러워서 숨고 싶을 지경이었다.

"아침은 먹었니?"

"네. 팀장님은요?"

"나도 먹었지."

단순한 대화가 이렇게까지 가슴 따뜻하게 느껴질 줄은 몰랐다. 하필이면 이 남자라는 것이 우스웠지만 그와의 해피엔딩이 무엇인지 따위는 생각하지 않기로 했다. 그를 볼 때마다 오빠와 엄마를 떠올리며 만약이라는 단어로 벽을 쌓은 과거의 감옥에 갇혀 괴로워하느니 친구라는 울타리 안에서 짧지만 따뜻한 위로와 휴식을 느끼고 싶었다. 언제까지 그럴 수 있을지는 알 수 없지만 지금은 이것이 스스로를 위한 그녀의 선택이었다.

"강희 씨, 뭐해?"

신 대리가 살짝 어깨를 두드릴 때까지 골똘히 생각에 잠겨 있었던 건 모니터에 띄워 놓은 영업 기획안이 이해되지 않아서도 아니었고 그녀의 앞으로 떨어진 잡다한 업무들이 부담스러워서도 아니었다.

"왜 핸드폰을 안 받아? 진동 소리가 거슬리잖아."

언제나 냉정하고 사무적인 말투여서 불평을 말할 때도 오히려 이쪽이 미안해질 만큼 감정을 드러내지 않는 것이 신 대리가 말하는 방식이었다.

"죄송합니다."

예민한 사수라는 것을 신경 쓸 틈이 없을 정도로 그녀는 망설이고 있었다. 그래, 피한다고 다시 안 올 전화도 아니야. 그러니까 받자. 받은 다음 사정해 보자. 그녀는 핸드폰을 들고 복도로 나가 비상구 문을 열었다.

"연강희입니다."

건너편의 목소리는 자신을 W은행 신용카드 대출 담당 우 과장이라고 밝혔다. 화면에 뜬 번호만으로 이미 알고 있는 남자였다.

— 카드 대금이 계속 연체되고 있는데 아직도 바쁘신지 입금이 안 되어 전화 드렸습니다.

"네, 알고 있어요. 며칠 안으로 꼭 입금할 거예요."

비상구의 계단에 목소리가 울리지 않도록 조심하려니 저쪽에서는 잘 들리지 않는 모양이었다. 그녀는 언제쯤이면 가능하냐고 다시 묻는 목소리에 저절로 기가 죽어 똑같은 대답을 반복했다.

— 벌써 제2금융권에서 월급을 압류하고 있는 건 알지만 저희도 어쩔 수가 없습니다. 이렇게 자꾸 미루시면 아무리 저희 은행이 2순위더라도 법적으로 해결할 수밖에요.

그 말에는 대답도 못 하고 그녀는 보이지도 않는 상대방을 향해 죄지은 듯이 고개를 숙였다.

"제가 일을 하나 더 하게 됐어요."

이런 말을 들어줄 여유가 은행원에게는 없겠지만 알려 주고 싶었다. 제 딴에는 할 수 있는 한 최선을 다하고 있다는 것을.

— 알겠습니다, 고객님. 이달엔 꼭 입금해 주세요.

우 과장은 차가운 목소리로 한 번만 더 기다려 보겠다는 말을 덧붙이고 먼저 전화를 끊었다. 어떻게 해야 할까? 그녀는 지하철역의 화장실 안에서 본 '개인회생파산면책신청', '여성우대무담보대출' 따위의 문구가 적힌 빨갛고 노란 스티커들이 떠올랐다.

"강희 씨, 거기서 뭐해요?"

귀에 익은 목소리에 고개를 번쩍 드니 계단 위쪽에서 내려다보고 있는 남자는 홍진우였다. 비상구에서 담배를 피우면 안 된다는 것을 잊었는지 그의 손엔 불을 붙이지 않은 담배 한 개비가 들려 있었다.

"오늘 월급 나오는데 동기들끼리 끝나고 한잔할래요?"

"아, 저는 따로 약속이 있어요."

그러자 입술을 비틀며 웃는 그의 표정이 어색하게 보였다.

"참, 강희 씨는 데이트 있겠구나."

그게 아니라고 말하려던 그녀는 등을 돌려 계단을 올라가 버리는 홍진우를 잠시 쳐다보았다.

면접 장소로 가는 버스 안에서 그녀는 태신묵의 문자를 받았다.

퇴근?

네. 친구들과 약속이 있어서 가는 길이에요.

느는 건 통장 잔고 대신 거짓말뿐이라는 사실이 스스로도 어처구니가 없었다. 이런 식으로 거짓말을 하다간 자신이 무슨 말을 했는지도 몰라 적어 놓아야 할지도 모르겠다.

재밌게 놀아.

근데 무슨 일이세요?

답은 오지 않았다. 내려야 할 정류장에 버스가 도착해 그녀는 핸드폰을 가방에 넣었다.

24시간 어린이집은 찾기가 어렵지 않았다. 약속한 시간에 가까스로 맞춰 도착한 그녀는 거울을 볼 틈도 없이 원장실로 곧장 안내되었다. 저녁을 먹을 틈이 있었다면 그사이에라도 화장을 고치고 옷매무새를 바로잡았을 테지만 야근을 해야 하지 않는 것만도 다행스러울 정도로 일이 늦게 끝났다.

"밤부터 아침까지 해야 하는 일이라 생활 리듬이 흐트러질 텐데 적응할 수 있겠어요? 몸도 약해 보이는데……."

40대 중반으로 보이는 원장은 어린이집보다는 고등학교 기숙사의 사감 선생 쪽이 더 어울리지 않을까 싶게 깐깐한 인상이었다. 그녀는 날카로운 인상을 누그러뜨리는 데 전혀 도움이 안 되는 원장의 금속 테 안경을 쳐다보았다. 안경 속의 길고 가는 눈을 용기를 내어 마주 보았다.

"전에도 PC방에서 야간 아르바이트 했었어요."

"그래요? 얼마나 했나요?"

"1년 넘게 했었습니다."

지금도 주말 이틀 동안은 여전히 같은 곳에서 일하고 있다는 말은 하지 않았다. 평일 낮에 직장에 다니고 있다는 것도 숨길 생각이었다. 입장을 바꿔 자신이 원장이라면 아무리 보조교사라 해도 일을 맡기지 않을 것 같았다.

"여긴 부모가 매일 집으로 데려갈 수 없는 아이들을 돌봐 주는 곳이에요. 저녁부터 아침까지 봐주는 교사가 한 명 있긴 하지만 사정이 딱한 아이들이 점점 많아져서 보조 교사가 필요한 거구요. 밤이라고 애들 데리고 그냥 잠만 자면 되겠거니 생각했다간 이틀도 못 버틸 거예요. 정식 자격증이 필요 없는 아르바이트지만 경험도 없는 사람을 쓰는 건 우리도 썩 마땅치 않은 일이구요."

그녀는 듣기만 했다. 그래도 면접의 기회가 온 건 그만큼 사람을 구하기 힘들어서가 아닐까? 그녀로서는 이 일을 꼭 붙잡아야만 했다. 언제 철거가 될지도 모르는 쪽방촌에 혼자 사느니 평일 밤엔 이곳에서, 주말 밤은 PC방에서 지내는 것이 훨씬 더 안전하고 돈도 벌 수 있었다.

몇 가지 질문이 더 오가고 면접은 끝이 났다. 나오면서 옆방을 들여다보니 올망졸망한 아이들의 눈이 한꺼번에 그녀에게 쏠렸다. 원장과 비슷한 나이로 보이는 여자가 울거나 싸우고 있는 아이들을 달래 가며 잠옷을 갈아입혔다. 고아원도 아니고 무슨 사정으로 이곳에서 닷새를 지내고 주말에만 부모들이 데려가는지 그녀는 그 시선들을 외면하기가 힘들어 손을 살랑살랑 흔들어 주고는 나왔다.

"자! 취직 축하 선물!"
씩씩한 목소리와 함께 카운터를 지나 눈앞에 불쑥 내밀어진 것은 기초 화장품 세트다. 강희는 어리둥절했다가 조경 회사에 입사한 뒤로는 오늘 처음 본다는 것을 깨달았다.
"참 빨라서 좋네."
그녀는 토요일 늦은 밤의 아까운 시간에 의리도 없는 친구의 얼굴을 보기 위해 찾아와 준 진선이 고마웠다.
"아직도 이 PC방에서 일하고 있을 줄은 몰랐어."
"이젠 매일도 아니고 주말인데, 뭐."
그녀는 여전히 사람들로 꽉 찬 실내를 둘러보고는 친구를 위해 사이다 한 캔을 꺼내 놓았다. 거의 반년 만에 보는 진선은 외모도 말투도 변함이 없었다.
"너도 취직했는데 내가 아무것도 못 사줬네."
"됐어, 계집애야!"
두 여자는 각자가 다니고 있는 직장에 대해 새삼스럽게 수다를 떨었다. 가끔 전화를 하면서 다 알고 있는 내용이었지만 얼굴을 마주 보며 얘기하는 것과는 또 달랐다.

"여기서 잠도 못 자고 일하면 월요일에 출근하는 데 지장 없어? 잠은 언제 자?"

"아직은 잘 버티고 있어. 밤에는 별로 할 일도 없고. 무슨 일 있을 땐 사장님한테 전화하면 바로 오니까."

"전에 그 곱상한 순둥이 사장님?"

재훈은 나이보다 훨씬 어려 보이는 인상에 두 눈은 늘 웃고 있어서 사장이라기보다 아르바이트생으로 알고 있는 손님들도 있었다.

"그래. 나도 하던 일이라 익숙하고 편해."

종합 병원의 화상 병동에 있던 엄마를 비용이 저렴한 시립 의료원으로 모셔 놓고도 그만두지 않은 것이 이 PC방의 야간 아르바이트였다. 그녀의 사정을 잘 알고 있는 재훈은 주말 이틀 동안 시간제로 일할 수 있게 해 주었다.

"24시간 어린이집 말이야. 지내기 괜찮아?"

며칠 전, 남자 친구인 현중 오빠와 함께 퇴근길에 집 근처에 와 있다며 생맥주나 한잔하자는 진선의 전화에 그녀는 평일 저녁이지만 만날 수 없는 이유를 설명해야 했다.

"일은 편해. 아이들이야 저녁 먹고 좀 놀아 주면 자니까 나도 같이 자면 되고. 저녁 먹이는 거랑 일일이 다 씻겨 주는 거 그리고 칭얼대는 아이들 잠투정 빼면 힘든 일도 아니야."

"그게 왜 힘든 일이 아니니? 스무 명이나 된다면서."

"그래도 잠이 들면 다 천사들이야."

"말썽꾸러기, 떼쟁이에 울보 천사들?"

강희는 큰 소리로 웃어 버렸다. 오랜만에 만난 친구 앞에서 끙끙 앓는 소리는 하기 싫었지만 사실은 어린아이들을 돌보는 일이 중노동이라는 걸 하루하루 실감하고 있었다. 오늘 새벽에도 한 녀석이 자다가 오줌을 싸는 바람에 다른 아이들까지 깨워 옮기고 이불과 요를 갈아 눕혀야 했다. 오줌 싼 남자아이를 욕실로 데려가 씻기는 것쯤이야 처음도 아니었다.

"너도 참 독하다. 어쨌든 잘 지내고 있는 거지?"

"응, 그럭저럭."

그녀는 사실 어서 아침이 와서 철거 직전의 쪽방이라도 돌아가 눕고 싶었다. 토요일 아침까지 아이들을 씻기고 먹인 다음 낮에는 산동네 쪽방에서 기절한 듯이 잠에 곯아떨어졌다. 주말에는 PC방에서 밤을 지새워 카운터를 보고 월요일 아침 일찍 회사로 바로 출근이다. 시간이 되면 쪽방으로 올라가 옷을 갈아입고 나갔다. 그녀의 일주일은 그렇게 꼭 짜여 있었다. 비어 있는 쪽방의 월세가 아까워 곧 남은 짐도 이모네로 옮겨 놓고 주말에만 외사촌 동생의 방에서 함께 지내도 될지 물어볼 생각이었다.

"나 잘 버틸 거야. 그러면 올해 안에 자잘한 빚은 다 갚을 수 있어. 말해 놓고 보니 나도 내가 참 대단하네."

그녀는 보란 듯이 제 어깨를 토닥토닥 두드려 주었다. 월급 압류가 문제이긴 했지만 익숙해지니 그런 생활도 견딜 수가 있었다. 그것까지는 차마 진선이에게도 말하고 싶지 않았다.

"오후에 우리 찜질방 같이 갈래?"

진선이 솔깃한 제안을 했지만 그녀는 고개를 저어야 했다.

"나 약속 있어."

"누구?"

"너는 모르는 사람이야."

"계집애, 너 혹시 남자 생겼니?"

남자? 그 사람은 내게 남자이고 싶어 했던가? 대답을 얼른 내놓지 못하니 진선의 눈이 금방 커다래진다.

"뭐야, 정말이구나?"

내게 남자이고 싶어 하진 않지만 어쨌든 여자는 아니니까.

"어떤 남자야?"

"그런 사이 아니야. 그냥 한 번씩 얼굴 보는 사람이야."

진선이의 고개가 살짝 비틀어지며 수상쩍어 하는 눈빛이 날아왔지만 경계가 그어져 있는 남자와의 만남을 벌써 털어놓고 싶지는 않았다.

태신묵에게는 주말에도 쉬지 않고 일을 해야 한다고 솔직히 말했다. 하지만 토요일과 일요일 자정부터 새벽까지 PC방에서 아르바이트를 하는 것은 그도 모르고 있었다. 평일 밤을 어린이집에서 지내는 것도 마찬가지다. 그 역시 회사 내에서 꽤 바쁜 자리에 있어 자주 볼 수 없는 것이 그녀에게는 오히려 다행이었다.

"그래, 장한 내 친구 연분홍을 위해서 아침밥 쏜다. 먹고 집에 들어가."

진선이 호기롭게 말했다.

"그러면 요 앞에 해장국 집 갈까? 거기 콩나물국밥 맛있는데."

"겨우? 남자 만나러 가기 전에 잘 먹고 윤기 자르르 흐르는 피부로 나가야지. 너 비싼 거 먹어. 얼굴이 까칠해. 화장 다 들뜨겠다."

진선은 같이 밤을 새워 주겠다고 했다가 그녀의 만류로 아침 6시에 돌아오기로 하고 겨우 나갔다.

몇 시간 뒤, 6시를 가리켰던 시곗바늘의 분침이 밑으로 뚝 떨어져 있는데도 진선이 오지 않자 그녀는 짐작이 되면서도 전화를 걸어 보았다. 통화 중이었다. 그래도 일어나긴 했나 보네.

교대해 줄 아르바이트생과 이것저것 얘기하다가 다시 걸었을 때는 연결음이 한참 들리고 끊으려 하기 직전에 전화를 받았다.

— 연분홍, 미안! 내 평생 일요일 아침에 이렇게 일찍 일어나 보긴 처음이야.

평생이라고 할 것까지야. 머리를 말리는지 드라이어가 윙윙 돌아가는 소리에 그녀는 피식 웃어 버렸다.

"괜찮아. 아침밥은 다음에 얻어먹지, 뭐. 너도 피곤하잖아."

— 아니야, 현중 오빠랑 통화했는데 오빠도 너 오랜만에 본다고 나오겠대. PC방으로 바로 간다니까 조금만 기다려. 난 택시 타고 얼른 날아갈게.

전화는 일방적으로 끊어졌다. 직장만 다니고 있는 진선이도 저렇게 피곤해하는데 자신은 아직까지 잘 버티고 있는 것이 그녀는 스스로도 퍽 대견했다. 코앞에 귀신보다 더 무서운 게 바짝 다가와 있으니 그럴 수밖에. 월급 압류, 카드 연체금 독촉 고지서, W은행 우 과장의 싸늘한 목소리. 길고 가늘게 질질 끌 며 우는 소리를 하느니 버틸 수 있는 최대치를 한꺼번에 버티 며 어서 빨리 해결해 버리고 싶었다.

10분 후, 긴 머리에 웨이브를 말고 화장까지 다 하려면 아직 더 기다려야 할 것 같은 진선이보다 현중이 먼저 도착했다. 스 쿠터 동호회의 회원이자 학교 선배이기도 한 그는 엄마의 장례 식 때 본 후로 처음이었다.

"선배, 진짜 반가워요."

"그래, 녀석아. 너도 소식 좀 전하고 살지, 동호회는 왜 안 나오고그래?"

"이제 스쿠터도 안 타는데요, 뭐."

"그래도 사람들이 너 궁금해하잖아."

운동을 좋아하고 근육질의 우람한 덩치가 눈에 띄는 그는 PC방의 공기도 답답하고 진선이도 금방 도착할 거라며 밖에서 기다리자고 했다. 두 사람은 큰 도로로 나와 진선이 내릴 버스 정류장 앞의 벤치에 나란히 앉았다.

"동호회 사람들은 다들 어떻게 지내요?"

오랜만에 보는 반가운 선배와 스쿠터 동호회의 익숙한 이름 들을 하나씩 꺼내 얘기하며 그녀는 어느새 아무런 슬픔도 분노 도 죄책감도 없었던 시간으로 돌아갔다. 현중이 시간을 거슬러 오빠와 엄마의 일을 다시 꺼내거나 그녀를 가엾고 불쌍하다는 눈으로 보지 않는 것도 좋았다.

그래도 난 운이 나쁘지 않아. 든든한 직장도 있고 힘들 땐 기댈 수 있는 친구들도 있으니까. 그런 생각을 하고 있을 때 여기 한 사람 더 있지 않느냐고 말하듯 태신묵에게서 전화가 걸려 왔다.

— 일어났구나. 잘 잤어? 세상에서 제일 바쁜 밥 친구.

밥 친구? 그녀는 풋, 하고 웃음이 나왔다.

— 아침 아직 안 먹었지? 그냥 지금 볼까? 맛있는 거 사 줄게.

맛있는 게 아니면 안 나갈까 봐서요? 그의 목소리에 담긴 조급함이 강희는 듣기 좋았다.

"근데, 저 아침엔 친구랑 약속 있어요."

— 벌써?

"네. 오랜만에 보는 거라서요."

— 그래, 뭐. 선약이 먼저니까.

숨기지 못하는 아쉬움도 듣기 좋다.

"밥 친구 없어도 꼭 맛있는 거 드세요. 점심때 만나요."

— 인사성 밝은 것도 이럴 땐 얄밉다.

툭 끊어진 전화를 손에 들고 있던 그녀는 진선이와 현중 선배는 나중에 다시 봐도 되지 않을까 하는 생각이 잠깐 들었다.

"밥 친구? 뭐야, 그게?"

현중이 빙그레 웃으며 쳐다보는 건 그녀의 표정 역시 웃고 있기 때문이겠지.

"남자 목소리 같던데 사귀는 사람이니? 진선인 아무 말 없던데."

"어, 그게……."

"얼굴 새빨개진 거 보니 진짜구나?"

"아니에요."

"거울이나 보고 그런 말 해."

사람 좋게 웃음을 터뜨리는 현중의 시선에 수줍어지면서도 미소를 숨길 수 없는데 그녀의 시야에 맞은편 도로가 들어왔다. 눈에 익은 검은 자동차 옆에 서 있는 남자는 태신묵이 틀림없었다. 드물게 보는 캐주얼한 차림의 그는 사차선 도로 건너편에서 그녀를 보고 여유롭게 미소 짓고 있었다. 자신도 모르게 벌떡 일어서서 몇 초 동안 어안이 벙벙한 채 마주 보던 그녀는 소리를 치기에는 차들의 왕래가 많아 전화를 걸었다. 버스와 트럭과 차량들이 휙휙 달리는 틈으로 그가 보였다 말았다 했다.

"차에서 전화한 거였어요?"

— 다행히 동네까진 안 가고 신호에 걸렸을 때 널 봤어. 오기 전에 먼저 전화할걸. 하긴 선약이 있었으니까 마찬가지였겠지?

전화기 사이로 침묵이 흘렀다.

— 친구 벌써 만난 것 같은데 둘이 재밌게 놀아. 간다.

그가 가볍게 손을 들었다 내리는 것이 정차한 버스들 사이로 보였다.

"잠깐만요!"

자신은 왜 현중을 한 번 돌아보았을까? 건너편의 그에게 현중과 제 모습이 어떻게 보였을지 신경 쓰여서? 아니면 마침 도착한 버스에서 진선이 내리고 있어서?

"아침 제가 살게요."

— 옆에 있는 친구는 어쩌고? 그 친구랑 같이 먹을 거 아냐? 오랜만에 본다면서?

그의 목소리가 그녀만큼이나 떨렸던가?

"밥 친구 하기로 한 약속은 팀장님이랑 먼저 했잖아요."

진선이 어느새 제 옆에 나란히 서서 그녀의 통화 내용에 아닌 척 귀를 기울이고 있었다.

— 설마 김밥?

"왜요? 김밥 싫으면 딴 거 먹을까요?"

— 아니야. 김밥 먹을게.

하얗고 고른 치아를 드러내며 활짝 웃고 있는 그의 얼굴이 이쪽에서도 다 보였다.

김밥은 여전히 낯설었다. 그는 젓가락을 들고 묵념하듯 앉아 있다가 조심스럽게 하나를 들어 올려 입으로 가져갔다. 굴을 처음 먹어 보려는 사람처럼 굉장한 용기가 필요했다.

하지만 알루미늄 포일에 싼 김밥을 제 무릎에 놓고 공원의 벤치에 연분홍과 함께 앉아 있는 것은 생각했던 것보다 더 설레고 두근거렸다. 일요일 아침의 늦잠을 포기하고 나온 부지런한 사람들 속에 섞여 운동하러 나온 다른 이들이 힐끔거리는 시선을 받으면서도 어쩐지 보란 듯한 기분이 들었다.

"김밥이 맛이 없어요? 맛있다고 소문난 집인데."

오물거리는 입으로 그녀가 그를 쳐다보았다.

"사실은, 잘 안 먹어 봤어."

"왜요? 참, 인도네시아에 계셨을 땐 그랬겠다. 그래도 돌아온 지 1년이 훨씬 넘었는데 먹어 볼 일이 없었어요?"

"별로."

그러면서도 그는 하나를 더 집어 입속에 넣었다.

6월 중순의 아침 햇살이 아직은 뜨겁기보다 견딜 만했다. 날이 더워질수록 나무들은 초록색 옷을 한 겹씩 더 껴입었고 햇살이 나뭇잎들 사이로 적당히 걸러져 벤치로 내려앉았다. 햇빛에 반짝이는 연분홍의 짧은 머리칼에 그는 눈이 갔다. 곱슬머리라서 그럴 수도 있겠지만 이 여잔 그 흔한 파마도 염색도 한번 안 한다.

"저는 김밥 좋아해요. 가족들끼리 소풍 갈 때나 생일 때마다 엄마가 싸 주셨거든요."

"그래서 난 싫었어."

불쑥 튀어나온 제 말에 그도 깜짝 놀라 버렸다. 조심스러워진 그녀가 왜냐고 묻지도 않고 가만히 기다리는 것이 느껴졌다.

"한국에서도 그런 날 김밥을 싸 간 기억이 없거든."

"학교에서 놀러 갈 때 어머님이 싸 주지 않으셨어요?"

"없어. 누난 한국에서 어머니랑 살고 난 초등학교 때도 인도네시아에서 아버지랑 살았어. 방학 때만 들어오고. 그래서 더 김밥을 먹은 기억이 없어."

"왜요? 왜 가족이 떨어져 살아요?"

"부모님이 서로 정이 없었어."

"그래도요……."

그는 이 여자에게는 다 말하고 싶은 충동이 드는 것이 신기해 그녀의 얼굴을 들여다보았다.

"말하자면, 아버지는 결혼 전부터 좋아하던 여자가 있었어. 어머니는 영문도 모르고 시집왔다가 아버지 때문에 우울증이 생겼어. 약이나 술에도 많이 의존했고."

"아……."

그는 조그맣게 한숨을 흘리는 그녀의 입술을 집게손가락으로 눌러 막았다. 화들짝 놀란 그녀가 몸을 뒤로 빼는 바람에 순식간이긴 했지만.

"그분들 동정하지 마. 벌써 오래전에 돌아가신 분들이야."

"어른들 때문이 아니잖아요."

"뭐?"

"팀장님이랑 누님 말이에요. 어렸을 거 아니에요."

그는 불쑥 그녀의 어깨에 팔을 두르고 싶어졌지만 여긴 다 무너져 가는 좁은 계단이 아니다. 안는다 해도 그녀를 위해서가 아니라 제가 더 기대고 싶은 생각이 든 것도 어이없었다.

"아버지는 아들인 나를 낳고는 의무를 다한 양 다시 옛날의 여자에게로 돌아가 버렸어."

아무렇지도 않은 듯 얘기하기가 어려워서 그는 김밥 하나를 입에 넣고 우물우물 씹었다.

"그거, 외도잖아요."

"그래. 집안 어른들의 반대로 이혼도 못 했지. 웃긴 건 아버지의 마음은 그대로인데 그쪽 여잔 변해 있었다는 거야. 아니면 처음부터 아버지와는 달랐든지."

"아버님을 받아 주지 않았어요? 다행이었네요?"

"아냐. 받아 줬어. 아버지가 아낌없이 돈을 퍼부어 줄 때만."

그는 그녀의 말문이 딱 막혀 버린 것을 느끼고 아침부터 왜 이런 우울한 이야기를 하는지 모르겠다고 생각했다.

아버지는 그런 여자라도 좋다고 인도네시아 지사까지 데려가 함께 살았지만 할아버지의 정실부인이었던 할머니가 아버지를 회사에서 내쫓으며 돈까지 끊자 여자도 떠나 버렸다고 했다. 한국까지 쫓아가 여자가 다른 남자의 품에 안겨 있는 것을 끌어낸 아버지는 음주 운전으로 마지막 길을 그녀와 동행했다. 동반 자살이나 다름없는 남편의 사고 이후로 우울증이 극에 달했던 어머니는 몇 달 후 세 번째 자살 시도에는 뜻을 이루었다.

네 아비도 참 남자 아니랄까 봐 여자한테 홀려서 못된 짓 하는 건 네 할아비를 꼭 빼닮았다. 어머니의 장례식장에서 외할머니는 이미 돌아가신 당신의 바깥사돈까지 싸잡아 흉을 보셨다. 신묵아, 여자는 다 요물이란다. 외할머니는 딸의 영정 사진 앞에서 사춘기의 손자를 꼭 끌어안으셨다. 너는 절대 아비 닮지 마라. 외할머니야 딱 한 번 그렇게 말씀하셨을 뿐인데 그다지 어리지도 않았던 그의 머릿속에는 여자에 대한 호기심과 두려움이 뭉글뭉글 함께 자라났다.

"인도네시아에서 아버님이랑 살았으면 그 여자분하고는 헤어진 뒤였어요?"

"아니, 난 그 여자 얼굴이 지금도 기억나. 아버지하고 그 여자가 인도네시아에서 살고 있었는데 어머니가 나를 거기 보냈거든."

당연히 깜짝 놀랐겠지만 왜요, 하고 묻는 대신 그녀는 눈치를 보고 있었다.

"그 여자, 돈 얘길 할 때는 꽤나 가련하고 미안한 표정을 지었었지. 얼마나 뻔뻔스러웠으면 그럴 수 있었을까, 창피한 줄도 모르고. 아버지의 애정을 돈으로 증명해 보라는 교묘한 말솜씨나 표정이 어린 내 눈에도 다 보였어. 그런데 아버진 신기루 같은 사랑에 눈이 멀었었나 봐."

"설마 그런 일 때문에 결혼도 안 하고 아이도 안 낳겠다고 생각한 거예요? 부모님처럼 살게 될까 봐?"

그녀가 이번엔 담담하게 물었다.

"삐뚤어진 생각이라는 건 알아. 어른답지 못하지?"

"솔직히 말할까요? 미안하지만, 서른도 훌쩍 넘은 남자가 아직도 부모 탓을 하고 있는 게 한심해 보여요. 뭘 어떻게 받아들일지는 자기가 선택하는 거잖아요."

"선택?"

"네. 우리 오빠가 그랬어요. 어떻게 행동할지 선택하는 것처럼 어떻게 생각하고 느낄지도 스스로 선택할 수 있다구요. 화를 낼까 말까, 슬퍼할까 말까, 죄책감을 가질까 말까. 또 자신을 탓할까 다른 사람이나 물건을 탓할까처럼요."

"무슨 물건을 탓해?"

"말하자면 그렇다는 거죠. 어쨌든 지금 여기 있는 자신을 위해 현명한 선택을 하면 된다고 했어요."

알 수 없는 말을 해 놓고 웃어 버리는 그녀를 따라 그도 그냥 웃어 버렸다.

사실은 할아버지 대부터 여자 문제에 있어서 자식에게 모범이 될 만한 모습을 보여 주지 못한 탓도 있다는 것을 얘기해 줄까? 그는 자신의 아버지 또한 할아버지의 여러 여자들이 낳은 자식 중 유일한 아들이었다는 것을 생각했다. 아버지가 여자 문제에 있어서 큰아버지와는 다른 삶을 살았듯 할아버지 또한 우성의 할아버지와는 꽤나 다른 취향을 갖고 있었던 것이다. 핏줄은 역시 못 속이는 건가? 외할머니가 어머니의 영정 앞에서 한탄하던 목소리가 메아리처럼 다시 귓가에 맴돌았다.

"네 오빠 말이 맞는지도 모르겠다. 내가 부모 탓을 하는 동안 우리 누난 오히려 일찍 결혼해서 좋은 가정을 만들었으니까."

"네. 민준이는 참 밝고 건강한 아이예요. 야구에 열중하는 만큼 공부만 좀 더 신경 쓰면요."

과외 공부를 가르쳤던 때가 생각나는지 그녀가 조그만 소리로 웃었다.

"그리고 사람 일은 모르는 거래요. 여자들 앞에서는 함부로 그런 말 하지 마세요. 어느 날 갑자기 눈이 번쩍 뜨일 만큼 좋은 여자 분이 짠, 하고 팀장님 앞에 나타날지도 모르잖아요. 결혼해서 두 분을 꼭 닮은 아일 낳고 싶어질지도 모르잖아요."

240

자신이 그런 여자가 될 수 있을지 없을지는 한 번도 생각해 보지 않은 듯 그녀의 목소리는 순진하게 들릴 만큼 맑고 깨끗했다.

"남은 김밥 다 드세요. 김밥은 잘못이 없어요. 오늘은 돈 주고 사 왔지만 앞으로는 제가 더 맛있는 김밥 많이 먹게 해 드릴게요. 자요."

김밥 하나를 집은 나무젓가락이 그의 입 앞에 불쑥 다가왔다.

"뭐해요? 비싼 쇠고기 김밥이라구요. 아, 하세요. 어서."

특별히 맛있을 것도 맛없을 것도 없는 김밥이 입안에서 꼭꼭 씹혔다. 그녀는 천진스럽게 소리 내어 웃기만 했다. 그와 누나는 그 뒤로 어떻게 지냈느냐, 부모님은 언제 어떻게 돌아가셨느냐 하는 것은 묻지 않았다.

6월 아침의 바람은 적당히 따뜻하고 적당히 선선했다. 마치 자신과 연분홍의 관계 같다고 그는 편안하면서도 가슴 한구석에 작은 구멍이 나 있는 기분으로 생각했다. 각자가 숨어 있는 깊고 어두운 동굴 안까지는 들어가지 않기. 흉터가 난 자리를 만지며 왜 다쳤느냐고 물어보지 않기. 그어 놓은 선에서 한 발짝 물러나 입을 다물어 버리는 것으로 스스로를 방어하기. 연분홍은 말하지 않아도 그의 규칙을 이해하는 여자였다. 어쩌면 그녀 역시 다른 사람의 시선으로부터 도망치고 싶은 건지도 모르겠다. 혼자 팔짱을 끼고 영화를 관람하듯 세상의 관찰자이자 방관자이고 싶은 건지도 모르겠다. 웃음소리도 눈물방울도 초연하게 받아들이고 아무도 모르는 동굴 속으로 혼자 돌아가서야 제 감정을 꺼내어 들여다보는.

너는 왜 더 물어보지 않지? 나도 네게 아무것도 묻지 않기를 바라는 건가? 그는 서운한 마음이 들면서도 내색하지 않았다. 누나와도 꺼내지 않았던 옛일을 처음으로 소리 내어 말한 것만으로도 묘하게 후련해지는 기분이 들었기 때문이다. 그녀가 신기하게 느껴졌다. 관계가 독이라는 제 생각이 맞다면 외할머니가 말한 요물은 바로 너인지도 모르겠다. 신묵은 햇볕에 데워진 그녀의 머리칼을 조심스럽게 쓰다듬으며 이 한 올 한 올이 메두사의 머리에 달린 뱀 같다는 엉뚱한 생각을 했다.

"미안, 이렇게 예쁜데."

속삭이듯 입 밖으로 나와 버린 말에 그녀가 눈을 동그랗게 떴다. 그가 빤히 쳐다보기만 하자 못 알아들었지만 상관없다는 듯이 살며시 웃었다.

"아, 날씨 참 좋아요."

그녀의 들뜬 목소리가 봄바람에 방울이 딸랑거리는 것처럼 들렸다. 흔하게 들을 수 있는 새소리와 따가워지기 시작했지만 그냥 견디고 싶은 햇빛과 적당히 소란스러운 높고 낮은 소음들. 일상의 힘이 주는 소소한 평화가 그녀의 얼굴을 더 빛나게 한다는 것을 그는 느꼈다. 그리고 그녀 옆에는 자신이 있었다.

"아침부터 공원에 앉아 김밥이나 먹게 될 줄은 몰랐는데……."

그는 제 감정을 들키고 싶지 않았지만 그러기가 점점 어려워진다는 것도 알았다.

"말 참 듣기 좋게 하시네요. 그래서 후회하세요? 안 하죠? 잘 했죠? 제가 아침밥 사 준다고 해서 좋았죠?"

두 손으로 그의 팔을 잡아당기며 고개를 바짝 들어 묻는데 찡그린 두 눈이 장난꾸러기 사내아이처럼 짓궂었다.

"얼굴에 주근깨까지 박혀 있으면 딱이겠다."

"뭐가요?"

한 떼의 비둘기들이 무엇에 놀라기라도 한 듯 포르르 날아올랐다. 모르는 척 웃고 있는 반달눈과 길고 짙은 속눈썹에 홀리기 전에 그도 날개를 활짝 펼쳐 날고 싶었다.

"일어나. 가자!"

완만한 곡선의 벽은 활 모양의 반원을 만들고 있었다. 천장이 높고 가로가 길어 책장 바로 앞에서는 그것이 휘어진 벽이라는 것도 느끼기 어려웠다. 바닥부터 꼭대기까지 하나의 재질로 만들어진 반짝이는 책장은 거대한 초식 공룡의 이빨을 층층이 쌓아 올린 것도 같았다.

"굉장하네요! 멋있어요!"

눈앞에 펼쳐진 서가를 올려다보는 연분홍의 눈이 휘둥그레졌다. 텅 비고 커다란 공간에 목소리가 울렸다.

"다 짓고 나서 책을 빽빽하게 꽂아 놓으면 장엄한 열대의 숲을 공중에서 내려다보는 것 같을 거예요."

"그거, 굉장히 시적인 표현인데?"

일요일이라 공사는 중지되었다. 인부들이 부지런히 오고 갔을 내부에는 여기저기 합판과 목재가 쌓여 있었고 바닥에 톱밥이 카펫처럼 깔려 있었다. 아직 창이 뚫려 있어 햇빛이 눈부시게 쏟아져 들어오는 높고 너른 공간에는 그들 두 사람뿐이었다.

"겨울에는 사람들이 여기 와서 책을 읽을 수 있을 거야."

"한국 피앤피에서 도서관까지 짓고 있는 줄은 몰랐어요."

"사회 환원 사업의 일종이지."

"아, 공원처럼요?"

그는 불쑥 어린아이처럼 뻐기고 싶어졌다.

"원시림을 망가뜨리고 동물들을 다 내쫓으면서 나무를 벌목하는 회사로서는 어느 정도 면피가 된다고 할까?"

"그래도 종이가 있으니까 우리가 책을 읽을 수 있잖아요. 그림도 그릴 수 있고."

"여기 조경, 너희 회사에서 해 볼래?"

그는 그녀의 뒤에서 양 어깨 위에 손을 얹었다. 제 손이 너무 뜨거운 탓인지 그녀가 입은 블라우스 천이 서늘했다. 그녀가 몸을 돌려 마주 보자 떨어진 두 손이 금세 허전해졌다.

"그 말씀은 마 부장님께 하셔야죠. 전해 드리기는 할게요."

"펄쩍 뛰어오르면서 좋아해야 하는 거 아닌가? 애사심이 별로 없는 사원이네."

사뭇 진지한 척을 하며 말했지만 웃고 있는 눈을 보니 지난번처럼 속아 줄 것 같지 않았다.

"밖에서는 회사 일 꺼내지 말라고 한 건 팀장님 아니었어요?

저 로비한 적 없어요."

"고작 김밥 두 줄 먹여 놓고 하는 로비?"

그가 슬쩍 눈썹을 찌푸리자 그녀가 말했다.

"그래도 조경은 정말 맡겨 주실 거죠?"

대답해 줄까 말까? 그는 자꾸 유치해지려 하는 자신을 내버려두었다. 유치해진 김에 물어보고 싶은 것이 있기도 했다.

"아까 그 친구 따라갔으면 김밥 말고 더 맛있는 거 먹었을 텐데."

속이 다 보이는 질문이지만 알고 싶었다. 남자 친구는 없다고 했지만 어쨌든 운동선수처럼 단단한 몸에 멀리서 보기에도 꽤 호남형으로 생긴 남자였다. 그런 친구를 두고 자신에게 건너와 준 것이 흐뭇했던 마음은 간사하게도 금세 잊혔다. 누구야, 라는 물음조차 덧붙이지 못하는 자신이 스스로도 답답했다.

"말했잖아요. 전 김밥이 좋아요."

듣고 싶은 대답 대신 감질나는 말만 던져 놓고 그를 빤히 올려다보는 얼굴은 왜 웃을 듯 말 듯 입술만 살짝 벌어질까?

이름처럼 달콤해 보이는 입술이 그의 눈 바로 아래에서 촉촉이 반짝였다. 가만히 내쉬는 숨결이 예민해진 귀를 자극하는 것은 고통스럽기까지 하다. 저도 모르게 한 발 다가서자 반사적으로 뒷걸음질을 치던 그녀가 나무 합판과 목재가 쌓여 있는 작업대 한쪽을 왼손으로 짚는다. 그는 마주 보는 눈동자 속에서 작은 불꽃이 타닥 피어오르는 것을 보았다. 고개를 바짝 치켜든 연분홍이 다시 바스락거리듯 속삭일 때까지 초식 공룡의

배 속처럼 텅 빈 커다란 공간 안에는 침묵이 흘렀다.

"있잖아요……."

젖은 꽃잎 같은 입술이 살그머니 피어났다.

"가시에 찔렸나 봐요."

"뭐?"

그녀가 입술을 꼭 깨물며 왼손의 약지를 들여다보았다. 떨군 이마에 살짝 땀이 배어 나오는 건 이 커다란 공간 안에서 햇빛이 점점 뜨거워지고 있어서만은 아닐 것이다. 그는 그녀의 손가락을 빼앗듯이 꼭 쥐고 여린 안쪽 피부에 깊이 박힌 가시를 찬찬히 살폈다. 약지를 들어 제 입술에 대자마자 가시가 박힌 부위를 세차게 빨아 당겼다.

"아!"

기겁하듯 손가락이 냉큼 그의 입술에서 빠져나갔다.

"하지 말아요. 그런다고 나와요?"

새빨개진 얼굴은 어쩔 줄 몰라 하고 있었다.

"안 그래도 돼요. 집에 가서 내가 옷핀으로 뺄게요."

"그러다 곪을 수도 있어."

"설마요."

그는 다시 손가락을 붙잡아 자세히 들여다보았다. 이쯤 해서 그녀를 데리고 약국으로 가야 한다는 생각은 들었지만 그러지 않았다. 함께 있는 이 시간과 공간이 비현실적으로 느껴졌다. 그는 마법이 흐르는 것 같은 이 순간을 영원히 기억하고 싶었다. 그녀가 손을 빼자마자 주머니에서 핸드폰을 꺼내 표적을 겨누듯 사진 앵글을 그녀에게로 향했다.

"뭐하는 거예요? 싫어요."

찰칵 소리와 함께 그녀는 액정 화면 안에 갇혔다. 어색하게 웃고 있는 사진 속 연분홍을 그는 억지로 들여다보았다. 그러지 않으면 이번엔 손가락 대신 다른 곳에 입 맞출 뻔했으니까.

"우리 오빠 꿈이 북 카페를 여는 거였어요."

인부들이 앉아 잠시 쉬었을 낡은 플라스틱 의자 몇 개가 있었다. 두 사람은 의자 하나씩을 차지하고 나란히 앉았다.

"북 카페라면 책 읽으면서 차 마시는 곳인가?"

"네. 수술이 잘되더라도 심장에 무리가 가는 일은 할 수가 없으니까 뮤지컬 배우로 무대에 올라가는 일도 그만뒀어요. 대신 커피나 차 만들면서 뮤지컬 대본도 쓰고 시도 쓰려고 했죠. 힘쓰는 일은 제가 하구요."

"그 말은 맘에 안 드네."

"저 강철 체력이에요. 친구도 그랬어요."

"네가 어딜 봐서?"

"마른 장작이 더 잘 탄다는 말 몰라요?"

그는 손을 뻗어 그녀의 머리를 헝클어뜨렸다. 얌전히 빗겨주지도 않고 엉망이 된 머리를 킥킥 웃으며 쳐다보자 연분홍의 입술이 삐죽거렸다.

"남자들 앞에서 입술 내밀지 마. 키스해 달라고 오해한다."

"팀장님이 남자예요?"

그러면서도 조개가 껍질 안으로 숨듯 꼭 다물어 버린다. 그는 어쩔 수 없이 웃음이 터져 나왔다.

"너 은근히 놀리는 재미가 있구나."

"그만하세요."

"그래, 나중에 할게."

"뭘 나중에 해요?"

방금 말한 거. 그는 그녀가 모르는 척한다고 생각했다. 이 여자와의 끝이 궁금해졌다. 심심할 때 만나 밥이나 같이 먹자고 한 건 자신이었지만 그 제안을 받아들였던 그녀도 자신이 상처 받지 않을 만큼의 한계는 생각해 보지 않았을까?

"북 카페 이름은 푸른 수레국화예요."

그녀가 작지만 진지한 목소리로 말했다. 꿈을 꾸듯 한순간에 눈빛이 깊어졌다.

"푸른 수레국화? 꽃 이름인가?"

그는 처음 듣는 이름이었다.

"네. 보라색도 아니고 꽃 중에서 가장 완벽한 파란색 꽃이에요. 유럽에서 넘어온 꽃이지만 우리나라 공원에서도 흔히 볼 수 있구요."

"왜 하필 푸른 수레국화지?"

"프랑스 남부 프로방스 지역에 가면요, 바농이라는 작은 시골 마을이 있대요. 거기 르 블뤼에(Le Bleuet)라는 아주 유명한 서점이 있어요. 푸른 수레국화 서점. 오빠 말로는 세상에서 제일 좋은 서점이래요."

"오빠가 가 본 곳인가?"

"수술이 잘되고 나중에 돈을 좀 모아서 신혼여행 때 가 보고 싶다고 했어요."

그녀의 목소리에서는 슬픔 대신 설렘이 묻어났다.

"기업에서 세운 서점이 아니라 목수였던 사람이 돈을 모아 문을 연 아주 큰 서점이래요. 3층짜리 건물 세 채를 연결해서 만들었는데 주민이 천 명도 안 되는 작은 동네에 그렇게 큰 서점을 열어서 유럽 여기저기에서 책을 사러 온대요."

"나는 잘 상상이 안 되네. 혹시 오빠 대신 네가 하고 싶어?"

"그럴 수도 있겠죠. 푸른 수레국화 북 카페. 가게 앞엔 정말 푸른 수레국화를 많이 심구요."

"돈 많이 모아야겠네. 언제쯤?"

그는 연분홍이 주말에도 아르바이트를 하는 까닭을 짐작했다.

"넉넉잡고 20년 뒤에 퇴직하고 나서요?"

두 눈이 얼핏 부끄러워했다.

"마 부장님께 일러야겠다. 신입 사원이 벌써부터 회사 그만둘 생각이나 하고 있다고, 중요한 업무 맡기지 말라고."

"저 그 말에 긴장해야 되는 거예요?"

그녀는 눈을 새침하게 뜨고 말을 이었다.

"그래도 저 열심히 일하고 있어요. 휴일에 이렇게 거래처 상사나 만나고 있잖아요?"

"상사나, 라고 했니? 그래, 아주 성실한 사원이다. 덕분에 도서관 조경 일도 따가고."

"또 일 얘기하네요?"

용서해 달라는 듯 두 손바닥을 붙여 올리는 그를 보고 그녀는 귀여운 장난꾸러기를 보듯 웃음을 터뜨렸다. 전부터 꺼내고 싶었던 말을 지금 해도 그녀가 무안해하지 않겠다는 생각이 들 만큼이었다.

"너 지금 사는 집 말이야."

아직 남은 웃음을 동그랗게 모아 가둔 얼굴이 그를 본다.

"옮길 수 있게 내가 좀 도와준다면 부모님이 싫어하실까?"

"왜요?"

그녀가 입술을 열자 웃음기도 밖으로 증발해 버렸다.

"부모님이 부담스러워하실 것 같으면 회사에서 대출 받은 거라고 해도 돼."

"그게 아니라 팀장님이 저를 왜 도와주느냐구요."

"안 돼?"

"네. 굳이 그럴 이유도 없구요."

그가 말을 잃자 풍선을 부는 것처럼 그녀의 미소가 다시 천천히 커졌다. 기분 상하지 않아 안심이 되기도 하고 상관 말라는 듯해서 서운하기도 한 마음. 왜요, 하고 묻는 말에 제대로 된 대답을 하지 못해 답답한 마음. 그녀의 미소는 그가 지금 무슨 생각을 하는지 모르는 체하기로 작정한 것 같았다. 빵, 터지는 풍선처럼 없던 일로 하고 싶어 하는 표정이었다.

뜨거워진 정오의 햇빛 때문에 그녀가 먼저 나가자고 말했다. 건물 밖은 건축 자재와 기계가 흩어져 있는 데다가 흙이 깊이 파이고 헤쳐져 있어서 손을 잡고도 발을 딛기가 불편했다. 게다가 경비실에서 이쪽을 흘깃거리는 눈이 있었다.

"우리 너무 오래 있었어요. 잠깐만 들어갔다가 나온다고 해 놓고 여태 뭐 했나 할 거예요."

"뭐 그럴 거나 있었니? 이상한 짓을 해 봤어야 덜 억울하지."

"근데 왜 점점 능글맞아져요? 완전 아저씨야."

"왜, 핑크야?"

장난스러운 대꾸에 그녀가 걸음을 멈추고 이번엔 잡아먹을 듯이 노려본다. 아니면 눈물이라도 뚝뚝 흘릴 듯이랄까? 그는 제 생각이 어처구니없어서 그냥 흘려버렸다.

"무서워. 그렇게 보지 마. 예쁜 이름이기만 한데 왜…….."

"제 이름 하나로 불러요."

경고하듯 튀어나오는 말투에 그는 잠깐 생각하는 척만 했다.

"난 그냥 연분홍이 좋아. 그렇게 부를게."

그녀의 입에서 들릴 듯 말 듯 가벼운 한숨이 나왔다.

"대신, 회사 사람들 앞에선 연강희 씨 하고 부르세요."

"네에."

조신하기까지 한 대답에 그녀는 고개를 돌리며 몰래 입가를 끌어올린다.

"엇! 잡았다! 웃을 땐 활짝 웃기로 해 놓고 약속 안 지키는 거!"

집게손가락을 들어 그녀의 볼을 꾹 누르자 슬금슬금 웃음소리를 흘리는 입술이 몹시도 예뻤다. 저 사과 속살같이 상큼한 표정을 혼자만 오래도록 볼 수는 없을까? 그는 제 마음속 욕망을 모른 체하기가 점점 힘들어졌다. 끓기 직전의 물처럼 무럭무럭 김이 오르고 있었다.

"인도네시아에선 펄프 공장에서 일했어. 공장에서 나오는 폐수가 셀룰로오스와 백토 때문에 흰색을 띠지. 난 그 백수 처리하는 과정을 감독하는 일을 했고."

김밥을 억지로 먹인 것이 미안했다며 점심도 연분홍이 사겠다고 해서 그는 지금 손님이 붐비는 설렁탕 집에 그녀와 마주 앉아 있다. 뽀얀 국물을 보며 그는 깔리만딴의 벌목 현장을 생각했다. 말레이시아 보루네오 섬의 남쪽은 인도네시아령으로 깔리만딴이라는 이름으로 부른다.

"몇 년이 지나도 일이 나와는 잘 맞지 않더군. 즐겁기보다는 해야 하니까 하는 거였지."

"사는 게 원래 그런 거 아니에요? 즐겁고 행복하기만 하면 심심하고 지루할 거 같아요. 꾹 참고 잘 견디고 나면 또 살 만하잖아요."

"너 이럴 땐 진짜 노친네 같다. 솔직히 말해 봐. 몇 살이니?"

그녀가 웃으며 빨간 깍두기 한 쪽을 베어 물었다.

"내가 하고 싶은 건 친환경 산업 쪽이야."

"아, 그래서 공원이나 도서관도 만드시는 거구나."

그는 자신이 해 왔던 일을 더 자세히 설명해 주려다가 입을 다물었다. 연분홍이 간신히 내어 준 아까운 시간을 어째서 일 얘기로 낭비하고 있는 걸까?

"아깐 너한테 내 꿈을 보여 주고 싶었어. 그래서 도서관 짓는 곳에 데려갔던 거야. 누구한테 얘기해 보는 건 처음이야."

그 말에 왜 뺨이 따끔거리는 건지 말을 한 사람은 저 자신인데도 그는 이상하게 헛기침을 하고 싶은 기분이 들었다. 테이블 건너편에서 고개를 숙이고 국물을 젓고 있는 그녀의 손을 구명 헬기의 사다리처럼 꼭 붙잡고 싶은 충동이 느껴졌다.

연분홍의 표정도 묘했다. 이젠 뜨거울 리도 없을 뚝배기 속의 국물을 계속 저으며 눈도 마주치지 못하는 그녀는 두 뺨이 발그레해져 있었다.

"왜? 국물이 아직 뜨겁니? 너 땀 나."

"아까 말이에요……."

"뭐?"

"아침에 버스 정류장에서 저랑 같이 있던 남자요."

"네 친구?"

"친구 아니에요."

국물을 뜨던 숟가락이 그의 손에서 미끄러질 뻔했다. 그러면…….

"친구의 남자 친구예요."

아, 그랬구나. 그는 다시 진한 국물을 한 술 떠 입으로 가져갔다.

"친구랑 셋이 같이 만나기로 해서 기다리고 있었던 거예요."

"누가 뭐랬니?"

눈이 마주치자 동시에 소리 없이 웃어 버렸다. 가슴속을 간질이는 느낌이 그녀도 똑같았기 때문이라고 그는 시간이 흘러서도 오래도록 이 순간을 아껴 가며 꺼내 보았다. 마치 사랑을 고백하고 그것을 받아들인 연인처럼 우리 두 사람, 같은 것을 느꼈었다고 그는 생각했다. 그 느낌을 제가 원하면 언제든지 꺼내어 갖고 놀 수 있는 장난감처럼 다루지는 말아야 한다는 것을 그때는 깨닫지 못했다.

"처음에 소독부터 잘하셔야 했네요."

약국 카운터 뒤의 중년 여자는 하얀 가운을 조제실 옆 옷걸이에 걸며 말했다.

"겨우 가시에 찔린 거라서요. 일주일이나 지났는데 낫질 않아요."

"면역력이 약해져 있거나 몸이 피곤하면 아주 작은 상처도 덧나기 쉬워요. 보니까 가시도 작은 건 아니었겠는데요?"

강희는 왼손 약지의 안쪽에 진물이 고이고 하얗게 색깔이 변하고 있는 것을 물끄러미 들여다보았다. 약사가 연고와 습윤 반창고 하나를 카운터 위에 올려놓는다.

"연고부터 바르고 반창고 잘 붙이세요. 만 2천 원입니다."

늦은 시간은 아니었지만 토요일 저녁, 당번 약국의 문을 닫으려 할 때 들어온 손님이라 길게 상대하고 싶지는 않은 모양이었다. 그녀는 아까운 지폐 몇 장을 하는 수 없이 건네주고 약국을 나왔다. 어린이집에서 발랐던 소아용 연고는 잘 듣지 않았다.

"나쁜 아저씨."

그녀 자신도 상처가 곪아 버릴 줄은 몰랐다. 일주일 전 톱밥과 목재가 쌓여 있는 도서관 내부의 작업대 앞에서 하마터면 키스를 할 뻔했던 일이 떠오르자 얼굴에 열이 올랐다.

그와 설렁탕을 먹고 헤어진 후 그녀는 결혼식의 하객 대행 아르바이트 한 건과 장례식장의 세 시간짜리 음식 서빙 그리고 PC방의 야간 아르바이트를 변함없이 하러 갔었다. 시간이 촉박해서 손에 가시가 박힌 것쯤이야 신경은 쓰여도 나중에, 하고 미뤘는데 식당에서 음식을 나를 때 깨끗하지 못한 행주의 물기가 상처에 들어간 것 같았다. PC방 서랍에서 찾아낸 연필칼로 피부를 조금 벌려 가시를 빼내긴 했는데 혹시 그 칼날이 녹슬어 있었던가? 그녀는 지금 또 다른 장례식장을 향해 가면서 상처가 곪은 자리에 물이 전혀 닿지 않게 하기는 어렵다는 것을 알고 있었다.

"칫, 일주일이나 지났는데 가시 뽑았냐고 물어보지도 않고……."

씁쓸한 웃음이 나왔지만 혼자라서 활짝 웃지 않은 것은 아니다. 그와의 인연이 왠지 그녀의 상처로만 자꾸 이어지는 것 같은 불길한 기분이 들었다. 맨 처음엔 스쿠터, 두 번째는 가게의 사고. 다 지나가 버린 우연이라고만 생각했었는데 강철 체력도 점점 바닥이 드러나서인지 몸이 지치자 마음까지 약해지려고 했다.

그게 아니어도 그녀는 가끔 태신묵이 두려웠다. 아홉 살이

나 많은 남자, 저보다 어린 여자에게 심심하니까 밥 친구나 하자는 뻔뻔스럽기까지 한 제안을 해 놓고는 만날 때마다 그녀의 에너지를 온통 빨아들일 듯 불꽃이 일렁거리는 눈빛으로 쳐다보는 남자였다. 그럴 때의 남자는 어린 시절의 아픔과 미래의 꿈을 고백하면서 시선을 마주치지도 못하고 조용하게 웃던 소년 같은 모습이 아니었다. 그녀는 그가 개인적으로나 회사 일로나 자신보다 많은 경험을 하고 어려움을 이겨내며 살아 온 남자라는 걸 생각했다. 경계가 분명한 만남이 어디까지 갈지 알 수 없지만 제자리로 돌아와야 한다는 건 알았다.

"또 아프긴 정말 싫은데……"

그녀는 그에게서 받은 상처가 손가락 하나 곪는 것으로 끝나기를 바랐다. 그가 불처럼 뜨거운 입술로 빨아 주었던 왼손 약지를 그러쥐고 병원의 장례식장으로 가는 버스를 기다렸다.

후덥지근한 초여름. 밤이 되어 기온은 떨어졌지만 장례식장의 지하 빈소에는 벌써 에어컨이 가동되고 있었다. 이런 날엔 특히 음식이 상하지 않도록 조심해야 한다는 것도 누누이 들어 알고 있기에 그녀를 비롯한 여섯 명의 아르바이트생들도 주방에서 받아 온 새 음식과 거둬들인 음식이 서로 섞이지 않도록 조심했다.

대기업이 운영하는 종합 병원의 장례식장이다. 이름만 들어도 다 아는 정재계의 거물급 인사들이 입원하거나 세상을 떠날 때마다 뉴스에 등장하는 병원이었다.

"아유, 발바닥에 불나겠네. 큰 회사 회장님이라도 돌아가신 거야? 여기 장례식장 전체가 다 이 집안 문상객들로 꽉 찼어. 이럴 거면 사람 몇은 더 불렀어야지."

인력 업체에서 같이 나온 한 아주머니가 투덜대자 쟁반에 접시를 놓고 있던 다른 언니가 조그맣게 속삭였다.

"섬유 회사 사장님의 어머님이 돌아가셨대요. 조화가 겹겹이 줄을 섰던데요."

회사 직원들까지 나와 음식을 나르는 빈소에서 그녀와 다른 아르바이트생들은 검은 원피스 유니폼까지 갖춰 입어야 했다. 상조 업체의 부장이 특별히 빌려 온 옷들이었다. 화장실에서 급하게 옷을 갈아입고 나오며 거울을 봤을 때 그녀는 제 우스꽝스러운 복장에 일본 만화의 메이드를 떠올렸다. 어쨌든 말과 행동을 조심해 줄 것을 교육까지 받았으니 잘 모르긴 해도 대단한 집안인 모양이었다.

그녀는 이제까지 다녀 보았던 장례식장의 음식과는 비교도 되지 않는 고급스러운 음식들을 접시에 담아 나가면서 오빠와 엄마의 장례식장을 떠올렸다. 마지막 가시는 길에 손님이 많이 찾아와 주는 것은 상주인 그녀에게도 힘을 주었다. 장례식은 남은 가족의 인맥과 고인의 덕을 알게 하는 자리라고 이모부가 말했던 것이 기억났다.

만약에 내가 오늘 죽으면 남은 가족도 없으니 순전히 나를 바로 아는 사람들만 오게 되는 건가? 그녀는 갑자기 떠오른 생각에 머리를 흔들었다. 주말마다 결혼식장과 장례식장에서 일을 하다 보니 결혼만큼 죽음에도 둔감해지는 자신이 낯설고 무서웠다.

나는 부모님과 오빠의 몫까지 건강하게 오래 살 거야. 세 번의 죽음을 바로 곁에서 겪을 때도 그런 생각은 해 본 적이 없었는데 이제 와 생긴 느닷없는 욕심이 어이없어 그녀는 슬쩍 한쪽 입꼬리가 올라갔다.

그래서 눈길을 끌었던 모양이다. 안 그러면 방금 접시를 놓고 허리를 펴는 그녀를 모르는 목소리가 불러 세우지 않았을 테니까.

"어, 또 뵙네요?"

낯선 얼굴의 남자가 말을 걸었을 때 그녀는 반사적으로 고개를 숙이며 기억을 헤집었다. 24시 어린이집의 학부모들과 PC방의 단골손님들과 결혼식장에서 인사를 나눈 신랑 신부의 진짜 하객들 중 누구일까?

"연강희 씨가 여긴 웬일이십니까?"

그제야 그녀도 구면임을 깨달았다.

"저희 팀장님 모시고 같이 식사하셨죠? 저는 동석했던 변지섭 과장이라고 합니다."

꽤 공손한 말투의 그는 눈을 마주친 채 고개를 살짝 숙였다. 큰 기업체의 과장이 하청을 준 중소기업의 일개 사원을 이름까지 기억하고 먼저 알은체했다.

"네, 안녕하세요?"

그녀는 여기는 어쩐 일로 하는 따위의 뒷말은 잇지 않았다.

그녀의 눈이 같은 테이블에 앉아 있는 또 다른 남자도 알아보았다. 이름은 기억나지 않지만 그도 태신묵의 회사를 마 부장과 함께 방문했을 때 소회의실에 함께 있었던 직원이었다.

"팀장님은 저쪽에 계십니다."

그걸 왜 나한테 알려 주지? 그러면서도 어쩔 수 없이 고개가 돌아가 변 과장이라는 사람이 가리킨 곳을 보았다.

태신묵은 멀리 떨어져 있는 테이블에 있었는데 머리가 희끗희끗하고 주름이 가득하지만 어딘지 쉽게 접근할 수 없는 분위기를 풍기는 풍채 좋은 노인 두 명과 마주 앉아 있었다. 방금 들어온 듯 그들의 테이블에는 아직 아무것도 놓여 있지 않았다. 집안 어른이 돌아가셨다고 하더니 여기가 거기였구나. 그녀는 혹시 다정 언니도 와 있을까 생각하다가 그녀의 부른 배를 떠올렸다.

"여기 상주분과는 어떤⋯⋯."

말끝을 얼버무리며 변 과장의 시선이 그녀가 입은 유니폼을 훑었다. 누가 보더라도 문상이 아니라 일하러 온 사람의 복장이기 때문일 것이다. 왼쪽 가슴에는 상조 업체의 이름이 수놓아진 리본까지 달려 있었다.

"저는 여기 아르바이트 왔어요."

"아, 네. 그러시군요."

뻔한 해석이야 변 과장에게 맡겼다. 태신묵을 아는 척하지 않는 것이 좋겠다는 생각이 스쳐 갔지만 변 과장이 자신의 얼굴을 알아봤다면 어쨌든 거래처의 상사인 그에게도 인사는 해야 하지 않을까 싶기도 했다.

아니야. 다른 사람들 눈도 있는데 가서 뭐라고 인사를 해? '안녕하세요, 팀장님. 저는 지난번 회의 때 뵈었던 연강희라고 합니다.'? 그게 아니면 '왔어요? 나 여기서 음식 나르고 있어요.'? 그냥 아는 척하지 않는 것이 좋을지도 모르겠다.

"필요한 거 있으시면 부르세요."

그녀는 배식 테이블 쪽으로 걸음을 돌렸다.

"이거부터 저쪽 손님들께 갖다 드려요, 조심해서."

머리에 꽂은 하얀 실핀조차 우아하게 잘 어울리는 젊은 여인이 일하는 사람들을 제치고 직접 음식을 담더니 그 쟁반을 하필이면 강희에게 들려 준다. 상복을 입은 여인이 쳐다보는 쪽에는 태신묵과 두 노인이 앉아 있었다. 그녀는 제 팔에 들린 쟁반에 무쇠로 만든 추가 달린 듯 느끼며 테이블로 다가갔다.

"그래도 여든을 넘겨 건강히 사시다가 돌아가셨으니 이만하면 호상好喪이라 할 만하지."

노인의 말에 태신묵이 고개를 숙이며 대꾸하는 말소리가 들렸다.

"그렇습니까, 회장님?"

"그렇고말고. 내 늘그막에 남은 소원도 딱 사흘만 입원해서 지인들과 인사를 나눈 뒤 자다가 세상을 떠나는 것이라네."

다른 노인이 대꾸하는 틈을 타 접시를 얼른 내려놓으며 그녀는 그가 고개를 돌려 저를 보지 못하기를 바랐다. 부끄러울 것은 없지만 아는 체하기도 껄끄러웠다. 그녀는 빈 쟁반이 솜털 같음을 느끼며 돌아섰다.

"연분홍."

그녀의 발목을 잡은 건 조용하지만 빠른 목소리였다.

"너 여기서 일하니?"

놀라지도 않은 듯 무심하기까지 한 목소리에 그녀는 돌아보지 않을 수 없었다. 그는 목소리만큼이나 자연스러운 표정으로 이어 말했다.

"몇 시까지 해?"

"……11시까지요."

그리고 자정부터는 PC방에서 일한다.

"그래서 오늘은 못 본다고 했구나, 주말인데도."

그는 마치 이 자리에 그들 두 사람만 있는 듯이 굴었다.

"아는 아가씨인가?"

노인 한 분이 묻긴 했지만 답을 꼭 들을 필요는 없다는 듯 같이 온 노인에게 곧장 음식을 권하며 화제를 돌렸다. 태신묵은 상갓집에 딱 맞는 검은 정장을 입었지만 넥타이만 바꿔 매면 지금 당장 예식장의 신랑 자리에라도 설 수 있을 것 같아 보였다. 반면에 자신은 한눈에도 일하는 사람임을 알게 해 주는 이상한 유니폼을 입고 있다. 젊은 남녀 두 사람을 두고 흔한 오해조차 하기 힘든 차림새였던 것이다.

그 역시 노인에게 굳이 대답할 필요가 없다는 듯 그녀를 보았다.

"끝나고 같이 가자."

그때 꽤 먼 거리의 변 과장이 이쪽을 보고 있다가 그녀와 눈이 마주치자 시선을 홱 돌렸다. 뭐지, 저 사람은?

"아까 왜 그랬어요?"

"뭐가?"

차 안의 디지털시계는 PC방까지 가야 할 시간에 그다지 여유가 없음을 알려 준다. 그가 창문을 조금 내려서 시원한 밤바람이 그녀의 이마를 덮은 머리카락을 흩날렸다.

"친척분들도 많았을 텐데 저 아는 척 안 했어도 됐잖아요?"

"그래서 곤란했니?"

그는 웃지도 않고 진지한 표정으로 앞만 보며 운전 중이었다.

"제가 아니라 팀장님이 곤란해질까 봐 하는 말이에요."

"곤란하다는 건 네 생각 아냐? 내가 먼저 안 불렀으면 아는 척도 안 하려고 그랬지?"

그녀는 할 말을 잃었다.

"난 너 안 부끄러워. 아르바이트하는 거잖아. 옷은 좀 웃겼지만."

그가 피식 소리 내어 웃었다.

"저도 부끄러워하는 거 아니에요. 그럴 게 뭐 있어요?"

"맞아. 친척들이 보긴 했지만 아무도 안 궁금해하더라. 그러니까 내가 곤란할 일도 없어. 너도 공연히 신경 쓰지 마."

사실일 것이다. 두 사람의 관계를 딱히 이런 것이라고 단정 지을 만한 수상한 행동은 하지 않았다고 생각하니까. 그녀는 변 과장의 시선을 떠올리긴 했지만 잊기로 했다.

"넌 누구보다 열심히 살잖아. 직장 다니는 사람들 중에 주말에 아르바이트까지 하는 사람 어디 있으면 나와 보라고 해."

평일 야간이랑 주말 야간에도 아르바이트 하는 사람 역시 나와 보라고 하세요. 그녀는 그에겐 털어놓지 않은 작은 비밀을 떠올리며 머리를 뒤로 기대었다. 일교차가 심한 날씨에 밤낮이 없는 생활을 하다 보니 어제부터는 슬슬 몸살감기가 몰려오고 있었다. 그래도 그녀는 그를 돌아보며 애써 밝은 목소리로 말했다.

"팀장님은 참 훌륭해요. 진짜 어른이에요."

"뭐? 내가?"

웃음이 푹 터지는 소리로 그가 물었다.

"네. 철이 없어서 그러는지 저는 팀장님이 절 모른 척할 수도 있겠다고, 그래도 안 섭섭하겠다고 생각했거든요."

그녀는 만약 자신이 그와 진지한 사이여도 다른 사람들 앞에서 당당하게 알은척할 수 있을 거냐고 묻지는 않았다. 궁금하기는 했지만 처음에 그가 못 박은 대로 그들은 심심할 때 가끔 만나는 밥 친구이기 때문에 만약이라는 전제가 아예 성립되지 않는 관계였다. 그 생각은 새삼스럽게 그녀의 가슴을 아프게 찔렀다.

"너 이제 보니 사람 차별하는구나. 나쁘다. 직업엔 귀천이 없다는 말, 초등학교 다닐 때 안 배웠니? 나쁜 일을 한 것도 아니고 음식 나르는 일인데 그게 나도 못 본 척하고 싶을 만큼 부

끄러웠어? 다른 사람도 아니고 가게 하는 부모님 밑에서 배달
도 했던 애가."

"맞아요. 제가 괜히 자격지심 같은 거 갖고 있었나 봐요. 그
래서 팀장님은 진짜 어른이라는 거예요."

"잘못한 줄 알았으면 내일 밥이나 한 번 사."

그녀는 저도 할 말이 있고 트집 잡을 거리가 있다는 것이 바
로 떠올랐다.

"못 사 줘요."

"또 왜?"

갑자기 커지는 목소리는 그녀를 놀리려는 것일 테다.

"지난번에 손가락에 가시 들어갔었잖아요."

"참, 가시 잘 뽑았어?"

잊어버리고 있었다니. 그날의 미묘했던 분위기는 저 혼자의
착각이었을까? 강희는 거품이 푸시시 가라앉는 것 같은 기분을
느꼈다.

"가시는 뽑았지만 상처가 곪았어요."

잠깐 빨간 신호등 앞에 섰을 때 그가 손가락을 잡아 살펴
본다.

"밴드 붙였네?"

"저녁에 약국 가서 연고 바르고 붙였어요."

"미안해. 내가 깜박했어."

그의 나지막한 목소리에 공연히 울컥해지는데 이어지는 말
이 그녀를 번쩍 깨웠다.

"어머님한테 보여 드리고 연고도 진즉에 좀 바르지. 왜 이렇게 됐느냐고 안 물으셨어?"

"어, 그게……."

숨기려던 것은 아니었다. 그냥 말할 기회를 한 번 놓치자 자꾸 더 어려워졌을 뿐이라고 생각했다. 그런데 지금 그녀는 자신이 어마어마한 사기꾼이 된 것 같은 기분을 느꼈다.

어쩌다 이렇게 되었을까? 처음엔 굳이 먼저 얘기할 만큼 다시 볼 사이가 아니었고 나중엔 꼭 말해야 할 이유가 없었다. 딱한 번, 다정 언니를 로비에서 부축하고 있었을 때가 기회였겠지만 그럴 만한 상황이 아니었다. 그때는 자신이 바라던 일이었다. 아무 사이도 아닌 남자에게 가엾고 불쌍해하는 눈빛은 받고 싶지 않았으니까. 그런 시선은 이미 넘치도록 받았고 그럴 때마다 제가 더 초라해지는 것 같아 끔찍했었다. 그리고 그녀는 지금 그가 제수씨라고 부르는 다정 역시 아무것도 전하지 않았음을 알았다.

신호가 바뀌어 차가 다시 속도를 내자 창틈으로 들어온 밤바람이 이젠 꽤 쌀쌀하게 느껴졌다. 그녀는 창을 올리고 반팔 티셔츠 위에 덧입은 얇은 카디건을 두 손으로 꼭 여몄다.

"사실은 저 말 안 한 거 있는데요."

"해 봐."

"운전 중이어서 좀 조심스럽지만요."

"뭔데 그러니?"

그런데 하필 그 순간 그녀는 왜 자신이 했던 말이 떠올랐을까? 태신묵과 만나기로 하면서 그녀는 대단한 소원인 양 말한 적이 있었다. 팀장님하고는 앞으로 웃는 일만 있었으면 좋겠어요.

그녀는 아픈 기억을 떠올리긴 싫었다. 그녀의 아픔일 뿐인 것을 뒤늦게 그에게 같이 슬퍼해 달라고 말하기도 싫었다. 그의 눈빛에서 동정과 연민이 배어 나오는 것은 더욱 원치 않았다. 그가 자신을 가엾게 여기도록 내버려 두는 건 그에게는 아무런 책임도 없음을 순순히 인정하는 꼴이 될 것이다. 자신이 느끼는 죄책감에 그는 조금의 상관도 없음을 무력하게 증명해 주는 것일 테다. 그런 눈빛을 받는다면 잊어버리고 있었던 감정 또한 튀어나올 것 같았다. 1년도 훨씬 더 지난 그날 횡단보도 앞에 서 있었던 그녀를 그가 못 가게 붙잡지 않았더라면, 남자한테 정신이 팔려 커피나 마시고 있지 않았더라면, 그래서 더 빨리 가게에 도착했더라면……. 짧은 순간 그녀는 동정과 연민을 느낄 권리를 면죄부처럼 주기는 싫다는 유혹을 느꼈다.

아니야, 잔인해지지 말자. 그녀는 원망과 후회, 슬픔과 분노가 뒤죽박죽이 되어 또다시 튀어나오려는 것을 차분히 눌렀다. 이 남자가 자신을 붙잡고 있어서 그나마 엄마와 똑같은 사고를 당하지 않은 거라고 했던 오빠의 말을 떠올렸다. 탓을 하려면 리어카에서 떨어진 라면 박스를 탓하라는 말도 생각했다.

어쨌든 아픈 건 싫어. 이 남자와 있는 동안엔 활짝 웃으며 즐겁기만 할래. 어차피 그러려고 만나는 거잖아. 그래서 그녀는 재빨리 말을 돌렸다.

"저 지금 집에 들어가는 거 아니에요."

해도 될 다른 말은 떠오르지 않았다. 단순해지기로 했다.

"그러면 어디로 가? 토요일 밤이라고 친구들이랑 놀기로 한 거야? 혹시 춤추러 클럽 가니?"

그녀는 웃음이 푹 터졌다. 그래, 이 남자와는 이렇게 웃기만 하자. 친구라는 경계를 넘어 미래 따위도 생각하지 말고.

"예전에 아르바이트했던 PC방에 잠깐 일 봐주러 가요."

"이렇게 늦게?"

그의 눈가가 찌푸려지는 것이 그녀는 은근히 기뻤다.

"몇 시간이나 해야 해?"

"오래는 아니에요."

"알았어. 그러면 지금 어디로 가면 돼?"

"그대로 가세요. 집에서 가까워요."

PC방에 도착했을 때는 바로 자정이 되었다. 안 내려도 된다고, 그냥 돌아가라고 하자 굳이 계단을 따라 올라오는 그가 부담스러웠다.

"저 왔습니다."

"분홍이 왔니?"

사장인 재훈이 그녀가 들어서는 걸 보고 이름을 불렀다. 강희라고 부르라고 해도 한 번씩 저렇게 옛날 이름이 튀어나올 때가 있었지만 하필이면 바로 뒤에 그가 서 있을 때라니…….

"학생 오랜만이야."

카운터 옆에 재훈과 같이 서 있는 키 크고 호리호리한 노인도 사람 좋게 웃으며 그녀를 알은체했다.

"할아버지 나오셨네요? 그동안 안녕하셨어요?"

"졸업하고 처음 보는 건가?"

"네, 저 이제 학생 아니에요. 취직해서 직장 다녀요."

"참 그랬지? 재훈이한테서 들었어. 그럼 이제 시집가야지. 어머님 생각해서라도⋯⋯."

그녀는 태신묵이 있는 자리에서 이 건물의 주인이자 재훈의 아버지인 노인이 공연히 개인적인 이야기라도 꺼낼까 봐 조마조마해졌다. 다행히 재훈이 늘 그렇듯 웃음 가득한 얼굴로 카운터 위에 놓인 하얀 비닐봉투를 들어 보였다.

"김밥 좀 사다 났어. 새로 생긴 분식집에 너 좋아하는 김밥 종류 되게 많더라."

그러고는 금방 갈 생각이 없는지 정수기의 물로 녹차 한 잔을 만들다가 입구에 여전히 서 있는 그를 보고는 한마디했다.

"손님, 저희 가게엔 처음 오셨습니까?"

여전히 말없이 장승처럼 서 있기만 하는 그에게 빈자리의 번호를 가르쳐 주고는 다시 그녀를 돌아보았다.

"분홍아, 김밥 지금 먹어. 여기 녹차랑."

그녀는 저와는 눈도 마주치지 않고 뚜벅뚜벅 빈자리로 가 앉는 태신묵을 어안이 벙벙해진 채 쳐다보았다.

"밤새도록 해야 한다고 왜 말 안 했어?"

"주말에만 하는 거예요."

"주말이면, 이따가 일요일 자정에도 또 와야 하는 거야? 너설마 오늘만 아니라 주말마다 계속 이랬어?"

아차, 하는 표정이 그녀의 얼굴에 스쳐 가는 것을 신묵은 화가 나서 내려다보았다. 사장이라는 젊은 남자가 노인과 함께나가고 난 뒤 그녀는 안절부절못하며 그를 바라보다가 그만 집으로 돌아가라는 메시지만 모니터 화면으로 계속 보내왔다. 그는 해외 뉴스와 주식 사이트를 보며 그녀의 일이 끝나기만 기다렸는데 시계를 보았을 때는 새벽 2시가 넘어가고 있었다. PC방의 유리문 밖으로 그녀를 불러내자 솔직한 대답이 나왔다.

"아침 6시에 나갈 수 있어요. 지금은 일하는 중이니까 나중에 얘기해요."

불안한 눈으로 유리문 안을 들여다보는 것은 말릴 수가 없어 그는 한마디만 더 하기로 했다.

"아침에 같이 나가자. 데려다 줄게."

"아니에요. 어서 돌아가세요. 다음에 봐요."

자신에게 말할 때는 당당하기만 한 표정이 얄밉기까지 했다.

그는 오피스텔로 돌아가 잠깐 누웠다가 5시 정각에 눈이 뜨이자마자 전화를 걸었다. 그녀는 그저 괜찮다고만 대답했다. 믿기는 어려웠지만 아르바이트생이 구해지면 곧 그만둘 거라는 말도 했다.

"어서 들어가서 자. 내일은 너도 다른 약속 만들지 말고 집에서 쉬어."

전화를 끊고 나서 그는 스마트폰을 손에 들고 다음 주의 회사 일정을 살폈다. 그리고 연분홍의 부모에 대해 처음으로 부정적인 감정을 느꼈다. 아들이 수술을 받다가 갑자기 죽음을 맞이한 것에 충격은 받았을 것이다. 가게를 처분하고도 집안 사정이 형편없이 나쁘다는 것은 그녀가 살고 있는 철거 직전의 판자촌 쪽방만 봐도 짐작할 수 있었다. 아무리 그렇더라도, 하나 남은 자식이 저렇게까지 일하고 있는 것을 내버려 두고 있다는 것은 이해하기 힘들었다.

스쿠터를 팔아 버렸다는 걸 제 입으로 고백하던 날, 그녀는 부모님이 이제 아무 일도 안 하신다고 대답했었다. 그들은 아직도 무기력한 상태로 하나뿐인 딸에게 의지하며 살고 있을까?

"너나 나나 참 한심한 부모를 뒀군."

그는 핸드폰을 침대 옆 탁자에 내려놓으며 중얼거렸다.

5. 세상의 모든 라면 박스

　일요일 아침을 깔깔한 입으로 먹는 둥 마는 둥 하고 옷을 갈아입고 있을 때 그에게 전화를 걸어온 사람은 오촌 숙모였다.

　"네, 큰어머니. 신묵입니다."

　— 어제 장례식장에 그 아가씨 왔었다면서?

　늘 우아하고 여유롭던 숙모의 말투가 무슨 일인지 조급하고 성마르게 들렸다.

　— 변 과장 말로는 문상을 온 게 아니라 일하러 왔다고 하던데 정말이니?

　변 과장이 숙모의 친정 쪽으로 조카뻘이 된다던 우성의 말이 떠올랐다. 변 과장은 어디까지 숙모에게 말했을까?

　"잠깐 아르바이트한 거예요."

　— 그래도 그렇지, 거기가 어디라고…….

숙모의 가시 돋친 목소리가 그는 귀에 설고 의아했다.

"큰어머니……."

— 자손이 귀한 집안에 아들이라고는 우성이랑 너뿐인데 내가 아무 여자나 만나게 놔둘 것 같았니?

그래서 설마 뒷조사라도 하셨다는 말씀일까? 게다가 연분홍을 아무 여자로나 지칭하시다니 그는 은근히 놀라웠다. 그녀를 인사시켰을 때 시와 소설을 이야기하며 즐거워하셨던 표정이 떠오르자 얼떨떨해지기까지 했다. 말끝에 숨을 고르며 숙모는 차분히 물었다.

— 신묵아, 설마 그 애랑 결혼까지 생각하는 건 아니지?

그러지 않으셔도 결혼 따위는 안 할 겁니다, 라고 대답하려는데 그는 문득 맞은편에 보이는 거울 속 얼굴이 미간을 찌푸린 채 굳어져 있는 것을 보았다.

"왜요, 큰어머니?"

이유 따위야 상관없이 제 마음이 변치 않을 것임을 스스로도 알고 있는데 그는 왠지 불쾌해졌다. 아니, 사실은 꽤 많이 기분이 나빴다.

— 예쁘고 밝은 아가씨인 건 알지만 주변이 너무 외롭고 아무것도 가진 게 없는 애잖니? 적당히 있을 건 있어야지 너무 없는 사람이 한번 갖기 시작하고 욕심을 부리면 더 무서울 수도 있단다. 남들은 오촌 조카한테까지 웬 참견이냐 싶겠지만 큰아버지나 내 맘은 그렇지 않아. 어쨌든 그 앤 너무 없어서 좀 꺼려지는구나. 하나를 보면 열을 아는데 네가 사 준 비싼 선물을

팔아 버렸다는 말도 생각나고.

세상에, 그는 한 손으로 얼굴을 쓸어내렸다.

— 넌 그냥 평범한 집안에서 자란 굴곡 없는 아가씨랑 결혼하면 좋겠어서 하는 말이야.

아무래도 숨은 뜻이 있는 것 같은 숙모의 말을 그는 가만히 곱씹었다.

— 듣고 있니?

"네, 말씀하세요."

— 그래, 네가 어련히 알아서 잘하겠지만…….

그 뒤에는 뭐라고 할 생각이셨을까? 그는 끊어진 전화를 그대로 들고 안개 속에서 길을 잃은 것처럼 제 감정이 혼란스러워짐을 느꼈다.

한 시간 뒤, 그는 숙모의 아들이자 회사의 상사이기도 한 우성의 집 앞에 있었다. 인터폰으로는 제수가 그를 확인했는데 넓은 잔디밭을 가로질러 대문을 열어 준 사람은 중년의 낯선 아주머니였다.

"친정에서 보내 주신 도우미 아줌마예요. 전에 있던 아주머니는 산후 조리는 해 본 적이 없다고 해서요."

거실에서 그를 맞이한 제수는 배가 눈에 띄게 많이 불러 있었다.

"미리 연락도 못 하고 왔습니다, 제수씨."

"아니에요, 아주버님. 우성 씨는 운동 끝나고 금방 들어올 거예요. 조금만 기다리세요."

일하는 아주머니가 그의 앞에 내려놓는 차가운 오렌지 주스를 신묵은 눈으로만 보며 그대로 앉아 있었다. 고개를 들어 실내를 둘러보니 열린 방문 안으로 곧 태어날 아기의 가구와 물건들이 오밀조밀하게 꾸며져 있는 것이 보였다. 아기 위주로 인테리어를 바꾸고 있는 것인지 사진 액자들이 거실 테이블 아래에 치워져 있었다.

그의 눈이 머문 곳을 보자 제수가 말했다.

"안방에 있던 신혼여행 사진들이에요. 아기 물건을 거기도 놔야 하니까 다른 방으로 옮기려구요."

"신혼여행을 유럽으로 가셨던가요?"

그는 사진 한 장이 눈에 들어왔다. 'Le Bleuet'가 불어라는 것쯤은 글자를 보고도 알 수 있었다. 3층으로 보이는 연노랑과 하늘색의 건물 외벽에 보란 듯이 써진 글자가 그것이었다. 르 블뤼에, 푸른 수레국화.

제수가 그 사진 액자를 들며 희미한 미소를 지었다.

"여긴 제가 가 보고 싶어 했던 곳이라 고집을 피워서 우성 씨를 끌고 갔어요. 프랑스 남부의 작은 시골 마을에 있는 서점이에요."

그는 연분홍의 오빠도 제수처럼 뮤지컬을 했었다는 것을 떠올렸다. 비슷한 나이의 두 남녀가 비슷한 시기에 뮤지컬 무대에 서고 프로방스의 작은 마을에 있는 서점을 동시에 가 보고 싶어 했을 우연한 확률을 계산해 보았다. 우성이 제수를 그의 오피스텔에 데려와 보인 후 빼앗을 만한 가치가 있었는지 궁금하다고 물었던 것도 생각났다.

"제가 불쑥 찾아온 건 제수씨에게 물어볼 것이 있어서입니다."

"저한테요?"

"솔직히 말씀해 주십시오. 연분홍에 대해서 어디까지 아십니까?"

PC방 건물 앞에 차를 대 놓고 신묵은 그녀를 기다렸다. 월요일 6시가 다 되어 가니 출근 준비가 급해서라도 바로 나올 것이다. 6월 중순, 낮은 벌써 후덥지근했지만 이른 아침인 이 시각은 시원하고 상쾌한 공기가 부지런한 사람들의 발걸음을 가볍게 해 주었다.

그녀는 굴러떨어지는 것처럼 재빠른 걸음으로 가파른 계단을 내려왔다. 고개를 조금 숙이고 있어서 아직 그가 서 있는 것은 못 본 듯했다.

"연분홍!"

어제 아침부터 지금까지 쫓기는 기분으로 지냈던 그는 하루를 꾹꾹 눌러 온 인내심이 목을 통해 폭발하는 기분으로 그녀를 불렀다.

"팀장님."

놀라긴 했지만 그가 올 것을 전혀 예상하지 못한 건 아닌 모양이었다. 그 얼굴을 보자 신묵은 가랑잎에 불이 붙듯 화가 나려다가 숨을 한 번 조용히 들이쉬었다. 무슨 말을 먼저 해야 할까?

"너희 사장이라는 남자, 20분 전에 들어가는 거 봤는데 넌 왜 이제 나와?"

그녀의 팔을 붙잡고 싶은 것을 참았다.

"그냥 이런저런 얘기 좀 하느라구요."

명랑하기까지 한 표정에 어처구니가 없었다.

"무슨 얘기?"

"새로 나온 영화 얘기요. 사장님한테 티켓이 생겼대요."

"그래서 같이 가자고 해?"

그녀가 재미있다는 듯 눈동자를 한 번 굴리며 웃기만 했다.

"그 남자, 뭐 하는 사람이야?"

그런 걸 묻는 자신도 한심하긴 하다.

"뭐 하긴요? 말 그대로 사장이지."

"젊어 보이던데?"

"스물여덟이에요. 토요일에 같이 계시던 할아버지가 건물 주인이신데 사장님은 그분 막내아들이에요. 그땐 오랜만에 인사드렸어요."

그는 조수석에 그녀를 앉히고 운전석으로 돌아왔다. 어제부터 벼르고 벼렀던 질문은 이제 시작이다.

"집에 데려다줄게. 얼른 준비하고 출근해야지. 가는 김에 나도 잠깐 내려서 부모님께 인사드릴까?"

그녀의 고개가 당장 그를 향했지만 시동을 걸고 출발하는 것을 핑계로 거짓말할 시간을 주고 싶진 않았다.

"아침부터 놀라시겠지만 그래도 사진으로나마 인사드리고 싶네. 오빠한테도 그렇고."

밖의 풍경은 극장의 스크린처럼 차 안의 두 사람과는 상관없이 흘러갔다. 그는 벌을 주듯 내내 침묵만 지켰다. 가느다란 숨소리가 옆에서 들렸다.

"어떻게 아셨어요?"

"뭘 말이야?"

머뭇거리다가 대답이 간신히 흘러나온 건 제 잘못을 잘 알고 있기 때문이겠지.

"저 혼자 사는 거요."

"그것뿐이야? 나한테 더 숨기는 거 없어?"

"화내지 마세요. 무서워요."

그제야 그는 목소리를 낮출 수 있었다.

"화내는 거 아냐. 아버님은 5년도 훨씬 더 전에 돌아가셨고 어머님도 오빠 보내시고 몇 달 뒤에 돌아가셨다는데 내가 거기에 왜 화를 내? 나 다시 만나기 전 일이라면서. 제수씨 앞에서 그 얘기를 듣는 순간 땅속으로 꺼지고 싶을 만큼 부끄럽고 나 자신이 한심했어."

"다정 언니한테서 들었군요. 미안해요. 그래도 속이려던 게 아니라 그냥 말 안 하고 있었던 거예요. 거짓말한 건 없어요."

"그래. 나 혼자 멋대로 추측하고 떠들게 놔뒀을 뿐 거짓말한 건 아니구나. 네 말이 맞아."

비꼬듯 들렸을 수도 있다. 오해하게 그냥 놔둔 건 잘못이 아니냐고 화낼 수도 있었지만 그는 입을 다물었다. 다시 침묵의 벌이다. 이번엔 그가 받는 것 같았지만.

"사실은요, 그저께 밤에 장례식장에서 나오면서 얘기하려고 했었어요."

"차 안에서 뜸을 들이던 게 그것 때문이었군."

그는 그 순간을 기억하고 있었다. 하려던 말을 갑자기 삼키더니 PC방 아르바이트를 가야 한다고만 했었지.

그는 비상 깜박이를 켜고 차를 갓길로 주차했다. 이른 시간이었지만 지나가는 사람들이 조금씩 늘어났다.

"오빠 수술비 때문에 가게를 처분한 걸로만 생각했지, 그렇게 큰 사고가 났었다고는 짐작도 못 했어. 자세히 물어보지도 않고 나 편한 대로 생각하고 말한 거 잘못했어. 그건 미안해."

고개를 돌려 신묵은 그녀의 옆모습을 가만히 쳐다보았다. 머리카락이 제법 자라 물음표 같은 귓바퀴가 살짝 덮였다. 머리카락이 자라는 속도만큼이라도 나한테 좀 마음을 열어 주면 안 되겠니?

"그래도 서운하고 섭섭했어. 도대체 왜 말 안 했던 거야? 왜 내가 잘못 알게 그냥 놔뒀어?"

그녀의 눈이 차분히 그를 응시했다.

"말한다고 해서 달라질 거 없잖아요. 우울해지기만 하고."

"바보같이 그런 소리가 어디 있니, 우리 사이에?"

그는 순간 제 입에서 튀어나온 우리 사이라는 말이 생경하게 들렸다. 절대로 제 입에서 나올 리 없는, 뜻도 모르는 단어를 말한 것 같은 기분이었다. 다른 사람들이라면 새로울 것도 없이 흔하게 썼을 그 말이 자신은 왜 이렇게 어색하고 이상할까? 마치 태어나 처음 입 밖으로 꺼내 보는 말 같았다. 그리고 인정했다. 여자에게 그런 상투적인 표현조차 처음 써 본다는 걸. 그의 생각을 읽기라도 한 듯 그녀가 대답했다.

"무슨 사이든, 청승맞고 우울한 거 딱 질색이에요. 구질구질해요."

그녀는 금을 긋듯 덧붙였다.

"밥 먹을 때 그런 얘기하면 체한대요."

그러니까 지금 네가 하고 싶은 말은, 우리는 심심할 때 밥이나 같이 먹는 사이라는 건가? 몇 분 동안 침묵이 흐르고 그녀가 팀장님, 하고 부르는 소리가 산울림처럼 느껴졌을 때에야 그는 대꾸를 할 수 있었다.

"그렇게 제 아픈 얘기를 남 얘기하듯 태연히 하는 너, 진짜 못됐어. 나만 나쁜 사람 만들어 놓고."

하고 싶은 말과는 반대로 불퉁한 소리만 해 대는 자신도 잘난 것 하나 없다는 걸 알면서도 그는 멈추지 못했다. 연분홍이 이렇게 미울 수가 없었다.

"나한테 우울한 얘기 안 하고 싶은 마음은 이해해. 나도 돌아가신 부모님 얘기 너한테 다 안 했으니까. 그래도 이건 달라."

그는 복잡하고 혼란스러운 마음을 꾹꾹 누르며 말을 이었다.

"집 앞에 데려다줄 테니까 오늘은 버스 타고 출근해. 나도 지금 바로 회사 가 봐야 해. 나중에 얘기하자."

"네, 바쁘실 텐데 여기까지 오게 했어요."

다시 차를 출발시키며 그는 오늘 오전의 일정을 머릿속으로 확인했다.

도서관 조경 공사는 그녀의 회사에서 제일 중요하고 우선적인 업무가 되었다. 사기업이 운영하는 도서관이긴 하지만 경쟁 입찰이 아닌 수의 계약을 빠른 시간 안에 큰 어려움 없이 체결할 수 있었던 것은 연강희 사원의 인맥이 있어 가능한 일이었다고 소문이 났다. 사실은 태신묵이 그녀에게 도서관을 보여 주기 전부터 그녀의 회사에서 추진하던 업무였지만 수주를 결정할 때 그가 적극적으로 나서자 그녀의 이름을 윗선에서까지 알게 되었다. 오늘 아침에만 해도 엘리베이터 안에서 만난 타 부서의 부장이 그녀를 보고 먼저 알은체를 해 왔다.

"어, 연강희 씨. 주말 잘 보냈어?"

"안녕하세요. 부장님?"

평소 그의 얼음장 같은 태도로 봐선 이례적인 일이었다. 엘리베이터 안을 채우고 있던 다른 직원들의 눈과 귀가 쏠리는 것을 그녀도 눈치 챘다.

사무실로 들어가자 월요일 오전의 일정인 주간 회의가 있기도 전에 마 부장의 호출이 있었다.

"강희 씨는 지금 바로 도서관 조경 파일 챙겨서 한국 피앤피로 들어가 봐."

"저 혼자서요?"

떨떠름하게 묻자 마 부장의 표정이 오히려 의아해진다.

"나까지 같이 갈 필요 없잖아? 자료야 다 준비되어서 강희씨도 잘 알 거고."

저는 그냥 사원인데요, 하는 소리가 입 밖으로 나오려고 했다.

"신 대리님이 같이 안 가시나요?"

"신 대리는 오후 회의 준비해야 해."

"제가 가서 뭐라고 해요?"

한심한 질문일 수도 있지만 정확하게 하고 싶었다.

"이미 다 결정 난 거 그쪽에서 다시 확인하고 싶은가 봐. 이 파일만 전달해 주고 묻는 말에 아는 만큼만 설명해 드려."

그런 일이라면 메일이나 팩스를 통해 얼마든지 할 수 있지 않나? 그리고 아는 만큼 설명하는 것도 보통 일이 아닌데 왜 일개 사원인 나를 보낼까? 마 부장의 재촉에 그녀는 건네주는 자료를 받아 잘 챙겼다.

"그럼, 다녀오겠습니다, 부장님."

"그래, 내 대신 인사 좀 전해 드려."

누구한테? 사무실을 나오며 그녀는 이번에도 태신묵이 기다리고 있을지 아니면 계약은 이미 끝났으니 실무진인 과장과 대리가 나올 것인지 궁금했다. 지하철을 타고 한국 피앤피로 가는 길에 검은 차창에 비친 제 얼굴이 푸석하고 기운 없어 보이는 것에도 신경이 쓰였다.

"몸살감기약 하나 주세요."

집에서 찾아낸 감기약 캡슐이 떨어져서 그녀는 이제 막 셔터를 올리고 있는 약국으로 들어갔다. 오늘 하루는 잘 버틸 수 있기를. 퇴근하면서 저녁 늦게까지 진료하는 병원을 찾아 주사라도 맞고 어린이집으로 갈 것이다.

한국 피앤피에서 그녀를 맞은 직원은 30대 초반의 남자였다. 농구 선수처럼 키가 크고 안경을 쓴 남자는 자신을 친환경 사업팀의 임지완 과장이라고 소개했다.

"검토해 주세요, 과장님."

사무실 안의 작은 칸막이 뒤에 함께 앉아 임 과장은 페이지를 척척 넘기더니 간단한 질문 몇 가지를 그녀에게 던졌다. 다행히 신 대리를 도와 그녀가 했던 업무였기 때문에 대답하는 데 어려움은 없었다. 더구나 지난번 공원 만족도 설문조사를 떠올리며 그녀의 회사에서도 주제가 뚜렷한 조경을 추진하고 있다고 말하자 임 과장은 만족스러운 표정을 지었다.

"그러면 이렇게 결정이 난 걸로 하고 추진해 주십시오. 혹시라도 변동 사항이 있으면 연락드리겠습니다."

그들은 함께 자리에서 일어났다. 임 과장은 그녀와 함께 엘리베이터로 향하다가 인사를 주고받은 뒤 다른 사무실이 있는 복도로 걸어갔다. 기다렸다는 듯 핸드폰이 울려 꺼내 보니 화면에 뜬 이름은 태신묵이었다.

"끝났니? 난 지금 내려가고 있어."

"네, 엘리베이터 앞이에요."

그녀의 심장이 엘리베이터처럼 빠르게 내려앉았다. 문이 열리자 그 안에 목소리의 주인이 서 있었기 때문이다.

"타."

그녀의 손을 잡아당긴 그는 다른 손으로 엘리베이터의 꼭대기 층을 눌렀다.

가족들을 모두 일찍 떠나보낸 것 말고는 그녀는 제 인생이 남들과 크게 다를 바 없는 평범한 생활의 연속이라고 생각했다. 《안나 카레니나》의 첫 문장을 일부분만 빌린다면, 불행한 사람들의 인생은 제각기 사연이 다르지만 행복한 사람들은 비슷한 이유들로 행복하다고. 그래서 불행한 사람들은 소설가가 되고 행복한 사람들은 일기를 쓰다가도 금방 싫증이 난다고 생각했다.

소설도 일기도 쓰지 않지만 그녀는 자신이 불행하다고는 말할 수 없는 그저 남들보다 물살이 조금 더 빠르고 거칠게 흘러가는 강물을 타고 있다고 여겼다. 그렇게 흘러가다가 아주 가끔 만나는 멋진 풍경이 추억이라는 이름으로 아름답게 스크랩되어 머릿속에 남겨진다면 지금 이 순간이 아마도 그런 순간이리라.

회사 건물의 꼭대기 층에는 물탱크나 에어컨 실외기만 있는 게 아니었다. 그녀가 다니는 조경 회사는 회사의 특성상 홍보를 위해서라도 옥상에 정원을 꾸며 놓았지만 이곳 한국 피앤피의 하늘 정원은 특별했다. 바닥에 깔린 초록색 인공 잔디는 천연인 것처럼 부드러웠고 계절마다 번갈아 필 색색의 꽃들과 아담하고 잘생긴 나무들 그리고 작은 분수와 조각상, 장미 울타리로 만든 꽃길은 그림책 속의 삽화처럼 아름다웠다. 흰 대리석으로 기둥을 세운 파고라와 조그만 무대까지 이곳이 도심 한가운데라는 걸 잊게 만들었다. 그리고 그런 정원이 유리창 밖으로 내다보이는 실내 휴게 공간 또한 특별했다.

"연분홍, 하나만 물어볼게."

창가에 서 있는 그녀에게 태신묵이 따뜻한 허브티 한 잔을 건네주었다.

"너 산동네에서 정말 내려올 순 없니? 어차피 철거할 동네인데다가 그렇게 위험한 곳에 너 혼자 사는 거 불안해. 내가 도와줄게."

그의 목소리는 담담했지만 그녀의 두 눈은 그를 똑바로 쳐다볼 수 없었다. 어떻게 할까? 평일 밤엔 24시 어린이집에서 일하고 거기서 출근하니까 괜찮다고 말할까? 그러면 이 남자는 뭐라고 대답할까? 그나마 다행이라며 힘들겠지만 열심히 일해서 남은 빚도 어서 갚으라고 할까? 아니면 그렇게까지 무리해서 일해야 하느냐며 제 도움을 받으라고 할까? 답이 나오자 그녀가 해야 할 말이 분명해졌다.

"안 그래도 얘기하려고 했는데 아는 분이 어린이집을 해요. 앞으로는 거기서 지내게 될 거예요. 지금 사는 데선 곧 나올 거구요."

조심스럽게 말해 놓고 그녀는 제 말의 어디에도 거짓은 거의 없다고 믿었다. 용기가 좀 필요하긴 했지만 그제야 그의 눈을 마주 볼 수가 있었다.

"정말이야? 언제부터?"

"곧이요."

눈동자에 O, X라도 써진 걸까? 그가 가만히 자신을 응시했다.

"그렇다면 다행이네. 알았어."

그는 우드 블라인드를 내려 창을 다 가리고 그녀가 들고 있는 찻잔마저 빼앗아 가 버렸다.

"블라인드는 왜 쳐요? 꽃들이며 나무가 저렇게 예쁜데……."

"좀 쉬어."

무슨 뜻일까? 그녀는 실내를 새삼 둘러보았다.

꽤 큰 휴게 공간은 한 면이 유리로 되어 밖을 감상할 수 있었지만 출입문이 따로 나 있는 나머지 공간은 접대용 혹은 회의용 공간인지 6인용 테이블과 의자 외에도 3인용 소파까지 놓여 있었다. 한쪽에는 정수기와 커피 메이커, 조그만 냉장고가 늘어서 있었고 벽에는 텔레비전이 설치되어 있었다.

그는 그녀의 어깨를 눌러 긴 소파에 앉히더니 스타킹을 신은 그녀의 다리를 하나씩 들어 구두를 재빨리 벗겨 주었다. 깜짝 놀란 그녀가 움츠리지도 못하게 종아리를 잡아 소파 위에 나란히 얹게 한다. 그 바람에 몸이 기울면서 그녀는 소파의 낮은 팔걸이에 어깨가 닿았다.

"누워."

"왜 그래요? 다른 사람들 들어와요."

누가 문을 벌컥 열기도 전에 목소리가 새어 나갈까 봐 그녀는 지레 속삭이듯 말했다. 그가 한쪽 입가를 올리면서 엷은 미소를 지었다.

"안 들어오면 괜찮고?"

그는 대번에 핸드폰을 꺼내더니 어디론가 전화를 걸었다.

"태신묵입니다. 하늘 정원 회의 룸 오전에 좀 쓰겠습니다."

그 말 한마디로 전화를 끊고는 그녀를 보며 됐지? 하고 말한다. 고집 센 그 얼굴을 보자 그녀는 스스로에게도 너그러워지고 싶은 꾀가 슬슬 났다.

"30분만 있다가 갈게요. 회사 들어가 봐야 해요."

그러자 또 핸드폰의 번호를 누르고 있는 그는 도대체 무슨 속셈일까?

"한국 피앤피 태신묵입니다. 네, 마 부장님. 연강희 씨 제가 오전에 좀 부리겠습니다. ……네, 알겠습니다."

마 부장이 뭐라고 했는지는 무덤덤하기 이를 데 없는 그의 표정으로는 알아맞힐 수 없었다. 그녀는 몸을 일으키고 앉아 걱정스럽고 불안한 표정으로 그를 보았다.

"연분홍, 이제 뭐가 남았지?"

"마 부장님이 뭐라고 하세요?"

"그러라고만 하시던데?"

"그게 다예요?"

"응."

얼떨떨해하는 그녀를 무시하고 그는 어깨를 밀어 그녀를 눕게 했다.

"눈 감아. 좀 자 둬. 시계 보고 깨워 줄게."

어떻게 그러겠느냐고 하기도 전에 그가 말을 이었다. 허리를 굽히고 두 손은 그녀의 어깨에 얹은 채였다.

"난 여기서 노트북으로 업무 볼 거야."

"안 바빠요? 팀장님 정말 여기 있어도 돼요?"

여유롭게 미소를 짓는 입술이 너무 가까이 있었다.

"급한 업무는 일찍 출근해서 다 처리했어."

"아……. 월요일인데 회의 없어요?"

"오전 회의는 벌써 취소하거나 딴 사람 들여보냈어."

"저 오래 안 있을 건데요?"

"어쨌거나. 눈 안 감고 자꾸 떠들기만 할 거야?"

그리고 그녀의 입술로 내려와 닿은 것은 시작이 재빠르긴 했지만 끝은 길게 꼬리를 남긴 그의 키스였다. 놀라 부릅뜬 눈이 천천히 감기기까지는 시간이 걸렸다. 커다랗고 부드러운 손이 그녀의 두 눈 위로 깃털 이불처럼 내려왔다. 그의 키스에서는 언젠가 그가 서 있었던 장례식장 뒤쪽의 아까시나무에서 나던 향긋한 냄새와 맛이 났다. 촉촉하고 말랑한 입술은 얼어붙은 그녀에게 따뜻한 숨결을 남기고 멀어졌다.

"이제 겨우 눈 감았네."

그의 속삭임에 머릿속이 빙글빙글 돌았다. 커피 스푼으로 뇌를 휘저어 놓은 것 같았다.

"반칙이에요."

그러면서도 감은 눈 그대로 소파의 등받이 쪽으로 돌아누운 건 무슨 까닭에서였을까? 심심할 때 가끔 만나 밥이나 먹자고 했으면서 이게 뭐예요? 겁먹지 말라고, 나랑 연애할 생각 없다고 했으면서 왜 키스했어요? 따져야 한다는 건 알았지만 그녀는 두려웠다. 미안해, 라고 말해 버릴까 봐. 미안해, 내 실수였어, 다시는 안 그럴게. 그런 대답이 나올까 봐.

뭐라도 대꾸든 변명이든 할 줄 알았는데 대신 그녀의 몸 위로 포근한 무엇이 내려 덮였다. 상큼한 시트러스와 허브 향에 나무 냄새가 희미한 그것은 태신묵의 양복 재킷이었다. 그녀는 제 머릿결을 천천히 쓰다듬는 그의 손길을 꿈결처럼 느꼈다.

오면서 먹었던 감기약의 기운이 퍼지는 걸까? 아니면 여기 하늘 정원의 공기에 잠의 묘약이라도 뿌린 걸까? 그녀는 믿을 수 없게 바로 잠이 들고 말았다.

짧은 꿈속에서 그녀는 한 가지 생각만 했다. 당신과 나는 앞으로 몇 번의 키스를 더 할 수 있을까? 아까시나무의 하얀 꽃송이 앞에 우두커니 선 채로 그런 생각만 하고 있었던 꿈 끝에 그녀는 눈을 번쩍 떴다.

들릴 듯 말 듯한 키보드 소리가 간간이 귀에 들어왔다. 몸을 돌리니 태신묵은 등을 보이고 회의용 탁자 앞에 앉아 있었다. 몇 시지? 꿈을 꾼 시간만큼이나 금방 잠에서 깼다고 생각했는데 손목시계를 들여다보자마자 그녀는 제 눈을 의심하며 헉, 숨을 들이켰다. 튕겨나가듯 벌떡 일어나자 재킷이 바닥에 떨어졌다.

"깼어?"

의자를 돌려 그녀를 보는 부드러운 시선이 원망스러울 만큼 시간은 흘러가 있었다.

"왜 안 깨웠어요? 11시 다 되어 가요. 어떡해……."

구두를 찾아 신으며 그녀는 가방을 챙겨 허겁지겁 문으로 향했다. 그는 의자에서 일어나 그녀를 보고 있었다.

"연분홍!"

손잡이를 잡은 채 돌아보는 순간만큼 빠르게 성큼성큼 걸어온 그는 그녀의 머리를 가슴에 껴안았다. 아, 지구가 회전을 1분만 멈추어 줬으면 좋겠다. 그녀는 잠에서 아직 빠져나오지 못한 기분으로 눈을 감으며 생각했다. 당신이 내게 준 키스가 꿈은 아니겠지?

"가야 해요."

"알아."

따뜻한 입술이 이마에 잠깐 멈추었다가 떨어졌다.

그녀를 회사까지 다시 데려다준 것은 건물의 회전문 밖에서 기다리고 있던 한국 피앤피 측의 운전기사였다. 강희가 탄 엘리베이터가 한 번의 멈춤도 없이 내려간 뒤 로비를 가로질러 문을 나서자 바로 앞에 서 있던 젊은 남자는 그녀를 회사까지 모셔다 주겠다고 말했다.

"다른 분 찾으시는 거 아니에요?"

그녀는 팀장님의 지시를 받았다고 대답하는 그의 뒤를 어색하게 따라가야 했다. 조금 전 엘리베이터 밖에 서 있는 태신묵을 제대로 쳐다보지도 못하고 내려올 때부터 내내 어색하기만 했던 걸음이었다.

　같은 간부급이라도 우리 회사의 마 부장님과 큰 기업체의 팀장은 많이 다르구나. 그녀는 어리둥절해하며 생각하다가 그 저께 장례식장에서의 그와 공원 기증식에서의 그를 다시 떠올 렸다. 아무리 팀장이라고 해도 회의실을 오전 내내 혼자 쓰고 회사의 운전기사를 마음대로 부를 수 있는 것은 절대 아니라는 것을 안다. 그녀는 이 회사의 이사가 그를 형이라고 부른 것과 대형 외제차에서 운전기사의 도움을 받으며 내리던 다정이 그 를 아주버님이라고 불렀던 것도 다시 떠올렸다. 호화로웠던 장 례식장에서 그가 상주를 도와 문상객들을 받았던 것도 생각났 다. 태신묵이 대를 이은 가업이라고 했던 말의 실체를 확인한 셈이다. 그녀는 왼손 약지의 곪은 상처에 붙어 있는 밴드를 만 지작거리며 씁쓸하게 웃었다. 나, 또 아프게 할 거예요?

　대답이라도 하듯 그에게서 전화가 왔다.

　"저예요."

　그와 나누었던 키스의 무게가 여전히 무거운 입술로 그녀는 간신히 대답했다.

　— 핸드백 맨 앞에 있는 작은 포켓 열어 봐.

　목소리가 너무 부드러워서 왜요, 하고 묻지도 못했다.

　"이게 뭐예요?"

　민트 색의 작은 USB에는 한국 피앤피의 로고가 새겨져 있 었다.

　— 오늘 연강희 사원이 우리 회사를 위해서 작업한 것.

"제가요?"

— 그래, 마 부장님한테 갖다 드려. 보면 아실 거야.

목 안쪽이 갑자기 뜨거워져서 아무 대꾸도 못 했다.

— 푹 재우고 점심까지 같이 먹고 싶었지만 그러면 너희 회사에서 뭐라고 할까 봐 참았어. 그래도 아침엔 볼 수 있지?

"아침에요?"

— 그래. 앞으론 매일 아침이 심심해질 거 같다. 어린이집이라는 데가 어디 있는지 모르겠지만 곧 옮긴다니 아침에 거기로 데리러 갈게. 출근 같이 하자.

눈물이 슬플 때만 나오는 건 아니라고 책으로만 배웠던 그녀는 시야가 뿌옇게 흐려지는 것으로 그것을 실감했다. 그런 순간에도 운전석에 앉은 시선을 의식해 하고 싶은 말도 못 하는 그녀는 참 소심하고 용기 없는 연인이었다.

그대로 끊긴 핸드폰을 손에 꼭 쥐고 딸꾹질이 나올 것처럼 아픈 목을 다른 손으로 누르며 맑고 깨끗한 초여름 날씨의 창밖을 보았다.

회사에서 뭐라고 할까 봐 점심을 같이 먹고 싶은 것도 참고 보내 주었다는데 그의 노력과는 상관없이 며칠 후 그녀는 화장실에서 이상한 말을 들었다. 텔레비전 드라마에서 흔히 볼 수 있는 장면이니 그런 말을 하려면 미리 칸칸마다 두드려 보고 확인부터 해야 하는 거 아닌가? 그녀는 나가지도 못하고 선 채 세면대 앞의 두 여자가 더러운 휴지처럼 휙휙 던지는 말을 그대로 듣고만 있었다.

"안 그래도 임신 초기라 힘든데 안 해도 되는 은행 업무까지 하느라고 그러는 거 아니에요? 무슨 일인지 모르겠지만 연강희가 입사 첫 달부터 애먹였다는데요?"

아리송한 질문이 나왔을 때 나갈걸 그랬다.

"어머머, 그래서 서무가 나한테 물었구나. 연강희 걔, 어떤 여자냐고."

"뭐라고 대답해 줬어요?"

"나야 부서가 다르니까 잘 모르지만 그냥 이번에 도서관 조경 사업도 그 여자 인맥으로 따 온 거라고 했지. 그랬더니 그럴 인맥 있으면 카드 회사나 은행에도 힘 좀 써서 서무 일 좀 줄여 달라고 한마디하더라. 월급 압류 요청 받아서 회사에 돈 적립했다가 전달해 주는 것도 귀찮은 일이라고."

자세한 설명은 참 쓸데없이 친절하기도 했다.

"세상에, 그 여자 월급 압류당했대요? 왜요?"

"이유는 모르겠고 저축 은행에서 압류한 거래. 자기만 알고 있어. 일반 은행에도 카드 연체 된 게 많아서 신용 불량자로 되어 있대."

"서무 좀 그렇다. 그런 걸 막 선배한테 얘기해요?"

"임신해서 일하기 힘들지 않느냐고 물었더니 하소연하듯이 말하더라구."

"어쩐지 그 여자, 구내식당에서도 매번 집에서 싸 온 도시락을 먹더라니. 뺄 살도 없어 보이는 여자가 다이어트 하나 보다 생각했는데 그게 아니었나 보네요."

은밀한 비밀을 공유했으니 그만 사이좋게 나가 주면 좋을 텐데 두 여자는 더 친밀해질 작정인지 화제를 한 단계 끌어올렸다.

"그래도 위에서는 걔 좋아하잖아, 이번 일로."

"그까짓 공사 하나 따 내는 것쯤 애인이 거기 팀장이라던데 쉬운 일 아니에요?"

어쩌다 소문이 그렇게 났을까? 그녀는 마 부장과 홍진우가 불쑥불쑥 던지던 말의 뉘앙스가 떠올랐다.

"그렇게 큰 기업의 팀장이면 최소한 마흔은 넘어야 되는 거 아냐? 돈 잘 버는 애인한테 카드 연체도 좀 막아 달라고 하지. 몸에 걸치고 다니는 건 안 그래 보이던데 은근히 명품 취미가 있나 보네."

"회사에선 몰라도 밤에는 다르게 하고 나가나 보죠. 나이 많은 애인한테 몸 로비 하려면 투자 좀 해야 하는 거 아니에요? 설마 유부남은 아니겠죠?"

"너무 나갔다. 천박해 보여. 말 조심해."

맞장구치며 할 말은 다 해 놓고 뒤늦게 경고하는 이유는 화장실을 나갈 때가 되어서일 것이다.

"죄송해요."

파우치의 지퍼 닫는 소리와 슬리퍼 소리가 한참을 들리지 않게 된 다음에야 그녀는 밖으로 나왔다.

수도꼭지에서 나오는 물이 이제는 곪은 상처로 들어가도 괜찮다. 연고와 밴드도 어제까지만 바르고 붙였다. 물 절약을 위해 수압을 낮추어 놓아서 손바닥에 닿는 물살은 아무런 자극도 주지 못했다. 그녀는 새빨갛게 불타오르는 뜨거운 얼굴을 두 손에 가득 담은 물속에 오래도록 담갔다.

이럴 때 텔레비전 드라마의 여주인공들은 대차게 따박따박 따지거나 펑펑 울면서 억울함을 호소하기도 하던데 그녀는 그럴 수가 없었다. 태신묵까지 오해를 받게 한 건 미안한 일이지만 월급 압류나 신용 불량을 두고 여자들이 한 말은 사실이기 때문이었다.

자리로 돌아왔을 때는 한 시간 전부터 기획안을 작성하고 있던 신 대리가 똑같은 자세로 여전히 모니터를 들여다보고 있었다.

"강희 씨, 어디 안 좋아?"

끝을 올려 그린 아이라인처럼 언제나 당당하고 냉철한 그녀답게 던지는 말 역시 무뚝뚝했지만 보지 않는 것 같으면서도 직속 후배의 표정을 읽고 있는 사수가 강희는 고마웠다. 남들이 들으면 별것 아닌 말에도 감정이 울컥 극단적으로 솟구치는 것은 역시 몸이 피곤하기 때문일 것이다.

"건강 관리 잘해라. 아프면 안 돼."

"네, 고맙습니다."

"고마울 것까진 없어."

함께 외근을 나갔다가 상대방이 약속 시간을 착각하는 바람에 도로 회사에 들어가기도 애매했던 어느 날, 신 대리는 그녀에게 이런저런 것을 묻다가 그녀가 가족들을 다 떠나보내고 혼자 살고 있다는 것을 알았다. 처음이자 마지막으로 사생활에 대해 솔직한 얘기를 나눠 본 때였다. 그날도 신 대리는 혼자 사는 사람은 아프면 안 된다고 말했다.

"오늘 부서 회식 있는데 갈 수 있겠어? 원래 안 가긴 했지? 막내 주제에 참 배짱도 좋아."

이제는 새로운 변명 거리도 떠오르지 않아서 그녀는 입을 떼지 못했다.

"집에서 푹 쉬어. 내일도 병든 병아리같이 졸고 있으면 안 된다."

차가운 말투와는 어울리지 않게 신 대리는 팔을 뻗어 그녀의 어깨를 토닥였다.

오랜만에 고모에게서 전화가 왔다. 엄마를 납골당의 하얗고 둥근 항아리 안에 모셨던 1년 전 그날을 사흘 앞둔 날로 일요일이었다.

"고모, 오늘이 엄마 기일이어서 전화한 거예요? 알고 있었어요?"

그럴 리 없다는 걸 알면서도 엄마의 첫 제삿날 전화를 걸어온 우연함이 반가워서 강희는 옆에서 제사상을 차리고 있는 이모와 이모부를 돌아보며 물었다. 두 사람도 잠깐 이쪽으로 고개를 돌리고 서서 통화 내용을 듣는다.

— 아, 그렇구나. 몰랐어.

엄마 살아 계실 때 가끔 그랬듯 무슨 부탁을 하려면 다 들통 날 거짓말을 해서라도 조카의 비위를 맞춰야 할 텐데 고모는 그것도 잘하지 못했다.

"바쁘시지요? 그동안 잘 계셨어요?"

이모에겐 스스럼없이 반말을 쓰는 것과 달리 고모에겐 늘 깍듯한 존대를 했다.

— 분홍아. 내가 지금 밖에 나와 있어서 그러는데 간단히 용 건만 말할게.

"네, 말씀하세요."

고모의 용건은 정말로 간단했다. 빌려 준 돈을 갚아 달라는 것.

— 너한테는 몇 달치 월급밖에 안 되겠지만 나한테는 전 재 산이야. 엄마 보험금 나올 줄 알고 빌려 준 거 알지?

올케 언니의 첫 기일도 모르고 조카에게 전화해 겨우 한다 는 소리가 빌려 준 돈을 갚아 달라는 것임을 미안해할 여유도 없는지 고모는 목소리가 점점 커지고 있었다.

— 사실은 분홍아, 나 이번에 결혼해.

그녀는 한 박자 쉬었다가 겨우 대꾸했다.

"아, 정말요? 축하해요, 고모."

이모와 이모부의 시선이 다시 이쪽을 보았다. 그녀는 핸드 폰의 마이크 쪽을 막고 고모 결혼한대, 라고 전했다. 이모의 미 간이 구겨졌다.

— 이번엔 정말 잘 살아 보려고.

"네, 근데 언제예요?"

그녀는 고모의 세 번째 결혼식이 바로 다음 주로 닥친 것과 이제야 전화를 걸어 돈을 갚아 달라고 말할 수밖에 없는 고모의 마음을 알 수 있었다. 그녀는 은근히 이모의 눈치를 보며 문을 열고 밖으로 나갔다. 그러고는 목소리를 낮춰 대답했다.

"결혼식 전에 최대한 빨리 보내 드릴게요."

고모는 은행 계좌번호를 불러 주며 한 걱정 덜었다는 듯 홀가분해했다. 그녀는 결혼식에 꼭 가겠다는 말을 하고 전화를 끊으면서도 새로 고모부가 될 분이 어떤 사람인지도 물어보지 않았다는 걸 깨달았다.

방으로 들어가니 제사상은 다 차려져 있었다. 엄마의 첫 제사는 오빠의 제사 때보다 가슴이 더 먹먹해졌다. 그래도 이모와 이모부가 같이 있어 쏟아지려는 눈물을 참을 수 있었다.

"결혼식에 오라고 전화한 거였어?"

이모의 말에 고개를 끄덕이며 그녀는 엄마의 영정사진을 물끄러미 바라보았다. 치킨 가게를 열기 전 오빠와 함께 셋이서 벚꽃 구경을 갔을 때 찍은 사진이 영정사진이 될 줄은 몰랐다. 우리 엄마 참 예쁘다. 아빠가 못 알아보셨겠다. 그런데 엄마, 정말 미안하지만 하늘에서 돈 좀 뿌려 줄 수 없어?

세 사람이 나란히 서면 어깨가 부딪히는 방에서 이모가 준비해 온 교자상과 제기와 음식들로 제사가 끝나고 상을 치울 때 핸드폰의 진동이 다시 울렸다. 그녀는 발신인의 이름을 보고 골목으로 나가 통화 버튼을 눌렀다.

"네, 저예요."

— 오늘 좀 바빴어.

어제도 일이 많아 하루 종일 회사에 있다고 하더니 일요일인데도? 태신묵의 목소리는 무척 피곤한 듯 들렸다.

— 한 시간 뒤엔 도착할 거 같은데 나올 수 있어?

"안 될 거 같아요. 지금 이모랑 이모부 와 계세요."

— 그래? 집에 무슨 일 있니?

"어, 그게, 오늘 엄마 제사 모셨어요."

어제 통화할 때 미리 말하지 않은 것을 미안해해야 할지 안그래도 될지 그녀는 알 수 없었다. 말해 주지 않았다고 해서 그가 서운해할지 안 할지도. 전화기 너머 몇 초 동안 이어진 침묵이 무슨 뜻인지는 그래서 더 묻지 못했다.

하늘 정원의 휴게실에서 깃털처럼 내려오던 키스를 받긴 했지만 두 사람 사이에 크게 변한 건 없었다. 그날의 키스가 꿈이 아니었나 싶게 그도 되짚어 말하지 않았다. 그녀에게 향하는 눈빛이나 말투는 여전히 다정하고 따뜻했으며 그는 별일이 없는 한 매일 아침 어린이집 앞으로 그녀를 데리러 왔다. 하지만 그가 후회하고 안 하고의 문제와는 다른 것이라는 생각이 들었다. 말로 하지 않으면 모르는 그녀는 불안하고 겁이 났다.

"여보세요, 팀장님?"

— 어젠 그런 말 없었잖아. 어머님 제사라고 미리 말했으면 과일이라도 보냈지.

"그럴 거 없잖아요."

방금 전보다 더 긴 침묵이 서로 이어졌다.

— 그래. 이번 주말엔 못 봤으니까 우리 다음 주말엔 재미있게 지내자, 오랜만에. 영화 보고 싶으면 한번 찾아봐. 맛있는 식당도.

"네, 그럴게요. 찾아볼게요."

— 내일 아침에 보자.

그날 밤 이모와 이모부를 배웅하고 그녀가 한 일은 최신 영화나 맛집 검색이 아니라 현재 갖고 있는 돈을 계산해 보는 것이었다. 어린이집에서 야간에 일하게 된 이후로 쪽방에는 주말에만 들르게 됐으니 짐을 이모네에 다 옮겨 놓고 주말 낮에만 잠깐 신세를 져야겠다고 생각했던 계획은 결국 말도 꺼내지 못했다. 이모가 모시고 있는 시어른들도 어렵긴 하지만 오늘 제사 음식을 이모 혼자 돈을 내 준비했다는 것에 이모부가 언짢아하시는 말씀을 우연히 들어 버렸기 때문이다. 그녀는 이모에게 고마워하기만 한 자신의 철없음을 깨닫고 입술을 깨물었다. 고모에게 줄 돈을 이모에게 빌린 뒤 쪽방의 월세만큼 갚아 나가면 되겠다던 잠깐의 꾀도 금세 물거품이 되었다.

사실은 은행도 모르는 돈을 모아 놓긴 했지만 강희는 고모의 결혼식과 오빠의 시집 출간 중 어느 것이 더 중요할지를 생각했다. 오빠의 시집 출간을 언제가 될지 모를 시간 뒤로 미루고 싶지 않았다. 오빠와 엄마를 생각하면 그녀에게는 무엇보다 먼저 이루어야 할 꿈이자 의무였다. 고모에겐 안됐지만 결심을 바꿀 수는 없었다. 그녀는 핸드폰을 들었다. 오늘 하루만 PC방 아르바이트를 쉬겠다고 전화했던 이름 앞에서 망설이다가 다음 칸으로 넘어갔다.

"진선아, 밤늦게 전화해서 미안한데 너 돈 좀 모아 놓은 거 있어?"

뻔뻔스러워지기로 작정했으니 이유나 변명은 생략이다. 일주일밖에 안 남은 고모의 결혼식 날짜와 돌려 줘야 할 금액이 죄수의 수감 번호처럼 가슴에 새겨진 것 같다.

— 얼마나 필요한데? 누구 주게? 은행?

진선은 가끔 신기 들린 것 같은 말을 저도 모르게 내뱉을 때가 있지만 은행은 2순위에 있다.

"우리 고모 또 결혼한대. 빌려 준 돈 갚아야 해."

그녀는 대답도 듣기 전에 액수부터 말했다.

— 으음…….

"없구나."

— 적금 깨면 될 것도 같은데…….

뭘 깨, 하고 옆에서 진선의 어머니인 듯한 분의 목소리가 들렸다. 그녀는 그제야 정신이 번쩍 돌아왔다. 친구에게 진심으로 부끄러웠다.

"아니야, 됐어. 그냥 한번 해 본 소리야. 급하진 않아."

답답해진 건 저 자신인데 전화기 건너편에서 먼저 한숨이 들려왔다.

"지진선, 복 나간다. 한숨 쉬지 마라."

스스로에게 하고 싶은 말을 선수 쳤다.

— 이모 계시잖아. 말씀드려 봤어?

그 목소리는 곧 제풀에 사그라졌다.

— 안 되니까 네가 나한테까지 전화한 거겠구나. 그쪽도 형편이 어려우시다고 했지?

그녀는 진선에게 제가 잡아야 할 지푸라기라도 맡겨 놓은 듯 대책 없이 기다렸다.

— 분홍아, 아니 강희야.

"왜? 누구 돈 있대?"

목소리가 다시 뻔뻔스러워졌지만 생각하지 않기로 했다.

— 그 팀장 아저씨 있잖아, 네가 가끔 밥 사 준다는.

지난 일요일 아침, 늦잠도 포기하고 현중 선배와 함께 PC방 앞에 왔던 날 진선도 결국 태신묵을 보았다. 그녀가 두 사람에게 미안하다는 말만 하고 도로를 건너 그의 차를 타고 간 날, 진선은 밤에 전화를 걸어와 그가 자신도 아는 기업체의 팀장 자리에 있다는 걸 알게 되었다. 사귀는 사이냐는 물음에 강희는 아니라고 대답했다. 대신, 그가 사 준 스쿠터를 동호회 사람에게 팔아 버렸던 사연을 얘기했다. 그때부터 태신묵의 호칭은 '사귀는 건 아니지만 연분홍이 밥을 사 주어야 하는 팀장 아저씨'가 되어 버렸다. 진선이 믿고 안 믿고는 그녀도 알 수 없는 일이었다.

— 그 아저씨한테 좀 빌려 달라고 하면 안 될까?

"안 돼."

— 그렇지? 역시 안 되겠지?

"나 그 사람한테 받은 것도 없어. 너 혹시라도 오해하지 마. 출근할 때 같이 마시는 커피도 내가 타 가는 거야."

일부러 차를 세워 놓고 커피를 사러 나가기에는 시간이 넉넉지 않았고 제 돈은 아니지만 커피 값이 너무 비싸고 아깝다는 생각이 들면서 그녀가 어린이집에서 나올 때 타 가는 커피로 대신하고 있었다. 인스턴트커피 세 스푼. 엄밀히 따지자면 그녀의 개인 보온병에 커피를 타 밖으로 갖고 나가는 것이니 반은 공용 비품의 절도에 해당한다고 할 수 있었다. 어린이집의 교사도 그도 모르는 자신만의 음험하고 귀여운 비밀이었다.

— 네가 진 빚이 얼마나 되는지는 팀장 아저씨도 모르고 있는 거니?

"좀 있다는 것만 알아. 금방 갚을 수 있다고 했어."

— 그래, 네가 그런 건 또 절대 얘기 안 하지? 어린이집이 일하는 곳이라는 것도 얘기 안 하고.

그와 만나는 동안에는 구질구질하고 청승맞은 얘기 대신 웃으며 즐거운 추억만 만들기로 한 자신의 다짐을 그녀는 깨고 싶지 않았다. 어쩌면 그 다짐이 서로를 아슬아슬하게 이어 주는 약속이라고 생각했다. 그리고 그도 말할 때는 그럴 의도가 아니었겠지만 절대로 돈 얘기를 꺼내고 싶지 않은 다른 이유가 있었다.

'그 여자, 돈 얘길 할 때는 꽤나 가련하고 미안한 표정을 지었었지. 얼마나 뻔뻔스러웠으면 그럴 수 있었을까, 창피한 줄도 모르고. 아버지의 애정을 돈으로 증명해 보라는 교묘한 말

솜씨나 표정이 내 눈에도 다 보였어.'

어린 시절을 이야기하며 그가 드물게 보여 주었던 상처를 그녀는 건드리고 싶지 않았다. 상처가 다 낫고 흉터만 남은 자리라 해도 흉터는 이겨 냈다는 안도감보다 아픈 기억을 먼저 떠올리게 한다. 자신이 가련한 표정이나 잘 지을 수 있을지도 모르겠지만 그의 눈에 다른 사람들로부터도 이미 넘칠 만큼 받았던 동정이나 연민의 빛이 조금이라도 스치는 것은 끔찍해서 보고 싶지 않았다. 게다가 그것보다 더 신경 쓰이는 노파심이 있었으니, 혹시라도 그가 어린 시절 아버지의 여자에게서 느꼈을 혐오감을 자신에게서 떠올릴까 싶은 두려움이었다. 그럴 리야 없겠지만 만에 하나 그녀를 의심이라도 한다면 그것만큼 슬프고 화나는 일은 없을 것이다.

"밤늦게 미안해. 끊을게."

그런데 진선은 더 하고 싶은 말이 있는지 그녀의 이름을 불렀다. 옆에서 뭐라고 재촉하는 어머니를 피해 자리를 옮기는 것 같았다.

"왜?"

— 이런 말은 하기 좀 그렇지만…….

그러면 하지 마, 라고 하려다가 그녀는 가만히 귀를 기울였다. 예감이 좋지 않았다.

— 그 팀장 아저씨랑 너 정말 아무 사이 아니야? 출근할 때 같은 방향이니까 태워다 주고 네가 가끔 밥 사 주는 거 말고 더 없어?

진선이 갑자기 순진해졌을 리는 없겠지만 이렇게 확인하려는 의도가 뭘까? 그녀는 자신이 거짓말을 하고 있다는 걸 친구가 다 눈치 챘으리라고 생각하면서도 뻔한 대꾸를 했다.

"아니면 뭐가 더 있겠니?"

제 귀에도 목소리가 쌀쌀맞았다. 그에게서 좋아한다는 고백이나 다른 남자와 친하게 지내지 말라는 소리가 듣고 싶었던 그녀는 서운한 마음을 엉뚱하게 진선에게 풀고 있었다.

— 그러면 말할게. 나 아까 저녁에 그 팀장 아저씨 봤어.

그녀가 어디에서, 라고 묻지 않는데도 진선은 줄줄이 다 털어놓았다.

— 현중 오빠랑 우리 엄마 아빠 모시고 호텔 뷔페 갔는데 거기 엘리베이터 안에서 봤어. 사람이 많아서 처음엔 몰라봤는데 진짜 그 팀장 아저씨 맞더라. 근데 어떤 젊은 여자랑 같이 탔어. 두 사람 다 굉장히 차려입었던걸? 뷔페 아래층에 초밥 잘하는 일식집이 있는데 거기로 들어가더라.

"그랬어?"

그러면 그가 아까 퍽 피곤한 목소리로 전화를 걸어왔던 때는 그 여자와 헤어지고 나서였을까?

— 두 사람만 있었던 건 아니고 나이 많고 우아한 부인 둘이 한 사람씩 붙어서 가더라.

우아한 부인이라, 그녀가 아는 한 그의 주위에 있을 만한 우아한 노부인은 다정의 시어머님이자 그의 오촌 숙모 한 분뿐이었다.

— 꼭 선보는 거나 상견례 하는 분위기 같은 거 있지?

이런 것까지 일러 주는 진선은 학교 다닐 때 쓸데없이 말이 많던 딱 그 모습으로 돌아간다.

"그랬나 보지, 뭐."

그녀는 친구를 탓하고 싶지 않으면서도 무뚝뚝하게 대답을 얼버무리고는 전화를 끊었다.

큰어머님한테 들킨 걸까? 가짜 여자 친구 또는 어울리지도 받아들일 수도 없는 조카며느릿감. 어떤 자리인지 알 수 없고 정말 선보는 자리였는지도 모를 일이지만 그의 전화를 받고도 나갈 수 없었던 오늘 밤이 그녀는 안타까웠다. 그리고 유치해도 할 수 없지만 엄마의 기일임을 미리 말하지 않았던 것에 그가 아주 조금은 상처 받았기를, 화가 나고 뿌루퉁해진 채 바라기도 했다.

월요일 저녁, 퇴근 시간이 지나 부랴부랴 회사 건물을 나설 때 낯선 번호 하나가 그녀의 핸드폰 화면에 떴다. 어린이집에 도착해야 할 시간이 얼마 남지 않은 데다가 이미 사람들로 꽉 찬 버스가 막 도착하고 있어서 전화를 받을 수 없었다.

어린이집의 야간 교사와 함께 아이들에게 저녁을 먹이고 양치질도 차례로 다 시킨 다음 자유 놀이 시간이 되어서야 잠깐 숨 돌릴 틈이 생겼다. 먼저 저녁을 먹은 교사가 돌아와 교대를 해 주었을 때 그녀는 주방에서 미역국에 밥을 말아 억지로 삼키고 있었다. 온몸을 두들겨 맞은 것처럼 근육이 아프고 으슬으슬 추웠지만 이마에선 열이 심했다. 뜨거운 국물을 먹으면 좀 낫겠지. 그녀는 내일은 꼭 병원에 들러 더 센 약으로 처방 받아야겠다는 생각을 했다. 그때 앞치마 주머니에 넣어 둔 핸 드폰이 울렸다.

— 분홍이니?

그렇게 부를 수 있는 몇 안 되는 여자의 얼굴들 중에 다정 언니의 얼굴이 떠올랐다.

"네, 언니."

— 갑자기 웬 존댓말? 나 다정이야.

"알아요."

그녀는 다정과 멀어진 만큼 쉽게 반말이 나오지 않았다. 조 경 공사를 연달아 준 큰 기업의 이사 사모님이라는 것을 의식 해서도 아니었고 오빠를 떠난 그녀를 공연히 비꼬려는 의도는 더욱 아니었다. 앞으로는 얼굴을 다시 마주할 일이 없으리라 생각하며 감정을 정리한 사람에게 지극히 형식적이고 예의 바 른 태도를 보였을 뿐이다.

— 섭섭하네. 그냥 다정 언니, 하고 편하게 말해.

"무슨 일이에요?"

— 아까도 전화했었어. 좀 늦긴 했지만 지금 잠깐 볼 수 있 을까? 차 보낼게.

"나 지금 집 아니에요. 바쁘기도 하구요. 할 말 있으면 그냥 하세요."

몇 초 동안 대꾸가 없던 건너편에서 깊이 숨을 들이마시는 소리가 들렸다.

— 그래, 나도 이제 막달이 되어서 외출하기가 좀 힘들어.

아차, 아기를 가졌었지. 이제 곧 출산이겠다. 그녀는 목소리를 누그러뜨렸다.

"할 말이 뭐예요?"

— 우리 아주버님 만나는 거 알고 있어. 혹시 아직도 만나나 해서. 미안하지만 그래서 전화했어.

그리 어려운 질문도 아닌데 다정은 미루어 두었던 숙제를 마지못해 꺼낸 듯한 말투였다. 진선이 말한, 선을 봤을지도 모르는 일 때문일까? 그녀는 아직이 아니라 오늘처럼 거의 매일 아침 어린이집 앞에서 만나 모닝커피를 함께 마시며 출근한다고 말해 주고 싶었다. 평일 저녁은 다행스럽다고 할 만큼 그도 바빠 좀 어렵지만 주말엔 결혼식 하객 대행 아르바이트에 아무것도 모르고 따라오기도 했고 장례식장의 서빙 일이 없는 날엔 직접 싼 김밥 도시락을 들고 공원에 가기도 한다고 말해 주고 싶었다. 그의 따뜻하고 부드러운 눈빛과 제 머리칼을 헝클이는 장난스러운 손길을 마구 자랑하고 싶었다.

"네, 저 팀장님 아직 만나요."

그녀는 태신묵의 오촌 숙모이자 다정의 시어머니인, 중세 추리소설을 좋아했던 우아한 부인이 떠올랐다. 예감이 틀리지 않다는 것을 다정이 확인해 주었다.

— 어머님이 무척 신경 쓰셔.

무슨 뜻일까?

"그래서요?"

— 이렇게 알아봤으니 전달해 드려야지. 난 그것뿐이야.

그녀가 아무 대답이 없으니 다정이 말했다.

— 잘 지내는 거니, 너?

잘 지낸다고 말하고 싶지만 자신이 없어 다른 말을 꺼냈다.

"언니, 오빠 시집이 곧 나올 거예요."

— 아…….

다정이나 그 부인께 시집을 전해 줘도 될까?

— 서점에서 꼭 사 볼게. 축하해, 분홍아. 참, 너 이름을 바꿨더라?

그때 주방문이 열리며 야간 교사가 그녀에게 눈짓을 했다.

"언니, 끊을게요."

그녀는 다 먹지도 못한 국물을 개수대에 쏟아 부었다.

아이들을 재우려고 이불과 요를 꺼내 펼치고 있으니 여섯 살 여자아이 채원이가 뒤에서 앞치마 끈을 잡아당긴다. 말없이 손으로 가리키는 쪽을 보니 원준이 녀석과 승혁이가 서로 툭탁거리면서 주먹을 흔들고 있었다.

"원준아, 승혁아! 뭐해? 설마 싸우려는 거야?"

"승혁이가 그러는데 자기가 채원이랑 사귄대요."

제법 화가 난 듯 씩씩거리는 원준이의 대답을 들으니 그녀는 픽 웃음이 났다. 승혁이와 채원이는 그녀가 어린이집에서 일하기 시작했을 때부터 단짝으로 인정받은 사이였다.

"그런데?"

"채원이는 이제 나랑 사귄단 말이에요."

308

"그래?"

"네, 아까 채원이한테 좋아한다고 하니까 채원이도 내가 좋대요."

이 녀석들이 나도 못 겪어 본 삼각관계에 놓여 있는 건가? 그녀는 하는 수 없이 채원이를 불렀다. 원준이와 승혁이도 나란히 옆에 세웠다.

"채원아, 원준이랑도 친하고 승혁이랑도 친하지? 다 같이 친구로 잘 지내야지."

채원이는 알아들었다는 듯 고개를 끄덕이는데 점잖은 승혁이보다 훨씬 더 개구쟁이인 원준이가 따져 물었다.

"채원아, 넌 누가 더 좋아? 누구랑 사귈 거야?"

승혁이도 채원이를 쳐다보았다. 순간 방 안에 있는 모든 시선이 채원이에게 쏠렸다. 채원이는 집게손가락을 입에 넣더니 고개를 갸웃했다. 그리고 나온 대답은 간단했다.

"생각 좀 해 볼게."

그녀는 한숨이 포옥 나왔다.

"그래, 그러면 너무 오래 생각하지 말고 누가 더 좋은지 누구랑 사귈 건지 결정해서 선생님한테만 살짝 가르쳐 줘. 자, 이제 잘 준비하자. 잠옷 갈아입어야지."

세 아이들은 나름대로 만족해하며 잠옷을 가지러 갔다.

다음 날, 그녀는 태신묵에게 일이 있어 아침에 만나지 못하고 먼저 출근한다고 말했다. 그가 혼자 회사로 가고 있을 시간에 그녀는 어린이집을 나와 PC방으로 향했다. 주말도 아니었지만 사장을 만나 직접 할 말이 있었기 때문이다.

"강희야!"

재훈은 문으로 들어서는 그녀를 보고 놀라긴 했지만 반가운 표정 또한 감추지 않았다.

"너 지금 출근해야 하는 거 아냐? 그런데 안색이 안 좋아 보여."

그녀는 뻔뻔스러운 부탁은 뜸들이지 말고 빨리 하는 것이 좋겠다고 생각했다. 이른 아침부터 불쑥 찾아와 돈 좀 빌려 주세요, 라고 말할 수 있는 용기가 자신에게도 있다는 것이 그녀는 솔직히 대견스러웠다. 부끄럽거나 자존심이 상해야 할 텐데 이상하리만큼 아무렇지도 않았다. 살다 보면 급하게 돈 빌릴 일이야 생길 수도 있는 거지, 뭐. 씩씩해지자, 연강희!

그런데도 왜 입이 얼른 떨어지지 않는 걸까? 식은땀이 이마에서 끈적하게 배어 나오며 눈앞은 왜 빙글빙글 돌아가고 있는 걸까? 형광등이 꺼졌나? 정전인가? 그녀는 바닥이 흔들리는 것을 느끼며 천장을 올려다보다가 스르르 주저앉고 말았다.

간신히 눈을 떴을 때 그녀의 시야 안에 들어온 것은 여전히 천장의 무늬였다. 그녀가 언제나 좋아하는 푹신한 게임용 의자에 재훈이 그녀를 끌어다 앉힌 모양이었다.

"강희야, 괜찮아?"

"누나, 힘들면 눈 뜨지 마세요."

재훈의 뒤로 단골인 고교 자퇴생 녀석들 몇도 서 있었다.

"아……. 몇 분이나 지났어요? 몇 시에요?"

"전화했으니까 오면 같이 병원에 가 봐. 내가 데려가야 하지만 아직 교대해 줄 애가 안 나왔어. 물부터 마셔."

재훈이 손에 든 컵을 그녀에게 쥐여 주었다. 그녀는 몸이 의자 속으로 빨려 들어갈 듯 무거웠지만 출근 걱정부터 했고 그래서 사장이 누구에게 전화를 했다는 건지 생각할 겨를이 없었다. 답을 주듯 맞은편의 유리문이 열리며 안으로 들어온 양복 차림의 젊은 남자는 낯선 얼굴이었다. 아니다, 한 번 본 적이 있는 것 같았다. 그때가 언제였는지는 남자가 제 입으로 가르쳐 주었다.

"연분홍 씨 맞으시죠? 차에서 사모님이 기다리십니다. 병원으로 모시겠습니다."

태신묵의 회사 주차장에서 다정을 우연히 봤을 때 그녀의 차를 몰던 운전기사였다.

모시겠다는 말을 또 듣네. 그녀는 시계를 보며 고개를 저었다. 어떻게 재훈이 다정에게 연락을 했는지 의아했다.

"네 핸드폰 열어 보고 전화했어."

재훈이 말했다. 통화 기록을 보았다면 오늘 아침의 태신묵도 있었을 텐데 어젯밤에 전화한 다정 언니에게 걸다니, 왜……. 그녀는 재훈의 선하면서도 의뭉스러운 마음 한쪽을 눈치 챘지만 아무 말도 하지 않았다.

"지금은 어서 병원부터 가 봐. 하려던 말은 나중에 해."

재훈이 그녀의 팔뚝을 잡아 일으켰다. 운전기사에게 잘 부

탁드린다는 말을 하고 그녀가 문밖을 나가 계단을 내려가는 것
까지 지켜보았다.

"언니……."

"분홍아, 어서 타."

도로에 주차한 차의 뒷자리에 앉아 있던 다정은 부른 배 때
문에 몸을 돌리기도 힘들어 보였다. 그녀는 망설이다가 옆자리
에 올라탔다.

"사장이라는 사람이 네 이름 대면서 전화했을 때 나 너무 놀
랐어. 일단은 병원 가면서 얘기하자."

"아니야."

그녀는 몸을 운전석으로 기울여 기사에게 산동네 아래의 버
스 종점을 가르쳐 주었다. 출근 시간이야 놓쳤지만 서둘러 집
에 돌아가 씻고 옷도 갈아입고 싶었다. 이마에 들러붙은 젖은
머리칼에서 땀 냄새가 났다.

"괜찮겠어? 너 이마가 너무 뜨거워."

아기를 가지면 재채기 하는 사람 옆에도 가기 꺼려진다는데
다정은 대뜸 그녀와 자신의 이마를 번갈아 짚어 보았다. 물러
나 앉은 것은 오히려 그녀였다.

"집에 가서 약 먹으면 돼. 좀 피곤해서 그랬나 봐."

출근하겠다는 소릴 하면 괜한 걱정만 듣겠지. 저렇게 만삭
인 몸을 아침 일찍 나오게 한 것도 미안해 죽을 지경인데. 그러
다 그녀는 자신이 다정에게 예전처럼 도로 반말을 쓰고 있다는
것을 깨달았다. 다정은 그런 변화쯤 신경 쓰지 않는 것 같았다.

"우리 사장님이 너무 과장해서 말했나 봐. 오지 말지."

"난 괜찮아. 너야말로 무슨 병 있는 거 아냐?"

어두워진 얼굴은 언제나 밝고 명랑했던 다정에겐 어울리지 않는다. 그녀는 진심으로 미안해졌다.

"감기 기운에다 좀 못 잤어. 그것뿐이야."

"오늘은 출근하지 말고 집에서 쉬어."

그런데 다정은 기어이 그녀가 사는 철거 직전의 산동네 쪽 방까지 따라올 모양이었다. 버스 종점에서 차를 내린 뒤 고맙다는 인사를 했는데도 다정이 탄 차는 뒤에서 천천히 따라오고 있었다. 그녀는 차창 안의 다정을 머쓱한 눈으로 돌아보았다.

"세상에, 너 이런 데서 살아?"

초여름의 뜨거운 아침 햇살 아래 드러난 무너져 가는 낡고 위험한 판잣집들과 녹슨 철근 가닥이 튀어나온 좁고 가파른 계단, 장마철에 비가 새는 것을 막으려 덮어 놓은 비닐이 벌써 찢어져 바닥에 나뒹구는 골목길이 그녀는 어쩔 수 없이 부끄러웠다. 진즉에 무너진 흉물스러운 집들의 지붕과 벽에는 선정적인 욕설과 그림이 반, 철거 반대 결사 투쟁의 빛바랜 구호가 반이었다. 며칠 전까지 녹이 슨 셔터라도 지켜 주었던 구멍가게는 그새 문이 부서진 채 안에는 빈 술병들만 뒹굴고 있었다. 그녀는 점점 더워지는 바람을 타고 번지는 지린내가 다정의 차 안으로는 들어가지 않기를 바랐다.

"언니, 그만 가."

그녀의 말을 무시하고 다정이 기사를 불렀다.

"최 기사님이 같이 올라가세요. 저는 여기서 기다릴게요. 집에 들어가는 것까지 좀 보고 나오세요."

"언니!"

"사모님, 혼자 계시기 괜찮겠습니까? 안에서 문 잠그고 차에서 나오지 마십시오."

귀가 먹은 것은 다정이나 운전기사나 마찬가지. 기사는 벌써 계단 위에 서서 그녀를 기다리고 있었고 다정은 기가 막힌다는 표정으로 쓰레기가 쌓인 쪽방 골목을 올려다보고 있었다.

"먹다 남은 요구르트 병에 이 약을 아주 조금만 덜어서 놓아두세요. 냄새로 유인하는 거죠. 그리고 어둡고 습기 찬 곳에 두면 돼요. 이것보단 벌레 나타났을 때 직접 뿌리는 게 최곤데. 안 그러면 괜히 내성만 생기거든요."

점심시간, 친절한 약사는 몸살감기약과 함께 강력 살충제를 찾는 그녀에게 사용법을 꼼꼼하게 설명했다. 그녀는 자신이 없는 동안 집안을 누비고 다녔을 바퀴벌레를 이제라도 목격한 걸 다행으로 생각했다. 주인이 주말에나 돌아올 줄 알고 느긋했던 그 녀석들도 불시의 방문에 꽤나 놀랐을 것이다.

혼자 사는 사람은 아파서도 안 되지만 바퀴벌레도 재빨리 눌러 죽일 수 있어야 하고 비누를 갉아먹고 간 쥐의 구멍도 잘 막을 줄 알아야 한다. 그녀는 가족의 도움이 없어도 그럭저럭 일상생활을 잘해내고 있다는 것을 이럴 때 깨닫고 자신이 대견하다는 생각을 했다. 그러자 피식 웃음이 났다. 고작 이런 걸로 어른이 되었다는 기분을 느끼다니…….

몸살감기약과 함께 강력 살충제를 하얀 비닐봉투에 넣어 약국을 나올 때도 여전했던 그 웃음은 핸드폰의 벨소리에 곧 지워졌다. 바퀴벌레나 쥐는 그렇다 치고 돈이 얽힌 문제만큼은 누군가의 도움이 절실하다는 것을 깨우쳐 주는 이름이 화면에 떴다.

— 분홍아, 언니가 도와주면 안 될까?

진선이 돈을 좀 빌려 보라는 사람은 태신묵이었고 자신이 돈을 빌리러 제 발로 찾아간 사람은 PC방 사장이었는데 구조사다리는 왜 엉뚱한 곳에서 내려왔을까? 오래전에 지웠던 이름을 다시 저장했을 때 지금 같은 순간을 예상이나 할 수 있었을까? 그녀는 사람들이 바쁘게 오가는 후덥지근한 공기 속을 천천히 걸으며 물었다.

"언니 시어머님이 그러라고 하셔?"

참 못된 말인 줄은 알면서도 그녀는 사과하고 싶지 않았다. 이어지는 다정의 말이 그럴 필요가 없다는 것을 너무도 허망하게 확인시켰다.

— 우리 어머님, 네 사정 전부터 알고 계셨어.

어떻게, 어디까지는 궁금하지도 않았다.

"그래서?"

— 네가, 너무 외롭대…….

나이 많은 어른들이 말하는 외롭다는 건 무슨 뜻일까?

— 널 나쁘게 보신 건 아니야. 이런 말 좀 그렇지만 아주버

님의 짝이라고는 생각하지 않으시는 것 같아. 아무리 먼 오촌 시조카라도 아주버님이랑 누님 남매밖에 안 남은 집안이라 결혼할 자리도 당연히 신경 쓰이신대.

"화목한 집안이네."

비꼬는 것이 아니라 그녀는 진심으로 그의 집안이 그리고 배경이 부러웠다. 조금 전 회사에서 점심을 먹고 약국에 들르기 전 고모의 독촉 전화를 한 번 더 받았기 때문이다. 고모, 조금만 더 기다려 주세요. 틀림없이 부쳐 드릴게요. 그녀는 약을 산 다음 PC방의 사장에게 바로 전화를 걸 참이었다. 병원에서 진찰은 받았는지, 몸은 좀 괜찮은지 걱정하는 문자가 와 있기도 했다.

"언니, 시어머님께 전해 드려. 걱정하실 일 안 생길 거야."

— 그러니?

"응. 안심하시라고 해."

그녀는 책을 좋아하고 제 말에 소녀처럼 웃어 주던 그 우아한 부인께 공연히 신경 쓸 일을 만들어 드리고 싶지는 않았다. 자신을 어떻게 보든, 오빠의 시집 제목을 처음으로 물어보고 서점에서 사서 보겠다고 말해 주신 분이 아니던가?

그런데 태신묵과의 관계를 두고 거짓말도 아닌 분명한 사실을 얘기하는데 왜 눈 밑이 뜨거워질까? 왜 목이 아파올까? 그녀는 뜨거운 초여름의 태양을 올려다보았다. 눈이 시리기만 할 뿐 젖은 눈가가 마르지는 않는다.

— 두 사람, 서로 좋아하는 거 아냐? 아주버님 나이도 있고.

그녀는 제 웃음소리가 허탈하기보다는 시원시원하게 들리기를 바랐다.

"언니, 나 이제 겨우 스물다섯이야. 벌써 결혼이라도 생각해야 해?"

— 우리 아주버님은 안 그렇잖아. 얼마 전에 선 자리에도 나가셨어. 너한테 뭐라고 말 안 하셔?

아, 진선이가 본 게 맞았구나.

"어쨌든 팀장님하고 나, 그렇게 진지한 사이 아니야. 앞으로의 일은 서로 잘 알아."

그만 끊어 줬으면 좋겠는데 다정은 할 말도 없는 것 같으면서 조그맣게 숨소리만 낸다.

— 시어머님 말씀하곤 상관없이 내가 좀 돕고 싶어.

그 말이 돈이 아니라 그와의 관계를 의미하는 거라고 강희는 왜 잠깐 착각을 했을까?

— 너, 그 험한 동네에서 내려올 순 없니? 깨끗한 원룸 빌라도 있잖아.

그리고 은행의 계좌번호를 보내 달라는 말에 그녀는 거절의 말 대신 자신 없는 목소리로 한마디만 했다.

"빨리 갚을게, 언니."

덕분에 오빠의 시집 출간을 미루지 않게 됐다고 생각하자 그녀는 제 자존심을 얼마든지 외면할 수가 있었다.

일요일 오후, 연분홍은 눈에 익숙한 반팔 원피스 차림이었

다. 예쁘긴 하지만 몇 번이나 똑같은 옷을 입은 그녀를 보니 그
는 웃음이 저절로 나왔다. 그녀가 며칠 전에야 말해 준 비밀 아
르바이트가 생각났다.

"오늘도 결혼식 하객이야?"

당연한 대답이 나올 줄 알았는데 아니란다.

"집안 결혼식이에요."

조수석에 가지런히 발을 모아 앉으며 스커트의 주름을 조심
스럽게 펴는 모양이 제법 중요한 자리에 가는 것 같았다.

"누구? 나도 같이 갈까?"

큰 용기를 내서 말했는데 돌아보는 표정은 어색하게 굳어
버렸다.

"아, 미안해요. 벌써 갔다 오는 길이에요."

"그래? 미안하긴 뭘."

그는 핸들을 틀어 1차선으로 들어섰다. 두 사람 다 갑자기
입을 다물어서이기도 했지만 차 안의 공기가 무거워진 건 자신
의 서운함이 크기 때문이라는 것을 그는 인정했다. 지난번 연
분홍 어머니의 제사를 뒤늦게 얘기해 줘서 알았을 때와 비슷한
기분이었다. 별게 다 서운하네. 그는 음악 방송의 볼륨을 더 올
렸다.

"PC방 사장은 이제 새 아르바이트생 구했대?"

목소리가 퉁명스럽게 나가고 마는 건 점점 뜨거워지는 일요
일 오후의 공기 탓이다. 아니면 토요일인 어젯밤에 건물 앞에
서 마주친 그 남자의 시선이 갑자기 떠올라서였는지.

"네. 다음 달부턴 안 나가도 돼요."

짧은 대답이 아쉬우리만큼 반가워서 그는 순식간에 입이 귀까지 벌어졌다.

"왜 그렇게 웃어요?"

"웃는 거 아냐. 햇빛이 너무 눈부셔서 그래."

유치해도 할 수 없고 눈치 챘더라도 할 수 없다.

"사장이라는 남자, 너나 날 보는 시선이 너무 수상쩍었어."

아니라고 하거나 놀라지도 않고 스르르 웃고 마는 건 뭐지? 그는 심장이 쿵 내려앉았다.

"기분 나빠서 네가 조금만 더 벌면 갚는다는 그 돈, 내가 싹 갚아 버려야겠다 생각했지."

"팀장님이 왜요?"

예상 못 한 대답은 아니었지만 말 속에서 잔가시가 느껴졌다.

"이제 안 그래도 돼요."

그녀는 시선을 피하며 참 무덤덤하기도 한 말투로 대꾸했다.

"저 이제 빚 거의 없어요."

"다행이긴 한데, 그래도 아예 없는 건 아니네."

"팀장님은 아예 없어요?"

"오피스텔 사면서 대출 받은 건 조금 있어. 계약할 땐 자카르타에서 돌아온 직후여서 한국 돈이 얼마 없었거든. 대출 이자가 자동 이체 되고 있어서 잊어버리고 있었는데 그냥 갚아 버려야겠다. 은행 다니는 친구 놈 실적이고 뭐고 괜히 이자만 나가고 있었네."

"어쨌든 부러워요."

"다시 가 볼래?"

"어딜요?"

"나 사는 오피스텔."

태연하기만 하던 연분홍이 고개를 돌려 자신을 보는 것이 그는 흐뭇했다. 그래, 그렇게 나한테만 집중해. 그는 입 밖으로 꺼낼 만큼 아직은 준비가 모자란 것이 안타까웠다. 시간이 필요해. 나도 처음이니까.

"1년도 더 지났잖아, 치킨 배달 두 번 온 이후로."

"그랬어요?"

"그랬어요? 이 아가씨 보게. 스티커 열 장 모으면 한 마리 서비스라고 해 놓고 휴지 만들어 버린 게 누군데?"

아, 하며 웃어 버리는 그녀의 얼굴을 그는 흘깃 훔쳐보았다. 오늘따라 연분홍의 얼굴은 더 지치고 피곤해 보였다. 그도 회사 일이 바쁘기는 마찬가지지만 그녀 역시 무슨 야근이며 회식이 그렇게 자주 있는지 평일 저녁엔 만날 수 없게 하는 회사 일 그리고 다행히 이제 끝나는 주말 야간 아르바이트까지, 지칠 만도 했지 싶었다.

"영화 시간까진 여유 있으니까 잠깐만 들렀다 가자."

대답 대신 조금 수줍게 웃는 것을 보니 남자 혼자 사는 집에 선뜻 따라가기가 망설여지나 싶어서 그도 웃음이 나왔다.

"근데 결혼식장 하객 아르바이트하고 장례식장 식당 일, 계속할 거야?"

"장례식장 일은 몰라도 결혼식 하객은 의리로라도 못 그만 둬요."

"무슨 의리?"

"우리 멤버들 결혼할 때 축의금 안 내는 대신 서로 한 사람도 빠지지 않고 가 주기로 약속했거든요."

여전히 웃고 있는 얼굴이 선해 보이기만 한데 왜 갑자기 그의 기분이 쓸쓸해졌을까? 그녀도 언젠가는 결혼한다는 것을 그는 한 번도 생각해 보지 않았다는 것을 깨달았다. 그래, 결혼하면 최소한 아이 셋은 낳을 거라고도 했었지. 그는 오피스텔로 향하는 고가도로가 보이자 무거워진 마음만큼 액셀에 힘을 실었다.

지하 주차장에서 오피스텔까지 올라가는 짧은 시간이 평소엔 몰랐는데 왜 이렇게 길게 느껴질까? 일요일 오후, 차들이 빠져나간 주차장이 말해 주듯이 건물 전체가 텅 빈 것 같았다. 바늘 떨어지는 소리도 날 것 같은 조용한 복도를 지나 자신이 사는 오피스텔의 문을 열자 그는 문득 이 공간에 누나가 아닌 다른 여자를 데려오는 건 처음이라는 것을 깨달았다.

"들어가."

오늘따라 유난히 기운 없고 힘든 기색인 연분홍을 좀 쉬게 해줘야겠다는 생각 말고는 이곳에 그녀를 데려온 이유가 없었는데 등 뒤에서 문이 닫히고 그녀의 등이 제 가슴에 닿을 듯 서 있는 것을 느끼자 그는 갑자기 맥박이 빨라지는 것 같았다.

"기분이 이상한데요?"

그건 제가 하고 싶은 말. 그는 샌들을 벗고 거실로 올라서는 그녀의 팔꿈치를 뒤에서 가만히 붙잡아 주었다. 제 손이 뜨거운 것인지 닿는 피부가 서늘했다.

"그땐 배달만 하고 가서 여기가 어떻게 생겼는지 눈에 들어오지도 않았거든요."

"보여 줄게. 이리 와."

늦은 오후의 햇빛이 힘을 잃고 있어서 실내는 조금 어두웠지만 조명까지는 필요 없었다. 그는 방문을 여기저기 열며 단조롭고 무미건조한 실내를 구경시켜 주었다.

"별거 없어."

"그러네요. 꼭 어제 이사 온 집 같아요."

"커피 줄게. 인도네시아 지사에서 루왁 원두 보내 준 게 있어."

그는 창가에 있는 소파에 그녀를 앉히고 주방으로 갔다.

"루왁이면 사향 고양이 배설물에서 찾아낸 커피 말인가요?"

"아는구나. 루왁이 바로 사향 고양이라는 뜻이야. 야행성인데 꼬리가 긴 너구리처럼 생겼지. 사람이 직접 숲을 뒤지며 줍기도 하지만 요즘은 사향 고양이를 좁은 우리에 가둬 놓고 커피 열매를 먹여서 배설물을 받아 낸대. 자바 섬에 갔을 때 본적이 있는데 배설물이 꼭 길쭉한 시리얼 바처럼 생겼더라. 동물 보호 단체에서 불매 운동도 벌이지만 이건 현지 직원이 브로모 화산 밑에서 주민들이 조금씩 파는 걸 사 온 거래."

"화산이요? 인도네시아에 화산이 있어요?"

눈이 동그래진 그녀를 보니 그는 직접 데려가 보여 주고 싶다는 생각이 들었다.

"인도네시아는 환태평양 지진대에 있어. 불의 고리라고도 부르지. 마그마가 내부에서 끓고 있는 화산만 백 개가 넘는다고 해. 브로모 화산도 2011년에 크게 폭발한 적이 있었고."

"몰랐어요. 직접 본 적 있어요?"

"터지는 건 못 봤지만 수증기가 피어오르는 화산은 많이 구경 가 봤지. 생텍쥐페리의 어린 왕자가 먼지 털어 주는 화산 그림 기억나? 브로모 화산은 딱 그렇게 생겼어. 규모는 물론 어마어마하게 크지만."

"신기해요."

그는 남한 땅의 스물두 배 크기에 이르는 인도네시아를 여행 다니면서도 사진을 많이 찍어 두지 않은 것이 처음으로 후회되었다. 그녀를 말에 태우고 화산 지대를 달려 자연의 거대한 신비 앞에서 감탄하는 모습을 바로 옆에서 지켜보고 싶었다.

"인도네시아에서 쓸 수 있는 기본적인 회화, 내가 좀 가르쳐 줄까?"

"왜요?"

"또 그런다."

그는 서운해하는 기색이 너무 드러날까 봐 고개를 돌렸다.

커피를 내리는 동안 그녀는 핸드백을 의자에 놓고 넓은 거실 창으로 신도시의 풍경을 내려다보고 있었다. 천천히 고개를 돌리며 여유롭던 뒷모습이 정지 화면처럼 굳어지는 건 금방이었다. 어디를 보고 있을까? 그는 짐작이 갔다.

"살던 동네?"

구수한 향이 나는 뜨거운 머그 두 잔을 창 옆의 테이블에 놓았다. 그녀는 대답이 없는 것으로 긍정을 대신한다.

"어디야?"

한 손을 야윈 어깨에 얹으며 가만히 끌어당겼다. 그녀가 가리키는 곳은 이곳과는 꽤 멀어서 정확히 알기 어려웠다. 하긴, 가게가 불탄 자리를 찾는다 해도 벌써 1년도 훨씬 전의 흔적이 남아 있을 리 없을 것이다.

"가게 바로 위층이 살림집이었어요. 이젠 정말 사고 난 흔적도 없겠네요."

"가 보고 싶어?"

"뭐하러요? 보면 가슴만 아프지. 난 아픈 거 싫어요. 그때 기억을 떠올리게 하는 건 다 싫어요."

그 말을 할 때는 그도 처음 느끼는 차가운 얼굴을 하고 있어서 낯설게까지 보였다.

"그래, 가지 마."

그는 차가운 표정을 얼른 지워 주고 싶어 그녀의 머리카락을 만지작거렸다.

"머리가 제법 길었다."

"지저분해요?"

앞머리를 쓰다듬어 내리며 어색하게 웃는 얼굴이 뭐라고 그는 갑자기 갈증이 일었을까?

"아니야, 프랑스 거지 같아. 나름 개성 있어."

그녀가 신묵을 샐쭉 노려보며 그의 가슴을 두 주먹으로 꽝, 내리쳤다.

"어른한테 버릇없다, 너?"

잡아채듯 목덜미를 확 끌어당기긴 했지만 그렇게 쉽게 품 안에 쓰러질 줄은 몰랐다. 그는 숨이 멈춘 것처럼 뻣뻣해진 그녀의 몸을 꼭 조였다. 꼼지락대며 뒤로 물러서려는 팔을 가슴에 가두자 팔딱대는 숨소리가 작은 새 같다고 느꼈다.

"왜 이렇게 말랐니? 만질 데도 없겠다."

"그러면 만지지 말아요."

그의 목소리만큼이나 그녀의 입술에서도 낮고 조용한 소리가 흘러나왔다.

"키스하고 싶어."

그 말을 할 때는 벌써 그의 입술이 물수제비를 뜨듯 이마를 한 번 스친 뒤였다.

"그날처럼 또 반칙이에요?"

"그러면 안 돼?"

고개를 숙이자 물음표처럼 동그랗게 말린 귓바퀴가 그의 눈 아래에 있었다. 이 여자는 궁금해하지 않는다. 그에게 아무것도 묻지 않는다. 미래가 없어도 괜찮은지 어느새 흐릿해진 경계를 따지지도 않는다. 우린 이제 무슨 사이냐고 물을 수도 있고 제대로 된 고백은 왜 안 하느냐고 따질 수도 있을 텐데 아무런 욕심도 내지 않는다.

"음, 밖에서 보이지 않을까요?"

그녀가 지금 묻는 건 훨씬 단순한 것이어서 그는 더 미안해졌다.

"여긴 23층인데 누가?"

"날아가는 새나 헬리콥터나 멀리서 비행기 조종사나 또……."

더 댈 이름이 없는 것이 다행. 그는 조용해진 입술을 살그머니 머금었다. 한 손으로 그녀의 뺨을 만지자 잘 익은 복숭아 속살보다 더 부드러운 피부 위에서 손끝이 기분 좋게 미끄러졌다. 그는 고개를 비틀어 눌렀다. 과즙보다 더 향기롭고 달콤한 맛이 혀끝에서 터졌다. 두 발이 바닥에서 떨어지며 그는 연분홍과 함께 아주 천천히 떠오르는 기분이었다. 젖은 입술을 떼고 그녀의 두 눈을 들여다보았다.

"비눗방울 같아."

뭐가요? 라고 묻는듯 했지만 그도 알 수 없었다. 떠오르는 몸이든 그녀의 맑은 눈동자든 오래가지 못하고 사라져 버릴 것에 비유를 든 것이 잠깐 후회스러웠지만 그런 불안함조차 그는 짜릿하게 느꼈다.

키스가 조금씩 짙어지며 거칠어졌지만 그녀는 그의 조급함을 고스란히 받아 주었다. 긴장으로 차가워진 손끝이 그의 목덜미를 조심스레 감쌀 때 그의 심장은 물 밖에 나온 물고기처럼 펄떡 뛰었다. 익숙한 공간에서 그는 눈을 감은 채 연분홍의 부드러운 몸을 뒤로 밀어 푹신한 가죽 소파에 편히 앉게 했다. 날씬한 허리 밑에 손을 넣어 힘을 주자 두 몸이 함께 소파 위로 쓰러져 버렸다.

"팀장님!"

화들짝 놀란 입술이 바로 떨어지며 부드럽고 따뜻하던 그녀의 몸이 통나무처럼 굳어졌다.

"미안해."

몸이 하는 말과는 다른 말이 자신의 입에서 나오는 것을 그는 가느다란 한숨 소리와 함께 들었다. 멈추기 싫어 갈래갈래 흩어지려는 마음을 한꺼번에 끌어모으기에도 힘이 다해 그는 그저 뜨거운 입술을 그녀의 이마에 누르고 있을 뿐이었다. 입술을 간신히 떼자 짙은 속눈썹 아래 반짝이는 눈동자가 그의 좁은 시야 안에 들어왔다.

"미안하면, 다시는 안 할 거예요?"

환청이 아니었다. 그는 얼굴을 조금 더 들어 숨을 참고 있는 그녀와 가만히 눈을 맞추었다. 서른넷, 스물다섯. 남자와 여자. 연분홍 또래의 여자들은 어떻게 연애를 시작하는지 궁금했다. 오늘부터 첫날, 우리 사귀는 거다. 이런 식일까? 모호한 경계를 넘어 버린 그는 그녀에게 어떤 식으로든 제 이기적인 행동을 사과해야 할 것 같았다. 그리고 여전히 아무런 약속도 확신도 줄 수 없는 앞날에 대해 미리 경고해 줘야 할 것도 같았지만 어느새 심장을 뚫고 싹을 내민 조그만 무엇이 그를 머뭇거리게 했다.

"기분 나빠."

"네?"

"내가 네 첫사랑이 아니라는 게."

그녀의 두 눈이 동그래진 만큼 입술이 살짝 벌어졌다. 그래서 신묵은 다시 시작했다. 멈추기 싫은 키스를, 그녀가 다른 남자와 나누었을 키스보다 더 긴 시간의 키스를.

같은 반 중국인 여자애의 단정한 뒷모습에 자꾸 눈이 가던 그때, 전통 의상인 끄바야를 입은 젊은 여선생님의 미소에 뺨이 붉어지던 그때 어린 신묵은 한국에 있는 엄마가 아닌 다른 여자를 쳐다볼 때마다 희미한 죄의식을 느꼈다.

인도네시아에서 국제학교를 다니면서 1년에 두 번은 혼자 비행기에 실려 서울로 왔었던 소년은 6월 여름방학을 누나와 엄마와 함께 지내며 내내 집에만 틀어박혀 있어야 했다. 사춘기를 앓고 있었던 누나 신혜는 방 안에서 거의 나오지 않았고, 외출도 거의 않는 엄마의 유일한 말상대는 열네 살 신묵뿐이었기 때문이다.

"주일학교가 뭐예요?"

엄마의 심부름으로 생리대를 사 들고 집에 오는데 큰길에서 만난 제 또래의 여자애가 그에게 파르스름한 종이 한 장을 건네주었다. 인도네시아로 전학 가기 전 같은 반 짝이었던 그 애를 그는 첫눈에 알아보았다.

"이거 어디서 받았니?"

소파에 나른하게 기대고 있던 엄마가 검은 비닐봉투보다 아들의 손에 들린 전단지를 먼저 받아 들었다. 대답은 필요 없다는 듯 종이에 쓰인 내용을 눈으로 훑으며 곧장 말을 이었다.

"교회에서 주말마다 노래도 가르쳐 주고 게임도 하고 연극 연습도 한다는구나."

"재미있을까요?"

엄마는 아들의 눈빛이 호기심으로 빛나는 것을 보고 웃었다.

"재미있겠지. 네 또래 애들도 많을 거야."

"집 앞에서 어떤 여자애가 이걸 줬어요. 초등학교 다닐 때 짝이더라구요."

그는 가무잡잡한 인도네시아 원주민 아이들이나 부유한 중국계 아이들이 아닌 같은 말을 쓰고 같은 글을 읽는 한국 친구들이 그리웠다.

"가 봐도 돼요? 이번 주말부터래요."

"가 보고 싶니?"

그가 고개를 끄덕이자 엄마가 가만히 아들의 어깨를 쓰다듬으며 기댔다.

"그래, 가 봐. 예쁜 계집애들도 오고 아주 재미있을 거야. 엄마는 네가 없어도 잘 지낼 수 있어. 방에서 한 발짝도 안 나오고 얼굴 보기 힘든 네 누나나 네 친가에서 나 감시하라고 심어 놓은 가정부나 상대하고 있지, 뭐."

그는 잠깐 엄마의 슬픈 목소리를 외면하고 싶어졌다. 안개처럼 깔리는 죄의식을 무시하고 교회 전단지를 건네주던 여자애의 꾸밈없이 명랑한 목소리와 반가워하면서도 뺨을 붉히던 하얀 얼굴을 떠올렸다.

"한 번만 가 볼게요. 교회가 어떤 곳인지 구경만 하고 올게요."

그것보다는 그 애가 아직도 이 동네에 살고 있는지, 제 이름을 기억하고 불러 줬던 것처럼 다른 아이들이 두 사람을 두고 놀렸던 일도 기억하고 있는지 물어보고 싶었지만.

"우리 아들 많이 컸구나. 벌써부터 계집애들이랑 어울리고 싶어 하고. 가면 아주 신나긴 할 거야. 엄마가 주말에도 말상대 하나 없이 우울하게 앉아 있는 동안 잘생긴 우리 아들은 계집애들 틈에 끼여 히히덕거리느라 정신이 없겠지? 엄만 너 오기만 기다리면서 재미없는 책이나 읽어야겠다."

그 책은 그도 알고 있었다. 한두 권도 아니었다. 지금도 기억나는 건 무슨 제목이 그렇게 무시무시한지 《우울증 환자의 마지막 시도》《자살 중독》 따위였다는 것이다. 아들의 앞에서 그 책을 손에 들고 있을 때면 엄마의 표정에는 슬픔과 함께 알 수 없는 분노가 가득 차 있었다. 그가 대답이 없자 엄마가 한 번 더 말했다.

"너도 네 아빠처럼 여자가 필요하겠지? 엄마 생각은 안 하고 가슴이 봉긋하게 올라오는 발정 난 계집애들 뒤꽁무니나 졸졸 따라다니겠지? 엄마가 이렇게 된 게 누구 때문인 줄도 모르고……."

그는 약해지려는 마음을 다잡았다.

"엄마, 생각해 보니까 시시할 거 같아요. 안 갈래요. 크리스마스도 아닌데요, 뭘."

어린 그는 힘이 없었다.

"우리 착한 아들……. 그래, 크리스마스 같은 건 우리도 안 챙기니까."

엄마의 웃음소리에 죄의식은 사라졌지만 감격스러워 하는 목소리와 그의 목을 꼭 끌어안는 두 팔이 그는 태어나 처음으로 무서워졌다. 엄마의 팔을 그가 먼저 끌어내려 떼어 낸 것도 그때가 처음이었다.

"팀장님 첫사랑은 어떤 여자였어요?"

제 이름보다 더 진해진 충혈된 입술을 달싹거리며 연분홍이 조그맣게 물었다. 길고 긴 키스가 끝난 뒤에 하는 말치고는 퍽 귀엽다고 그는 생각했다. 헝클어진 머리칼을 손으로 빗어 주며 일으켜 앉히고는 제 어깨에 그녀의 머리를 기대게 했다. 식어 가는 커피가 그들 앞에 놓여 있었다.

"초등학교 때 짝꿍."

"에이, 평범했네요."

"몇 년 전에 신문 기사에서 봤어. 선교사가 되어서 남편하고 같이 아프리카에 가 있더군."

"기분이 어땠어요? 반가웠어요?"

"다행이라고 생각했어. 난 십자가가 걸린 벽 아래에서는 섹스 할 기분이 안 날 것 같거든."

그녀가 당장 품 안에서 멀어졌다.

"팀장님은 어쩌면 그렇게 부끄러운 것도 없이 막 말해요?"

그가 나누어 주던 숨결만큼이나 뜨겁게 매달리던 제 모습은 잊었는지 새삼 빨개지는 얼굴이 우스웠다.

"왜 부끄러워해야 하는데? 우리가 뭐 잘못하는 거야?"

그는 대수롭지 않은 척했지만 거기에 담은 뜻마저 아무렇지 않을 수는 없었다. 신묵은 말하고 싶어졌다. 너는 왜 내게 따져 묻지 않는 거지? 내가 먼저 말해 주기를 기다리고 있는 거니? 그는 제가 하고 싶은 말이 무엇인지 오래전부터 알고 있었다. 혼자만 제일 바쁜 신입 사원, 선심 쓰듯 잠깐 만났다 헤어지지 말고 매일 함께 지낼 수는 없을까? 여기 이 삭막하고 무미건조한 공간을 너의 따뜻하고 달콤한 빛깔로 가득 채워 줄 수는 없을까?

그는 바닥으로 내려앉아 그녀의 손에 깍지를 끼고 올려다보았다. 제대로 된 고백도 약속도 하지 않는 그에게, 비겁하고 이기적인 그에게 아무것도 요구하지 않고 화도 내지 않는 그녀를 안타깝고 미안한 기분으로 쳐다보았다.

"영화 보러 가지 말까? 재워 줄게, 자고 가. 너 정말 피곤해 보여."

핑계가 아니라고 말하고 싶었지만 왠지 스스로에게도 거짓말을 하는 기분이 들었다.

"안 되는 거 알잖아요. 당분간은 PC방 나가야 해요. 영화 보고 빨리 저녁 먹고 가야죠."

그는 은근히 화가 나려는 것을 참았다.

"그러면 새벽에 내가 데리러 갈게. 내일 아침에 여기에서 씻고 출근해. 아침밥도 미리 해 놓고 너 갈아입을 옷도 사 놓을게."

"멀쩡아요. 너무 늦어요. 우리 둘 다 회사 지각해요."

말이라도 고맙다며 감동 받은 척이라도 해 주면 좋겠는데 그녀는 피시식 웃어 버리기만 한다. 그는 그녀가 갑자기 미워졌다. 그래서 말해 버렸다.

"너랑 같이 살고 싶어. 그러지 않을래?"

깍지 낀 손가락을 풀기 싫어 봉인을 찍듯 입술을 눌렀다.

그녀는 눈이 아픈 사람처럼 두 눈을 천천히 깜박거리더니 아까처럼 조그만 소리로 물었다.

"무슨 뜻이에요?"

"그냥 한집에서 지내자고."

"어디에서요? 여기에서요?"

"그래. 나랑 같이. 신세 지고 있는 어린이집에서 나와."

"어, 언제부터요?"

"오늘이라도 당장 필요한 물건 가지고 올까? 준비할 시간이 필요하면 며칠 있다가?"

그녀의 목소리가 한 톤 더 낮아졌다.

"난 어디서 지내구요?"

그는 혈관 속에서 꿈틀대는 뜨거운 기운을 모른 체하느라 대답하기까지 시간이 걸렸다.

"내 침실하고 서재 빼고 방 두 개 있는데 하나 네 방으로 만들어 줄게."

그녀의 표정이 조금 멍해졌다.

"정말 들어와 살라는 거예요? 그냥?"

"그래. 아는 사람 집이라도 눈치 보이고 불편할 거 아냐? 여기라면 너도 좋잖아. 왜, 너무 부담스럽니?"

"난 잘 모르겠어요."

그녀는 석고상처럼 앉아 있었다. 그는 연분홍을 바라보는 제 마음이 점점 더 간절하고 애가 타는 것을 느끼고는 쓴웃음이 나왔다. 여자한테 이렇게 매달려 본 기억은 확실히 없었다.

"너무 갑자기 물어봐서 놀랐구나. 생각해 볼래?"

"네, 생각해 볼게요."

그가 여전히 웃기만 하며 그녀를 바라보자 조심스럽게 질문이 건너왔다.

"그런데 같이 살게 되면 큰어머님이나 누님한테는 뭐라고 해요? 또 다정 언니한테도……."

"넌 어떡했으면 좋겠어? 불편하면 말 안 할게. 숨겨도 난 상관없어."

그녀는 대답이 없었다. 눈빛은 혼란스러워 보였다. 그는 바닥에서 일어났다. 더 기다렸다가는 제가 도리어 견디지 못할 것이다.

그는 냉장고로 가 차가운 생수병을 꺼내어 한꺼번에 다 들이켰다. 갑자기 목이 바싹 말라 온 것이 조바심과 불안함 때문이라는 것을 알고 있었다. 단지 그 감정이 그녀가 자신의 제안을 거절할지도 모른다는 생각에서 왔는지 아니면 그보다 더 나쁜 일이 일어날지도 모른다는 불길한 예감에서 왔는지는 되짚어 보고 싶지 않았다.

"화장실 잠깐만요."

그녀도 소파에서 일어났다. 실내를 살피다가 방문보다 조금 작은 문을 찾아 들어갔다. 그녀의 뒷모습을 보다가 신묵은 제 가슴이 왠지 감전이라도 된 듯 찌르르 아파오는 것이 이상하다고 느꼈다. 그것을 확실히 깨닫기 전에 누나의 전화가 걸려와 그 느낌을 무심코 잊어버린 것은 나중에 돌아보면 커다란 실수였다.

"어, 누나."

― 일요일인데 저녁 먹으러 안 올래? 매형도 너 본 지 꽤 되었다고 하고, 민준이도 연습 안 나가고 집에 있는데.

"안 돼. 다음에 보자고 전해 줘요."

― 싫은 건 아니고 안 된다니, 다른 약속 있니?

그는 대답 대신 소리 없이 웃어 버렸다. 이럴 땐 누나도 참 눈치가 빠르다.

― 너 혹시, 민준이 가르쳤던 선생님 만나?

큰어머니한테서 들었겠구나. 대답이 없자 누나의 목소리가 조금 커졌다.

― 연분홍 씨 맞구나?

"들켜 버렸네."

말은 무심한 듯했지만 그는 숨겨 놓은 생일 선물을 미리 발견한 아이처럼 웃음이 자꾸 새어 나왔다.

― 신묵아, 그 아가씨 오래 만날 거야?

큰어머니도 누나도 왜 그걸 궁금해할까?

"무슨 뜻이야? 그러면 안 돼?"

입가에는 웃음이 남아 있었지만 기분이 슬슬 불쾌해지기 시작했다.

— 너한테 아무런 도움이 안 되잖아. 나도 다 들었어.

뭘 다 들었다는 걸까?

"누나, 큰어머니한테서 무슨 소리를 들었는지 모르겠지만 그 애나 우리 남매나 부모 잃고 외로운 건 마찬가지잖아. 그걸로 뭐라 그러는 건 좀 우습지 않아?"

— 그게 다가 아니잖아?

그는 더 듣고 싶지 않았다. 태어나서 처음으로 같이 살고 싶다는 생각이 든 여자를 가난하다는 이유만으로 반대하는 소리는 아무리 누나라 해도 듣기 싫었다.

— 신묵아, 누나가 이런 말 처음 하지만…….

"왜? 결혼이라도 할까 봐?"

— 그래. 우성이만큼은 아니어도 너도 네 배경이 되어 줄 만한 여자하고 결혼했으면 좋겠어. 외국으로만 돌지 말고 이젠 회사 안에서 네 자리를 넓혔으면 좋겠어. 누나 욕심이니?

"누나한테 그런 야망이 있는 줄 몰랐네."

— 불가능한 거야?

"안심해요, 누나."

— 그 말은, 결혼까진 아니라는 거야?

"그래, 아니야. 누구라도 마찬가지고. 그러니까 신경 쓰지 마."

— 그러면 다행이지.

그는 헛웃음이 터져 나왔다. 누나를 나무라듯 큰 소리로 대꾸했다.

"뭘, 다행씩이나⋯⋯. 매형이랑 민준이한테는 다음에 한번 간다고 전해 줘요."

— 알았어. 그러면 그냥 재밌게 지내.

전화를 끊고 돌아섰을 때 신묵은 그녀가 꽤 오래 화장실에 있다는 걸 알았다. 빠끔히 열린 화장실 문틈으로 그녀의 모습이 보였다. 그녀는 세면대 앞에 허리를 굽히고 서서 두 손에 받은 물에 가만히 얼굴을 담그고 있었다.

"괜찮아?"

신묵은 화장실로 가서 문을 열고 물었다. 그녀가 수돗물을 몇 번 더 얼굴에 끼얹더니 젖은 얼굴로 웃으며 말했다.

"눈에 뭐가 잠깐 들어갔었어요. 이젠 괜찮아요."

"누나 전화 왔었어. 너 만나는 거 알아. 재미있게 지내래."

그녀는 별로 놀라거나 쑥스러워 하지도 않았다.

"네. 화장만 좀 고치고 나갈게요."

그는 의자에 있던 핸드백을 가져다주려다가 수건걸이에 이미 걸려 있는 것을 보았다. 언제 갖고 들어갔을까?

"영화 보고 나서 저녁은 뭐 먹을까요? 맛있는 거 사 줄 거죠?"

물기를 눌러 닦은 얼굴로 그녀가 활짝 웃으며 안에서 문을 닫았다.

"연강희, 돈은 구했어?"

진선이 회사 앞까지 찾아온 것은 처음이었다. 커피숍에 등산복 차림으로 들어오는 진선을 처음엔 그녀도 못 알아볼 뻔했다. 퇴근하면 잠깐만 보자더니 그게 궁금했던가 보았다.

"웬 등산복?"

"오늘 회사 창립일이라 다 같이 산에 갔다 오는 거야. 난 막걸리 냄새 피우면서 지하철 타기 싫어서 몰래 도망친 거고."

"너도 오랜만에 시간 났을 텐데 현중 선배 안 만나?"

자주 보지도 못하는 친구와 돈 이야긴 하고 싶지 않아 화제를 돌렸다.

"오빠는 한 시간 뒤에 만나기로 했어. 이 근처로 올 거야. 너도 같이 갈래?"

"알잖아, 시간 안 돼. 그런데 지진선 씨가 남자 친구는 어쩌고 이 아까운 시간에 나를 다 찾아오셨을까?"

"이거 너 써."

진선이 커피숍의 테이블 위에 올려놓은 건 백화점 상품권이었다.

"나 장기자랑 나가서 트로트 불렀어. 팀원들이랑 같이 이상한 옷 입고 웃기는 춤도 막 췄거든. 상으로 받은 건데 겨우 십만 원짜리야. 너 여름옷 좀 사 입어."

강희는 얼굴이 확 붉어졌다. 손을 갖다 대면 불이 붙은 것처럼 뜨거웠을 것이다.

"계집애야, 남자 만나면서 옷에는 좀 투자해."

"눈치 챘네?"

"얘 좀 봐. 언제는 그런 사이 아니라더니?"

"너 설마, 돈 못 빌려주는 거 미안해서 이거 나한테 주는 거야?"

"그래, 이걸로 예쁜 옷 사 입고 팀장 아저씨한테라도 돈 좀 빌려 봐. 그깟 자존심 좀 죽이고."

그래, 좋은 친구란 너랑 나처럼 자존심도 접고 거짓말도 안 할 수 있는 사이겠지. 그녀는 진선이 던지는 말이 하나도 아프지 않았다. 그래서 진선을 붙잡고 자신을 정말로 아프게 했던 일들을 일러바치듯 털어놓고 싶어졌다.

"고모한테는 돈 갚아 드렸어."

"그래? 어떻게?"

"다정 언니가 빌려 줬어. 너도 기억하지?"

진선이 잠깐 눈을 치뜨더니 입을 딱 벌렸다. 얼굴은 본 적 없지만 진선이 주홍 오빠에게 마음을 두었을 때 벌써 다정이라는 예쁜 이름의 애인이 있다는 것을 들어 알고 있었기 때문이다. 그 다정이라는 언니, 너희 오빠랑 아직 만나니? 그 말을 몇 번쯤 더 하고 포기한 뒤에 진선도 현중 선배의 마음을 받아 주었었다.

"잘됐네. 근데 서로 연락을 하고 있었던 거야? 오빠나 아주머니 장례식 때 안 왔었잖아? 왔으면 나도 알았겠지."

"그냥 우연히 만나게 됐어."

"네 기분이 참 묘했겠다. 그래도 그 언니가 돈을 빌려줬다니 다행이네."

"진선아, 사실은 다정 언니가 고모 돈만 갚아 준 게 아니야. 은행에 진 빚도 갚을 만큼 아주 큰돈을 나한테 부쳐줬어."

"뭐?"

진선의 표정이 그야말로 어리둥절해졌다. 왜 아니겠는가? 통장에 찍힌 금액을 보았을 때 그녀 역시 어안이 벙벙해진 채 숫자 영의 개수를 몇 번이나 다시 세어 봤는데. 자존심이 상하고 화가 났던 것도 잠시, 간사한 마음은 그 돈을 바로 은행의 대출 통장으로 이체하면서 얼마나 홀가분해했던가. 그리고 제정신이 돌아왔을 때의 그 초라함과 부끄러움이라니…….

"오빠 시집을 출간할 기회가 지금 아니면 없을 것 같았어. 시집 내려고 모아 놓은 돈을 고모한테 주고 싶지가 않더라. 그래서 그냥 받았어."

그녀는 통장에 찍힌 입금액을 처음 봤을 때처럼 복잡한 기분이 다시 들었다.

"여기저기 은행 빚까지 다 갚고 나니까 월급이 처음으로 내통장에 다 들어왔어. 그걸 확인하니까 더 큰 짐이 어깨를 짓누르는 것 같고 내가 더 이상 못나 보일 수가 없겠더라."

"바보야, 나쁜 짓 하고 받은 돈도 아니고 호의로 준 돈인데 왜 그래? 그냥 고맙다고 생각해."

"그래서 하루라도 빨리 갚을 거야. 그러고 싶어."

"왜? 다정 언니, 부잣집 딸이라며? 주홍 오빠 생각해서 준 거잖아. 천천히 갚으면 안 돼? 그러라고 준 거 아냐?"

강희는 제 앞에 놓인 아이스커피 잔에 맺힌 물방울을 엄지

손가락으로 미끄러뜨렸다.

"다정 언니 시댁이 내가 만나는 팀장님 집안이야."

기분이 묘해진 건 이번엔 진선의 차례일 것이다.

"뭐? 정말이야? 세상 참 좁다더니……. 그러면 팀장 아저씨도 네가 돈 빌린 거 알았겠네?"

"글쎄. 언니가 아마 그런 것까지 일부러 말하고 그러진 않을 거야. 그래도 빨리 갚고 싶어. 아니면 그만 만나든지."

"뭐? 그만 만나긴 왜? 돈이랑 그 아저씨랑 무슨 상관이라고."

"나랑 같이 살자고 해."

"결혼하자는 거야? 야, 그러면 잘된 거잖아?"

"아니, 우리 결혼할 사이 아니야. 그럴 수도 없고."

누나에게 결혼할 거 아니니까 안심하고 신경 쓰지 말라고 하는 태신묵의 말보다 다행이라고 대답하는 것 같았던 그의 누나의 말이 가시처럼 제 가슴에 박혔다. 화장실에서 핸드백을 가지러 나왔다가 그가 통화하는 소리를 들었을 때 그녀의 가슴에는 작은 바람구멍이 뚫렸다. 연애도 결혼도 싫고 심심하니까 가끔 만나 밥이나 먹자고 그가 말했을 때 자신 역시 결혼하자고 조르지도 않을 거고 부모님 데리고 나타나지도 않을 거라고 당당히 대답했던 때가 떠올랐다. 그런 말쯤이야 한 번이 아니라 열 번을 듣는다 해도 가슴에 찬바람이 불 이유가 없었다. 그런데 화장실로 돌아가 두 손에 차가운 물을 받고 얼굴을 한참 동안 담근 뒤에야 눈물이 그쳤던 까닭은 뭘까?

"결혼할 거 아니라면 설마, 동거하자는 거야?"

"응. 당장이라도 짐 갖고 들어오려면 그러래."

"나쁜 아저씨다."

"그런가?"

"설마 그 아저씨, 부모님 안 계시고 너 혼자 산다고 함부로 대하는 건 아니지?"

"그렇진 않아."

"그래도 어머니 계시고 주홍 오빠도 있었더라면 절대로 할 수 없는 말 아냐?"

"내가 사는 집이랑 동네 봤으니까 하는 말이겠지."

그녀는 어느새 태신묵의 편을 들고 있었다.

"다른 사람들한테는 뭐라고 얘기할 거래?"

"말 안 해도 괜찮다고 하더라. 상관없다고."

"비밀로 하자는 거야? 그게 더 기분 나쁘다. 진짜 어이없네, 그 아저씨."

그녀는 제가 느꼈던 감정을 친구에게서 확인 받자 자신이 잘못된 건 아니라는 생각에 안심이 되었다. 그 기분은 좀 우습기도 했다.

"강희야, 그 팀장 아저씨, 널 사랑하긴 한대? 넌 그 아저씨 사랑하니?"

사랑? 친구의 입에서 나오는 단어가 그녀는 문득 멸종된 고대 동물의 화석처럼 느껴졌다. 태신묵을 두고 그런 단어도 떠올려 본 적이 없다는 것이 그녀 스스로도 의아했다. 왜 그랬을까? 하루가 늘 심심해서 아침마다 그녀를 데리러 오고 자신에게 말하지 않은 것이 있었다는 것에 화를 내는 남자를 보면서도 그녀는 한 번도 그가 자신을 사랑하는지 또 자신은 그를 사랑하는지 그런 것 따위는 생각해 본 적이 없었다. 그러니 비겁한 건 자신도 마찬가지였나 보다. 그가 그어 놓은 친구라는 경계를 자신 역시 안전하게 받아들이고 언젠가는 각자의 자리로 돌아가야 한다는 것을 오히려 다행스럽게 여기고 있었는지도 모르겠다. 그날이 되면 자신은 오빠와 엄마의 무덤 앞에서 신발 자국이 남은 라면 박스로 벽을 쌓을 테지만, 그 역시 어린 시절의 흉터를 핥으며 동면을 앞둔 곰처럼 등을 돌리고 누울지도 모르겠다.

강희는 대답 대신 제 마음이 점점 그에게로 기울며 약해지려는 것을 오빠와 엄마를 떠올리며 강하게 다잡았다. 이름을 바꾼다고 마음이 금방 강해지는 건 아닌 모양이다. 그녀가 대답이 없자 조심스러운 질문이 다시 돌아왔다.

"근데 헤어진다는 건 뭐야? 아까 다정 언니 얘기 하면서 그랬잖아."

"어쩌면……. 다정 언니한테서 돈까지 받았으니까 더 만나면 안 될 것 같아."

"왜?"

"큰돈까지 덥석 받은 주제에 그 집에서 같이 살기까지 하면 내가 뭐가 되겠어? 나를 돈에 판 것 같잖아."

그가 하자는 대로 자꾸 따르고 싶어지는 마음도 겁이 났지만 그녀는 엄마가 사고를 당했던 날처럼 그를 탓하고 원망하는 마음이 다시 살아날까 봐 두려웠다. 잘못을 저지르지도 않았고 그럴 의도도 없었던 그를 혼자 미워하며 원망할 수는 없다. 핑크야, 탓을 하려면 리어카에서 미끄러진 라면 박스를 탓해. 그 사람이 아니었으면 너까지 엄마처럼 사고를 당했을지도 모르잖아. 오빠의 말이 그녀를 간신히 지탱하고 있었지만 그의 집에서 매일 그의 얼굴을 보며 갚아야 할 돈에 주눅이 들어 지내게 된다면……. 그가 자신의 감정을 휘두르는데도 돈 때문에 아무 말도 못 하게 된다면……. 알아? 이게 다 당신 때문이야! 그녀는 제 입에서 폭발하듯 튀어나갈지도 모르는 눈먼 말들이 무서웠다.

입 밖으로 꺼내어 말할 순 없지만 그녀는 서른네 살 먹은 남자의 욕망 또한 두려웠다. 그는 머리를 쓰다듬어 주는 부드러운 손길과 다르게 불꽃이 일렁이는 어둡고 위험한 눈동자를 그녀가 자꾸만 눈치 채게 했다. 혼자 누운 쪽방에서 창밖의 바람 소리에 잠을 깨는 새벽이면 그녀는 태신묵의 눈빛을 떠올리며 서늘한 외로움을 견뎠다. 그런 남자가 사는 집으로 들어가면서 결국 어떤 관계가 될지 모른다고 하는 건 순진한 거짓말일 것이다.

강희는 회사 화장실에서 여자들이 자신을 두고 수군대던 말도 떠올렸다. 나이 많은 애인에게 몸으로 로비를 해서 계약을 따내는 여자. 소문이야 곧 가라앉을 테고 아니라고 변명을 할 수도 있지만 다정 언니에게서 돈까지 받아 놓고 그와 같이 살게 된다면 그럴 수도 없게 된다. 둘이 있을 땐 회사 일을 꺼내지 말라고 농담처럼 말했었지만 누가 알게 되든 말든 제 마음이 결코 편안할 수 없는 일이었다.

아이스커피의 얼음이 녹아서 달각 소리가 났다.

"강희야, 난 잘 모르겠지만 그냥 네 마음이 원하는 대로 했으면 좋겠어."

진선의 표정은 전에 없이 진지해 보였다.

"돈을 다 갚기 전엔 빌린 걸 말할 수 없다든가 결혼도 안 했으면서 같이 살 순 없다든가 그런 거 말고 진짜 네 맘이 원하는 대로 해. 그 사람이 좋으면 같이 살아. 다른 사람 시선이나 이런저런 이유 생각하지 말고 조금만 이기적으로 살아도 될 거 같아. 넌 그래도 돼."

"이기적으로?"

"그래, 강희야. 팀장 아저씨한테 사실대로 다 털어놔. 돈을 좀 빌렸다고, 언제가 되든 꼭 갚을 거라고. 그러니까 그 집에 들어가 살아도 비굴할 거 없다고 말해. 두 사람 감정이야 나는 잘 모르겠지만 그러다가 결혼도 하면 되지 않아?"

"아까는 나쁜 아저씨라며?"

피식 웃으며 묻자 진선이 대답했다.

"모르는 사람들 보기에 그럴 수도 있다는 거지. 네가 더 잘 알 거잖아. 아냐?"

그녀는 천천히 고개를 저었다. 진선이 말하는 그 사람들의 시선 속에 오빠와 엄마의 시선이 있다는 걸 알아도 저렇게 말할까? 그 남자나 스스로를 탓하지 말고 라면 박스를 탓하라던 오빠도 여동생이 그와 이런 관계가 되리라고는 생각하지 못했을 것이다.

"좀 쉽게 살아. 네 그 자존심이나 이상한 결벽증도 참 알아 줘야 해."

그녀의 사정도 모르는 진선이 포기했다는 듯 말했다.

강희는 아버지의 여자를 이야기하던 그를 생각했다. 가련한 모습 뒤에 애정을 돈으로 증명해 보이라는 듯 교묘한 얼굴이 숨어 있었다며 비웃지 않았던가. 그가 자신을 오해하지는 않겠지만 조금이라도 비슷한 상황에 빠지고 싶지 않았다.

그와 함께 있을 땐 웃는 일만 있었으면 좋겠다고 말한 건 자신이었는데 이렇게 갑자기 끝나 버릴 줄은 몰랐다. 스쿠터가 망가진 것부터 엄마를 구하지 못한 것 그리고 짧은 연애까지 그는 정말 그녀에게 기묘한 인연으로만 남는 사람이었다. 처음부터 안 만났으면 좋았을 사람인지도 모르겠다.

그래도 나쁜 이별이 아니어서 다행이야. 그녀는 그와 나눈 모닝커피를 그리고 키스를 하나하나 스크랩하듯 돌이켜 생각해 보았다. 웃으며 기억할 수 있을 만큼, 곧 아픔 없이 묻을 수 있을 만큼 짧아서 다행이었다.

벨을 누르기도 전에 헐떡이며 달려오는 낮은 소리가 먼저 들렸다. 그리고 철제 문 너머 발톱으로 긁어 대는 소리. 신묵은 벨을 누르지 않고 퍼그의 요란한 환영에 이어 문이 바로 열리기를 기다렸다.

"외삼촌!"

일부러 시간을 내 들렀더니 다행히 조카는 집에 있었다. 퍼 그의 앞발이 그의 종아리를 감았다.

"훈련 안 갔어?"

그는 키가 훌쩍 큰 민준이의 등을 툭툭 두들겼다. 집안엔 현관을 들어서자마자 맛있는 냄새가 가득했다.

"경기 다 끝났는걸, 뭐. 민준이도 이제 공부해야지."

앞치마에 손을 닦으며 그를 맞이하는 누나도 몇 달 만에 처음 보는 것이니 전화는 가끔 했더라도 남매끼리 너무 소원하게 지내긴 했다.

"매형은 퇴근 전?"

"회의. 저녁 먹고 올 거야. 배고프겠다. 어서 손 씻고 앉아."

하나로 묶은 긴 머리를 찰랑거리며 누나는 주방으로 들어갔다. 결혼을 일찍 해서 민준이만 한 아들이 있는 것이지 아직도 젊어 보이는 누나였다. 연분홍과 비슷한 키에 조금 더 살이 붙은 뒷모습을 보면서 그는 그녀가 저렇게 머리를 기르면 어떤 모습일까 상상했다. 누나에겐 미안하지만 당연히 더 예쁠 것이다. 그 앤 목이 가느니까 굵은 웨이브도 잘 어울릴 거야. 늘 추워 보이는 목에는 인도네시아 염색 천인 바틱으로 만든 스카프를 감아 줘야겠다. 앞으로 남기게 될 키스 자국이 가려질 수 있게. 그는 그녀의 몸 어디든 키스하고 싶은 충동을 불쑥 느꼈다. 그녀의 대답을 기다리는 날들이 불안하나마 달콤하고 짜릿한 만큼 언제가 될지는 모르겠지만 그녀와의 밤도 그럴 것이다.

"외삼촌, 뭐해요?"

민준이가 부르는 소리에 눈을 깜박이니 제 앞에 불쑥 수저한 쌍이 와 있다. 그는 수저를 받아 식탁에 가지런히 놓았다.

"어, 삼촌 얼굴 빨개졌어요."

"넌 빨리 먹고 들어가 수학 문제 풀어."

누나가 짐짓 엄한 목소리로 아들을 다그치는 것을 들으며 그의 생각은 또다시 연분홍에게로 달려갔다. 그녀는 민준이에게 무슨 과목을 가르쳤을까?

"연분홍 선생님한테서는 뭐 배웠었니?"

누나가 꽂게 찌개를 덜어 그의 앞에 놓아 주다가 눈을 흘기며 쳐다보았다. 대 놓고 그녀와의 사이를 떠벌리는 동생이 못마땅하기라도 한 걸까? 그는 누나의 시선을 무시하고 조카의 대답을 기다렸다.

"영어랑 수학 했어요. 왜요?"

"왜요는 뭐가 왜요야? 공부 열심히 하라는 거지."

불쑥 내지르는 제 말투에 웃음이 스르르 묻어나는 것도 어쩔 수 없었다.

"나 이제 과외 안 해요. 외삼촌 이상해."

"이민준! 넌 어서 밥 먹어. 다 먹고 들어가 공부해야지."

"오랜만에 나도 왔는데 같이 놀게 좀 둬요."

두 남자가 공모자처럼 마주 보며 웃는 것을 누나도 어쩔 수 없이 쳐다보기만 했다. 얼마 전에 있었던 민준이의 경기 이야기와 사내 커플인 매형과 누나가 다니는 회사의 이야기까지 두

런두런 나누며 저녁을 먹고 나서 그는 조카를 따라 방으로 들어갔다. 벌써 1년도 훨씬 전에 왔었던 대학생 과외 교사의 흔적이 남아 있을 리 없다는 것을 알면서도 그는 공연히 조카의 책상과 책꽂이 앞을 서성거리고 그녀가 앉았을 의자도 만져 보았다.

민준이와는 학교생활에 대해 이런저런 이야기를 하다가 누나가 포도 접시를 들고 들어와 책상 위에 놓을 때 밖으로 나왔다. 남매는 식탁에 마주 앉았다.

"커피 줄까?"

"아냐, 됐어요."

누나가 포도 껍질과 씨를 뱉을 작은 접시를 그 앞으로 밀어주었다.

"연분홍 씨는 잘 지내?"

그는 뺨이 화끈거리는 것을 느끼고 처음으로 누나 앞에서 부끄러워졌다.

"음, 민준이 말로는 스쿠터 뒤에 남자 태우고 다닌다고 누나가 그만 오게 했었다며? 정말이야?"

남들이 알면 고작 그것 때문이냐고 하겠지만 그들의 부모는 남매에게 남녀 관계에 대한 왜곡된 선입견을 남겼다. 가끔은 이렇게 아주 보수적인 방향으로.

"그게 언제 얘긴데 그래?"

"맞구나. 누나, 그 남자 연분홍 오빠였을 거야. 1년 전에 세상 떠났지만."

"뭐? 정말이야? 오빠라면 아무리 나이가 많다고 해도 30대는 안 넘었을 텐데 왜?"

"심장 수술 받다가 돌아가셨대. 서른도 안 돼서."

"세상에, 그런 일이 있었구나."

그는 문득 의문스러워졌다. 누나가 그에게 전화했을 때는 그녀에 대해 어디까지 알고 있었을까? 하나 있는 오빠가 세상을 뜬 것은 모르고 있었다는 건데.

"난 그냥 부모님 다 돌아가시고 형제자매도 없이 혼자라는 것만 들었어. 우성이 와이프가 자세한 얘기까지는 안 하더라고."

그는 짐작이 갔다. 우성의 집을 찾아가 제수에게 연분홍에 대해 물어봤을 때 제수는 연분홍이 대학교 후배이자 동료 배우의 여동생이라고만 했었다. 단순한 동료이기보다는 훨씬 가까웠던 사이로 시누이에게 그것까지 얘기하며 가슴 아픈 기억을 떠올리기는 싫었겠지.

"누나, 외로운 게 다가 아니라고 했었지? 그럼 뭐야? 경제적인 거?"

"월급 압류에 신용 불량까지는 너무 심한 거 아냐? 그건 우성이 와이프도 말하기 좀 그랬는지 큰어머니한테서 들었는데 넌 알고 있었니? 표정 보니까 몰랐구나? 요즘 젊은 여자들 결혼 전에 카드 빚이 수천만 원씩 쌓인 애들도 있다고 하더니 젊은 아가씨가 무슨 빚을 그렇게 많이 졌는지 모르겠다. 하고 다니는 건 그렇게 사치스럽게 안 보였었는데."

그는 무거운 망치가 머리를 한 대 내려친 것 같았다. 월급 압류에 신용 불량이라니, 그제야 왜 그렇게 주말에도 아르바이트를 하는지 이해가 되었다. 오빠의 시집을 출간하려고 돈을 모으는 줄로만 알았는데……. 그의 목소리가 어두워졌다.

"아마 가게에 불이 나서, 가스 폭발 사고가 나서 그랬을 거야. 그것 때문에 어머님도 병원에 오래 계시다가 돌아가신 거니까. 가게 위에 있던 살림집까지 불이 번진 모양이더라고. 제수씨가 그건 얘기 안 했어?"

그는 누나가 입을 딱 벌리며 손을 입가에 갖다 대는 것을 보았다.

"그 아가씨 불쌍해서 어떡하니? 큰어머니는 그 아가씨가 사치에 낭비벽이 있는 것도 싫다고 하셨지만……."

"누나!"

그는 화가 솟구쳐서 목소리를 높이며 누나의 말을 잘랐다.

"그건 사고 때문에 진 빚이라고 말씀드려!"

"얘, 민준이 공부한다. 목소리 낮춰. 큰어머닌 돈이 문제가 아니라 외롭고 기댈 데 없는 것도 싫다고 하셨어. 난 그저 부모님이 일찍 돌아가신 걸 두고 말하시는 줄 알았지, 오빠까지 그렇게 된 줄은 몰랐어. 더구나 가스 폭발 사고라면 집이 완전히 망한 거잖아?"

그는 숙모의 전화를 받았던 일을 떠올리자 그때보다 기분이 더 불쾌해졌다.

"근데 큰어머니도 참 웃기지 않니?"

누나가 이번엔 새침한 표정을 지었다.

"왜?"

"좀 번듯한 집안 아가씨들은 너한테 힘이 될까 봐 물리치더니 연분홍 씨처럼 너무 없는 아가씬 또 회사에 손해라도 입힐까 봐 싫어하시는 것 좀 봐. 큰아버지도 그래. 말로는 우릴 챙긴다고 하시지만 은근히 우성이한테 방해가 안 되게 널 자꾸 인도네시아 지사에만 있게 하시고. 너한테 혹시 다시 나가 있으라고 안 하셔?"

그는 우성과 인도네시아 지사의 일에 대해 의논한 것을 누나에게 말해야 할지 생각했다. 아직 결정된 것이 없기도 했지만 지금은 회사 일을 얘기하러 여기 온 게 아니다.

"그 얘긴 다음에 해요, 누나. 사실은 연분홍한테 오피스텔에 들어와 같이 살자고 내가 말했어. 누나는 알고 있어야 할 거 같아서 온 거야."

"뭐? 너 내가 전화했을 땐 결혼할 생각 없다고 했잖아. 그러면 동거라도 하겠다는 거야?"

"그 애 형편이 어렵잖아. 난 방이 남아돌고. 안 돼?"

"기가 막혀. 요즘 젊은 애들은 다 그러니? 결혼도 안 하고 같이 사는 게 아무렇지도 않아?"

그가 픽 웃었다.

"남녀가 한집에 같이 산다고 꼭 무슨 일 생긴다는 법 있어?"

그런데 왜 목소리에 자신이 없을까? 그는 제 속을 누나에게 뻔히 들킨 것 같아 멋쩍어졌다.

"그 아가씬 뭐래? 좋다고, 냉큼 그러겠다고 해?"

"생각해 보겠다고만 했어."

"하겠다고 해도 웃기는 거 아냐? 내 동생이지만 너도 마찬가지야. 결혼할 것도 아니라면서 괜히 어린 아가씨 앞길 막지 마."

"그래도 같이 살겠다면? 그냥 빈방 하나 빌려준다고 생각하면 되잖아."

"안 돼. 난 반대야. 말릴 거야."

예상은 했지만 어차피 누나에게 허락을 받고 말고 할 생각은 없었다. 연분홍이 불편해할까 봐 미리 양해를 구하러 온 것이지.

"신묵이 너 나중에 결혼할 때 한 번 동거했었다는 거 여자 쪽에서 알게 되면 안 좋아. 어떤 집안에서 다른 여자랑 살았던 남자한테 자기 딸을 주고 싶겠니?"

"하하, 그게 이유야? 연분홍하고 동거는 해도 결혼은 당연히 다른 여자하고 할 거라는 소리로 들리네. 은근히 기분 나빠요, 누나. 내가 그 애랑 결혼할 수도 있잖아?"

은근히 정도가 아니었다. 큰어머니의 전화를 받았을 때보다 사실은 더 불쾌하고 화가 났다. 낯선 감정을 지우려고 일부러 농담처럼 벙글벙글 웃으며 말했을 뿐이다.

그러자 결혼 따위는 누구와도 있을 수 없는 일이라는 단서를 붙이면서도 제법 즐겁고 설레는 것을 느꼈다. 그가 책임과 의무를 법적으로도 성실히 해야 할 여자, 그녀를 닮은 아이를 함께 낳아 기르고 인생의 가장 긴 시간을 공유했던 추억을 마지막 순간까지 나누어 가질 여자. 그런 여자가 연분홍일 수도 있다는 것을 그는 처음으로 생각해 보았다. 심심하니까 밥이나 같이 먹자고 말했을 때와는 전혀 다른 기분이었지만 그렇게 진지해지는 것도 나쁘지 않았다. 누나의 말에 느꼈던 불쾌함을 씻어 줄 만큼 시원하고도 달콤해서 막 딴 캔 사이다의 첫 모금을 마신 듯했다.

그는 가슴이 꽉 조여들며 빈자리에 오색 비눗방울들이 가득 차는 것을 느꼈다. 부풀어 오른 제 몸이 바람을 타고 둥실 날아오를 것만 같았다.

"그 아가씨가 그렇게 좋아?"

누나의 얼굴이 왜 저렇게 묘한 표정을 짓고 있을까?

"뭐?"

"아니, 네가 그렇게 웃는 거 처음 보는 것 같아서……."

그는 어이없어 하며 입꼬리를 비틀었지만 그 순간 연분홍에게 미안한 마음이 들었다. 제 감정을 감추고 싶지가 않았다. 갑자기 그녀가 보고 싶었다. 그녀의 대답이 무엇이 되든 그녀를 안아 입 맞추고 함께 비눗방울처럼 날아오르고 싶었다.

— 지금이요?

"그래. 아침에 너 태우는 자리에 나와 있어. 여기서 어디로 올라가면 되니? 주민 센터 지나서 이비인후과 병원 있고 삼거리가 하나 보이는데……."

— 안 돼요. 지금은 못 나가요.

"왜? 다들 주무시니?"

신묵은 손목시계를 내려다보며 천천히 걷고 있었다. 11시. 연분홍이 신세를 지고 있다는 어린이집에선 아이 우는 소리가 전화기 너머로 들렸다. 아는 분이라고 했던 사람의 아이일까? 어린이집의 주인이 제 아이도 키우면서 운영을 하는 모양이라고 그는 생각했다. 늦은 시간이긴 했지만 자기 전에 잠깐만 나와서 얼굴 좀 보여 주면 좋을 텐데.

"5분도 안 돼? 저기 농협 직판장이라는 큰 가게 보이고 조금 더 옆에 작은 우체국도 보여. 그 앞에 있을게. 너 나올 때까지 딱 아홉 시간만 기다리지, 뭐. 그다음엔 나도 출근해야 하니까."

그는 대답도 기다리지 않고 전화를 끊어 버렸다. 짓궂은 미소가 절로 지어졌다.

곧 왼쪽의 큰 골목에서 연분홍이 헐레벌떡 뛰어나오는 것이 보였다. 저렇게 급하게 뛰어나올 거면 안 된다는 말도 하지 말고 시원하게나 좀 대답할 것이지 싶어서 그는 일부러 얼굴을 구기고 팔짱을 낀 채 그녀를 기다렸다.

"팀장님, 무슨 일이에요?"

그녀는 숨이 턱까지 차서 물었다.

"아직 옷도 안 갈아입었네. 친구 만났다가 금방 들어온 거야?"

그렇다는 건지 아니라는 건지 그녀가 다시 그의 팔뚝을 잡고 숨을 몰아쉬며 되물었다.

"웬일이에요, 이 시간에?"

"보고 싶어서."

그게 무슨 새삼스러운 말이라고 그녀는 숨을 딱 멈추듯 굳어진 채 그를 마주 보았을까? 그는 그녀의 손을 잡고 차를 세워 둔 방향으로 천천히 걸었다.

"어른들 계시지? 애 우는 소리가 들리던데."

"나 얼른 들어가 봐야 해요. 별일 있는 건 아니죠?"

그녀는 여전히 안절부절못하고 있었다. 글쎄, 네 이름처럼 예쁜 그 입술에 멈추기 싫은 키스를 하고 싶어진 건 별일일까 아닐까?

"이 시간에 다른 식구들은 뭐 하고?"

"어쨌든 가 봐야 해요. 내일 아침에 봐요."

같은 말만 되풀이해 놓고 그녀는 손을 뿌리치며 왔던 길로 달려갔다. 그는 무엇에 홀린 사람처럼 골목으로 사라지는 그녀의 뒷모습만 바라보고 서 있었다.

한 번 돌아보지도 않고 가네. 그는 그녀를 잠깐 본 것으로 더 조바심이 쳐져서 안아 보지도 못하고 허전해진 두 손만 폈다가 오므렸다 했다.

올여름 장마는 일찍 시작된다고 하더니 그다음 날 아침은 눈을 떴을 때부터 공기가 묵직하게 가라앉아 있었다. 젖은 솜이불이 하늘을 덮은 듯, 축축한 대기가 도로와 빌딩과 가로수들을 둘러쌌다. 잿빛 구름이 잔뜩 몰려와 신묵의 자동차도 헤드라이트를 켜야 할 정도로 아침이 어두웠다.

"커피가 좀 다르네?"

그녀와 마시는 모닝커피. 루왁도 호기심에 마셔 본 것일 뿐 커피를 썩 즐기지 않는 그가 하루에 딱 한 잔만 마시는 커피가 연분홍이 타 오는 커피였다.

"그래요? 매일 마시던 커핀데요?"

"아니야, 더 진하고 향이 좋아."

그녀의 회사에서 한 정거장 떨어진 일방통행로 골목 안. 언젠가부터 이곳이 그들의 아침 데이트 장소가 되었다. 10분 동안 차 안의 라디오에서 흘러나오는 오늘의 날씨와 노래 한두 곡을 듣고 나면 그는 다시 차를 출발시켜 그녀를 회사 앞에 내려 주고 자신도 출근을 서둘렀다.

"커피만 달라진 게 아닌 것 같아. 너도 오늘은 좀 달라."

그는 종이컵을 차 안의 홀더에 끼워 놓고 그녀의 앞머리를 슬쩍 매만졌다.

"내가 왜요?"

"뭔지는 모르겠지만 그냥 좀 분위기가 달라. 화장이 달라졌나?"

"칫, 똑같아요. 그래도 어제보다 더 예쁘죠?"

그의 손이 당장 그녀의 가는 목덜미로 날아가 벌을 주듯 제게로 끌어당겼다. 그래 봤자 이마를 한 번 아프게 부딪치는 것뿐이었지만.

"넌 좀 겸손해져라."

어제보다 더 예쁠 일이 뭐가 있겠냐고 하지 않고 그는 그녀의 말을 인정하는 꼴이 되어 버렸지만 괜찮다고 생각했다. 그리고 자신의 손이 여전히 그녀의 목을 끌어당기고 있음과 제 입술이 그녀의 입술을 찾는 것이 너무도 자연스러워 이상하기까지 했다.

따뜻한 숨결이 섞여 들며 그녀의 수줍은 웃음소리가 귓가에 내려앉을 때 그는 온몸의 혈관이 미세하게 떨리는 것을 느꼈다. 하프의 한 줄 한 줄을 손가락으로 느리게 퉁기듯 그는 맞닿은 그녀의 입술을 가만히 건드렸다. 진즉에 감긴 두 눈 대신 더 예민해진 감각은 출근을 서두르는 사람들의 시선이 선팅이 된 차 안을 뚫고 들어올지 말지도 신경 쓰지 않았다. 지금 이 키스가 혼자만의 욕망은 아니라는 것을, 그녀의 부드러운 손가락이 제 목덜미를 어루만지고 있다는 것을 기쁨에 가득 차 확인하고 싶을 뿐이었다.

이른 아침부터 온몸이 뜨거워지고 머릿속이 하얗게 비워질 정도로 이 여자를 원하는 자신은 정신이 도대체 어떻게 된 걸까? 그리고 조금의 주저함도 없이 입술을 열어 주는 그녀는 무슨 생각을 하고 있는 걸까? 그는 그녀의 반응에 전율하면서도 역시 무언가 달라졌다는 것을 느꼈다.

그를 멈추게 한 것은 라디오 프로그램의 시그널 뮤직과 디제이의 멘트 때문이었다.

— 오늘 하루도 뜨겁게 시작합니다!

꼭 저를 두고 하는 말인 것 같아 그는 웃음이 터져 버렸다. 그리고 이 시간엔 그녀를 벌써 회사 앞에 내려 주었어야 한다는 것도 깨달았다.

"늦겠다."

"네."

말과는 달리 두 사람 다 서두르지 않고 뜨거워진 이마를 맞 댄 채 그대로 앉아 있었다. 그는 말도 안 된다는 걸 알면서 용 기를 내 보았다.

"우리 둘 다 오늘 회사 가지 말까?"

돌아오는 것은 역시 곱게 흘겨보는 눈웃음뿐. 그래도 뺨에 돌아오는 따뜻한 입술이 있었다. 촉, 하며 떨어진 입술과 웃고 있는 반달눈과 길고 짙은 속눈썹이 살짝 감겼다 떨어지는 것을 영원히 이렇게 가까이에서 볼 수 있다면…….

"어서 출발해요. 난 괜찮지만 팀장님은 지각하겠어요."

나른하게 속삭이는 목소리는 더 놓아 주기 싫게 했지만 그 는 간신히 몸을 떼고 차를 몰았다. 거울을 꺼내 살짝 화장을 고 치는 그녀를 옆 눈으로 보면서 뭔가 다른 말을 하고 싶은 충동 을 느꼈다. 아침마다 지켜보던 그녀의 뒷모습이 점점 작아질 것이 오늘은 유난히 더 아쉬웠고 긴 하루를 견디고 내일 아침 을 또 기다려야 한다는 것이 싫었다. 심장이 펄떡 뛸 때마다 솟 구치는 뜨거운 피가 제 온몸을 데우고도 아직 그녀의 온기가 아니면 소용없는 빈자리가 남아 있다는 것에 보채고도 싶었다. 그는 폭풍이 불어오는 바닷가에서 그녀의 손을 꼭 잡고 서 있 는 것 같은 따뜻하면서도 쓸쓸하고 긴박한 기분을 느꼈다. 심 장이 부지런히 뜨거운 피를 쏟아냈지만 한마디 말을 더 하지 않으면 거센 비바람이 그녀를 쓸어가 버려 가슴속 빈자리는 더 황폐하고 공허해질 것 같았다.

그런데도 그는 지금 무슨 말을 해야 할지 머릿속이 텅 빈 것처럼 알 수가 없었다. 한 번도 느껴보지 못한 이런 낯선 감정을 어떤 단어로 그녀에게 전달해야 하는지 입술은 벌어졌지만 나오지가 않았다.

"태신묵 팀장님."

저렇게 달콤하고도 부드러운 목소리로 제 이름을 불러 주는 연분홍은 그가 느낀 생소한 감정의 이름을 알고 있을까? 차를 세우고 멍해진 눈으로 그녀를 돌아보자 하얀 티슈 한 장이 그의 입술을 살살 문질렀다가 돌아간다.

"갈게요."

그녀는 조수석의 문을 열고 나가 출근하는 사람들 속으로 이내 사라졌다. 그의 의식은 비바람이 으르렁대는 바닷가에서 순식간에 차 안의 일상적인 공간으로 돌아왔다. 거센 파도와 휘몰아치는 폭풍우 속에서 그녀의 따뜻한 손을 기어이 놓쳐 버린 것 같은 안타까움을 느꼈지만 생소하고 익숙지 않은 감정은 찬찬이 되돌아보기도 전에 수증기처럼 증발했다. 그는 자신이 하고 싶었던 말이 무엇이었는지 잊어버리고 단지 그녀가 주었던 아득한 감각만을 기억했다. 그것을 되새기듯 제 입술을 손가락으로 매만졌다.

연주홍 시인의 《꽃의 이름》. 주홍색의 넓은 테두리 안에 푸른 하늘이 비치듯 긴 사각형이 있고 그 안에 그림을 그리는 오빠의 친구에게 부탁한 캐리커처가 들어가 있는 표지다. 출판사에서는 유고 시집이라는 말을 넣고 싶어 했지만 그러면 오빠가 생명으로부터 영원히 멀어진 존재가 되는 것 같아 강희는 유고라는 말을 빼기를 고집했다. 시인의 이름과 시집의 제목은 잘 어울렸고 주홍색의 표지와 젊고 섬세한 얼굴의 캐리커처에서는 생동감이 느껴졌다.

"책이 참 잘생겼어요."

그녀는 오빠의 얼굴을 만지듯 시집을 두 손으로 조심스럽게 쓰다듬었다.

"이상하게 들리시겠지만 오빠를 화장하기 전에 마지막 인사를 나눌 때도 이렇게 잘생긴 얼굴이었어요. 아주 평온하고 순한 얼굴이요."

"이해합니다. 저도 몇 년 전 팔순이 넘은 어머님을 보내 드릴 때 어쩌면 이렇게 아기처럼 고운 얼굴이실까 생각했었거든요."

맞은편에 앉아 있는 출판사의 사장 겸 편집장인 김지용은 그녀의 말을 차분히 들어주었다.

"시집을 제 돈 주고 사는 사람도 많지 않지만 시를 읽는 사람도 드물다는 걸 알아요. 더구나 어릴 때부터 시인이 꿈이라는 사람은 오빠 말고는 제 주위에서 본 적이 없었구요. 그래도 사람들이 오빠의 시를 많이 읽어 줬으면 좋겠어요."

그 말은 출간 날짜를 알려 주던 전화를 받았을 때도 이미 했던 말이었다. 그래도 강희는 감격스럽고 기쁜 마음에 제 간절한 소망을 산울림처럼 되풀이하여 말했다. 두 눈 가득 고였던 뜨거운 눈물이 도저히 참지 못하고 흘러넘쳤다. 그녀는 새 책 냄새가 나는 시집으로 젖은 얼굴을 가리다가 이내 흐느끼며 울었다. 엄마가 불 속으로 뛰어들어 찾으려 했던 것, 통장도 돈도 가게의 집기도 아닌 오빠가 손으로 써 내려간 시 원고 뭉치와 창작 뮤지컬의 대본이 저장된 노트북 컴퓨터. 오빠도 포기했던 그것들이 카운터 아래에 있었다는 것을 그녀는 오빠가 이미 세상을 떠난 뒤 시커먼 폐허가 된 가게를 청소하면서야 알 수 있었다.

꺽꺽거리며 터져 나오는 울음을 참으려고 그녀는 무릎 위로 엎어질 듯 고개를 숙였다. 오빠의 글에 얼굴을 묻었다. 턱 끝에서 떨어진 눈물방울이 매끈하게 윤기가 나는 표지 위에 잠깐 고였다가 미끄러졌다. 오빠와 엄마를 차례로 떠나보내고 벌써 흘릴 만큼 다 흘려버린 줄 알았던 눈물이 아직도 남아 있었다. 남은 시를 모으고 간추리며 책이 나오기까지 출판사와 여러 번 교정을 보고 의견을 주고받는 동안에는 참을 수 있었던 눈물이었다.

"우리 오빠랑 엄마 안 죽었어요."

어린아이가 오기를 부리듯 소리 높여 되풀이하는 제 말이 우습고 부끄럽기도 하여 간신히 얼굴을 들고 탁자 위에 쌓인 시집들을 보았다. 뿌연 시야 안으로 미소 짓고 있는 김지용 사장과 다른 직원의 얼굴이 보였다.

"여기 휴지……."

김 사장의 옆에 앉아 있던 편집부의 여직원이 티슈를 그만 뽑아 주기까지 또 몇 분이 더 흘렀다. 그녀 역시 눈가가 붉어져 있었다.

　"동생분이 이렇게 애써서 출판하셨으니 저희도 마케팅에 최선을 다하겠습니다. 출판 비용을 거의 다 대셨으니 시집이 좀 팔리면 좋겠는데요."

　그녀는 김 사장의 말에 고개를 끄덕였다.

　"오빠의 시집을 드리고 싶은 분이 몇 분 있어요."

　두 시간 뒤, 그녀는 오빠가 심장 수술을 받았던 대학 병원에 있었다. 다시는 오고 싶지 않은 곳이었는데 이렇게 침착하게 돌아오게 된 것이 자랑스럽고 뿌듯했다. 심장흉부외과의 간호사 스테이션에서 오빠의 이름을 대며 그녀는 떨리는 목소리를 진정시켰다. 담당 의사를 잠깐만 만나겠다고 말하자 그녀를 알아본 간호사가 진찰실로 안내해 주었다.

　그녀의 부탁은 어려운 것이 아니었다. 오빠의 시집을 병원 도서실에 기증하겠다는 것. 검은 머리카락이 한 올도 없이 흰 머리숱이 많은 의사는 기꺼이 그 말을 들어주었다. 자신에게도 따로 한 권을 달라는 말에 그녀는 가방 속에 가져간 시집 중 한 권을 그에게 내밀었다. 한때는 그녀가 이 세상의 누구보다 원망하고 미워했던 의사가 주름지고 굵은 손가락으로 오빠의 얼굴을 천천히 쓰다듬었다. 매끈한 종이 위에서 영원히 늙지 않고 죽지도 않을 오빠는 꽃의 이름을 노래하는 아름다운 청년이었다.

"연주홍 씨, 다시 봐도 참 꽃 같은 얼굴이네요."

의사의 말에 그녀는 눈물을 참느라 목이 아파 왔지만 꼭 읽어 달라는 말로 인사를 대신하고 진찰실을 나왔다.

의사가 전화를 걸어 주어 진찰실 밖에는 도서실에서 올라온 자원 봉사자가 기다리고 있었다. 시집들을 꽃다발처럼 조심스럽게 전해 주고 그녀는 병원을 나왔다.

다음으로 찾아간 곳은 극단의 사무실과 오빠가 졸업한 중학교, 고등학교, 대학교였다. 그녀만큼 눈물이 많은 배우와 스태프들 그리고 호기심 어린 학교 교무실과 도서관 사람들 앞에서 그녀는 이제 눈물 대신 의연함을 보여 주려고 애썼다.

"뜻은 알겠지만 저희는 이런 식으로 개인이 한두 권 기증하는 책은 받지 않습니다."

대학교 도서관의 담당 직원이라는 남자는 그녀의 부탁을 듣고 난감함을 표했다. 학과 사무실을 찾아가 다시 부탁할 수는 있겠지만 오빠의 글이 그렇게 서러운 대접을 받게 할 수는 없었다. 그녀는 알겠다고만 대답하고 건물을 나왔다.

끈적거리는 땀을 편의점에서 말리며 대강 점심을 해결하고 다시 발길을 재촉한 곳은 지하철의 도서 열람 코너를 관리하는 부서와 시내에 흩어져 있는 사립 도서관이었다. 원래부터 시민의 기증을 기다리고 있는 지하철에서는 여직원이 오빠의 시집을 반갑게 받아 주었다. 바싹 마른 남자 직원이 지나가며 그녀와 얘기를 나누고 있던 여직원의 책상 위를 흘깃거렸다. 시집을 맡기고 문으로 향하는데 조심성 없는 남자의 목소리가 뒤통수를 쳤다.

"부잣집 사모님들이 자비 출판으로 시집 내는 게 유행이라더니 이번에도? 시인 소리 듣는 게 그렇게 좋은가?"

"아유, 계장님. 그런 거 아니에요."

여직원의 대꾸를 등 뒤로 들으며 그녀는 조용히 문을 닫았다.

다음으로 찾아간 작은 사립 도서관에선 나이 지긋한 할머니 사서가 따뜻한 차 한 잔을 건네주었다.

"젊은 아가씨가 장하네. 홈페이지에도 새로 들어온 책으로 올려놓을게요."

향긋한 차의 온기가 몸안에 퍼지자 그녀는 그날 하루 증발했던 눈물이 위로의 묘약이 되어 제 몸에 돌아온 것만 같았다.

이 세상엔 이미 강물처럼 많은 시가 있어. 작은 빗방울 같은 내 시가 더해진다고 해서 사람들이 고개를 들어 하늘을 쳐다보지는 않겠지. 그래도 이 세상 누군가에겐 울고 싶을 때 눈물과 섞여 주고 목이 마를 때 갈증을 달래 주는 글이 되었으면 좋겠어. 난 그거면 돼. 병상에서도 종이와 펜을 놓지 않았던 오빠의 말을 그녀는 시를 읽는 사람들에게 전해 주고 싶어 책 뒤편의 후기에 대신 남겼다.

어둑한 하늘을 덮고 있는 무거운 잿빛 구름을 올려다보는데 빗방울 몇 개가 속눈썹과 입술에 차례로 떨어졌다. 비는 금세 후드득 속도를 더하며 쏟아졌다. 장마가 시작되고 있었다.

"핸드폰도 안 받아서 회사에 전화했었어. 오늘 휴가 냈다고 하더라. 무슨 일이야?"

신묵은 우성의 이사실에서 내려오자마자 걸기 시작한 전화를 연분홍이 이번에도 받지 않으면 어린이집으로 찾아갈 생각까지 하고 있었다. 그러다 동네는 알아도 정확한 위치를 모른다는 것을 깨닫고 제 무심함에 어이없어 하고 있던 참이었다.

"내 말 듣고 있어? 도대체 어떻게 된 거니? 어디야?"

그는 조바심에 화를 내고 말았다. 이러려던 게 아닌데. 얼마 전부터 그녀만 생각하면 불쑥 따라오는 낯선 감정들이 그를 안절부절못하게 했다.

— 저 지금 팀장님 회사 앞이에요.

"뭐? 여기 왔어?"

— 네. 기다릴 테니까 일 마치면 천천히 나오세요. 잠깐만 만났으면 해요.

회사 복도의 창밖으로 번개가 번쩍였다. 그리고 몇 초 후 하늘을 쩍 갈라놓을 듯 요란한 천둥소리가 들렸다. 그는 당장 사무실로 뛰어가 파일 꾸러미를 책상 위에 던졌다.

"지금 바로 내려갈게. 로비 들어와서 기다려. 다 젖겠다."

옷걸이의 여름 재킷도 급하게 걸어 입었다.

— 아니에요. 회사 건너편 1층에 작은 커피숍 보이네요. 거기 들어가 있을게요.

"그래, 조금만 기다려."

그는 부서 팀원들에게 먼저 퇴근하겠다는 말만 남기고 다시 나왔다. 이사실에서 내려온 그가 업무를 보면서도 내내 핸드폰을 놓지 못하게 했던 상대가 여자라는 것을 팀원들이 눈치 채거나 말거나 신경 쓰지 않았다. 회사에 오촌 숙모가 심어 놓은 변 과장이 둘이 있거나 열이 있거나 상관없다는 생각도 들었다.

"감기 걸릴라. 아이스커피 말고 따뜻한 거 마시지."

그는 빗물에 어깨가 젖어 있는 그녀를 새삼 흘려 버린 눈으로 바라보았다. 연분홍은 괜찮다는 뜻인지 고개를 살짝 기울이며 웃기만 한다. 곱슬머리가 조금 들떠 있어서 그는 문득 손을 뻗어 그 머릿결을 가지런히 쓰다듬어 주고 싶어졌다. 습도가 높은 바깥에서 에어컨을 세게 켜 놓은 실내로 금방 들어와서 그런지 그녀의 얼굴이 유난히 하얗고 부드러워 보였다.

"이거 드리고 싶어서요."

얇은 책 한 권을 두 손으로 조심스레 내미는 것을 보고 신묵은 그것이 연주홍의 시집임을 한눈에 알아챘다.

"아, 오빠 시집이 드디어 나왔구나."

책을 들어 표지를 앞뒤로 살피고 조심스럽게 페이지를 넘겨 첫 번째 시의 제목을 읽었다.

"《꽃의 이름》이네."

젖은 꽃잎처럼 반짝이던 입술이 자랑스러움으로 부드럽게 벌어졌다.

"네. 제가 제일 좋아하는 시라서 제목도 그걸로 하고 첫 번째로 넣었어요. 그리고 공원에도 그 시를 새겨 걸었구요. 오늘 휴가 낸 것도 출판사에 시집을 받으러 가기 위해서였어요."

그는 아무런 도움도 주지 못한 것이 미안했다.

"정말 축하해. 꼼꼼히 다 읽어 볼게. 그리고 공원에는 주말에 같이 가자. 시를 적은 팻말을 나무마다 걸었다는 걸 들었으면서도 너랑 같이 가 보질 못했네. 이건 사무실에 두고 난 서점에 가서 연주홍 시인이 낸《꽃의 이름》나왔습니까, 하고 물어보면서 사야겠다."

그녀는 스르르 웃어 버리기만 했는데 어째서 제 몸이 훅 뜨거워졌을까? 새하얀 블라우스의 어깨가 아직 젖어 있어서 가느다란 속옷의 끈이 희미하게 비쳐 보였기 때문일 수도 있고 그저 그녀의 새까만 속눈썹 아래 촉촉한 두 눈이 어제보다 더 맑고 깨끗하게 그를 바라보고 있어서일 수도 있다. 아니면 시인의 이름보다 더 붉은 입술이 유혹하듯 움직이며 무슨 말을 하고 있어서일 수도.

"응? 뭐라고 했어?"

그는 넋이 나간 듯 그녀를 쳐다보다가 놓치고 말았다.

"정말 낼 수 있을까 걱정했었다구요."

"그래, 이렇게 해냈으니 넌 자랑스러워하고 막 뽐낼 자격 충분해. 오빠 대신 내가 선물 줄게. 아니, 상 줄게."

"그런 거 앞으로 안 주셔도 돼요."

앞으로라는 말과 안 줘도 된다는 말 중 그녀가 방점을 찍고 싶은 말은 무엇이었을까? 선물이나 상이 뭔지는 왜 물어보지 않을까? 그는 좋지 않은 예감을 무시하고 그 말을 못 들은 척하고 싶었다.

"스쿠터도 사 주셨잖아요."

1년도 더 지난 일을 새삼 얘기하는 까닭도 그는 생각하지 않았다. 비 때문인지 음악 때문인지 좀 가라앉아 보이는 눈빛을 받으며 그는 오후 내내 그녀에게 전화를 걸었던 이유를 드디어 꺼내 놓았다.

　"오피스텔에 들어와 살라는 말은 취소할게."

　그녀가 그 말에 어떤 표정을 지을지 궁금해서 뜸을 들일 수도 있었지만 그다음 말에 보일 반응이 훨씬 더 궁금해서 그러지 못했다.

　"대신 인도네시아 같이 가자."

　그녀는 이별의 말을 미루고 싶어 태신묵을 찾아갔었다. 오빠의 시집이 나온 것을 핑계로 그를 만나 축하를 받으면 해야 할 말을 조금 더 미뤄도 될 것 같았다. 기뻐하며 축하해 주는 사람에게 이별의 말을 하는 건 너무 가혹하지 않은가. 그가 내 얼굴을 보면서도 활짝 웃지 않고 나를 만나도 여전히 심심해할 때 이별의 말을 하자. 그러면 그도 나도 이 어정쩡하고 모호한 관계를 천천히 그리고 상처 받지 않고 멈출 수 있겠지. 그녀는 자꾸 핑계를 대려는 마음을 내버려 두었다.

　그런데 그는 늘 다정하고 따뜻하기만 했다. 웃고 싶을 땐 숨기지 말고 활짝 웃으라는 말을 지상의 과제처럼 받은 듯 바르게도 잘 지켰다. 그래서 그녀는 하려고 마음먹었던 말을 하루, 이틀 그리고 일주일 동안 주머니 안의 동전처럼 만지작거리고만 있었다. 그와 함께 출근을 하고 모닝커피를 마시고 주저함이 없는 키스를 나누면서 차라리 그가 먼저 이별의 말을 해 주기를 두려워하면서 기다렸다.

그런 그가 지금은 또 인도네시아에 같이 가자고 한다. 어떤 말을 먼저 꺼낼까? 갈 수 없다는 말과 그만 보자는 말. 어느 쪽이 되었든 그녀는 입이 떨어지지 않았다.

"인도네시아 가세요, 다시?"

"이번엔 1년 정도 걸릴 거야."

"아……."

그녀는 고개를 숙인 채 앞에 놓인 차가운 유리잔을 두 손으로 들어 빨대를 입에 물고 한 모금 빨아들였다. 그의 말대로 따뜻한 차를 마실걸 그랬다. 가슴에 선득선득 찬바람이 불었다.

"계속 해외 지사로만 다니시네요. 왜요?"

그녀는 질문을 던져 놓고도 제가 바보 같다고 생각했다. 그의 회사에도 내부 사정이 있겠지. 거기에 대해 자신이 아는 것은 거의 없었다. 그런데 그가 조금은 쓸쓸하게 웃으며 대답해 주었다.

"일종의 경영권 방어랄까? 주식은 갖고 있어도 행사는 하지 말라는."

무슨 뜻인지 알 수 없는 그녀는 입을 다물고 있다가 다시 물었다.

"인도네시아 같이 가면 저는 뭘 해요? 지금 제가 다니는 회사는 어쩌구요?"

"그냥 쉬어. 푹 쉬면서 하루 종일 놀기만 해. 넌 그래도 돼."

그녀는 그의 얼굴을 물끄러미 바라보았다.

"그럴 수는 없어요."

"왜? 남은 빚 때문에? 그거 갚아야 해서?"

이 남자는 내 사정을 어디까지 알고 있을까? 그녀는 선뜻 되물을 말을 찾지 못했다.

"누나한테서 들었어. 꽤 많다고. 그러면 회사 옮겨. 인도네시아 지사에 네 일자리 하나쯤은 만들어 줄 수 있어. 지금 회사에서 받는 월급이 얼만지 모르겠지만 우리 회사 해외 지사로 나가면……."

그녀는 고개를 가로저으며 말을 끊었다.

"하청 업체의 말단 사원이 몸으로 로비해서 대기업에 스카우트 되는 거네요?"

하지 말아야 할 말을 내뱉고 말았다.

"뭐? 그게 무슨 소리야?"

그의 얼굴이 굳어지는 것을 볼 수가 없어 시선을 내렸다.

"말하기 좋아하는 사람들이 그렇게 생각할 수도 있다는 거예요."

"혹시 회사에서 뭐라고 하니? 너하고 나……."

"뭐라고 한다고 해도 아니면 그만이에요. 근데 자꾸 아닌 게 아닌 걸로 만들잖아요. 팀장님이 그렇게 표를 내는데 우리 회사 사람들이 나를 어떻게 생각하겠어요?"

그녀는 멈추려고 했지만 울컥 솟구치는 감정에 그럴 수가 없었다. 어리석은 입을 다물라는 호된 꾸짖음이 채찍처럼 머릿속을 휘갈겼지만 그와의 끝이 보인다는 생각에 어리광도 아닌 서러움이 마구 뻗쳤다.

"연분홍, 무슨 말인지 자세히 좀 얘기해 봐."

태신묵이 그렇게 무서운 표정을 짓는 것은 그녀도 처음 보았다. 언제나 그윽하고 듣기 좋았던 목소리도 사자처럼 으르렁거리듯이 들렸다. 대답하는 목소리가 저절로 떨렸다.

"몰라서 물어요? 회사 사람들 앞에서 대 놓고 챙겨 주고 나 때문에 계약이 척척 진행되고 팀장님 회사로 굳이 불러선 입사 1년차인 내가 할 수 없는 일까지 한 걸로 만들어서 보내 놨는데 사람들이 바보가 아닌 이상 뭐라고 생각하겠어요?"

그녀는 그만하자 하면서도 후회할 말을 계속하고 있었다. 그의 마음을 어지럽힌다는 걸 알면서도 자신이 속상했던 만큼 그를 아프게 하고 싶었다. 하고 싶지 않았던 말까지 기어이 튀어나왔다.

"인도네시아까지 가서 제가 뭘 할 수 있어요? 태신묵 팀장이 한국에서부터 데리고 들어온 여자, 입사한 지 몇 달도 안 돼서 큰 기업에 스카우트 된 여자. 사람들은 제 능력이 뭔지 궁금해할 거예요. 푹 쉬면서 하루 종일 놀기만 해도 된다고 하셨죠? 그러면 안 되잖아요. 거기 언어는 하나도 모르지만 일은 해야 하잖아요. 몸으로라도 때워야 하잖아요. 그러네요. 낮에는 업무가 많이 부족할 테니 밤엔 정말 몸으로라도 때워야겠네요. 원조 교제 같겠네요."

침묵이 흘렀지만 그녀의 시야에 얼핏 들어온 그의 표정은 온화하기만 했다. 실제로 그는 서른네 살 먹은 남자는 다 그렇게 너그럽고 이해심이 많다고 착각할 만큼 그녀의 히스테리를 묵묵히 받아 주었다. 눈물 대신 나오는 한숨도 그냥 들어주었다. 고개를 창밖으로 돌리고 젖은 눈가를 손바닥으로 꾹 누르는 것까지 느긋하게 봐 주었다. 그녀가 먼저 차분해질 때까지 기다려 주었다.

빗방울이 온몸을 부딪쳐 와 부서지는 유리창에는 무슨 생각을 하는지 알 수 없는 그의 옆모습도 비친다. 그는 앞에 놓인 다 식은 차를 들어 한 모금 마셨다.

"마지막에 한 말은 최악이다. 미안하다고 말하고 싶으면 지금이 좋은데."

부드럽고 다정한 목소리에는 화난 기색도 없었다. 설령 그녀가 소리를 지르며 운다고 해도 아직은 조금 더 봐 줄 수 있다는 듯 여유롭기까지 했다.

"넌 차라리 이럴 때가 너답고 좋아. 마지막 말만 빼면."

"무슨 뜻이에요?"

목이 아프도록 바짝 말라 왔지만 여전히 가시 돋친 목소리가 튀어나갔다. 그는 큭큭 웃기까지 했다.

"민준이가 치킨 배달시켰을 때 현금 있으면서 왜 카드 결제하느냐고, 카드 수수료 떼면 남는 것도 없다고 따박따박 말할 때가 넌 참 예뻤어."

"칫, 별게 다……."

그녀는 눈물도 마르지 않았는데 웃음이 떠오르려는 것을 꾹 참고 창밖만 보았다.

"웃고 싶으면 활짝 웃으라고 말한 건 너 아니었니?"

그의 눈빛은 조금 차가워진 것도 같다.

"지금도 그때처럼 예뻐. 내 앞에서 너무 어른인 척은 안 했으면 좋겠어. 화내고 싶으면 나한테 막 소리 질러. 다 풀어. 받아 줄게."

그녀는 얼굴이 따끔거렸다.

"뭐가 그래요? 어린애 취급이나 하고. 나이 많은 거 자랑하는 것 같아."

목소리가 떨릴까 봐 조그맣게 중얼거렸다.

"방금 나한테 반말한 거야?"

"우리 엄마가 그랬어요. 남잔 아무리 나이가 많아도 여자 앞에선 애가 된다고."

엄마가 돌아가신 뒤 처음으로 슬픔 없이 담담하게 부르는 이름이라는 것도 그녀는 말해 놓고 나서 깨달았다.

"넌 몰라도 나까지 애 만들지 마. 거래처 상사 앞에서 자꾸 까불면 진짜 혼내 준다."

사뭇 느리고 엄한 말투에 시선을 돌려 그를 보았지만 함박 벌어진 웃음을 보자 금세 속았다는 것을 알았다.

"함부로 말해서 미안해요. 신경질 낸 것도……."

달리 무슨 말을 하겠는가. 부끄럽고 창피해서 그의 얼굴도 똑바로 쳐다볼 수가 없는데. 하지만 그녀는 솔직해지기로 했다.

"어쨌든 저 못 따라가요. 다정 언니나 팀장님 큰어머님께 약속한 것도 있어요."

"네가 무슨 약속을 했는데?"

"사실대로 말했어요."

"사실대로?"

"네. 그냥 가끔 만나는 사이라고, 큰어머님이 걱정하실 거 없다구요."

이제는 그런 사이가 아니지 않느냐고, 그보다는 훨씬 더 진지한 사이가 아니냐고 태신묵이 말해 줄 줄 알았다. 너랑은 연애할 생각 없으니 겁먹지 말라고 했던 말도 취소하고 좋은 남편이나 아버지까지는 모르겠지만 미래를 꿈꿀 수 있는 고백의 말을 해 줄 줄 알았다. 아주 조금은 그런 기대를 했다. 그런데 그의 입에서는 아무런 대답이 나오지 않았다. 하긴 제 입으로도 방금 그와의 관계를 아무 의미 없는 것처럼 말해 놓고 무엇을 바라겠는가? 그의 눈빛이 어두워지는 만큼 미안해지기도 했지만 그녀는 또 다른 생각에 빠져드느라 서운함을 계속 느낄 수는 없었다.

다정이 그녀 대신 빚을 갚아 준 것을 얘기해야 할지 망설여졌다. 월급 압류는 풀렸어도 그녀는 이번 달 월급이 나오자마자 최소한의 생활비만 남겨둔 채 다정에게 송금을 했다. 은행 계좌를 묻는 그녀에게 다정은 짐작한 듯 선선히 대답해 주었다. 그녀가 오빠처럼 자존심이 강하고 사람과의 관계에서 결벽증이 있다는 것을 아는 다정은 이렇게 덧붙였다. 넌 오빠처럼 너무 맑아. 옆에 있는 사람을 편하게 해 주지 못하고 자꾸 부끄럽게 만들어. 그녀는 다정이 오빠를 떠난 이유도 거기에 있을 거라는 생각이 비로소 들었다.

빚에 대해 얘기하면 이 남자는 뭐라고 할까? 책임질 일도 하지 않았으면서 스쿠터를 사 주었던 이 남자는 다정에게서 받은 돈 역시 자신이 대신 갚아 줄 테니 걱정 말고 인도네시아로 같이 가자고 할지 모른다. 인도네시아 지사에 그럴듯한 자리를 정말 만들어 줄지도 모른다. 그럴 수는 없는 일이다. 제 능력도 안 되면서 그의 그늘에 숨어 있을 수는 없다. 자존심 때문이 아니라 오빠와 엄마를 생각해서라도 그러면 안 될 일이다.

"우리 이제 그만할까요?"

그녀는 하늘 정원에서 그의 키스를 받았던 날부터 준비해 온 말을 꺼내 놓았다. 언제가 될지 궁금했었는데 이런 날, 이런 방법이었구나. 그녀는 커피숍의 검은 유리창에 빠르게 줄을 긋고 있는 빗물로 시선을 다시 돌렸다. 밝은 날 환한 햇빛 아래에서 웃으며 말할 수도 있었을 텐데 하필이면 이런 날, 장마가 시작되는 날 어스름한 저녁에……

"뭘 그만해?"

"친구든 연애든 뭐든지요."

그는 대답이 없었다. 고개를 들자 횡단보도 앞에서 스쿠터 탄 그녀에게 구청에 가려면 어디에서 타야 하는지 묻던 그날처럼 무덤덤한 시선이 날아왔다.

"팀장님……."

그는 여전히 못 알아들은 모양이다. 길 위에 서 있다면 거세게 쏟아지는 빗소리에 들리지 않을 수도 있겠지만 커피숍 안에는 창밖의 풍경과는 다르게 잔잔한 음악만 흐르고 있다.

"다른 말은 못 찾겠어요. 그냥, 우리가 하려던 것을 다 했다는 생각이 들어요."

"다, 했어?"

"네, 다 한 것 같아요. 팀장님도 앞으로는 심심할 시간이 없을 테고 회사도 다른 제가 거기까지 따라갈 이유가 없잖아요."

"그래서 좋았어?"

"네?"

"나랑 같이 있어서 좋았냐고."

그녀는 마주 앉은 남자의 얼굴이 꽃잎 한 장이 떨어진 호수 같다고 생각했다. 그의 표정에는 조금의 일렁임도 없었다.

"……. 네, 좋았어요."

"다행이군. 그러면 뭐가 어떻게 좋았는지 그것도 말해 볼래?"

저 목소리를, 저 말투를 언제 들었더라? 그녀는 마 부장과 함께 공원 조경에 대한 설문 결과를 들고 그의 회사로 찾아갔던 봄날을 떠올렸다. 연강희 씨는 어떻게 생각합니까? 그녀에게 의견을 묻고 시를 한 편 외워 보라고 했을 때와 똑같은 사무적인 목소리와 말투였다. 그녀는 거래처 상사로서 좋을 것도 싫을 것도 없는 얼굴로 앉아 있는 그를 어안이 벙벙해진 채 바라보았다.

"금방 대답을 못 하는 걸 보니 그다지 기억에 남을 만한 특별한 추억도 못 만들어 줬나 보네."

그와 만나는 동안엔 웃는 일만 있기를 바란다고 했던 그녀의 말을 기억하고 얘기하는 걸까?

"생각해 보니까 너하고 나, 회사나 집 근처로만 다니고 가까운 바다나 산은커녕 봄꽃 구경도 한 번 못 가 봤네. 영화 한 편 보긴 했지만 좋은 공연에도 못 데리고 갔고 같은 옷 계속 입고 나오는 거 보면서도 예쁜 옷 한 벌은커녕 꽃 한 송이 사 준 적도 없었구나. 난 이렇게 책도 한 권 받았는데."

무덤덤하던 그의 얼굴에는 곧 어색한 미소가 지어졌다.

"서로 바빴잖아요. 그리고 나도 팀장님한테 아무것도 해 준 거 없었어요."

"넌 나한테 많이 웃어 줬잖아. 웃고 싶을 때 그냥 활짝 웃어 주는 거, 참 예쁘고 좋았어. 아침마다 타 오는 인스턴트커피도 그런대로 괜찮았고 네가 싸 오던 김밥도 맛있었어. 그런데 난 너한테 정말 아무것도 해 준 게 없네."

키스가 있잖아요. 외롭고 무서웠던 시간을 떨지 않게 해 줬잖아요. 위로 받으며 쉴 수 있게 해 줬잖아요. 그녀는 대신 다른 말을 했다.

"인도네시아, 언제 가세요?"

"저쪽에선 빠르면 빠를수록 좋다고 하더군."

"아……. 잘돼서, 좋은 자리로 가시는 거죠?"

"그런 셈이지."

그녀는 높은 파도를 타다가 해변에 발을 디딘 기분이었다.

아슬아슬하던 대화가 어느 틈에 편안해졌다.

"떠나기 전에 전화 주세요. 시간 되면 공항에 나갈게요."

"시간 안 될 거야. 평일 오전에 출발하니까."

"몇 시간이나 걸려요?"

"인천에서 자카르타까지 일곱 시간. 공장이 있는 깔리만딴까지 비행기로 다시 두 시간."

"굉장히 멀고 큰 나라네요. 몰랐어요. 팀장님이 오래 살았던 곳인데 어떤 곳인지 물어보지도 않았네요."

"그래서 미안하니?"

그가 한쪽 입가만 끌어올리며 피식 웃었다. 그렇게 감추듯 웃지 말고 웃고 싶을 땐 활짝 웃으라고 했던 말도 이젠 유효 기간이 끝난 모양이다.

"미안하면 저녁은 네가 사. 비싸고 맛있는 걸로. 갚아야 할 빚도 별로 없지만 하루 휴가 냈다니까 오늘은 야근도 회식도 다른 약속도 없잖아. 맞지?"

그녀의 눈은 저절로 손목시계로 떨어졌다. 버스를 타려면 이제 일어나야 할 것 같았다.

"다음에요."

그녀는 가방의 끈을 움켜잡았다.

"이번에도 또 1년을 기다려야 하니?"

"네?"

되묻긴 했지만 그녀라고 왜 그 말뜻을 모를까? 그는 화가 난 것 같지는 않았다. 담담하고 평온하기만 한 표정이었다.

1년 후에 우리는 다시 만나 함께 저녁을 먹을 수 있을까? 그래도 되지 않아? 그러자 어이없게도 봄비가 내리던 날 공원 기증식에서 그를 만났을 때처럼 가슴이 두근거렸다. 피하고 싶으면서도 돌아보게 만들었던 묘한 감정이 되살아났다.

"그만 일어나야 해요."

"오늘은 왜 안 되는데?"

어디 그 이유나 한번 들어 보자는 듯 그는 팔짱을 끼고 몸을 뒤로 기댔다.

"아르바이트 가야 해요. 어린이집 거기, 아는 분이 하는 곳 아니에요. 부모가 평일 저녁에도 집으로 데려갈 수 없는 아이들이 있어요. 그런 애들을 하루 종일 돌봐 주는 곳이에요. 거기서 애들이랑 같이 자요. 힘들진 않아요, 다른 선생님도 계시고."

일이라기보다 그저 애들 데리고 잔다는 식으로 가볍게 말하려고 했는데 전달이 잘 안 되었나 보다. 그는 눈을 천천히 감았다 떴다. 그녀를 보는 눈빛이 대번에 어둡고 침울해졌다.

"나 정말 불성실하고 무심한 친구였구나, 너한테."

친구? 이 남자는 자신의 집에 들어와 살라고 하고 낯설고 먼 나라까지 함께 가자고 하면서도 여전히 그렇게 말한다. 자신이 했던 제안을 이제 와 거두고 싶어서일까?

태신묵 씨, 당신은 친구를 늘 그렇게 불꽃이 일렁이는 눈동자로 쳐다봐요? 내게도 당신을 갖고 싶은 욕망이 있다는 걸 모르고 그렇게 뜨거운 꿀 같은 키스를 했어요? 우리가 서로 나눈 감정은 뭐였어요? 당신은 왜 내가 기다리는 말은 하지 않아요?

그녀는 하고 싶은 말을 억지로 삼켰다. 묻지 않은 것이 차라리 나을 뻔한 대답이 돌아올까 봐 겁이 났다. 미리 경고했잖아. 난 좋은 남편도 좋은 아버지도 될 생각이 없다고. 설마 네가 날 바꿔 놓을 수 있다고 생각한 거야?

그녀는 가시를 삼킨 듯 목이 아팠지만 목소리는 제대로 낼 수 있었다.

"화 안 내시네요? 왜 그걸 이제 말하느냐고 화내실 줄 알았는데."

"난 진짜 어른이잖아. 너한테 훌륭하다는 칭찬까지 들은."

그녀도 기억이 났다. 장례식장에서 메이드 복장을 하고 음식을 나르던 날 그가 먼저 알은척을 해 오고 주변의 시선에는 아랑곳없이 말을 걸었었지. 직업에는 귀천이 없는 건데 왜 부끄러워하느냐는 야단까지 맞고 제가 그랬었지. 팀장님은 참 훌륭해요, 진짜 어른이에요.

"난 너보다 어른이야."

그가 중요한 비밀을 털어놓듯 힘주어 다시 말했다.

"그러니까 어린 여자한테 차여도 아무렇지 않을 수 있지."

비겁해요. 어른답지 못해요. 그 말을 삼키자 목이 더 아파 왔다.

"데려다줄게."

커피숍의 입구에 서서 밖을 보니 빗줄기는 점점 굵은 직선으로 끊임없이 줄을 긋고 있었다. 도심 한가운데 폭포가 떨어지는 소리가 어두운 저녁 대기를 울렸다. 그는 꼭 그의 모습 같은 커다란 박쥐우산을 펴 들었다. 그녀도 자신의 하나밖에 없는 우산을 폈다.

사랑한다면 어깨가 조금 젖더라도 같은 우산 아래에 있어야 하지 않을까? 차를 향해 나란히 걸어가지만 각자의 우산을 쓰고 있는 우리는 지금까지 어떤 사랑을 해 온 걸까? 그녀는 장래 희망이 우산 장수였던 초등학교 1학년의 어린 연분홍에게 갑자기 부끄러워졌다. 우산을 씌워 줄 친구가 없는 아이에게 제가 가진 우산을 빌려주고 싶어 했던 여덟 살의 연분홍은 어른이 된 자신이 이렇게 이기적인 사랑을 하고 있을 줄 몰랐을 것이다.

자동차를 세워 둔 곳까지 가는 시간은 너무 짧았다. 그는 조수석에 그녀가 타기를 기다렸다가 보닛을 돌아 운전석으로 갔다. 그의 따뜻한 온기가, 자신만이 느낄 수 있는 체취가 떠나가는 것이 그녀는 슬펐다. 우산을 접어 차문 옆에 끼우는 것을 보는 동안에도 그녀는 그의 움직임 하나하나를 잊어버리지 않도록 수십 장의 사진으로 눈꺼풀 뒤에 저장했다.

어린이집이 있는 골목까지 차는 들어갔다. 그는 건물 앞까지 함께 걸었다. 여전히 각자의 우산을 쓴 채로. 헤어지는 날에야 이곳을 보여 주다니 참 재미있다는 생각이 든 그녀는 그래서 희미하게나마 웃을 수 있었다.

"인도네시아 가는 날짜 정해지면 알려 주실 거죠?"

건물의 계단 앞에 서서 그녀는 들어가야 할 시간이 다 되어 가는 것을 알았다.

"그래. 올라가."

미소를 지으며 아무렇지 않게 대꾸하는 저 남자는 무슨 생각을 하고 있는 걸까? 그녀는 계단 위로 몇 걸음을 옮기다가 뒤를 돌아보고는 그가 우산 속에서 손을 한 번 흔들어 내리는 것을 보았다. 마치 이제 문을 열면 만나게 될 아이들이 하는 것처럼 그는 '안녕.' 하며 인사하는 듯했다. 잘 가라는 뜻일까 아니면 어서 오라는 뜻일까? 그녀는 제 결심과는 반대 방향으로 달려가는 조그만 희망을 문밖에 내버려 두고 얼른 안으로 뛰어들어갔다.

인도네시아는 지금 건기일까, 우기일까? 그날 밤 강희는 적도의 열대 우림 기후라고만 알고 있는 먼 나라에 대해 생각했다. 어린이집의 창밖에 비가 양동이째 들이붓는 것을 아이들과 누워 들으면서 빗물처럼 눈물이 제 몸을 그득히 채우고 있는 것을 느꼈다. 그녀는 미친 여자처럼 밖으로 뛰쳐나가고 싶었다. 열대의 우기 같은 밤하늘을 맨발로 서서 올려다보며 눈물이 빗물과 섞이는 것을 내버려 두고 싶었다. 그러면 아프도록 얼굴을 때리는 빗방울들은 태신묵을 그냥 따라가라고 부추길 것이다. 그 남자의 무엇으로 불리건 감정에만 충실하라고 말할 것이다.

1년 후 그가 인도네시아에서 돌아오면 우리는 다시 친구든 뭐든 될 수 있을까? '같이 아침 먹을래?' 어느 날 갑자기 그에게서 전화가 걸려 오고 지나간 시간이야 잊어버린 듯 다시 만나 밥 먹고 얘기하고 가끔은 주저함이 없는 키스를 나누며 각자의 외로움을 위로해 줄 수 있을까? 그래. 친구든 뭐든 모호한 관계겠지만 제 인생에 결혼도 아이도 없다는 남자이니 심심할 때 밥 한 끼 정도는 함께 먹을 수 있겠지. 자존심이나 관계에 대한 결벽증은 내려놓고 그를 보며 다시 활짝 웃을 수 있겠지.

'연강희 그 여자 얘기 들었어? 거래처 팀장이라는 사람하고 계속 만난다더라. 인도네시아 갔다가 돌아온 뒤에도 여전히 보나 봐. 완전히 헤어진 건 아니었나 봐.'

회사 화장실에서는 여자들이 두 사람을 여전히 입에 올릴지도 모른다.

'월급 압류되고 신용 불량자로 묶여 있던 거 풀렸다더니 그 남자가 갚아 주고 갔구나. 그렇지?'

그러면 그녀는 이번에야말로 숨어 있지 않고 밖으로 나가 세면대 앞에서 손을 씻을 것이다. 조개처럼 입을 꼭 다물고 궁금하면 직접 물어보라는 표정으로.

'어머, 연강희 씨. 안에 있었구나. 정말이야? 그 팀장님하고 다시 만나? 1년 동안 서로 기다린 거였어?'

'그러면 뭐해? 소문 들으니까 그냥 심심풀이로 만나는 사이라던데. 그 남자, 사랑하지도 않고 결혼도 싫다면서 심심할 때 만나는 여자는 여기저기 많았대. 인도네시아에도 있었을걸? 뻔한 거 아냐?'

말문이 막힌 그녀는 제대로 대답하지 못한다. 귀국한 뒤에도 만나긴 하지만 여전히 모호한 관계일 뿐인 그녀는 그가 혼자라도 심심하지 않은 날이 불쑥 올까 봐 혹은 좋은 남편이자 아버지이고 싶게 하는 다른 여자가 나타날까 봐 그리고 그 여자에게서 진실한 사랑을 알게 될까 봐 매일을 불안해한다.

'뭐야, 대답을 못 하네? 그랬구나. 심심할 때 가끔 노는 상대였구나. 불쌍해라. 빚까지 갚아 줬다니 그러면 몸으로라도 때워야겠네?'

여자는 입술이 옆으로 길게 찢어지도록 웃다가 얼굴이 촛농처럼 흐물흐물 무너진다. 나란히 서 있는 다른 여자 역시 너무 웃어서 눈물이 줄줄 흐른다. 검은 마스카라가 두 개의 구멍에서 흘러넘치는 얼굴로 쯧쯧, 혀를 찬다.

그녀는 끔찍한 꿈에서 깨어나 젖어 있는 베갯잇을 손가락으로 문질렀다.

그렇게 등 떠밀 듯 그를 보냈다고 생각했으면서도 다음 날 아침 여느 날과 다를 바 없이 같은 자리에 서 있는 그를 보고 강희는 왜 크게 놀라지도 않았을까? 옷과 들고 있는 우산만 달라진 그의 모습을 보며 그녀는 저도 모르게 다행이다, 라고 생각했다. 내일 당장 인도네시아로 떠나지는 않을 테니 시간은 아직 남아 있었다.

"왔어? 버스 타려면 일찍 나오겠다 싶어서 나도 서둘렀지. 어서 타. 비가 너무 내려서 차가 막힐 거야."

그는 그녀가 쓴 우산을 빼앗아 접고는 밀어 넣듯 조수석에 앉혔다. 운전석으로 돌아와 물기를 닦으라며 손수건을 건네주기까지 했다. 어제와는 달라진 모습이다.

"여기서 뭐하는 거예요?"

제게도 은근히 여우 같은 내숭이 있음에 혼자 부끄러워지는데 차를 바로 출발시키는 그는 그녀를 돌아보지도 않았다.

"인도네시아 가려면 아직 열흘도 더 남았어. 너랑 나, 싸우고 원수처럼 헤어지는 것도 아닌데 남은 날 동안 갑자기 안 봐야 하니?"

그녀는 제 생각을 들킨 듯도 하고 반갑기도 해서 뺨이 뜨거워졌다. 가슴이 설레고 기쁘기까지 했다.

"어젯밤에 자면서 무슨 생각 했어?"

"자면서 무슨 생각을 해요? 자는 동안엔 그냥 잠만 자는 거지."

꿈속에서 느꼈던 서러움을 그에게 말할 수는 없다.

"그러네, 하하. 그러면 잘 잤니?"

"뭐가 알고 싶은 거예요? 당연히 잘 잤어요."

"다행이다. 나 때문에 못 자고 울기라도 했으면 미안했을 텐데."

그녀는 용기를 내 그를 보았다. 차선을 바꾸려는지 왼쪽으로 고개를 확 돌리고 있어서 제대로 된 표정은 볼 수 없었다.

"팀장님은 잘 잤어요?"

평소와 다를 바 없어 보이는 저 모습에 자신은 무엇을 기대하고 물어보는 걸까?

"나도 잘 잤지. 이것저것 준비하고 알아보느라 좀 늦게 자긴 했지만 잘 잤어."

"거짓말이면 좋겠어요."

왜라고 묻든가 흠칫 놀라는 기색이라도 보이기를 바랐는데 그는 태연히 숨기기도 잘했다. 아니, 핸들을 꽉 쥔 손가락이 조금은 하얗게 변했던가? 어쨌든 나보단 정말 어른 맞네.

차는 아침마다 늘 달리던 속도로 똑같은 길을 따라 비슷한 시각에 회사 근처에 도착했다. 내내 말이 없던 그는 그녀가 내리기 전에 한마디 더 물었을 뿐이다.

"오늘은 커피 없니? 벌써부터 그러면 실망인데."

용서라도 해 주겠다는 듯 미소 띤 얼굴이 보기 싫었다. 뭐라고 대꾸해야 자신도 이 남자처럼 하나도 상처 받지 않은 듯이 보일까? 차에서 내려 젖은 보도블록에 올라서는 동안에도 그녀는 제대로 된 대답이 생각나지 않았다. 문을 닫아 주고 돌아선 뒤 한참을 걸을 때까지도 빗소리 대신 차가 출발하는 소리가 들리지 않은 것이 위로가 되었다고 할 수밖에는.

그런데 위로보다 더한 것을 그에게 되돌려 주고 싶도록 하는 전화가 몇 시간 뒤에 걸려 왔다.

— 연분홍 선생님?

이름도 그 뒤의 호칭도 어색한데 민준이의 어머니이자 그의 누나인 여자는 어제 본 사람처럼 굴었다. 과외비를 통장으로 받았을 때 찍히던 이름이 '태신혜'였던 게 기억났다.

— 점심시간이죠? 지금 회사 앞인데 잠깐 만날 수 있어요? 길 건너 냉면집에 와 있어요.

반가울 리도 없지만 무슨 볼일이 있지 않고서야 제게 전화

할 리가 없다는 생각이 그녀의 등을 떠밀었다. 그녀는 1층으로 내려가 사정없이 내리꽂히는 장대비를 우산으로 간신히 막으며 횡단보도를 건넜다. 꽤 붐비는 시간이었지만 태신혜는 안쪽의 조용한 자리에 어깨에 비 한 방울 떨어지지 않은 차림으로 앉아 있었다.

"오랜만이에요."

"네, 안녕하셨어요?"

그저 그런 인사를 주고받고 민준이의 공부는 어떤지를 물은 뒤 두 여자는 서로를 바라보았다. 종업원에게 시킨 물냉면 두 그릇처럼 자극 없이 무덤덤한 눈빛이었다.

"신묵이한테 나 만난다고 얘기했어요?"

그게 중요한가? 남동생의 귀에 들어가면 안 될 말이라도 하고 싶어서 왔을까?

"그럴 틈이 없었어요."

그녀는 무심코 '걱정 마세요.'라고 하려다가 입을 다물었다. 그의 누나의 마음까지 챙겨 주고 싶지는 않았다.

"신묵이가 그랬어요. 선생님한테 오피스텔 방 하나 내 주고 싶다고. 며칠 전에는 또 인도네시아에 같이 가고 싶다고도 하더군요. 선생님한테 뭐라 하지 말고 그렇게만 알고 있으라고 했어요."

물감이 번지듯 얼굴이 확 붉어졌을 것이다. 긴장으로 차가워진 손끝을 테이블 밑에서 꾹꾹 쥐고 있는 것을 태신혜는 눈치 챘을까?

"나도 얼른 먹고 회사 들어가 봐야 해요. 그래도 냉면 나오면 먹고 얘기해요. 선생님 잡아먹으러 온 거 아니니까 그렇게 얼지 말구요."

"그냥 이름 불러 주세요. 강희예요."

붉어진 얼굴이나마 그녀는 고개를 똑바로 들었다. 그래, 내가 기죽을 일이 뭐가 있을까? 다정에게 큰돈을 빌리긴 했지만 얼마 전에 나온 휴가비까지 고스란히 부쳐 줬는데. 그녀는 육촌 시누이가 되는 태신혜도 그것을 알고 있을지 궁금했다.

"이름은 왜 바꿨어요?"

마침 냉면이 나와서 대화가 잠시 끊겼다. 태신혜는 재빨리 수저를 챙겨 그녀 앞에 놓아 주더니 식초와 겨자가 든 작은 병을 뚜껑까지 열어 또 그녀 앞에 밀어 놓는다. 그저 결혼한 여자의 습관일 뿐일 수도 있는 그 작은 배려가 뭐라고 마음 한쪽이 살얼음 녹듯 촉촉해졌을까?

"연분홍이라는 이름은 너무 약해 보여서요."

"약해 보이기 싫었어요?"

대답할 시간을 벌려고 젓가락을 들어 길고 질긴 면을 한번 들어 올리는데 이번엔 가위가 그릇 안으로 들어와 먹기 좋게 적당히 잘라 준다.

"더?"

친구에게 하듯 스스럼없이 묻고는 그녀가 아뇨, 하고 말하자 태신혜는 제 것도 그렇게 잘랐다. 그녀는 문득 웃음이 나왔다. 민준이를 가르칠 때는 몰랐었다.

"외람되지만 이럴 때 보면 사람마다 자란 환경을 알 수 있는 거 같아요."

무슨 뜻인지 모르지 않을 그녀도 피식 웃음을 흘렸다.

"알아요. 어딜 가나 아줌마는 표가 나죠? 어릴 때부터 버릇이 돼서 그래요."

"네, 전 좋아요."

강희는 솔직하게 말했다.

"누가 챙겨 주면 좋잖아요, 이런 작은 것도."

"동생이라곤 신묵이밖에 없지만 그래서 내가 챙겨 주는 버릇이 생긴 건 아니에요. 오히려 우리 엄마를 챙겨 주느라 정신 없었죠."

그녀도 기억났다. 그의 아버지와 어머니, 그리고 인도네시아에서 같이 살았다는 그의 아버지의 여자. 마음이 약해진 그녀는 최소한 그의 누나가 자신에게 적대적이지 않다는 것만 생각했다. 가 버릴 사람이라도 그의 이야기를 하고 그의 어린 시절을 알고 싶었다.

"팀장님이 얘기한 적 있어요. 누님은 따로 떨어져서 어머님과 두 분이서 사셨다고. 팀장님은 아버님하고 인도네시아에서 살구요."

"그런 얘기까지 했어요?"

"네. 돌아가신 어머님이 누님을 많이 의지하셨을 거 같아요."

"맞아요. 아주 끔찍하게 의지했죠."

태신혜는 방금 한 대답을 지워 버리듯 씩씩하게 젓가락을 놀렸다. 괜한 말을 꺼냈다는 듯도 하고 어서 먹기나 하자는 듯도 해서 그녀 역시 조용히 면발을 들어 올려 입으로 가져갔다.

"다음 달에 어머니 기일이 있어요."

그러면 그도 잠깐 한국에 들어올까?

"신묵인 가면 안 올 거예요. 바쁘고 멀기도 하지만 기억도 안 하고 있을 거예요."

"설마요."

태신혜가 잠깐 다른 곳으로 눈을 돌리며 입꼬리만 들어 올려 웃었다. 그렇게 웃으니 남매는 퍽이나 닮아 보였다.

"기억은 하려나? 그래도 전화 한 통 안 할 거예요, 아마."

어머니가 돌아가신 날을 어떻게 기억도 못 한다고 말할까? 그리고 왜 전화 한 통 안 하는 게 당연하다는 듯이 말하고 있을까?

"우리 아버지는 어머니보다 몇 달 전에 차 사고로 돌아가셨어요. 봄에 아버지 기일에도 그 녀석 바쁘다는 핑계 대고 제사 지내러 안 왔어요. 신묵이 장가가기 전까진 내 손으로 우리 집에서 지내기로 했거든요. 설이랑 추석은 나도 시댁엘 가야 하니까 신묵이가 혼자 지낸 것도 작년과 올해뿐이었어요. 어른들 말씀으론 제사를 여기저기 옮겨 지내는 거 아니라고 하시지만 우린 상관 안 해요. 신묵이가 자긴 절대 결혼 안 한다고 하는 것도 어쩌면 결혼하면 부모님 제사를 자기가 모셔 가야 하니까 그게 싫어서인지도 몰라요. 말도 안 된다고 생각하겠지만 난 가끔 그럴지도 모른다 싶거든요. 웃기죠?"

웃길 리가 없는 말을 농담하듯 설렁설렁 해 놓고 태신혜는 냉면 그릇을 들어 국물을 마셨다.

"왜 부모님 제사를 자꾸 피해요?"

질문이 조심스러울 수밖에 없는 것이, 아버지의 외도로 가족들이 고통을 겪었을 것은 짐작할 수 있지만 그래도 돌아가신 분들이 아닌가? 더구나 제일 큰 피해자였을 어머니에게는 왜?

"오늘 연분홍 선생님을 아, 강희 씨라고 했죠?"

태신혜는 고개를 옆으로 살짝 기울이며 뚫어지게 그녀를 보았다.

"내 동생을 따라갈 건가 아니면 기다리기라도 할 건가 궁금해서요. 그래서 전화했어요."

헤어지기로 한 걸 아직 못 들었구나. 그녀는 어떤 반응이 돌아올지 궁금했다.

"우리 민준이 과외 선생님이 아니라 하나밖에 없는 내 동생이 좋아하는 여자로 다시 만나 보고 싶기도 했구요. 어린 아가씨한테 한 번은 얘기해 줘야 할 거 같아서요."

무슨 얘기를 하려는 걸까?

"신묵이보다 한참 어리지요? 기대하다가 상처 받지 말아요."

"기대하는 거 없어요."

먼저 그만두자고 말한 자신이 달리 뭐라고 대답하겠는가?

"우리 아버지, 엄마 아닌 여자가 옆에 있었어요. 아버지는 그 여자와 인도네시아로 가서 같이 살았었어요. 신묵이까지 데리고."

"팀장님이 말했어요. 셋이 한집에서 살았다고."

"아니에요. 지금은 돌아가셨지만, 신묵인 집안일 해 주는 인도네시아 아줌마 식구들과 살았어요. 다른 동네에서요. 아버지나 그 여자 두 사람 다 신묵일 한국에 있는 어머니 보듯 했거든요."

"네? 초등학교 때부터라고 했는데요? 어린애잖아요."

"아들은 아버지와 살아야 한다는 게 어머니가 신묵이를 거기 보낸 이유였지만 두 사람은 그 앨 어머니의 스파이로 생각했거든요. 사실 틀린 생각도 아니었구요."

"말도 안 돼요. 아버지와 아들이잖아요. 자식이잖아요."

그녀는 상상도 할 수 없었다.

"방학 때만 잠깐 들르는 내 동생이 나도 참 낯설고 서먹서먹했지만 어머니는 더 했나 봐요. 참 모순적이지만 어머니도 그 앨 아버지 대하듯 했어요. 신묵이, 인도네시아에서 한국 사람이라곤 아버지 말고 자주 볼 기회도 없어서 안 그래도 닮은 얼굴에 말투며 목소리, 식성, 사소한 습관까지 아버지랑 똑같았거든요. 그래서 더 미움을 받았죠."

"아무리 그렇더라도……."

"나도 자랑스러울 것 없고 부끄러운 얘기지만 들어 봐요. 겨울방학이었고 신묵이의 생일이 있었어요. 우리 남매는 가족들끼리 놀이공원에도 한 번 같이 가 본 적이 없었는데 생일 며칠 전부터 어머니가 그러더군요. 신묵이랑 같이 데리고 가겠다고."

"좋았겠네요."

"믿겨져요? 중학생인 내가 신묵이랑 둘이 껴안고 펄쩍펄쩍

뛰다가 울어 버렸어요. 너무 좋아서, 믿을 수가 없어서 말이죠. 나도 그때까지 가 본 적이 없었어요. 학교에서 단체로 갈 기회야 있었지만 공부하러 가는 것도 아니고 놀러 가는 날은 어머니가 시중을 들게 해서요."

"무슨 시중을 들어요?"

그녀는 단어조차도 낯설었다.

"조울증이요. 기분이 막 솟구쳐서 흥분했다가 바닥으로 떨어져 죽을 것처럼 우울했다가 하는 거예요. 살림은커녕 자기 딸이 초경을 했는지 안 했는지도 모르고 있었거든요."

말하지 않아도 알 것 같았다. 남편에게서 받은 상처와 그 사이에서 낳은 아들에 대한 애증으로 그의 어머니는 감정의 파도를 탔을 수도 있을 것이다. 그가 말했던 대로 집안 어른들의 반대로 이혼도 못 하고 매인 상태에서 어떤 여자가 아무렇지 않을 수가 있을까?

"그때는 아버지도 잠깐 귀국해 있었지만 회사 일을 핑계로 당연히 안 가셨어요. 어쨌든 어머니가 생일 전날에 신묵이한테만 티켓을 살짝 보여 줬대요. 자유이용권 한 장에 입장권 한 장. 나한테는 입장권만 주고 신묵이한테는 자유이용권을 줄 테니까 신나게 놀라고 했대요."

진짜 기뻤겠다고 말하려던 그녀는 태신혜의 표정에서 아슬아슬한 불안을 엿보았다.

"아침에 눈을 뜨자마자 어머니가 운전을 하고 우리 세 사람은 놀이공원까지 갔어요. 어머니는 기분이 아주 좋아져서 가는 내내 큰 소리로 노래를 부르고 농담을 하더군요. 신묵이도 너무 신이 나서 소리를 질렀지만 난 계속 침울해 있었죠."

"왜요?"

"난 어머니의 조울증을 잘 알고 있었으니까요. 처음엔 나도 신묵이처럼 들떠 있었지만 어머니의 눈빛을 보고는 그럴 수가 없었어요. 나쁜 예감은 잘 들어맞잖아요?"

"그래도 놀이공원에 갔잖아요. 생일이구요."

"입구에서 어머니가 표를 나눠 줬어요. 아주 싸게 샀다면서 전날 신묵이한테만 슬쩍 보여 줬다는 표. 나 한 장, 신묵이 한 장. 어머니 것은 없었어요. 평일이고 추웠지만 방학이라 입장하는 줄도 아주 길었어요. 어머니는 아침밥도 안 먹고 서둘러 오느라 배고프다면서 노점에서 파는 김밥을 사 왔어요. 신묵이는 그것도 맛있게 먹었죠. 드디어 표 받는 곳까지 왔어요. 어머니는 입구에서 표를 받는 여자에게 우리 등을 떠밀었어요. 빨간 털 코트를 입고 머리에는 튤립 모양의 모자를 쓴 날씬하고 예쁜 여자가 표를 받았어요. 난 지금도 그 언니 표정이 기억나요. 환하게 웃는 얼굴로 신묵이가 내민 자유이용권을 받아서 보더군요. 처음엔 꼼꼼히 나중엔 어안이 벙벙해져서. 화를 내지도 못하고 굉장히 난감해하는 얼굴로 신묵이를 내려다봤죠."

"왜요? 설마 날짜가 잘못된 거였어요?"

"아뇨, 칼라 프린트한 가짜 입장권이었어요."

태신혜는 그녀의 얼굴도 보지 않았다. 시선을 돌려 흐릿하게 웃는 얼굴이 믿지 않아도 할 수 없다는 듯이 보였다.

"어머님이 어디서 속아서 구입하신 거군요?"

"우리 어머니가요? 대학원에서 미술을 전공한 부유한 집안의 딸이 그럴 리가 있겠어요?"

"그, 그러면 어떻게 된 거예요?"

"이걸로는 들어갈 수 없어요, 하고 말하는 튤립 아가씨를 한 번 쳐다보고 울음이 터질 것 같은 신묵이 얼굴을 한 번 쳐다보고 그다음엔 마구 웃었어요."

"누가요? 어머님이요?"

"지금 이렇게 강희 씨한테 말해 주면서도 좀 창피하네요. 어머닌 눈물을 흘리면서 허리를 접고 마구 웃었어요. 저러다 숨이 막혀 죽을지도 모르겠다고 겁이 날 정도로 웃더군요."

숨이 막힐 것처럼 놀란 건 지금 그녀였다. 태신혜는 여전히 웃고 있었지만.

"나는 표를 받자마자 알고 있었어요. 사실은 아예 표를 내지도 않았어요. 내가 먼저 차로 돌아갔지요. 화도 안 나더라구요. 어머니가 너무 웃어서 사람들 보기가 부끄럽다는 생각만 했어요. 신묵이도 눈물 한 방울 안 흘렸어요. 나를 따라 터벅터벅 말없이 걸어왔어요. 맨 마지막에 드디어 웃음을 그친 어머니가 차로 돌아와 문을 열어 주더군요. 내 생애 최고의 작품이야, 하고 중얼거렸어요. 나중에 보니까 그래픽 디자인 같은 거였는데 꽤 정교하긴 했거든요. 신묵이는 울고 싶은 걸 참느라고 그랬는지 김밥 먹은 걸 다 토했어요. 아마 지금도 김밥은 입에도 안 댈 거예요."

그녀는 잠깐 말을 잃었다가 물었다.

"그다음엔요?"

"네?"

"그래서 어떻게 됐는데요?"

희망을 놓지 않고 기다리는 그녀의 얼굴을 태신혜는 진심으로 미안해하며 바라보았다. 말투는 딱하다는 듯이 들렸지만.

"그다음이 뭐가 있었겠어요? 집으로 돌아왔지요. 그리고 그다음 날이 되었고 또 그다음 날이 되었고, 그렇게 지나갔죠. 방학이 끝나고 신묵인 아버지를 따라 인도네시아로 가구요. 몇 년 후에는 아버지 애인이 아버지를 버리고 한국으로 몰래 도망 왔어요. 그 여자를 찾아서 신묵이도 아버지 손에 이끌려 완전히 귀국했구요. 아버지가 그 여자를 찾아내 같이 교통사고로 죽고 어머니도 몇 달 후에 약물 중독으로 돌아가셨어요."

충격으로 굳어진 그녀와는 상관없이 맞은편의 태신혜는 아주 재미있는 책을 끝까지 낭독하고 무대에서 내려온 사람 같았다. 후련하고 개운해진 얼굴로 그녀를 바라보았다.

"내 동생 신묵이, 사랑 받아 본 적이 없어서 사랑을 주는 데에도 서툴 거예요. 알코올중독자의 아들은 아버지를 욕하면서도 알코올중독이 되기 쉽대요. 가정 폭력을 휘두르는 부모 밑에서 자란 아이들도 커서 똑같은 가정 폭력을 휘두를 수 있구요. 자기가 받은 상처를 그렇게 부정적이지만 익숙한 방식으로 풀려고 한대요. 스스로에게 그리고 가장 가까이 있는 사람에게요."

"이해할 수 없어요."

그녀는 간신히 입을 뗐다.

"그렇겠죠. 나도 어쩌다 민준이한테 내 어머니와 똑같이 말하고 행동하고 싶을 때가 있어서 무서워져요. 불쑥불쑥 상처받은 어린 시절의 내가 튀어나와서 어머니가 나를 아프게 한만큼 내 가족들한테도 마구 상처를 입히고 싶은 충동이 들어요. 남편이 나를 많이 기다려 주고 사랑해 줘서 기적처럼 지금의 내가 있는 거예요. 그런데 신묵인 제 아픔을 마주 보며 극복하는 대신 회피하는 방법을 택했어요. 그게 훨씬 덜 아프고 더 쉬우니까요."

그에게는 얼마만큼의 기다림과 사랑이 필요할까? 아홉 살이나 많은 남자, 그녀보다는 훨씬 어른이라고 너그럽게 웃으며 말해 주던 사람이었는데. 화를 내고 싶으면 화내라고 다 받아주겠다고 하고, 어린 여자한테 차여도 아무렇지 않다고 말하던 사람이었는데. 지금 외롭고 아프기는 마찬가지인 그녀는 제 질문에 쉽게 대답할 수가 없었다.

"내가 아는 한은 그래서 여자를 진지하게 사귀어 본 적이 없어요. 결벽증이라고 할 만큼 여자관계가 삐뚤어지는 걸 알면서도 나도 내 상처가 더 아파서 동생을 신경 써 주지 못했어요."

태신묵 씨, 당신은 왜 그런 선택을 했어요? 만약이라는 단단한 성벽 안으로 되돌아가 화살을 겨누면서 가끔 그 화살이 부메랑처럼 내게 돌아올 것을 겁내는 사람은 나 하나만으로도 충분해요. 돌이킬 수 없는 지난 일로 당신을 원망하고 나를 탓하기보다는 모닝커피를 함께 마시는 짧은 시간의 위로와 휴식을 나는 택했었는데, 당신은 뭐예요? 처음부터 내게 친구라는 경계를 그어 놓고 시작한 이유가 겨우 자기 연민 때문이었어요? 비겁해요. 자신에 대한 연민은 자기 인생을 책임지지 않고 도망치는 것이나 마찬가지라는 걸 몰랐어요? 당신은 왜 자기 안에 있는 어린 소년을 가여워 하기만 했어요? 소년을 위해 더 좋은 선택을 할 수도 있었잖아요? 사랑을 줄 수도 있었잖아요? 더 강해질 수도 있었잖아요?

"어떤 결정을 하든 난 강희 씨가 상처 받지 않았으면 좋겠어요. 따라가든 기다리든 신묵이한테 혹시 무슨 기대를 하고 있다면 마음 다칠 수도 있다는 거 알고 있었으면 좋겠어요."

"저를 위하시는 것처럼 말씀하시네요."

"우리 민준이 선생님이었고 내 동생이 좋아했던 아가씨잖아요. 그냥 지나가는 인연일 수도 있겠지만 미리 알려 주는 거예요."

헤어졌다고 해서 마음까지 쉽게 사라지는 건 아닌데 무심결이라도 그렇게 말해 버리는 그의 누나가 강희는 서운했다. 그리고 그런 자신이 이내 우스워졌다.

식당을 나오자 지칠 기색도 없는 장대비가 여전히 사람들의 머리 위로 내리꽂히고 있었다. 태신혜가 커다란 골프 우산을 펼치며 살짝 찌푸린 표정으로 그녀를 보았다.

"올여름 장마는 유난히 길대요. 건강 잘 챙겨요."

빗소리에 묻힐까 소리치듯 말하는 목소리가 듣기 좋았다.

"네, 안녕히 가세요. 점심 잘 먹었습니다."

"별말을요."

그런데 그녀는 어디에서 그런 용기가 났을까?

"민준이 어머님."

아마 누님이라고 부르면 어려웠을 말도 민준이를 가르쳤던 과외 선생의 입장이라면 할 수 있을 것 같아 그렇게 불렀나 보다. 태신혜는 이제 겨우 시작인 장마에 벌써부터 지루해진 듯한 표정으로 그녀를 돌아보았다. 그 표정이 제발 자신에 대한 거부가 아니기를.

"신묵 씨 지금은 김밥 좋아해요. 제가 싸 주는 김밥 잘 먹어요."

어리둥절해하는 그의 누나를 두고 돌아서며 그녀는 입술을 꼭 다물었다. 신묵이 보고 싶었다. 어린 소년이었던 그를 안아 주고 싶었다. 함부로 아는 척하며 가여워하거나, 어쭙잖게 위로하는 말 따위는 그만두고 팀장님이라는 호칭 대신 그가 그렇게도 원했던 이름을 불러 주며 따뜻이 안아 주고 싶었다.

그러면 그는 다시 묻겠지. 같이 갈 수 있느냐고. 놀라고 떨리는 목소리로 사춘기 소년 같은 수줍은 표정을 또 보여 줄지도 모르겠다. 당장은 그럴 수 없다고 대답해야겠지. 그러면 실망하는 두 눈에 차례로 입을 맞추고 말해줘야겠다. 먼저 가서 기다리라고, 여름휴가 때 찾아가겠노라고. 깔리만딴, 열대 우림의 숲에서 혹은 자카르타, 그의 추억이 깃든 오래된 도시에서 나는 그와 함께 있을 것이다. 그리고 남은 시간을 기다려 내

년 이맘때, 내게로 돌아온 그를 공항에서 활짝 웃으며 안아 줘
야겠다.

"그럴 리가 없습니다."
그는 사무실 창밖으로 도시에 비가 내리는 모습을 내려다보
고 있었다. 희뿌연 안개와 뒤섞여 마치 공중의 성에 갇힌 듯한
기분이 들었다.
— 신묵이 너도 믿기 싫겠지만 확인해 봐. 며느리가 그 애한
테 돈 부치느라 친정에서 가져온 주식까지 팔았다니 말 다 했
지, 뭐. 우성이도 그 얘길 하면서 무슨 급한 사정이 있어서 그
랬을 거라고 변명은 하더라. 제 남편한테는 친한 동생이라 좀
도와주는 거라고 했다지만 네 귀에 들어갈 걸 모르지 않을 텐
데 돈을 빌리다니, 애가 좀 뻔뻔스럽지 않니? 아니면 일부러 네
가 알기를 바랐든지.
"큰어머님, 그런 일이 있었다면 연분홍이 저한테 먼저 말했
을 거예요."
전화기 너머의 목소리는 이제 가느다란 한숨을 흘리고 있
었다.
— 어쨌든 나는 우성이한테서 들은 그대로 너한테 전해 주
는 거다. 이유도 모르겠고 액수는 아직 크지 않다만 없던 사람
이 한번 가지기 시작하면 더 큰 욕심을 부리게 되는 거란다. 우
성이 처도 내가 알고 있다는 건 모르니까 확인하고 싶으면 우
성이한테 물어봐.

숙모가 전화를 끊은 뒤에도 그는 쉽게 수화기를 내려놓지 못했다.

넌 네 아빠 판박이야. 전화기 너머에서 잊고 싶었던 목소리가 유령의 웃음소리처럼 들려 왔다. 여자는 다 요물이란다. 넌 네 아비 닮지 마라. 외할머니가 당부하던 목소리도 귀에 생생했다. 그는 이미 세상에 없는 두 여자의 목소리를 떨쳐 내고 싶었다. 그래서 태우성 이사의 방으로 바로 전화를 걸었지만 외부에서 모임이 끝나면 바로 퇴근 예정이라는 비서의 말만 들을 수 있었고 핸드폰은 꺼져 있었다.

어쩌면 이렇게 똑같은 길을 걷고 있는 걸까? 그렇게 미워하며 증오했던 아버지의 길을 그의 판박이인 자신도 어쩔 수 없이 따라 걷게 되는 게 아버지와 아들의 운명일까? 모든 게 예상 그대로였다. 어머니와 외할머니의 저주 같은 예언이 그에게서 생각할 힘을 앗아갔다. 아버지의 여자도 회사의 여직원이었다는 걸 그는 기억하고 있었다. 인도네시아에서 살 때 그 여자는 아버지와 출퇴근을 같이하며 자카르타 지사의 사무실에도 새침한 얼굴로 앉아 있었다.

연분홍, 그 여자가 아버지에게 그랬듯 내게도 가련하고 미안해하는 얼굴로 먼저 얘기해 보지 그랬니? 그랬으면 금방 구해 주었을 돈을 왜 하필이면 제수씨에게 부탁했니? 혹시 그래서 못 따라간다고 말했던 거야? 내 어린 시절을 알고 있으니 일말의 양심이 살아나서? 원조 교제 같아서 인도네시아 따라가는 건 싫다더니 돈을 받는 건 아무렇지도 않았던 모양이지?

그녀가 받아 갔다는 돈은 많은 돈도 아니었다. 숙모의 염려처럼 한번 욕심을 부리기 시작하다가 점점 더 큰 것을 바라게 된다 해도 들어줄 생각이 있었다. 그에게 아무것도 기대하지 않은 건 아니라는 걸 이렇게 들키긴 했지만 미래가 없는 관계를 위해선 차라리 나을 수도 있겠다는 생각이 들었다. 그래야 아무런 약속도 해 줄 수 없는 자신이 미안해지지 않을 테니까.

퇴근 시간에 맞추어 신묵은 그녀의 회사 건물 앞에 차를 대고 기다렸다. 지나가는 사람들이 비상 깜박이를 켜고 있는 그의 검은 자동차를 흘깃거렸지만 혹시라도 알아보는 눈들이 있건 말건 상관없었다.

전화를 걸까 했지만 어린이집까지 가야 할 시간이 있을 테니 늦게 나오진 않을 거라는 예상이 들어맞았다. 그의 차를 알아본 그녀가 재빠른 걸음으로 다가와 조수석의 창문을 똑똑 두드렸다. 놀라기는 했지만 아침에 내려 주었을 때보다는 훨씬 밝아진 얼굴로 구김 없이 웃고 있었다. 이제는 회사 사람들의 쑥덕거림도 신경 쓰지 않는다는 걸까? 그는 씁쓸한 웃음이 나오려는 것을 참았다. 침착해, 태신묵. 확인하기 전에는 모를 일이다.

"웬일이에요, 여기까지? 깜짝 놀랐어요."

빗줄기는 여전히 거세어 우산을 접고 앉는 잠깐의 틈에도 그녀의 머리칼이 젖었다. 짧은 머리칼을 만지고 싶은 충동은 여전해 어처구니가 없어졌다. 시선을 겨우 떼고 액셀을 밟는 발이 성급해졌다.

"비가 많이 오잖아. 나도 시간이 나서 데려다주려고 왔어."

그녀는 정말로 기쁘다는 듯이 그를 향해 미소 지었다. 네 웃음에 거짓이 없다는 것쯤은 나도 알아. 그는 자신이 아버지만큼 어리석지는 않다는 것을 믿고 싶었다.

"잠깐 저녁 먹을 시간은 있어요. 저기 앞에 분식집 있는데."

"설마 김밥?"

"비 많이 오는 날은 뜨끈한 칼국수 같은 거 먹어 줘야죠. 점심때 냉면을 먹어서 더 그런가? 먹을래요?"

"네가 사. 너 돈 많잖아."

어깃장을 자꾸 놓고 싶어지는 유치한 마음은 어떻게 하면 숨길 수 있을까? 그는 제 속에 심술궂은 어린아이가 녹슨 칼을 쥐고 숨어 있는 것을 느꼈다. 아이야, 그 칼을 설마 이 사랑스러운 여자에게 휘두르진 않을 거지? 불안해진 그는 입꼬리를 한껏 끌어올리며 다시 말했다.

"생각해 보니까 안 되겠다. 회사 사람들하고 약속이 있는데 비가 많이 와서 길이 막힐 거 같네. 약속 장소가 좀 멀어서 말이야."

그는 거짓말을 하게 만드는 이 여자가 미웠다.

"송별회 같은 거예요?"

실망하는 기색을 감추지 않으려고 웃고 있긴 했지만 어색해 보이는 모습이 그를 한숨짓고 싶게 했다. 연분홍, 설마 그런 표정까지도 날 속이는 거였다면 제발 그만둬 줘.

"가실 수 있는 데까지만 태워 주세요. 저녁은 다음에 먹어요. 나도 시간 좀 낼게요."

새까만 반달눈으로 저렇게 선한 웃음을 짓는 표정이 거짓일
리가 없다. 그는 못난 제 마음을 두고 보기에도, 잘못이 없는
그녀를 의심하기에도 지쳐서 핸들을 급하게 틀어 버렸다. 빗길
에 미끄러질 뻔하다가 버스 정류장 앞의 갓길에 보도블록을 살
짝 들이받고 멈추었다.

"팀장님!"

앞 유리창의 와이퍼가 그의 심장처럼 빠른 속도로 움직였다.

"물어볼 게 있어."

그제야 긴장이 느껴지는 눈빛이 제게로 향한다. 그래, 딱 이
정도. 연분홍이든 누구든 내가 여자에게 허락할 수 있는 한계.
그 여자가 아버지에게 그랬듯 너까지 나한테 함부로 굴 생각은
하지 말았으면 좋겠어. 나는 아버지처럼 사랑에 휘둘릴 정도로
유약하지 않으니까.

순간, 그는 제 몸이 태풍에 휘말려 공중으로 치솟았다가 땅
바닥으로 내동댕이쳐지는 충격을 받았다. 산산조각이 난 의식
은 폭풍우가 휘몰아치는 바닷가에 그녀의 손을 잡고 서 있는
긴박한 장면으로 그를 다시 데려다 놓았다. 한마디 말을 더 하
지 않으면 그녀의 따뜻한 손을 놓쳐 버릴 것 같았던 안타까움
이 이번에도 생생하게 느껴졌다. 그녀에게 말하고 싶었지만 너
무도 낯설고 생소한 이름이어서 입 밖으로 꺼내지 못한 감정의
실체를 이런 순간에야 깨닫다니…….

그는 말을 잃었다. 그의 의식에 몰아친 충격은 단단한 갑옷

을 입고 웅크리고 있는 그를 아버지보다 더 나약하게 만들 것 같았다. 머리카락 한 올 한 올이 징그러운 뱀인 메두사처럼 이 여자와의 관계가 자신에게는 독이 될 것만 같았다. 그는 이제야 깨달은 감정의 이름을 인정하고 싶지 않았다. 폭풍우 속에서 놓쳐 버린 그녀의 손 대신 죽은 사람들이 남긴 유산을 부둥켜안고 그는 간신히 입을 열었다.

"연분홍, 너 혹시 제수씨한테서 돈 받았니?"

돈을 요구했다는 숙모의 표현은 쓰고 싶지 않았다. 그게 사실이라면 제수씨에게도 그럴 만한 이유가 있다는 걸 모르지 않으니까. 프랑스 남부에 있다는 푸른 수레국화라는 이름의 서점. 그곳에 같이 가고 싶어 했던 네 오빠와 제수씨가 어떤 관계였는지는 나도 충분히 상상할 수 있으니까.

"어떻게 알았어요?"

대답 같은 질문은 낮고 담담하기만 했다.

"예상이라도 한 것 같구나."

"알게 될 거라고 생각은 했어요. 직접 말하고 싶었지만 나중에 하려고 했죠."

그렇게 갑자기 풀이 죽어 대답하면 내가 추궁할 수가 없잖니? 그는 자신이 조금씩 잔인해지려는 것을 느꼈다.

"그 돈으로 빚 갚았어? 월급 압류도 풀고 신용 불량도 면하고?"

"알고 있었어요?"

기어 들어가는 대답이 곧 빗소리에 묻혀 버렸다.

"그냥 받은 건 아니에요. 오래는 걸리겠지만 차근차근 갚을 거예요."

"그래, 당연히 그래야지."

그녀가 고개를 들어 그를 똑바로 쳐다보았다.

"팀장님 설마, 갚을 생각 없이 그냥 받은 거라고 오해하는 거예요? 제가 먼저 다정 언니에게 돈을 요구한 거라고 알고 있는 거예요?"

목소리가 조금씩 높아지는 것에 그는 안심이 되기 시작했다.

"아니야?"

입꼬리가 한쪽만 올라가며 비웃는 표정이 되어 버린 건 고치기 힘든 그의 버릇이다. 유효 기간이 벌써 끝나버린 듯한 그녀와의 약속이 떠올랐다.

"내 말에 먼저 대답해줘요."

그녀의 목소리가 유리창에 부딪치는 빗방울의 파편처럼 잘게 부서지고 있었다.

"그럴지도 모른다고 생각했어. 아니면 다행이고."

"아니에요."

그는 조금 더 자세한 설명을 원했다. 그런 다음에 사과를 해도 늦지 않다고 생각했다. 그녀는 말해 줄 테지. 팀장님 잘못이 아니에요. 미리 말하지 못한 내 잘못도 있잖아요. 그는 듣고 싶었다. 스쿠터가 택시에 부딪혔을 때처럼 그의 잘못이 아니라고 말해 주던 따뜻한 목소리를. 그러면 이게 다 너 때문이야, 라고 속삭였던 유령 같은 여자의 목소리가 그의 머릿속에서 영영 사라질 것 같았다.

그녀는 가슴에 화살을 맞은 작은 새처럼 들릴 듯 말 듯 조그맣게 숨을 들이쉬었다. 그리고 마지막 남은 숨을 내쉬듯 힘없이 속삭였다.

"나는 내가 팀장님한테 잘못한 거 없다고 생각해요."

그는 자신이 이기적이라는 것을 잘 알았다. 지금이 미안하다고 말해야 할 때라는 것도 누구보다 잘 알고 있었다.

"나도 네 탓을 하려던 건 아니야. 돈이 필요했으면 나한테 빌리든지, 제수씨한테 빌렸더라도 바로 말해 줬으면 좋았잖아."

그녀의 눈빛이 신묵을 가만히 바라보았다. 그의 마음속에 녹슨 칼을 쥐고 있던 어린아이는 어느새 사라지고 이성이 돌아오기 시작했다. 나는 아버지가 아니다. 마음속에서 주문처럼 되풀이했던 말이 그를 지켜 주었다.

"그러기 싫었어요."

"도대체 왜?"

"오해하실까 봐서요. 방금도 오해하셨잖아요. 믿을 생각도 안 했잖아요."

그는 해야 할 말을 놓쳐 버렸다.

"또 있어요. 팀장님 상처를 건드리는 것 같아서 더 말하기 싫었어요. 팀장님 아버님과 그 여자분. 꼭 우리가 지금 반복하는 거 같잖아요."

"그런 말이 어디 있어?"

말과는 달리 그는 인정해야 했다. 그녀의 걱정이 그저 노파심이나 기우가 아니었다는 걸. 자신이 고작 이런 한심한 인간이라는 게 부끄러웠다. 녹슨 칼을 손에 쥐고 함부로 휘두르는 심술궂은 아이는 그의 마음속에서 완전히 사라지지 않을 것이다. 어디엔가 숨어 있다가 튀어나와 저 대신 이제는 그녀를 향해 마구 달려들며 거친 상처를 입힐 것이다.

그는 자신이 끔찍하고 참혹할 정도로 혐오스러웠다. 다친 새의 깃털을 쓰다듬듯 그녀를 안아 주고 싶었지만 그의 손엔 이미 녹슨 칼이 들려 있었다. 그리고 나지막한 웃음소리가 환청처럼 들려왔다. 그것 봐. 엄마가 뭐랬니? 다 너 때문이라고 했지? 그때 부드러운 잔물결 같은 목소리가 그의 귀를 간질였다.

"신묵 씨……."

시선을 돌리니 연분홍은 믿을 수 없게도 미소를 짓고 있었다.

"함부로 생각하고 말해서 미안하다고 말하고 싶죠? 그러면 지금이 좋은데."

재미없는 농담이라도 웃어 준다는 듯 그녀는 샐쭉한 척을 하더니 이내 활짝 웃어 보였다.

환청은 어느새 물결에 떠밀려 들리지 않았다. 그러니, 언제나 너그러웠던 건 그녀보다 더 어른이라고 잘난 척하며 말했던 그가 아니라 지금 이렇게 따뜻한 눈빛으로 자신을 보고 있는 연분홍이었다. 민준이 외삼촌님 잘못이 아니잖아요, 라고 말해 주었을 때와 똑같은 눈빛. 서른도 훌쩍 넘은 남자가 아직도 부모 탓을 하고 있어서 한심해 보인다고도 말했던 그녀는 자신보다 훨씬 더 현명하고 성숙한 사람이었다.

그는 기어를 움직여 차를 다시 출발시켰다. 어떤 말로도 지금의 제 마음을 도저히 표현할 수 없을 것 같았다. 차창으로 떨어지는 빗방울의 수만큼 그의 생각이 수만 가지로 흩어졌다. 입을 다문 그와 굳이 재촉하지 않는 그녀는 같은 차 안에서 모르는 사람처럼 말없이 앉아 있었다. 그리고 그녀가 내려야 할 어린이집 근처에 도착했다.

"우리 내일 아침에 봐요. 약속 장소까지 운전 조심해서 가세요, 신묵 씨."

그녀가 정말로 제 이름을 부른다. 뭐라고 대답해야 좋을까? 그는 자신이 선택해야 할 길을 보았다. 이기적인 마음으로라면 미안하다는 말 뒤에 저녁 약속 따윈 없었다고 해야 할 것이다. 서툰 고백과 함께 미래를 말해 주며 인도네시아로 같이 가자고 조르기라도 해야 할 것이다. 같이 갈 수 없다면 그의 오피스텔로 들어와 1년만 그곳에서 기다려 달라고 해야 할 것이다.

하지만 그는 자신보다 그녀를 위한 길을 선택했다. 스스로를 상처 입히는 짓으로도 부족해서 그를 안아 감싸 주려는 여자까지 피를 흘리게 할 수는 없다. 조금 전에도 얼마나 위험한 짓을 할 뻔했는지 느끼지 않았는가. 그는 자신이 고슴도치 같았다. 가시가 박힌 몸으로 그녀를 안을 수는 없다. 가시는 그녀의 왼쪽 약지에 한 번 박혔던 것만으로도 충분하다. 그때도 자신은 가시가 박힌 것조차 잊어버리지 않았던가.

"잘 지내, 건강하게. 앞으론 친구나 하자는 놈 따위 만나지 말고 괜찮은 남자 만나서 연애해. 결혼해서 애도 주렁주렁 낳아."

창밖의 빗발이야 여전히 거셌지만 보닛을 두드리는 세찬 빗소리가 명랑한 캐스터네츠 소리처럼 들리는 차 안에서 자신의 말을 잘못 알아들을 리는 없을 것이다. 그는 이것이 그녀를 자신으로부터 보호하기 위한 최선의 선택이라고 생각했다. 그녀는 무슨 말인지 이해하지 못한 듯 그를 멍하니 바라보고 있지만.

"1년 동안 그걸 다 할 순 없어요."

그녀의 목소리가 떨렸다. 그러지 마. 조금이라도 내게 희망을 주려고 하지 마.

"넌 좋은 아내, 좋은 엄마가 될 거야. 1년 뒤에 돌아왔을 때 다른 남자는 괜찮지만 선교사 부인만 안 되어 있으면 좋겠다."

우습지도 않은 말을 하며 그는 유효 기간이 이미 끝난 쓴웃음을 지었다.

"그럴 일은 없어요. 다정 언니 돈도 갚아야 하고 여전히 바쁘게 살고 있을 거예요."

겨우 용기를 냈을 목소리는 봄비가 내리던 공원에서 그를 다시 만났을 때처럼 예사롭게 들렸다. 그래, 다행이다. 그때처럼 그냥 무시하고 지나가 버려. 이번엔 나도 잡지 않을 테니까.

"그랬었지? 돈 벌어야 해서 심심할 틈도 없고 친구 만날 시간도 안 난다고 했었지? 그래도 아주 가끔 외로울 때는 있다고 했잖아."

"무슨 말을 하고 싶은 거예요?"

"외롭더라도 아무 남자하고나 친구 하고 그러지 마. 좋은 남

편, 좋은 아버지가 될 만한 남자를 찾아서 제대로 된 연애를
해. 너보다 어른이 해 주는 충고야."

그는 제 손으로 잡아 뜯은 딱지에서 피가 흘러내리는 것을
내버려 두었다. 심장이 갈기갈기 찢어질 듯 아파 왔지만 상처
가 깊어야 면역이 될 것이다.

"외롭거나 외롭지 않거나 내 취향은 이제 한 가지밖에 없
어요."

그는 그것도 궁금해하지 않기로 했다.

"그만 내려줘야겠다. 약속 시간이 당겨진 걸 깜박했어."

그녀가 천천히 안전벨트를 풀고 우산을 챙겼다. 고개를 숙
인 채 말이 없었다. 그는 다급히 내뱉었다.

"내 말 들었어?"

이기적이기만 한 자신은 뭘 원하는 걸까? 그래도 기다리겠
다는 말? 다행히 그녀는 스스로를 위한 선택을 했다. 목소리는
차분하기까지 했다.

"뭐가 그렇게 무서워서 나한테 못되게 굴어요?"

정곡을 찔린 그는 무슨 뜻이냐고 되묻지도 못했다.

"걱정 마세요, 팀장님. 다시는 이런 비겁한 연애 따위 안 할
거예요. 이번에 배웠잖아요? 팀장님도 앞으론 아무 여자한테나
밥 먹자는 소리 하고 다니지 말아요. 친구나 하자고 해 놓고 공
연히 기대하게 만들지도 말구요."

떨리는 것은 결국 감추지 못했지만 그녀가 울지 않아서 또
다행이라고 그는 생각했다. 하지만 차라리 소리 지르며 화를

내야 내 마음이 이렇게까지 아프진 않을 텐데. 그는 끝까지 이 기적이기만 한 자신에게 넌더리가 났다. 눈동자가 뜨거워지기 시작하자 그제야 이별이 실감 났다. 새까만 반달눈으로 활짝 웃어 주던 얼굴만 기억해야지. 이렇게 마음 약해지게 하는 목소리는 잊어버려야지. 그래서 그는 사랑하는 여자의 얼굴을 외면하고 창밖으로 고개를 돌렸다.

연분홍은 문을 열고 내렸다. 차 문을 닫으며 제 얼굴을 우산으로 가리는 모습은 공원 기증식에서 눈이 처음 마주쳤을 때를 떠올리게 했다. 그는 천천히 액셀을 밟았다. 백미러 속에서 점점 작아지고 있는 그녀는 우산 속에서도 고개를 숙이고 손을 눈에 갖다 대고 있다. 차 안에는 빗물도 들이치지 않는데 그녀의 모습 위로 뿌옇게 물방울이 고이다가 그의 뺨을 타고 뜨겁게 흘러내렸다.

신묵은 태풍이 상륙하기 전에 일정을 앞당겼다며 다음 날 갑자기 인도네시아로 떠났다. 출국하려면 열흘도 더 남았다고 말해 놓고는 간다는 말도 없이 비행기를 탔다. 다정의 이름이 핸드폰의 액정 위에 뜨는 것을 보고 그녀는 알 수 있었다. 어떻게 된 일이냐며 도리어 묻고 있는 다정에게서 그녀는 제 예감이 틀리지 않은 것을 어처구니없어 하며 확인했다. 다정이나 그녀의 남편까지도 그에게 제대로 된 송별 인사를 하지 못했다고 했다.

사무실 밖으로 나가 전화를 받았던 그녀는 통화를 마치고 화장실로 들어갔다. 세면대 앞에서 찬물을 두 손에 받아 누가 들어오든 말든 한참 동안 얼굴을 담갔다.

친구든 뭐든 심심하니까 같이 만나 밥이나 먹자는 남자가 그렇게 장난도 아닌 키스를 해서는 안 되는 거였다. 여자를 배려하는 척 제 욕망을 꾹꾹 누르고 그처럼 조심스럽게 키스하고 안아 준다면 누군들 착각하지 않을 수 있을까? 팔뚝의 핏줄이 간지럽도록 그를 더 세게 끌어당기고 싶었던 여자는 귓가에 남은 목소리마저 착각이라고 생각해야 했다. 그래야 더 아프지 않을 테니까.

그녀의 착각을 되돌려 친구로라도 남아 있게 하려면 그 역시 어린 시절 제 몸에 박힌 가시를 자기 연민으로 감추고 있어서는 안 되는 거였다. 제 손으로 가시를 뽑아 없애 버리지도 못하면서 다가서려는 그녀에게 고슴도치처럼 상처를 주려는 짓은 하지 말아야 했다.

그의 누나의 말이 떠올랐다. 기대하다가 상처 입을 수 있다는 경고를 뻔히 들었으면서도 그를 기다릴 생각을 했던 자신은 얼마나 오만했던가. 겨우 그의 상처 하나를 알았다는 이유로 만병통치약을 가진 것처럼 우쭐했던 자신은 그의 단단한 방어막 앞에서 얼마나 힘없이 무너졌던가.

그녀는 만약이라는 무시무시한 단어를 다시 불러내 마음의 성벽을 쌓아 올렸다. 가게에 난 사고에 그가 의도한 것은 없었으며 그의 잘못도 아니었다고 생각했던 마음이 세상의 모든 라면 박스를 떠나 다시 그에게로 화살을 겨누었다.

그녀는 친구나 하자는 그의 말에 활짝 웃어 보였던 저 자신을 미워하지는 않았다. 그에게 한 말처럼 그들이 하려던 것을 다 했으니 그만두었다고 생각하기로 했다. 그렇게라도 하지 않으면 오빠와 엄마를 눕혀 놓고 제 가슴을 주먹으로 내리치던 버릇이 되살아날까 무서웠다. 슬픔이 빠져나갈 구멍을 찾지 못하고 온몸을 가득 채웠던 그때 그를 원망하고 탓하며 숨 쉴 구멍을 찾았던 것처럼 지금 자신이 느끼는 슬픔과 분노를 그에게로 되돌리고 싶었다. 탓을 하려면 라면 박스를 탓하라던 오빠도 지금 이 기분은 이해해 줄 것이다. 여동생의 편을 기꺼이 들어줄 것이다.

장마가 계속되는 동안 그녀의 마음에는 그치지 않는 눈물이 아프게 내리꽂혔다. 그 남자가 내게 가진 감정은 어디까지였을까? 겁먹지 마. 너랑은 연애할 생각 없어. 싱글거리며 장담하던 그는 어디로 가고 자신이 사랑을 받고 있다는 것도 모르는 상처 입은 어린아이만 남게 되었을까? 이유를 따져 물을 용기가 없는 그녀는 혼란스러웠다. 의미가 없는 상상을 되풀이하며 죽어 버린 희망을 되살리고 싶지는 않았다.

그는 왜 내게 미안하다는 말도, 기다려 달라는 말도 하지 않았을까? 그 질문은 '그는 왜 나를 사랑했을까?'처럼 어리석어 보였다. 답은 그녀 자신도 알고 있었다. 그의 사랑은 딱 그만큼의 깊이였을 뿐이다.

지루하게 계속되던 비가 조금씩 힘을 잃기 시작했을 때에야 그녀의 마음에도 눈물이 잦아들었다. 그녀는 사랑에 확신 따위는 중요하지 않다고 생각했다. 흐릿하고 모호한 경계를 넘어 친구든 어떤 이름으로든 그와 나눈 감정을 소중하게 간직하고 싶었다. 그에게 주었던 거짓 없는 키스와 위로를 망치고 싶지 않았다. 그가 포기한 사랑이라도 시든 꽃다발처럼 쉽게 버리지는 않을 것이다.

그녀는 그를 기다려 주고 사랑해 줄 힘이 부족했던 자신을 초라하게 여기지도 않기로 했다. 어차피 처음부터 미래도 약속도 욕심내지 않고 시작한 관계였으며 해피엔드가 되기를 기대하지도 않았다.

세상의 모든 라면 박스에게는 미안하지만 그를 볼 때마다 아프게 떠오르곤 했던 오빠와 엄마의 잔상이 어느샌가 지워져 버린 것도 나중에야 깨달았다. 그러니 세상의 모든 라면 박스가 사라진 뒤에도 그에게 대신 화살을 겨눌 수 없을 것이다. 그 화살이 부메랑처럼 돌아올 것을 두려워하지도 않을 것이다. 그녀는 무뎌진 화살을 힘없이 내려놓고 어두운 동굴 속으로 깊이 들어갔다.

오빠의 시집이 2쇄를 찍게 되었다는 소식을 출판사의 김지용 사장이 전해 준 것은 추석을 지나고서였다. 사장은 생각지도 못했던 인세를 보내 주었다. 사람들이 시를 많이 읽다니 그녀는 참 신기하다는 생각을 했다.

오빠의 시집을 사 준 사람들이 어떤 사람들일지 모르겠지만 한 사람 한 사람의 행운을 모두 빌어 주었다. 시집의 후기를 그녀가 대신 쓸 때도 그랬었다. 단 한 사람이라도 오빠의 시를 읽고 위로를 얻을 수 있다면 오빠는 그 사람을 위해 시를 쓴 것입니다, 라고.

그녀는 오빠가 쓴 〈꽃의 이름〉이 걸린 공원에 가끔 가 보았다. 이제 그곳은 그녀만의 기쁨이자 보람이었다. 사람들의 발길이 오빠의 시가 적힌 팻말 앞에 멈출 때마다 그녀는 자랑하고 싶었다. 그리고 고마웠다. 뜨리마 까시(Terima kasih). 고마워요, 신묵 씨. 그가 들으면 어처구니없어 할 테지만 바퀴벌레만 그녀를 어른인 듯 느끼게 해 준 건 아니었다.

그녀는 인도네시아어와 그곳의 문화에 대해 인터넷으로 매일 검색하며 그가 일하고 있을 깔리만딴의 원시림을 찾아보았다. 눈이 크고 아름다운 인도네시아 여인들이 섬세하고 화려한 전통 의상인 끄바야를 입은 사진을 감탄하며 보기도 했다. 좋은 남편이자 아버지가 되고 싶게 하는 여자가 거기에는 있을지도 모른다는 생각이 들자 가슴이 칼로 베인 듯 아픈 것은 어쩔 수 없었다.

공원의 은행나무가 샛노랗게 물이 들 즈음 오빠의 친구였던 조선일 시인이 기쁜 소식을 가져왔다. 문단에서 오랫동안 권위를 인정받아 온 들꽃문학상이 《꽃의 이름》을 올해의 시집으로 선정했다는 것이다. 오빠의 시는 신기하기도 했지만 힘이 셌다. 영원한 젊음으로 시집의 표지에 그려진 오빠는 종이 위의 그림처럼 무기력하지만은 않았다.

그녀는 심사위원장인 원로 시인으로부터 직접 전화를 받았다. 고등학교 때 그의 시를 교과서로 배웠던 그녀는 시인의 인자한 목소리를 들으면서도 믿기지가 않아 잠시 말을 잃었다.

— 자비 출판까지 한 동생분의 정성이 갸륵해서가 아닙니다. 그런 온정에 혹하여 뽑은 상이 아니라 순전히 오라버니의 시심詩心을 높이 평가한 공정한 심사 끝에 드리는 상이에요. 그러니 동생분, 자부심을 갖고 실컷 자랑해도 된답니다.

허허, 하고 웃음이 흘러나오는 노시인의 목소리가 그녀의 어깨를 토닥이는 듯 들렸다.

이 작은 나라에서 예전엔 시집이 베스트셀러도 되고 몇 십만 부도 훌쩍 넘게 팔리기도 했다는데 이름도 모르는 문학상 수십여 개가 난무하는 지금, 1년에 책 한 권도 안 읽는 사람들에겐 누가 어떤 상을 받았건 아무 관심도 흥미도 없을 일이었다. 오빠의 등단 동기이기도 한 조선일 시인은 시는 그저 시일 뿐, 세상은 시가 없어도 잘 굴러가지만 죽음을 앞둔 순간에도 시 한 줄을 떠올리는 사람이 있기에 계속 쓰게 되는 거라고 했다. 그는 시상식은 물론 가족들이 잠들어 있는 추모 공원에도 함께 가 주었다.

"어! 강희야, 여기 좀 봐."

앞장서 가던 그가 그녀에게 손짓했다. 오빠의 유골함이 안치된 칸의 유리문에 손바닥 크기도 안 되는 앙증맞은 꽃다발이 걸려 있었다.

"여기 메모도 있어. 주홍이한테 쓴 것 같은데?"

그녀는 동글동글 예쁜 글씨체의 짧은 글을 읽었다.

이곳에 사랑하는 친구의 가족이 잠들어 있어요.
연주홍 시인의 시를 읽고 생명의 소중함과 아름다움을 느꼈답니다.
고맙습니다.

　메모 끝의 날짜는 추석 즈음이었다. 분홍색 메모지에 가는
펜으로 쓴 귀엽기만 한 글씨체를 보며 그녀는 왜 태신묵의 필
체를 떠올렸을까? 지금 이 글씨체는 도저히 서른네 살 남자의
필체라고 우기기 힘들었다. 연강희 너 도대체 무슨 기대를 하
고 있는 거야? 제 마음을 들킬 리도 없는데 그녀는 뺨이 따끔거
렸다.

　길가에 흔히 피어 있는 들꽃인 데다가 추모관 뒤 공사장에
서도 본 잡초지만 그것을 일부러 꺾어 여기에 가져왔을 독자의
마음이 몹시 따뜻하게 느껴졌다. 하얗고 노란 들꽃 가지를 묶
어 만든 꽃다발은 건조한 공기 중에 자연스럽게 말라 있었다.
그녀는 조그만 꽃송이에 코를 대고 생명의 온기는 날아갔어도
아름다움은 남아 있는 들꽃의 향기를 흠씬 들이마셨다. 사랑하
는 친구와 함께 찾아와 가족을 그리워하는 마음을 위로해 주었
을 독자가, 우연히 알게 된 오빠의 시를 기억하고 일부러 꽃다
발까지 만들어 준 그 마음이 고마웠다.

　추모 공원의 직원이 유리문을 열어 주어 그녀는 시상식에서
받은 크리스털 상패를 오빠의 납골함 앞에 놓았다. 그리고 엄
마와 아빠의 납골함을 나란히 모셔 놓은 단으로 갔다.

"엄마. 엄마가 불 속에 뛰어들면서까지 건져 내려고 했던 거, 내가 다 찾았어. 글을 쓴 건 오빠였지만 엄마가 아니었으면 시도 뮤지컬도 영원히 사라졌을 거야."

그녀는 부모님의 납골함이 안치된 자리에 이미 넣어 드렸던 오빠의 초판본 시집을 2쇄로 바꾸어 넣었다.

조선일 시인을 먼저 보내고 혼자 찾아간 한국 피앤피의 도서관에도 시집을 기증할 수 있으면 좋겠지만 완공이 되고 개관식이 있으려면 아직 더 기다려야 했다. 그녀는 외관이 다 마무리되고 내부 인테리어 공사가 채 끝나지 않은 도서관을 밖에서 바라보았다.

일요일이라 그와 함께 왔던 날처럼 공사는 중지되어 있었고 정문은 통과할 수 있어도 내부로 들어가는 출입구의 문에는 굵은 쇠사슬이 감겨 있었다. 그의 마음도 이 건물처럼 내부까지 깊이 들어갈 수 없는 걸까? 그녀는 그에게 주었던 핑크 베스파의 열쇠고리를 떠올렸다. 그의 마음을 여는 열쇠는커녕 그를 추억할 수 있는 무엇 하나도 남겨 놓지 않은 자신이 퍽 차갑고 쌀쌀맞은 여자 같다는 생각이 들었다.

그래요, 신묵 씨? 나 참 냉정한 여자였어요? 오빠와 엄마든, 다정 언니한테 받은 돈이든 맘 쓰지 말고 나 자신에게 좀 더 너그러워질걸 그랬어요? 당신의 사랑이 얕아도 노력하겠다고 눈물을 보이며 고백할걸 그랬어요? 그녀는 코트 주머니에 왼손을 넣고 엄지손가락으로 약지의 뿌리를 더듬었다. 눈으로 보지 않아도 거기 어디쯤에 가시가 박혀 있었는지 만져졌다. 가시가 남긴 곰은 자국은 사라지겠지만 눈부신 햇빛 속에 서서 그와 키스를 나눌 뻔했던 기억은 사라지지 않을 것이다. 그의 눈동자를 기억하는 한 그녀는 혼자라도 이곳을 계속 찾을 것이다. 해독 불가의 책 같은 그의 마음이라도 욕심내고 갖고 싶을 것이다. 그러다 지칠 때는 오빠의 시집을 찾아 읽으며 여동생을 좀 위로해 달라고 투정을 부리겠지.

"혹시 루왁 있나요?"

'커피 정류장'이라는 이름의 카페는 '아직'이라는 표현을 쓰기 미안하도록 그 자리에 남아 있었다. 이른 첫눈이 내리는 11월의 토요일 오후다. 창가를 향해 하나밖에 남지 않은 빈자리에 앉아 그녀는 주인아저씨를 돌아보았다.

"죄송합니다, 손님. 저희 카페는 루왁을 팔지 않습니다."

그녀는 신묵의 오피스텔에서도 따뜻한 루왁을 마시지 못했다는 것을 생각했다. 어린 왕자가 검댕을 털어 주던 산처럼 생겼다는 화산. 그는 브로모 화산에 다시 가 볼까? 좁은 우리에서 학대 받는 사향 고양이의 것이든 마을 주민들이 채집한 것이든 루왁을 볼 때 한 번쯤은 그날의 키스를 떠올릴까?

루왁 대신 주문한 '오늘의 커피'가 나왔다. 그녀는 스쿠터와 민준이의 퍼그는 창밖에 두고 그가 말이 없는 만큼이나 자신도 조용히 남은 커피를 다 마셨던 화요일의 그날을 생각했다. 그 뒤에 일어난 일은 여전히 가슴을 아프게 해도 이제 낙엽처럼 바싹 말라 간다. 시간이 한참 더 흐른 후에는 바스락거리며 부서질 날도 올지 모른다.

　두 사람이 앉았던 자리엔 스무 살 언저리로 보이는 어린 연인들이 앉아 있었다. 첫눈이 떨어지다 바람을 타고 올라가는 것을 소리 내어 웃으며 쳐다보았다. 화이트 크리스마스를 기대하며 다정히 속삭이기도 했다.

　그런데 한 달이 지나고 크리스마스가 다가올 무렵이었다. 한 TV 방송국에서 희귀병을 앓고 있는 환자들의 투병 사연을 소개한 프로그램이 나간 후 오빠의 시집을 찾는 사람들이 부쩍 늘었다는 소식이 들려왔다. 출판사의 김지용 사장은 어린 소년이 오빠의 시를 읊던 장면이 나갔기 때문이라고 했다. 오빠가 말하던 단 한 사람, "내 시를 읽으며 위로를 얻을 수 있는 사람이 단 한 사람이라도 있다면"이라고 말했던 그 사람을 또 찾은 것 같아 그녀는 기쁨의 눈물을 흘렸다. 단 한 사람이 아니었다. 그들 남매는 욕심을 조금 더 냈어도 좋았다.

6. 구능 끌롯

"라딕! 왜 이렇게 막히지?"

뒷자리에서 한국 신문의 문화 면을 꼼꼼히 읽고 있던 신묵은 앞자리의 오른쪽에 앉아 운전대를 잡고 있는 쏘삐르를 한 번 더 재촉했다.

"저 앞에 사고가 난 것 같습니다."

회사 차를 모는 쏘삐르인 라딕은 말과는 달리 여유로운 표정으로 룸미러를 슬쩍 쳐다보았다. 답답해하는 상사와 눈이 마주치자 웃고 있는 눈 그대로 시선을 돌리긴 했지만.

출근 시간도 지났는데 엄청난 오토바이 행렬이 도로를 점령한 채 꼼짝도 하지 않고 있었다. 부유한 중국계 인도네시아인들이나 원주민 출신의 공무원들이 탄 일본산 승용차도 보였지만 삼륜차인 바자이와 오토바이가 스무 배쯤 더 많았다.

자카르타 시내의 교차로에서 어렵지 않게 볼 수 있는 빡오
가들도 지금은 보이지 않았다. 복잡한 차도 한가운데를 위험
천만하게 맨몸으로 가로막으며 유턴이나 차선 변경을 도와주
는 빡오가에게 그는 5백 루피아 정도를 쥐여 주곤 했었다. 그
래 봤자 물가가 싼 이곳에서 한국 돈으로는 50원이 조금 넘는
돈이다. 신호등이나 횡단보도가 거의 없고 사람들을 위한 보도
역시 뚝뚝 끊겨 위험하기 짝이 없는 자카르타의 차도는 외국인
이 운전하고 다니기에는 무리였다. 시속 40km를 넘기기 힘든
복잡한 교통 상황에도 한번 사고가 나면 외국인에게 모든 책임
이 돌아오기 일쑤여서 외국인들은 쏘삐르를 고용했다.

그는 자카르타 시내의 지긋지긋한 교통 체증을 반쯤은 포
기한 상태로 지켜보다가 눈에 들어오는 스쿠터 한 대를 발견
했다. 웬만한 가정엔 식구 수대로 오토바이를 갖고 있는 인도
네시아인들이었지만 저렇게 세련되고 귀엽게 생긴 이탈리아
산 스쿠터는 드물게 보는 것이다. 아니나 다를까 헬멧 안의 얼
굴은 중국계의 젊은 여성이었다. 인도네시아 전체 인구의 5%
에도 미치지 못하는 중국계 인도네시아인들은 이 나라 상권의
90% 이상을 소유하고 있었으며 빈부 차가 심한 경제 상황에도
원인을 제공하고 있었다.

"예쁘긴 하네."

혼잣말을 중얼거리는 것을 라딕이 용케도 알아듣고 한국말
로 되물었다.

"예뻐요?"

퇴근 후에 한국 드라마를 보는 것이 라딕과 그의 아내의 취미라더니 어디에서 들었을까?

"여자 말고 스쿠터."

이번에도 알아듣든 말든 시무룩하게 중얼거리는데 인도네시아의 공용어인 바하사 인도네시아로 명랑한 대꾸가 돌아왔다.

"아, 이사님이 부적처럼 만지작거리는 분홍 스쿠터네요. 그렇죠?"

조그만 모형 열쇠고리를 내가 그렇게 소중히 갖고 다녔던가? 연분홍에게 사 주었던 파우더 핑크색의 베스파는 지금 어디 있을까? 그는 갑자기 떠오른 생각이 무슨 예고처럼 느껴졌다. 인천 공항에서 그녀의 핸드폰 번호를 눌렀다가 끊어 버린 날 이후 벌써 6개월이 흘렀는데도 하얀 셔츠에 청바지 차림으로 스쿠터를 타고 오피스텔 앞 광장을 돌던 그녀를 하루도 떠올리지 않은 날이 없었다. 6개월이 아니라 그 전에도 베스파가 지금은 어디에 있을지 생각해 본 적이 없었는데 왜 오늘 갑자기…… 그는 백여 대도 넘어 보이는 오토바이의 행렬 속에서 부질없이 파우더 핑크색의 스쿠터를 찾아보았다.

자동차와 오토바이가 뒤섞인 행렬이 조금씩 속도를 내기 시작하자 자카르타에서 유명한 대형 쇼핑몰이 보였다. 그도 한국에 돌아가기 전날에 저 쇼핑몰에서 긴팔 옷과 코트를 샀다. 우기와 건기뿐인 열대 우림 기후의 이 나라에서도 쇼핑몰에서는 방한복이나 스키복을 사시사철 팔고 있다. 빈부 격차가 극심한 가운데 단풍이나 눈을 보러 해외여행을 떠나는 상류층들을 위한 것이다.

"뇨냐(Nyonya) 닮았어요."

라딕이 이번엔 쇼핑몰 앞에 세워져 있는 입간판을 가리켰다. 화장품 광고의 모델인 한국 여배우의 사진이 크게 붙어 있었다. 짧은 머리에 상큼하고 귀여운 눈웃음이 매력적인 걸 그룹 출신의 젊은 배우다.

호칭이 발달한 인도네시아어에서 뇨냐는 외국인 부인을 부르는 말이다. 라딕에게 핸드폰 속의 사진을 들켰을 때 그는 굳이 연분홍이 자신의 뇨냐가 아니라고 고쳐 주지 않았다. 자신이 결혼을 했다거나 하지 않았다거나 그런 것은 말한 적이 없었는데 라딕은 한국 본사에서 온 서른다섯 살의 잘나가는 신임 이사가 한 번도 결혼한 적이 없다고는 생각하지 않은 모양이었다. 지난주까지 일하던 밤방은 몇 년 동안 모은 돈을 가지고 예비 신부가 기다리는 끄디리로 갔다. 평소에도 말수가 적었던 그는 후임자에게 업무와 상관없는 상사의 사생활에 대해서는 말하지 않았나 보다.

연분홍은 자신이 태신묵 이사의 뇨냐로 불리고 있다는 것을 안다면 뭐라고 할까? 결혼은커녕 제대로 된 연애도 해 보지 못한 남자의 부인이 되어 인도네시아 원주민 직원에게서 한국 여배우를 닮았다는 말까지 듣고 있는 것을 안다면……. 억지로 찍은 사진 한 장으로 결혼한 여자로 만들어 버린 나를 마구 흘겨보면서 두 주먹으로 가슴을 팡 때리겠지? 짧고 삐죽한 머리가 프랑스 거지 같다며 놀렸을 때처럼. 그러면 나는 또 어른한테 버릇없다며 목덜미를 잡아당기다가 그녀를 가슴에 꼭 가두어 안을 테지. 반칙이라고 하든 말든 복숭아 속살처럼 매끄러운 뺨을 만지면서 달콤한 색깔의 입술을 살그머니 열어 따뜻하고 향기로운 숨결을 나누고 싶어질 테지. 멍하게 백일몽을 꾸는 지금, 그는 그녀가 지배하는 불면의 밤이 차라리 달콤했다.

"보고 싶으세요?"

상사의 입꼬리가 슬그머니 올라간 것을 보았는지 라딕이 싱긋 웃으며 물어 왔다. 낙천적이고 쾌활한 인도네시아인들은 아무 때나 잘 웃는다. 그는 미소를 들킨 것이 맘에 들지 않아 창밖으로 고개를 홱 돌렸다.

웃고 싶을 땐 그냥 활짝 웃어요. 연분홍이 핀잔을 주는 소리가 귓가에 생생했다. 그것 봐요. 잘생겼잖아요.

그의 상상은 오토바이 행렬이 갑자기 빨라지면서 내는 소음들로 깨져 버렸다. 자카르타 공항이 눈앞에 보였다. 국적기인 가루다 인도네시아를 타고 이 나라 제2의 도시인 수라바야의 주안다 공항까지 두 시간 그리고 자동차를 달려 다시 두 시간을 넘게 가면 목적지인 *끄디리*에 도착한다. 예비 신랑인 밤방은 자카르타에서 *끄디리*까지의 거리를 묻는 그에게 기차를 타면 열두 시간이 걸린다고 말했지만 그는 당연히 그럴 생각이 없었다.

라딕을 돌려보내고 그가 탄 비행기가 수라바야에 도착한 것은 늦은 오후였다. 국제선 비행기와 국적기만 드나들 수 있는 주안다 국제공항은 새로 문을 연 제2터미널 공사의 뒷마무리가 한창이었다.

2월이라 우기가 끝나 가는 청사 밖의 뜨거운 햇빛 아래에 서니 밤방이 차를 가지고 나와 기다리고 있었다. 오래된 일본산 중고차이긴 하지만 가족과 새 신부를 위해 구입했다고 한다.

"소식 들으셨어요? 구눙 끌룻의 온천물이 전보다 더 뜨거워졌대요."

끄디리까지 다시 두 시간을 달릴 생각에 지친 몸을 등받이에 기대는데 밤방이 시동을 켜자마자 알려 주었다. 한국으로 돌아가기 전부터 오랫동안 그의 쏘뻬르로 운전을 해 온 밤방은 꽤 심각한 얼굴을 하고 있었다. 늘 상냥하고 밝은 표정의 인도네시아인답지 않게 과묵하고 감정 표현이 적었던 그가 저 정도로 걱정을 하고 있다면 보통 일은 아니라는 생각이 들었다.

"비행기 안에서 들었어. 올해 안에 화산이 터질지도 모른다고 하더군."

한국의 시골 동네 같은 풍경을 지나자 창밖으로 파인애플밭이 계속 이어졌다.

"2007년에도 폭발할 뻔했는데 분화구에 있던 호수만 메우고 그쳤어요. 마그마가 화산 속에 그대로 남아 있어서 이번엔 더 크게 폭발할 거래요."

"결혼식 마칠 때까지는 아무 일 없었으면 좋겠네."

그는 인도네시아에 활화산만 130여 개가 있다는 것을 들은 기억이 났다.

끄디리에 도착하자마자 그는 중국인이 경영하는 큰 호텔에

짐을 풀었다. 내일 있을 결혼식 준비로 바쁜 밤방은 집으로 돌아가고 그는 저녁 식사를 하러 식당으로 내려가 고기 완자탕인 박소를 먹었다.

식당 안에서도 사람들의 화제는 구눙 끌룻이 과연 폭발할 것인가, 언제 폭발할 것인가에 모아졌다. 인도네시아에 살면서 수라바야의 브로모 화산에서 수증기가 뿜어져 나오는 것은 구경 간 적이 있었지만 화산이 실제로 터지는 것은 뉴스로 본 것 외엔 없었다. 그는 주변 손님들이나 종업원들의 표정에서 전에 없던 긴박함을 보았다.

"뱀이며 사슴, 원숭이 들이 산에서 내려왔대요. 호랑이가 내려오는 것을 본 사람도 있대요."

"말랑에는 대피령이 떨어졌는데 가축을 두고 갈 수가 없어서 사람들이 움직이지 않나 봐요."

그때 식당 안으로 종업원이 들어와 카운터의 동료들에게 새로운 소식을 전했다.

"경보가 한 단계 더 올라갔다는데?"

갑자기 밖에서 앰뷸런스 소리가 들리더니 그 뒤에 대형 트럭들이 한꺼번에 이동하는 소리가 한참을 이어졌다. 나이 많은 여자 종업원이 주방에서 나와 창밖을 보았다.

"산 아래로는 접근 금지령이 떨어졌다더니 피난민들을 실어나를 차량인가 봐."

"괜찮아. 용암만 여기까지 안 덮치면 되지, 뭐. 화산재가 우리 동네에도 많이 날아왔으면 좋겠다."

엉뚱한 소리를 하는 남자를 돌아보기도 전에 다른 종업원들은 웃으며 맞장구를 쳤다.

신묵은 끄디리까지 오는 차 안에서 밤방이 했던 말을 떠올렸다. 화산재가 밭에 쌓이면 비료가 되어 농작물의 수확에도 도움이 되고 물과 섞어 잘 만들면 시멘트처럼 되기 때문에 건축 자재로 쓸 수 있다고 했다. 대신 화산이 폭발한 뒤엔 거의 비가 내리는데 지붕 위에 쌓인 화산재는 그 전에 얼른 쓸어내려야 집이 무너지지 않는다고 했다. 아무리 그래도 그렇지, 화산이 터진다는데 용암이 동네까지 흘러내려 오면 어쩔 것이며 화산이 폭발할 때 우박처럼 쏟아질 돌덩어리를 어떻게 피하려고 저럴까. 화산재가 떠다니는 공기 속에서 숨은 제대로 쉴 수나 있을지…….

방으로 올라오자마자 그는 텔레비전을 켜 뉴스를 보았다. 인도네시아 뉴스 전문 채널인 메트로 TV는 끄디리에도 경보가 발령되었다고 전했다. 식당의 종업원들이나 호텔의 투숙객들 그리고 내일 결혼식을 앞두고 있는 밤방은 알고 있을까?

그날 밤 그는 유난히 새까맣고 어두운 밤하늘을 커튼 사이로 보며 침대에 누워서도 한참을 잠들지 못했다. 몸이 갑자기 매트리스 속으로 끌려들어 가는 듯한 불안하고 암울한 기분이 들었다. 자카르타에 있는 한국 대사관에서는 구눙 끌룻이 폭발할지도 모른다는 것을 알고 있을까? 누나와 민준이는 그가 운전기사의 결혼을 축하해 주기 위해 와 있는 자바 섬 동부의 끄디리라는 곳에 활화산이 있다는 것을 알까? 그리고 연분홍, 아무 때나 제멋대로 내 의식을 비집고 들어오는 너는 지금 같은 불면의 시간마다 내가 미치도록 그리워하는 이름이 무엇인 줄 알까?

그는 충동적으로 벌떡 일어나 유선 전화기를 들었다가 놓았다. 대신 핸드폰을 꺼내 버릇처럼 그녀의 사진을 찾았다. 공사 중인 도서관의 서가 앞에서 환하게 쏟아져 들어오는 햇빛을 비스듬히 받으며 조금은 어색하게 웃고 있는 얼굴. 길고 진한 속눈썹 아래 새까만 반달눈으로 그를 쳐다보고 있는 따뜻한 그 미소는 울고 싶어지도록 사랑스러웠다. 손가락 끝으로 만지려는데 액정 화면은 까맣게 꺼져 버렸다.

다음 날인 2월 13일 목요일 아침은 어젯밤의 걱정이 너무 유난스러운 것이었나 싶게 평온하기만 했다. 전기가 잠깐 끊기긴 했지만 호텔의 종업원들이나 창밖으로 멀리 보이는 농장 사람들은 평소처럼 각자 제 할 일을 하고 있는 것 같았다. 밤방이 보낸 남동생 다르마가 그를 차로 데리러 오기까지 했다.

결혼식은 신부의 집에서 아침 일찍부터 치러졌다. 나중에 남자의 집에서도 조촐하게 한 번 더 하는 것이 이곳의 풍습이었다. 얇은 천의 머릿수건인 질밥으로 머리와 이마를 동그랗게 감싼 여자들이 처음 보는 한국 남자를 흘깃거리며 수줍은 미소를 지었다. 신부를 위한 옷과 신랑을 위한 지참금이 결혼 선물로 교환되고 전통 의상 끄바야를 입은 신부의 어머니 그리고 바틱을 입은 신부의 아버지가 신혼부부를 축복해 주었다. 끄바야에 질밥까지 색깔을 맞춰 입은 신부와 역시 바틱을 허리에 두르고 양복 재킷을 입은 신랑이 하객들과 인사를 나누었다.

식장의 내부는 화려한 꽃으로 장식되었고 신부의 손에도 붉은 꽃다발이 들려 있었다. 한국이나 서양의 결혼식처럼 부케를 신부의 친구들에게 던질 것인가 기다리는데 그런 풍습은 없는 모양이었다. 연애하면 결혼해야 하고 결혼하면 아이 셋은 주렁주렁 낳고 싶다고 말했던 연분홍도 신부가 던지는 붉은 장미 꽃다발을 확 낚아채 왔었는데…….

식장의 한쪽에는 인도네시아인들이 유난히 좋아하는 단맛 나는 여러 가지 빵과 볶음밥인 나시고랭, 바나나 잎에 찹쌀밥과 고기를 말아 찐 름뻬르, 코코넛 가루에 흑설탕을 넣어 양갱처럼 졸인 즈낭, 한국인의 입맛에도 잘 맞는 꼬치 요리인 치킨 사떼 등이 차려져 있었다. 접시 하나에 먹고 싶은 것을 담아 모두가 서서 먹는 풍경은 대도시나 이곳이나 다를 바가 없었다.

그는 뷔페 음식을 차곡차곡 요령 좋게 쌓아 올리던 여자를 고치기 힘든 습관처럼 또 떠올리고 스르르 웃어 버렸다. 그녀라면 스푼이나 포크도 필요 없이 인도네시아인들처럼 오른손만으로 쌀밥에 소스를 잘 버무려 맛있게 먹을 수 있을 것이다. 그러면 밤방의 할머니이자 어릴 때부터 그를 제 집에서 키워 준 자말리아 할머니의 남은 식구들이 기특해하며 말할 것이다. 젊은 한국 뇨냐가 참 잘 먹네요. 그녀는 눈이 동그래지며 말한다. 저는 저 남자 뇨냐가 아닌데요. 입술을 뾰로통하게 내밀며 자신을 쳐다보면 그는 모르는 척 딴청을 피우면서도 그 입술에 입 맞추고 싶어질 것이다.

— 경보가 4단계로 올라갔대요.

결혼식이 끝나고 호텔로 돌아온 뒤에 그 소식을 전해 준 것은 자카르타에 있는 라딕의 전화였다. 끄디리의 사람들은 정작 조용하기만 한데 자카르타의 회사에서는 그가 있는 곳의 뉴스를 체크하고 있었던 모양이다.

"4단계면 곧 폭발한다는 소리야?"

— 아직은요. 며칠 후가 될지 몇 주 후가 될지 모른다고 했어요. 어쨌든 내일은 돌아오실 거죠?

그는 라딕의 전화를 끊고 커튼을 열어 밖을 내다보았다. 저녁에 잠깐 전기가 나가긴 했지만 이곳 사람들의 움직임은 뉴스가 혹시 오보가 아닌가 싶게 평온했으며 텔레비전에서도 새로운 소식은 들려오지 않았다. 정말 화산이 폭발하기는 할까 싶은 생각마저 들었다.

그의 의심과 라딕의 말이 무색하게 한라산보다 200m가 낮은 구능 끌룻은 2014년 2월 13일 목요일 그날 밤 무시무시한 폭발을 시작했다. 10시 50분, 고막이 찢어질 듯한 엄청난 천둥소리가 나고부터였다. 그는 태어나 처음으로 죽음의 공포를 소름 끼치도록 느꼈다.

호텔의 로비에 투숙객들이 몰려 내려왔다. 창밖으로 멀리 보이는 화산은 검은 형체가 갈라질 듯 말 듯 하면서 제 몸에 붉은 실금을 긋고 있었다. 마치 새까만 숯 덩어리에 이제 막 불이 붙은 것 같은 모습이었다. 화산재가 신의 선물인 것처럼 말하던 종업원들도 이 순간만큼은 숨을 죽였다. 로비에 있는 텔레비전에서는 화산이 잠에서 깨어나 꿈틀대는 모습을 계속 보여 주었다. 뜨겁고 붉은 불덩어리가 분노를 터뜨리듯 거침없이 분출하는 순간을 호텔 안의 모든 사람들이 화면을 통해 지켜보았다.

정부의 재난 구조 센터에서는 이미 주변 10km 안의 주민들에게 대피 명령을 내린 뒤였다. 말랑 지역의 적십자사에서도 인명 구조 요원들이 대기하고 있다고 했다.

그는 방으로 돌아와 자카르타 숙소의 임지완 과장에게 유선 전화를 걸었다.

"한국 대사관에서는 끌룻 화산이 폭발한 것을 알고 있습니까?"

— 회사에서는 알고 있지만 대사관에서는 아무 연락도 못 받았습니다. 이사님은 괜찮으십니까?

"네, 여긴 화산과 꽤 떨어져 있는 데다가 건물이 튼튼해서 안전합니다. 끄디리에도 한국 사람들이 살고 있다고 들었는데 대사관에서 알고 있겠지요? 수라바야로 피난을 가라든가 어떻게 대피하라는 지시를 내렸겠지요?"

그는 텔레비전을 통해 공공건물과 학교 운동장에 임시 대피소가 차려진 것을 보았지만 외국인들에 대한 소식은 없었다.

— 그러지 않았을까요? 이사님, 화산재 때문에 며칠은 비행기가 운항하지 못할 겁니다.

"그래서 전화했습니다. 중요한 업무는 이곳 호텔로 연락해 주십시오. 핸드폰도 안 되니까요."

용암이 계속 흘러내려 오고는 있었지만 화산은 점차 진정이 되어 가는 것 같았다. 뜬눈으로 지새운 다음 날 아침 그는 여전히 어두컴컴한 창밖을 보았다. 사방이 온통 오래된 흑백 사진처럼 뿌연 재로 뒤덮였고 어젯밤 빗소리처럼 들린 것이 화산이 터지며 쏟아지는 모래가 지붕을 두드리던 소리라는 걸 확인해 주는 파편들이 사방에 흩어져 있었다.

그는 텔레비전의 뉴스를 켰다. 하얀 질밥을 머리에 쓴 여자 리포터가 구눙 끌룻의 폭발이 17km까지 위로 치솟았으며 화산재가 250여 km 떨어진 반대편의 서부 자바 지역까지도 날아가 쌓였다고 전한다. 가축을 지키려다 미처 대피하지 못한 산 아래 사람들의 안타까운 소식도 나왔다.

그는 어제 결혼식을 치른 밤방의 안전이 궁금했다. 전에도 화산 폭발을 겪은 적이 있었다며 오히려 신묵을 안심시켜 주었지만 핸드폰이 먹통인 것을 다시 확인하고 나니 더 염려가 되었다.

아침을 먹을 겸 1층으로 내려가니 안내 데스크의 종업원이 로비에 모인 투숙객들에게 새로운 소식을 알려 준다. 수라바야, 족자카르타, 스마랑 공항이 폐쇄되었다는 것이다. 끄디리와 말랑 인근의 주민들까지 대피한 사람의 수만 20만 명에 달한다고 했다.

"What is that smell(이게 무슨 냄새지)?"

호주인으로 보이는 백인 남자가 말했다. 삶은 달걀이 썩은 것 같은 고약한 냄새가 코끝을 스쳤다. 눈이 따갑고 목이 조금 답답하기도 했다.

"sulfer?"

호주인의 일행으로 보이는 다른 남자가 대답했다. 유황이다. 그 단어를 쓸 일이 최근엔 없었던 신묵은 냄새만큼이나 불길한 기분을 확 느꼈다.

설 연휴가 끝난 지 열흘이 훌쩍 넘었다. 잔뜩 무장한 방한복 차림에 눈으로 젖은 구두 발자국을 남기며 사무실로 들어서던 사람들은 예쁘게 포장된 작은 상자가 책상 위에 드문드문 놓여 있는 것을 발견했다. 책상의 주인은 모두 남자 직원들로 금박 리본이 묶인 상자를 들어 보던 그들은 아하, 하고 미소를 지었다.

"뭐야? 왜 마 부장님이랑 홍진우 씨 책상 위엔 있고 내 책상엔 없는데?"

신 대리가 썰렁한 제 책상 위를 보며 중얼거렸다.

"밸런타인데이잖아요, 대리님."

초콜릿을 돌린 당사자인 강희는 일부러 미안해하는 웃음을 지으며 선배를 쳐다보았다.

"고마워요, 강희 씨. 잘 먹을게요."

아직 출근하지 않은 홍진우보다 옆자리의 다른 남자 대리가 먼저 인사했다.

"그런 건 얼른 뜯어서 다 같이 나눠 먹어야죠."

신 대리가 밉지 않은 목소리로 말하자 그는 "나중에, 점심시간에"라고 대답한다. 강희는 뒤이어 출근한 홍진우와 마 부장을 비롯한 다른 남자 직원들에게서도 고맙다는 인사를 받았다.

"강희 씨, 고맙긴 하지만 이렇게 마구 나눠 주면서 위장하지 말고 우리 중에 딱 한 사람만 찍어요."

홍진우의 농담에 그녀는 소리 내어 웃으며 되받아쳤다.

"애석하게도 이 자리엔 없네요."

여섯 달 전만 해도 생각지 못했던 여유였다. 홍진우가 그때도 똑같은 말을 했다면 말속에 뼈가 있다고 여겼을 것이다. 자신이 한 대답 역시 마찬가지였다. 이 자리에는 없다니, 그러면 인도네시아에라도 있다는 건가? 그녀는 사람들의 지레짐작이 무서워서라도 그런 아슬아슬한 대답은 감히 하지 못했을 것이다.

"올해는 정월 대보름과 밸런타인데이가 겹치네."

탁상 달력을 들여다보던 신 대리가 말했다.

정월 대보름이라는데 그 남자는 대보름 나물이나 부럼을 먹을 수 있을까? 밸런타인데이인데 인도네시아 아가씨한테서 초콜릿이라도 하나 받았을까? 거기에서도 이런 날을 챙기는지는 알 수 없지만.

"어젯밤에 인도네시아에서 화산이 폭발했다는데?"

벌써 초콜릿 하나를 까서 우물우물 씹고 있던 마 부장이 컴퓨터 화면에 눈을 고정한 채 말했다. 입안에 있는 초콜릿이 녹는 동안에는 아침 업무를 조금 미뤄도 되는가 보다고 생각한 사람은 그녀 혼자만이 아닌 모양이다.

"동영상 좀 봐. 굉장하다."

부장이 그렇게 말하니 허락이라도 받은 것처럼 모두들 각자의 노트북을 들여다보았다.

"불꽃놀이 같은데?"

"그러게요. 신기하네요."

"자, 오늘 해야 할 급한 업무부터 먼저 얘기해 볼까? 10시에 회의 하나 있지?"

초콜릿 한 덩어리가 녹는 시간은 금세 지나갔다. 부서원들은 업무로 재깍 돌아들 갔지만 한 사람만은 모니터에서 눈을 뗄 수 없었다.

그는 자카르타로 간다고 했었다. 아니면 깔리만딴의 공장. 영어로는 마운틴 클루드, 인도네시아어로는 구눙 끌룻이라고 한다는 그 산은 그가 일하는 곳에서 한참 먼 자바 섬 동부의 끄디리라는 곳에 있었다. 부서 사람들의 말처럼 낯설고 먼 나라의 화산이 폭발하는 모습은 여름밤 해변에서 흔히 볼 수 있는 불꽃놀이 이상의 느낌은 주지 않았다. *끄디리.* 그녀는 지도 위의 생소한 이름을 입속에 한번 굴려 보고 자신의 업무로 돌아갔다.

월요일, 그의 이름이 들린 것은 엉뚱하게도 외근에서 돌아온 신 대리를 통해서였다. 장소는 여자 화장실도 아니었다.

"강희 씨, 점심 먹으러 안 갔네?"

"다녀오셨어요? 저는 속이 좀 불편해서요. 드시고 오세요."

모두 구내식당이나 밖으로 나가고 그녀만 자리를 지키고 있던 중이었다.

"그래도 먹어야 일을 하지. 오늘은 도시락 안 싸왔어? 같이 나가자."

"저 괜찮아요, 정말."

"소화가 안 되는 거야? 왜 그래?"

어제부터 계속 위통이 있었다. 화산 폭발 후에 한국인 한 명이 실종 상태라는 것을 텔레비전 정오 뉴스를 보다가 알았다. 이름은 나오지 않았지만 그녀는 선뜻 다정에게 전화를 걸어 물어보지도 못했다. 설마 자카르타도 깔리만딴도 아닌 엉뚱한 곳에 그가 갈 일이 있으리라고는 상상하기도 싫었다. 별일 없을 거야. 그녀는 실종되었다는 그 남자가 지금은 무사히 돌아갔을 거라고 생각했다. 인터넷 뉴스를 찾아보았지만 그 뒤에 올라온 기사에는 아무 언급이 없었다.

그런데 나쁜 예감은 잘 들어맞는다는 걸 신 대리가 바로 일깨워 주었다.

"혹시 들은 거야?"

"네?"

"나 지금 한국 피앤피 들어갔다 오는 길이야. 원래는 거기 임 과장님하고 해야 할 일인데 올해 들어 바뀐 담당이 처음부터 다시 한 번 보자고 해서 늦었어."

도서관의 조경 공사는 개관에 맞추어 완전히 마무리되었고 앞으로 관리를 어떻게 하느냐에 대한 의논만 남았는데 그 건으로 다녀온 모양이었다. 얼굴은 잘 기억나지 않지만 그녀는 작년 여름 만난 적이 있는 친환경 사업부의 키 큰 남자 직원을 떠올렸다. 임 과장이 사무실로 돌아가는 걸 보고 나서 혼자 엘리베이터를 기다렸었지. 그 안에 있던 신묵의 손에 이끌려 하늘 정원의 회의실로 올라갔었지. 그리고…….

"인도네시아에 계신 그쪽 이사님이 며칠째 연락이 안 된다면서?"

처음엔 신 대리가 말하는 그쪽 이사님이 누구를 말하는 것인지 알아채지 못했다. 신 대리가 그녀에게 물어볼 만한 사람 중에 인도네시아에 있는 이는 딱 한 사람이라는 걸 떠올리고 나서야 입술이 열렸다. 그래 봤자 할 수 있는 말도 없었지만. 신 대리의 눈빛이 그녀의 얼굴을 찬찬히 살폈다.

"모르고 있었나 보네. 내가 괜한 말을 했구나."

신 대리의 목소리는 낮고 조심스러웠다. 대리님, 회사 안에 퍼졌던 소문을 대리님도 들었어요? 나와 그 남자, 어울리지도 않는 사이, 기다리는 건지 끝난 건지 어쨌든 거래처의 나이 많은 팀장이 월급 압류도 풀어 주고 신용 불량에서도 회복시켜 주었다는 이야기.

입이 무겁고 쓸데없이 수다를 떠는 자리엔 끼지 않는 신 대리였다. 그런 그녀조차 말해 주고 싶어 할 상황이라면…….

"어떻게 된 거래요?"

그녀는 저도 모르게 일어나서 신 대리의 코트 소매를 붙잡았다. 신 대리가 들은 것을 그녀도 빠짐없이 알고 싶었다.

"화산이 처음 폭발 했을 때만 해도 연락이 됐었는데 이후론 며칠째 소식이 끊어졌대. 공항이 오늘 겨우 정상으로 돌아왔다는데 비행기를 타고 자카르타로 돌아와야 할 사람이 아직 전화 한 통도 없대. 자세한 건 나도 몰라. 강희 씨, 괜찮아?"

괜찮지 않을 게 뭐 있겠는가? 전화는커녕 문자 한 줄, 메일 한 통이 없는 사람인데. 돌아와서 그녀가 애 셋 달린 유부녀가 되어 있대도 놀라지 않을 사람인데.

하지만 그녀는 태연한 척하고 싶지도 않아 의자에 털썩 주저 앉았다. 괜찮겠지. 곧 회사와도 연락이 닿고 자카르타로 가는 비행기도 타게 되겠지. 화산 폭발 때문에 사람이 어떻게 된다는 건 영화에나 나오는 일 아니었어? 하지만 그녀는 신묵이 오피 스텔에서 루왁 커피를 만들어 주기 전에는 인도네시아에 화산 이 백여 개나 있다는 사실을 자신도 몰랐었다는 생각을 했다.

"마실 것 좀 갖다 줄까?"

제 표정이 그렇게나 불안해 보였을까? 그녀는 얼굴이 뜨거 워질 만큼 부끄러웠다.

"아니에요, 대리님. 어서 식사하러 가세요. 저는 여기 있을 게요."

지금은 위로보다 혼자 있게 해 주는 것이 더 필요했다. 신 대리도 이해한 듯 탕비실에서 따뜻한 녹차 한 잔을 가져다주고 갔다.

연한 풀빛의 뜨거운 물이 미각을 잃은 혀를 타고 불안하게 뛰고 있는 심장의 옆을 지나 아래로 내려가는 것이 느껴졌다. 그녀는 떨리는 손으로 핸드폰을 꺼내 지난 여섯 달 동안 국가 번호까지 앞에 붙여 새로 저장해 놓고는 한 번도 불러낸 적이 없는 이름 위에 손가락 끝을 얹었다. 한국 피앤피 사옥에서는 터지지 않는 통화가 그녀의 자리에서라면 시원하게 터질 듯한 착각이 들었다. 뭐라고 얘기하지? 바보같이 그런 걱정을 하고 있을 때 한국말이든 인도네시아어든 연결이 안 된다는 안내 음성이라도 나와 주길 바랐는데 전화기 너머는 완전한 침묵이었다. 왜 전화했느냐는 퉁명스러운 대꾸라도 간절히 바랐던 마음은 너라고 특별한 줄 알았느냐는 싸늘한 푸대접만 받았다.

"다정 언니?"

그에게서 멀어지려 했던 마음은 그와 연결된 사람들마저 멀리하게 했다. 그녀는 다정이 남편을 빼닮은 아들을 낳았다는 전화를 받고 아기 옷과 함께 오빠의 시집을 넣어 부쳤던 날 이후로 이것이 첫 통화라는 사실을 깨달았다.

— 분홍아.

이제는 이모네와 고모조차도 그렇게 부르지 않는 이름을 다정은 아직 바꾸지 못하고 있었다. 그리고 한 사람 더……. 그녀는 그 남자의 이름을 그가 원하는 때에 불러 주지 못했다는 것에 다시 마음이 아파 왔다.

— 아주버님 소식 듣고 전화한 거니?

"언니, 신묵 씨……."

— 아직 연락이 안 되고 있대.

다정은 그녀의 마음을 다 안다는 듯 오랜만의 통화에도 시간을 낭비하지 않고 알고 있는 사실을 모두 말해 주었다.

— 회사에서 할 수 있는 방법은 다 동원해서 찾고 있어. 자 카르타 지사에서도 한국 대사관이랑 그쪽 경찰에 수색을 요청 했고. 끄디리 현지를 잘 아는 사람을 보내서 병원이나 대피소 마다 혹시 신원 불명의 동양 남자가 없는지 찾고 있대.

"거긴 왜 간 거래? 어떻게 된 거야?"

— 결혼식 초대를 받았었대. 어릴 때 돌봐 주셨던 인도네시 아 할머니가 계셨는데 그분은 돌아가셨지만 손자가 결혼을 했 대. 결혼식 끝나고 호텔에 돌아왔는데 그날 밤 화산이 폭발한 거래. 그런데 신랑 쪽의 누가 좀 다쳤나 봐. 아주버님이 직접 차를 몰아서 병원에 데려다주고 호텔에 돌아간다고 나가신 이 후로 연락이 끊겼대.

다정의 목소리는 흥분하지 않고 차분했다. 머나먼 이곳에서 자신이나 그녀가 할 수 있는 일은 그저 무사하기만을 바라며 기다리는 일뿐이라고 말하는 듯했다. 강희는 뭐라 말할 수 없 는 불안과 긴장으로 다정의 말을 계속 들었다.

— 우린 지금 폭발이 다시 일어날까 봐 걱정하고 있어. 그 전에 수라바야로 피해야 한다는데 아주버님이 어디에 어떤 상 태로 있든 재폭발만 일어나지 않으면 수색해서 데려오는 건 어 렵지 않을 거라고도 했어.

마지막에 한 말은 아무런 위안이 되지 못했다. 폭발은 목요 일 밤 늦게 일어났으며 연락이 끊긴 지는 벌써 사흘째라고 했 다. 공항이 폐쇄되고 집이 무너지고 화산재가 날아다녀 숨 쉬 기조차 어려운 낯선 곳에서 혼자 있는 외국인에게 일어날 수 있는 일이 무엇인지는 상상하기도 싫었다.

"언니, 미안하지만 아무 소식이라도 좋으니까 연락이 오면 전화 좀 해 줄 수 있어?"

— 그래, 그럴게.

눈물이 묻은 목소리를 들키기 전에 전화를 끊었다.

그녀는 컴퓨터를 켜 인도네시아 화산 폭발을 검색해 보았다. 사진과 동영상으로 다시 보는 구눙 끌룻의 모습은 무시무시했다. 1919년 대폭발 땐 무려 5천 명의 사상자가 났다고 한다. 다정이 말한 재폭발은 없을 것 같다는 희망도 보였다. 분화구에서는 여전히 연기가 피어오르고 마그마에서 가스가 빠진 용암이 산 아래로 흘러내려 와 숲을 온통 불태웠다고는 하지만 조금씩 식어 가고 있다고 했다. 가로수와 건물이 온통 회색 재로 두껍게 뒤덮인 거리에서 차들이 전조등을 밝힌 채 느리게 움직이는 뉴스 영상도 있었다. 중부 자바로 피난을 갔다가 돌아오는 사람들이 서서히 늘어나고 있다고 했다.

신묵 씨, 저 차량 행렬 속에 당신이 있을까요? 지금 어디 있어요? 다시 돌아와 심심하니까 밥이나 먹자는 말을 태연히 해 줘요. 친구든 뭐든 이름을 불러 줄 테니 활짝 웃지 못하는 표정이라도 보여 줘요, 제발.

밤방이 동생 다르마와 함께 꾸리고 있는 양계장은 다행히 피해가 크지 않았다. 주먹만 한 돌이 화산에서 날아오며 양계장의 지붕을 뚫고 들어왔지만 천 마리나 되는 닭들 중 몇 마리만 죽었을 뿐이라고 했다. 재폭발이 일어나 더 큰 피해를 당할까 걱정이 된 다르마는 형이 어렵게 모은 돈으로 마련한 양계장의 지붕을 수리하러 올라갔다. 닭은 더위에 약하기 때문에 바닥을 높여 대나무로 지은 양계장은 지붕 위에 사람이 올라갈 것까지 예상하고 짓지는 않았다.

신랑의 안부를 물으려 전화한 신묵은 몇 번의 시도 끝에 화산 폭발 다음 날에야 간신히 형제의 어머니와 통화가 되었다. 다르마가 지붕에서 땅으로 떨어져 다리뼈가 부러진 것 같았지만 구급차는 전화가 되지 않았고 그를 병원에 데려갈 만한 사람은 아무도 없었다. 새신랑인 밤방은 신부와 함께 신혼여행을 떠났다가 돌아오고 있다지만 화산재로 앞을 제대로 볼 수도 없는 상황에 끄디리로 들어오는 도로는 모두 정체되고 있었다. 신묵은 전화를 끊자마자 호텔에서 차를 수배하여 양계장으로 달려갔다. 골절상을 입은 다르마를 병원에 입원시킨 후 다시 차를 몰아 호텔로 돌아오고 있었다.

사방이 온통 화산재로 뒤덮이고 매캐한 유황 냄새가 코를 찌르며 목이 따가운데 마스크도 쓰지 않고 집 앞에 나와 물을 뿌리는 사람들도 있었다. 화산재는 그 틈에 잠시 가라앉았다가 차량이 지나가면 다시 먼지처럼 흩날렸다.

갑자기 소나기가 내리기 시작했다. 우기가 끝나 가는 2월, 엄청난 양의 비는 나무와 길에 쌓인 화산재를 씻어 내렸다. 빠르게 움직이는 차창의 와이퍼 사이로 앞에 놓인 도로의 폭이 점점 좁아지고 있는 것이 보였다. 그는 이 길이 호텔로 돌아가는 길인지 확실히 알 수 없어 속도를 조금 늦추었지만 표지판이 보이지 않았다. 금세 해가 지고 어두워지는 거리에는 차량의 행렬마저 뜸했다.

전조등도 꺼진 채 도로가의 수렁에 바퀴가 빠져 있는 자동차와 그 옆에 서 있는 두 남자가 시선을 잡아끈 것은 인도네시아 원주민인 그들이 입은 티셔츠가 2002년 여름에 월드컵 중계를 시청하던 한국 사람이라면 누구나 한 장 씩은 갖고 있었던 붉은색 티셔츠였기 때문이었다. 15년이 다 되어 가는 그 티셔츠가 이 나라에 아직 남아 있다는 것에 신기해하며 그는 차를 세우고 창을 조금 내렸다.

"아다 뻐르이스띠와 아빠(Ada peristiwa apa)?"

무슨 일이냐는 질문에 갈색 피부의 두 남자는 서로 얼굴을 한 번 쳐다보더니 차례로 소리쳤다.

"한국 사람입니까?"

"우리는 수라바야에서 온 관광객인데 자동차가 고장이 났어요."

그가 한국 사람인 것을 어떻게 알았는지는 미뤄 두고 관광객이 이런 곳을 돌아다닌다는 사실이 이해되지 않았다.

"차도 고장 났는데 비가 그칠 것 같지 않네요. 끄디리 기차역까지만 좀 태워 주세요. 아니면 큰 도로까지라도."

그는 흠뻑 젖은 그들을 타게 했다. 턱수염을 가늘게 기른 남자는 조수석에, 눈썹 뼈가 유달리 툭 튀어나온 남자는 신묵의 바로 뒤에 앉았다.

446

"사장님, 고맙습니다."

뒤에 앉은 남자가 한국말로 말했다.

"짐은 없습니까?"

"없어요."

뒤에서 들리는 말과는 달리 그의 옆에 앉은 턱수염의 남자가 자신들이 내린 일제 자동차로 뛰어가더니 작은 배낭을 들고 돌아왔다.

"출발합시다, 사장님."

신묵이 기억하는 것은 그로부터 10분 후까지의 일이 전부다. 한국의 창원, 화성, 안산의 공장에 있었다는 그들은 공장에서 매일 맞으며 일했으며 기계에 손목이 잘린 뒤엔 퇴직금도 다 못 받고 쫓겨났다고 했다. 두 남자는 달리는 차의 앞뒤를 살피더니 곧 자바 지역의 사투리를 주고받았다. 그는 그 말이 지금이 시작할 때라는 뜻이라는 것을 알아들었다. 뒤에 앉은 남자의 고무손이 넘어와 앞자리 오른쪽의 운전석을 열어젖혔고 조수석에 앉은 턱수염이 상체를 일으켜 핸들을 붙잡더니 그가 맨 안전벨트를 풀었다. 그는 핸들을 뺏기지 않으려 힘을 주며 버텼지만 필사적인 두 남자에게 붙들려 속수무책이었다. 속도를 늦출 수밖에 없을 때 고무손을 낀 남자가 뒤에서 목을 졸랐다. 그를 발로 차서 도로 밖의 수풀 속으로 굴러떨어지게 한 놈은 옆자리의 턱수염이었다. 비에 젖은 바위에 이마를 부딪치고 엎드린 채 그는 지갑과 핸드폰이 주머니에서 꺼내어지고 손목시계와 구두가 벗겨지는 것을 느꼈다. 그리고 점점 희미해지는 시야 속에서 자신이 탔던 자동차가 폭우 속으로 멀어지는 것을 보았다.

눈을 떴다고 생각했지만 앞이 보이지 않았다. 답답한 두 눈을 손으로 비비려 해도 움직일 수가 없었다. 살아 있다는 것을 알리려고 입을 열어도 제 목소리가 귀에 들리지 않았다. 그는 온 힘을 끌어모아 몸을 버둥거렸다.

"깨어났나 봐요."

자바 사투리의 남자 목소리가 아니라는 것이 이렇게 반가울 수가! 분주한 움직임이 양옆에서 느껴지고 그제야 자신의 몸이 어딘가에 반듯이 누워 있다는 것을 알 수 있었다. 빠른 발걸음 소리와 신음 소리, 외쳐 부르는 소리, 바퀴가 달린 묵직한 것이 바닥을 끌며 이동하는 소리 그리고 지독한 땀 냄새와 열기와 알코올 냄새가 뒤섞여 그의 감각 안으로 마구 밀려들었다. 제 몸이 넓은 공간 안에 여러 사람들과 함께 있다는 것은 청각으로 느낄 수 있었지만 시각만은 여전히 아무 역할을 하지 못했다.

"병원입니까?"

누가 듣고 있는지는 모르겠지만 그는 간신히 중얼거렸다. 가까운 곳의 공기가 흔들리면서 방금 전의 여자가 아닌 남자의 목소리가 들렸다.

"이름이 뭡니까?"

내게 묻고 있는 걸까? 내 이름은…….

"이름을 말해 보세요. 어느 나라 사람이지요? 중국 사람인가요? 인도네시아어 할 줄 압니까?"

너무 많은 질문은 혼란스럽다. 게다가 자신이 병원이냐고 물었던 건 그러면 어느 나라 말이었을까? 그는 정신을 바짝 차려 입을 열었다. 이번엔 질문한 남자와 같은 언어를 썼다.

"사야 오랑 꼬레아(Saya orang Korea, 나는 한국 사람입니다). 사야 연분홍(Saya Yeon Bun Hong, 나는 연분홍입니다)."

아, 그랬구나. 내가 아깐 한국말을 했었구나. 그제야 이 상황이 이해되기 시작했다. 동시에 그는 제 입에서 튀어나온 이름 석 자가 어색하다는 것도 바로 알아챘다. 이름을 묻는 질문에 제일 먼저 떠오른 단어라 엉겁결에 대답하긴 했지만 바보가 아닌 이상 연분홍은 색깔의 이름이라는 걸 모를 수가 없다. 어째서 색깔의 이름이 먼저 떠올랐을까? 그리고 왜 자신은 그것을 제 이름이라고 착각했을까? 그는 실타래가 엉켜 버린 머릿속을 마구 헤집어 자신의 진짜 이름을 찾아내려 애썼다.

"연락할 곳이 있습니까? 당신이 여기 있다는 걸 누구에게 알려야 하지요?"

그제야 제 지갑과 핸드폰과 손목시계와 구두 그리고 호텔에서 빌린 자동차까지 어이없이 강탈당했던 장면이 영화 필름처럼 돌아갔다. 검은 산이 붉은 피를 토하듯 폭발하던 장면도 또렷이 떠올랐다. 그러나 이상하게도 자신이 누구이며 어디에서 왔는지는 기억나지 않았다.

"머리가 너무 아픕니다. 제 눈이 어떻게 된 거지요? 지금 몇 시입니까?"

앞이 보이지 않고 시간에 대한 감각마저 없으니 기억이 더 뒤죽박죽 혼란스러웠다.

"당신을 발견한 농부가 당신이 바위에 머리를 부딪친 것 같다고 했습니다. 하루가 지났어요. 의식을 찾았으니 기억이나 시력도 곧 돌아올 겁니다."

목소리가 멀어지며 주위의 소음에 파묻혔다.

연분홍. 의식이 깨어났을 때 제 이름보다 먼저 떠오른 단어. 그는 머리가 쪼개어질 듯 아팠지만 눈앞이 흐릿하나마 보이기 시작하는 것을 느꼈다. 그리고 망막이 온통 연분홍으로 물들자 왜 가슴이 칼로 저미는 듯 아파 오는지, 아픔이 가시자 왜 밀물처럼 슬픔이 밀려드는지 어리둥절해졌다.

자신의 이름이 태신묵이라는 것과 자카르타의 회사 전화번호가 기억난 것은 시력이 완전히 회복되면서부터였다. 머릿속이 온통 뿌연 화산재로 가득 찬 것 같았던 그 사흘 동안 그를 지탱하게 해 준 것은 연분홍이라는 단어뿐이었다. 화산재가 비에 씻긴 듯 기억이 또렷해진 날, 그는 제 이름과 연락할 곳을 간호사에게 말하다가 자신이 이미 연분홍이라는 이름으로 환자 명단에 올라가 있다는 것을 들었다. 자카르타 지사에서 병원과 대피소를 뒤졌어도 자신을 찾아내지 못했다면 그 이유 때문일 것이다.

연분홍, 너는 내 노냐였다가 아예 내가 되어 있었구나. 그는 목덜미가 드러나는 짧은 머리에 속눈썹이 길고 짙은 하얀 얼굴의 여자를 눈꺼풀 뒤에 새겼다. 그 여자는 한쪽 입술만 간신히 끌어올린 미소조차 보여 주기 싫어 그를 외면하고 있었다. 핑크색 스쿠터를 타고 광장을 돌던 그녀는 야구 모자를 고쳐 쓰며 중얼거렸다. 뭐가 그렇게 무서워서 나한테 못되게 굴어요?

"이사님."

혼곤한 꿈에서 깨어나고 있을 때 침대 옆에 서 있는 긴 그림자가 그를 불렀다. 눈꺼풀을 깜박거리자 의식은 또렷해졌지만 그녀의 슬픈 미소는 안타까움을 남기고 사라졌다.

"임지완 과장."

"괜찮으십니까? 모두들 걱정 많이 했습니다."

시야가 맑아지자 임 과장의 옆에 라딕이 서 있는 것도 보였다. 자카르타의 공항에서 그와 헤어질 때는 이런 어이없는 사고를 당할 줄 누가 상상이나 했을까. 언제나 싱긋 웃는 얼굴의 라딕이 저렇게 어두운 표정을 하고 있는 것을 보니 그는 밤방의 안부가 궁금해졌다.

"화산 활동은 그친 건가요? 밤방은 끄디리로 무사히 돌아왔습니까?"

"네, 폭발은 완전히 그쳤습니다. 공항도 정상으로 돌아왔고 피해를 본 건물은 모두 복구 중에 있습니다. 밤방도 집으로 돌아왔다고 하구요. 동생을 병원까지 데려다준 데 대해서 굉장히 고마워하고 있습니다."

임 과장은 이어서 자카르타 지사의 소식을 간단히 전하고 한국의 가족들이 그의 전화를 기다리고 있다고도 말했다.

누나 신혜는 그의 목소리를 듣자마자 울먹이기부터 했다.

― 화산이 터진다는 걸 몰랐던 거야? 자말리아 할머니 손자여서 갔다는 건 이해하겠는데 결혼식 다 봤으면 꼼짝 말고 대피해 있었어야지, 밖에는 왜 돌아다녔어?

어린 시절 사춘기의 어두운 터널에 함께 갇혀 있으면서 어머니 대신 그를 돌봐 주는 것만은 잊지 않았던 누나의 잔소리가 더없이 반가웠다. 일부러 아무 대답도 않고 그리운 그 목소리에 가만히 귀를 기울이고 있으니 누나의 목소리가 대번에 커져 버렸다.

― 신묵아! 정신 차려!

"누나, 듣고 있어요. 나 멀쩡해."

― 세상에, 노상강도가 다 뭐니? 거기가 그렇게 위험한 곳인 줄 몰랐어. 당장 한국으로 들어와. 큰아버지나 우성이한테도 너 밖으로 그만 돌리라고 말할 거야.

"그러지 말아요. 여기 일 많아. 내가 꼭 있어야 하고. 우리 누나 정말 많이 걱정했구나. 그리고 사람 사는 곳이 다 그렇지, 뭐. 좋은 사람도 있고 나쁜 사람도 있고."

그는 누나를 위로하고 달래느라 전화를 끊는 데만도 시간이 꽤 걸렸다.

끄디리의 병원에서는 하루를 더 지내고 자카르타로 돌아왔다. 자신을 발견해 병원으로 옮긴 농부에게 임 과장을 보내 사례금을 전하고 밤방의 병문안까지 받은 뒤였다. 현지 경찰에게 강도들의 인상착의를 알려 주자 잡는 것은 시간문제라며 염려

하지 말라는 대답이 돌아왔다. 신묵에게는 그것보다 더 중요한 문제가 있었다.

"핸드폰은 꼭 찾고 싶은데 장물 시장을 뒤지면 알 수 있겠습니까?"

그들을 체포한 뒤라면 모를까 경찰의 표정으로 보아 그럴 여력까지는 없는 것 같았다.

기억을 잃고 다시 찾고 자카르타로 돌아오기까지 그는 많은 혼란을 겪었고 그만큼 많은 생각을 했다. 화산 폭발보다 충격적이고 노상강도를 당한 것보다 예기치 못하게 닥친 사흘 동안의 기억 상실은 그의 의식과 마음을 변화시켰다.

병실에 누운 채 자신이 누구인지를 찾으며 실타래처럼 엉켰던 기억을 가지런히 정리하는 동안 그는 자신이 살아오며 선택한 여러 갈래 길을 처음으로 돌아보았다. 쉽고 익숙한 길을 선택했기 때문에 외면해야 했던 아름다운 것들을 생각했다. 의미 있고 소중한 것과 버리고 싶은 것들, 돌이킬 수 있는 것과 후회해도 소용없는 것들, 용서해도 잊을 수 없는 사람들과 사랑하며 지켜야 할 사람들을 생각했다. 용기 없고 비겁한 선택으로 사랑하는 사람을 아프게 했던 일들을 생각했다.

— 분홍아, 전화 한번 해 볼래?

"아니야. 무사히 돌아왔다니까 됐어. 다행이야."

그녀는 알려 줘서 고맙다는 말을 하고 먼저 전화를 끊었다. 다정은 뭔가 더 말하고 싶어 하는 눈치였지만 그의 안전을 확인한 것만으로 됐다고 생각했다. 가슴 한가운데 맺혀 있던 뜨겁고 단단한 덩어리가 흐물흐물 녹아 풀어지는 것만으로도 그녀는 숨을 쉴 수 있었다. 감사합니다. 종교가 없으면서도 누군가를 향해 수없이 그 말을 되뇌었다. 그리고 이만한 핑계라면 안부 전화쯤은 걸어도 되지 않을까, 가끔은 핸드폰 화면 위의 이름을 손가락으로 만지곤 했다.

일주일이 지나고 다정이 한 번 더 전화를 걸어왔다. 신묵은 퇴원 후 벌써 자카르타의 사무실로 돌아갔다고 했다. 통원 치료를 받는 중에도 변함없이 업무에 집중하고 있다고 한다. 그러니 그녀의 일상도 다시 잘 흘러갈 것이다. 강희는 핸드폰이 울리거나 문자가 올 때마다 가슴이 팔딱거렸지만 심심하니까 밥 먹자는 소리를 하거나 팀장님이라는 호칭 대신 이름을 불러 달라는 연락이 아니라고 해서 실망하지는 않았다.

그녀는 이제 로비나 배경이 없어도 능력을 인정받는 사원이었으며 화장실에서 속닥거리는 여자들을 봐도 제 이름이 거기 끼어 있을까 신경 쓰지 않았다. PC방은 오래전에 그만두었지만 가끔 사장인 재훈으로부터 일상적인 안부 전화를 받았으며 지난달에 그만둔 어린이집 대신 진선의 부모님이 갖고 계신 조그만 원룸 주택에 저렴한 보증금과 월세로 살고 있었다. 다정에게 매달 부치는 돈은 액수를 조금 늘렸으며 출판사와 대형 서점이 기획한 시 낭송회에 몇 번 나가 오빠 대신 시를 읽었고 오빠가 대본을 쓴 창작 뮤지컬이 초연되는 극장에 조선일 시인과 함께 가기도 했다. 그리고 부모님과 오빠의 유골함 앞에

《꽃의 이름》 4쇄를 넣어 드렸다.

모든 것이 원래대로 되돌아오고 있었다. 그녀의 감정도 그런 것 같았다. 심지어는 그를 공원 기증식에서 우연히 만나 스쿠터에 대해 물어볼까 봐 가슴 졸였던 봄날로.

그날로 돌아간다면 그의 우산에 제 얼굴이 가려지기를 바라지 않을 수 있을까? 그에게 당신을 보면 오빠와 엄마가 떠올라서 힘들다고 솔직히 말할 수 있을까? 심심하니까 가끔 만나 밥이나 먹자는 말에 연애도 결혼도 싫다는 남자와는 그러지 않겠다고 끝까지 거절할 수 있을까? 그녀는 제 물음에 쉽게 대답하지 못했다. 오빠와 엄마에게는 미안하지만, 그녀는 활짝 웃지 못하는 그가 궁금할 것이고 맛있는 김밥을 싸기 위해 아침잠을 설칠 것이며 오만하게도 그의 상처를 제가 감싸 줄 수 있다고 착각할 것이다. 그리고 아무 말이 없는 그의 키스에 저 역시 아무런 기대도 않겠다고 생각하며 매달리겠지.

강희는 그에게로 향했던 제 마음이 피지 못한 꽃인 듯 느껴졌다. 꽃봉오리를 책갈피 사이에 눌러 놓듯 그에 대한 사랑도 미완의 추억으로 간직하려 했다.

그런데 어이없게도 신묵은 1년 전으로 돌아가려는 모양이었다. 공원 기증식에서 연분홍의 이름이 왜 더 이상 연분홍이 아닌지를 의아해하던 봄날로 되돌아가고 싶은 모양이었다.

그날은 진선이 드디어 현중 선배와 결혼을 하던 날이었다. 결혼 선물로 무엇을 해 줄지 고민하던 그녀에게 진선은 축가를 부탁했다. 신랑 쪽에서도 축가를 하기로 되어 있어 강희는 신랑의 후배이자 할리 데이비슨 동호회의 회원이라는 남자와 곡이 겹치지 않게 의논한 후 노래방에서 연습을 같이 했다. 그녀가 슬쩍 의도한 대로 두 곡 다 오빠가 뮤지컬 삽입곡으로 작사한 노래다.

나무와 꽃이 모두 어리고 새것처럼 보이는 봄의 야외 결혼식장에서 새벽에 가늘게 내리다 그친 비까지 운치를 더해 시야는 온통 파스텔 톤이었다. 결혼식장의 잔디와 울타리 너머의 연둣빛 강물과 건너편의 산이 공기보다 가벼운 햇빛을 받아 반짝거리며 수채화인 듯 어우러졌다.

그리스 신전을 연상케 하는 무대 위에서 오늘의 주인공들을 위한 주례사가 먼저 있었다.

"새벽에 봄비가 잠깐 내렸습니다. 비가 내리는 날은 좋은 우산을 가지고 있는 사람이 제일 행복한 사람이겠지요? 그 우산을 사랑하는 사람의 어깨가 젖지 않게 기울여 줄 줄 안다면 두 사람 모두 행복해질 것입니다. 연애할 때는 늘 좋은 모습만 보여 주며 즐거움만 함께하고 각자의 집으로 돌아가도 됐지만 결혼은 그렇지 않습니다. 보고 싶지 않은 모습도 보아야 하며 아프고 어려운 일도 내 것으로 함께 나누어야 합니다. 사랑하는 사람의 상처를 감싸 주고 눈물을 닦아 주어야 합니다. 신랑과 신부 두 사람은 지금 그것을 약속하기 위해 여기 서 있습니다."

그녀는 주례사가 끝나면 불러야 할 축가 때문에 긴장이 되어 무엇을 느낄 새도 없었다.

신랑과 신부가 하객들을 향해 돌아선 뒤 축가가 시작되었다. 신랑 쪽의 축가를 맡은 최정현이 부른 노래는 그대와 함께 살아 있음을 감사하며 부족한 자신이라도 힘이 되어 주고 싶다는 내용을 담고 있다. 오디션 프로그램의 우승자가 리메이크하여 부른 뒤 음원 차트에서도 상위권에 있는 그 노래는 오빠의 마음을 그대로 담고 있는 가사 때문에 들을 때마다 먹먹한 감동을 느끼게 했다. 아름다운 피아노 반주에 맞춘 최정현의 노래는 할리를 타는 라이더라고는 생각할 수 없게 부드럽고 달콤했다. 그의 노래가 끝난 후 박수와 환호가 우렁찬 가운데 그녀는 떨리는 걸음으로 신랑과 신부의 맞은편에 섰다. 미리 녹음된 반주가 나오기 시작했다.

처음부터 사랑이었어요. 우리 처음 만난 그날을 기억해요.
사랑을 몰랐던 나를 기다려 준 그대. 이제는 웃기만 해요.
오늘을 너무나 기다렸어요.
그대의 눈물을 닦아 주고 미소를 지켜 줄게요.
처음부터 사랑이었어요. 우리 이젠 영원히 함께 있어요.

그녀를 바라보는 진선의 눈에 눈물이 맺히는 것은 중학교 때부터 티격태격하며 지내 온 자신도 처음 보는 모습이었다. 계집애, 좋은 날 눈물은 왜 흘려? 속으로 핀잔을 주는 그녀의 콧등도 공연히 시큰거렸다. 주홍 오빠도 자신이 작사한 노래가 동생 친구의 결혼식에서 불릴 줄은 그리고 하객들 중 꽤 많은 사람들이 그 노래를 알게 될 줄은 몰랐을 것이다.

"누나, 연습 때보다 훨씬 좋은데요?"

박수를 받으며 자리로 돌아오자 최정현이 놀라워하며 웃었다.

사진 촬영과 폐백을 끝내고 스쿠터 동호회와 학교, 회사 사람들이 어색하게 섞여 그다지 재미없었던 피로연까지 마친 후 신랑과 신부는 시내의 호텔에서 첫날밤을 지내기 위해 떠났다. 최정현이 할리 대신 차를 갖고 왔다며 시내로 데려다주겠다고 해서 그녀는 그와 나란히 주차장으로 향하고 있었다. 다른 하객들도 모두 무리를 지어 떠난 뒤였다.

검은색 모범택시 한 대가 서 있었지만 뒷자리에서 내리는 남자를 보고도 제 착각인 줄 알았다. 신묵과 똑같이 생겼다고 생각하면서도 놀라지 않았던 건 눈앞의 일이 너무 비현실적이기 때문이었다. 그는 그녀에게 시선을 고정한 채 택시 옆에 그대로 서 있었다.

"타세요, 누나."

최정현이 리모컨을 눌러 샛노란 스포츠카의 문을 열었다.

"잠깐만, 정현아."

그녀는 스무 걸음쯤 멀리 서 있는 남자를 보며 이곳에 그가 올 일이 뭐 있을까, 오후에 결혼식이 또 있던가를 생각했다. 꼼짝도 않고 서 있는 그가 잿빛 정장 슈트의 겉모습으로는 다친 곳 없이 헤어지던 날과 똑같아 보인다는 사실에 안도감도 들었다.

"조금만 기다려 줄래? 아는 사람이어서."

폭이 좁은 스커트에 꽤 높은 구두를 신고 있긴 했지만 그의 앞까지 당당하게 걷기는 어렵지 않았다. 그녀는 서너 걸음 앞에서 발을 멈추었다.

"안녕하세요?"

공원 기증식 때와는 달리 먼저 인사할 수 있어서 다행이었다.

"연분홍."

"연강희예요."

이 맑고 푸른 봄날, 그는 갈색 낙엽을 연상케 하는 깊고 어두운 눈빛으로 그녀를 내려다보았다.

"잘 지냈어?"

"보시다시피요."

"학교 다닐 때 합창부를 했다더니 정말이더라."

아, 결혼식을 보고 있었구나. 그녀는 화가 불쑥 났다.

"여기는 무슨 일로 왔어요?"

"너 보려고."

"왜요?"

대답이 없는 그를 보니 이 남자가 제일 싫어하던 말이라는 게 기억났다.

"헤어스타일이 바뀌어서 처음엔 못 찾았었어. 잘 어울려."

그녀는 단발머리에 살짝 웨이브를 살린 제 머리를 무심코 만졌다.

"그 옷, 작년 봄에 공원 기증식에서 입었던 옷이지? 그래서 찾았어."

그녀는 얼굴이 붉어졌지만 날카로운 시선을 고스란히 견디며 그를 관찰했다.

"팀장님도……. 참, 이젠 이사님이시죠? 이사님도 건강해 보여요. 별로 탄 것 같지도 않구요. 근데 여기는 어떻게 알고 왔어요?"

"동호회 보고 알았어. 스쿠터 동호회."

어안이 벙벙해졌다.

"나 거기 안 들어가 본 지 오래됐는데요?"

"얘기하자면 길어. 이 차 타고 가. 데려다줄게."

어디 가는 줄이나 알고?

"안 돼요. 같이 온 사람이 있어요."

"저 남자? 아까 축가 부르던 사람?"

그의 시선을 따라 뒤를 돌아보니 최정현이 차에 타지 않고 팔짱을 끼고 선 채 이쪽을 주시하고 있었다. 싱긋 웃으며 손을 살짝 흔든다.

"지금 안 되면 저녁은 같이 먹을 수 있어?"

그녀는 눈을 길게 감았다 떴다.

"안 돼요. 별로 그러고 싶지도 않구요."

"나랑은 이제 밥도 같이 안 먹을 거야?"

"네."

그녀는 목소리의 떨림을 숨길 줄 아는 자신이 대견했다.

"내가 왜 인도네시아에서 돌아와 여기 있는지 궁금하지도 않아?"

"안 궁금해할래요."

그녀는 알 수 없는 표정으로 여전히 로봇처럼 서 있기만 하는 그를 두고 다시 뒤를 돌아보았다.

"가야겠어요."

작은 돌이 깔린 주차장 바닥은 걸음을 옮길 때마다 자그락 자그락 소리가 났다. 파도에 조개껍데기가 쓸려 움직이는 것 같은 소리를 들으며 그녀는 제 마음도 썰물처럼 멀리 달아나 버리기를 바랐다.

최정현이 기다렸다는 듯 열어 주는 문으로 들어가 앉고서야 참고 있었던 눈물이 쏟아졌다. 선팅이 잘된 차 안이지만 신묵의 모습도 보고 싶지 않아 그녀는 고개를 숙이고만 있었다. 차가 주차장을 벗어나 외곽도로를 타기 시작하자 최정현이 티슈 한 장을 뽑아 건네준다.

"닦아요. 코도 힘차게 풀고."

최정현의 말엔 웃음기가 묻어 있었지만 밉지 않았다.

"아까 그 남자, 혹시 사귀던 사람이냐고 물어봐도 돼요?"

"무슨 질문이 그래? 벌써 물어보는 거면서."

"그런가? 그러면 대답해 줄 거예요?"

"사귄다는 게 같이 밥 먹고 커피 마시고 그러는 거면, 맞아."

"그건 아니죠, 누나. 밥 먹고 커피 마시는 건 우리 할아버지하고도 하고 친구 녀석들하고도 하는 건데."

"그러면 뭐가 사귀는 거야? 스킨십, 같은 거?"

"그것도 아니에요. 이런 말 좀 낯 뜨겁지만 몸으로 사귀는 거야 돈만 있으면 할 수 있잖아요."

돈 받고 그런 걸 할 뻔했던 여자가 바로 옆에 앉아 있는 줄
도 모르고 최정현이 소리 내어 웃었다.

"좋아한다고 말하면서 앞으로는 우리 둘이서만 같이 놀자,
그래야 사귀는 거죠. 유치원 다니는 우리 집 조카도 여자 친구
한테 사탕 주면서 앞으로는 둘이서만 같이 놀기로 손가락 걸고
약속했다던데요?"

"그러면 아니네."

그녀는 푸시시 웃음이 나왔다. 눈물도 어느새 말라 버리니
제가 우스워졌다.

"아니에요?"

"응."

어린이집에서 일할 때 삼각관계에 놓여 있던 원준이와 승혁
이 그리고 채원이가 생각났다. 좋아한다고 말하고 다른 사람은
쳐다보지 않겠다고도 해야 정말 단짝인 건데 그 남자와는 서로
아무런 고백도 약속도 하지 않았다는 생각이 들어 서글퍼졌다.
말하지 않아도 아는 것, 꼭 그래야만 사랑인 건 아니니까.

"그러면 끝났어요?"

"정현이 네 말대로라면 제대로 사귄 것도 아니니까 끝났다
고 말하는 것도 이상하지만 말하자면 그래. 끝났다고 할 수 있
지. 기다리려고 했는데 됐다고 하더라."

"그런데 왜 울어요?"

"그러게."

왜 울었을까? 그가 살아 있음을 확인한 것에 감사하고 기뻤
다. 자신을 보기 위해 왔다는 말에 가슴이 터질 것처럼 뛰었다.
하지만 그렇다고 해서 다시 쉽게 시작할 수는 없다고 생각했
다. 그럴 만한 용기가 아직 남아 있는지도 자신이 없었다.

시내까지 들어가는 동안 그녀와 최정현 사이에는 딱히 불편
할 것도 없는 침묵만 내려앉았다.

"다음에 저랑 같이 술 한잔해요. 제가 살게요."

지하철역 앞에 내려 차 문을 닫아 주기 전에 그가 말했다.

"그래. 오늘 고마워서라도 내가 한잔 살게."

최정현의 스포츠카가 출발한 후 그녀는 지하보도의 계단을
곧장 내려가지 않고 도로를 살폈다. 모범택시 같은 건 보이지
않았다. 칫, 기껏 거기까지 와 놓고는 따라오지도 않았네.

어떻게 하면 되돌릴 수 있을까? 자카르타의 사무실과 깔리
만딴의 현장을 오가면서 신묵은 멍하니 생각에 잠기는 시간이
많았다. 처음에 사람들은 그가 머리를 다친 일로 변했다고 수
군거렸다. 사흘 동안의 기억 상실을 겪으며 제 인생의 여러 선
택을 되돌아보는 동안 그의 머릿속에는 단 한 사람의 얼굴만
남았다.

"저도 궁금해요."

라딕이 뒷자리에 앉은 그를 룸미러로 쳐다보며 말했다.

"뭐가?"

라딕의 말뜻을 모르지 않으면서도 그는 공연히 퉁명스럽게

대꾸했다.

여전히 수다스러운 그의 운전기사는 상사가 핸드폰을 강도에게 뺏기면서 뇨냐의 사진을 잃어버린 것을 드러내 놓고 안타까워했다. 그가 이동 중에는 가끔 핸드폰에 저장된 그녀의 사진을 본다는 것을 아는 라딕은 한국에서 왜 뇨냐가 오지 않는지 그리고 왜 전화 통화 한 번 하는 것을 자신은 들은 적이 없는지 그에게 물었다. 그러다 전임자인 밤방에게서 그가 미혼이라는 걸 듣고 난 뒤에는 어떤 사정이 있으리라고 혼자 상상한 모양이었다.

"웃을 듯 말 듯 하시는 그 표정을 보면 알거든요. 뇨냐 사진 보실 때도 활짝 웃으면 안 되기라도 할 것처럼 그렇게 웃으셨으니까요. 그런데 아직 뇨냐라고 부르면 안 되는 건가요? 아니면 미리 그렇게 불러도 되는 거예요?"

능청맞은 라딕과 눈이 마주치자 그는 대답도 못 하고 뺨이 확 달아올랐다. 자카르타 시내를 지나 수카르노 하타 공항으로 가는 밤거리를 창밖으로 바라보다가 검은 차창에 비친 제 얼굴이 긴장으로 바짝 굳어 있는 것을 알았다.

인천 공항으로 비행하는 가루다 항공기는 자정이 가까운 시각에 출발한다. 라딕을 돌려보내고 수속 후 탑승을 기다리며 그는 라운지에서 인터넷을 검색했다. 스쿠터 동호회에 들어가 게시판의 글을 죽 훑어보았다. 연분홍이 제가 사 준 스쿠터를 팔아 버렸다는 걸 알았을 때 어떻게 지내는지 추적하기 위해 가입했던 동호회였다. 그는 '핑크'라는 대화명을 사용했다. 간

혹 남자 회원들로부터 호기심 어린 쪽지나 채팅 초대를 받기도 해서 '파우더 핑크'라는 더 간지러운 대화명을 썼던 연분홍이 방문 횟수 미달로 회원 자격이 정지되어 버린 것이 다행스럽기까지 했다.

기억을 되찾은 후 그녀도 없는 동호회를 새삼 다시 들어간 것은 순전히 그가 사 준 핑크 베스파가 잘 있는지 알고 싶어서였다. 밤방의 결혼식에 초대 받아 수라바야로 가기 위해 공항으로 향하던 길 위에서도 그는 어떤 예고처럼 핑크 베스파의 행방이 갑자기 궁금해졌었다. '할리883'이라는 회원이 그녀의 핑크 베스파를 구입해 아내에게 선물했고 게시판에 가끔 글을 올리고 있다는 것은 전에도 알고 있었다. 그리고 바로 지난주, 급한 업무를 겨우 마무리하고 인천행 비행기 티켓을 예매한 날 그는 습관처럼 동호회에 들어갔다가 결혼을 축하한다는 제목의 글이 '할리883'의 이름으로 올라온 것을 무심코 클릭했다.

여기 회원이시자 저의 할리 데이비슨 동호회의 회원이시기도 한 '못해솔로'님께서 드디어 결혼을 하십니다. 못해솔로 오현중 님의 평생 배필이 되실 분은 지금은 활동을 안 하시지만 우리 회원이었던 '파우더 핑크'님의 절친이라고 하네요.

결혼식 날짜와 시간, 장소도 적혀 있었다.

라운지의 컴퓨터에서 다시 찾아본 게시글 밑에는 며칠 새 축하의 글과 파우더 핑크의 소식을 궁금해하는 댓글들이 주르

륵 달려 있었다.

그가 탄 비행기가 인천 공항에 내린 것은 아침 7시를 막 넘긴 시각이었다. 출국 게이트를 나오자마자 택시를 타고 비에 젖은 고속도로를 달려 공원묘지에 도착했다. 완만한 산등성이를 타고 조성된 그곳에는 안개가 아스라이 깔려 있다가 흩어졌으며 해가 완전히 뜬 뒤에도 사방은 적막했다. 젖은 풀을 밟으며 그는 자신을 낳고 기른 두 사람이 잠들어 있는 곳까지 걸어 올라갔다. 영원한 것은 없다는 것이 이 순간처럼 다행으로 느껴진 적이 없었다.

한때는 자신과 누나를 가운데 두고 악연으로 엮인 사이라고 생각했던 두 사람이었다. 집안 어른들이 정해 준 자리라 그들이 어쩔 수 없이 나란히 누워 있다는 것도 기묘하다고 느꼈다. 죽은 사람은 정말 귀신이 될까? 산 사람의 세계에 관여할 수 없는 그들은 한 이불 같은 흙을 덮은 채 아직도 서로에 대한 증오의 말들을 주고받을까?

"어머니, 아버지. 우울하고 분노로 가득 찬 얼굴을 볼 때마다 제 잘못이라고 생각했습니다. 제가 부모님 말씀을 잘 들으면 우리 가족이 행복해질 거라고 믿었어요. 이제는 제게 어린 시절을 돌려주고 싶습니다. 제 아이들과 함께 놀아 주고 웃어 주면서 잃어버린 어린 시절을 찾고 싶어요. 지나간 시간을 붙들고 있는 한 미래는 바로 옆에 왔다가도 도망가 버린다는 걸 이제 겨우 깨달았어요. 두 분을 그만 놓을 겁니다."

그는 부모를 억지로 이해하거나 용서하려고 하지는 않았다.

그들이 자신들의 인생을 살았듯 그도 오로지 스스로를 위한 선택을 하며 그 선택에 책임을 다하고 싶었다.

결혼식장으로 가는 도로는 텅 비어 있었다. 연분홍을 다시 만난 그날처럼 봄비가 내렸다가 그친 날씨가 반갑고 설렜다. 택시를 기다리게 하고 야외 결혼식장으로 걸어가는 동안 연초록, 연노랑, 연보라, 모든 색깔의 이름 앞에 '연' 자를 붙이고 싶게 하는 봄의 풍경이 그의 눈앞에 펼쳐졌다. 그리고 자신을 두고 하는 말인 것 같은 주례사를 연분홍과 나란히 서서 듣지 못함을 안타깝고 미안해했다. 드디어 찾아낸 그녀는 합창부를 했었다는 말이 기억나게 할 만큼 고운 목소리로 축가를 불렀다. 심장이 쿵쾅거리다 못해 가슴 근육을 뚫고 나올 듯했다. 그녀의 오빠가 쓴 가사처럼 자신에게 연분홍은 처음부터 사랑이었다. 그것을 알면서도 자신은 비겁하고 나약한 선택을 했었다.

주차장에서 만난 그녀는 그를 보고도 놀라지 않았다. 하고 싶은 말이 너무 많아 오히려 입이 떨어지지 않고 달려가 안고 싶은 충동을 누르느라 손발이 무거워졌던 그와는 달리 그녀의 눈빛은 무심해 보이기까지 했다. 여름 저녁 장마 속에 그녀를 내려놓고 도망친 날부터 다시 봄비가 내렸다가 그친 오늘까지 그에게 품었을 서러움조차 아예 내려놓은 듯 그녀는 초연하게 대꾸했다. 그가 다가오는 것을 원치 않는다고 말하며 다른 남자의 스포츠카를 타고 떠나 버렸다.

택시를 보낸 그는 그녀가 산다는 3층 연립주택을 올려다보았다. 그녀의 회사 인사부에서 알아낸 주소지는 이곳이 분명했다. 그녀의 뒤를 쫓지 않아도 자카르타에서부터 외우고 있는 주소였다.

신묵은 철거 직전의 쪽방에서 그녀가 나온 것이 다행스럽고 기뻤다. 제가 먼저 그녀를 옮겨 주지 못해 미안했었는데 무기력하지만은 않았던 오빠의 힘과 시집을 기어이 펴낸 노력으로 그 위험한 동네에서 벗어난 것을 축하해 주며 대견하다 말해 주고 싶었다. 그리고 약속하고 싶었다. 무엇을 어떻게 받아들일지는 스스로 선택하는 거라고 가르쳐 주었던 말을 잊지 않겠다고. 앞으로는 자신의 선택에 책임을 지겠다고.

계단을 올라 301호의 문 앞에 선 그는 주저하거나 망설이지 않고 초인종을 눌렀다. 축가를 불렀던 남자와 저녁이라도 먹고 들어온다면 꼼짝도 않고 기다릴 생각이었는데 신발 끄는 소리가 나고 보안경으로 그를 확인했는지 안쪽에서 그녀의 목소리가 들렸다.

"잠깐만 기다려요."

그 잠깐의 시간이 비행기를 타고 이곳으로 날아온 일곱 시간보다 더 길게 느껴졌다. 집에 돌아오자마자 옷을 갈아입고 씻은 것 같은 모습의 그녀는 문을 열고 서 있을 때 조금 낯설게도 보였다. 단발머리의 끝은 젖어 있었고 화장을 지운 얼굴이 너무 하얗고 말개서인지 아니면 방금 바른 것 같은 로션 향 때문인지 묘하게 자극적이기도 했다. 만화 캐릭터의 그림이 흐릿해진 하얀 티셔츠에 회색 트레이닝복 바지를 따라 시선이 저절로 내려가자 슬리퍼를 신은 맨발과 엄지발톱에만 바른 핑크색이 눈에 들어왔다.

"갑자기 찾아와서 미안해."

들어가기를 바라는 건 욕심일 것 같아 사과부터 했다.

"미안한 게 그것뿐이에요?"

그녀 역시 그를 들일 생각은 없는 듯했다. 뒤로 보이는 좁은 실내가 깨끗해서 안심이 되었다. 어디인들 철거 직전의 판자촌 쪽방보다야 낫겠지.

"나 없는 동안 너를 내 오피스텔에 살게 하는 거였는데. 그 전에라도 옮겨 주었어야 했는데. 미안해."

"기막혀. 신묵 씨가 왜요?"

눈초리만큼이나 뾰족한 말투를 듣는데도 그는 불쑥 가슴이 설렜다.

"그 말 듣기 좋아. 내 이름 불러 줘서. 네 성격이 여전한 거 같아서."

"지금 꽤 어이없는 소리 한다는 건 알아요?"

"떠나기 전보다 더 예뻐, 너."

그녀는 아예 말문이 막힌 듯했다.

"너를 떠나서도 견딜 수 있다고 생각한 거, 그것도 미안해. 내가 너무 잘난 척했어."

연분홍의 입술이 꽃이 피듯 조금씩 벌어졌다.

"괜찮다고, 내 잘못이 아니라고 말해 주던 따뜻한 목소리를 어떻게 듣지 않아도 된다고 생각했을까? 네가 싸 준 김밥과 특별히 맛있을 리도 없었던 커피지만 그걸 무슨 힘으로 잊어버리려고 했을까? 미안해. 내가 잘못했어."

"적어 놓고 외웠어요? 하나도 감동스럽지 않아요."

목소리는 높았지만 그녀의 시선이 바닥으로 떨어졌다.

"배울게."

"뭘요?"

"널 감동시키는 법."

어떻게요?라고 물으려 했을 그녀의 입이 다물어졌다. 그의 등 뒤에서 문이 열리는 소리가 났기 때문이다. 그가 뒤돌아보는 것과 동시에 맞은편 집에서 한 노인이 얼굴만 밖으로 내밀었다.

"아가씨 아는 사람?"

"네, 할머니."

그를 슬쩍 올려다보는 연분홍의 두 눈은 어느새 빨개져 있었다.

"난 남자 목소리가 한참 들리기에 무슨 일이 있나 걱정했지."

오지랖 넓은 노인은 그를 잠깐 살피더니 안으로 들어갔다. 그녀가 손바닥으로 눈가를 재빨리 문질렀다.

"할 말 다 했어요?"

그녀의 눈빛이 다시 결혼식장에서 보았던 것처럼 바뀌었다. 유리알처럼 무엇이든 그대로 통과시켜 버릴 듯한 눈. 저렇게 무심한 눈빛으로는 그의 말을 하나도 담아 두지 않을 것 같아 그는 조바심이 났다.

"난 내일 자카르타로 다시 돌아가."

그녀의 대꾸는 몇 초쯤 늦게 나왔다.

"한국엔 언제 왔는데요?"

"오늘 아침."

"도대체 왜 온 거예요!"

그녀의 목소리가 대번에 날카로워졌다. 신묵이 대답 없이 바라보기만 하자 그녀의 입에서 가느다란 숨소리가 흘러나왔다.

"나가서 얘기해요. 지갑이랑 핸드폰만 들고 나올게요."

10분 뒤 그들은 주택가의 작은 공원 벤치에 나란히 앉았다. 입은 옷 그대로 나올 것처럼 말했던 그녀는 새로 산 듯한 청바지에 부드러워 보이는 크림색 스웨터를 입었다. 그는 내내 들고 다녔던 작은 여행 가방을 발 옆에 놓았다. 동네 꼬마들이 미끄럼틀과 시소를 타며 주위를 뛰어다녔다. 따뜻한 봄 햇살을 받으며 유모차를 밀고 있는 젊은 부부들도 드문드문 눈에 띄었다. 물기가 마른 새파란 하늘에 눈이 부셨다.

"오빠 시집이 베스트셀러가 됐더라. 뮤지컬도 연장 공연 중이라고 하고. 다행이야."

"그건 신묵 씨한테 고마워요. 회사 일로 완공된 도서관에 가 봤어요. 오빠 시집이 있더라구요."

"순전히 회사 일로만?"

그는 조금 서운한 기분으로 물었다.

"솔직히 말하자면 꽤 자주요."

가슴속에 따뜻한 밀물이 금세 차올랐다.

"그런데, 혼자서?"

그의 마음을 모르지 않을 그녀가 입꼬리를 올리며 웃었다.

"네, 혼자서요.《꽃의 이름》은 물론이고 최근에 출판한 뮤지컬 극본까지 거기 있어서 많이 놀랐었어요."

"그건 내 덕분 아니야. 순전히 오빠 힘이지."

"극단에 협찬도 해 줬잖아요. 회사 사보에 뮤지컬 홍보해 주고 사원들이며 협력사에 설 선물로 공연 티켓 돌린 건요? 나도 얼마 전에 알았어요."

"돈 자랑 하는 거냐고 흉보지 않을 거지?"

"뮤지컬 음원이랑 신인 가수가 리메이크한 노래가 꽤 잘나가요. 오빠가 작사한 노래들 저작료가 저한테 들어오는데 어떻게 흉을 봐요?"

그는 머쓱해져서 웃기만 했다.

"도서관 개관식 때 팸플릿에 쓴 인사말을 봤어요."

그녀의 목소리가 조금 수줍어졌다.

"혹시 직접 쓴 거예요? '장엄한 열대의 숲 같은 서가입니다. 책 한 권에 나무 한 그루의 역사만큼이나 깊은 의미가 담겨 있음을 찾아보시기 바랍니다.'라는 문장이요."

"그때 네가 했던 표현이 좋아서 기억하고 있었지."

키스할 뻔했던 순간도, 손가락에 박힌 가시도, 설렁탕을 앞에 두고 고백처럼 주고받았던 말들도……. 그날을 떠올리는 건 지금도 혼자만은 아닐 것이다.

"다친 데는 다 나은 거예요?"

"응, 이마에 흉터가 조금 남았어. 머리카락에 가려져서 보이지도 않아. 볼래?"

그가 몸을 돌리며 앞머리를 위로 쓸어 올렸다. 그녀는 잠깐 당황스러운 모양이었다.

"심하진 않네요."

"제수씨하고 통화했어. 네가 걱정 많이 했다고 하더라."

"이젠 걱정 안 해요. 이렇게 눈으로도 봤으니까."

"서운하네."

"설마 기다리기를 바라고 있었던 거예요? 그건 아니잖아요."

"알아, 내가 이기적이었다는 거. 참 못됐었지."

"잊어버려요. 말했었잖아요. 우린 하려던 걸 다 한 거 같다고."

또박또박 힘주어 말하는 목소리에 그의 심장이 툭 떨어졌다.

"그 마음, 아직도 그대로야?"

"왜요? 신묵 씬 아니에요? 다른 남자 만나 제대로 된 연애를 하라던 충고, 취소라도 하고 싶어요?"

돌려 묻지 않는 그녀의 말에 그는 제 잘못을 들킨 아이처럼 부끄러웠다.

"함부로 생각하고 말한 거 미안하다고 말하고 싶으면 하라고 했었지? 그건 유효 기간이 끝난 건가?"

너그럽고 현명했던 그녀를 어리석게도 제 손으로 밀어냈던 그날은 그의 인생에서 제일 후회되는 선택을 한 날이었다.

"내 마음은 이제 자유로워졌어요."

풍선 하나가 둥실 떠오르듯 산뜻한 목소리는 무슨 말을 하려는 걸까?

"신묵 씨를 만나는 동안 뭔가 잘못하고 있지 않나 하는 생각을 계속 했어요. 사실은 오빠와 엄마를 그렇게 허망하게 보내 놓고 나 혼자 웃으며 잘살아도 되는 건가 싶었나 봐요. 그런데 신묵 씨가 떠나면서 그런 죄책감에서 풀려나는 것 같았어요."

그는 고개를 돌려 희미하게 미소 짓고 있는 얼굴을 쳐다보았다.

"이해가 안 돼. 날 만나는 게 왜 네 가족들한테 미안한 일이지? 왜? 살아남은 사람은 행복하면 안 되기라도 해?"

그녀의 표정은 혼자만 알고 있는 비밀이라도 가진 듯해 보였다.

"그런 건 이제 중요하지 않아요. 돌이킬 수 없는 일에 자꾸 의미를 두려는 것도 소용없구요. 지금 여기 있는 내가 더 중요해요. 신묵 씨 때문에 화도 나고 슬펐지만 시간이 지나니까 이해할 수 있었어요."

"뭘 이해한다는 거야?"

"신묵 씨가 나한테 가진 감정의 한계 말이에요."

여전히 남의 얘기하듯 말하는 버릇만은 고칠 수 없어 보이는 그녀에게 그는 불쑥 화가 나려 했다. 그리고 또 미안해졌다. 제 사랑을 계속 숨겨 온 것을, 웃고 싶은 것을 감추듯 그녀에게 제대로 보여 주지 않은 것을.

"여기까지 찾아와 미안하다고 말해 준 거, 고마워요. 하나도 감동스럽지 않다고 했지만 그렇지 않아요. 신묵 씨가 나한테 잘못했다고 말해 줘서 기뻤어요."

"그러면서도 나를 피하는 건 혹시 내가 돌아오면 네 그 이해할 수 없는 죄책감도 다시 돌아올까 봐 겁이 나서야?"

대답을 기다리는 짧은 몇 초가 비바람을 맞으며 촛불을 켜는 시간처럼 아슬아슬하게 지나갔다.

"아뇨, 이젠 정말 안 그래요. 아까 주차장에서는 화가 나서 아무렇게나 말했지만 나도 어른이잖아요. 신묵 씨만큼은 너그럽지 못했지만."

"너그럽기로 치면 연분홍이 나보다는 더 어른이지."

"그래요? 왜요?"

웃을 듯 말 듯 마주 보는 얼굴에서 그는 희망을 찾고 싶었다.

"다시 물어볼게. 지나간 일은 중요하지 않고 의미를 두려는 것도 소용없다고 했지? 그러면 앞으로는 정말 이상한 죄책감 없이 제대로 된 연애를 할 거야?"

"할 수도 있겠죠."

"설마 아까 축가 부른 그 젊은 남자랑?"

"풋, 누구하고 하든지요."

짧았지만 처음으로 구김 없이 환하게 웃는 얼굴이었다. 그 얼굴을 영원히 마주 보고 싶은 욕망이 그의 마음속에서 비 온 뒤의 잡초처럼 무성하게 자라났다. 그 잡초가 끈질기게 자라나 그녀의 마음속에까지 번지는 것을 보고 싶었다.

"그 연애 나랑 같이 해. 다시 시작해. 우린 제대로 해 보지도 않았으니까."

그는 차마 그녀의 얼굴을 보지 못하고 수채화 같은 봄 풍경에 시선을 두었다. 봄 햇살은 짧고 변덕스러웠다. 새벽에 비를 내렸던 구름이 다시 돌아온 듯 해를 가렸다. 공원 벤치에 나란히 앉아 변함없이 예쁜 눈으로 그를 돌아보는 그녀는 그의 말역시 오래가지 못하고 변덕스러울 거라고 생각했을까? 아무런 감흥이 없는 듯 무덤덤한 목소리가 들렸다.

"난 선교사 만나서 애 셋은 금방 나을 생각인데요?"

우습지도 않은 걸 지나쳐 화가 나게 했을 농담을 던지고 간 그날, 단조롭고 건조하기 짝이 없는 오피스텔의 어두운 공간으로 돌아갔을 때 그의 가슴에는 장맛비보다 더 많은 눈물이 쏟아졌다는 걸 이 여자에게 어떻게 얘기해 줄까?

"심심해도 다른 남자랑 밥 같이 안 먹었으면 좋겠어. 아무리 외로워도."

"겨우 밥 한 끼 같이 먹는다고 부모님한테 인사시켜 달라거나 결혼 날짜 잡자고는 안 할 건데요?"

"너라면 좋은 아내, 좋은 엄마가 될 거라는 걸 알아. 쉽지는 않겠지만 나도 그러고 싶어. 좋은 남편, 좋은 아버지가 되도록 배우고 노력할게."

"지금 뭐하는 거예요? 도대체 왜요?"

그녀는 이제 화가 나 있었다.

"왜 돌아온 거예요? 화산이 폭발하고 강도를 당하고 며칠 기억을 잃어버렸다 찾고 나니까 갑자기 인생관이 바뀌었어요? 남들 하는 거 한번 따라해 보고 싶어졌어요?"

가벼운 봄바람이 그녀의 머리카락을 흩뜨려 놓고 갔다. 사과처럼 붉어진 두 뺨을 그는 안타깝게 쳐다보았다.

"네 마음 복잡하게 해서 미안해. 멋대로 가 버렸다가 내 맘대로 다시 시작하자고 해서 어이가 없겠지. 화내는 게 당연해. 어떻게 해야 네 맘을 돌릴 수 있는지 서툴기만 한 것도 미안하고. 그래도 다시는 거짓말 안 할 거야. 네 말이 맞아. 난 바뀌었어. 다르게 살고 싶어졌어."

"어떻게요?"

"내가 원하는 대로, 느끼는 대로, 하고 싶은 대로 하고 살기로."

"참 단순하네요. 그 말이 더 어이없어요."

"다른 남자 만나서 연애하라는 말, 맘에 없는 그런 소리도 이제 안 해. 그러니까 나하고만 해, 연분홍."

"뭘요?"

"제대로 된 연애. 심심하니까 가끔 만나 밥이나 먹자는 소리도 취소할게. 너희 가족들 기일에는 나도 함께 있고 싶고 친척들 결혼식에도 같이 가고 싶어. 이모님께 인사도 드리고 결혼 날짜 잡자고 조르기도 할 거야."

그때 간절한 그녀의 대답 대신 웬 꼬마의 목소리가 툭 끼어들었다.

"내 거야!"

그의 발 앞으로 알록달록한 공 하나가 먼저 굴러 오다가 벤치 아래에 놓인 여행 가방을 맞혔다. 구두를 신은 발로 무심히 멈추게 하자 예닐곱 살로 보이는 남자아이가 달려와 손에 들고 가져간다. 그는 문득 시끄러울 것도 없는 이곳의 소음과 느긋하게 흩어져 있는 사람들과 작은 새들이 포르르 날아오르는 휴일 오후의 하늘에 기시감을 느꼈다.

"우리 아침 일찍 공원에서 같이 김밥 먹었던 때가 생각나. 어릴 적 얘기하면서 별로 먹어 본 적이 없다고 했더니 네가 다 먹으라고 했었지? 김밥은 아무 잘못이 없다면서."

연분홍의 목소리가 조금 누그러졌다.

"생각나요. 사실은 신묵 씨 부모님에 대해 더 묻고 싶었지만 참았어요. 주제넘은 것 같아서요."

"그러지 마. 앞으로는 나에 대해 제일 잘 아는 사람이 네가 되어 줬으면 좋겠어."

"갑자기 왜 이렇게 간지럽게 굴어요?"

"음, 약간 버릇없이 들리긴 하는데 기분 좋은걸."

"어린 사람 취급하지 말아요. 나 스물여섯이나 먹었다구요."

"난 서른다섯이 됐어. 너보다 한참 많아서 하루하루 사랑할 시간이 자꾸 줄어드는 게 불안하고 조바심이 나. 네가 스물 몇 살짜리 훨씬 젊은 남자들 만날 상상을 하니까 아주 죽겠어."

푹, 소리 내어 터지는 웃음소리에 그는 그녀를 찬찬히 들여다보았다. 입술을 꼭 다물고 있었지만 뺨이 볼록 튀어나와 있었다.

"지금 웃고 싶은 거 참고 있는 거야?"

대답을 들으려고 물은 건 아니다. 그는 손을 뻗어 그녀의 새끼손가락에 제 새끼손가락을 살그머니 걸었다. 동그래지며 마주 보는 눈이 너무 예쁘고도 무서워서 힘은 주지 못했지만.

"미안해. 백만 번을 말하라면 그럴게. 네가 원한다면 무슨 약속이라도 할게."

풀지 않고 가만히 있어 주는 손가락이 그는 몹시도 고마웠다.

"가르쳐 줘요. 뭐 때문에 그렇게 거짓말을 하고 가 버렸어요? 송별회 약속 같은 것도 없었죠? 다른 남자 만나 연애하라고 왜 마음에도 없는 소릴 했어요?"

그녀의 목소리는 상처 위에 따뜻하고 부드러운 손을 가만히 덮어 주는 것처럼 들렸다.

"겁이 났어. 아버지처럼 될까 봐. 요물 같은 여자를 만나서 정신 못 차리고 빠질까 봐."

그는 긴장으로 차가워진 다른 손을 들어 그녀의 단발머리 끝을 살짝 만졌다. 메두사의 머리카락처럼 한 올 한 올이 모두 뱀이라고 해도 사랑스럽기 그지없을 모습에 한 마리 한 마리 모두 입 맞추고 싶었다.

"경멸하면서 두려워했던 아버지의 모습을 나도 그대로 따라 할 뻔했다고 생각했어. 그런데 넌 내 말을 듣고도 울거나 화내지 않았어. 미안하다고 말하고 싶으면 지금 하라고 정말로 너 그렇게 말해 주었지."

"그걸 나중에야 깨달은 거예요? 그 말을 들었을 땐 몰랐어요?"

그녀는 짐짓 잘난 체하는 말투였다. 귀여워. 그 단어를 꿀꺽 삼키고 그는 말을 이었다.

"아니. 그때 바로 연분홍이 나한테 얼마나 소중하고 귀한 사람인지 깨달았어. 그런데 그렇게 소중한 너에게 마구 상처 주고 있는 나를 봤어."

"설마, 그래서 차라리 나를 떠나보내는 게 나를 위하는 거라고 생각했어요?"

"왜 그렇게 극단적인 생각으로 나 자신을 몰고 갔는지, 또 너를 아프게 했는지 끄디리의 병원에 누워 계속 생각했어. 낯설고 생소한 감정이 너무 두려웠나 봐. 춥고 쓸쓸하지만 내게 익숙한 세계에 숨어 있는 게 더 안전하다고 생각했었나 봐. 너와 함께 새로운 모험을 하는 것보다는."

손가락을 풀고 그녀는 갑자기 두 손을 들어 얼굴을 가렸다. 고개를 숙이니 옆머리가 흘러내려 표정을 볼 수 없자 그는 가슴속에 메마른 낙엽이 굴러가는 듯했다.

"연분홍……."

목소리가 저절로 떨렸다.

"화산이 폭발하지 않았으면 안 왔겠네요? 내가 정말 괜찮은 남자 만나서 연애도 하고 결혼도 하고 애도 셋은 낳았을지도 모르겠네요?"

그는 정말 그랬을 거냐고 되묻고 싶은 마음을 꾹 눌렀다.

"아니. 화산 폭발이 안 일어났어도 못 견디고 결국 돌아왔을 거야. 네가 다른 남자를 만날까 봐 질투 나서가 아니라 나한테는 네가 없으면 안 된다는 걸 인정하고 항복하러 돌아왔을 거야."

"참 빨리도 왔네요."

그녀가 벌떡 일어나 달아나듯 걷기 시작했다. 그는 가방을 들고 그녀의 뒤를 바짝 따라붙었다.

"난 이제 내 맘대로 할 거야, 숨기지 않고."

오기가 뻗친 말썽꾸러기 아이처럼 그는 소리쳤다. 길 가는 사람 몇이 힐끗 쳐다보았다.

"앞으론 네 앞에서 어린애같이 굴 거야. 네가 더 너그럽고 현명하니까. 내가 하고 싶은 거, 너한테 하고 싶은 거 다 할 거야."

"누구 맘대로요?"

그녀 역시 목소리를 높이며 성큼성큼 걸어갔다. 큐피드의 화살을 맞고 달아나는 다프네를 아폴론이 되어 안타깝게 뒤쫓는 것 같았다. 그녀의 여린 팔이 월계수 가지로 변하기 전에 손을 뻗어 붙잡았다.

"네가 싫다고만 안 해 주면. 말해 줘, 제발. 내가 다시 돌아왔을 때 숨지만 않겠다고."

내일 자카르타로 돌아가야 한다는 그의 말을 떠올렸는지 그녀가 걸음을 멈추었다. 돌아보는 눈가가 붉어져 있었다.

"가면 언제 다시 와요?"

"여름. 여름에 못 오면 몇 년은 더 거기 있어야 할 거야."

아무 대꾸도 돌아오지 않는 것이 그는 무서웠다.

"이렇게 이기적이고 제멋대로인 나라도 여름이 올 때까지만 기다려 줘. 이 말을 하고 싶어서 왔어. 널 사랑하는 방법, 노력하고 배울게. 다시 시작할 수 있다고 말해 줘."

"난 이제 휘둘리지 않을 거예요."

속삭이는 목소리가 그에게는 천둥처럼 울렸다.

"그래, 휘둘리지 마. 숨지만 말고 내가 찾을 수 있는 곳에 있어 줘."

간절함을 끌어모아 말하느라 목소리까지 쉬어 버렸다.

"내일 몇 시 비행기예요?"

"아침 10시 35분."

"나 근무 중일 때네요."

그녀가 다시 걸었지만 이번엔 달아나듯 하지 않았다. 그 말한마디에 그의 가슴속에는 아지랑이가 간질간질 피어오르기 시작했다.

"지금 어디 가는 거야? 집으로 가는 길 아니잖아."

그녀는 가게가 죽 늘어선 좁은 골목으로 들어섰다. 양옆으로 정육점이며 청과상, 어묵과 두부, 김을 만들어 파는 작은 가게들이 보였다.

"결혼식장에서 식권도 못 받았을 거잖아요."

"나 점심 먹으라고?"

"내가 살게요."

"설마 애 갖다 버리기 전에 짜장면 한 그릇 사 주는 거야?"

"무슨 그런 비유를 들어요?"

앙칼진 목소리가 듣기 좋았다.

"최소한 내쫓지는 않는 거네?"

그는 새어 나오는 웃음소리를 입가로 흘렸다.

"아, 좋다."

눈이 동그래지며 그를 빤히 올려다보는 눈동자에 입 맞추고 싶었지만 이번에야말로 참을 수밖에.

"능글맞아요. 입 다물어요."

"나 능글맞지 않아. 안 하던 짓 하려니까 나도 죽겠어."

"말이 씨가 된대요. 죽는다는 말 쓰지 말아요."

"나 죽는 건 싫구나. 그러면 바꿀게. 여자한테 이렇게 해 본 적 없는데 오글거려서 미치겠다. 이건 괜찮아?"

"허락 받을 건 아니잖아요. 진짜 애 같아."

그는 걸음을 우뚝 멈추었다. 붙잡은 팔뚝이 너무 가늘었다. 기우뚱 몸이 넘어질 듯 멈춰 선 그녀는 제 팔을 잡은 커다란 손을 내려다보다가 시선을 들었다.

"애 같은 건 너야. 뒷모습이 막대기 같아. 밥 좀 골고루 많이 먹어."

"지금 나한테 잔소리하는 거예요?"

"그래. 여름에 와서도 이렇게밖에 안 잡히면 헨젤과 그레텔처럼 가둬 놓고 음식만 먹일 거야."

"과자 집 감옥에 갇힌 건 헨젤 혼자예요. 그레텔은 물동이 나르고 청소만 해야 했는데요?"

그는 이번엔 제대로 활짝 웃었다. 앞으로도 이 여자 앞에서는 슬쩍 입꼬리만 올려 웃는 둥 마는 둥 하지는 않을 것이다. 하나 남은 팔도 끌어당겨 그녀를 마주 세웠다. 골목을 지나는 사람들이 호기심 어린 눈으로 쳐다보았지만 상관없었다. 눈앞에 서 있는 연분홍만 선명한 현실로 제 앞에 존재할 뿐 시야에 들어오는 모든 것이 흐릿한 배경으로 물러났다.

"연분홍, 사랑을 주는 기쁨만 알게 해 줘. 난 그냥 주기만 할게. 아무것도 바라지 않을게."

그녀의 얼굴이 순식간에 새빨개져 버렸다.

"진짜 적어 놓고 외웠나 봐. 간지러운 말만 해."

팔을 털고 분식집 안으로 쑥 들어가 버리는 그녀를 그도 허겁지겁 따라 들어갔다.

"사실은 결혼식장에서 식권 받고 밥 먹었어. 모범택시 기사하고 같이."

신묵이 그녀의 눈앞에서 웃고 있다. 김밥 두 줄과 떡볶이 한 접시를 다 먹은 다음에야 하는 말이어서 어리둥절해진 그녀는 제 앞의 남자를 멀거니 쳐다보았다.

"나도 축의금 냈거든. 신부는 네 친구, 신랑은 나도 가입한 스쿠터 동호회 사람이잖아."

"그런 거였어요? 착하네요. 주도면밀하기도 하구요."

그녀는 웃음이 나오지 않게 조심하려 했지만 점점 어려워질 것이다.

"집으로 널 찾아가서 어떻게 보나 한참 궁리했었는데 멋진 주례사에 네 노래까지 듣게 해 줬으니까 내기를 참 잘했지."

"근데, 점심 먹었다면서 이걸 또 먹어요?"

"김밥이잖아, 내가 제일 좋아하는."

"내가 싸 준 것도 아니잖아요."

벌써 받아 주는 것처럼 보이긴 싫은데 웃음이 슬며시 나왔다.

"그럼 내일도 먹게 해 줘. 나 내일 아침 일찍 공항으로 나가야 하니까."

"좀 염치없는 거 알아요?"

"집에 가서 소풍 가기 전날처럼 도시락에 싸 줘. 내일 아침에 공항 라운지에서 먹을게. 막 자랑하면서."

"이거 봐, 이거 봐. 조금 받아 줬다고 금세 아이처럼 굴어요?"

"지금 버릇없는 아이처럼 구는 건 너야."

그녀가 짐짓 입을 꼭 다물고 노려보는데 주방에서 일하는 할머니들은 두 사람이 듣든 말든 상관없이 말했다.

"신혼부부가 아주 깨가 쏟아지네그려. 빗자루로 쓸어 담아야겠네."

"신랑이 무슨 잘못을 해서 나갔다 들어왔는지는 몰라도 새댁이 너그럽게 받아 줘야지."

"맞아, 새댁. 남자는 나이 들어도 애야. 싸우더라도 신랑 아침밥은 해 줘야지."

어느 대목에서 그녀와 그를 싸우고 나온 신혼부부로 착각했는지 모르겠지만 그녀는 창피해서라도 얼른 자리에서 일어나 계산대로 갔다.

"저희 부부 아니에요."

참견하기 좋아하는 할머니들에게 대꾸하는데 주방에서 나온 할머니가 카운터로 오며 말했다.

"아니긴 뭐가 아냐? 밥 먹고 여자가 계산하면 다 부부던데."

"수고하세요."

영수증을 받은 그녀는 뒤에서 그가 부딪히든 말든 유리문을 그냥 놓고 나와 버렸다.

"여보, 같이 가."

뒤통수에 들러붙는 남자의 목소리는 분명히 신묵이었다. 기가 막혀 입까지 벌리고 돌아보는 그녀를 모른 체하고 손을 잡아당긴다.

"김밥 재료 사러 가자."

농담이 아니었나 보다.

"그런데 손은 왜 이렇게 꼭 잡아요?"

"그러면 살살 잡을게."

그래 봤자 여전히 깍지 낀 손이다.

"얄미워."

"왜? 네가 너무 쉽게 넘어와 주는 거 같아서? 억울해?"

"진짜 이렇게 능청맞은 남자인 줄 몰랐어. 김밥은 누님한테 싸 달라고 해요."

"연분홍 은근히 반말 쓰네? 미안하지만, 나 여기 온 거 한국에선 아무도 몰라."

그녀의 발이 우뚝 멈추었다.

"신묵 씨."

"그래, 핑크야."

그녀의 눈은 스스로 느끼기에도 두 배로 커진 것 같았다.

486

"왜 자꾸 그렇게 불러요?"

"제수씨도 널 연분홍이라고 부르더라. 나만 부를 수 있는 이름을 갖고 싶어서. 싫어? 전에도 그러더니⋯⋯."

오촌 숙모 앞에서 혼자 멋대로 불렀던 그 이름이 무슨 의미인지나 알고 그러는 걸까? 이 세상에 없는 그녀의 가족만 그녀를 핑크라고 불렀던 걸 이 남자는 알까? 그의 눈빛이 가을 낙엽처럼 순식간에 쓸쓸하고 어두워지는 것이 그녀는 보기 싫었다. 아니, 안타깝고 미안했다. 화가 나기도 하고 슬프기도 했다. 잔인하겠지만 솔직히 반갑기도 했다.

"정말 모르겠어요, 신묵 씨 입에서 그 이름이 나오면 어떤 기분이어야 하는지. 그때도 지금도 내 마음은 온통 뒤죽박죽이에요."

무슨 뜻이냐고 묻지 않고 그는 기다려 주었다.

"그 이름, 핑크라는 이름은 우리 부모님과 오빠만 불러 주던 이름이에요. 불러 줄 사람이 남아 있지 않은 이름인데⋯⋯."

그녀는 갈색이 섞인 눈동자의 이 남자를 횡단보도 앞에서 처음 봤을 때처럼 마주 보았다. 기묘한 인연의 이 남자를, 그를 보거나 생각할 때마다 함께 떠올렸던 오빠와 엄마를, 그러나 지금은 아무런 죄책감도 남아 있지 않은 자신을 생각했다.

이 남자와 다시 사랑을 시작해도 될까? 슬픔도 분노도 끼어들지 않는 사랑을, 눈물보다 웃음소리가 더 오래 남을 사랑을 다시 시작할 수 있을까? 그녀의 불안을 깨듯 그의 목소리가 귓가에서 속삭였다.

"미안하다고 말할 뻔했어. 그런데 그러지 말아야겠다. 네가 가진 이상한 죄책감이 무엇이든 이젠 내가 널 핑크라고 불러 줘야겠다. 부모님과 오빠보다 더 너를 사랑하고 지켜 주면서. 그러니까 지금부터는 내가 널 핑크라고 불러야겠다."

유치하다고 말할 참이었는데 그녀는 그의 입에서 나오는 제 이름이 귓바퀴를 간질이고 있다는 것을 문득 깨달았다. 은유가 아니라 사실이었다. 그의 날숨이 정말로 그녀의 귀에 와 닿았다. 그녀의 몸은 어느새 그의 품 안에 옴짝달싹 못 하도록 갇혀 있었다.

"엄마, 저 사람들 사랑하는 거야?"

어린 꼬마의 목소리와 빨간 구두를 신은 작은 발이 종종걸음을 치며 지나가는 것이 왜 이제야 들리고 보이는 걸까? 그가 자신의 뒤통수까지 한 손으로 눌러 끌어안고 있어서? 그 손이 조금씩 옮겨 와 단발머리의 귀 뒤로 머리칼을 다정히 넘겨 주고 있어서? 화들짝 놀란 그녀가 팔로 그를 밀어내려 했지만 꼼지락거리는 것밖에 되지 않았다.

"창피해. 놔 줘요."

주택가의 작은 시장 골목 앞, 휴일 오후의 환한 햇빛 아래에서 그녀를 가둔 남자는 굳은 듯이 움직이지 않았다. 코에 닿은 그의 재킷과 셔츠에서는 좋은 냄새가 났다. 여전히 뒤통수와 등을 누르고 있는 긴 팔도 따뜻하고 부드럽기만 했다. 그녀는 제 목소리가 들릴 듯 말 듯 조그마했던 것이 다행스러웠다. 부끄럽지만 잠깐은 더 안겨 있을 수 있으니까.

포옹이 풀어지자 온몸이 싸늘해졌다. 아직은 온기를 조금 더 전해 주려는 듯 그의 손은 여전히 그녀의 어깨 위에 얹혔다.

"허수아비 같아요."

봄날의 햇살에 따끈해진 단발머리를 그의 손이 천천히 쓰다듬는다. 그녀는 이제 솔직해지기로 했다.

"추수가 끝난 허전한 논밭에 찬바람 맞으면서 쓸쓸하게 서 있는 허수아비. 그게 나인 것 같아요. 안아 주다가 마니까."

"바보야, 그런 말은 우리 둘만 있을 때 해야지."

바보는 태신묵 당신. 왜 그렇게 목소리가 떨려요? 꼭 연애 처음 해 보는 남자같이. 그래서 이번엔 그녀가 먼저 용기를 냈다.

"가요. 내일 아침에 김밥 먹게 해 줄게요."

용기는 냈지만 뺨이 달아오른 것까지는 보여 주기 싫어 고개를 숙이고 앞장을 섰다. 말이 없는 건 그도 마찬가지. 그녀와 발을 맞춘 나란한 발걸음만 시야에 들어오는 것으로 그의 마음을 짐작했다.

일요일 오후의 시장 풍경은 여유로웠다. 소풍을 가듯 전 국민이 김밥을 싸야 하는 날로 지정된다 해도 맑고 청명한 봄날의 공기 때문에 토를 달 수 없을 것이다. 옆을 지키며 발맞춰 걷고 있는 그도, 제가 한 말이 그의 심장을 얼마나 세게 움켜쥐었는지 계산하고 싶지 않은 그녀도 햇살이 뚫고 들어온 물속을 느리게 헤엄치는 물고기같이 말없이 움직였다.

작은 어항 속처럼 아무 일도 일어나지 않는 하루. 그게 가장 절실한 소망이었던 겨울날이 있었다. 외로움에 간신히 익숙해진 자신에게 그가 불쑥 돌아와 똑같은 고통을 다시 줄까 봐 두렵기도 했었다. 그 한 달여 동안, 그녀는 혼자 겨울을 보내고 봄을 맞이했다.

"이상해요."

언제 다시 그와 손깍지를 끼게 된 건지 의식도 하지 못했는데 그의 엄지손가락이 제 손등을 쓰다듬고 있었다.

"화산 폭발 뒤에 신묵 씨가 자카르타로 돌아왔다는 얘길 듣고 나를 찾아올까 봐 겁이 났었거든요. 그러면 흔들지 말라고 대답해 줘야겠다고 혼자 막 상상하고 그랬었거든요. 그런데 그 시간들이 한꺼번에 증발해 버린 것 같아요. 지금 이렇게 같이 걷고 있는 게 너무 당연한 것 같아서 이상해요."

"하나도 이상하지 않아."

그의 목소리는 낮고 조용해서 물속에서 듣는 것 같았다.

"그래요?"

"응. 우리가 같이하지 못했던 가을, 겨울이지만 연분홍이 나를 참 많이 키워 줬다는 생각이 들거든."

"신묵 씬 안 그래도 이렇게 큰데요?"

진지한 것이 어색하고 불편해진 그녀는 손을 들어 그의 키를 재려고 했다가 이마에 꿀밤 한 대만 콩 맞고 말았다.

"그땐 미련하게도 버티고 견디면 널 잊을 수 있을 줄 알았어. 네가 제자리에 있어 줘서 정말 고마워."

"회사 그만두고 선교사한테라도 가 버렸을까 봐 걱정은 했어요?"

공연히 우쭐해진 마음에 그녀는 한 번 헛기침을 했다.

"그래. 이렇게 좋은 봄날에 너를 찾으러 왔다가 그냥 돌아가야 하면 어쩌나 걱정했지."

"정말 그냥 돌아갔을 거예요? 내가 다시는 안 보고 싶다고 가라고 등 떠밀거나 아무리 심심해도 딴 여자랑은 밥 같이 안 먹는 남자가 애 셋은 낳자고 하면서 내 옆에 있었으면 신묵 씨는 정말 포기하고 돌아갔을 거예요?"

남자가 자신보다 약자라는 걸 알게 된 여자의 잘난 척은 잠깐은 봐 줄만 하지 않느냐고 그녀는 생각했다. 너그러운 그는 역시 그쯤이야, 하고 생각한 듯 웃어 넘겨 준다.

"일단 돌아갔겠지. 그리고 자카르타와 깔리만딴의 일을 내가 아예 없어도 되게 해 놓고 다시 왔겠지. 그리고 무작정 네 앞에서 빌며 기다리든가 선교사를 때려눕히든가 다른 수를 썼겠지."

"여자한테 끈적거리거나 스토커처럼 구는 남자는 싫은데."

"설마, 마음이 바뀌었어? 그러고 싶은 거야? 아니면, 정말 아까 그 남자랑……."

그의 표정이 어두워지는 것을 몇 초만 더 보고 싶다가도 얼른 고개를 흔들게 되다니, 자신의 마음은 이제 확실히 단단해진 걸까? 하지만 그는 여전히 불안해 보였다.

"제수씨는 아무 말 안 했어. 네 소식을 꼬박꼬박 전해 주면서도 다른 남자가 생겼다는 얘긴 없었는데……."

"다정 언니가 그랬어요?"

"너한테 다시 말할게. 화산 폭발이나 기억을 잃어버렸다 찾은 일이 아니어도 난 못 견디고 돌아왔을 거야. 그건 인도네시아에 있는 쏘뻐르도 알아."

그래도 너무 오래 참고 있었다고 탓하고 싶었지만 그것은 그녀 자신도 마찬가지여서 미안했다. 내 사랑은 이제 당신보다 덜 하기 싫다.

"근데 쏘뻐르가 누구예요?"

"운전기사라는 뜻이야. 이름은 라딕인데 너를 뇨냐라고 불러. 사실은 회사 직원들이 다 너를 뇨냐라고 알고 있지."

"그 사람이 나를 알아요? 뇨냐는 또 무슨 뜻이에요?"

그녀가 모르는 것을 아직은 남겨 두고 싶다는 듯 신묵은 손에 힘을 주었다.

"내가 전에 인도네시아어 가르쳐 준다고 했었잖아. 너도 좀 배우면 좋겠어. 그럴래?"

대답도 하지 않았는데 그는 무엇을 상상하는지 싱긋 웃고 있었다.

30분 뒤 그의 양손에는 비닐봉투 여러 개가 묵직하게 매달렸다. 여행 가방이 더 가볍다고 해서 그녀는 그것만 들었다. 시장을 돌아다닐 것도 없이 큰 슈퍼마켓 한곳에 들어가 바구니에 금세 채워 넣은 다음 계산은 그녀가 재빨리 했다.

"김밥 재료 아닌 것도 많이 샀는데 계산을 왜 네가 했어? 돈 많이 벌었나 보다."

그녀는 이제 그런 말에도 숨은 뜻이 무엇인지 따위는 생각하지 않는다. 그런데 그의 목소리가 가라앉았다.

"돈 얘긴 큰어머님께 들었어. 네가 제수씨한테 돈을 달라고 했다고 하시더라."

"어쩌다 말이 그렇게 전해졌는지 모르겠지만 신묵 씨는 알잖아요, 그렇지 않다는 거."

"그래. 오해는 제수씨가 풀어 줬어."

"고마운 일이네요. 나중에 다정 언니한테만 살짝 말해야겠어요. 신묵 씨 여기 왔다 간 거."

"누구한테만 살짝, 안 그랬으면 좋겠어. 나는 이제 세상에 대고 크게 광고할 거야."

뭐라고 광고하려고요? 아직은 겁이 남아 되묻기 힘든 질문은 잊어버리고 그녀는 그를 앞질러 걸었다.

"같이 가, 핑크야."

뒤에서 여전히 간지러운 목소리가 붙잡긴 했지만.

가족도 아닌 다른 사람을 위해 김밥을 만드는 건 그가 유일했고 여섯 달 만에 처음이었다. 세상에 대고 광고할 거라는 말 때문인지 그녀는 슈퍼마켓 안을 돌아다녔을 때보다 더 손발이 어색하고 시선을 둘 곳이 없어졌다. 아까는 늘 혼자 가던 슈퍼에 웬 남자를 달고 나타나니 주인아주머니의 눈빛이 궁금해하는 것을 다 눈치 챘다. 그래서 나란히 팔을 부딪치며 걷는 그를 의식하는 것만으로 다리가 뻣뻣해지는 것 같았는데 이 남자를 정말로 제 집에 데려가 주방에 앉혀 놓을 생각을 하니 김밥을 싸 주겠다고 허락한 것부터 갑자기 후회되기 시작했다. 아, 괜한 짓을 했나 봐.

3층 계단을 올라 방 하나에 거실 겸 주방 하나인 안으로 들어섰을 때 그녀는 신묵의 오피스텔에 가 보았을 때가 떠올랐다. 사적인 공간에 들어오도록 한다는 것이 이렇게 친밀하면서도 긴장되는 묘한 기분이라는 걸 그도 그때 느꼈을까?

"나 손 좀 씻을게."

그는 재킷을 벗어 식탁 의자에 걸쳐 놓았다. 넉살 좋던 모습은 어디로 가고 착각인가 싶게 떨리던 그의 목소리가 얼른 화장실 안으로 사라졌다.

"셔츠만 편한 걸로 갈아입었어. 같이 만들려고."

여행 가방을 들고 들어갔었던가? 그는 검은 면 티셔츠로 갈아입고 나왔다. 그녀도 앞치마를 목에 걸고 허리를 묶었다.

"은근히 깔끔하시네요."

"간장이나 달걀 튀잖아."

이 남자에 대해서 아는 것보다는 모르는 것이 훨씬 많다는 것이 확 실감나는 순간이었다.

"성격이 원래 그래요?"

"내 성격이 어떤 것 같은데?"

"너그럽고 주도면밀하고 능청맞고 깔끔하고……. 설마, 물도 씻어 먹거나 좁쌀도 썰어 먹지는 않죠?"

"뭐? 핫하하."

그는 더 이상 활짝 웃기는 힘들겠다 싶도록 입을 크게 벌리고 소리 내어 웃었다.

"하나만 더 추가해."

"뭘요?"

"잘 웃는 걸로. 이젠 그럴게."

"사람 놀라게도 잘하고."

"앞으로도 많이 놀라게 해 줄게."

잘 웃을 거라면서 입을 꾹 다물고 눈웃음만 치는 건 무슨 꿍꿍이일까?

시금치를 함께 다듬고 그가 깨 준 달걀을 풀어 두꺼운 지단을 부치고 우엉을 간장에 졸이는 것까지 그녀는 스스로를 칭찬해 주고 싶도록 자연스럽게 움직였다. 시금치를 데쳐 무치고 햄을 썰어 살짝 구운 후 고슬고슬하게 지어진 밥을 퍼 담을 때에야 비로소 깨달았다. 좁은 싱크대 앞에 나란히 서서 끄디리의 화산 폭발과 병원 생활과 오빠의 시와 뮤지컬을 얘기하는 시간들이 오히려 더 편안했다는 것을.

김밥 속을 다 만들고 뜨거운 밥에 단촛물을 뿌려 적당히 식을 때까지 기다리는 시간이야 길지도 않았는데 그 짧은 시간의 말없는 침묵이, 비어 버린 손이 세상의 어떤 무게보다 갑자기 더 무거워졌다. 이 공간이 이렇게 비좁고 움직일 데가 없었는지 혼자 살 때는 몰랐던 낯선 깨달음이 온몸을 덮쳤다.

"이제 김 꺼내서 말면 돼요."

공기의 밀도가 너무 빽빽해서 입 밖으로 가벼이 흘러나온 말조차 무겁게 가라앉았다. 그녀는 대나무 김발 위에 파래 김한 장을 펴 놓았지만 벌써 밥을 깔면 김이 금세 쭈그러들겠다는 생각을 했다.

"지금 싸 놓고 내일 아침에 먹으려면……. 아, 너무 일찍 만들었네요. 저녁 먹고 밤에 할걸."

그래도 다행히 오렌지색 태양빛이 긴 사선을 그으며 창으로 들어오고 있었다. 봄의 저녁놀이 저렇게 눈을 찌르듯 자극적이었던가? 그녀는 미간을 살짝 찌푸린 채 고개를 돌렸다.

"인도네시아는 지금 건기에 들어갔겠네요? 비까지 안 오면 많이 덥겠어요."

상상만으로도 땀이 흐를 것 같아 무심히 손등을 이마에 갖다 대는데 땀이 진짜 송송 맺혀 있었다.

"건기에는 어떤 곳이에요? 정말로 비가 한 방울도 안 내려요?"

별로 중요하지도 않은 질문이라는 건 저도 잘 안다. 그래서 그가 대답 대신 빙그레 웃기만 해도 괜찮았다.

"좀 덥죠? 불 앞에 오래 서 있었더니."

겨우 나물 데치고 프라이팬 잠깐 쓴 정도로?

"여기도 닦아."

그가 긴 집게손가락으로 자신의 콧등을 가리켰다. 그런데 신묵 씨, 물을 마시든가 기침 한번 하면 당신 목소리도 그렇게 갈라지지 않을 거예요. 생각한 것과 달리 그녀는 물 한 잔 건넬 엄두도 나지 않았다. 싱크대와 2인용 식탁 사이를 지나 냉장고로 가려면 그의 등에 제 가슴이 닿지 않고서는 어려울 것이다.

"너 인중에도 땀 나."

코 밑을 손등으로 스윽 닦으면 흉해 보일까? 다행히 티슈 곽이 바로 옆에 있었다.

"오늘 어디서 잘 거예요?"

땀으로 젖은 종이를 착착 접으며 하는 질문이 이상하게 들릴 리는 없겠지.

"아무한테도 말 안 하고 왔다면서요. 누님한테 전화 드리고 집에 가야죠."

그는 조금 전처럼 또 웃기만 하며 말이 없었다. 빈 그릇과 칼, 도마를 씻은 뒤 제 손도 꼼꼼히 닦고 아예 팔짱까지 끼고 서서 그녀를 관찰하는 모습이 얄미웠다.

"이제 밥이 다 식은 거 같아요."

그녀는 제 말이 떨어지기가 무섭게 주걱으로 밥을 퍼 김 위에 얹었다. 다행히 뜨거운 열이 빠진 밥은 염전의 하얀 소금처럼 부드럽게 펼쳐졌다. 속 재료를 차례로 올리고 꼭꼭 힘을 주며 말아 놓은 김밥이 한 줄 완성되자 그가 입을 열었다.

"내가 자를게."

"할 줄 알아요?"

그녀는 아직 썰지 않은 김밥 위에 깨소금을 섞은 참기름을 줄을 긋듯 발랐다. 식칼에 물을 뿌려 밥알이 들러붙지 않게 하는 건 어디에서 배웠는지 그는 조각을 하듯 느리고 조심스럽게 칼을 쓰며 김밥을 썰었다.

"칼을 불에 달궜다가 썰어도 예쁘게 잘 썰린대."

방금 썬 김밥 하나를 들어 보석을 감정하듯 찬찬이 보고 있
는 그는 꽤 진지한 얼굴이다.

　"예쁘다."

　"맛있을 거 같아요. 먹어 봐요."

　그가 제 입에 넣지 않고 그녀의 입에 불쑥 밀어 넣어 줘서 뒤
로 움찔 물러날 뻔했지만 볼이 빵빵해진 입으로 웃음이 났다.

　"좀 커요."

　"그래?"

　다시 썰었을 땐 적당한 크기에 더 예쁜 모양이 되었다. 이번
엔 그가 꽁지 부분까지 두 개를 연달아 맛을 보았다.

　"맛있네."

　"그렇죠?"

　"응, 내가 한 것보다 훨씬 더."

　그가 다시 입에 넣어 준 김밥 때문에 손으로 입을 가리며 무
슨 뜻이냐고 눈동자만 동그래졌다.

　"추석하고 설에 인도네시아에서 혼자 만들어 봤거든. 쉬는
날에도 가끔. 한국 식품 재료 파는 곳에서 물어보고 했는데도
네가 싸 준 것처럼은 역시 안 되더라. 그래도 무슨 김밥을 먹고
싶은지 말만 해. 네가 좋아하는 쇠고기 김밥도 만들 줄 알고 깻
잎으로 볶은 김치랑 속 싸서 만드는 것도 잘하니까."

　왜 내가 만든 것처럼 해 보고 싶었느냐고는 물을 수 없었다.
가슴 한가운데가 뜨겁고 먹먹해지면서 그녀는 그의 누나에게
서 들은 놀이공원 사건이 생각났다. 가짜 입장권 때문에 들어

가지도 못하고 어머니의 차로 돌아오며 어린 그는 김밥을 다 토했다고 했었지. 누나마저도 그가 김밥은 입에도 안 댄다고 했었는데 먼 나라에서 쓸쓸히 명절을 보내며 혼자 김밥을 만들어 보았을 그의 마음에 그녀는 눈 밑이 화끈거렸다.

"표정이 왜 그래?"

다른 사람에게는 아무것도 아닐 수 있는 이런 기분, 그가 말해 주지 않은 상처를 먼저 보자고 하고 싶지 않으면서도 많이 아팠겠다고 말해 주고 싶은 기분. 그리고 참 잘 참았다고 이제는 아프지 않고 흉터도 안 남을 거라고 그저 좋은 말만 해 주고 싶은 기분. 그녀는 할 말이 너무 많아 차라리 그의 허리를 가만히 당기는 쪽을 택했다.

"나, 속으로 조금만 잘난 척해도 돼요?"

아, 사랑을 받는다는 게 이런 기분이구나.

"넌 겉으로 많이 잘난 척해도 돼."

이유도 모르면서 재깍 대답해 주는 그가 그녀는 좋았다.

신묵 씨, 내 사랑은 어린 소년에 대한 동정이나 연민 때문에 생긴 게 아니에요. 나는 어른이잖아요. 그런 감정 따위는 구분할 수 있어요. 그래도, 당신을 이렇게 안아 주고 싶어요. 참 잘 했어요. 나도 참 잘 기다렸어요. 내가 먼저 용기를 내지 못해 미안했어요. 그의 발가락을 밟을 뻔해서 뒤로 물러서려니 단단하고 힘 있는 손이 그녀의 어깨를 붙잡았다.

그녀의 등에 감기는 팔이, 머리를 쓰다듬어 주는 손이 부드럽고 따뜻한 바람 같았다. 얇은 면 티셔츠에 뺨을 기대니 쿵쿵 뛰는 심장 소리가 금세 제 귓가를 울렸다. 아, 당신도 태연한 척하고 있었구나. 나 혼자만 떨고 있는 건 아니었구나. 뒤늦게 닥쳐온 깨달음이 흐뭇하고 기분 좋아서 은근히 새침해지기까지 한 그녀는 눈을 감고 편안히 그의 심장 소리를 들었다. 그리고 왠지 그 힘찬 소리가 간질간질 자장가처럼도 느껴질 때 그녀의 뺨과 턱을 살그머니 쓰다듬어 올리는 손과 그보다 더 녹아내릴 듯 부드럽게 덮이는 입술이 있었다.

허락을 구하듯 조심스러웠던 키스는 천천히 욕심꾸러기로 변했다. 안아 달라는 게 아니었는데, 내가 당신을 안아 주며 토닥이고 싶었는데 지금 이건 마치……. 생각은 그쯤에서 끊어졌다. 온몸의 감각 세포가 입술의 얇은 피부 위로 몰려가느라 키스를 멈추게 해야 할 뇌세포들까지 길을 터 주며 제 기능을 일시 정지시켰기 때문이다. 단단한 껍질 속의 굴을 발라내듯 망설임 없이 침범한 뜨거운 혀는 붉은 돌기 하나하나에 제각각 다른 맛이라도 있는 듯 섬세하게 건드리며 그녀를 빨아들였다. 흡착판이 달린 것 같은 혀의 힘에 코가 방해하지 않았어도 숨을 쉬기가 힘들어졌다. 콘크리트 옹벽 같은 가슴을 콩콩 두드리자 그는 순순히 그녀를 놓아 주었다.

"신묵 씨, 잠깐만……."

멈추라는 말을 하려 했지만 아쉬운 듯한 그의 입술이 한 번 더 왔다 갔다.

"너 진짜 예뻐 죽겠어."

귓불을 잘 붉히며 쑥스러워하던 남자는 어디로 갔을까? 그녀의 허리를 감은 손이 스웨터 밑을 들추며 맨살을 슬쩍 쓰다 듬었다. 그럴 리야 없겠지만 촉촉한 피부에서 따끔하게 정전기가 일어나는 것 같았다.

"벽에 십자가가 없어서 다행이다."

시간이 그의 오피스텔 소파 위에서 끝이 없을 것 같은 키스를 나누었던 작년 여름으로 순식간에 돌아갔다. 십자가가 달린 벽 아래에서는 섹스할 기분이 안 날 것 같다고 했던 말의 기억은 아무것도 아니었다. 지금 그녀를 빨아들일 듯 마주 보고 있는 눈빛이 그의 욕망을 더 무섭도록 실감나게 했다. 불꽃이 피어오르는 눈동자는 산불처럼 금세 번질 열기가 그녀를 곧 가둘 것이라고 경고했다.

"괜찮은지 묻지도 않아요?"

그런 게 아니라는 말 대신 허락부터 구하라는 말을 하고 있는 그녀는 평생 써야 할 대담함을 다 쓰고 있었다. 그가 무엇을 원하는지 온몸으로 느끼면서도 자신이 된다고 하기 전에는 단 1cm도 움직이지 않을 것임을 믿는 터무니없는 자신감이 있었기 때문이다. 안 그러면 여름까지 기다리고 말 것도 없어. 나는 숨어 버릴 거야.

그런데 왜 그녀는 그가 물어 오기를 기다리지도 않았을까? 그가 제 입술로 물은 것이 괜찮은지 아닌지가 아니라 그녀의 아랫입술과 귓불과 여린 목덜미와 쇄골이라는 것만 왜 아득하게 느끼고 있었을까? 식탁 위에 놓인 핸드폰의 벨소리가 계속 물어 오고 있는 것은 왜 못 들은 척하고 그의 허리를 여전히 안고 있었을까? 언제부터인지 모르게 그가 그녀를 다독이며 심장이 터질 듯 뛰고 있는 자신의 가슴에 머리를 기대게 해 주고 있는 지금도 핸드폰의 벨은 끈질기게 이 집에 사는 여자의 행방을 물어 오고 있었다.

"받을래?"

그의 목소리는 거칠고 웅숭깊었다. 엄지손가락으로 젖은 입술을 닦아 주며 눈꼬리가 처지게 웃고 있는 건 당신도 내 욕망을 눈치 챘기 때문이죠? 그녀는 몸을 떼고 등으로 그를 외면하며 통화 버튼을 눌렀다.

"이모."

보이지도 않는데 얼굴이 활활 불타올랐다.

이모는 전화를 끊고 5분 만에 올라왔다. 아마 마을버스 정류장에 내린 뒤에야 조카딸이 집에 없을지도 모른다는 생각을 한 모양이다. 집이 비어 있더라도 밑반찬이 가득 든 가방이야 앞집에 맡겨 놓고 갔을 것이다. 그녀는 이모의 전화를 안 받았어도 됐겠다고 잠깐 당돌한 생각을 했다. 그리고 지금 저렇게 와이셔츠로 갈아입고 넥타이에 재킷 단추까지 단정히 채워 입은 채 무릎을 꿇고 있는 신묵이 벌을 받고 있는 것처럼 보인다고 생각했다. 1층에 들어선 이모가 무거운 가방을 내려놓고 숨을 한 번 들이쉰 뒤 계단을 천천히 올라와 가능한 일이었다.

"직장 상사분이라고 했나요?"

세 사람이 적당한 거리를 두고 격식을 차리며 앉아 있기엔 좁은 방이었지만 이모가 먼저 방으로 들어가 앉았으니 어쩔 수 없었다.

"아닙니다, 이모님."

소개에 불만이 있음을 고스란히 드러내며 그는 동의를 구하듯 그녀를 쳐다보았다. 아니면 '통보하듯이'였거나.

"결혼하고 싶어서 왔습니다."

내내 수상쩍어 하던 이모의 눈빛이 이젠 황당함과 놀라움으로 바뀌었다. 무릎을 꿇고 앉아 있어서가 아니라 그의 시선은 진지하고 공손했다.

"조금 전에 우리 조카 말로는 직장 상사분이 급한 일로 찾아오셨다고 했는데요."

그녀에게 날아와 꽂히는 이모의 시선이 이게 어떻게 된 일이냐며 묻고 있었다. 당황하기로는 이모보다 못할 것도 없는 그녀는 대답을 금세 내놓지 못했다.

"거래처 상사인 건 맞습니다, 이모님. 회사 일로 만나기 훨씬 전부터 제가 조카따님을 많이 좋아했습니다. 오늘은 결혼하자는 말을 하러 찾아왔습니다. 늦었지만 다시 인사드리겠습니다."

현관에 서서 목례를 하고 성질 급한 이모의 청에 방에 들어가 앉기부터 했던 그는 처음부터 새로 시작하는 것처럼 벌떡 일어나 넙죽 큰절을 했다.

"태신묵이라고 합니다, 이모님."

미안하지만 그녀는 웃음이 픽 터질 뻔했다. 안절부절못하고 서툴기만 한 그의 태도가 안쓰러웠으며 귀여워 보이기까지 했다면 이상한 걸까?

"이게 어떻게 된 일이니, 강희야? 너 사귀는 남자 있다는 말은 한 번도 안 했었잖아."

"이모, 그게……. 이 사람, 조금 전에 인도네시아에서 왔어요. 내일 아침 일찍 또 돌아가야 하고."

이모의 표정이 좋을 리 없어서 변명을 한다는 것이 그렇게 나와 버렸다. 먼 나라에서 갑자기 찾아왔다가 금방 돌아가야 한다는 걸 들으면 탐탁지 않은 마음이라도 조금 수그러들까 봐. 조카딸의 얕은 속을 다 눈치 챈 이모는 열린 방문 틈으로 식탁 위에 어질러진 김밥 재료와 썰다 만 김밥에 눈을 주었다가 다시 그를 보았다.

"뭐 하는 분이에요?"

"종이와 합판을 만드는 회사에서 일합니다. 지금은 인도네시아 지사에서 근무하고 있습니다, 이모님."

"나이는요?"

"서른다섯입니다."

이모의 입이 딱 벌어졌다.

"보기보다 너무 많네요. 혹시 재혼이에요?"

"이모!"

이번엔 그녀의 입이 벌어지는데 신묵이 곧장 가로채며 대답했다.

"아닙니다. 결혼한 적은 한 번도 없습니다, 이모님."

이모의 마지막 질문은 그녀를 또 놀라게 했다.

"우리 강희, 사랑해요?"

행복하게 해 줄 수 있어요?라든가 결혼하면 잘 살 자신 있어요? 같은 질문은 이모도 너무 진부하다고 여긴 걸까? 아니면 혹시 한두 시간 전 시장 골목에서 두 사람의 포옹을 구경하며 지나간 꼬마의 말을 이모도 들은 걸까? "엄마, 저 사람들 사랑하는 거야?" 하고 묻던.

그녀는 이 남자에게서 사랑한다는 고백을 제대로 듣지 않았다는 걸 깨달으면서도 서운하거나 불안하지 않았다. 오히려 그런 말 따위가 제 감정을 가둬 놓는다고 느꼈다. 사랑하는 것보다 더 사랑하는데, 한계가 있는 언어로는 다 표현할 수가 없는데, 말하는 순간 오히려 무거운 그물처럼 바다 속으로 가라앉아 버리는데…….

그에게서 사랑한다는 말을 듣고 확인 받고 싶어 하던 때도 있었다. 불과 반나절 전, 최정현의 스포츠카 안에서 코를 풀면서도 그런 생각을 했었다. 말하지 않아도 아는 것이 꼭 사랑이지는 않다고. 그때의 그녀는 말로 해 주지 않으면 몰라서 두렵고 겁이 났다. 그리고 모호하고 경계가 흐릿한 관계를 견딜 수 없어 하면서도 제 입으로는 먼저 묻지 않을 만큼 영악하기도 했었다.

"이 사람, 내가 사랑해, 이모."

조금 전 그의 키스가 끝나지 않기를 바라던 대담함이 다행스럽게도 남아 있었다. 그녀는 제 입에서 나오는 말이 하나도 어색하지 않고 당연하게 들리는 것이 기뻤다. 작년 여름 함께 살자는 말을 처음 들었을 때, 팀장 아저씨를 사랑하느냐고 물었던 진선의 물음에는 그러지 못했었다. 친구라는 안전한 울타리 안에서 그를 향해 라면 박스로 벽을 쌓을 궁리만 하고 있었다. 그가 어린 시절의 흉터를 핥으며 동면하는 곰처럼 돌아누워도 그의 동굴 속으로 들어가 이름을 불러 볼 용기를 내지 않았었다. 그래서 먼저 고백하고 싶었다. 용기가 없고 비겁했던 건 자신도 마찬가지였음을 이렇게 사과하고 싶었다. 그런데 이 남자는.

"아닙니다. 제가 더 많이 사랑합니다, 이모님. 연분홍, 핑크 사랑합니다."

아, 진짜 간지러운 말만 해. 그녀는 제가 먼저 했던 고백은 잊어버리고 능청스러운 데다가 부끄러움도 없는 남자를 노려보았다.

"알았어요. 그만해도 알아들어. 나이 든 사람 앞에서 둘이 뭐하는 건지, 원."

듣고 싶어서 물었을 텐데도 쉰을 넘긴 이모의 얼굴이 붉어졌다.

내친김에 쐐기를 박아 놓으려는 건지 그는 4, 5개월 뒤 여름에 귀국하며 그때 양가 어른들께 정식으로 인사를 드린 뒤 결혼하고 싶다고 말씀드렸다. 그의 부모님도 알고 계시느냐는 물음에 어릴 때 돌아가셔서 지금은 누나 가족이 남아 있다고 대답했으며 누나와 친척들도 그녀를 잘 알고 좋아한다고 했다.

그 말을 할 때는 살짝 미안한 눈빛으로 그녀를 보았다.

"그래서 넌 정말 이 사람 말처럼 결혼할 거야?"

질문은 이모가 했는데 그가 더 긴장한 표정이다.

"결혼하고 싶어."

기묘한 하루다. 진선의 결혼식장에서 축가를 부를 때까지만 해도 상상하지 못했던 일들이 짧은 시간에 폭포수처럼 쏟아졌다. 폭포를 거슬러 올라갈 수 없는 것처럼 앞으로 일어날 일들은 넓은 강물을 타고 흘러가듯 자연스러울 것 같은 예감이 들었다. 이 남자와 함께라면 눈에 보이는 풍경이 모두 아름다울 것이다.

밖으로 나가 식사를 대접하겠다는 그의 제안을 사양하고 이모는 시부모님의 저녁 준비가 늦었다며 일어났다. 궁금한 것은 나중에 그녀에게 물으면 되고 여름에 귀국한다니 그때 보자고 하며 총총히 계단을 내려갔다. 저 사람, 누나네 집에 너무 늦지 않게 보내라 하고 말할 때는 목소리를 조심하지도 않아서 그녀는 웃음이 나왔다.

"아, 이런 기분이었구나."

현관문을 닫자 그가 빙긋이 웃으며 그녀의 양팔을 붙잡았다.

"어떤 기분이요?"

자신도 처음이라 떨리고 수줍은 건 마찬가지라고 생각했는데 그의 대답은 뜻밖이었다.

"소금 농도가 아주 진한 바다에 누워 있는 기분."

"그게 뭐예요?"

"편안히 등을 대고 누워 있으면 바닷물이 나를 띄워 요람처럼 흔들어 주는 기분. 그래, 우리 신혼여행은 요르단에 있는 사해死海를 거쳐서 갈까?"

그녀는 신묵이 무척 성질 급한 사람이라는 것도 처음 알았다.

"이상해요. 그게 무슨 기분이에요?"

"하나도 긴장되거나 걱정되지가 않던데?"

"음, 거짓말. 콧잔등에 땀은 뭐예요?"

"이건 네가 결혼하고 싶다는 말만 하고 여름에 하겠다는 말은 정확히 안 해서 생긴 거."

눈치도 빠르셔라. 그녀는 아직 다정 언니에게 갚을 빚이 남아 있다는 것과 이제 한창 인정받기 시작한 회사 업무와 내년쯤에 조선일 시인과 함께 푸른 수레국화 북 카페를 열려는 계획을 말하지 않았다는 것을 생각했다. 하지만 돌아오는 여름까지 그에게 자잘한 신경을 쓰게 하고 싶지 않았다.

"그거 알아요? 나 알고 보면 굉장히 괜찮은 여자예요."

그는 무슨 뜻이냐고 묻는 대신 알아, 하고 부드럽게 속삭였다. 팔꿈치를 끌어당기다가 등을 감는 손을 내버려 두고 싶었지만 김밥이 다 마를 것이다.

"저거 랩으로 씌워 놔야 해요. 마저 만들기도 해야 하고."

바짝 마를 것 같은 건 김밥보다 그녀의 입술. 빤히 들여다보며 웃고 있는 그의 눈에 부끄러워지는 것도 익숙해지지가 않는다.

"다시 해 줄 수 있어?"

"뭘요?"

그의 긴 손가락이 정전기라도 일으킬 듯 그녀의 입술을 살 살 문질렀다.

"아까 이모님께 고백한 거."

약자가 되는 건 이제 그녀의 차례인가 보다.

"누군 더 많이 그런다면서요?"

어떻게 잊어버릴 수 있을까? 이모를 증인으로 앉혀 놓고 경 쟁하듯 토해 놓은 고백을.

"나를 소다라 연분홍이라고 한번 불러 봐."

고개를 갸웃했지만 그는 여전히 웃으며 기다렸다.

"소다라(Saudara) 연분홍."

그가 대답했다.

"야(Ya)."

뭐하자는 건가 싶어 눈을 크게 뜨자 그가 이어 말했다.

"소다라 연분홍은 '연분홍 씨.'라는 뜻이고 야는 '네.'라는 뜻 이야."

"왜 신묵 씨가 네, 하고 대답해요?"

"나마 사야 연분홍(Nama saya Yeon Bun Hong). 내 이름은 연분 홍입니다. 이게 내가 끄디리 병원 응급실에서 한 대답이었어. 이름을 묻는 질문에."

이렇게 어마어마한 고백을 이제야 꺼내 놓는 인내심이라면 성급하게 떨어지는 키스쯤이야 받아 줘도 되지 않을까? 단발머 리로 올라간 손이 머리숱을 헤치고 들어와 누르는 힘이 좀 세더라도 참아 줘야 하지 않을까? 끈적한 호흡이 만들어 내는 소리보다 그의 입술을 가르고 들어간 제 혀에 놀라는 웃음소리가 더 크다면 그의 기쁨을 조금 더 연장해 주는 것이 마땅하지 않을까? 그녀는 젖어드는 속눈썹을 몇 번 깜박거렸다. 그 사이로 제게 열중한 채 눈을 감고 있는 남자의 얼굴이 커다랗게 확대되어 들어왔다.

"너무 잘해서 기분 나빠요."

벽에 기댄 등이 아프고 혀가 얼얼해져서 밀어내고는 새침하게 쏘아보는 그녀가 그의 눈에도 여우 같았을 것이다. 장난꾸러기 같은 표정의 그가 소리 내어 웃는다.

"기분 나쁘면 서툰 척할게, 키스만."

'서툰 척'과 '키스만' 중 어디에 방점을 찍어야 할지, 키스 말고 뭐가 더 있다는 건지 헷갈리는데 그가 번쩍 허리를 안아 들고 간 곳이 방 안의 좁은 침대 위였음을 등에 닿는 감각으로 깨달은 뒤에야 그녀는 정신이 아득해졌다.

신묵은 여자의 자궁에서 태어난 자신을 혐오했었다. 혐오하는 자신의 피가 섞인 생명을 또 다른 여자의 몸을 통해 세상에 내놓고 싶은 계획도 없었다. 그런데 한 여자에게서만큼은 자신과 그녀를 닮은 새로운 생명이 태어나는 것을 보고 싶었다. 살면서 처음으로 가진 순수한 기대와 설렘이었다.

제 손 아래에서 작은 새처럼 파닥이는 맥박과 떨리는 숨결과 미칠 듯이 후각을 자극하는 향기가 그의 욕망을 불타오르게 했다. 그러니 그녀가 자신의 전부를 가지지 않도록 조심한 것을 내일 아침 비행기 안에서는 후회할지도 모른다. 하지만 지금은 기다리는 것이 현명한 선택이라고 신묵은 믿었다. 작은 불티라도 방 안에 날아든다면 화르륵 타 버릴 것 같은 열기가 침대 위에 피어올랐지만 서서히 잦아들 때까지 참아내느라 온몸의 근육이 다 아플 지경이었다.

그는 땀이 촉촉한 제 목덜미를 끌어안은 채 순진하리만큼 웃고 있는 그녀를 난감한 표정으로 마주 보았다. 서른다섯이나 먹은 남자가 사랑하는 여자와 한 침대에 누워 오로지 키스만 하고 있기가 얼마나 고통스러운지 너 설마 짐작이 안 되는 거야?

"너에게 나를 다 줄게, 여름이 오면."

널 생각하거나 볼 때마다 내가 하고 싶었던 것의 아주 조금이라도 지금 한다면 너도 어떻게 나를 전부 갖고 싶은 욕심이 생기지 않겠니? 그러니 네가 포옹만으로 버틸 수 있는 건 다 내 인내심과 자제력 때문이야.

몸을 겹쳐 그녀를 위에서 내려다본대도 여전히 수줍게 웃고만 있을 것 같은 얼굴을 보며 그는 가볍게 한숨을 몰아쉬었다. 잘난 체하는 것도 거기까지 일 뿐, 그는 눈을 질끈 감으며 온몸의 근육이 불길 속에서 고통스러워하는 것을 다시 견뎠다.

"그런데 왜 여름까지 기다려야 해요?"

아무래도 자신을 놀리는 게 분명한 당돌하기 짝이 없는 질문이었다. 그는 이 여자를 이기는 건 불가능하리라고 생각했다. 이기고 싶지도 않았다.

"내일 아침 우리 둘 다 눈도 못 뜨게 될까 봐. 넌 출근해야 하고 난 10시 35분 비행기를 타야 하잖아."

"나 내일 출근 안 해도 돼요. 아직 밤이 많이 남아 있기도 하구요."

"너, 나 죽이고 싶니?"

살갗에 손가락 끝을 스치면 불꽃이 활활 옮겨 붙을 텐데 그의 가슴에 이마를 갖다 대며 키득키득 웃고 있는 이 여자는 정말 아무런 두려움도 망설임도 없는 걸까?

"너 때문에 정말 별말을 다 해 본다, 오늘. 내 평생 절대로 쓸 일이 없을 것 같던 말을 오늘 하루 너한테 다 해 봤어. 손발이 오글거리는 게 아니라 팔뚝에 난 소름을 대패로 밀어야겠다, 진짜."

"그래서 다시는 안 하고 싶어요?"

그는 거짓말도 하지 못했다.

"아니, 열심히 많이 해 줄게."

"귀여워."

"뭐?"

"하나도 재미없지만 귀여워요, 태신묵 씨."

속눈썹이 길고 새까만 반달눈이 그를 빤히 보았다.

"난 신묵 씨보다 더 오늘 일어난 일들이 갑작스러워요. 지금부터 일어날지도 모를 일은 더 무섭고 겁이 나구요."

"그런데 이렇게 여우같이 굴어?"

그는 늑대가 제 짝을 핥듯 그녀의 입술을 핥았다. 손가락에 닿는 허리의 맨살을 가만가만 쓰다듬었다. 스웨터 안으로 밀어 올리자 커다란 손안에 들어오는 부드러운 언덕이 나타났다.

"나도 너무 떨리니까 아닌 척하는 거예요."

그녀의 말이 무엇을 뜻하는지 자신도 모르지 않았다.

"그래요, 신묵 씨. 한 번 시작하기도 이렇게 어려운 연애, 나하고만 평생 같이 해요, 제발."

그녀가 품으로 더 꼭 안겨 들어서 입술이 닿은 가슴께가 간지러웠다.

아홉 살이나 어린 여자다. 그런데도 자신보다 훨씬 용감한 여자다. 그런 여자의 목덜미를 깨물고 입술을 아래로 미끄러뜨리고 싶었지만 그러면 이번에는 정말 멈추기 힘들 것 같았다. 내일 아침 비행기를 놓치고 말 것이다.

그녀는 그의 인내심과 자제력을 언제까지 시험할 건지 얼른 침대에서 내려가지 않고 그에게 이불을 끌어 덮어 준다. 그는 잠깐 코를 파묻었다.

"너한테서 나던 향기야."

"어떤 향기요?"

"음, 우리 처음 친구하기로 한 날 장례식장 뒤쪽 산에서 나던 아까시 꽃향기."

"그리구요?"

"도서관 공사장의 서가에서 너한테 키스하고 싶었을 때 나던 나무 향기. 왼손 약지에서 가시도 못 빼줬지? 여름엔 그

손가락에 꼭 반지를 끼워 줄게."

"훗, 또요? 또 무슨 향기 나요?"

"솔직히 말하면 그다지 맛있다고는 할 수 없었던 인스턴트 커피 향도……."

무엇이든 다 그녀와 함께했었던 기억은 좋은 냄새만 떠올리게 한다. 그녀의 피부에서 나는 것과 똑같이 따뜻하고 좋은 냄새가 나는 베개와 이불이 온몸을 나른히 풀어지게 했다. 비행기 안에서 일곱 시간을 내내 뒤척이며 잠들지 못하게 했던 팽팽한 긴장의 끈이 비로소 스르르 풀어지고 있었다.

"편한 옷으로 갈아입지 않을래요? 셔츠 다 구겨져요. 빨아서 다려 줄게요."

별로 그럴 생각도 없었는데 그녀는 대답도 듣지 않고 침대를 내려간다. 허전해진 품 안에 찬바람이 덥석 안겨 드는 것이 싫어서 그는 이불을 둘둘 말아 엎드려 눈을 감았다. 작은 여행 가방의 지퍼가 열리는 소리가 들린다. 그리고 한참 동안의 침묵.

그녀가 제 집 안에서 달아나지는 않았으리라는 걸 알면서도 어쩔 수 없는 불안에 눈을 번쩍 떴을 때 그는 보았다, 그녀의 손에 쥐어진 여러 개의 작은 플라스틱 약병을.

"인도네시아어가 아니네요. 영어로 써 있네요."

그녀의 목소리는 장맛비 속에서 헤어지던 저녁처럼 떨리고 있다.

"구하기 쉬운 약이 아니니까."

"진통제에 수면 유도제라는 건 나도 읽을 줄 알아요. 종류가

514

왜 이렇게 많아요?"

"잠 못 들고 아픈 날이 많았으니까."

"노상강도를 당한 뒤부터요? 몸이 아직 안 좋은 거예요?"

그는 눈물을 참고 있는 얼굴을 보고 희미하게 미소 지었다.

"바보. 널 떠난 날부터지."

연분홍이 말을 잃고 저렇게 슬픈 얼굴이 되는 것은 보고 싶지 않은데…….

"가라고 등 떠밀면 더 아프고 못 잘 거 같아서."

"바보는 신묵 씨야. 슬픈 일은 당신한테만 일어난다고 생각해요?"

그렇지 않은 듯한 그녀는 눈물이 나오려는 것도 속눈썹을 연신 깜박여 금세 날려 버린다. 아, 저렇게 하면 되는 거였네. 그는 피시식 웃음이 났다. 자신은 눈물이 나면 어리석게도 가슴이 돌이 되도록 참기만 했는데…….

"이젠 아니야. 너한테서 배웠잖아."

그녀가 아이처럼 무릎걸음으로 다가온다. 그의 등을 가만가만 다독인다. 부드러운 손가락이 머리칼을 쓰다듬자 눈꺼풀이 다시 무거워졌다. 창밖의 하늘이 검고 푸른색으로 변해 가는 것처럼 전등을 켜지 않은 방 안에도 짙은 어둠이 공작새처럼 꼬리를 펼친다. 그는 감은 눈꺼풀 뒤로 달빛에 젖은 흰 구름 하나가 떠가는 것을 느꼈다.

"알아요? 신묵 씨 속눈썹 참 예뻐요."

구름에 무게가 있다면 지금 그의 속눈썹에 차례차례 내려앉는 촉촉한 입술만큼의 무게일 것이다. 그래, 나도 너처럼 눈물을 날려 버리는 방법을 이젠 알았어. 깜박깜박. 그러자 달콤한 잠의 기운이 달빛처럼 내려왔다.

"좀 자요. 옆에 있을게요."

귀를 간질이는 목소리가 자장가로 들렸다.

"영원히. 그렇지?"

그는 따뜻한 물속으로 천천히 가라앉는 의식을 굳이 붙잡으려 하지 않았다. 대신 그녀의 손만 더듬어 꼭 그러쥐었다. 여섯 달 만에 처음으로 드는 깊고 편안한 잠이었다.

에필로그

나의 할아버지이자 우리 아기의 증조부가 50년 전 벌목 사업을 시작한 이래 이곳 깔리만딴의 해안은 황폐한 땅으로 변했다. 할아버지와 아버지의 회사가 파괴한 것은 원시림만이 아니라 숲 속에 살던 오랑우탄과 앵무새와 도마뱀 그리고 다른 수많은 동물들의 평화로운 삶이었다. 홍수를 막아 줄 토양은 벌목이 진행될수록 유실되었으며 믿을 수 없게도 2012년 한 해동안 인도네시아 열대 우림의 파괴 면적은 아마존 밀림이 있는 브라질의 파괴 면적보다 두 배나 더 넓었다.

나의 아버지는 깔리만딴의 중심부까지 2,500km의 원목 운반 도로를 건설하며 우리 회사가 벌목한 자리에 야자나무와 고무나무를 대신 심었다. 나를 낳은 사람이라는 것만 잊어버리면 그는 재능 있는 사업가였다. 우리 회사가 조성한 농장에서는 원시림을 파괴하지 않고도 이곳의 주민들이 팜유와 고무에 기대어 생계를 유지할 수 있게 된 것이다.

그 아버지의 아들인 나는 원시림이 파괴된 자리에 인간만을 위한 농작물을 심지는 않는다. 농장을 넓히기 위해 무리한 벌목을 진행하지도 않는다. '열대 우림의 친구'라는 단체를 만들어 떠나간 동물들이 돌아오고 홍수를 방지할 나무들을 심는다. 사랑하는 우리 아기가 아빠의 직업을 물을 수 있는 나이가 되면 나는 원시림을 해치는 사람보다는 자연을 보존하고 환경을 지키는 사람이 되어 있을 것이다.

7천만 평이 넘는 광활한 농장에는 오래전 우리 회사에서 현지 근로자들의 자녀를 위해 설립한 학교가 있다. 너는 그곳에서 일하며 한국 문화를 가르치고 인도네시아어를 배운다. 인도네시아에 천연 자원이 고갈되더라도 우리 학교의 우수한 시설과 교사들 밑에서 배운 학생들은 이 나라를 크게 발전시킬 수 있을 것이다.

"이번 주엔 뭘 가르쳐?"

정원의 달빛이 창가를 비춘다. 밤의 대기는 여전히 끈적하지만 에어컨이 가동되는 집 안의 공기는 쾌적하다. 발바닥에 닿는 대리석의 시원한 감촉을 느끼며 나는 잠옷으로 갈아입은 너에게 아보카도 주스에 땅콩잼을 조금 넣어 가져다준다.

"한국 드라마에 나오는 요리를 가르칠 거예요."

속눈썹을 깜박이며 신이 나서 좋알대지만 내 몸은 기다리기 힘들다. 바쁜 남편이 할 수 없이 동의했다고 해도 그렇지, 정말로 혼자 한국에 다녀온 벌이라고 해 두어야겠다. 푸른 수레국화 북 카페는 조선일 시인이 알아서 잘하는 데다, 주홍 형님의 뮤지컬이 브로드웨이 축제에 초대받은 일은 굳이 네가 나서서 홍보하지 않아도 될 텐데……. 나는 형님이 몸담았던 극단의 대표가 원망스럽다.

우리 둘밖에 없는 집이지만 방 안의 불을 끈 뒤 침실의 문을 잠그면서 나는 내일 아침 출근 시간을 미뤄 둔 것을 생각한다. 너를 안은 손이 부지런해진다. 한국에서 새로 사 왔다는 잠옷은 단추가 빌어먹게 작고 많기도 하다. 그리고 네 입술에서는 고소한 아보카도와 땅콩잼 맛이 난다. 나는 감질나는 맛이 고통스럽고 목이 더 말라온다.

"저기요……."

결혼 후 1년이 다 되어 가지만 이럴 때의 너는 여전히 수줍다.

"저번에 발릭파판 갔을 때 있잖아요. 거기 빌라에서 지냈던 날……."

발릭파판은 깔리만딴 주에서 광물과 석유로 유명한 도시이다. 호주인들이 사업차 많이 드나들면서 공항 근처에 세련된 분위기의 카페와 빌라 단지를 만들었다. 비가 내리는 바람에 아무것도 안 한 것은 아니지만 하루 종일 침대에만 있었던 그날. 내가 너이기도 하고 네가 나이기도 했던 그날. 우리를 닮은 아이는 어떤 모습일지 궁금했던 그날.

"아침에 얘기해, 핑크야."

나는 잠옷을 끌어내리고 왼쪽 팔꿈치의 조그만 흉터에 입을 맞춘다. 너와의 인연이 시작된 날, 스쿠터가 남긴 흉터다.

"그러니까 지금 말하는 거잖아요."

꾸짖음이 살짝 실린 목소리에 나는 순한 강아지처럼 너의 표정을 살핀다.

"안 생긴 것 같아요, 그날."

"뭐?"

"더 열심히 해야 한다구요, 오늘. 병원에서 그랬어요."

너는 빠르게 읊조리며 내 시선을 피하지만 뺨에 열기가 오르는 것은 어쩌지 못한다. 나는 웃음이 쿡쿡 터져 나오는 걸 참고 싶지 않다.

"알았어. 나도 하고 싶은 대로 다 할 참이었어. 네가 돌아오기만 기다렸어, 핑크야."

너의 웃음이 내 귀를 간질인다. 그 웃음은 곧 나른한 한숨과 떨리는 신음으로 바뀐다.

"어린애 같아……. 다 큰 남자가 맨날 보채기만 해."

너의 손가락이 내 머리칼을 천천히 빗겨 준다.

"나는 사랑이 많이 느려. 배우는 데 시간이 오래 걸릴 거야. 그래서 사랑을 주는 기쁨만 알게 해 달라고 말했었잖아. 그러니까 지금은 너그러운 네가……."

"나 그렇게 너그럽지 않아요. 지금은 사랑을 받기만 할래요, 생명의 은인 씨."

너는 신혼여행 때도 나를 그렇게 불렀다. 이유를 묻자 오빠가 살아 있었다면 여동생을 붙잡아 준 내게 많이 고마워했을 거라고, 혼자 남은 여동생과 오래오래 잘 살라는 부탁을 했을 거라고만 말하며 알 수 없는 미소를 지었었지. 그 말을 할 때의 꽃 같은 네 얼굴은 이 세상의 어떤 생명보다 신비롭고 사랑스러웠다.

"뇨냐. 받아만 주세요, 제발."

나의 온몸이 약속처럼 너에게 바쳐진다. 기쁨과 환희가 터져 나오는 입술로 나는 너의 이름을 끝없이 부른다.

"아빠, 나는 어떻게 생겨났어요?"

네 살이면 벌써 생명의 기원이 궁금해지는 나이인가? 인도네시아 사람들이 쳐다보며 웃든 말든 나는 등 뒤에 우리 아들을 업고 두리안 나무 밑을 천천히 걸어간다. 회사가 쉬는 날이지만 너의 학교는 쉬지 않으니 이렇게 마중을 나가는 수밖에.

"우리 준희는 두리안 나무 밑에서 태어났지."

벌써 눈이 휘둥그레졌을 우리 아들의 얼굴이 보고 싶어 재빨리 고개를 돌렸다. 너의 웃는 눈매와 내 속눈썹이 거기에 있다.

"정말이에요?"

"세뻰 할머니가 꿈을 꾸셨대."

"라딕 아저씨 어머니요?"

"응. 엄마가 커다란 두리안 나무 밑을 지나가는 꿈이었대. 열매가 너무 무거워서 작은 그물을 아래에 받쳐 놓았는데 엄마가 지나가는 순간 제일 크고 잘 익은 두리안 하나가 그물 위로 뚝 떨어졌대."

꿈 이야기를 전해 주던 세쁜은 뇨냐가 먹는 것이 달라졌다며 아기를 가진 게 아니냐고 내게 물었다. 그날부터 나는 우리 아기가 태어나면 좋은 아버지가 되게 해 달라고 두리안 나무 밑을 지날 때마다 빌었지.

"그러면 두리안 열매에서 내가 나왔어요?"

"으음, 그건 아니고…….."

나는 이미 집에 쌓여 있는 수십 권의 육아 서적이 부족함을 느낀다. 손때가 묻고 반질반질해진 책들 중에서 이럴 땐 어떤 대답을 해야 하는지 알려 준 책을 읽은 기억이 없다.

"준희는 두리안을 좋아하는 엄마가 아빠에게 부탁해서 이 세상에 태어나게 됐어."

이 대답도 맘에 들진 않지만 너그러운 우리 아들은 아빠를 위해 이해하는 척을 해준다.

"아아, 그렇구나. 그러면 엄마는 왜 아빠에게 부탁했어요? 다른 아저씨들도 있잖아요."

이 녀석이, 아빠가 엄마를 얼마나 어렵게 찾아낸 줄도 모르고……. 이번엔 내가 너그러워지기로 한다.

"엄마가 아빠한테 이렇게 말했어. 내 취향은 한 가지뿐이에요, 하고. 여기서 취향은 뭘 좋아하느냐, 하는 걸 말한단다."

"엄마 취향? 그게 뭐였어요?"

나는 좀 뻐기며 자랑하고 싶어진다. 우리 아들도 아빠가 얼마나 대단한 사람인지 알아줬으면 좋겠다.

"시를 잘 외우는 남자. 그러니까 우리 준희도 엄마같이 예쁘고 착한 여자를 만나려면 시를 많이 읽어. 동화책도 많이 보고. 아빠가 지금처럼 매일 읽어 줄게."

우리 아들의 팔이 내 목을 꼭 두른다. 목소리가 대번에 높고 우렁차진다.

"네, 아빠! 많이많이 읽어 주세요!"

너의 모습이 저기 앞에서 흔들리며 보인다. 스쿠터를 탄 너는 속도를 늦추며 우리 부자 앞으로 온다. 아들 녀석의 뽀뽀가 먼저, 그다음이 내 차례라는 게 불만스럽지만 밤까지 참고 기다릴 수 있다. 내가 하루 종일 씨름하듯 놀아 줬으니 우리가 제 동생을 만드는 동안 준희도 멋진 꿈을 꾸어줄 것이다.

"엄마, 아빠가 정말 시를 잘 외웠어요? 그래서 엄마가 아빠에게 부탁했어요? 나 좀 만들어 달라고?"

너의 눈이 반달처럼 접히고 입 맞추고 싶은 연분홍색 꽃잎이 벌어지는 것을 나는 본다.

"으음, 맞아. 아빠는 시를 잘 외우고 엄마는 김밥을 참 맛있게 쌌지. 그래서 아빠가 엄마에게 우리 준희를 만들어 주셨지."

너의 대답이 술술 나오는 건 누나가 숙모에게도 그렇게 말했기 때문이라는 걸 나는 안다. 큰어머니, 강희 씨가 싸 주는 김밥을 신묵이가 참 잘 먹어요. 강희 씨가 가족이 되었으면 좋겠어요. 두 사람, 그때 왜 서로만 아는 비밀이 있는 것처럼 웃었는지 말해 줄래?

스쿠터를 타면 바람이 분다. 바람은 우리의 뺨을 부드럽게 토닥인다. 헬멧의 실드를 올리고 마주 오는 바람을 고스란히 맞으면 알게 된다고 너는 말했었다. 바람은 언제나 달리는 사람의 편이라는 것을. 나에게도 바람은 말한다. 시야 안으로 휙휙 달려드는 슬픔과 분노가 어느새 등 뒤로 사라진 것을 보라고, 너의 허리를 놓치지 말고 꼭 끌어안으라고. 우리는 투명한 실드 너머의 지난날을 영화를 보듯 관람하며 달렸다. 그래, 네 말처럼 사는 게 즐겁고 행복하기만 하다면 얼마나 심심하고 지루하겠니? 그러니 나는 살아남아서 이 세상의 모든 웃음과 눈물을 너와 함께 모조리 맛볼 것이다. 점점 빨라지는 스쿠터 뒤로 우리의 웃음소리가 눈물방울보다 더 크고 오래 남는 것을 똑바로 볼 것이다.

나는 꿈을 꾼다. 스쿠터를 타면 부는 바람이 우리 아이들의 머리카락을 부드럽게 쓰다듬는 꿈을.

꽃의 이름

우리가 이름 모를 꽃이라 불렀던
그의 이름은 개망초
공사장 구석의 무너진 흙과 부서진 아스팔트 틈에
궁색한 살림을 차렸습니다

소심한 성격은 이름과 달라서
험한 사내들이
'개 풀 뜯어먹는 소리 하네'라고 내뱉을 때면
혹 저를 두고 하는 말인가 싶어
잎을 쫑긋하고 줄기를 떨었답니다
아직은 동네 개의 누런 이빨에 씹힌 적이 없지만
주둥이가 검고 눈꼬리가 처진 커다란 개가
뱃살을 덜렁거리며 빠르게 다가올 적엔
광합성을 멈추고 파랗게 질렸습니다

공사장의 인부들은
장화를 벗어 놓고 집으로 돌아갔습니다
시무룩한 얼굴의 동네 개도
풀 뜯을 일이 없는지 보이지 않습니다

아무도 꺾을 욕심을 내지 않는 그는

이름을 불리며 팔리고 있는
온실 속의 꽃들을 생각하지 않습니다
내일은 굴삭기 바퀴에 깔리더라도
오늘은 주어진 힘껏
잔뿌리를 뻗고 꽃망울을 터뜨립니다
살아 있는 생명의 권리입니다

다음에
또
볼 수 있을까요?

《스쿠터를 타면 바람이 분다》 끝

작가의 말

남아 있는 페이지가 점점 줄어들 때 우리는 결말이 다가옴을 느낍니다. 아쉬울 수도 있고 어리둥절할 수도 있고 가끔은 안심이 되기도 합니다.

상처받기 싫어서 이기적인 사랑을 했던 두 사람입니다. 사랑이 사람을 변화시키기도 하지만 쉽지는 않다는 걸 아는 당신과 나는 신묵愼默의 이름처럼 삼가 침묵을 지키며 안심하기로 합시다. 그래야 우리의 상상이 만들어 놓은 핑크빛 해피엔딩이 부정을 타지 않을 테니까요, 영원히.

사랑의 힘으로 누군가를 바꿔 놓을 수 있다는 생각은 터무니없는 자기애와 오만에서 비롯됩니다. 이 세상에서 우리가 바꿀 수 있는 사람은 단 한 사람, 우리 자신뿐이겠지요. 사랑의 신화를 확대 재생산하는 글쓰기란 그래서 무책임한 일로 보입니다. 그럼에도 또 한 권의 책을 당신에게 드리는 것은 이 달콤한 낮잠을 함께 자고 싶다는 유혹입니다. 나는 내 팔베개에서 잠든 당신을 봅니다. 백일몽에서 깨어난 뒤 기억하지 못할지라도 당신이 꾼 꿈이 부디 악몽이 아니었기를.

과일의 왕이라고 불리는 두리안은 음식 쓰레기 냄새가 난다고 했습니다. 좋게 말해 준다고 해도 양파 썩는 냄새 정도였습니다. 그런데 인도네시아 노점에서 먹은 두리안의 연노랑 속살에서 나는 그저 달짝지근한 군고구마의 냄새와 맛을 느꼈고 몇 조각을 연달아 먹은 뒤에는 기운이 났습니다. 사랑에 대한 취향도 그럴 것입니다. 내가 두리안을 좋아하듯이, 개망초를 꺾어 꽃다발을 만들 줄 아는 사람이 당신이라면 좋겠습니다. 그런 당신을 또 볼 수 있으면 좋겠습니다.

자기 합리화의 변명 같은 글을 받아 주신 파란미디어와 책의 꼴을 만들어 주신 분들께 고개 숙여 감사드립니다. 이 책에 잘못이 있다면 모두 제 책임입니다.

2015년 유월에
석우주 드림